Anke Weidinger
Insel der Zuflucht

ANKE WEIDINGER

Insel der Zuflucht

SCM Hänssler

SCM

Stiftung Christliche Medien

Bestell-Nr. 394.987
ISBN 978-3-7751-4987-7

Internet: www.scm-haenssler.de
E-Mail: info@scm-haenssler.de
Umschlaggestaltung: oha werbeagentur gmbh, Grabs, Schweiz;
www.oha-werbeagentur.ch
Titelbild: istockphoto.de, shutterstock.de
Satz: Satz & Medien Wieser, Stolberg
Druck und Bindung: CPI – Ebner & Spiegel, Ulm
Printed in Germany

Glaube, Hoffnung und Liebe, diese drei bleiben.
Aber am größten ist die Liebe.
1. Korinther 13,13

Teil I

1

Ein eisiger Nordostwind fegte über die schiefergraue, aufgewühlte See hinweg, gelbliche Schaumkronen tanzten auf den beinahe zackenartigen Wellen, die gegen den weißen Bug des Fährschiffes schlugen, das sich auf dem Weg von Newcastle nach Esbjerg befand. Weit und breit war kein Mensch an Deck zu sehen; die meisten Passagiere saßen im Café und vertrieben sich die verbleibende Zeit bis zur Ankunft bei Kaffee und Kuchen oder versuchten, ihre letzten britischen Pfund noch im Duty-free-Shop loszuwerden. Einige sehr aufgeregte und vorsichtige Menschen standen auch bereits seit acht Uhr morgens mit gepackten Koffern in den Gängen, wo sie spielenden Kindern und geschäftig hin und her eilendem Schiffspersonal ein Ärgernis waren.

Mit einem leisen Knarren wurde eine der schweren Metalltüren aufgedrückt, und eine zierliche, in einen schwarzen Wintermantel mit Webpelzkragen gekleidete Frau trat durch den schmalen Spalt hinaus auf das von Gischt und Regen nasse Deck. Nachdem sie sich noch einmal umgesehen hatte, setzte sie vorsichtig einen Fuß vor den anderen, dann, als ihre hochhackigen Stiefel auf dem rutschigen Holzboden Halt gefunden hatten, ging sie zielstrebig auf die vordere Spitze des Decks zu und lehnte sich an die weißlackierten Metallsprossen der Reling.

Elizabeth Webster schluckte hart und schloss die Augen, in denen Tränen brannten, die sie glaubte schon alle geweint zu haben, und die dennoch immer weiterflossen, wie ein endloser Strom, der ins Nirgendwo führte. Ins Nirgendwo schien sie auch diese Reise zu führen – das leere Haus, in das sie mit ihren beiden Töchtern zurückkehren würde, war kein Zuhause mehr. Sie hatte ihr Zuhause an dem Tag verloren, an dem Patrick gestorben war.

»Dort, wo du bist, da bin ich zu Hause«, hatte sie gesagt, als er damals vorgeschlagen hatte, ihre gemeinsame Heimat in Mittelengland zu verlassen, um in Deutschland ein neues Leben zu beginnen. Sie öffnete die Augen und starrte mit leerem Blick auf das wogende Meer hinaus. Damals – wie unendlich lange das zurücklag! Fast zehn Jahre. Zehn Jahre, in denen sie – auch wenn nicht immer alles so verlaufen war, wie sie es sich erhofft hatte – glücklich und unbeschwert gewesen war, in dem sicheren Gefühl, dass alles gut war, solange sie nur einander hatten. Ein trügerisches Gefühl von Sicherheit, wie sich herausstellen sollte. Denn als ihr Schwager Paul an jenem Freitag im Januar anrief, um ihr mitzuteilen, dass ihr Mann bei einem Autounfall ums Leben gekommen war, konnte sie regelrecht spüren, wie ihr der Boden unter den Füßen weggezogen wurde.

»Elizabeth, Liebes, ich muss dir etwas Schlimmes sagen. Etwas sehr, sehr Schlimmes … Es ist wegen Patrick … Er hat einen Unfall gehabt …«

NEIN!!!

Ein gellender Schrei durchdrang den Raum, in dem sie sich befand, das Telefon fest an ihre Brust gepresst, doch niemand außer ihr konnte diesen Schrei hören: Es war der Schrei ihres Herzens, das nicht glauben konnte, nicht verstehen wollte, was ihr Schwager ihr zu sagen versuchte. Und während Pauls tiefe, beruhigende Stimme wie durch einen dicken, wabernden Nebel an ihr Ohr drang, schienen sich unsichtbare Mauern immer enger um ihr Herz zu schließen, bis sie kaum noch atmen konnte …

Als Mary, ihre Älteste, sie schließlich fand, hatte sie schon seit zwei Stunden regungslos auf den kalten, harten Fliesen im Flur gelegen, das Telefon neben sich, ihre Hände an der Brust, als könnte sie den furchtbaren Schmerz, den sie darin fühlte, irgendwie wegschieben. Doch in dem Moment, als sie in das erschreckte, verängstigte Gesicht ihrer Tochter sah, wusste sie, dass dieser Schmerz nie vergehen würde, und – schlimmer noch – dass sie ihn auch ihren Kindern würde zufügen müssen, indem sie ihnen vom Tod ihres Vaters erzählte.

Es war das Schwerste, was sie jemals hatte tun müssen.

Ein heftiges Schluchzen erschütterte Elizabeths Körper, als sie sich daran erinnerte, wie Mary und Vicky sie angesehen hatten, wie viel Verzweiflung in ihren Blicken gelegen hatte, und wie viel Hoffnung. Hoffnung darauf, dass ihre Mutter ihnen helfen würde, das Unfassbare zu begreifen, das Unerträgliche zu ertragen, irgendwie. Doch sie hatte ihnen nicht helfen können. Alles, was sie an diesem Tag hatte tun können, war, sie zu halten und mit ihnen zu weinen. Stunde um Stunde, bis tief in die Nacht. Vicky war als Erste vor Erschöpfung eingeschlafen, und während Elizabeth sie instinktiv nach oben in ihr Schlafzimmer gebracht hatte, hatte Mary es irgendwie noch fertiggebracht, Tee zu kochen, den sie schweigend getrunken hatten, bevor sie Vicky nach oben gefolgt waren. Wie eine Fuchsfamilie in ihrem Bau waren sie schließlich, eng aneinandergekuschelt im Ehebett, eingeschlafen.

Elizabeth lehnte sich langsam zurück, während ihre Hände das Metallgeländer umschlossen hielten, und schüttelte den Kopf, als wollte sie die Gedanken abwehren, die einmal mehr von ihr Besitz zu ergreifen drohten. Doch die Woge der Trauer erfasste sie so stark, so mächtig, dass sie schon im nächsten Moment von immer heftigeren Schluchzern geschüttelt wurde. Ihr ganzer Körper bebte, und sie warf sich nach vorne zurück, klammerte sich an die Stangen, als wären sie das Letzte, was sie noch halten könnte, und begann gleichzeitig, sie zu erklimmen. Stange um Stange kletterte sie empor. Sie öffnete die Augen.

Schau nicht ins Wasser. Schau nicht hinunter.

Doch der Drang, sich über das Geländer zu beugen und in die Tiefe hinabzusehen, wurde immer stärker, bis sie schließlich ihre vor Kälte und Anspannung steif gewordenen Finger von der obersten Sprosse löste, einen nach dem anderen. Langsam versuchte sie, sich aufzurichten. Sie schwankte und schloss die Augen wieder. *Oh Gott, nein. Ich kann nicht. Ich kann es nicht.*

Sie legte ihre rechte Hand wieder an das Geländer, lehnte sich an die oberste, breitere Sprosse, atmete mehrere Male tief ein und aus, bevor sie die Augen abermals öffnete, sich zwang, hinunterzusehen.

Du lässt dich einfach fallen, einfach hinunterfallen, und dann – dann wird dieses Meer dich verschlucken, du bist einfach verschwunden, so schnell kann dich keiner finden, es geht ganz leicht … nur noch ein kleines Stück, ein winzig kleines Stück nach vorne … und dann, wenn alles vorbei ist, wenn du die Kälte nicht mehr spürst, dann wachst du auf und – und bist da. Dort, wo Patrick ist – dort, wo dein Herz ist …

»Beth, Beth, nein! Was machst du da? Beth! Komm da herunter! Beth – Beth!!!«

Elizabeth wirbelte herum, als sie die Stimme ihrer Schwester hörte, und blieb dabei mit ihrem Schuh an einer der Metallsprossen hängen.

Sie verlor das Gleichgewicht und stürzte mit dem Gesicht zuvorderst auf die harten Schiffsplanken, wo sie einen Moment reglos liegen blieb. Dann drehte sie den Kopf zur Seite und begann leise zu weinen.

Catherine kniete neben ihrer Schwester nieder. »Beth! Beth, bitte sag doch was. Bist du okay?«

Nein, ich bin nicht okay. Ich bin nicht da, wo ich sein wollte. Ich weiß eigentlich gar nicht, wo ich sein will. Auf jeden Fall nicht hier, nicht auf diesem Schiff.

Dann war da auf einmal noch eine andere Stimme, eine fremde Männerstimme. Ein Offizier kam angelaufen und rief schon von Weitem: »Sind Sie okay, Miss?«

Er kniete ebenfalls neben Elizabeth auf dem Boden nieder und fühlte instinktiv nach ihrem Puls.

»Nein, alles okay«, murmelte er, wohl eher zu sich selbst. »Aber mein Gott, Sie zittern ja ganz fürchterlich. Ist Ihnen kalt – natürlich ist Ihnen kalt, was für eine Frage! Warten Sie, ich hole eine Decke …«

Sekunden später kam er mit einer Wolldecke angerannt, die er fest um Elizabeths vor Schock und Kälte zitternden Körper wickelte. Vorsichtig hob er sie vom Boden auf und trug sie zu einem der Deckstühle, wo er sie sanft niederlegte.

»So, das ist besser … Wie konnte das denn nur passieren? Soll ich einen Arzt holen?«

Elizabeth schüttelte stumm den Kopf und versuchte sich aufzurichten, aber ihr war seltsam schwindelig.

Catherine nahm ihre Hand, streichelte sie. »Es geht schon, Sir, vielen Dank«, sagte sie zu dem eifrig besorgten Offizier, der noch recht jung aussah und offensichtlich nicht wusste, wie er sich verhalten sollte. Es kam bestimmt auch nicht alle Tage vor, dass jemand fast über Bord ging. »Es war ein Unfall, Sir. Sie hat sich nur mit ihrem Schuh verfangen und dabei das Gleichgewicht verloren. Nicht wahr, Beth, so war es doch? Ich gehe am besten gleich eine Tasse Tee mit ihr trinken – oder einen starken Kaffee, was meinst du, Beth?«

Elizabeth nickte. Der Schreck über das, was sehr leicht hätte passieren können, saß ihr noch tief in den Gliedern. Wie hatte sie nur so dumm sein können?

Der Offizier bot an, ihnen eine Kanne Tee zu bringen, aber Catherine lehnte dankend ab. »Die Kinder meiner Schwester warten sowieso unten im Café auf uns, sie werden sich vielleicht schon Sorgen machen. Wir gehen gleich hinein, nicht wahr, Beth? Danke für Ihre Hilfe, Sir. Vielen Dank.«

Schließlich konnte sie den sichtlich mit der Situation überforderten Offizier davon überzeugen, dass sie wirklich keine weitere Hilfe benötigten. Er ließ die beiden Frauen allein, nahm sich jedoch vor, den Vorfall zu melden.

Als sie endlich ihre Sprache wiedergefunden hatte, berührte Elizabeth mit einer Hand leicht das Gesicht ihrer Schwester und murmelte: »Danke, Cathy …«

Dann richtete sie sich vorsichtig auf und sah sich um. Kein Mensch war an Deck. Kein Wunder, es war ja auch bitterkalt, und zu allem Überfluss hatte es auch noch angefangen zu nieseln.

Nur Depressive und Lebensmüde gehen bei so einem Wetter nach draußen.

Catherine lächelte. »Keine Ursache, Beth. Ich bin ja froh, dass dir nichts passiert ist. Kannst du aufstehen? Ja? Gut, dann lass uns mal ins Café hinuntergehen und endlich diese Tasse Tee trinken, die du so dringend brauchst. Oder Kaffee, ganz wie du möchtest. Vicky und Mary warten dort auf dich, sie haben ihre Sachen gepackt – das Schiff legt ja auch schon bald an. Bist du sicher, dass du okay bist?«

Elizabeth nickte stumm, nahm dann die Hand ihrer Schwester und folgte ihr nach drinnen, den Kopf tief gesenkt. Sie fühlte sich so elend, so leer … so vollkommen leer.

Wie soll ich das bloß jemals schaffen, wie soll es bloß weitergehen? Wie? Wie?

Sie wusste nicht, wie sie den Rest der Reise überstanden hatte. Glücklicherweise waren um diese Jahreszeit nicht allzu viele Leute von Dänemark nach Deutschland unterwegs, und weil es noch dazu ein Sonntag war, war die Autobahn relativ leer. Dennoch war Elizabeth froh, nicht selbst fahren zu müssen.

Ihre Schwester hatte sich sofort ins Flugzeug gesetzt und war zu ihnen gekommen, nachdem sie von Patricks Tod erfahren hatte, und war anschließend gemeinsam mit Elizabeth und den Mädchen nach Warwickshire zurückgefahren, wo am Freitag die Beerdigung stattgefunden hatte. Jetzt war Catherine O'Connor fest entschlossen, so lange zu bleiben, bis es den dreien besser ging – wenigstens ein bisschen.

»Wenn ich das Gefühl habe, dass ich sie einigermaßen guten Gewissens allein lassen kann, komme ich zurück, aber rechnet in den nächsten zwei Wochen nicht mit mir!«, hatte sie zu ihrem Ehemann Paul gesagt, als dieser sich von ihr verabschiedet hatte. Von ihren drei Kindern wohnte nur noch die vierzehnjährige Sarah zu Hause, die schon immer sehr selbstständig gewesen war und bestimmt gut für sich und ihren Vater sorgen konnte. Außerdem würden sich Freunde aus ihrer Kirchengemeinde während Catherines Abwesenheit um die beiden kümmern. Darum machte sich Catherine also keine Sorgen. Sehr viel größere Sorgen bereitete ihr der schlechte Gesundheitszustand ihrer jüngeren Schwester. Elizabeth, schon immer überaus zierlich, hatte in den vergangenen zwei Wochen mit Sicherheit mehr als fünf Pfund verloren, und ihr Kreislauf war seit ihrer Ankunft in England mehr als einmal zusammengebrochen.

Catherine wandte den Kopf zu ihrer Schwester, die tief zusammengesunken auf dem Beifahrersitz neben ihr saß und aussah, als sei sie schon wieder meilenweit weg. Wie viele Energiereserven brauchte ein so zarter, kleiner Körper wohl, um so etwas durchzustehen?

Das Wetter hatte sich nicht verändert, seit sie England verlassen hatten: derselbe graue, wolkenverhangene Himmel, keine Sonne, nasskalt, ungemütlich. Es entsprach genau der Stimmung im Wagen der kleinen Familie: Selbst Mary Ann, die sonst beinahe unaufhörlich reden konnte, hatte die meiste Zeit über geschwiegen. Als ihre Tante den schwarzen Escort auf den Hof fuhr und sie das verlassene Haus mit den heruntergelassenen Rollläden sahen, schlug sie die Hände vors Gesicht und weinte bitterlich.

Elizabeth schluckte schwer. Ihre Brust bebte schon wieder gefährlich, und sie musste sich zusammenreißen, um nicht haltlos zu weinen. Wenigstens um der Kinder willen wollte sie stark sein. Und musste sie stark sein. Musste einfach … Sie war heilfroh, dass Catherine sie begleitete und in den nächsten Wochen bei ihnen bleiben würde, bis sie das Schlimmste überstanden hatten. *Das Schlimmste.* Was konnte noch schlimmer werden?

2

»So«, sagte Catherine und stellte den Motor ab. »Da wären wir … Was soll ich tragen?«

»Bring ruhig erst mal deine eigenen Sachen ins Haus, Cathy, die Mädchen können mir ja helfen. Mary, setzt du dann gleich den Teekessel auf, bitte? Wir wollen es uns erst mal gemütlich machen. Oh, und Vicky, könntest du bitte überall die Heizungen aufdrehen? Das Haus wird ziemlich ausgekühlt sein, fürchte ich. Ich habe bei der Abreise nicht daran gedacht …«

Wie an so vieles nicht, dachte sie mit einem Blick in den Kühlschrank, aus dem ihr ein unangenehm säuerlicher Geruch entgegenströmte. Sie nahm die angebrochene Milchtüte heraus und goss den Inhalt mit geschlossenen Augen und angehaltenem Atem in den Abfluss. Dann ging sie zurück in den Flur, nahm den Schlüssel von dem Haken neben der Haustür und holte die Post aus dem überfüllten Briefkasten. Sie warf nur einen flüchtigen Blick auf die Umschläge, bevor sie sie auf die Kommode im Flur legte: hauptsächlich Trauerkarten, ein paar Rechnungen und eine Paketbenachrichtigung. Darum konnte sie sich morgen kümmern, wenn die Kinder in der Schule waren.

Vicky, die ihre Sachen bereits nach oben gebracht hatte, kam die Treppe herunter. Ihr schulterlanges, glattes, rotblondes Haar war ganz zerzaust, und sie sah aus, als hätte sie gerade wieder geweint.

Elizabeth fuhr sich mit dem Handrücken über die Stirn. Wie viele Tränen würden sie noch weinen, wie lange würden sie den Verlust des Vaters und Ehemannes noch so schmerzhaft spüren wie jetzt – gerade hier in diesem Haus … Würde dieser Schmerz jemals nachlassen, würden sie je darüber hinwegkommen? Sie – und die Kinder?

»Mama, kann ich Sina anrufen? Ich würde gerne noch mal hinfahren, wenn ich darf. Nur für eine Stunde oder so … bis zum Abendessen bin ich wieder zurück.«

Im ersten Moment wollte Elizabeth *Nein* sagen, weil es schon bald dunkel wurde, und Sina Friedrichs ein wenig außerhalb wohnte. Doch dann nickte sie.

»Aber nimm bitte nicht das Fahrrad, geh lieber zu Fuß. Vielleicht kann Sina dir ja mit dem Hund entgegenkommen. Ich hole dich nachher mit dem Auto ab, okay?«

Vicky drückte ihrer Mutter einen flüchtigen Kuss auf die Wange. »Danke, Mama! Ich ruf Sina gleich an, ja?«

Schon war sie wieder verschwunden. Die Mädchen teilten sich im oberen Stockwerk einen Telefonanschluss, der auch eine eigene Nummer hatte. Das war Patricks Idee gewesen, und es hatte sich als eine sehr praktische Lösung herausgestellt – vor allem hatten er und Elizabeth nicht mehr mit ihren eigenen Telefonaten warten müssen, bis die beiden jungen Damen endlich mit ihren Dauergesprächen fertig gewesen waren. Erstaunlicherweise stritten die Mädchen sich auch selten untereinander um das Telefon, was aber größtenteils daran lag, dass Mary immer öfter auf den Computer zurückgriff und E-Mails schrieb oder im Chat war, anstatt zu telefonieren.

Jetzt kam sie mit einem Tablett aus der Küche, auf dem sich ein Becher Tee und ein Teller mit Keksen befand. Sie sah sehr blass und sehr müde aus, ihre Augen waren rot gerändert. »Ich gehe nach oben, wenn das okay ist … kann ich bei Malin anrufen und ihr sagen, dass wir wieder da sind?«

»Du kannst auch gerne noch hingehen, Liebes. Vicky geht auch zu Sina. Ich hole euch dann beide so gegen sechs ab. Malins Haus liegt ja praktisch auf dem Weg zu Friedrichs …«

Mary nickte. »Danke, Mama. Bin gleich weg, ja?«

Elizabeth schaute ihrer Ältesten nachdenklich hinterher. Die Fünfzehnjährige sah Catherine erstaunlich ähnlich: das kastanienbraune Haar mit nur einem leichten Hauch von Rot, das ihr bis weit über die Schultern fiel, die großen, ausdrucksvollen, haselnussbraunen Augen …

ja, sogar die leicht nach oben geschwungene Stupsnase hatte sie anscheinend von ihrer Tante geerbt; Elizabeths Nase war schmal und ganz gerade. Vicky hingegen war ihr Vater durch und durch, mit ihrem glatten rotblonden Haar, den blauen Augen und den vielen Sommersprossen. Nur die Gesichtszüge und die überaus grazile, fast zerbrechliche Figur hatte sie eindeutig von ihrer Mutter.

Im Moment sieht sie aus, als könne sie der Wind davontragen, dachte Elizabeth. *Hoffentlich schafft Cathy es, sie in den nächsten Tagen ein bisschen aufzupäppeln.*

Sie sah aus dem Fenster und bemerkte, wie sich ein paar Sonnenstrahlen langsam, aber sicher einen Weg aus der Wolkendecke bahnten. Im Vogelhaus draußen im Vorgarten saßen zwei kleine Spatzen und pickten emsig nach den übrig gebliebenen Körnern, die Vicky ihnen am Morgen vor ihrer Abreise noch rasch hingestreut hatte. Vermutlich war es dasselbe Spatzenpaar, das ihre Tochter schon den ganzen Winter über durchgefüttert hatte. *Kein Wunder, dass sie immer wieder zurückkommen*, dachte Elizabeth lächelnd.

»Ach, jetzt fühle ich mich schon viel besser!«, seufzte Catherine und setzte sich mit einem Becher dampfenden Tees an den Küchentisch. Dann warf sie ihrer Schwester einen besorgten Blick zu. »Wie geht es dir, Liebes? Bist du okay?«

»Ja«, erwiderte Elizabeth. »Zu meinem eigenen Erstaunen, ja. Es geht mir besser, als ich erwartet hatte, viel besser als auf dem Schiff jedenfalls. Und ich bin froh, dass die Mädchen sich gleich verabredet haben. Ich glaube, es wird ihnen guttun erst mal ein bisschen rauszukommen, bevor morgen in der Schule alle auf sie losstürmen. Hoffentlich sind zumindest die Lehrer ein wenig zurückhaltend und stellen nicht gleich so viele Fragen. Ich habe zwar mit der Schulleiterin gesprochen, aber …«

»Das glaube ich nicht«, wandte Catherine ein. »Ich meine, ich glaube nicht, dass es für die beiden so schrecklich sein wird, zur Schule zu gehen. Natürlich werden einige Kinder fragen, die Lehrer auch, aber das wird sich bald legen, und dann kehrt der Alltag wieder ein, schneller, als du denkst wahrscheinlich. Sie haben hier ihre Freundinnen, die etwas mit ihnen unternehmen, die sie ablenken können … das wird schon werden.

Mach dir mal nicht allzu viele Gedanken. Glaube mir, die beiden werden bald wieder lachen. Und du auch, Liebes, auch wenn du dir das im Moment noch nicht vorstellen kannst. Das Leben geht weiter – auch für dich.«

Auch für mich … aber wie? Wie nur?

Die Lippen fest zusammengepresst, rührte Elizabeth stumm nickend in ihrem Becher herum und sah wieder aus dem Fenster, wo sich das Vogelpärchen inzwischen lautstark um die letzten Körner stritt. Man konnte das Gezeter sogar durch die geschlossenen Fenster hindurch hören. Bei diesem Anblick spielte ein winziges Lächeln um Elizabeths Mundwinkel, doch dann wandte sie rasch den Blick wieder ab, und Catherine bemerkte, wie ein paar Tränen ihre Wangen hinunterliefen.

Vorsichtig streckte sie eine Hand nach ihrer Schwester aus und strich ihr sanft die Tränen aus dem Gesicht. »Ich weiß, es ist schwer. Und es wird noch lange Zeit wehtun, vielleicht dein Leben lang. Aber du wirst es schaffen, Beth, glaub mir. Du wirst es schaffen …«

Am späten Nachmittag, kurz bevor es anfing zu dämmern, beschlossen die beiden, einen Spaziergang zu machen und die Mädchen zu Fuß abzuholen. Dabei sprachen sie über dieses und jenes, jedoch nicht über Patrick, und auch nicht darüber, wie es weitergehen sollte. Elizabeth war dankbar, dass ihre Schwester so einfühlsam und verständnisvoll war. Das war sie immer gewesen, schon früher, als sie beide noch zu Hause gewohnt hatten und Elizabeth oft solche Probleme mit ihren Eltern gehabt hatte, dass sie manchmal nicht mehr ein noch aus gewusst hatte. Sie hatten sich zwar nie wirklich gestritten, aber das Verhältnis war selbst heute noch äußerst schwierig, und es lag immer eine gewisse Spannung in der Luft, wenn sie sich trafen, vor allem zwischen Elizabeth und ihrem Vater.

Matthew und Emily Grace Thompson waren beide pensionierte Lehrer, die ihren Ruhestand auf der walisischen Halbinsel Angelsey genossen – was die Familientreffen auf einige wenige Geburtstage und Beerdigungen reduzierte. Sie waren zwar auf Patricks Beerdigung gewesen, hatten sich aber erwartungsgemäß sehr kühl und distanziert verhalten und waren gleich nach dem Kaffee wieder abgereist – wegen des langen Weges, hatten sie gesagt. Catherine und Elizabeth wussten aber sehr gut, dass das nicht der wahre, oder zumindest nicht der einzige Grund war. Sie hatten einfach nicht gewusst, wie sie mit Elizabeths Trauer umgehen sollen, und waren deswegen geflüchtet.

Catherine streckte eine Hand nach ihrer Schwester aus. »Hey, Beth – wo sind deine Gedanken?«

»Hm … ich habe gerade an die Beerdigung gedacht und an all die Leute, die da waren – Leute, die ich teilweise seit Jahren nicht gesehen hatte. Seltsam, nicht?«

»Ja, aber irgendwie nett. Sie haben dich alle sehr gern, Beth.«

Elizabeth nickte langsam. *Und sie haben vor allem Patrick sehr geliebt.* Vor allem seine Mutter, die es sich nicht hatte nehmen lassen, mit einer ganzen Wagenladung voller Kuchen und Gebäck den weiten Weg von Dorset an der Südküste bis hinauf nach Warwickshire auf sich zu nehmen, um ihrem Sohn noch einmal »etwas Gutes zu tun«, wie sie unter Tränen erklärt hatte. Natürlich hatte er nichts mehr davon gehabt, aber Elizabeth, die ihre Schwiegermutter fast mehr liebte als ihre eigene Mutter, hatte genau verstanden, wie sie es gemeint hatte.

Granny Webster – wie sie seit Geburt ihres ersten Enkelkindes von allen genannt wurde – hieß in Wirklichkeit Dorothy Ann Webster und führte gemeinsam mit ihrer besten Freundin Margaret J. Fitzpatrick einen traditionsreichen, sehr beliebten Tea Shop, das *Annabel's*, in einem malerischen, kleinen Ort namens Christchurch. Bis zur Hochzeit ihrer Tochter Melanie, die um einige Jahre jünger war als Patrick, hatte sie mit ihrem Mann, Benjamin Webster, ein Hotel in Bournemouth geführt, das *Whitesands*. Nachdem Melanie und ihr Ehemann John die Leitung des *Whitesands* übernommen hatten, hatten die Senioren sich aus dem Hotelbetrieb zurückgezogen. Aber weil Dorothy Ann Webster eine Frau war, die es einfach nicht ertragen konnte, den ganzen Tag lang zu Hause herumzusitzen, hatte sie sich zwei Jahre später, nach dem plötzlichen Tod ihres Mannes, noch einmal eine neue Aufgabe gesucht. Im Alter von fast sechzig Jahren noch ein Café zu eröffnen, war zwar etwas, das Leute wie Matthew Thompson schlichtweg als Verrücktheit bezeichneten, doch Elizabeth hatte Granny dafür schon immer bewundert.

Jetzt seufzte sie und steckte die Hände in die Manteltaschen. »Ich werde eine Menge Sachen zu erledigen haben, Cathy, und ich bin froh, dass du mir dabei helfen willst. Danke, dass du da bist! Du bist wirklich ein Schatz. Wenn wir nachher zu Hause sind, werde ich uns beiden erst mal ein Glas Sherry einschenken. Komm, hier entlang. Wir sind gleich da, das schöne Holzhaus da drüben gehört den Friedrichs. Ich höre schon den Hund bellen.«

»Oh, sehr hübsch. Denen scheint es ja gut zu gehen. Was hältst du übrigens davon, wenn wir uns heute einen gemütlichen Fernsehabend machen? Mein Deutsch ist total eingerostet, und heute Abend kommt bei euch *Sinn und Sinnlichkeit*, das würde ich gerne mal wieder sehen. Es lief damals im Kino, als Melanie und John geheiratet haben, weißt du noch? Wir haben es alle zusammen in Birmingham gesehen.«

»Ja, das weiß ich noch. Ich erinnere mich vor allem an die Szene, wo dieser Typ den Hügel herabgeritten kommt, um sie zu retten, und das ganze Publikum aufgestanden ist, um zu applaudieren. Das war wirklich eine tolle Stimmung!«

Beide lachten, und Catherine legte ihrer Schwester einen Arm um die Schulter.

»Na, siehst du, das ist doch schon mal ein guter Anfang. Schau mal, da vorne hat noch jemand seine Weihnachtsdeko leuchten. Im Februar! Na, das nenne ich grotesk.«

Elizabeth kuschelte sich eng an ihre Schwester. *Liebe Catherine! Liebe, liebe Catherine …*

Die erste Nacht war furchtbar. Elizabeth warf sich unruhig im Bett hin und her, schlief immer wieder für kurze Zeit ein, tastete im Halbschlaf nach der vertrauten Hand, die nicht mehr da war – und erwachte jedes

Mal weinend. Wenn sie schlief, träumte sie von Patrick. Patrick, der früh am Samstagmorgen zu ihr ans Bett kam, wenn die Kinder noch schliefen und er schon wieder seit Stunden auf den Beinen war, einen Becher Tee und einen Teller mit Honigtoast in der Hand, und ihr Guten Morgen wünschte. »Guten Morgen, mein Schatz«, hatte er immer ganz leise gesagt und dabei eine Hand nach ihr ausgestreckt, nachdem er das Frühstück auf dem Nachttisch abgestellt hatte. »Hast du gut geschlafen?«

Hast du gut geschlafen?

Gegen fünf Uhr stand sie schließlich auf, schlüpfte in den wunderbar weichen, cremeweißen Bademantel, den Patrick ihr letztes Jahr zu Weihnachten geschenkt hatte, und in die Mokassins, über die er immer gelacht hatte, weil er sie albern fand. Es war ein liebevolles, zärtliches Lachen gewesen; nie war Patrick spöttisch oder gar sarkastisch gewesen, nicht einmal dann, wenn er sich über wirtschaftliche oder politische Themen aufgeregt hatte.

So schlich sie nun in ihren Mokassins die Treppe hinunter, schaltete das kleine Licht auf der Fensterbank in der Küche an und setzte den Kessel auf. Dann drehte sie die Heizung hoch und ließ sich auf der Eckbank nieder. Gedankenverloren griff sie nach der Post, die sie am Nachmittag vom Flur mit in die Küche genommen und auf den Tisch gelegt hatte, um sie dann doch nicht zu öffnen. »Hm, alles Rechnungen und die üblichen Beileidskarten …«, murmelte sie und wollte den Stapel schon wieder beiseiteschieben, als ihr Blick auf einen blassgelben Umschlag mit englischer Briefmarke fiel. Sie hielt inne.

Komisch – es waren doch eigentlich alle bei der Beerdigung gewesen. Wer sollte ihr dann jetzt noch einen Brief hinterherschicken?

Plötzlich lächelte sie, als sie die Handschrift erkannte. »Ach, Sarah …«

Sie nahm eine Karte und drei einzeln gefaltete Blätter aus dem Umschlag – je ein Brief für Mary, für Vicky und für sie. Auf der Karte war ein dicker, kleiner Bär mit rosa Bauch abgebildet, darunter stand *Cheer up!*. Elizabeth schmunzelte und klappte die Karte auf, in die ihre Nichte einen kurzen Gruß gekritzelt hatte. Für eine Engländerin hatte sie eine kaum leserliche Handschrift. Catherine sagte immer, wenn die Lehrer wollten, könnten sie ihr jedes zweite Wort als falsch durchstreichen, nur, weil sie es nicht lesen konnten! Aber Sarah war sehr klug, das wussten auch die Lehrer, also quälten sie sich notgedrungen durch ihre Hausaufgaben und Aufsätze.

Nachdem sie die anderen beiden Briefe sorgfältig in den Umschlag zurückgesteckt hatte, machte sie sich einen Becher Tee und holte die Keksdose vom Regal über der Spüle. Inzwischen war auch die Heizung warm geworden, und Elizabeth zog sich in ihre Lieblingsecke auf der Bank zurück, wo sie begann, den Brief zu lesen.

Liebe Tante Elizabeth,

wenn du diesen Brief liest, seid ihr wahrscheinlich gerade aus England zurück, und vielleicht habt ihr schon den ersten Montag überstanden. Hoffentlich bist du okay. Ich schicke dir eine ›Forever Friends‹-Karte als kleine Aufmunterung – gefällt sie dir? Wir sind ganz traurig wegen Onkel Patrick, und wir machen uns Sorgen um dich. Du hast ja niemanden in Deutschland, mit dem du mal reden kannst, und wer soll dich denn dann trösten, wenn Mama wieder hier ist?

Elizabeth rieb sich die Augen und nahm den Teebecher in beide Hände, starrte lange Zeit aus dem Fenster in die Dunkelheit hinaus. *Gute Frage. Wer?*

Sie nippte an ihrem Tee, nahm den Brief wieder zur Hand und las weiter.

Wir kommen übrigens bestens zurecht, Papa und ich, kannst du Mama sagen. Misses Baxter kocht jeden Tag für uns und bringt uns das Essen höchstpersönlich vorbei – mit Nachtisch! Und um die Wäsche kümmert sie sich auch, hat sie gesagt. Mama kann also ruhig etwas länger bleiben, wenn ihr sie braucht.

Ich habe eine Idee: Könnt ihr nicht nach England ziehen? Vielleicht kannst du wieder bei der Bank anfangen, bei der du früher mal gearbeitet hast, da könnte Papa doch bestimmt ein gutes Wort für dich einlegen. Und Mary und Vicky könnten mit mir zur Schule gehen, das würde ihnen doch gefallen, oder?

Ich habe Mary und Vicky übrigens nichts davon geschrieben, weil ich nicht weiß, wie sie das finden. Vielleicht sagen sie dann, ich mische mich in eure Angelegenheiten. Wenn du das auch denkst, dann verzeih mir bitte. Aber wir haben euch alle sehr lieb, Tante Elizabeth, und Mama und Papa freuen sich bestimmt auch, wenn ihr zurückkommt. Sie haben es nicht gesagt, aber ich glaube schon, dass sie das denken.

Gibt es bei euch eigentlich schon Krokusse im Garten? Bei uns ja – Hunderte, kannst du Mama sagen!

Ganz viele liebe Grüße und Gottes Segen für euch alle
von deiner Nichte Sarah

Nachdenklich legte Elizabeth den Brief beiseite und trank langsam ihren Tee. Sarah war wirklich ein ungewöhnliches Mädchen – sehr erwachsen für ihre fünfzehn Jahre, sehr sensibel – und unglaublich gut im Umgang mit anderen Menschen. Besonders bei den Kindern in der Nachbarschaft und bei den Senioren war sie sehr beliebt. Sie engagierte sich in der freikirchlichen Gemeinde, zu der sie und ihre Eltern gehörten, und war Mitglied einer Jugendgruppe, zu der sie auch Mary und Vicky voriges Jahr schon einmal mitgenommen hatte. Elizabeth hatte ihren Ohren kaum trauen können, als ihre Töchter ihr davon erzählt hatten. Normalerweise machten sie sich nichts aus Kirche; sie und Patrick hatten keiner Kirche angehört und besuchten nur dann einen Gottesdienst, wenn sie zu einer Hochzeit oder einer Taufe eingeladen gewesen waren. Nicht einmal zu Weihnachten waren sie gegangen. Patrick hatte nichts von dieser »scheinheiligen Heuchelei« gehalten, wie er es genannt hatte.

Catherine und ihre Familie hingegen waren seit vielen Jahren gläubige Christen, und Elizabeth hatte sich schon oft gefragt, ob es ihr Glaube war, der ihnen diese innere Ruhe und Zufriedenheit gab. Ihre Schwester konnte in jeder Situation etwas Positives sehen, in jedem Menschen etwas Gutes. Es war erstaunlich, wie wunderbar sich alles in ihrem Leben zu fügen schien, auch wenn es manchmal nicht ganz so lief, wie sie oder Paul es sich vorgestellt hatten. Jetzt wünschte sie fast, sie könnte auch so glauben …

Ob Gott eine Antwort auf ihre Fragen hatte? Und ob er ihr überhaupt zuhören würde? Schließlich hatte sie über vierzig Jahre lang nichts von ihm wissen wollen.

Sie seufzte wieder und schüttelte resigniert den Kopf. Nein, wohl nicht, sonst hätte er auch nicht zugelassen, dass Patrick starb. Oder?

So! Energisch schob sie ihre Gedanken, zusammen mit der Teetasse, beiseite und wollte gerade auf die Uhr sehen, als sie oben ihren Wecker klingeln hörte: sechs Uhr, Zeit zum Aufstehen.

Vielleicht würde sie später mit Catherine über den Brief sprechen, wenn die Mädchen in der Schule waren. Die Idee, nach England zurückzugehen, gefiel ihr ausgesprochen gut. Sie wusste sowieso nicht, wie sie es auf Dauer in diesem Haus aushalten sollte, in dem sie alles immerzu an Patrick erinnern würde. Eigentlich war sie hier auch nie wirklich zu Hause gewesen, sie war nur wegen Patrick mit hierher gekommen, und gemeinsam hatten sie sich hier so etwas wie ein Heim geschaffen. Aber jetzt war Patrick nicht mehr da. Er würde nie wieder da sein – nie wieder …

Auch wenn es ihr schwerfiel, es sich einzugestehen, so wusste sie doch tief in ihrem Inneren, dass ihr Herz irgendwo in den sanft gewellten, grünen Midlands von England hängen geblieben war, im Shakespeare's County Warwickshire.

3

Elizabeth schloss die Badezimmertür hinter sich und ließ sich auf einen Hocker fallen. *Puh, das wäre geschafft. Mein erster Einkauf im Ort, und ich bin nicht zusammengebrochen.* Sie hatte darauf bestanden, alleine loszufahren, damit ihre Schwester sich ein wenig ausruhen konnte, und auch – das war ihr bewusst – ein Stück weit, um sich selbst zu beweisen, dass sie es konnte. Dass sie »alltagstauglich« war.

»Beth!«, rief Catherine im selben Moment von unten, und sie hörte sie die Treppe heraufkommen. »Telefon für dich! Möchtest du mit Anne sprechen?«

Elizabeth sprang auf und kam aus dem Badezimmer gestürzt.

»Ja! Danke!«

Dankbar nickend nahm sie das Telefon entgegen und setzte sich damit auf den Treppenabsatz.

Anne Petersson war ihre ehemalige Nachbarin, die im letzten Herbst mit ihrer Familie nach Süddeutschland gezogen war. Elizabeth vermisste sie, denn mit Anne verband sie eine innige Freundschaft. Anne war Englischlehrerin, so konnten sie nach Lust und Laune zwischen beiden Sprachen hin und her wechseln, was für Elizabeth gerade zu Beginn eine große Erleichterung gewesen war. Außerdem hatte Mary im letzten Sommer gerade angefangen, für ein kleines Taschengeld hin und wieder auf die beiden lebhaften Petersson-Jungs, Lasse und Matti, aufzupassen. Björn und Anne hatten es genossen, einmal ohne Kinder ausgehen zu können. Annes Eltern wohnten nahe der dänischen Grenze und Björns Eltern in München, sodass sie nie Großeltern in der Nähe gehabt hatten. Diese Situation konnte Elizabeth natürlich gut nachempfinden; schließlich hatte sie hier in Deutschland auch keine Familie.

Wie oft hatte sie sich gerade in den letzten Wochen gewünscht, Anne wäre noch hier – und wie gut es jetzt tat, die vertraute Stimme zu hören!

»Hallo, liebe Elizabeth ... Ich wollte mal hören, wie es euch so geht. Hast du das Schlimmste überstanden?«

Was hielten die Leute eigentlich immer für *das Schlimmste*? Die ersten drei Tage? Die ersten drei Wochen? Und woran wurde *das Schlimmste* gemessen?

»Ja, danke, es ging eigentlich ganz gut. Die Beerdigung war natürlich ein Albtraum, aber meine Schwester und ihr Mann sind ganz super gewesen und haben uns da richtig durchgetragen, vor allem auch die Kinder. Catherine ist mit uns zurückgefahren, um uns ein bisschen unter die Arme zu greifen, bis ... na ja, bis es halt ein bisschen besser geht ...«

Oder bis das Schlimmste überstanden ist.

Wie lange würde das dauern, bis es besser ging? Wochen? Monate? Sie konnte ihre Schwester wohl schlecht den ganzen Sommer über hierbehalten.

»Sie haben nur noch eine Tochter zu Hause, die beiden Jungs studieren, und Sarah geht nach der Schule immer zu einer Freundin. Eine ältere Dame aus ihrer Kirchengemeinde kümmert sich wohl um Essen und Wäsche, also scheint das alles ganz gut zu klappen. Na ja, und hier ... hier wird's wohl noch eine Weile dauern, bis wir uns gefangen haben, schätze ich. Die Mädchen sind in der Schule – wollten auch beide gleich wieder los. Ich hätte sie ja sonst auch noch ein paar Tage hierbehalten, aber, wie gesagt, sie wollten los. Kann ich ja auch verstehen. Ablenkung ist das Beste. Sagt man.«

Sie zwang sich, tief durchzuatmen. Ablenkung war genau das, was ihr fehlte. Ein Job, ein Hobby, irgendetwas. Aber ihr ganzer Lebensinhalt war Patrick gewesen – Patrick und die Kinder –, die sie vermutlich bei Weitem nicht so sehr brauchten wie umgekehrt. Wenn sie nicht aufpasste, würde sie sich von den Mädchen abhängig machen, ihr eigenes Leben aufgeben. Und das durfte nicht passieren.

Schnell wechselte sie das Thema. »Und wie ist es bei euch? Kommst du da unten klar? Und wirst du im Sommer wieder anfangen zu arbeiten?«

»Uns geht es gut. Aber mit dem Arbeiten wird es wohl so bald doch noch nichts werden – wir bekommen nämlich noch ein Baby!«

Elizabeth hörte sich zu ihrem eigenen Erstaunen laut juchzen. »Oh, Anne, das freut mich aber für euch! Wann soll es so weit sein? Und wisst ihr schon, was es wird?«

Anne lachte. »Nein, es ist noch ganz am Anfang – du bist die erste außer Björn, die es erfährt, nicht einmal Lasse und Matti wissen davon. Ich wollte mir erst ganz sicher sein, weißt du. Das Baby soll Mitte August kommen, es ist also noch eine Weile hin. Na ja, natürlich wäre ein Mädchen nett, aber wir nehmen auch einen dritten Jungen. Egal, hauptsache, gesund!«

»Dann ist Matti ja nicht mehr der Kleinste, das wird ihn freuen. Reicht euch denn dann die Wohnung noch? Ich meine, ihr habt sie gerade erst gekauft …«

»Das wird schon eine Weile gehen, vier Zimmer sind es ja, und im Moment teilen sich die Jungs sowieso eins, weil Björn ein Arbeitszimmer braucht. Wir möchten uns dann nach einem erschwinglichen Reihenhaus umsehen, aber das wird sicher schwierig – hier bezahlt man glatt das Doppelte wie oben in Schleswig-Holstein! Aber viel höher ist der Verdienst hier nicht … Trotzdem, wir freuen uns. Sag mal, was ich fragen wollte – ich meine, nun ist ja deine Schwester da, aber würde es dir und den Kindern nicht vielleicht guttun, uns in den Osterferien mal zu besuchen? Tapetenwechsel, weißt du? Die Jungs freuen sich, wenn sie mal ein paar Tage bei der Oma sein können, dann ist auf jeden Fall ein Zimmer frei. Und wir kommen mal wieder richtig zum Klönen …«

Elizabeth schloss die Augen und lächelte. *Liebe Anne!* Die Aussicht darauf, ein paar Tage in München zu verbringen, gefiel ihr ausgesprochen gut. Sie war noch nie dort gewesen und für die Mädchen war München bestimmt spannend …

In diesem Moment fiel ihr jedoch siedend heiß ein, dass Patrick bereits vor Weihnachten eine Familienreise nach Mallorca gebucht hatte, die sie bis jetzt noch nicht storniert hatte. Sie rieb sich mit dem Handrücken die Stirn. Wieso musste das denn alles so furchtbar kompliziert sein?

»Weißt du, Anne, eigentlich hatten wir im November schon einen Familienurlaub gebucht – Mallorca. Ich habe bis eben überhaupt nicht daran gedacht, erst als du das von München sagtest, fiel es mir plötzlich wieder ein. Vielleicht storniere ich die Reise einfach. Ich habe sowieso keine Lust, alleine am Strand zu liegen, zwischen lauter Pärchen, und mir unendlich dumm dabei vorzukommen. Aber erst muss ich mit den Mädchen sprechen. Ich kann sie ja nicht einfach übergehen, weißt du?« Sie zögerte. »Ich weiß sowieso noch nicht, wie es hier weitergehen soll, oder ob wir vielleicht nach England zurückgehen …« Die Tränen brannten in ihren Augen, und sie blinzelte rasch. »Ach, Anne, wie schön wäre es, wenn du jetzt hier sein könntest, um einen Kaffee mit mir zu trinken! Ich trinke im Moment nur noch Tee, und das literweise. Die englische Art der Trauerbewältigung, nehme ich an.«

Wow, ich werde sarkastisch. Aber im Moment schien sie einfach alles zu nerven. Sogar der Tee.

»Hey, ich vermisse dich auch«, meinte Anne. »Aber ich bin nicht aus der Welt, weißt du? Und Kaffee kannst du selbst kochen. Zumindest, seit ich dir den schönen Porzellanfilter geschenkt habe. Benutzt du den oft?«

Elizabeth rutschte unruhig auf dem Treppenabsatz hin und her. Sie wollte nicht, dass ihre Freundin sie für unselbstständig hielt. Schließlich war sie eine erwachsene Frau von vierzig Jahren, da brauchte sie wohl niemanden, der ihr den Kaffee kochte, oder? »Ja, schon … wenn ich Kaffee trinke halt. Vielleicht sollte ich mir gleich mal eine Tasse machen.«

Anne lachte. »Tu das. Also, pass auf, ihr seid hier jederzeit willkommen, ihr drei. Wirklich jederzeit, wir können immer irgendwie zusammenrücken. Überlegt euch ganz in Ruhe, was ihr in den Ferien machen wollt. Vielleicht tut euch die Sonne von Mallorca ja auch gut, hm? Was meinst du?«

Die Sonne von Mallorca, in der Tat …

Sie zögerte, bevor sie antwortete: »Ja, vielleicht. Ich melde mich dann … entschuldige, Anne, ich muss los. Ich habe den Kindern versprochen, sie heute an ihrem ersten Tag abzuholen.«

Nachdem sie aufgelegt hatte, blieb sie noch eine Weile auf dem Treppenabsatz sitzen und dachte nach. Mallorca oder München – die Frage brauchte sie den Mädchen wahrscheinlich gar nicht erst zu stellen. Natürlich würden sie in die Sonne wollen. Wahrscheinlich würde es ihr auch guttun, aber …

»Elizabeth?«

Catherine kam die Treppe nach oben, ein Geschirrtuch in der Hand. »Soll ich den Auflauf schon in den Ofen schieben? Es ist gleich halb eins. Ich kann auch gern die Mädchen abholen, wenn du …« Sie blieb stehen, als sie das tränennasse Gesicht ihrer Schwester sah.

»Ach, Beth«, murmelte sie, kniete sich vor ihr auf die Stufe und schlang beide Arme um ihre schmalen Schultern. »Ach, Beth …«

Als Catherine später mit den Mädchen nach Hause kam, duftete es bereits köstlich nach dem Kartoffel-Hack-Auflauf, den Catherine eigens für ihre Nichten gemacht hatte.

»Mmmmh, das riecht aber gut!«, rief Mary und warf ihren Rucksack achtlos in die Ecke. »Kannst du nicht hierbleiben und immer so leckere Sachen für uns kochen, Cathy?«

Catherine drehte sich zu ihr um, die Topflappen noch in der Hand, und entgegnete freundlich, aber bestimmt: »Deine Mutter ist eine ganz ausgezeichnete Köchin, Mary, und macht ein besseres Roastbeef als ich. Aber wo wir gerade von Hausarbeit sprechen, trag doch bitte deinen Rucksack in dein Zimmer und wasch dir die Hände, bevor wir essen, ja? Und dann kannst du uns eine Flasche Apfelsaft aus dem Keller holen.«

Mary zog ein Gesicht, tat aber sofort, was ihre Tante gesagt hatte.

Niemand anderes durfte so mit ihr sprechen, da war sie sehr empfindlich. Aber Tante Cathy war eben etwas Besonderes, und sowohl sie als auch Vicky würden absolut alles für sie tun – und alles vermeiden, was sie verärgern oder verletzen könnte.

Erst am Nachmittag, als die Mädchen ihre Hausaufgaben machten, fand Elizabeth Zeit, um mit ihrer Schwester über Sarahs Brief zu sprechen.

»Du hast wirklich eine liebe Tochter, Cathy, und die Idee mit England gefällt mir auch sehr gut – ehrlich gesagt, finde ich sie geradezu verlockend. Aber … aber ich weiß nicht, ob es eine Lösung ist, oder vielleicht genau das Gegenteil. Vielleicht wäre es leichter für uns in England – vielleicht aber auch nicht. Ich weiß es einfach nicht, Cathy!«

Sie fuhr sich mit den Fingern durch die dichten, dunkelbraunen Locken und schüttelte seufzend den Kopf. »Als Anne vorschlug, dass wir in den Ferien zu ihr nach München kommen könnten, war das zunächst auch sehr verlockend für mich, und vielleicht fahren wir tatsächlich – wenn wir nicht doch nach Mallorca fliegen. Das muss ich noch mit den Mädchen besprechen. Aber weißt du, ich kann nicht so weitermachen, so bin ich immer irgendwie auf der Flucht, und das geht nicht. Ich muss mich auch irgendwann dem Alltag stellen. Und Alltag heißt, mich hier alleine zurechtzufinden, mir eine Arbeit zu suchen, neue Freunde zu finden … *hier.* Wenn wir nach England zurückgehen, ist das doch auch eine Art von Flucht, oder? Ich meine, ich kann mich doch nicht ständig an irgendjemanden klammern, weder an dich noch an Anne. Gott weiß, wie gerne ich Anne noch hier hätte! Aber sie ist nun einmal nicht mehr da, und auch dich müssen wir irgendwann wieder gehen lassen … hast du eigentlich schon einen Flug gebucht?«

Catherine schüttelte den Kopf. »Um diese Jahreszeit gibt es genug Flüge. Und ob ich nun direkt nach Birmingham fliege oder bis nach London und dann mit dem Zug nach Coventry weiterfahre, ist mir eigentlich einerlei. Das macht für mich keinen allzu großen Unterschied.«

Sie sah ihre Schwester mitfühlend an. »Aber sei nicht so hart mit dir,

Beth. Es ist erst wenige Wochen her, weißt du … du musst hier jetzt nicht die Heldin spielen – schon gar nicht vor mir. Okay?«

Elizabeth biss sich auf die Lippen, nickte jedoch tapfer. Dann lehnte sie ihren Kopf an Cathys Schulter und murmelte: »Danke, Cathy … Tagsüber geht es schon ganz gut, zumindest, solange ich beschäftigt bin. Aber nachts …«

Bei dem Gedanken an die leere Seite in ihrem Ehebett versagte ihr die Stimme. Sie presste die Lippen fest aufeinander und schüttelte den Kopf, als könnte sie damit die Tränen zurückhalten, die sich bereits in ihren Augen gesammelt hatten und jeden Moment über ihre Wangen strömen würden. Doch dann hielt sie es nicht mehr aus und warf sich ihrer Schwester weinend in die Arme. Es tat so weh! So weh!

Catherine hielt sie und wiegte sie hin und her, wie sie es auf dem Schiff schon getan hatte – und in den Tagen davor, seit ihre Schwester in England angekommen war, um sich für immer von ihrem geliebten Mann zu verabschieden. Wie tapfer sie das alles durchgestanden hatte! Und wie tapfer sie jetzt schon der Zukunft entgegenblickte, sich Gedanken darüber machte, wie sie einen Job finden, wie es weitergehen sollte. Sie wüsste nicht, was sie tun würde, wenn Paul jemals etwas zustoßen sollte … Sicherlich, ihre Gemeinde würde sie schon irgendwie auffangen, und da wäre immer noch Pauls Familie in Atherstone, nur etwas über fünfzehn Meilen entfernt. Aber sie wollte sich lieber nicht vorstellen, wie es wäre, wenn Paul tatsächlich etwas zustieße. *Mir würde der Boden unter den Füßen weggezogen werden, so viel steht fest, und ich wüsste nicht, wie ich jemals wieder stehen sollte.*

Es verging eine lange Zeit, ehe das Schluchzen allmählich nachließ und schließlich ganz aufhörte. Catherine strich ihrer Schwester behutsam einige vom Weinen feucht gewordene Haarsträhnen aus dem Gesicht und reichte ihr ein Taschentuch.

»Wollen wir einen Spaziergang machen? Meinst du, die Kinder kommen eine Weile alleine klar?«

Elizabeth putzte sich die Nase und nickte. Dann stand sie auf, um die leeren Tassen zur Spüle zu bringen. Ihre Beine zitterten, und sie musste langsam gehen. »Sicher. Und wenn etwas ist, können sie mich ja auf dem

Handy erreichen. Auch wenn ich nicht glaube, dass ich ihnen im Moment eine große Hilfe bin … Ich gehe eben schnell nach oben und sage Bescheid. Hast du Handschuhe mit? Es ist kalt, glaube ich.«

Zunächst stapften sie eine Weile schweigend nebeneinander her. Das Wetter war nicht besonders schön, frostig, grau und kalt – keine Sonne weit und breit. Aber immerhin war es trocken, und die Luft war angenehm frisch.

Elizabeth schnupperte. »Es riecht schon nach Frühling, findest du nicht?«

Catherine lachte. »Du mit deiner Häschennase! Aber sieh mal, dort im Garten blühen schon einige Frühchen, Krokusse und auch andere … wie heißen die gelben, weißt du das?«

»Ich glaube, sie nennen sie hier Winterlinge. Wir haben auch ein paar hinten im Beet. Patrick hat ganz viele neue Zwiebeln gesetzt im letzten Herbst. Wenn die Blumen herauskommen, werden sie mich an ihn erinnern …« Sie spielte nervös mit dem Ende ihres Schals. »Cathy? Glaubst du, dass Patrick im Himmel ist?«

Dabei sah sie ihre Schwester hoffnungsvoll an. In ihrem Blick lag so etwas wie eine unausgesprochene Bitte, ein Flehen fast.

Catherine zögerte eine Sekunde lang, bevor sie Elizabeth einen Arm um die Schulter legte und weiterging, während sie sprach. »Ehrlich gesagt, Beth, kann ich dir darauf keine Antwort geben. Es war noch keiner von uns dort und ist wieder zurückgekehrt, um uns zu erzählen, wie es im Himmel ist. Gott allein hat die Macht zu entscheiden, wer in den Himmel kommt und wer nicht, aber wir Menschen dürfen uns nicht anmaßen, diese Entscheidung beeinflussen zu können. Genauso wenig, wie wir etwas über die letzten Sekunden im Leben eines Menschen sagen können, in denen dieser vielleicht noch umkehrt und so seinen Weg zu Gott findet. Wir wissen es einfach nicht, Beth. Aber wir wissen, dass wir einen liebenden, gütigen Vater im Himmel haben, dem es wichtig ist, dass möglichst keiner verloren geht, und darauf können und dürfen wir hoffen.« Sie hielt einen Moment inne und dachte über das nach, was sie gerade gesagt hatte. Sehr tröstlich war es wohl nicht und sicherlich auch nicht gerade das, was Elizabeth zu hören gehofft hatte, aber was hätte sie ihr anderes sagen können? Natürlich war Patrick ein überaus liebenswerter Mensch gewesen – aber er hatte sich ihres Wissens nach nie für Jesus entschieden, und das war in Catherines Augen das Einzige, was wirklich zählte, denn so stand es in der Bibel. Aber vielleicht war diese Entscheidung noch im letzten Moment gefallen, wer konnte das wissen?

Elizabeth nickte langsam, wie zu sich selbst. »Ich hoffe, dass du recht hast, Cathy …«

Doch plötzlich brach es aus ihr heraus: »Ich habe ihn doch so sehr geliebt!!! Wie kann ich es ertragen, ohne ihn zu leben *und* nicht einmal zu wissen, ob es ihm jetzt gut geht? Wie soll ich das ertragen, Cathy, wie??!«

Catherine schüttelte den Kopf. »Ich weiß es nicht, Liebes. Ich weiß es einfach nicht …«

Ach, Beth, wie soll ich es dir erklären? Und wie soll ich dich trösten – wie soll man jemanden trösten, der so verzweifelt trauert wie du? Er war die Liebe deines Lebens, und nichts und niemand kann ihn ersetzen. Nichts und niemand. Niemals.

Am späten Nachmittag begann es zu schneien. Mary sah aus dem Fenster und schüttelte den Kopf. »Es ist fast März, man sollte meinen, es könnte mal Frühling werden! Mama, du musst mir mit Mathe helfen, ich kann das einfach nicht! Bitte, ja?«

Elizabeth seufzte und hob ihre mehligen Hände. »Kann ich noch den Brotteig fertig kneten, bitte? Sonst gibt's nämlich morgen nur Knäckebrot, weißt du. Oder Zwieback. Mach du doch inzwischen mal die Badezimmer sauber, dazu bin ich noch gar nicht gekommen.«

Zu ihrem Erstaunen sprang ihre Große sofort auf und eilte zum Putzschrank im Flur. »Welchen Lappen nimmst du fürs Bad, Mama? Den grünen?«

»Ja. Und sieh bitte nach, ob wir noch WC-Reiniger haben, sonst muss ich morgen welchen besorgen. Wenn ihr noch etwas aus der Drogerie braucht, müsst ihr mir Bescheid sagen.«

Es fiel ihr leicht, sich mit solchen Alltäglichkeiten auseinanderzusetzen, leichter, als sie angenommen hatte. Aber wovor ihr wirklich graute – und sie wusste, dass sie es nicht ewig würde hinausschieben können –, war das Ordnen und Aussortieren von Patricks persönlichen Sachen. Der Gedanke, seine ganzen Hemden, Jacken, Hosen und andere Kleidungsstücke aus dem gemeinsamen Schrank räumen und in Kisten verpacken zu müssen, verursachte bei ihr Magenschmerzen. Das Ganze hatte etwas so Unabänderliches, Endgültiges …

Niemals wieder würde sie ihm morgens etwas zum Anziehen hinlegen, wenn er einen geschäftlichen Termin hatte, nie wieder in letzter Minute sein einziges Smokinghemd bügeln, während er noch schnell duschte, eine Stunde vor Beginn der Oper. Bei dem Gedanken musste sie schmunzeln. Was für ein charmanter Chaot er doch gewesen war! Wenn es um Geschäftliches gegangen war, war er beinahe schon ein Pedant gewesen und hatte kaum jemals etwas vergessen, aber im praktischen Leben … oh je! Wie oft hatte sie dann die Dinge selbst in die Hand nehmen müssen. Sie erinnerte sich an Marys Geburt, als wäre es gestern gewesen. Als am frühen Nachmittag die Wehen eingesetzt hatten, hatte sie Patrick in seinem Büro in Leicester angerufen und in Ruhe angefangen, ihre Tasche für die Klinik zu packen. Als Patrick kurze Zeit später hereingestürmt gekommen war, hatte er seine Schlüssel im Kofferraum des Autos liegen lassen – und diesen natürlich zugeschlagen. Während er noch mit sich selbst schimpfend im Wohnzimmer auf- und abgelaufen war, hatte Elizabeth bereits das Taxi gerufen.

Als Mary Ann Webster fünf Stunden später das Licht der Welt erblickt hatte, war ihr Vater draußen auf dem Krankenhausflur vor Erschöpfung eingeschlafen.

4

»Also, ich hätte schon Lust, nach Mallorca zu fliegen. Wieso denn auch nicht? Ein bisschen Sonne wird uns allen guttun«, fand Mary. Sie hatte es sich in einer Ecke des Sofas gemütlich gemacht und wickelte ein Kaubonbon aus.

Elizabeth sah zu Vicky hinüber, die sich wie eine kleine Katze in dem Lieblingssessel ihres Vaters zusammengerollt hatte. Sie antwortete nicht gleich, sondern zog sich eine Decke über die Knie und murmelte schließlich etwas, das wie »egal« klang. Ihrem Blick nach zu urteilen, war sie mit ihren Gedanken ziemlich weit weg – und nicht auf Mallorca.

»Wollen wir es uns noch ein paar Tage überlegen? Dann kann ich die Reise am Wochenende immer noch stornieren, wenn wir uns entscheiden, nicht zu fliegen.«

»Aber wird dann die Stornierung nicht immer teurer?«

»Darum geht es nicht, Mary, auf die paar Euro kommt es nun wirklich nicht an. Aber ich habe das Gefühl, dass Vicky sich die Sache noch einmal überlegen möchte. Sonst gibt es am Ende nur Gemaule, und davon hat keiner was.«

»Es ist mir egal! Es ist mir vollkommen piepegal!«, rief Vicky, plötzlich zornig. Damit sprang sie auf, warf die Decke zur Seite und rannte aus dem Zimmer.

Mary sah ihr verwundert nach. »Was hat sie denn auf einmal?«

Elizabeth seufzte. »Ich weiß es nicht, Mary. Vielleicht war heute einfach nicht der richtige Zeitpunkt. Lass uns mal ein paar Tage nicht dran rühren, okay?«

Mary zog ein Gesicht. »Toll! Und wenn sie dann immer noch bockig ist und sagt, ihr sei alles egal? Fliegen wir dann oder nicht? Ich jedenfalls will hier nicht zwei Wochen lang nur herumsitzen. Ann-Kristin fährt in die Schweiz zum Skilaufen, Vivien fliegt nach Gran Canaria, und Malin fährt mit ihrem Vater nach Dänemark – und ich?!«

Elizabeth fühlte, wie eine unbändige, heiße Wut in ihr hochstieg. Am liebsten wäre sie aufgesprungen und hätte ihre Tochter angeschrien, die so selbstsüchtig war und nur an ihr eigenes Vergnügen zu denken schien.

Ist es denn meine Schuld, dass alles so anders gekommen ist? Glaubt ihr nicht, ich wäre gern mit euch und eurem Vater nach Mallorca geflogen wie geplant? Aber so ist es nun einmal nicht, und wir können es nicht ändern! Das Schicksal hat es anders gewollt, wie man so schön sagt.

Stattdessen schüttelte sie nur schweigend den Kopf.

Schließlich zuckte Mary mit den Schultern. »Na gut, da bleibt uns wohl nichts anderes übrig, als abzuwarten, bis Lady Victoria sich da oben abgekühlt hat … Wie lange bleibt Tante Cathy eigentlich noch hier?«

»Wenigstens noch eine Woche, denke ich. Sarah hat nächste Woche Ferien. Hast du ihren Brief gelesen? Was schreibt sie?«

»Ach, nichts Besonderes, sie erzählt von ihrer Schule und ihrer Kirche und dass sie in den Ferien zu Maggie und Simon fährt.«

Pauls älterer Bruder Simon bewirtschaftete zusammen mit seiner Frau Maggie, einer gebürtigen Schottin, die elterliche Farm in Atherstone, einem kleinen, verschlafenen Ort, der etwa zwanzig Kilometer nördlich von Nuneaton lag. Sie vermieteten im Sommer zwei ihrer Zimmer auf Bed-and-Breakfast-Basis und züchteten außerdem Border Collies. Ihre einzige Tochter Murron war Lehramtsanwärterin im benachbarten Tamworth, wohnte allerdings noch bei den Eltern. Dann waren da noch die alten O'Connors, die den erst kürzlich angebauten Flügel des alten Farmhauses bewohnten und dort ihren wohlverdienten Ruhestand und die herrliche Aussicht über die Felder und Wiesen genossen – und den Blick auf das Gutshaus Mayfield Manor, das unweit auf einem Hügel lag.

Bei dem Gedanken an das Herrenhaus lächelte Elizabeth still vor sich hin. Als junges Mädchen hatte sie – wie viele andere an ihrer Schule auch – für den einzigen Sohn und Erben der Bentleys geschwärmt, die ihres Wissens nach noch immer auf dem Gut lebten. Er hieß William, wenigstens mit erstem Namen, und war damals der bestaussehende Junge an der Rugby School gewesen, an der ihr Vater zu der Zeit unterrichtet hatte; jedes Mädchen in Rugby hatte ihn wenigstens vom Namen her gekannt. Sie war William auf einer Tanzveranstaltung zum ersten Mal begegnet und war dann einige Male mit ihm ausgegangen, doch schon bald nachdem er sein Abitur gemacht hatte, hatten sie sich wieder aus den Augen verloren. Jahre später hatte sie ihn noch ein- oder zweimal auf der Farm wieder getroffen, als Catherine mit Paul verheiratet und sie bereits mit Patrick verlobt war. Wie lange das alles doch schon her war!

»Hörst du mir überhaupt zu, Mama? Ich hab dich was gefragt!«

Elizabeth zuckte zusammen, als fühlte sie sich ertappt. »Entschuldigung, Liebes, ich war wohl in Gedanken. Was sagtest du?«

»Ich fragte, ob du nach England zurückgehen willst. Willst du?«

Am liebsten sofort. Aber ihre Antwort war nur ein Vages: »Ich weiß nicht, mal sehen. Aber wir versuchen es erst mal hier, glaube ich. Zusammen werden wir es schon irgendwie schaffen, was meinst du?«

Ein Lächeln der Erleichterung breitete sich auf Marys Gesicht aus. »Klar schaffen wir das, Mama. Bestimmt.«

»War aber ein lieber Gedanke von dir. Weißt du, natürlich vermisse ich Catherine und Paul und all die anderen, und bestimmt wäre vieles leichter da drüben.«

Aus dem Augenwinkel bemerkte sie, wie Marys Gesicht lang wurde. Sie fuhr hastig fort: »Aber nun lasst uns erstmal sehen, wie wir das mit dem Urlaub machen, und wenn wir wieder da sind, schreibe ich mal ein paar Bewerbungen. Wenn es gar nicht klappt, können wir immer noch weiterreden. So, und nun Ende der Diskussion, ich bin müde und gehöre ins Bett. Und du sicher auch – du lieber Himmel, es ist ja fast zehn! Musst du morgen nicht zur ersten Stunde?«

»Zur nullten! Wie immer in diesem Halbjahr. Der neue Stundenplan ist wirklich nichts für Langschläfer! Aber wir haben als Erstes Geschichte bei Herrn Meyer, da kann man so herrlich schlafen ... oh, Entschuldigung. Ich gehe jetzt mal nach oben und packe meine Schultasche. Gute Nacht!«

Nachdem Mary hinausgegangen war, sah Elizabeth sich verträumt im Wohnzimmer um. An den Wänden hingen Fotografien aus verschiedenen Urlaubsreisen, von den Hochzeiten, die sie im Laufe der Jahre besucht hatten, von ihren Töchtern, Nichten und Neffen. Über dem Sideboard befand sich ein Ölbild der O'Connor'schen Farm, das Murron gemalt hatte. Dafür, dass sie immer behauptete, nicht besonders gut malen zu können, war es ziemlich gelungen. Im Hintergrund konnte man sogar die Silhouette des alten Herrenhauses erkennen. Plötzlich überfiel Elizabeth furchtbares Heimweh. Wie schön wäre es, jetzt bei Maggie am Kachelofen in der alten Bauernküche zu sitzen und Maggies selbst gebackene Rosinenbrötchen zu essen … mmmh, ganz frisch aus dem Ofen, mit viel Butter und Erdbeermarmelade …

»Hey, Beth, störe ich oder kann ich reinkommen? Ich wollte mir gerade einen Kaffee machen, trinkst du einen mit?«

Catherine stand in der Tür, ein Schulheft von Vicky in der Hand. Sie war die ganze Zeit über im Dachgeschoss gewesen, wo sie in Patricks Büro gesessen und gelesen hatte, um ihrer Schwester und ihren Nichten Gelegenheit zu geben, in Ruhe miteinander zu sprechen.

»Nein, danke, ich glaube, ein Sherry würde mir jetzt eher guttun. Ehrlich gesagt.«

»Trinke ich auch gerne einen mit.«

Catherine kam herein und setzte sich neben ihre Schwester auf die Couch. »Vicky hat mir einen Hausaufsatz gegeben, den sie in Englisch geschrieben hat. Ich soll ihn mir mal durchlesen – wirklich faszinierend! Ich glaube nicht, dass Sarahs Deutsch annähernd so gut ist, und sie hat schon im dritten Jahr Deutsch.«

»Vicky ist in einer sogenannten bilingualen Klasse, in der sie in den ersten zwei Jahren zwei Zusatzstunden Englisch pro Woche bekommt und dann ab Klasse 7 Erdkunde auf Englisch lernen wird«, erklärte Elizabeth und stand auf, um die Karaffe mit dem Sherry aus der Vitrine zu holen. »Außerdem darfst du nicht vergessen, dass hier zu Hause praktisch nur Englisch gesprochen wird.«

»Hm. Klingt interessant, diese bilinguale Sache. Macht Mary das auch?«

Elizabeth schüttelte den Kopf. »Nein, das gab es vor drei Jahren noch nicht. Vickys Klasse ist sozusagen das Pilotprojekt der Schule.«

Catherine nickte nachdenklich. »Aha. Damit hätte Vicky doch die besten Voraussetzungen in England, oder? Ich meine – ich weiß ja nicht, ob du inzwischen noch einmal darüber nachgedacht hast. Aber du sagtest ja selbst, dass du dich hier nie wirklich zu Hause gefühlt hast, und jetzt …«

»Doch, ich habe schon darüber nachgedacht, aber ich fürchte, dass die Kinder da einiges gegen einzuwenden hätten. Für sie ist das hier ihr Zuhause, weißt du?«

Sie goss den goldfarbenen Sherry in zwei Gläser und reichte eines ihrer Schwester.

»Auf dich, Cathy. Danke, dass du da bist!«

»Das ist doch selbstverständlich. Lass uns lieber auf dich trinken, meine tapfere, kleine Schwester. Cheers!«

»Ach was, tapfer …«, murmelte Elizabeth, nachdem sie einen Schluck getrunken hatte. »Ich muss ja. Irgendwie muss es doch weitergehen, oder?«

»Irgendwie, ja.« Catherine schwenkte nachdenklich ihr Glas hin und her. »Wahrscheinlich wäre die Woche auf Mallorca gut, um mal Ordnung in deine Gedanken zu bringen, die Dinge aus dem nötigen Abstand zu betrachten, meinst du nicht? Ich an deiner Stelle würde jedenfalls fliegen. Bewerbungen schreiben kannst du ja dann immer noch, wenn du zurückkommst, sonnengebräunt und mit hoffentlich einem Pfund oder zwei mehr auf den Rippen. Versprichst du mir auch gut zu essen, wenn ich wieder weg bin?«

Elizabeth grinste. »Ja, Mama …«

Dann nahm sie das Schulheft und begann zu lesen. »*My favourite animal* – so so …«

Als sie den Aufsatz zu Ende gelesen hatte, stand sie auf und ging nach oben zu ihrer Tochter, die, halb unter ihrer Decke vergraben, im Bett lag und – wie könnte es anders sein? – ein Hundebuch las. *Lassie come home.*

»Na, meine Süße, ganz vertieft?« Sie setzte sich auf die Bettkante und strich Vicky übers Haar. »Ich habe eben deinen Aufsatz gelesen. Hat mir gut gefallen.«

Vicky legte das Buch zur Seite. »Wir sollten eigentlich etwas anderes schreiben, über unsere nächsten Ferien, im Futur, weißt du? Aber ich wusste da überhaupt nichts – echt gar nichts – und da hab ich eben über was anderes geschrieben …«

Ihre Mutter runzelte überrascht die Stirn. »Hm. Da ist aber kein einziger Satz im Futur drin, oder?«

»Doch, im letzten Satz heißt es: ›Someday I'm going to have a collie of my own and I will call her Carrie‹!«

Daraufhin musste Elizabeth herzlich lachen. »Du bist sehr originell, das muss ich sagen. Hoffentlich überzeugt das auch die Lehrerin! Also, weißt du, was den Urlaub angeht … lass uns morgen noch mal in Ruhe drüber reden, okay?«

»Mir ist es wirklich egal, Mama. Lesen kann ich schließlich überall, und – und Papa fehlt sowieso, egal, wo wir sind …«

Elizabeth nahm sie rasch in die Arme und drückte sie fest an sich. »Ich weiß, Liebes. Er fehlt mir auch. Er fehlt mir doch auch …«

»Ich vermisse ihn! So sehr!«, schluchzte Vicky und vergrub ihr Gesicht in dem Pullover ihrer Mutter. »Was machen wir nur ohne ihn, Mama? Was machen wir nur ohne Papa?«

Elizabeth strich ihr beruhigend über den Rücken und schloss die Augen, in ihrem Inneren nach einer Antwort suchend, wissend, dass sie keine finden würde.

Ich weiß es doch selbst nicht – ich weiß es doch selbst nicht …

»Es wird schon irgendwie gehen, Vicky – irgendwie … solange wir drei zusammen sind und nicht aufgeben, finden wir bestimmt einen Weg. Im Moment ist Tante Cathy da, um uns zu helfen, und das ist doch schon mal gut, oder?«

Vicky sagte nichts, sondern sah zum Fenster hinüber.

Sie sieht ihm so ähnlich! Diese langen, schmalen Hände in ihrem Schoß, das blonde Haar mit dem leichten Rotschimmer, die verträumten blauen Augen, ja, selbst ihr Blick, in dem gerade jetzt so viel Sehnsucht lag – das war Patricks Blick. Und sein Gesicht war, genau wie Vickys, im Sommer mit unzähligen Sommersprossen übersät gewesen. Bei der Arbeit und beim Autofahren hatte er in den letzten Jahren eine Brille getragen, was ihn in Elizabeths Augen sogar noch attraktiver gemacht hatte. Außerdem hatte er einen unwiderstehlich jungenhaften Charme gehabt, der es ihr unmöglich gemacht hatte, ihm jemals länger als fünf Minuten böse zu sein, selbst dann nicht, wenn er beim Abtrocknen den Henkel ihrer Lieblingstasse abbrach. »Du hast doch so viele Lieblingstassen«, hatte er sie geneckt und auf das dunkelblaue Küchenregal gedeutet, auf dem all die

Lieblingsstücke aus England aufgereiht waren, an denen seine Frau so hing. »Und ich bringe dir gerne wieder eine neue mit für deine Sammlung, wenn ich das nächste Mal rüberfahre.«

Doch Patrick Webster war nie mehr zurückgekehrt, um seiner Frau diese Tasse zu schenken, die jetzt in der Wohnzimmervitrine einen besonderen Platz erhalten hatte …

»Mama, glaubst du, dass Papa im Himmel ist?«

Oh nein, nicht schon wieder, nicht du auch noch …

Elizabeth straffte unwillkürlich die Schultern, bevor sie antwortete. »Ich weiß es nicht, Vicky, aber ich hoffe es von ganzem Herzen. Er war so ein wunderbarer Mensch! Und Gott weiß das, da bin ich ganz sicher.«

Vicky runzelte die Stirn, wischte energisch eine letzte Träne fort und sagte: »Cathy und Paul sehen das aber anders, oder?«

»Vielleicht, aber sie sind auch nicht allwissend. Die letzte Entscheidung trifft Gott, das hat mir deine Tante gerade erst gesagt. Also, mein Schatz, mach dir keine Sorgen, okay?«

Ihre Stimme klang zuversichtlicher, als sie sich in Wahrheit fühlte. Wer würde ihr diese Sorge jemals abnehmen können? Wer?

Nachdenklich ging Elizabeth nach unten zurück, wo ihre Schwester einen Stapel alter Zeitungen durchsah, den sie jetzt beiseiteschob.

»Na, schläft sie schon oder liest sie noch?«

»Natürlich liest sie noch, aber immerhin ein englisches Buch – wenn sie sich schon beim Hausaufsatz nicht ans Thema hält!«

Catherine lachte schallend, als ihre Schwester ihr von Vickys Schummelei erzählte.

»Köstlich! Einfach köstlich! Und ganz schön gewitzt für ihr Alter, vor allem die Sache mit der Grammatik, das ist echt clever. Von wem sie das wohl hat?«

»Von mir natürlich.«

Catherine lächelte. »Klar! Also, was meinst du, sollen wir mal zusammen eine Liste machen mit den Sachen, die in den nächsten Tagen erledigt werden müssen, ja?«

Elizabeth fühlte sich, zumindest was die Tage anging, schon ein wenig besser. Dafür waren die Nächte umso furchtbarer. Immer und immer wieder träumte sie von dem furchtbaren Unfall, der Patrick das Leben gekostet hatte. Sie hatte ihn inzwischen so oft in ihren Träumen durchlitten, dass sie beinahe anfing zu glauben, sie sei selbst dabei gewesen.

Patrick war, wie jedes Jahr, im Januar alleine nach England gefahren, um die Familie zu besuchen und Einkäufe zu erledigen – Tee, Kekse, Käse und Würstchen, Bücher und Videos – eben all die Dinge, die man hier nicht oder nur für viel Geld bekam. Das war ihm über die Jahre zur Gewohnheit geworden, und Elizabeth hatte ihn gern fahren lassen. Sie wusste, dass er diese Zeit für sich brauchte, und im Sommer waren sie ohnehin immer zusammen gefahren, meistens nach England.

Als Patrick eines Abends von Leicester nach Nuneaton unterwegs gewesen war, war ihm auf der Landstraße plötzlich ein Auto entgegengekommen, dessen Fahrer sich beim Überholen eines Vauxhalls offensichtlich verschätzt hatte – er hatte nicht mehr ausweichen können. Beide Fahrer waren sofort tot gewesen, nachdem es zum Frontalzusammenstoß gekommen war …

Die Fahrerin des Vauxhalls hatte rechtzeitig bremsen können, war jedoch im Graben gelandet, als ihr Wagen bei dem Bremsmanöver ins Schleudern geraten war. Sie hatte den Unfall leicht verletzt überstanden.

Die Tatsache, dass der gewissenlose Raser, der den Unfall verschuldet hatte, selbst dabei zu Tode gekommen war, war für Elizabeth beinahe eine Erleichterung, denn so würde sie sich nicht außerdem noch mit Hass- und Rachegefühlen quälen müssen. Natürlich hatte auch dieser junge Mann eine Familie hinterlassen, die um ihn trauerte – Eltern, Geschwister, eine Freundin vielleicht. Aber in Elizabeths gebrochenem Herzen war kein Platz mehr für Mitleid, da war nur eine einzige, große, kalte Leere, ein Loch, durch das alles, was nicht Patrick war, im Nichts verschwand. Mit der eigenen Trauer fertig zu werden war hart genug, vor allem morgens, wenn sie aus ihren Albträumen erwachte und nicht wusste, wie sie den Tag überstehen sollte. Sechs Wochen nach Patricks Tod tastete sie noch immer nach seiner Hand, wenn sie aufwachte. Nicht einmal Catherine konnte sie überreden, das Bettzeug wegzupacken, in dem er zuletzt geschlafen hatte. Elizabeth wusste, dass es sinnlos war und vermutlich alles nur noch schlimmer machte, doch sie klammerte sich an die Illusion, ihrem Patrick auf diese Weise näher zu sein, ihn noch ein wenig halten zu können, wenigstens nachts …

5

Elizabeth hockte mit angewinkelten Beinen auf dem Sofa, eine Wolldecke um sich geschlungen, und hielt ein Glas Rotwein in der Hand. Im Fernsehen lief *Titanic*, einer ihrer Lieblingsfilme. Sie war fest entschlossen, an diesem Abend erst dann ins Bett zu gehen, wenn sie sich vor Müdigkeit nicht mehr halten konnte, um nicht wieder im Bett zu liegen und sich stundenlang hin und her zu wälzen, wie sie es in den letzten Wochen so oft getan hatte. Es war der erste Abend, an dem sie mit den Mädchen ganz allein im Haus sein würde, denn Cathy war heute Morgen abgereist. Der erste von vielen, vielen Abenden allein.

In der Werbepause ging sie noch einmal nach oben, um nach ihren Töchtern zu sehen. Mary schlief bereits, doch bei Vicky brannte noch Licht. Elizabeth blieb mit verschränkten Armen im Türrahmen stehen.

»Na, du kleine Lesemaus, kannst du schon wieder kein Ende finden?«

»Ich hab das Buch von Sarah fast durch – es ist so spannend! Bitte, darf ich die letzten …«

Sie blätterte kurz in dem Buch. »… zwölf Seiten noch lesen? Dann mach ich gleich das Licht aus, versprochen!«

Dem bittenden Blick aus Vickys blauen Augen hatte schon Patrick nie widerstehen können. Wie oft hatte er ihr, Elizabeth, vorgeworfen, sie würde die Kleine zu sehr verwöhnen – und ihr dann selbst ein zweites Eis gekauft.

»Okay, aber dann wird geschlafen! Morgen ist Montag, da hast du sechs Stunden – also, schlaf gut!«

Elizabeth warf ihrer Tochter noch einen Luftkuss zu und machte sich wieder auf den Weg nach unten. Einen Moment hielt sie auf der Treppe inne. War da ein Geräusch? Ein Schatten? Sie warf einen ängstlichen Blick zur Tür und bemerkte, dass der Bewegungsmelder das Licht draußen ausgelöst hatte. Leise schlich sie zur Tür und schob mit heftig klopfendem Herzen den Vorhang zur Seite – nichts. *Wahrscheinlich nur eine Katze.* Elizabeth horchte noch eine Weile angestrengt, konnte aber nichts Außergewöhnliches hören, nur das entfernte Bellen eines Hundes. Kopfschüttelnd ging sie ins Wohnzimmer zurück. Patrick hatte immer halb im Scherz, halb im Ernst über Furchtsamkeit und ihre extreme Schreckhaftigkeit gesprochen – aber dass sie einmal ganz allein mit ihrer Angst sein könnte, daran hatte er sicher nicht gedacht.

Elizabeth kuschelte sich wieder aufs Sofa, zog sich die Decke über beide Knie und nahm einen tiefen Schluck aus ihrem Glas.

Sie hatten den Film im Kino gesehen, und obgleich sie sich nicht an alle Einzelheiten erinnern konnte, stellte sie fest, dass sie inzwischen auf einige Szenen ganz anders reagierte als damals. Zwar ärgerte sie sich immer noch über die Art und Weise, wie die Passagiere der dritten Klasse zurückgehalten wurden, als das Schiff sank (im Kino war sie sogar aufgesprungen, die Hände zu wütenden Fäusten geballt, worauf Patrick sie sanft in den Sitz zurückgezogen hatte), und sie litt auch dieses Mal entsetzlich mit der Mutter, die dort unten im Bauch des sinkenden Luxusliners ihren Kindern die letzte Gutenachtgeschichte ihres Lebens vorlas. Damals waren ihre eigenen Kinder noch kleiner gewesen, und sie hatte bei dieser Szene so furchtbar geweint, weil sie sich hatte vorstellen müssen, dass es Mary und Vicky wären.

Am schlimmsten aber fand sie die Szene, in der die angsterfüllte Rose ihrem Jack versprechen musste, weiterzuleben – und als Jacks lebloser Körper ins eisige Wasser glitt und versank, verlor Elizabeth vollkommen die Beherrschung und weinte so heftig, wie sie es seit Tagen nicht mehr getan hatte.

Patrick, schrie alles in ihr, *Patrick, Patrick!*

Was würde sie darum geben, ihn noch einmal zu sehen, nur noch ein einziges Mal seine Stimme zu hören, noch einmal von seinen kräftigen Arme gehalten zu werden? Noch ein Mal, nur noch ein einziges, allerletztes Mal!

Once more, you open the door …

Keine Tür würde sich öffnen, kein Patrick würde hereintreten, sie in seinen Armen halten und beruhigende Worte in ihr Ohr flüstern. Nie wieder.

You are safe in my heart and my heart will go on and on.

Würde ihr Herz weiterschlagen? Konnte sie wirklich weiterleben? Ohne ihn?

Die Tränen strömten nur so über ihr Gesicht, sie konnte dieses Lied einfach nicht ertragen, und sie hämmerte so lange auf die Fernbedienung ein, bis der Fernseher ausging. Jetzt war es plötzlich vollkommen still im Wohnzimmer, still und dunkel. Elizabeth vergrub ihr Gesicht in der Wolldecke und weinte, bis sie vor Erschöpfung einschlief.

Sie erwachte Stunden später davon, dass ihre Glieder schmerzten und ihre Augen brannten, und stand auf, um sich ein Glas Wasser zu holen. Dann schleppte sie sich ins Bett und fiel dort augenblicklich in einen tiefen, traumlosen Schlaf.

Als sie am nächsten Morgen gegen zehn nach unten kam, lag ein Zettel auf dem Küchentisch:

Guten Morgen, Mama! Wollten dich nicht wecken. Bis heute Mittag, M + V

Elizabeth schmunzelte, nahm den Zettel mit nach oben und ließ sich ein Bad ein. Heute würde sie sich ausruhen. Ein gutes Frühstück und ein langer Spaziergang an der frischen Luft würden ihr guttun und ein wenig Ordnung in ihre aufgewühlten Gefühle bringen. Hoffte sie wenigstens. Fast kam sie sich ein wenig undankbar vor, weil sie noch immer so traurig war. Während sie die Hand in das Wasser hielt, um die Temperatur zu prüfen, nahm sie sich vor, heute etwas Besonderes für ihre beiden Mädchen zu kochen, wenn sie aus der Schule kamen. Das hatten sie sich wirklich verdient. Am Wochenende würden sie nach Hamburg fahren und einen Stadtbummel machen, mit Eisessen und Kinobesuch, einen richtigen Frauentag eben. Wer weiß, vielleicht würde das auch sie selbst einmal auf andere Gedanken bringen.

Während sie bei Toast und Kaffee am Frühstückstisch saß, kam ihr noch ein anderer, wunderbarer Gedanke.

»Ob ich mit euch nach Mallorca fliegen möchte?« Anne war begeistert. »Na, du stellst Fragen! Klar möchte ich. Ich spreche gleich heute Abend mit Björn darüber, aber er hat bestimmt nichts dagegen. Und meine Schwiegermutter kommt bestimmt gerne zum Kinderhüten. Dann muss ich wenigstens nicht dabei zusehen, wie sie meine Schränke umräumt, Björns Unterhosen bügelt und den Jungs zu jeder Mahlzeit dick Nutella aufs Brot schmiert. Das komplette Verwöhnprogramm!«

Sie lachte, aber Elizabeth wusste, dass sie ihre Schwiegermutter nicht so besonders gern im Haus hatte – und da sie selbst ähnliche Erfahrungen mit ihrer eigenen Mutter gemacht hatte, konnte sie es gut nachempfinden, wie Anne sich dabei fühlte.

»Du Arme, hoffentlich findest du hinterher noch alles wieder. Fährst du dann mit dem Zug hier rauf? Der Flug geht ja ab Hamburg, Samstagmorgen um halb sieben … da kommst du wohl besser schon einen Tag früher, oder?«

»Ganz bestimmt, denn nachts möchte ich nicht Zug fahren – schon gar nicht, um dann gleich in den Flieger nach Mallorca umzusteigen! Das wäre dann doch ein bisschen zu viel, zumal ich ganz furchtbar unter dieser Schwangerschaftsmüdigkeit leide. Also, ich rufe an, sobald meine Familie grünes Licht gibt, ja?«

»Danke, Anne, das ist echt lieb von dir. Und ich freue mich, dich zu sehen!«

»Ich mich auch. Bis bald dann, grüß die Mädels von mir. Tschüss!«

Nach dem Telefonat fühlte Elizabeth sich gleich viel besser. Die Aussicht auf eine Woche Mallorca, allein im Doppelzimmer, ohne jemanden, mit dem sie reden konnte, hatte sie wirklich nicht gerade froh gestimmt. Nun freute sie sich auf die Ferien, zumal sie Anne seit deren Umzug im September letzten Jahres nicht gesehen hatte.

Sie erzählte Mary und Vicky beim Abendessen davon, hoffend, dass die beiden nichts dagegen haben würden. Vielleicht hätte Vicky gerne Sina eingeladen mit nach Mallorca zu kommen? Aber wie sich herausstellte, war ihre Sorge unbegründet.

»Das ist eine prima Idee, Mama«, meinte Mary. »Anne ist immer so lustig, die bringt dich bestimmt auf andere Gedanken. Wann kommt sie denn?«

»Freitag. Wir müssen ja am Samstag ganz früh los, ich glaube, der Flug geht schon um sechs. Wahrscheinlich werde ich den ersten Tag dort komplett verschlafen!«

Mary grinste. »Ist schon okay, Mama, wir cremen dir dann den Rücken ein, damit du nicht verbrennst, und ziehen selbst los. Apropos losziehen: Kann ich noch zu Malin gehen, Mathe üben?«

»Aber wirklich nur eine Stunde. Wenn du sonst noch Fragen hast, frag halt mich.«

Elizabeth wandte sich an Vicky. »Also, Vicky, dann werden wir beide den Abwasch wohl alleine machen müssen. Aber danach gönnen wir uns eine große Portion Eis, ja? Ich glaube, ich habe sogar noch irgendwo Schokoladensauce.«

In den nächsten Tagen versuchte Elizabeth, sich einen Überblick über die Stellenanzeigen in den Tageszeitungen zu verschaffen, aber es sah schlechter aus, als sie befürchtet hatte. Und wenn sie ehrlich war, war sie nicht einmal besonders traurig darüber: Sie konnte die Idee mit England einfach nicht aus ihren Gedanken verbannen; immer wieder fielen ihr weitere gute Gründe ein, dorthin zurückzugehen.

Heimlich warf sie auch einen Blick in die Immobilienspalten, um sich über die Preise für gebrauchte Reihenhäuser in ihrer Wohngegend zu informieren. Je nachdem, wie eilig sie es mit dem Verkauf hatte, würde sie wahrscheinlich Verluste machen, vor allem, weil sie und Patrick viel in das Haus investiert hatten, wie zum Beispiel den Dachbodenausbau, die neue Küche und der Carport, ganz zu schweigen von all den liebevoll selbst gezogenen Pflanzen im Garten, die Patricks ganzer Stolz gewesen waren. Vor allem die Rosen. Jede einzelne Rose hatte er für sie gepflanzt, als Symbol seiner unsterblichen Liebe, wie er sich ausgedrückt hatte. *Unsterblich, welche Ironie,* dachte sie mit einem Blick auf die rosa Kletterrose, die fast bis zu ihrem Schlafzimmerfenster emporgewachsen war. *Die Rosen vielleicht, aber du …*

Sie schluckte. *Du bist fort. Für immer. Und mit dir auch meine Liebe …*

Ehe sie sich versah, war der letzte Schultag da, und die gepackten Reisetaschen von Mary und Vicky standen bereits im Flur. Anne war am Abend davor mit dem ICE angekommen. Jetzt half sie Elizabeth beim Packen. Es fiel ihr immer noch furchtbar schwer, irgendetwas aus dem Kleiderschrank zu nehmen, ohne dabei in Patricks Fächer zu sehen, die jetzt alle leer waren. Sie und Catherine hatten alle Kleidungsstücke – nach langem Überlegen und Zögern sogar den Hochzeitsanzug, den er ohnehin seit Jahren nicht mehr getragen hatte, weil er zu eng geworden war, an dem sie verständlicherweise aber besonders hing – in Kisten gepackt und in einer der Kirchengemeinden abgegeben, die regelmäßig Kleidersammlungen durchführten.

Morgen früh um halb fünf würde ein Taxi vor der Tür stehen, um sie zum Flughafen zu bringen – eine Woche Sonne, Strand und Meeresrauschen …

Wir werden jeden Abend Cocktails am Strand trinken und dann schön beschwipst auf unser Zimmer gehen und … mhm …

Elizabeth schüttelte energisch den Kopf, während sie eine Bluse in die Reisetasche stopfte. *Er ist nicht da.* Ein Haufen Unterwäsche verschwand ebenfalls in der Tasche. *Er wird nicht da sein, um das zu dir zu sagen, und ich werde mich damit abfinden müssen, dass er es nie wieder tun wird – egal, wie weh es tut!*

Dann hielt sie inne, eines seiner Lieblings-T-Shirts in der Hand, das rosafarbene mit dem weißen Spitzenrand. *Liebe … Liebe stirbt eben doch.*

Eine Träne lief ihr die Wange hinab und kitzelte sie an der Nase, bevor sie auf ihre Lippen tropfte und dort einen salzigen Geschmack hinterließ.

»Bist du okay, Elizabeth? Hey – du weinst ja!« Anne ließ einen Badeanzug fallen, den sie gerade hatte einpacken wollen, und nahm ihre Freundin in die Arme.

Jetzt konnte Elizabeth die Tränen nicht länger zurückhalten.

»Wir haben uns doch so auf diesen Urlaub gefreut! Wie selten haben wir uns so was gegönnt, weil immer andere Dinge anstanden und das Geld zu knapp war und jetzt, jetzt – es ist so unfair, Anne! Es ist so unfair!«, schluchzte sie.

Anne wiegte sie in ihren Armen. »Ich weiß ... ich weiß, Elizabeth. Aber – ich glaube, Patrick würde sich jetzt freuen, wenn er dich am Strand sehen könnte, ganz schick im Bikini, und wüsste, dass du dich nicht unterkriegen lässt. Du bist so eine tapfere Frau, Elizabeth. Patrick wäre stolz auf dich, glaub mir, das wäre er.«

Elizabeth fühlte, wie ihr ganzer Körper sich anspannte, während Anne das sagte. *Ich bin nicht tapfer!! Wieso denken eigentlich alle, ich sei tapfer?*

Doch Anne war schon aufgestanden und streckte ihr eine Hand entgegen. »Komm, jetzt kochen wir uns erstmal einen Kaffee, ja? Der wird dir auf Mallorca nämlich nicht so gut schmecken. Ich weiß es, ich war schon mal da!«

»Okay ... oh, es ist ja schon gleich elf. Die Mädchen müssen jeden Augenblick hier sein. Vielleicht sollte ich mich auch mal um ein Mittagessen kümmern, anstatt hier herumzusitzen und dich vollzuheulen ...«

Anne legte ihr einen Arm um die Schulter. Sie war klein, blond und ein wenig pummelig – auch wenn sie nicht gerade schwanger war –, aber trotzdem sehr attraktiv und vor allem immer fröhlich. Keiner konnte so lachen wie Anne, fand Elizabeth.

»Du weißt genau, dass das nicht stimmt«, sagte Anne jetzt leise. »Ich habe nicht erwartet, ein fröhliches, hüpfendes Energiebündel hier vorzufinden. Aber dafür sind Freunde da. Und was das Essen angeht – ich nehme mir schnell dein Fahrrad und hole uns ein paar Pizzen, ja? Dann haben wir keinen Stress.«

Elizabeth nickte. »Gute Idee. Danke, Anne, du bist wirklich ein Schatz.«

Vierundzwanzig Stunden später saßen die beiden Frauen am Pool ihres Hotels in Can Picafort und tranken Cola, die eine mit, die andere ohne Rum. Elizabeth beobachtete ihre Töchter, die sich im Pool vergnügten. Sie spielten Ball und lachten und prusteten dabei, als wären sie mindestens fünf Jahre jünger und nicht fast dreizehn und fünfzehn. *Wie schnell sie groß werden – auf Mary muss man schon gut aufpassen, sie sieht aufreizend aus in ihrem neuen, knappen Bikini.*

Patrick hätte dagegen protestiert, dass eine seiner Töchter so viel Haut zeigt, aber sie fand es eigentlich ganz natürlich. Es gehörte zum Erwachsenwerden irgendwie dazu – nur allzu gut erinnerte Elizabeth sich an den Stress mit ihrem eigenen Vater, wenn sie und Cathy sich allzu kurze Röcke angezogen oder gar die Nägel lackiert hatten. Einmal hatte er Cathy sogar an den Haaren bis ins Badezimmer gezogen, um ihr eigenhändig dass Make-up vom Gesicht zu waschen. Matthew Thompson hatte seine eigenen Vorstellungen gehabt, wie junge Mädchen sich zu kleiden und zu frisieren hätten – und wie nicht. Aber vielleicht hatte er als Lehrer an einer Eliteschule wie Rugby School – die bis vor wenigen Jahren noch eine reine Jungenschule gewesen war – auch nicht anders gekonnt.

»Hey, woran denkst du?«

Elizabeth fuhr hoch. »Ach, nichts … ich beobachte meine beiden Großen. Wie findest du Marys Bikini? Ist der zu knapp oder ist das noch okay?«

Anne lachte. »Was du dir für Gedanken machst! Also, ich finde, sie sieht schick aus. Ist doch ganz natürlich für ihr Alter – besser, als wenn sich die Frauen mit Körbchengröße E in solche Dinger mit Reißverschluss vorne reinquetschen wie die beiden da drüben«, fügte sie leise hinzu und deutete mit dem Kinn auf zwei Frauen, die am Eingang zur Bar standen und wirklich wie gewollt und nicht gekonnt in ihren knappen, schwarzen Einteilern aussahen.

»Stimmt. Hoppla, Cola mit Rum auf nüchternen Magen haut mich ganz schön um, ich glaube, ich muss mal was essen. Sollen wir uns etwas vom Hotelkiosk holen und uns damit auf die Terrasse setzen? Oder wollen wir uns den Ort angucken und unterwegs was essen?«

»Frag die Mädchen. Die wollen bestimmt lieber auf Entdeckungsreise gehen, oder?«

Am Abend des zweiten Tages hatten sich Mary und Vicky bereits mit zwei anderen deutschen Mädchen in der Jugenddisco im Nachbarhotel verabredet, und so saß Elizabeth alleine mit Anne in einem der Strandcafés.

»Manchmal fällt es mir immer noch schwer zu glauben, dass ich für den Rest meines Lebens allein sein soll«, seufzte sie und rührte in ihrem Eiskaffee herum. »Sieh dir nur all diese Pärchen an! Ist es nicht furchtbar ungerecht?«

Anne nippte an ihrem alkoholfreien Cocktail, bevor sie antwortete. »Du weißt doch nicht, ob sie alle glücklich sind, oder? Gebrochene Herzen kann man nicht sehen. Gerade hier sind viele auf der Suche nach einem kleinen Urlaubsflirt, ein bisschen Spaß, auch außerhalb der Ehe – was ich persönlich ganz schön übel finde, aber so ist es oft auf diesen Inseln. Es wird gebaggert, was das Zeug hält! Sogar ich bin schon angemacht worden, habe ich dir noch gar nicht erzählt – heute Morgen am Pool, von so einem Typen, dessen Frau offensichtlich noch mit den Kindern beschäftigt war, jedenfalls habe ich die ganze Familie gestern beim Abendessen im Restaurant gesehen. Da fällt dir doch wohl nichts mehr zu ein, oder?«

»Nein, wirklich nicht …«

Elizabeths Blick schweifte in die Ferne, hinaus aufs Meer. *We'll stay forever this way, you are safe in my heart and my heart will go on and on …*

»Glaubst du an Liebe, die für immer hält – ich meine, für immer und ewig?«

Die Frage kam so unvermittelt, dass Anne ihre Freundin unsicher ansah. *Sie ist ganz weit weg,* dachte sie, *ganz weit weg … Wie soll ich sie ansprechen, was soll ich ihr jetzt sagen, ohne sie zu verletzen? Wieso fragt sie mich überhaupt so etwas Schweres, gerade jetzt?*

Doch Elizabeth schien überhaupt keine Antwort zu erwarten, sondern begann leise vor sich hin zu summen, den Blick immer noch auf den fernen Horizont geheftet. *Near, far, wherever you are …*

Als Anne am nächsten Morgen auf den Balkon hinaustrat, war der Himmel grau und mit dichten Wolken verhangen. Ein frischer Wind kam vom Meer herauf. *Das sieht ja nicht gerade nach einem weiteren Strand- und Pooltag aus,* dachte sie und seufzte. *Hoffentlich drückt das die Stimmung nicht noch weiter.*

Elizabeth war gestern den restlichen Abend über sehr schweigsam gewesen und war dann früh ins Bett gegangen, wo sie noch immer unter den Decken vergraben lag.

Ein leises Klopfen ließ Anne aufschrecken. Sie eilte zur Tür. »Oh, guten Morgen, Vicky. Na, habt ihr schon ausgeschlafen? Es ist doch noch nicht einmal sieben! Ist deine Schwester auch schon wach?«

»Die? Oh nein, die schläft noch ganz fest. Ich wollte dich was fragen … Schläft Mama noch?«

Anne drehte sich um und nickte dann. »Ja, Gott sei Dank. Sie war nicht besonders gut drauf gestern Abend und ist früh ins Bett gegangen, hat dann aber noch ziemlich lange gelesen. Ich konnte sie überhaupt nicht ansprechen. Wollen wir ins Restaurant hinuntergehen und einen Kakao trinken?«

»Ja, prima. Ich ziehe mir noch schnell ein Sweatshirt an. Wartest du unten?«

»Ich warte am Lift, dann fahren wir zusammen runter.«

Wenig später saßen sie sich im Restaurant gegenüber. Außer ihnen war noch kein Mensch zu sehen, nur die Hotelangestellten waren damit beschäftigt, das Frühstücksbüffet aufzubauen. Es duftete verlockend nach Rühreiern mit Speck, und Annes Magen knurrte fürchterlich, aber sie nahm sich trotzdem nur einen Kaffee und für Vicky einen Kakao. *Wenn ich im fünften Monat schon so gewaltig zunehme, kann ich mich am Ende dieser*

Schwangerschaft gar nicht mehr bewegen, dachte sie mit einem verstohlenen Blick auf ihren schon wohlgerundeten Bauch.

»So, dann schieß mal los. Was hast du auf dem Herzen?«

Vicky setzte sich Anne gegenüber an einen Tisch am Fenster und rührte in ihrem Kakao. »Ich wollte dich fragen, was Mama so erzählt. Ich meine … erzählt sie – erzählt sie von England?«

Anne seufzte. Also das war es! Das hätte sie sich ja denken können. Die Mädchen hatten Angst, nach dem Tod ihres Vaters auch noch ihr Zuhause zu verlieren. Für sie war Deutschland ihr Zuhause, aber für ihre Mutter war es das nie gewesen.

»Nein, mir hat sie nichts erzählt. Ich kann dir da leider gar nichts sagen, Vicky. Gar nichts, außer – außer, dass eure Mutter euch sehr liebt und bestimmt nichts tun wird, was euch unglücklich machen könnte. Das wisst ihr doch, oder?«

Vicky fühlte sich ertappt und wurde rot. »Ja, schon, aber … na ja, ehrlich gesagt, ich würde sogar mitgehen. Nach England, meine ich. Mir ist es eigentlich ganz egal, wo wir wohnen. Papa … kommt sowieso nicht zurück.« Sie senkte den Blick und begann mit einer Serviette zu spielen. »Aber Mary sieht das anders. Sie will um keinen Preis von Deutschland weg, und wenn Mama nur davon anfängt, dann …«

Anne nickte verständnisvoll. »Ich weiß. Ich weiß, Vicky. Aber sieh mal, im Moment sind wir doch hier, wir haben bis jetzt eine gute Zeit gehabt und was dann wird, wenn ihr wieder zu Hause seid … nun, das bleibt abzuwarten. Komm, trink deinen Kakao, bevor er kalt wird.«

Vicky nippte lustlos an ihrem Kakao und schwieg. Dann plötzlich begannen ihre Schultern zu beben, und im nächsten Moment schlug sie die Hände vors Gesicht und weinte. Anne sprang auf und schloss sie liebevoll in die Arme. Vicky weinte, bis sie müde wurde und ihr Kopf schmerzte. Dann ging sie auf ihr Zimmer und wusch sich das Gesicht, damit Mary ihr nichts anmerkte, wenn sie aufwachte. Mary nicht und vor allem Mama nicht.

Wie erwartet, schlug mit dem Wetter auch die Stimmung um. Am Nachmittag erkundigten Elizabeth und Anne sich nach Ausflugszielen in die nähere Umgebung und buchten für den nächsten Tag eine Busfahrt nach Palma. Die Mädchen genossen es, mal wieder ein wenig Stadtluft zu schnuppern, und vor allem Mary deckte sich reichlich mit Modeschmuck, Parfum und hübschen, aber knapp geschnittenen Kleidern ein, mit denen Elizabeth sie ganz bestimmt nicht zur Schule gehen lassen würde. Währenddessen besichtigten die beiden Frauen die Kathedrale und spazierten durch die Gärten in der Altstadt, tranken Cappuccino in einem der Straßencafés und kauften eine Menge Postkarten. Auf der Rückfahrt schliefen Vicky und Mary ein und hatten am Abend nicht einmal mehr Lust, in die Disco zu gehen.

Am nächsten Tag regnete es so sehr, dass sie beschlossen, im Hotel zu bleiben. Mary hätte ihre Mutter zwar gern überredet, ein Auto zu mieten und ins Landesinnere zu fahren, aber Anne war nach dem gestrigen Tag in der Stadt erschöpft, und auch Elizabeth hatte nur müde abgewunken. »Bei diesem Regen sieht man sowieso nicht viel von der Landschaft. Und aussteigen mag man eigentlich auch nicht, wenn es überall so nass ist, selbst wenn der Regen im Laufe des Tages nachlassen sollte. Weißt du was, ich glaube, die Sportangebote hier im Club sind ganz gut. Schau doch mal auf den Plan in der Halle.«

Am Abend wurde es allmählich besser, sodass sie alle zusammen noch einen langen Strandspaziergang unternahmen.

»Irgendwie habe ich mir das alles ein bisschen anders vorgestellt«, bemerkte Mary. »Viel mehr Sonne und Wärme und so …«

Ihre Mutter lachte. »Es ist April, Mary Ann, was erwartest du? Dies ist Europa! Ich finde, wir haben schon ein paar sehr nette Tage gehabt – so ein Faulenzertag wie dieser muss doch auch mal sein. Hast du dein Buch zu Ende gelesen, Vicky?«

Vicky nickte. »Jetzt habe ich nur noch eins, und das ist ziemlich dünn – das Wetter muss also wieder besser werden! Oh, seht mal …« Sie beugte sich hinunter, um eine besonders hübsche Muschel aufzusammeln. »Ist die nicht schön?«

»Ich hab eine noch schönere gefunden!«, triumphierte ihre Schwester prompt und hielt eine spiralförmige Muschel hoch. »Das ist bestimmt eine Rauschmuschel! Wollt ihr mal hören?«

»Angeberin!«, zischte Vicky, kicherte dann aber und lief ihrer Schwester davon. »Fang mich doch, wenn du kannst!«, rief sie dabei über die Schulter zurück. »Wer als Erster bei den Sonnenschirmen ist, hat gewonnen, okay?«

Das ließ sich Mary nicht zweimal sagen. Die Muschel fest umklammert, rannte sie ihrer Schwester hinterher, dass der Sand nur so flog.

Schmunzelnd sahen Elizabeth und Anne den beiden hinterher.

»Und?«, fragte Anne schließlich, nachdem die Mädchen fast gleichzeitig die Schirme erreicht und sich lachend in den Sand geworfen hatten. »Hat es dir leidgetan, hierher zu kommen?«

»Nein«, erwiderte Elizabeth nach kurzem Zögern und hob eine perlmuttfarbene, vom Wasser noch glänzende Muschel auf. »Es war eine schöne, sehr erholsame Woche. Kaum zu glauben, dass sie morgen schon vorbei ist. Es hat mir gutgetan, der Abstand, die warme Sonne, der Service im Hotel – übermorgen muss ich mir mein Frühstück wieder selbst machen. Bleibst du noch ein bisschen bei uns?«

»Kann ich leider nicht. Lasse hat Mittwoch Geburtstag, da muss ich noch einiges vorbereiten. Ich werde am Montag gleich weiterreisen, der Zug geht um neun. Eine Übernachtung mit Frühstück buche ich dann noch bei euch, okay?«

Elizabeth lachte und steckte die Muschel in ihre Handtasche. »Das ist in Ordnung. Und in den Sommerferien können wir ja mal nach München kommen, bis dahin weiß ich dann vielleicht auch, wie es bei uns weitergeht. Ich werde demnächst einige Bewerbungen losschicken, aber viel Hoffnung habe ich eigentlich nicht. Ich bin schon so lange raus aus dem Beruf, und das Bankgeschäft ist hart. Es sei denn …«

Sie sprach nicht weiter, aber Anne wusste schon, was ihre Freundin dachte: England war die Heimat ihres Herzens, das hatte sie oft gesagt, auch schon, als Patrick noch gelebt hatte. Und warum sollte sie jetzt nicht dorthin zurückwollen? Was hielt sie in Deutschland noch?

Dasselbe fragte Elizabeth sich auch, als sie am nächsten Tag nach Hause kamen und sie die Terrassentüren öffnete, um die frische Aprilluft ins stickige Wohnzimmer zu lassen. *Was hält mich hier eigentlich noch?*

Anne war ihr lautlos gefolgt. »Hast du alles im Haus, was du brauchst, oder soll ich uns noch irgendetwas besorgen?«

»Nein, danke, wir werden schon nicht verhungern«, entgegnete Elizabeth und wandte ihr das Gesicht zu. »Komm, setz dich. Ich mache uns gleich einen Kaffee. Sind die Mädchen nach oben gegangen?«

»Ja, Vicky hängt schon am Telefon, um ihrer Freundin zu sagen, dass sie wieder zu Hause ist. Die hat bestimmt einiges zu erzählen.«

Wieder zu Hause. Etwas in Elizabeths Magen zog sich zusammen. Dies war nicht mehr ihr Zuhause. Es würde nie wieder ihr Zuhause sein – nie wieder. Plötzlich schienen sich Zimmerdecke und Wände auf sie zuzubewegen, sie immer enger zu umschließen. Sie fühlte sich dieser erdrückenden Einsamkeit und Leere so machtlos gegenüber, dass es ihr schier die Luft zum Atmen nahm.

»Hey, was ist los?«, rief Anne ihr nach, als sie plötzlich und unvermittelt durch die offen stehende Terrassentür nach draußen stürzte.

Doch Elizabeth hörte sie nicht mehr. Sie lief in den Garten hinaus bis zu der Bank hinten unter dem Apfelbaum, wo sie sich hinsetzte und einige Male tief durchatmete. Ihr Herz hämmerte gegen die Brust, als hätte sie einen Marathonlauf hinter sich.

Es tat so weh! Warum tat es denn immer noch so unerträglich weh? Fast drei Monate waren seit Patricks Tod vergangen, es musste doch irgendwann auch einmal besser werden, oder?

Aber nicht hier. Nicht hier …

Sie wandte den Kopf in Richtung Haus. Tränen strömten ihr Gesicht herab, und sie machte sich nicht einmal die Mühe, sie wegzuwischen. Plötzlich wusste sie, was sie zu tun hatte: Sie würde dieses Haus verkaufen und nach England zurückgehen, und zwar so bald wie möglich. Irgendwie würde sie es den Mädchen schon beibringen. Denn hier würde sie niemals frei werden. Es ging einfach nicht, das mussten sie einsehen. Sie musste nach Hause, nach England, wo sie hingehörte. Wo sie wahrscheinlich immer hingehört hatte.

Energisch wischte sie sich jetzt die Tränen von den Wangen und stand auf, um zum Haus zurückzugehen. Auf dem Weg dorthin wurde sie noch einmal langsamer, zögerte. Dann aber straffte sie die Schultern und ging raschen Schrittes weiter, ohne sich noch ein einziges Mal umzudrehen.

Kein Zögern mehr jetzt, kein Zurück. Du hast so viel verloren, aber du hast immer noch ein Zuhause – aber es ist nicht hier.

6

Liebe Cathy,

hoffentlich geht es euch allen gut. Vielen Dank für deinen letzten Brief und die Fotos. Die neue Küche gefällt mir sehr gut – ist ganz mein Stil, vor allem der Herd! Vielleicht habe ich eines Tages ja auch mal wieder so eine schöne englische Küche. Ich schreibe, um zu fragen, ob du vielleicht mit Paul über eine Arbeit bei der Bank für mich sprechen kannst, denn ich habe mich jetzt entschlossen, doch nach Warwickshire zurückzukehren. Ich möchte aber erst mit den Mädchen sprechen, wenn ich weiß, dass wir dort eine Chance haben, und dann würde ich mich um den Verkauf unseres Hauses kümmern. Ich kann einfach nicht länger hierbleiben, es erinnert mich alles an Patrick, und er fehlt überall … Wenn es geht, würde ich schon im Sommer kommen wollen. Vielleicht könnt ihr uns auch bei der Suche nach einem kleinen Haus helfen. Bitte, Cathy, behaltet dies für euch, bis wir Näheres wissen und eine endgültige Entscheidung gefallen ist.

Grüße Paul und Sarah von mir.

Alles Liebe, deine Schwester

Elizabeth

Elizabeth ließ den Füller fallen, als sie den Müllwagen draußen hörte. Wie hatte sie das vergessen können! Schnell griff sie nach dem Hausschlüssel, schloss die Tür auf und eilte auf den Hof hinaus, um die Mülltonnen noch im letzten Moment an die Straße zu stellen. Mit einem Kopfschütteln kehrte sie wenige Augenblicke später wieder ins Haus zurück, setzte den Wasserkessel auf und ging nach oben, um zu duschen. Sie war froh, diesen Brief geschrieben zu haben. Natürlich hätte sie auch anrufen können, aber sie wollte es lieber schriftlich festmachen – kein Zögern mehr, kein Schwanken, kein Zurück. Mit einem Gefühl von tiefer innerer Zufriedenheit und Ruhe stellte sie die Dusche an und ließ heißes Wasser über ihren Körper strömen, während sie leise anfing, eine Melodie vor sich hin zu summen.

Fassungslos ließ Mary den Brief sinken und starrte nach oben, von wo sie ihre Mutter fröhlich unter der Dusche singen hörte. *Take me home, countryroad …*

Na, toll! *Take me home*, in der Tat! *Dir muss es ja prächtig gehen,* dachte sie und schnaubte verächtlich, während sie hastig den Brief unter den Umschlag zurückschob. Sie wollte nicht, dass Vicky sie dabei erwischte, wie sie heimlich Mamas Post las. Eigentlich gehörte es sich ja auch nicht, fremde Briefe zu lesen, aber dieser hier hatte so einladend herumgelegen, dass sie einfach nicht hatte widerstehen können, und als sie Catherines Namen entziffert hatte, war sie aufmerksam geworden. Warum sollte Mama einen Brief an Tante Cathy schreiben, wo sie doch mindestens zweimal in der Woche miteinander telefonierten?

Sie stand wie gelähmt in der Küche und wusste nicht, was sie tun sollte. Nach oben stürmen und ihre Mutter zur Rede stellen? Sie widerstand diesem ersten Impuls. So tun, als hätte sie nichts gesehen, und einfach abwarten, bis ihre Mutter von selbst auf sie zukommen würde? Das wäre Vickys Art gewesen – aber Vicky hätte diesen Brief auch nie gelesen, selbst wenn sie ihn gefunden hätte. Stattdessen griff Mary nach ihrer Jacke und ihrem Rucksack und verließ das Haus. Sie zerrte ihr Fahrrad aus dem Schuppen, warf die Tür hinter sich zu und fuhr die Straße hinunter, die Augen blind von Tränen.

»Wo steckt denn Mary? Ist sie etwa schon losgefahren? Ich habe sie gar nicht gehört – du?«

Elizabeth sah sich im Erdgeschoss um, doch von ihrer Ältesten fehlte jede Spur.

Vicky kam gerade die Treppe herunter, die feuchten Haare in ein Handtuch gewickelt. »In ihrem Zimmer ist sie nicht, aber ich glaube, ihre Schultasche ist auch nicht mehr da. Vielleicht ist sie früher losgefahren, um sich noch mit Malin zu treffen. Sie schreibt doch heute Mathe.«

»Ja, das kann sein. Hm … aber ein bisschen komisch ist es doch. Ist gar nicht ihre Art, so einfach aus dem Haus zu gehen. Gefrühstückt hat sie auch nicht, jedenfalls steht kein Geschirr in der Spüle. Sie hätte doch wenigstens einen Kakao trinken können. Merkwürdig …«

Kopfschüttelnd steckte Elizabeth den Brief in den Umschlag und legte ihn auf das Sideboard im Flur. Dann ging sie in die Küche zurück und fing mechanisch an den Tisch zu decken, in Gedanken immer noch bei Mary. Es war gar nicht ihre Art, einfach davonzulaufen! Was war nur plötzlich in sie gefahren?

Als Malin um halb acht an der Schule ankam, stand ihre Freundin bereits an ihrem Treffpunkt unter dem großen Ahornbaum vor dem Eingang und wartete auf sie.

»Hey, du bist aber früh dran! Aufgeregt wegen Mathe?«

Malin sprang vom Rad. Sie war sehr groß, sehr dünn und trug die langen, blonden Haare fast immer offen. Erst gestern hatte Herr Schmidt, ihr Deutschlehrer, sie wieder einmal freundlich geneckt, als sie mitten im Unterricht angefangen hatte ihre langen Haare zu bürsten. »Hey, Malin, nun spiel hier mal nicht die Loreley, du hast eine Aufgabe zu bearbeiten!« Doch die selbstbewusste Malin hatte nur gelacht. Die Schüler mochten Herrn Schmidt, der zwar schon ganz weiße Haare hatte und aufs Pensionsalter zugehen musste, aber immer noch einen sehr guten »Draht« zu den Jugendlichen hatte. Mit ihm konnte man wirklich Pferde stehlen, das wussten alle an der Schule.

Mary schüttelte den Kopf. Sie sah ihre Freundin gar nicht richtig an, während sie sprach, und ihre Stimme zitterte vor Zorn. »Meine Mutter will mit uns nach England zurückgehen. Im Sommer. Sie will das Haus verkaufen. Mein Onkel soll ihr einen Job in der Bank besorgen, und wir werden in eine dieser grässlichen Community Schools geschickt – ist das nicht schrecklich?!«

Malin runzelte die Stirn. »Das passt irgendwie gar nicht zu deiner Mutter. Sonst bezieht sie euch doch immer mit ein – schließlich wollte sie selbst nicht unbedingt nach Mallorca und ist dann euch zuliebe doch geflogen. Was sagt denn Vicky dazu?«

Es fiel Mary schwer, zuzugeben, dass sie heimlich einen persönlichen Brief ihrer Mutter gelesen hatte. »Gar nichts, sie weiß es noch nicht.« Sie wand sich ein wenig.

»Na ja … Ich habe einen Brief gefunden, den Mama an Tante Catherine geschrieben hat. Er lag offen auf dem Küchentisch, weißt du, als ich heute früh nach unten kam, um meine Nase noch ein letztes Mal ins Mathebuch zu stecken … und weil sie ihrer Schwester sonst fast nie schreibt und – na ja, da dachte ich, es wäre vielleicht etwas passiert, und habe ihn nur ganz kurz überfliegen wollen, und dann –«

»Oh je …« Malin legte der aufgebrachten Mary einen Arm um die Schulter. Sie wusste nicht, was sie dazu sagen sollte, und rieb sich ratlos die Stirn.

»Es ist so unfair!«, schluchzte Mary und riss sich los. Sie zog ein Taschentuch aus ihrer Jeans und putzte sich energisch die Nase, bevor sie fortfuhr: »Weißt du, wir leiden alle darunter, dass Papa nicht mehr da ist. Es ist ja auch gerade mal drei Monate her. Und schon glaubt sie, es nicht mehr aushalten zu können – sie *versucht* es ja nicht einmal richtig! Ich könnte es ja noch verstehen, wenn wir das Haus verkaufen und in ein anderes ziehen würden, oder in eine Wohnung von mir aus, aber warum müssen wir gleich nach England gehen? Das ist doch purer Egoismus!« Sie schüttelte wütend den Kopf, dass die Haare nur so flogen. »Nur, weil *sie* keine Freunde hier hat, müssen *wir* doch nicht *unsere* verlassen!«

»Ach, was soll's …«, meinte sie dann, »in zwei Jahren bin ich achtzehn, dann komme ich einfach zurück! Sie könnten mich genauso gut gleich hierlassen. Kann ich nicht solange bei euch wohnen? Basti ist doch gerade ausgezogen … Vergiss es, ich hab nur Quatsch gemacht! Mama erlaubt das nie und nimmer … und eigentlich will ich auch nicht ohne Mama und Vicky hierbleiben. Wenn ich schon keinen Vater mehr habe.«

Malin, die eben noch begeistert jubeln wollte, nickte zustimmend. Seit ihr Bruder nicht mehr da war, fühlte sie sich oft sehr einsam. Ihre Eltern hatten sich scheiden lassen, als sie vier war, und ihre Mutter arbeitete inzwischen sogar dreimal in der Woche ganztags. Ihr Vater war zu seiner neuen Freundin nach Flensburg gezogen, wo sie und ihr Bruder Basti ihn ein- bis zweimal im Monat besuchten. Das Gefühl, ohne Vater zu sein, kannte sie also sehr gut.

Mary stand unvermittelt auf und griff nach ihrem Rucksack. »Komm, lass uns hineingehen. Ich will einen guten Platz erwischen. Wir schreiben im Chemieraum, oder?«

»Ich glaube schon.« Malin sah ihre Freundin besorgt an. »Bist du denn okay? Kannst du die Arbeit mitschreiben?«

Daraufhin warf Mary trotzig ihre langen Haare in den Nacken und lachte. Es war ein bitteres, fast sarkastisches Lachen, das nicht zu einer Fünfzehnjährigen passte. »Na klar, wieso nicht? Ist doch alles in bester Ordnung! Ich kann schreiben, was ich will, im nächsten Jahr bin ich eh nicht mehr da. Keine Zeugnissorgen – cool, nicht?«

Aber sie war nicht »okay«, und sie wusste es, als sie wenig später über ihrer Mathearbeit zusammenbrach.

Malin, Ann-Kristin und Vivien gelang es nicht, sie zu beruhigen, und als Herr Meyer merkte, dass tatsächlich etwas nicht stimmte und nicht – wie er zunächst angenommen hatte – die Aufgaben das Problem waren, wurde seine Schülerin schon von heftigen Weinkrämpfen geschüttelt. Es war ein nahezu beängstigender Anblick. Herr Meyer schickte sofort einen Jungen zum Sekretariat, um Marys Mutter benachrichtigen zu lassen.

Elizabeth traf eine halbe Stunde später in der Schule ein. Sie schloss ihre Tochter in die Arme und wiegte sie lange hin und her, ohne ein Wort zu sagen. Dann gingen sie Arm in Arm zum Auto.

Mary war vollkommen durcheinander und wusste selbst nicht genau, ob es mehr Wut oder mehr Trauer war, was sie empfand. Auf jeden Fall war sie nicht in der Lage, darüber zu sprechen, zumal sie sich ihrer Mutter gegenüber schämte, weil sie den Brief heimlich gelesen hatte. Elizabeth war klug genug, nicht nachzufragen. Mary würde ihr schon irgendwann sagen, was los war, das wusste sie – und sie konnte warten.

Es dauerte zwar eine Weile, bis es so weit war, aber im Laufe des Nachmittags rückte Mary doch mit der Sprache heraus und machte ihrem Herzen so richtig Luft. Als sie fertig war, sah ihre Mutter sie lange an und nickte schließlich langsam. »Ich kann mir gut vorstellen, wie dir zumute ist, Mary, glaube mir. Was für ein Schreck muss das für dich gewesen sein! Aber bitte, versuche mir zu glauben, wenn ich dir sage, dass ich die Sache mit England nicht etwa deswegen vor euch geheim gehalten habe, um euch zu verletzen. Im Gegenteil. Ich wollte euch nicht unnötig beunruhigen, denn es ist ja immerhin möglich, dass gar nichts daraus wird.«

»Ja, aber –«

Elizabeth hob die Hände. »Bitte, Mary, lass mich ausreden. Es kann sein, dass es nichts wird und wir vorerst hierbleiben. Aber auf lange Sicht werden wir hier alle nicht glücklich, nicht in diesem Haus, das glaube ich einfach nicht. Wir sind hier sehr einsam …«

»*Du* bist einsam!«, platzte Mary wütend heraus. »Du! Weil du es nämlich gar nicht erst versuchst, hier Freunde zu finden! Aber *wir* haben Freunde, *wir* sind hier zu Hause …«

Ihre Mutter seufzte. Wie sollte sie es ihr nur erklären?

»Du hast recht, wenn du mir vorwirfst, dass ich es einfach nicht versuche, aber das hat auch viel mit meiner Vergangenheit zu tun«, erklärte sie. »Ich wollte nie wirklich hierher, ich bin eurem Vater zuliebe mitgegangen, und zusammen haben wir uns hier etwas aufgebaut. Aber Deutschland ist einfach nicht meine Heimat, Mary, und ich will hier nicht mehr leben. Ich will nach Hause! Ich weiß, dass ich mich anhöre wie ein trotziges Kind, aber … so geht es mir nun einmal.

Und wenn Paul mir helfen kann, dort eine Arbeit zu finden, brauchen wir sowieso nicht mehr darüber zu diskutieren. Ich bin seit dem Tod eures Vaters für euch allein verantwortlich, und das bedeutet auch, dass ich arbeiten und Geld verdienen muss. Punkt.«

Mary schüttelte verzweifelt den Kopf. »Du findest doch hier bestimmt auch etwas, Mama! Wir helfen dir – wir halten doch alle zusammen, oder etwa nicht? Bitte, lass uns hierbleiben, lass es uns versuchen! Wenigstens bis zum Sommer ...«

»Ich handle nicht, Mary Ann.«

Elizabeths Stimme klang jetzt scharf, schärfer, als sie beabsichtigt hatte. Sie stellte ihren leeren Becher in die Spüle und fuhr etwas sanfter fort: »Im Moment ist ja noch gar nichts entschieden. Erst wenn ich eine Stelle habe, wird es wirklich ernst. Ich rede später auch noch mit deiner Schwester, damit sie Bescheid weiß. Aber dann möchte ich die Sache gerne ruhen lassen, okay?«

Mary antwortete nicht mehr darauf, sondern trank schweigend ihren Tee aus, stellte den Becher ebenfalls in die Spüle und verschwand nach oben in ihr Zimmer, von wo Elizabeth Sekunden später laute Musik entgegentönte.

Vicky nahm die Neuigkeit mit überraschender Gelassenheit auf. Sie würde zwar ihre beste Freundin zurücklassen müssen, hatte aber im Gegensatz zu ihrer Schwester keinen so großen Freundeskreis. Sie sang im Schulchor – der allerdings aus Mangel an Mitgliedern immer wieder kurz vor der Auflösung stand –, aber ansonsten nahm sie äußerst selten an schulischen Aktivitäten teil. Sie war zufrieden mit ihrer einen guten Freundin, ihren Büchern und ihren Träumen. Und träumen konnte sie überall.

Als am Abend ihre Schwester ins Zimmer gestürmt kam, war Vicky gerade mit den Hausaufgaben fertig und packte ihre Schulsachen zusammen. Mary schlug die Tür eine Spur heftiger hinter sich zu als nötig und ließ sich mit einem theatralischen Seufzer auf das Bett ihrer Schwester fallen.

»Komisch, irgendwie habe ich schon darauf gewartet, dass du hier hereingeplatzt kommst. Wieso regst du dich so auf? Bist du etwa überrascht?«

»Überrascht? Du bist gut! Das kann doch nicht Mamas Ernst sein, oder? England! Wer will denn da hin? Hier wohnen wir seit Jahren, hier ist unser Zuhause, und überhaupt –«

»Ja, aber nur für uns. Für Mama war das hier nur so lange ein Zuhause, solange sie mit Papa zusammen war. Ich habe mir ehrlich gesagt schon gedacht, dass wir hier irgendwann unsere Sachen packen und nach England gehen. Und wenn du's genau wissen willst: Ich freue mich sogar darauf.«

Vor allem freute sie sich auf die Aussicht, in der Nähe von Maggie und Simon zu wohnen und sie oft auf der Farm besuchen zu können. Und wer weiß, vielleicht würde sich dort drüben ihr Traum von einem eigenen Hund doch noch erfüllen …?

Mary warf ergeben die Hände in die Luft. »Na, super! Das hätte ich mir doch gleich denken können. Vicky, was sollen wir denn da? Wir haben hier unsere Freunde, wir können auf eine halbwegs vernünftige Schule gehen – na ja, die meisten Lehrer sind doch ganz okay, oder? Und wir können mittags nach Hause … da müssen wir dann jeden Tag bis nachmittags um halb vier in der Schule hocken und bekommen mittags ekelhaftes Kantinenessen oder belegte Brote, wenn wir Glück haben. Zu allem Überfluss müssen wir dann auch noch so eine blöde Schuluniform tragen! Willst du das wirklich?«

Vicky zuckte mit den Achseln. »Na und? Ist das so schlimm? Hier sehen doch auch alle gleich aus. Wenigstens kann man in der Mittagspause Hausaufgaben machen. Und morgens müssen wir nicht so früh da sein, erst um neun.«

»Dafür kommen wir zumindest im Winter im Dunkeln nach Hause. Aber ich merke schon, du findest das alles ganz prima – na ja …«

»Wir können es doch sowieso nicht ändern! Und es hilft Mama wirklich nicht, wenn wir uns jetzt querstellen! Du siehst doch, wie es ihr geht. Was würdest du denn tun an ihrer Stelle?«

Mary sprang auf und ging zum Fenster. Sie schüttelte den Kopf. Dann murmelte sie: »Ehrlich gesagt, ich weiß es nicht … ich weiß es wirklich nicht.«

Draußen schien immer noch die Sonne, obwohl es schon fast sechs war. Elizabeth hockte auf den Knien im Rosenbeet und jätete Unkraut.

»Ich glaube, ich gehe mal in den Garten und helfe Mama. Kommst du mit?«

»Nein, geh du mal alleine. Und bring Mama eine Tasse Tee, dann freut sie sich.«

Eine Woche später rief Paul an, als Elizabeth gerade mit Vicky beim Einkaufen war.

»Mama ist nicht da«, erklärte Mary knapp und bemühte sich dabei so kühl wie möglich zu klingen. Das fiel ihr schwer, denn sie hatte ihren Onkel eigentlich sehr gern. »Sie ist mit Vicky einkaufen gegangen. Kann sie dich heute Abend zurückrufen?«

Paul entging der kühle Unterton in der Stimme seiner Nichte nicht, doch er ließ sich nichts anmerken und erwiderte betont heiter: »Ja, das wäre nett. Wir sind jetzt gleich mal unterwegs, sind aber so gegen sechs wieder da. Geht es euch allen gut?«

»Bestens, danke«, log Mary und zog ein Gesicht dabei. Er wusste doch genau, dass es ihnen nicht gut ging, wieso fragte er dann?

»Okay … gut. Sehr gut. Also, dann sag deiner Schwester und deiner Mutter einen schönen Gruß, auch von Cathy und von Sarah. Bis bald, Mary.«

»Ja, bis bald.«

Nachdem sie aufgelegt hatte, trat sie einmal ganz kräftig mit dem Fuß gegen die Tür, musste aber feststellen, dass diese um einiges härter war als ihr Fuß. *Blöder Onkel! Blödes England!*

Sie rieb sich den schmerzenden Zeh, griff nach ihrer Sporttasche und eilte aus dem Haus, wobei sie die Tür hinter sich zuschlug, dass es nur so krachte.

Zwei Wochen später herrschte erneut Krisenstimmung im Ahornweg, kaum, dass sich die Wogen ein wenig geglättet hatten. »Im Sommer schon? Das ist ja gar nicht mehr lange …« Vicky zog die Nase kraus, wie immer, wenn sie von einer Sache nicht besonders begeistert war und überlegte, wie sie damit umgehen sollte. Sie hatte nicht damit gerechnet, dass jetzt alles so schnell gehen würde. Doch am Nachmittag hatte Paul angerufen, und Mama hatte ihnen nach dem Telefonat strahlend erklärt, dass er eine Stelle für sie in Aussicht hätte, ab Oktober. Eine ältere Dame aus seiner Kirchengemeinde hätte außerdem ein Haus in Bedworth zu vermieten, einem kleinen Ort, der auf halber Strecke zwischen Coventry und Nuneaton lag. Nichts Besonderes, hatte Paul gemeint, aber für die von Heimweh geplagte Elizabeth klang das alles wie ein Traum.

Mary sah das offensichtlich ganz anders. »Na, toll! Und wir werden nicht einmal gefragt. Interessiert es dich überhaupt, was wir darüber denken? Wie wir uns dabei fühlen?«

Elizabeth rieb sich mit dem Handrücken die Stirn. »Mary, wir haben das doch schon zu Genüge diskutiert, oder? Du weißt, warum wir gehen. Ich brauche eine Arbeit, und das Angebot von Onkel Paul ist zu gut, als dass ich es ausschlagen könnte. Es wäre hier sehr viel schwieriger geworden, etwas zu finden. Hier kenne ich niemanden, der in einer Bank arbeitet. Und ich glaube«, fügte sie leiser hinzu, »dass es uns auf lange Sicht einfach besser geht, wenn wir nicht mehr in diesem Haus leben …«

Vicky schlang die Arme um die hochgezogenen Knie und senkte den Blick. Sie war nicht besonders glücklich mit dieser Situation, aber sie wusste auch, dass es keinen Sinn machte, zu protestieren, so wie ihre Schwester es tat. Außerdem war nicht alles an England schlecht. Bei Weitem nicht.

»Und warum verkaufen wir das Haus nicht einfach und ziehen in ein kleineres Haus oder in eine Wohnung? Oder von mir aus auch ins Nachbardorf oder so, wenn du unbedingt von hier wegwillst? Dann könnten wir zumindest an der Schule bleiben.«

Sie gibt sich einfach nicht geschlagen – da hat sie doch eine ganze Menge von ihrem Vater, dachte Elizabeth. *Aber ich werde nicht nachgeben, dieses Mal nicht. Der Preis ist einfach zu hoch. Wenn wir jetzt nicht gehen, gehen wir vielleicht nie.*

»Wir werden das Haus verkaufen, und zwar so schnell wie möglich. Gleich zu Beginn der Sommerferien fliegen wir nach Warwickshire und sehen uns das Haus von Misses Baxter an, von dem euer Onkel mir erzählt hat. Wenn es uns gefällt, können wir bereits im August einziehen. Dann habt ihr noch ein paar Wochen Zeit, euch einzugewöhnen und ein paar Leute kennenzulernen.«

Mary verdrehte demonstrativ die Augen. »Ja, super, das klingt ja so, als hättest du das alles schon ganz genau geplant. Und welche Leute sollen wir da wohl bitteschön kennenlernen – außer *Misses Baxter*?«

Elizabeth ignorierte den Sarkasmus in der Stimme ihrer Tochter und erwiderte ruhig: »Sarah geht auf dieselbe Schule in Nuneaton, sie wird euch alles zeigen, und bestimmt trefft ihr auch schon vorher einige Mädchen aus eurer neuen Schule. Du zum Beispiel wirst mit Sarah in eine Klasse gehen, Mary. Sie ist ja nur ein halbes Jahr jünger als du, und sie besucht die elfte Klasse. Im nächsten Frühjahr wird sie ihren Abschluss machen – na, und du natürlich dann auch. Das ist eine ziemliche Herausforderung für dich, ich weiß, aber ich möchte dich eigentlich nicht erst in eine zehnte Klasse geben, und fürs College bist du noch zu jung. Dort würden sie dich ohne GCSE auch gar nicht aufnehmen. Und ich bin zuversichtlich, dass du das schaffst. Die GCSEs sind nicht viel schwieriger als die Realschulabschlussprüfung hier …«

»Realschulabschlussprüfung? Wie doof ist das denn? Ich will hierbleiben und ein anständiges Abitur machen! Etone Community School – Man, das ist doch was für …« Sie sprach es nicht aus, aber Elizabeth wusste, was sie sagen wollte. Natürlich konnte sie ihre Cousine nicht als dumm darstellen. Sarah war intelligent und zielstrebig, genau wie sie. Und wenn die Etone School für ihre schlaue Cousine gut genug war, dann würde sie es wohl auch für sie sein – oder sein müssen.

Elizabeth zwang sich, ruhig zu bleiben. »Du *wirst* dein Abitur machen – in drei Jahren hast du deine A-Levels in der Tasche, du verlierst kein einziges Jahr. Und es gibt ganz hervorragende Universitäten in England. Aber bis dahin … fließt noch viel Wasser die Trave hinunter.«

Sie sah ihre immer noch recht skeptisch dreinblickenden Töchter aufmunternd an. »Ihr schafft das schon, ihr beiden. Wir alle schaffen das! Und wir haben eine Familie, die uns auffängt, wenn es mal nicht so gut läuft – die haben wir hier nicht …«

Das konnte nicht einmal Mary leugnen. Sie liebte ihre Tante und ihren Onkel und verstand sich wirklich gut mit Sarah. Außerdem war da noch Murron. Niemanden bewunderte Mary so sehr wie Murron, die mehr von Pferden verstand als irgendjemand sonst und außerdem so hübsch war, dass sie Marys Meinung nach ebenso gut eine berühmte Schauspielerin sein könnte, oder ein Supermodel. Irgendwie passte es nicht zu ihr, dass sie einen so gewöhnlichen Beruf wie den der Grundschullehrerin haben sollte, fand Mary. Murron hatte immer Zeit für sie, wenn sie auf der Farm zu Besuch waren. Ein paarmal hatten sie sogar schon auf Ginger reiten dürfen, Murrons edler Fuchsstute. Die Aussicht auf regelmäßige Besuche auf der Farm tröstete sie ein wenig, sodass sie den Gedanken an diese mit Sicherheit grässliche Schule erst einmal verdrängen konnte.

»Können wir denn nicht nach Atherstone ziehen?«

Elizabeth musste schmunzeln. »Schon, aber dann könnt ihr nicht mit Sarah zur Schule gehen. Atherstone hat eine eigene Schule – so klein ist es auch wieder nicht. Außerdem hätte ich dann einen wesentlich längeren Weg zur Arbeit. Wir können ja im Sommer erstmal hinfahren und uns das Haus in Bedworth ansehen, hm? Und wenn es uns nicht gefällt, suchen wir uns eben etwas anderes.«

»Mhm«, meinte Mary nur und stand auf. »Okay. Also, ich fahre dann zum Sport. Oder gibt es noch was zu besprechen?«

Eigentlich fand Elizabeth diese Frage ziemlich unverschämt, aber sie beschloss, lieber nichts mehr zu sagen. Immerhin hatte sie diesen Teil der Diskussion gewonnen – jetzt konnten sie nach England fahren und sich das Haus ansehen. Der Rest würde sich mit der Zeit schon finden. Hoffte sie jedenfalls.

Die Wochen flogen jetzt nur so dahin, und eines Samstags Anfang Juni erwachte Elizabeth schon lange vor dem Weckerklingeln, zog sich eilig an und ging in die Küche hinunter. Heute würden die ersten Interessenten kommen, um sich das Haus anzusehen, und sie wollte alles noch einmal wischen und den Staub von den Treppen und Türen entfernen, der sich ungnädigerweise schon wieder dort angesammelt hatte.

Als sie mit ihrer Arbeit fertig war, war es immer noch still im Haus. Elizabeth sah auf die Uhr: Kurz vor sieben, kein Wunder also, dass sich noch keines von den Mädchen blicken ließ. Elizabeth öffnete die Terrassentür und lächelte, als sie zwei Spatzen entdeckte, die in der Vogeltränke herumplanschten. *Wie friedlich es ist …*

Warum konnte sie diesen Morgen nicht mit Patrick genießen, mit ihm gemeinsam hier stehen und den beiden Vögeln zusehen, er mit dem Kaffeebecher, sie mit der Teetasse in der Hand, stillschweigend, einfach dankbar für das Geschenk dieses Augenblicks?

Etwas raschelte im Gebüsch – unwillkürlich streckte Elizabeth eine Hand nach ihrem Mann aus, um ihn sanft zu berühren. Ein kleiner Igel kam aus dem Kirschlorbeer hervor, sah sich um und huschte dann über den Rasen, um durch die Tannen hinaus aufs Feld zu verschwinden.

»Ist er nicht niedlich? Schau mal –«

Elizabeth hielt inne und sah sich um. Patrick war nicht mehr da. Plötzlich fröstelte sie. Natürlich war er nicht da. Er konnte nicht da sein. Wurde sie denn langsam verrückt? Schnell ging sie zurück ins Wohnzimmer und zog die Terrassentür hinter sich zu. Dann lehnte sie sich an den Fernsehschrank, barg ihr Gesicht in den Händen und weinte leise.

7

Nachdem das Haus verkauft war, ging alles sehr schnell. Gleich zu Beginn der Sommerferien flogen sie nach England, um sich das Haus von Misses Baxter anzusehen. Es war nur eine kleine Doppelhaushälfte in einem Neubaugebiet von Bedworth, wahrlich nichts Besonderes, aber nett, ruhig gelegen und vor allem: sehr günstig.

»So, da wären wir«, sagte Catherine und öffnete die Haustür. Von einem winzigen, gefliesten Vorflur abgesehen, in dem sich ein Einbauschrank und Platz für ein Schuhregal befand, trat man durch eine Zwischentür direkt ins Wohnzimmer. Es war nicht besonders groß, aber hell und freundlich, und Elizabeth konnte sich ein Grinsen nicht verkneifen, als sie den Gasofen entdeckte. Wie oft hatten sie und Patrick darüber diskutiert, ob sie sich einen Kamin zulegen sollten. Während Elizabeth sich durchaus mit einem solchen Gasofen zufriedengegeben hätte, hatte ihr Mann auf einen echten Kamin bestanden, der unvergleichlich viel teurer gewesen wäre, von der Installation ganz abgesehen, die ein Fachmann hätte vornehmen müssen. Nun hatte sie ihren Kamin, aber in einem ganz anderen Haus, und unter ganz anderen – sehr viel traurigeren – Umständen.

Tut mir leid, Liebling, nun ist er doch nicht echt.

»Du hörst mir ja überhaupt nicht zu!«, rief ihre Schwester, die inzwischen bis zur Küche vorausgegangen war. »Träumst du?«

»Entschuldigung«, murmelte Elizabeth, strich sich eine widerspenstige Locke aus dem Gesicht und folgte Catherine. Sie sah sich neugierig um. Die Küche war einfach eingerichtet, aber ebenfalls hell und freundlich und groß genug, dass sie zu dritt darin sitzen konnten. Ein Tisch stand sogar schon da, aber er war schwarz und hässlich und ziemlich zerschrammt. Sie würde ihren Kiefernholztisch hier hineinstellen und die Stühle mit den rot karierten Polstern. Die Bank würde sie nicht unterbringen können, aber das hatte sie auch nicht erwartet. Später vielleicht, dachte sie, während sie zur Terrassentür ging und in den Garten hinausblickte, in einem anderen Haus. Irgendwann, irgendwo …

Der Garten war zwar winzig und bestand eigentlich nur aus der Terrasse und einem kurzen Stück Rasen, aber Elizabeth war er gerade recht so. Für die Gartenarbeit war in erster Linie Patrick zuständig gewesen, sie selbst liebte zwar Blumen, verstand aber wenig von deren Aufzucht und Pflege. In diesem Garten würde sie sich um nichts kümmern müssen, außer um das Rasenmähen, das nicht mehr als zehn Minuten in Anspruch nehmen konnte. Sie ging auf den kleinen, etwas windschiefen Geräteschuppen am Ende des Gartens zu und spähte hinein: Tatsächlich, neben einer Anzahl von Schaufeln und Harken stand in einer Ecke auch ein alter, zugegebenermaßen nicht gerade vertrauenerweckend aussehender Elektrorasenmäher. *Na, das wäre doch gelacht, wenn ich damit nicht zurechtkomme,* dachte Elizabeth und stieß sich beim Zurücktreten den Kopf an einem dicken Ast. »Autsch!«, rief sie und rieb sich die schmerzende Stelle, während sie sich vorsichtig umdrehte. Richtig, an den Kastanienbaum hatte sie gar nicht gedacht. Der stand groß und aufrecht mit ausladenden Ästen mitten im Garten, als interessiere es ihn nicht im Mindesten, wie lächerlich deplatziert er hier wirkte. Catherine hatte erzählte, dass die Straße nach den uralten Kastanienbäumen, die hier in fast allen Gärten standen und auch nicht gefällt werden durften, benannt worden war: Chestnut Close.

»Hallo Baum«, murmelte sie und strich liebevoll über die Rinde des alten Baumes. Dann lehnte sie sich mit dem Rücken an den Stamm und sah zum Haus hinüber. Die Vögel sangen in der Baumkrone über ihrem Kopf, die Luft zitterte und flimmerte von der Hitze, die über der Stadt lag, doch Elizabeth stand im Schatten des Kastanienbaumes und dachte, dass es ihr hier sehr gut gefallen würde. Es war genau das richtige Haus: klein, aber mein.

Ihre Töchter sahen das offensichtlich anders, denn mitten in diese Idylle hinein hörte sie Marys Schrei aus einem der offenen Fenster im ersten Stock: »Oh *nein*!«

»Die Zimmer sind ja winzig!!! Wie soll ich da jemals meine Sachen reinbekommen??«

Elizabeth seufzte und machte sich langsam auf den Weg zurück zum Haus. »Siehst du, das hatte ich befürchtet«, sagte sie, als sie an Catherine vorbeiging, die damit beschäftigt war, Tee zu kochen. Tee! *Bei der Hitze,* dachte Elizabeth, die lieber eine kalte Limonade gehabt hätte. Oder ein Glas Sekt, das würde ihren Kreislauf wieder in Schwung bringen. »Verwöhnt sind sie, alle beide. Na, mal sehen, wie schlimm es wirklich ist.«

»Seht ihr euch mal in Ruhe um!«, rief Catherine ihr nach. »Ich kümmere mich inzwischen um den Tee. Ich habe auch ein paar Kekse mitgebracht …«

Das wird die Stimmung hoffentlich etwas aufhellen. Catherine kannte das Haus bereits, da sie und Paul schon seit Jahren mit Misses Baxter in einem Hauskreis waren, der sich wöchentlich traf.

»Also, ich find's gemütlich!«, rief Vicky, am Treppenabsatz stehend, ihrer Mutter entgegen. Zur Linken lagen das Badezimmer und das Schlafzimmer, und gegenüber, am anderen Ende des Flures, die beiden Kinderzimmer. Von dort aus konnte man in den Garten hinabsehen, während das Schlafzimmer nach vorne hinausging, doch das machte Elizabeth nicht viel aus. Der Vorgarten war hübsch angelegt, überall blühten bunte Blumen, über die emsig summende Bienen und Hummeln hinwegflogen. Zur Straße hin wurde das Grundstück von einer niedrig gehaltenen Ligusterhecke abgegrenzt.

Elizabeth stellte sich ans Fenster, verschränkte die Arme vor der Brust, und sah ein paar Kindern zu, die auf der Straße Hockey spielten. Ihnen schien die Hitze nichts auszumachen.

Die Kinderzimmer waren wirklich klein, aber gut geschnitten, und sowohl der Teppich als auch die Tapeten sahen relativ neu aus. Beide Zimmer waren in zarten Grüntönen gehalten. Während im weinrot tapezierten Schlafzimmer ein Doppelbett aus weiß lackiertem Holz stand, waren die Kinderzimmer bis auf die Einbauschränke, die sich als sehr praktisch herausstellen würden, leer. Die Möbel aus ihrem alten Haus würden in der Tat nicht in diese Zimmer passen. Nun, das ließ sich eben nicht ändern. Catherine hatte bereits angeboten, dass sie einige Möbelstücke bei ihnen über der Garage zwischenlagern könnten.

»Schön, dass es wenigstens dir gefällt, Vicky«, sagte Elizabeth, ging zu ihr und legte ihr kurz eine Hand auf die Schulter. Dann wandte sie sich an Mary, die mit finsterem Gesichtsausdruck in der Badezimmertür stand.

Das Bad war ebenfalls klein, auf der linken Seite befand sich ein einfaches Waschbecken, unter dem Fenster – wenigstens gab es ein Fenster! – das WC und rechts die Badewanne. Alles war in einem etwas gewöhnungsbedürftigem Beige gehalten. *Wenigstens ist der Boden gefliest,* dachte Elizabeth, die sich nie so recht mit Teppichböden in Badezimmern hatte anfreunden können, wie es in den meisten englischen Häusern üblich war, jedenfalls in den älteren.

Marys Blick hingegen sagte alles: *Hier, in dieser winzigen Kammer, wo man nicht einmal heißes und kaltes Wasser zusammen aus einem Hahn bekommt und man zum Zähneputzen anstehen muss, sollen wir uns jeden Morgen für die Schule fertig machen? Ohne mich!*

»Pass auf, Liebes, ich mache dir einen Vorschlag: Das Elternschlafzimmer ist ein wenig größer – wir können tauschen, wenn Vicky einverstanden ist. Ich nehme dann eines der hinteren Zimmer, okay? So wohnst du ein wenig privater und hast außerdem den kürzeren Weg ins Bad. Ich weiß natürlich«, fügte sie rasch hinzu, »dass auch das Badezimmer nicht deinen Vorstellungen entspricht, und glaube mir, ich hätte auch gerne ein Gäste-WC mit Dusche im Erdgeschoss, aber für drei Frauen sollte das hier doch erstmal reichen. Ihr müsst ja auch morgens nicht mehr gar so früh aus dem Haus – na, wenn das kein Pluspunkt ist!«

Mary sah ihre Mutter zweifelnd an, sagte aber nichts. Sie wusste, dass es keinen Sinn machte, zu streiten: Die Entscheidung war gefallen, das Haus war verkauft, und sie konnte ebenso gut versuchen, sich mit der Situation hier abzufinden.

Catherine kam mit einem Tablett nach oben. Sie lächelte verschmitzt. »Na, alles in Ordnung? Habt ihr um die Zimmer gewürfelt, oder konntet ihr euch auch so einigen?«

Mary drückte ihrer Mutter einen dicken Kuss auf die Wange. »Mama überlässt mir das Schlafzimmer, weil es das größte ist. Ist sie nicht ein Schatz?«

»Ja, das ist sie. Also, was meint ihr? Könnt ihr euch vorstellen, hier zu wohnen?«

Elizabeth nickte lächelnd und bückte sich, um einen Becher Tee vom Tablett zu nehmen, das ihre Schwester auf dem Boden abgestellt hatte.

Die kleine Kommode, die bei ihnen zu Hause oben im Flur stand, würde hier auch gut hinpassen. Darüber würde sie das Bild von der Farm in Atherstone hängen, das wäre sicherlich ein schöner Blickfang, wenn man die Treppe heraufkam.

»Das Haus ist sehr schön, Cathy. Vielen Dank, dass du das alles für uns organisiert hast. Was meint ihr, Mädels? Ist das okay?«

»Ja, wenn ich das große Zimmer bekomme, wird's wohl reichen.« Mary grinste und nahm sich gleich zwei Schokoladenkekse.

»Mir gefällt's auch«, stimmte Vicky zu, ließ sich mit ihrem Tee auf dem Treppenabsatz nieder und tunkte einen Keks hinein. *Sie sind eben doch sehr britisch, die beiden,* dachte Elizabeth amüsiert, *Tee und Schokoladenkekse im Hochsommer. Und dann auch noch getunkt.*

Sechs Wochen später stand die kleine Familie mit einem Haufen Gepäck neben zwei Autos vor dem Haus in Chestnut Close und war bereit zum Einzug. Catherine und Paul waren dabei, ebenso Sarah und ihre beiden Brüder, Misses Baxter und noch ein Mann aus der Gemeinde namens Jerry Scott, der aussah, als wäre er geübt im Kistenschleppen. Er war ziemlich groß – ganz bestimmt über einen Meter neunzig –, dunkelblond, blauäugig und breitschultrig und erinnerte Elizabeth an Kevin Costner. Den allerdings verstand sie besser – im Film zumindest. Jerry sprach mit einem stark ausgeprägtem Yorkshiredialekt, den sie kaum verstehen konnte. Jedenfalls starrte sie ihn erst einmal verständnislos an, als er sie fragte, wohin er mit der Kiste sollte, die er gerade im Arm hatte.

»Also, Misses Webster, Sie sind der Chef – wohin mit dem Zeug?«

Da Elizabeth ihn noch immer nur stirnrunzelnd ansah, ging er, gutmütig mit dem Kopf schüttelnd, ins Haus, und kehrte kurz darauf zurück, um Peter O'Connor die nächste Kiste abzunehmen.

»Warten Sie mal, ich kann ja so die Aufschrift nicht sehen!«, rief Elizabeth dieses Mal lachend und lief ihm hinterher. »Das ist mein Zeug, stellen Sie es bitte in das rechte der beiden Kinderzimmer. Danke. Mädels, bringt ihr schon mal eure Koffer und Taschen in eure Zimmer? Dann kommen eure Möbel zuerst, und ihr könnt dann gleich mit dem

Einräumen beginnen. Ich kümmere mich als Erstes um die Küche und das Bad, sobald alle Kartons im Haus sind.«

Der Möbellaster aus Deutschland war bereits in der Woche davor da gewesen, und Paul hatte die meisten der großen Möbel gleich auf dem Boden über seiner Garage verstaut, weil in dem winzigen Haus nicht genügend Platz dafür sein würde. Die Fahrräder der beiden Mädchen standen hinten im Garten, das alte Rad von Elizabeth war, ebenso wie das von Patrick, auf dem Sperrmüll gelandet. Hier würde sie sowieso kaum Rad fahren, und die Reparatur hätte sich nicht mehr gelohnt.

Das Wetter war herrlich, fast noch sommerlich warm, wofür Elizabeth ausgesprochen dankbar war – zum einen erleichterte es den Umzug schon aus rein praktischen Gründen, zum anderen trug es deutlich zu einer besseren Stimmung bei.

Sie nahm ihrem Schwager einen Wäschekorb voller Handtücher ab. »Danke, Paul.«

»Dann fahre ich inzwischen schnell nach Hause und sehe nach, was das Mittagessen macht. In ein, zwei Stunden können wir bestimmt eine Pause gebrauchen«, erklärte Misses Baxter, die sich ansonsten auch etwas hilflos vorkam, weil sie weder zur Familie gehörte noch wirklich mit anpacken konnte. Sie war nur gekommen, um sich davon zu überzeugen, dass es der armen Witwe und ihren Töchtern gut ging und sie sich in ihrem Haus willkommen fühlten. Die Armen hatten ja weiß Gott genug durchlitten.

Als Misses Baxter mit einer Ladung voller Salate, Sandwiches und Pasteten zurückkam, waren die Frauen schon dabei, die Küche einzuräumen. Elizabeth begrüßte die alte Dame freudestrahlend.

»Ach, Misses Baxter, ich bin Ihnen ja so dankbar! Das Haus ist wirklich niedlich, genau richtig für uns, und alles ist ganz wunderbar in Ordnung. Allein die Küchenschränke sind ja so blitzeblank, dass man meinen könnte, sie seien noch nie benutzt worden. Mmh, das riecht aber lecker … sind das etwa Cornish Pasties[1]?« Sie deutete auf die goldgelb glänzenden Pasteten, die unter einem karierten Geschirrtuch hervorlugten.

Misses Baxter nickte. »Ja, meine Spezialität. Sagen Sie, ist der Kühlschrank eigentlich eingeschaltet? Ich habe ein paar Dosen Bier im Kofferraum, die hätten's gerne kalt, glaube ich.«

»Bier? Kalt? Wo?«

Joshua, Catherines Ältester, kam die Treppe herabgesprungen und blieb stehen, um sich über das Geländer zu beugen. Er war, wie alle O'Connors, ziemlich groß und hatte blondes, immer etwas struppig wirkendes, Haar, das ihm ständig im Gesicht zu hängen schien. Auch rutschte ihm seine Brille immer wieder die Nase herunter, und gerade schob er sie mit einer ungeduldigen Handbewegung wieder nach oben.

»Ich habe richtig Durst, das kann ich euch sagen!«

»Ja, der Kühlschrank ist an, das habe ich vorhin gleich als Erstes gemacht, als wir gekommen sind. Josh, sei so gut und hilf Misses Baxter beim Ausladen.«

Als sich herumgesprochen hatte, dass Essen und Trinken auf dem Tisch stand, kamen alle und machten es sich in der Küche und im Wohnzimmer gemütlich. Nur Vicky nahm sich einen Teller mit Sandwiches, eine kleine Tüte Chips und eine Dose Limonade und ging damit in den Garten hinaus. Dort setzte sie sich in den Schatten des Kastanienbaums und sah zum Haus hinüber.

Sie seufzte und biss in ein Sandwich. Irgendwie kam ihr das alles noch so unwirklich vor, fast wie ein Traum. Würde nicht gleich die Terrassentür aufgehen und ihr Vater herauskommen?

»Hey, Vicky, wie geht's? Gefällt dir der Garten?«

Vicky schrak auf und ließ dabei ihr Brot fallen. Doch es war nicht ihr Vater, der über den Rasen auf sie zukam, sondern Sarah.

»Du hast dir da einen schönen Platz ausgesucht. Darf ich mich zu dir setzen?«

---

1 Cornish Pasties – mit Hackfleisch, Zwiebel und gekochten Kartoffeln gefüllte Mürbeteigpasteten.

»Klar.«

Vicky nahm ihr Sandwich wieder in die Hand, biss noch einmal ab und kaute eine Weile bedächtig darauf herum. Dabei verzog sich ihr Gesicht zu einer Grimasse.

»Was ist denn das für'n braunes Zeug da drin?«, fragte sie schließlich skeptisch und drehte das Brot in ihrer Hand.

Sarah lachte. »Na, du bist mir ja eine feine Engländerin! Das ist Branston Pickle – Zwiebeln, rote Beete und anderes Gemüse, alles zusammen süßsauer eingelegt. Schmeckt besonders gut auf Vollkornsandwich mit Cheddar. Aber wenn du es nicht magst, musst du es nicht essen.«

»Hm … also, ehrlich gesagt, ich kann darauf verzichten. Magst du die andere Hälfte? Die nicht angeknabberte natürlich!«

»Klasse!« Sarah nahm das ihr angebotene Stück Brot und biss herzhaft hinein. »Mmmh, ich liebe Pickle! Bin aber bei uns in der Familie auch die Einzige, die's mag, außer Dad. Wir zwei sorgen dafür, dass immer ein Glas im Haus ist! Was ist dein Lieblingssandwich?«

»Käse esse ich schon gern, lieber als Schinken oder so was. Aber am liebsten mit Gurke oder Tomate. Wir kennen das nicht so mit Sandwiches – obwohl Mama unsere Schulbrote immer diagonal geschnitten hat. Sag mal … wie schmeckt das Essen in der Schulcafeteria? Gibt es da jede Menge Pommes, Erbsen und gebackene Bohnen in Tomatensauce?«

Sarah lachte. »Nein, ganz so einseitig ist es nicht, keine Angst! Die Gesundheitswelle ist auch nach Großbritannien übergeschwappt und ansatzweise sogar bis in die Schulen. Es gibt immer frischen Salat, eine Auswahl an belegten Broten und zwei verschiedene warme Gerichte, davon ein vegetarisches. Nichts Aufregendes, aber immerhin. Pommes gibt's schon oft, aber damit haben die wenigsten ein Problem! Schau mich an, ich muss schon aufpassen, damit ich nicht zu dick werde.«

Sarah piekste sich mit dem Finger in den Bauch. »Da, alles Speck!«

»Quatsch!«, widersprach Vicky. »Das nennst du Speck? Wir hatten ein Mädchen bei uns in der Klasse, *die* war dick – richtig dick! Sie tat mir irgendwie echt leid. In den Sommerferien war sie jetzt zum Abnehmen auf Kur – na ja, das Ergebnis werde ich wohl nicht mehr zu sehen bekommen … also, du bist jedenfalls okay. Mary ist auch nicht dünner, du solltest sie mal jammern hören. Muss wohl am Alter liegen, vielleicht fange ich auch eine Diät an, wenn ich fünfzehn bin.«

Eine Weile saßen sie schweigend nebeneinander und aßen ihre Sandwiches. Dann fragte Sarah vorsichtig: »Und, wie geht es dir so mit dem Umzug? Ist komisch, oder?«

Vicky überlegte kurz.

»Nein, eigentlich nicht«, antwortete sie dann. »Es ist etwas Neues, das lenkt uns alle ab. Im Moment ist es fast wie Urlaub. Aber wenn ich an die Schule denke, wird mir echt schlecht. Wie soll ich das bloß schaffen, den ganzen Tag dazuhocken? Noch dazu in Uniform! Und ihr habt auch andere Fächer und ...«

Sarah legte ihr eine Hand auf den Arm und sah sie aufmunternd an.

»Hey, immer locker. Wir haben fast die gleichen Fächer wie ihr, nur heißen manche anders oder sind kombiniert, wie zum Beispiel Science, das ist Physik und Chemie. Wir haben jedenfalls einige tolle Lehrer, die sich richtig für die Schüler einsetzen, und für alle Fälle unseren super Vertrauenslehrer, Mister McCarthy. Wir nennen ihn Mister McCharming, weil er so charmant ist!«

Sarah schüttelte ihre leere Dose und stand auf. »Lass uns mal ins Haus zurückgehen, es gibt bestimmt noch einen leckeren Nachtisch. Und dann haben wir noch eine Menge zu tun. Habt ihr zwei vielleicht Lust, morgen Abend mit auf eine Party zu kommen? Da könnt ihr gleich ein paar Leute kennenlernen, die auch auf unsere Schule gehen. Ich habe sogar ein Mädchen aus deiner Klasse eingeladen. Sie heißt Rachel und ist wirklich super nett. Sie mag auch so gerne Tiere wie du, und sie ist noch nicht lange bei uns an der Schule. Ihr werdet euch bestimmt gut verstehen.«

Vicky zuckte mit den Achseln und machte ein gleichgültiges Gesicht dabei. Sie musste an Sina denken. Ob die jetzt in der Schule neben Carolin saß?

8

Als Elizabeth am nächsten Morgen erwachte, wusste sie zunächst nicht, wo sie war. Sie sah auf die Uhr und stellte fest, dass es bereits nach acht war, aber im Haus war es noch ganz still. Die Sonne schien durch die bunt geblümten Rüschenvorhänge, und sie konnte die Vögel zwitschern hören, die vermutlich im Kastanienbaum saßen. Sie stand auf, ging zum Fenster und sah hinaus. Der Himmel war tiefblau, ein herrlicher Septembermorgen. Sie schob das Kippfenster weit auf und atmete die frische Luft ein.

Ja! Ich bin zu Hause … zu Hause!

Jetzt konnte sie Schritte im Flur hören und dann – klick-klack – die Badezimmertür. Das war bestimmt Vicky – sie war schon immer ein Frühaufsteher gewesen, im Gegensatz zu ihrer großen Schwester, die am Wochenende vor zehn kaum aus dem Bett zu bekommen war. Wie oft hatten Vicky und ihr Vater schon früh am Morgen zusammen in der Küche gesessen, sie mit einem Buch, er mit der Zeitung, und schweigend ihren ersten Tee dabei getrunken. Vater und Tochter, ein unschlagbares Team …

Als Elizabeth auf dem Weg zur Küche durchs Wohnzimmer ging, stieß sie mit dem Fuß an einen Karton, der anscheinend gestern Abend mitten im Raum stehen geblieben war.

»Na, da haben wir noch einiges zu tun heute«, seufzte sie. »Aber jetzt mache ich uns erstmal ein leckeres Frühstück. Das heißt …«

Plötzlich fiel ihr ein, dass sie noch keinen Gedanken an Essen verschwendet hatte, seit sie hier waren. Sie wusste nicht einmal, wo der nächste Supermarkt war. Kopfschüttelnd goss sie drei Becher Tee auf, nahm ein Tablett, und stellte Milch und Zucker dazu. Dann ging sie wieder nach oben, wo ihr eine schlaftrunkene Vicky entgegenkam.

»Guten Morgen, Prinzessin. Na, gut geschlafen?«

Vicky rieb sich die Augen und gähnte. »Ja, eigentlich schon. Heute Morgen wusste ich zwar erstmal nicht, wo ich bin, aber dann fiel mir gleich alles wieder ein … und du? Hast du auch gut geschlafen?«

Elizabeth lachte. »Wie ein Stein! Das war doch ganz schön anstrengend gestern … Du, Vicky, ich glaube, ich muss erstmal einkaufen fahren. Ich habe zwar keine Ahnung, wo der nächste Supermarkt ist, aber allzu groß ist Bedworth ja nicht, und ich glaube, wir sind gestern an einem *Tesco* vorbeigekommen. Wir haben nämlich außer Milch und ein paar Resten vom Lunch gestern nichts im Kühlschrank – und ich glaube nicht, dass ihr Cornish Pasties zum Frühstück wollt?!«

»Nein, danke, und auch keine Sandwiches mit diesem braunen Zeug … Branston Pickle!«

Vicky schüttelte sich bei dem Gedanken daran. Dann reckte sie sich. »Also, dann wecken wir am besten gleich Mary und gehen alle zusammen los, oder?«

»Ich kann auch allein fahren, dann müsst ihr euch jetzt nicht so beeilen – möchtest du etwas Bestimmtes, Vicky? Irgendwelche Kekse vielleicht?«

Vicky überlegte. »Ja, ein Päckchen Custard Creams – oder zwei. Und ein Müsli ohne Nüsse, wenn du eines findest.«

Elizabeth wuschelte ihrer Tochter durch das blonde Haar. »Okay, Schatz, ich beeil mich.«

»Guten Morgen! Sind jetzt alle wach?«, rief Elizabeth, als sie eine Stunde später mit drei schweren Taschen in den Flur trat und den Autoschlüssel auf das Garderobenbrett warf.

»Guten Morgen!« Mary kam aus der Küche, einen Becher Tee in der einen, einen Keks in der anderen Hand. »Können wir dir helfen, Mama? – Meine Güte, Mama, hast du *Tesco* ganz leer gekauft? Hast du noch mehr im Auto?«

»Ja, einen Kanister Orangensaft und einen Korb mit Kleinkram. Ich koche schon mal Kaffee, möchtest du auch einen?«

»Gerne. Brötchen gab's wohl keine, oder?«

Ihre Tochter spähte hoffnungsvoll in eine der Taschen.

Elizabeth musste über ihr enttäuschtes Gesicht lachen. »Doch, ich habe Brötchen vom Bäcker geholt. Die sind auch in dem Korb im Auto.

Sehen zwar etwas anders aus, mit Körnern gab's leider überhaupt keine, aber ich denke, es ist ein guter Kompromiss für unser erstes Frühstück in England, findest du nicht?«

Mary strahlte. »Allerdings!« Damit griff sie nach dem Autoschlüssel und lief hinaus.

Elizabeth ging in die Küche und fing an, die Taschen auszupacken. Dabei entdeckte sie Vicky, die sich mit einem Buch auf eine Decke im Garten gesetzt hatte, und ein zärtliches Lächeln breitete sich auf ihrem Gesicht aus. Sie musste unbedingt herausfinden, wo die nächste Bücherei war – wahrscheinlich in Nuneaton –, und schnellstens eine Mitgliedskarte erwerben. Irgendwann musste ja Catherines Vorrat an Taschenbüchern, die sie ihren Nichten immer lieh oder schenkte, auch mal erschöpft sein. Elizabeth las zwar auch sehr gerne, aber mit ihrer Schwester konnte sie nicht mithalten, die hatte als Teenager sogar in der Badewanne gelegen und gelesen – und auf der Toilette!

Vicky spürte wohl, dass sie beobachtet wurde, und sah auf.

»Hallo! Na, wie war der Einkauf?«

»Alles bestens«, rief Elizabeth zurück. »Ich habe zwar etwas länger gebraucht als sonst, weil ich den Laden ja nicht kannte, aber ich glaube, wir haben erstmal alles, was wir brauchen. Ich habe sogar Brötchen geholt. Möchtest du Tee oder Kaffee?«

»Tee. Ich komme gleich und helfe dir. Nur noch die Seite zu Ende lesen, ja?«

Elizabeth schob ein paar Sachen vom Küchentisch und breitete die grün, gelb und rot karierte Baumwolldecke darauf aus, die sie sich im Sommer vor einem Jahr aus Dänemark mitgebracht hatte. Aus ihrem letzten gemeinsamen Urlaub …

Sie straffte die Schultern, setzte ihr strahlendstes Lächeln auf und wandte sich an ihre Älteste. »Na, damit sieht es hier doch gleich viel gemütlicher aus, findest du nicht? Und jetzt lasst uns frühstücken, ich habe Hunger!«

Im Laufe des Nachmittags kam Catherine mit Sarah vorbei, die ihren beiden Cousinen den Ort zeigen wollte. »Mädels, ihr könnt nicht gleich am ersten Tag zu spät zur Schule kommen, weil ihr die Bushaltestelle nicht gefunden habt – oder«, fügte sie grinsend hinzu, »weil ihr auf der falschen Straßenseite gewartet habt!«

Mary warf sich ihre Jeansjacke über die Schulter. »Na, dann komm, Vicky. Los geht's!«

Vicky saß oben auf dem Treppenabsatz, ein Buch auf dem Schoß, und sah etwas unwillig zu ihrer Schwester und ihrer Cousine hinunter.

»Könnt ihr nicht vielleicht noch *fünf* Minuten warten? Ich hab das Kapitel gleich zu Ende gelesen!«

»Wenn's sein muss. Nimmst du Geld mit? Ich hab keins mehr im Portemonnaie.«

»Mach ich!«

Elizabeth rief aus der Küche: »Und bringt mir bitte auf dem Rückweg noch ein paar Eier mit, die habe ich vergessen. Wie kommt ihr eigentlich zu der Party heute Abend? Soll ich euch fahren?«

»Lass sie doch mit dem Bus fahren«, schlug Catherine vor. »Paul bringt sie dann wieder nach Hause. Ist dir das recht? Ich muss jetzt nämlich auch los, wir bekommen eine Ladung Steine geliefert, Paul will den Weg neu pflastern.«

Elizabeth nickte und sah auf die Uhr. »Na, dann mal los mit euch, Mädels, sonst schafft ihr die Bedworth-Tour nicht mehr, es ist ja schon gleich halb vier!«

»Keine Sorge, Tante Elizabeth, das schafft man in einer Stunde – lässig!«, erklärte Sarah und verschwand Arm in Arm mit ihren beiden Cousinen aus der Haustür.

Catherine, den Autoschlüssel in der Hand, sah ihre Schwester besorgt an. »Und für dich ist das ganz bestimmt okay heute Abend?«

Elizabeth deutete auf das Buch, das auf dem Couchtisch lag. »Klar ist das okay. Ich habe mir in Deutschland noch einen Roman gekauft, mit dem mache ich es mir später auf dem Sofa gemütlich. Vielleicht mache ich mir sogar einen Wein auf. Mach dir keine Sorgen.«

»Na, dann. Wenn was ist, ruf einfach an, ich bin in zehn Minuten da!«

Elizabeth nickte und stand auf, um ihre Schwester zur Tür zu bringen. Sie fühlte sich plötzlich ganz müde und erschöpft und freute sich fast darauf, endlich allein zu sein.

Sie war über ihrem Buch eingeschlafen, als sie den Schlüssel in der Haustür hörte. Mit einem Satz sprang sie vom Sofa und stieß beinahe mit ihrer Ältesten zusammen, die gerade ins Wohnzimmer trat.

»Vorsicht, Mama, ich bin's!«, rief Mary lachend und umarmte sie. »Hast du schon geschlafen? Wir sind ganz pünktlich, es ist erst zwanzig nach neun.«

Elizabeth reckte sich und gähnte. »Ich muss wohl beim Lesen eingenickt sein. Das Buch ist wirklich interessant, aber ich bin ziemlich erschöpft, fürchte ich. Wie war eure Party?«

Mary stellte ihren Rucksack auf die unterste Treppenstufe und warf sich dann mit einem zufriedenen Seufzer in den gemütlichen, bunt geblümten Sessel.

»Ganz nett eigentlich. Die meisten waren zwar jünger als ich, aber ich habe ein Mädchen aus unserer Klasse kennengelernt, die auch noch in diesem Jahr sechzehn wird, genau wie ich. Sie heißt Judy. Sie war als Kind furchtbar lange krank, irgend so eine Muskelgeschichte, und ist deswegen ein Jahr später eingeschult worden.«

»Aus meiner Klasse war keiner dabei, außer einem etwas anstrengenden Jungen namens Tom. Ich dachte schon, ich werde den nie wieder los.« Vicky lachte. »Rachel, von der Sarah erzählt hat, ist leider nicht aufgetaucht. Aber die anderen waren echt nett. Hast du Lust, am Sonntag in die Kirche zu gehen, Mary?«

Mary schüttelte den Kopf. »Nee, muss nicht sein. Ich finde das ja ganz nett auf so einem Grillfest, aber Kirche – nein danke! Willst du hin?«

»Eigentlich nicht«, antwortete Vicky und sah dabei so aus, als wäre sie doch gern gegangen. »Vielleicht ein anderes Mal. Warum sind wir eigentlich nie zur Kirche gegangen, Mama? Glaubst du nicht an Gott?«

Gute Frage. Sehr gute Frage – wenn ich nur eine Antwort darauf hätte ...

Elizabeth zögerte. »Ich weiß es nicht, Kinder. Irgendwie ja, aber ... Lasst uns ein anderes Mal darüber reden, es ist schon spät.«

Sie stand auf, nahm ihr Weinglas und ihren Teller und ging in die Küche hinüber. »Geht ihr ruhig schon nach oben, ich räume noch die Spülmaschine aus«, rief sie über die Schulter zurück. »Gute Nacht, schlaft gut!«

Die Mädchen wechselten ratlose Blicke und gingen dann zusammen nach oben. Wie so oft seit dem Tod ihres Vaters ließ ihre Mutter sie nicht richtig an sich herankommen, wich ihren Fragen aus, und zog sich zurück. Natürlich wussten die Mädchen, dass sie noch immer um ihren Vater trauerte – das taten sie schließlich auch –, aber allmählich fragten sie sich doch, ob ihr Leben jemals wieder »normal« werden würde. Ob sie jemals wieder fröhlich und sorglos sein würden – und glücklich.

Am nächsten Tag waren sie von früh bis spät mit Einräumen beschäftigt – Mary wurde zwar nicht müde, immer wieder zu betonen, dass sie »nie im Leben ihr ganzes Zeug hier hineinbekommen« würde, hatte aber trotzdem Spaß daran, einmal ein ganz leeres Zimmer komplett neu zu gestalten – und waren am Abend so müde, dass Elizabeth nicht einmal mehr Lust zum Kochen hatte. Sie beschlossen, eine Pizza essen zu gehen und sich anschließend in Coventry den neuen Film mit Hugh Grant anzusehen. Eine gute Entscheidung, wie Elizabeth zufrieden feststellte, da der Film hinreißend komisch war und sie so viel lachen musste wie schon lange nicht mehr.

Als sie nach der Vorstellung auf den dunklen Parkplatz hinaustraten, schlug Mary vor, noch ein Eis essen zu gehen, doch mit einem Blick auf ihre jüngere Tochter, die beinahe im Stehen einzuschlafen schien, lehnte Elizabeth energisch ab. »Es war ein langer Tag für uns alle, und wenigstens eine von euch beiden gehört dringend ins Bett. Morgen sind wir bei Cathy und Paul zum Mittagessen eingeladen, also kannst du ausnahmsweise mal nicht bis um eins schlafen.«

Mary zog ein Gesicht, stieg dann aber ins Auto und machte sich daran, einen Radiosender zu suchen, der ihrem Geschmack entsprach. Vicky setzte sich sofort nach hinten und legte sich ihr Nackenhörnchen um den Hals. Sie waren kaum auf der Autobahn, da war sie auch schon fest eingeschlafen.

Die Glückliche, dachte Elizabeth schmunzelnd, als sie das Gesicht ihrer schlafenden Tochter im Rückspiegel betrachtete. Wie gerne würde sie jetzt selbst einfach die Augen schließen und einschlafen! Sie unterdrückte ein Gähnen und bat Mary, das Radio ein wenig lauter zu stellen. Die Musik war zwar furchtbar – Mary hatte tatsächlich einen Sender gefunden, der moderne Popmusik spielte –, aber wenigstens würde sie dabei nicht einschlafen. Die Autobahn war um diese Zeit wie leer gefegt, auch auf der Gegenfahrbahn schien niemand unterwegs zu sein. *Die sind alle zu Hause bei ihren Familien,* dachte Elizabeth, *oder übers Wochenende verreist.*

Umso heftiger erschrak sie, als auf einmal ein Wohnmobil vor ihnen auftauchte, das ohne jede Beleuchtung auf der linken Spur stand. Stand!

Das kann doch nicht wahr sein!

Ohne auch nur einen Augenblick zu zögern, riss Elizabeth das Lenkrad nach rechts.

Der hat ja nicht einmal Licht an. Was, um alles in der Welt, macht der denn da??? Denkt der, er ist hier auf einem Campingplatz?

Elizabeth lief kalter Schweiß den Rücken hinunter, während sie versuchte, den Wagen in eine Nothaltebucht zu lenken. Sie brauchte eine Pause. Nur eine ganz kurze Pause, um sich von dem Schreck zu erholen …

»Mama? Was ist denn los? Mama?!«

Wie durch einen dichten Nebel hörte Elizabeth die aufgebrachten Stimmen ihrer Töchter, aber sie reagierte nicht. Sie konnte nicht. Sie konnte auch ihre Hände nicht von ihrem Gesicht nehmen, und als Mary vorsichtig versuchte, sie wegzuziehen, verkrampften sie sich nur umso stärker. Elizabeth fühlte, wie sich ihr ganzer Körper vor Anspannung steif machte. Nein, sie wollte sich nicht bewegen, sie wollte nicht aufwachen, und sie wollte auf keinen Fall von hier weg! Sie war doch endlich am Ziel – sie war im Himmel! Vor ihrem inneren Auge sah sie Patrick, der auf sie zukam, beide Arme nach ihr ausgestreckt.

»Elizabeth!«, hörte sie ihn rufen. »Elizabeth, Liebstes, endlich!«

Doch so sehr sie auch lief, sie konnte ihn nicht erreichen. Patrick ließ enttäuscht seine Arme sinken und wandte sich zum Gehen. »Patrick!«, rief sie verzweifelt. »Patrick, warte! Geh nicht weg! Patrick!!«

»Mama, kannst du mich hören?« Marys Stimme klang angsterfüllt. »Mama? Sag doch was, Mama – bitte ... oh, Gott, Vicky, was sollen wir nur tun?«

Vicky, die sich eben noch müde die Augen gerieben hatte, richtete sich auf und schaute angestrengt zum Fenster hinaus. »Wieso stehen wir denn hier? Hatten wir einen Unfall?«

»Weiß ich nicht«, entgegnete Mary ungeduldig. »Nein, ich glaube nicht. Aber Mama – schau dir doch mal Mama an! Die steht total unter Schock! Irgendwas muss passiert sein ... nur was? Und wie kommen wir hier weg?«

Dann fiel ihr plötzlich etwas ein. Sie schaltete die Innenbeleuchtung ein und begann fieberhaft in der Handtasche ihrer Mutter zu wühlen, bis sie gefunden hatte, wonach sie suchte. »Na, immerhin hat sie ihr Handy dabei. Ich glaube, ich rufe lieber mal bei Onkel Paul an, dass er uns abholen kommt. Mama hat einen Schock.«

Eine Stunde später saß Elizabeth mit angewinkelten Knien auf dem Sofa ihrer Schwester, fest in eine Wolldecke gewickelt, und hielt einen Becher Tee in beiden Händen. Der Schock hatte nachgelassen, und jetzt weinte sie unaufhörlich.

Catherine nahm ihr behutsam den Becher aus den zitternden Händen und stellte ihn auf dem Tisch ab. Dann legte sie ihren Arm wieder um Elizabeths Schulter und wartete geduldig, bis das Weinen allmählich leiser wurde und schließlich ganz aufhörte. Nachdem Elizabeth sich die Nase geputzt und die Augen getrocknet hatte, drückte sie ihr erneut den Becher in die Hand und sah ihr dabei zu, wie sie dankbar den süßen, milchigen Tee trank.

»Manchmal ...«, begann sie dann, »manchmal denke ich immer noch, das alles sei nur ein böser Traum, aus dem ich jeden Moment wieder aufwachen müsste. Patrick kommt gleich wieder, denke ich dann, er ist nur für eine kurze Weile weg. Aber ... aber er kommt nicht wieder. Er kommt nie wieder, nicht wahr?«

Catherine antwortete nicht, und Elizabeth schien auch keine Antwort zu erwarten, sondern fuhr mit leiser, monotoner Stimme fort: »Vorhin, als ich da im Auto saß und mich fragte, ob ich jetzt vielleicht im Himmel sei, da habe ich mich gefragt, warum es denn dann so dunkel ist. Im Himmel sollte doch alles hell sein, hell und warm, oder? Aber dann fiel mir ein, dass Patrick vielleicht gar nicht im Himmel ist, sondern ... sondern woanders, an einem kalten, dunklen, schrecklichen Ort. Ich hatte wirklich Angst! Und dann sah ich ihn plötzlich – mit weit ausgebreiteten Armen stand er da, und um ihn war alles ganz hell, das Licht hat mich fast geblendet. Er wartete, wartete, dass ich zu ihm komme. Ich habe sogar gehört, wie er meinen Namen rief, Catherine! Das kann doch kein Traum gewesen sein, oder? Aber als ich zu ihm laufen wollte, konnte ich nicht von der Stelle kommen. Es ging einfach nicht, so sehr ich mich auch anstrengte, ich kam keinen einzigen Schritt vorwärts. Und dann hat er die Arme fallen lassen und sich umgedreht. Er ist weggegangen, und ich konnte ihn nicht aufhalten. Ich habe ihn gerufen, aber – aber er konnte mich nicht hören ... Er konnte mich nicht mehr hören.«

Erneut rannen Tränen über Elizabeths Wangen. Catherine streckte eine Hand aus, um sie fortzuwischen, doch Elizabeth wehrte ab. »Lass, Cathy. Lass sie laufen – es kommen sowieso immer neue ...« Dann wandte sie ihrer Schwester das tränennasse Gesicht zu und fragte mit bebender Stimme: »Nicht wahr, Cathy, er kann mich gar nicht hören? Er kann nicht zu mir kommen, und ich nicht zu ihm. Wir werden uns niemals wiedersehen, oder? Niemals, nie ...«

Catherine nahm ihre verzweifelt schluchzende Schwester in die Arme und sah zur Treppe hinauf, wo Paul stand und ihr einen fragenden Blick zuwarf. *Was soll ich tun,* sagte dieser Blick. Ja, was sollte er tun? Was konnten sie überhaupt tun, fragte sich Catherine, und zuckte ratlos die Achseln. Konnten sie Elizabeth überhaupt noch helfen? Oder würden sie einfach alles der Zeit überlassen müssen? Und Gott. Denn wenn einer ihrer Schwester helfen konnte, dann war es Gott. Und er würde ihr helfen, dessen war sie sich ganz sicher – zu seiner Zeit.

Elizabeth erwachte am nächsten Morgen sehr früh, als alles noch still im Haus war. Obwohl es draußen gerade erst anfing, hell zu werden, hatten sich die ersten Vögel bereits zum Morgenkonzert im Garten versammelt. Elizabeth sah auf ihre Armbanduhr, die sie die ganze Nacht getragen hatte – Patricks letztes Geburtstagsgeschenk. Sie hatte sich diese Uhr ausgesucht, in einem kleinen Juweliergeschäft in Lübeck. Patrick hatte als Überraschung noch etwas auf der Rückseite der Uhr eingravieren lassen. »Meiner wundervollen Frau zum Geburtstag. Von Patrick. 6-12-03.« Ihr vierzigster Geburtstag. Den nächsten würde sie alleine feiern. Und den übernächsten. Und den überübernächsten.

Doch bevor die Welle der Traurigkeit und des Selbstmitleids sie erneut erfassen konnte, schwang sich Elizabeth aus dem Bett und stand auf, um sich Jeans und Pullover überzuziehen. Gestern Nacht hatte sie sich einfach so, wie sie war, auf das Bett geworfen und geweint, bis sie irgendwann vor Erschöpfung eingeschlafen war.

Jetzt war es sieben; kein Wunder also, dass alles noch ganz still im Haus war. Die Mädchen würden bestimmt lange schlafen, und sie konnte sich später noch einmal hinlegen, wenn Paul, Cathy und Sarah in der Kirche waren. Jetzt wollte sie erstmal nach unten gehen und sich eine Tasse Tee machen. Das würde ihr hoffentlich wieder neuen Schwung geben.

Zu ihrem Erstaunen traf sie in der Küche auf ihren Schwager, der bereits mit seiner Bibel und einem Becher Kaffee auf einem Hocker am Frühstückstresen saß. Als er sie hörte, sah er auf und lächelte ihr zu. »Guten Morgen, Beth. Na, wie geht es dir? Konntest du schlafen?«

Elizabeth strich sich eine Haarsträhne aus dem Gesicht. »Ja … na ja, es geht. Nicht sehr gut eigentlich. Darf ich mich zu dir setzen?«

»Na klar. Ich mache dir auch einen Kaffee, wenn du willst. Oder lieber einen Tee?«

»Tee wäre schön. Danke.«

Paul stand auf und ging zur Arbeitsplatte hinüber, wo der Wasserkessel stand, und nahm eine Teetasse vom Becherständer. »Milch? Zucker?«, fragte er, ohne sich umzudrehen.

»Beides, danke.« Sie zog sich ebenfalls einen Hocker unter dem Tresen hervor und warf einen flüchtigen Blick auf die aufgeschlagene Seite in Pauls Bibel, bevor sie sich setzte. Elizabeth wusste, dass er diese Bibel von seiner Frau geschenkt bekommen hatte, als sie beide kurz vor der Geburt von Joshua zum Glauben gekommen waren. Sie war in weiches, hellbraunes Leder gebunden und sah sehr edel aus. Edel und viel benutzt. Er hatte auch bei Patricks Beerdigung daraus vorgelesen, weil Elizabeth ihn darum gebeten hatte. Warum, das wusste sie selbst nicht so genau, aber es hatte ihr gutgetan, die tröstlichen Worte aus dem Alten Testament zu hören, die Paul ausgewählt hatte. Beruhigend irgendwie.

Sie sah sich die aufgeschlagene Seite genauer an. Jesaja, Kapitel 41 – Vers 10. *»Fürchte dich nicht, denn ich bin bei dir. Sieh dich nicht ängstlich nach Hilfe um, denn ich bin dein Gott: Meine Entscheidung für dich steht fest, ich helfe dir. Ich unterstütze dich, indem ich mit meiner siegreichen Hand Gerechtigkeit übe.«*

Scheinbar desinteressiert, wandte sie ihren Blick rasch in Richtung Fenster, bevor Paul mit dem Tee zurückkam und sah, dass sie in seiner Bibel las. Sie war jetzt nicht in der Stimmung für eine Predigt. Paul rührte Milch und Zucker in ihren Becher und nahm eine Keksdose vom Regal über dem chromglänzenden, neuen Gasherd im Nostalgielook.

»Magst du einen Keks dazu? Ich mache uns später ein richtiges Sonntagsfrühstück mit Eiern und Würstchen und Speck. Und mit gegrillten Tomaten. Meine Spezialität …«

Elizabeth überlegte und schielte heimlich zur Bibel hinüber. Der Vers, den sie eben gelesen hatte, war mit einem orangefarbenen Buntstift angestrichen worden. Ein besonders wichtiger Vers anscheinend. Nun, er klang auf jeden Fall nicht schlecht: *Ich helfe dir …*

Würde Gott auch ihr helfen? Oder galt diese Zusage nur denen, die sich bereits entschieden hatten, so wie Paul und Catherine?

»Nein, danke«, erwiderte sie dann und sah lächelnd zu ihrem Schwager hinüber. »Dann esse ich jetzt lieber keinen Keks. Ich bin keine besonders gute Frühstückerin – da, jetzt habe ich ein neues Wort erfunden!«

Sie lachte. Nicht sehr laut, auch nicht so fröhlich, wie sie früher gelacht hatte, aber immerhin – sie lachte. Paul kam mit dem Tee zu ihr und meinte: »Schön, dich wieder lachen zu hören, Elizabeth. Ich hoffe, dieses Lachen bald wieder öfter zu hören – es passt so gut zu dir. Hier, dein Tee. Vorsicht, der Becher ist ziemlich voll.«

Elizabeth zog sich die Ärmel ihres Pullovers über die Handgelenke und umschloss den Becher mit beiden Händen. »Danke … geht ihr nachher alle in die Kirche?«

»Ja, der Gottesdienst beginnt um viertel vor elf. Das ist eine nette Zeit, findest du nicht? Man kann ausschlafen und in aller Ruhe frühstücken. Möchtest du vielleicht mitkommen?«

Er sah sie aufmunternd an, doch sie schüttelte rasch den Kopf. »Nein, danke, lieber nicht. Vielleicht ein anderes Mal.«

Paul nickte wieder. Er hatte keine andere Antwort erwartet. Dann stand er auf, grinste und meinte: »Ich gehe mal lieber schnell duschen, bevor die anderen alle wach werden. Ist nicht so leicht mit fünf Frauen …«

»Weißt du, wer heute da war – in der Kirche, meine ich? William Bentley! Erinnerst du dich an ihn? Er kommt hin und wieder zum Gottesdienst, wenn er Jerry besucht. Du weißt schon, Jerry Scott, der freundliche Riese, der auch bei deinem Umzug mitgeholfen hat. Die beiden sind zusammen zur Schule gegangen. Damals muss er wohl der größte Mädchenschwarm in ganz Rugby gewesen sein – William, meine ich, nicht

Jerry, obwohl der auch nicht schlecht aussieht. Dafür hat er auch die hübscheste Frau in der Gemeinde. Wo war ich stehen geblieben? Ach ja, William. Bist du nicht sogar mal mit ihm ausgegangen?«

Catherine hängte ihre Jacke über einen Stuhl und nahm eine Schürze vom Haken.

William L. Bentley. Natürlich erinnere ich mich, und du weißt das ganz genau! – Kein Grund zur Aufregung, Elizabeth! Es ist nur ein alter Schulfreund, eine verblasste alte Romanze, die nie wirklich eine Romanze war.

»Ja, ich erinnere mich. Und, sieht er immer noch so gut aus?«

Du dumme Gans, was soll sie denn jetzt wohl von dir denken?!

Aber Catherine lachte nur, während sie ein paar Töpfe aus dem Schrank zog. »Ich weiß nicht, was man so unter gut aussehend versteht, wenn ein Mann über vierzig ist, aber er ist immer noch unverheiratet, was mich sehr erstaunt. Schließlich ist er der einzige Sohn und somit alleiniger Erbe dieses Herrenhauses – was ihn doch zu einem ziemlich attraktiven Kandidaten macht, so würde ich meinen. Man sagt, er sei einmal mit einer Amerikanerin verlobt gewesen, die ihn dann kurz vor der Hochzeit sitzengelassen habe. Klingt tragisch, nicht wahr?«

»Allerdings. Da hat er wohl kein Glück im Leben gehabt ... Und was macht er so? Wohnt er hier in der Nähe?« Elizabeth ärgerte sich, dass sie ihre Neugier nicht besser im Zaum halten konnte, aber sie war froh, einmal über etwas anderes zu sprechen als über sich selbst – vor allem nach den Ereignissen der letzten Nacht.

»Er ist Tierarzt und wohnt in Warwick, wo er auch seine Praxis hat. Wir sehen ihn manchmal in der Kirche oder drüben in Atherstone, wenn wir bei Simon und Maggie zu Besuch sind. Er hat dort sein Pferd stehen, Hector, einen sehr edlen, aber temperamentvollen Hengst, für den er leider viel zu wenig Zeit hat. Murron kümmert sich um ihn, wenn er nicht da ist. Aber immerhin ist er zuverlässig und kümmert sich um seine Eltern. Sein Vater sitzt im Rollstuhl, und dadurch ist auch seine Mutter viel ans Haus gebunden. Ich frage mich sowieso, wie sie dieses riesige Anwesen instand halten. Müssen wohl eine Menge Personal haben. Möchtest du vielleicht ein Glas Sherry?«

»Gerne. Soll ich dir irgendwas helfen? Gemüse schneiden oder so?«

»Du kannst eine Béchamelsoße machen, die liebt Paul, und mir gelingt sie meistens nicht so gut. Ach, und wo ich gerade von ihm spreche – kannst du mal sehen, wo er steckt? Er wollte mir nämlich Kartoffeln aus dem Keller holen, aber irgendwie ist er verschwunden. Würde mich nicht wundern, wenn er mal wieder vor dem Computer hockt …«

»Gar nicht wahr«, hörten sie Paul vom Flur aus brummen. Gleich darauf kam er zur Küche herein, den besagten Sack Kartoffeln in der Hand. »Du traust mir aber auch nichts zu, oder? Oh, ein Glas Sherry, das hätte ich jetzt auch gerne. Schenkst du mir eines mit ein, Beth?«

Elizabeth goss ihm ebenfalls ein Glas ein und reichte es ihm über den Frühstückstresen, an dem sie stand. Dann stießen sie alle drei miteinander an.

»Auf deine Rückkehr, Elizabeth«, sagte Paul. »Möge es dir hier gut gehen.«

»Dir und den Mädchen«, fügte Catherine hinzu und lächelte ihre Schwester aufmunternd an. »Ihr werdet es schaffen, Elizabeth. Glaube mir, es wird alles gut.«

Na dann, dachte Elizabeth und nippte an ihrem Sherry. *Wenn du es sagst.* Aber wirklich viel Hoffnung hatte sie nicht – nicht nach gestern Abend. Würde sie es jemals schaffen, mit dieser Trauer fertig zu werden? Würde sie je wieder glücklich sein? Oder sich auch nur halbwegs normal fühlen? Jemals?

9

Vicky setzte sich an einen Tisch ganz am äußeren Ende der Cafeteria und suchte den großen, lärmerfüllten Raum nach ihrer Schwester und ihrer Cousine mit den Augen ab. Eigentlich hatten sie sich vorher draußen treffen wollen, aber das Gedränge war so groß gewesen, dass sie froh war, überhaupt noch einen Platz ergattert zu haben.

»Hey, Vicky, darf ich mich zu dir setzen?«

Vicky sah auf. Ein zierliches Mädchen mit langem, schwarzem Haar und auffallend großen, dunkelblauen Augen in dem hübschen, herzförmigen Gesicht stand vor ihr und lächelte sie schüchtern an. »Ich bin Rachel, ich gehe in deine Klasse. Wir sind auch erst vor Kurzem hier in die Gegend gezogen, im Frühling. Ich bin also selbst noch ziemlich neu an der Schule. Wartest du auf jemand Bestimmtes?«

»Ja, ich habe mich mit meiner Schwester und mit meiner Cousine verabredet. Sie gehen in dieselbe Klasse, 11 FM. Du kannst dich aber gerne zu mir setzen.«

Rachel ließ sich auf einen Stuhl fallen und packte ihre Brotdose aus. »Danke … Mensch, habe ich einen Hunger! Hast du ein Lunchpaket mit, oder holst du dir etwas Warmes?«

»Ich habe ein paar Sandwiches und Obst dabei. Wir essen heute Abend warm. Wo hast du vorher gewohnt?«

»Wir haben in St Albans gewohnt, in der Nähe von London. Meine Eltern sind geschieden. Deswegen sind wir auch umgezogen. Ich habe noch einen kleinen Bruder, Gary. Er geht in die vierte Klasse.«

Vicky nickte. »Und wie gefällt es dir so an der Schule?«

»Gut. Sie legen hier sehr viel Wert auf Bildung, glaube ich, und die Schule bekommt immer alle möglichen Auszeichnungen. Deswegen hat mich meine Mutter gleich hier angemeldet, als feststand, dass wir nach Nuneaton ziehen. Und wie gefällt es dir hier? Ihr habt vorher in Deutschland gelebt, oder?«

»Ja, wir sind hierher gezogen, weil meine Mutter aus dieser Gegend stammt. Mein Vater ist Anfang des Jahres verunglückt. Ein Autounfall.«

Rachel fuhr sich erschrocken mit der Hand an den Mund. »Oh, verzeih mir bitte! Das habe ich nicht gewusst.«

Vicky winkte ab. »Konntest du ja auch nicht. Ich habe ja kein Schild um den Hals hängen, auf dem steht: *Achtung, Halbwaise!* Und immerhin habe ich noch eine Mutter …« *Auch wenn die nicht mehr dieselbe ist, die sie vorher war.*

Rachel, verunsichert durch die ironische Bemerkung ihrer Mitschülerin, schwieg verlegen. Glücklicherweise kamen in diesem Moment Mary, Sarah und noch zwei Mädchen auf ihren Tisch zugesteuert.

»Hey, da steckst du ja, Vicky! Wir haben vorne bei der Tür gewartet.« Mary ließ ihren Rucksack auf einen Stuhl fallen und schüttelte ihr langes Haar. »Das ist ja ein schönes Chaos hier. Vicky, kannst du mir etwas von deinem Lunchpaket abgeben? Ich habe meines in der Küche liegenlassen.«

»Na prima, das fängt ja gut an. Und ich habe so einen Hunger! Hast du kein Geld, dass du dir etwas kaufen kannst? Ein paar Pommes vielleicht? Dann können wir den Rest von mir aus teilen.« Vicky spähte in ihre pinkfarbene Brotdose und klappte sie schnell wieder zu, bevor Mary den Schokoriegel erblickte, den ihre Mutter ihr eingepackt hatte. Mary liebte Cadbury's Curly Wurly – sie aber auch!

Mary kramte in ihrer Hosentasche und brachte ein Pfundstück zutage. »Reicht das für eine Portion Pommes, Sarah?«

Sarah, die gerade ihre Lunchbox untersuchte, sah auf und nickte. »Klar, die kosten nur siebzig Pence. Mit Ketchup achtzig. Für dreißig Pence bekommst du sogar noch einen Orangensaft.«

Rebecca, das Mädchen mit den üppigen roten Locken, das sie am Freitag auf der Grillparty in Sarahs Gemeinde getroffen hatten, schloss sich Mary an. »Komm einfach mit, ich kann dir zur Not auch noch ein paar Pence leihen. Falls du doch Ketchup zu den Pommes magst.«

Mit einem Blick auf ihre Schwester, der so viel sagte wie: *Siehst du, andere Leute können auch großzügig sein*, verschwand Mary mit ihrer Klassenkameradin im Gedränge. Vicky nahm schnell den Schokoriegel aus der Dose und ließ ihn in ihrer Schultasche verschwinden. Schließlich war Mary selbst schuld, wenn sie ihr Lunchpaket vergaß.

Der Nachmittag ging so schnell vorbei, dass Vicky es kaum fassen konnte, als es um halb vier zum Unterrichtsende läutete. Sie traf ihre Schwester an der Bushaltestelle.

»Na, wie war's bei dir, kleine Schwester? Hattet ihr auch Sport?«

Mary sah ganz zufrieden aus. Sie hatte gerade Sport gehabt und ihr vom Duschen noch feuchtes Haar unter eine Baseballkappe geschoben. Die durfte man auf dem Schulgelände selbstverständlich nicht tragen, aber sie hatte sie eben aus ihrer Sporttasche gezogen. Sobald sie zu Hause war, würde sie die kratzige Hose, die Bluse und die Strickjacke als Erstes in die Ecke feuern. Nicht eine Minute länger als nötig wollte sie so herumlaufen.

Vicky nickte. »Ja, und es hat mir echt Spaß gemacht, obwohl ich Sport sonst ja nicht so mag. Mister Brooks ist total nett. Wir haben Geräteturnen gemacht, und ihr?«

»Wir haben Volleyball gespielt. Herrlich! Unser Team hat gewonnen. Ich treffe mich Samstag mit Judy und noch ein paar Mädchen aus meiner Klasse zum Inlinerfahren in Nuneaton. Anschließend gehen wir eine Pizza essen. Willst du mitkommen?«

Vicky zuckte mit den Achseln und ließ ihren Rucksack über die Schulter zu Boden gleiten. Sie war nicht so sportbegeistert wie ihre Schwester, und auf Inlinern fühlte sie sich ebenso unwohl und wackelig wie auf Schlittschuhen. Sie stand am liebsten auf ihren eigenen Füßen – und zwar bevorzugt auf festem Boden.

»Weiß ich noch nicht. Mama hat doch gesagt, dass wir am Wochenende etwas zusammen unternehmen. Ich glaube, sie wollte mit uns nach Stratford fahren, und da würde ich eigentlich schon gerne mit … Bäh, jetzt fängt es auch noch an zu regnen! Wann kommt denn der Bus?«

Ihre Schwester nahm ihren Rucksack auf und deutete die Straße hinunter, wo der Schulbus gerade um die Ecke gekrochen kam. »Da kommt er schon – gerade rechtzeitig, würde ich sagen!«

Nachdem sie eingestiegen waren, fragte Mary: »Sag mal, wohnen die Mädchen aus deiner Klasse auch alle in Nuneaton? Ich habe das Gefühl, dass überhaupt niemand außer uns in Bedworth wohnt. Ich meine, es wundert mich ja nicht, aber …«

Vicky grinste und sah sich im Bus um. »Doch, da hinten sind zwei aus meiner Klasse – aber die sind ziemlich eingebildet, glaube ich. Jede Menge Schminke und Schmuck und so. Ich weiß nicht mal, wie sie heißen. Und die Jungs da vorne sind auch aus meiner Klasse. Einer heißt Gregory, das weiß ich zufällig, weil er in Mathe neben mir gesessen hat. Er spielt Golf.«

Mary zog ihren roten Schulplaner aus dem Rucksack. »So so. Wir haben bald schon wieder Ferien, weißt du das? Eine Woche *Half Term* im Oktober. Vielleicht lässt Mama uns nach Bournemouth fahren – wir haben Granny schon lange nicht mehr gesehen. Außerdem müsste Melly doch allmählich mal ihr Baby kriegen. Sollte das nicht im August schon kommen?«

Vicky runzelte die Stirn. »Ich dachte, das sei schon da. Mama sagte am Wochenende irgendwas. Ich glaube, es ist ein Junge. Wir können sie ja nachher fragen, ob wir hinfahren können. Oder wir fahren zu Maggie und Simon und machen Urlaub auf dem Bauernhof.«

Sie dachte dabei natürlich an die Hunde. Vielleicht hatten sie ja im Herbst gerade Welpen auf der Farm … Und wer weiß, vielleicht konnte sie wenigstens einen adoptieren, wenn sie ihn schon nicht mit nach Hause nehmen konnte.

Elizabeth stand in der Küche und bereitete das Abendessen vor. Die Mädchen hatten sich Pizza gewünscht. Seit sie von Anne ein Rezept für Hefeteig bekommen hatte, machte sie Pizza immer selbst. Jedenfalls stand jetzt der Teig zum Gehen in einer zugedeckten Schüssel in einer Ecke der Arbeitsplatte, während Elizabeth beim Gemüseschneiden über das Telefonat nachdachte, das sie am Vormittag mit ihrer Schwägerin in Bournemouth geführt hatte. Sie hatte sich natürlich über die Nachricht von der Geburt ihres jüngsten Neffen gefreut, doch als Melanie sagte, dass er Patrick hieß, hatte sich etwas in ihrem Magen schmerzhaft zusammengezogen. Zwar hatte sie sich beeilt, zu versichern, dass es ihr nichts ausmache, dass sie sogar gerührt sei – das war sie ja auch, irgendwie … –, aber weh tat es trotzdem. Es war doch *sein* Name! Sein Name …

»Hallo, Mama, wir sind wieder da!«

Vicky stürmte in die Küche und Elizabeth, immer noch ganz in Gedanken versunken, ließ vor Schreck beinahe das Messer fallen, das sie in der Hand hielt.

»Hey, nicht so stürmisch«, lachte Elizabeth. »Du weißt doch, wie schreckhaft ich bin. Na, wie war der erste Schultag? Alles okay?«

Mary kam ebenfalls in die Küche. Sie warf ihren Rucksack auf einen der Stühle und zog ihre dunkelblaue Strickjacke mit dem Schulemblem aus. »Hallo, Mama. Also, an diese Uniform muss ich mich erst gewöhnen, aber sonst war's eigentlich gar nicht so schlecht. Wir haben ganz nette Lehrer abbekommen, glaube ich, und ich habe auch schon zwei Mädchen kennengelernt, mit denen ich am Wochenende was machen will. Ich brauche übrigens unbedingt ein Handy, Mama, hier haben alle eins ... kann ich eins zum Geburtstag haben, ja?«

Elizabeth seufzte. *Auch das noch!*

»Mal sehen. Wir reden ein andermal darüber, ja?« Dann wandte sie sich an Vicky. »Und wie war's bei dir? Hast du auch ein paar nette Mädchen kennengelernt?«

Während sie die Pizza belegte, erzählte Vicky ihrer Mutter von Rachel und von ihrer netten, jungen Klassenlehrerin, Misses Cooper, die selbst neu an der Schule sei und außer Englisch auch Musik unterrichtete und einen Schulchor gründen wollte. Misses Cooper plante schon ein großes Musicalprojekt mit einer öffentlichen Aufführung am Ende des Schuljahres.

»Und außerdem will sie mit uns nach London fahren. Wir stimmen noch darüber ab, ob wir *Oliver* oder *Beauty and the Beast* sehen wollen. Ich würde lieber *Beauty and the Beast* sehen, aber Rachel sagt, das andere Stück sei auch sehr gut. Sie hat es in den Ferien mit ihrer Mutter gesehen. Ist das nicht aufregend?«

Elizabeth schmunzelte, während sie sich hinabbeugte, um die Pizza in den Ofen zu schieben.

Sie freute sich, dass Vicky anscheinend ihre Liebe zur Musik und zum Gesang wiedergefunden hatte. Als Schülerin hätte sie auch gerne Gesangsunterricht genommen, aber ihre Eltern hatten davon natürlich nichts wissen wollen. Eigentlich hatten Mathew und Emily sich sowieso nie viel für das interessiert, was ihre Töchter wollten. Die Schule war wichtig gewesen, sonst nichts. Elizabeth wollte bei ihren eigenen Töchtern auf keinen Fall dieselben Fehler machen. Wenn Vicky singen wollte, nun, dann sollte sie singen. Sie hatte wirklich eine außergewöhnlich schöne Stimme, und Elizabeth war traurig, dass sie sie so lange nicht hatte singen hören. Nichts würde sie glücklicher machen, als Vicky wieder singen zu hören, und sie wusste, dass sie Misses Cooper schon jetzt gern hatte.

»Guten Morgen! Du bist ja pünktlich. Ich hole eben meinen Wagen aus der Garage – oder willst du fahren? So als kleine Bewährungsprobe?«

Catherine kam gerade aus dem Haus, als sie den Escort ihrer Schwester auf den Hof fahren sah. Es war Samstag, und sie hatten sich gestern noch spontan zu einem Einkaufsbummel in Leicester verabredet. Die Mädchen hatten am Freitag beide etwas mit ihren Freundinnen aus der Schule ausgemacht, sodass Elizabeth diesen Tag ohne schlechtes Gewissen mit ihrer Schwester genießen konnte. Vielleicht würde sie sich sogar neue Wäsche kaufen. Die schönen Stücke erinnerten sie allzu schmerzhaft an Patrick, und die nicht so schönen … nun, die waren eben nicht mehr so schön.

»Nein, danke, lieber nicht«, wehrte Elizabeth ab.

»Und, wie war dein Abend im *Dog and Gun*? War die Band gut?«

Elizabeth hatte sich am Abend davor mit ihrer Nachbarin, Carol, in einem Pub in Hinckley getroffen, wo deren Mann Bob mit seiner Band gespielt hatte. Seit Patricks Tod hatte sie sich nicht mehr so gut amüsiert – manchmal hatte sie sogar mitgesungen, und beim letzten Lied, einer Coverversion von *Brown Eyed Girl*, hatte sie sich von einem älteren Herrn im Tweedsakko zum Tanz auffordern lassen, der aussah, als habe er schon Enkelkinder, und Elizabeth deswegen harmlos genug erschien. Ihre Töchter, die ebenfalls mitgekommen waren, hatten sie trotzdem die ganze Zeit über argwöhnisch beobachtet. Als ob sie etwas Verbotenes tat! Dabei war der Gedanke daran, zu flirten – oder sich gar wieder neu zu verlieben – für sie ohnehin undenkbar.

»Ja, die Jungs waren echt prima. Mary und Vicky waren auch mit dabei; sie haben jetzt einen neuen Job als Babysitter. Die beiden kleinen Templetons haben übrigens ein ganz schönes Durchhaltevermögen – da werden meine Töchter noch ihren Spaß haben!«

Catherine legte den ersten Gang ein und bog auf die Hauptstraße ab.

»Na, wenn der Papa in der Band spielt, ist das natürlich auch eine große Sache. Wie alt sind die beiden denn?«

»Fünf und sieben. Suzie ist gerade in die Schule gekommen, Scott besucht die dritte Klasse. Aber Vicky bleibt sonst auch nicht so lange auf. Wir waren erst um halb zwölf zu Hause! Als der Wecker heute Morgen klingelte, habe ich ihn zuerst gar nicht gehört und bin dann noch einmal eingeschlafen, so müde war ich. Glücklicherweise hast du angerufen, sonst hätte ich dich glatt versetzt!«

Catherine lachte. »Na, da habe ich ja wirklich Glück gehabt. Dann also ab ins Vergnügen! Wir werden dich von oben bis unten neu einkleiden, damit du mal wieder nach dem aussiehst, was du eigentlich bist: eine sehr attraktive, junge Frau mit mädchenhaftem Charme und Lachen! Und wehe, du kaufst dir nur langweilige, dunkelblaue Kostüme für die Bank.«

»Mädchenhaft, dass ich nicht lache. Du vergisst, dass ich im Dezember einundvierzig werde.« Trotzdem musste Elizabeth mitlachen. Sie fühlte sich so entspannt und gelöst wie schon lange nicht mehr. Und sie freute sich auf den Tag.

Als die beiden am späten Nachmittag schwer beladen zum Auto zurückkehrten, stieß sie einen tiefen, zufriedenen Seufzer aus und ließ sich erschöpft auf den Beifahrersitz fallen. »So, Misses O'Connor, und jetzt darfst du uns in irgendein besonders nettes Pub fahren, wo ich die beste Schwester und Einkaufsberaterin aller Zeiten zum Essen einladen werde. Okay?«

Catherine lachte. »Okay, aber lass uns zuerst nach Hause fahren und sehen, was Paul macht. Der hat sich wahrscheinlich den ganzen Tag mit diesen Pflastersteinen herumgeschlagen und nicht einmal eine Mittagspause gemacht. Macht er nie, wenn ich nicht da bin. Würdest du ihn zur Not auch noch ins Pub mitnehmen? Er kann uns dann auch einladen. Das macht er gerne.«

»Ich weiß«, antwortete Elizabeth und ließ ihren Blick aus dem Fenster schweifen, während Catherine den Wagen rückwärts aus der Parklücke fuhr. Sie und Patrick hatten es sich in den letzten beiden Jahren angewöhnt, einmal im Monat ohne die Mädchen essen zu gehen – ein kleines

Stück Freiheit, wie Patrick es genannt hatte. Jetzt war sie wieder frei, ihre Töchter wurden langsam selbstständiger und hingen auch nicht mehr so sehr an ihr wie in den ersten Monaten nach Patricks Tod, in denen sie ganz besonders Vicky kaum einmal für eine Stunde allein lassen konnte, um einkaufen zu gehen.

Elizabeth wischte sich verstohlen eine Träne aus dem Augenwinkel, bevor ihre Schwester es bemerkte – sie wollte nicht schon wieder Elizabeth die Heulsuse sein. Langsam hatte sie diese Rolle ja selber satt. Wenn es ihr nur manchmal nicht so schwerfiele!

»Die fällt nicht ins Wasser, da kennst du Maggie aber schlecht! Wenn es wirklich regnen sollte – und der Wetterbericht sagt, dass es schon morgen im Laufe des Tages freundlicher werden soll –, wird die Feier einfach komplett in die Scheune verlegt. Das hatten wir vor zwei Jahren auch schon mal, und wir hatten trotzdem jede Menge Spaß, vor allem die Kinder, die haben die ganze Zeit auf dem Heuboden herumgetobt ... Na, dafür sind unsere natürlich schon ein bisschen zu alt.« Catherine holte tief Luft. »Jedenfalls finde ich, dass es Zeit wird, dass du mal wieder ein bisschen unter die Leute kommst, und dafür ist das Hoffest auf Manor Farm doch ein idealer Anlass. Außerdem seid ihr offiziell eingeladen, also gibt es keine Ausrede. Oder hat Maggie dich noch nicht angerufen? Aber dann tut sie es bestimmt in den nächsten Tagen. Du weißt ja, wie chaotisch sie manchmal ist.«

Elizabeth seufzte. Sie hatte die Woche über Haus und Garten auf Vordermann gebracht, weil sie nächste Woche anfangen würde zu arbeiten und dann nicht mehr so viel Zeit für diese Dinge haben würde. Maggies und Simons alljährliches Herbstfest Ende September war ein großes Ereignis, und sie war nicht sicher, ob sie schon bereit dafür war. Doch der Versuch, ihre Schwester davon zu überzeugen, schien gerade fehlgeschlagen zu sein.

Ohne Elizabeths Antwort abzuwarten, fuhr Catherine fort: »Oh, Sarah wird übrigens gar nicht mitkommen, sie ist mit der Jugendgruppe der

Gemeinde auf einer Wochenendfreizeit im Peak District. Aber ich glaube, deine beiden werden trotzdem ihren Spaß haben. Bestimmt sind noch einige Jugendliche aus dem Dorf da, oder ein paar von Murrons ›Pferdemädchen‹, denen sie am Wochenende Reitstunden gibt. Also, Beth, mach dir mal keine Sorgen wegen deiner Töchter, die werden sich schon amüsieren. Und bestimmt lässt Murron sie am Sonntag reiten. Das heißt, falls sie sich bis dahin von ihrem Schwipps erholt und ausgeschlafen hat. Du weißt ja, Murron kann ordentlich feiern.«

Oh ja, das wusste Elizabeth. Maggies Tochter war wirklich ein Allroundtalent: als Lehrerin, als Reiterin, als Künstlerin und als Partygirl. »Also gut, wir kommen. Maggie hat gestern angerufen, aber da waren wir noch unterwegs, und ich bin bisher nicht dazu gekommen, sie zurückzurufen. Und du hast recht, die Mädchen werden sich freuen. Mary beklagt sich ja ohnehin andauernd, dass es so langweilig hier ist. Als ob das Leben in Reinfeld oder Bad Oldesloe nun so aufregend gewesen wäre!«

Catherine lachte. »Also, was ziehst du am Samstag an?«

10

Der Samstag begann regnerisch und unangenehm frisch, doch im Laufe des Vormittags ließ der Regen nach, die Wolkendecke riss auf und am Nachmittag kam sogar die Sonne zum Vorschein – pünktlich zum Beginn des Festes. Besonders warm war es nicht, aber immerhin trocken.

»Wie gut, dass Simon letztes Jahr endlich mal den Hof gepflastert hat, sonst würden wir jetzt gleich im Schlamm stecken bleiben«, bemerkte Catherine, als ihr Mann den Wagen in die Auffahrt lenkte.

»Nicht mit dem Galaxy«, behauptete Paul, der sehr stolz auf sein neues Auto war, und wandte sich an seine Schwägerin. »Wann warst du eigentlich das letzte Mal hier, Beth? Ist schon etwas länger her, oder?«

»Ja, allerdings. Es muss mindestens drei oder vier Jahre her sein. Hat sich viel verändert?«

Paul schüttelte den Kopf und lachte. »Du weißt doch, auf Manor Farm steht die Zeit still! Nur jedes Jahr neue Welpen, neue Sommergäste und hin und wieder ein neues Pferd – uiii, was ist das denn?«, unterbrach er sich im selben Moment erschrocken und lenkte den Galaxy scharf zur Seite, um einem riesigen, dunkelbraunen Pferd ohne Reiter auszuweichen, das an ihnen vorbeischoss und weiter in Richtung Straße galoppierte. Sekunden später kam ein zweites Pferd die Auffahrt heruntergaloppiert, eine zierliche Fuchsstute, auf der eine schlanke, junge Frau mit wehenden schwarzen Haaren saß.

»Ich würde sagen, das ist Murron – und der große Braune muss wohl Hector sein, der Hengst von William Bentley«, erwiderte Catherine trocken. »Scheint mir ein bisschen temperamentvoll zu sein, der gute Junge. Hoffentlich erwischt sie ihn noch vor der Straße.«

Mary schluckte.

»Ach, was, auf Mayfield Lane ist doch nie viel Verkehr«, beruhigte Paul seine Nichte und zwinkerte ihr über die Schulter zu. »Und Pferde sind kluge Tiere. Das wird schon gut gehen, Murron schafft das. Passt auf, gleich kommt sie mit beiden Pferden zurück, noch bevor wir den ersten Drink in der Hand haben.«

Den ersten Drink hatten sie tatsächlich noch nicht in der Hand, als Murron mit den beiden Pferden, eines am Halfter, das andere am Zügel, den Hof hinaufkam. Sie sah ziemlich erschöpft aus, aber glücklich. Und sehr, sehr erleichtert. Mit einer eleganten Kopfbewegung schüttelte sie sich die langen, schwarzen Locken aus dem Gesicht.

»Das ist vielleicht ein Satansbraten! Hallo, Paul. Hallo Cathy. Hey, Elizabeth, Mädels – schön, euch zu sehen. Tut mir leid, wenn ich euch vorhin einen Schreck eingejagt habe. Gutes Ausweichmanöver, Paul.« Sie zeigte auf den Braunen, dessen Fell nass von Schweiß war. »Das hier ist übrigens unser Pflegepferd Hector. Er gehört William Bentley, unserem Teilzeitnachbarn. Ich bringe Hector in den Stall und reibe ihn trocken, die gute alte Ginger auch, und dann bin ich bei euch. Holst du mir schon mal ein Bier, Paul?«

Mary sah ihr bewundernd nach. Ihr Onkel folgte ihrem Blick, legte ihr einen Arm um die Schulter und lachte freundlich: »Na, Mary, die hat den richtigen Ruck, diese Murron, was? Von Pferden versteht sie wirklich was. Aber vielleicht reitest du morgen doch lieber Ginger und nicht diesen Wildfang, hm?«

»Das würde Maggie ihr sicher auch nie erlauben – hoffentlich«, setzte Elizabeth hinzu.

»Und William ganz sicher auch nicht, das kann er gar nicht verantworten.«

Alle drehten sich um, und da stand William Bentley persönlich vor ihnen. Er war groß, größer, als Elizabeth ihn in Erinnerung gehabt hatte, und sah immer noch fantastisch gut aus. Das dichte, braune Haar war hier und da von ein wenig Grau durchzogen, und kleine Fältchen spielten um Mund und Augen, als er sie freundlich anlächelte. Sein markant geschnittenes Gesicht mit dem leicht hervorstehenden, kantigen Kinn war braun gebrannt, und die grünen Augen blitzten nur so vor Übermut – und vor Charme, dachte Elizabeth, die fühlte, wie sie unter seinem Blick ein wenig rot wurde.

»Hallo, Elizabeth – es ist lange her«, sagte er leise und reichte ihr zur Begrüßung die Hand. »Es tut mir leid, dass du unter so unglücklichen Umständen wieder hier bist, aber ich freue mich trotzdem, dich zu sehen. Du siehst hübsch aus.«

»Danke«, entgegnete Elizabeth verlegen.

William stellte sein Bierglas ab und streckte auch ihren Töchtern die Hand entgegen. »Hallo, ihr zwei, ich bin William. Und ihr seid …?«

Vicky schaute etwas irritiert und wollte gerade etwas sagen, aber ihre Schwester, als hätte sie nur auf diesen Moment gewartet, kam ihr zuvor. »Ich heiße Mary Ann Webster.« *Und ich möchte nicht, dass Sie meine Mutter so ansehen*, schien ihr eiskalter Blick außerdem zu sagen.

William entging dieser Blick nicht, ebenso wenig wie der kühle, abweisende Tonfall. Er zog überrascht eine Augenbraue hoch, ließ sich jedoch ansonsten nichts anmerken. »Okay … Ich hoffe, ihr habt einen schönen Abend. Wir sehen uns.«

Nachdem er Elizabeth noch einmal zugezwinkert hatte, nahm er sein Bierglas und ging fröhlich pfeifend auf das Haus zu.

Sobald er außer Sicht- und Hörweite war, funkelte Vicky ihre

Schwester wütend an. »Wieso musst du denn gleich so zickig zu ihm sein? Er hat sich doch nur vorgestellt!«, flüsterte sie. Und etwas enttäuscht fügte sie hinzu: »Jetzt weiß er nicht mal, wie ich heiße!«

Mary verdrehte die Augen. »Das interessiert ihn vielleicht gar nicht so sehr, du kleines Dummchen! Hast du denn nicht gesehen, wie der Mama angeglotzt hat?«

»Hey, ihr zwei, ich denke, das kann ich schon alleine regeln«, unterbrach Elizabeth ihre aufgebrachten Töchter und ärgerte sich im Stillen über deren ausgesprochen unhöfliches Benehmen. Und sie hatte bisher immer geglaubt, dass sie ihre Töchter zumindest in dieser Hinsicht gut erzogen hatten. *Offensichtlich doch nicht gut genug,* dachte sie, presste aber die Lippen fest aufeinander und sagte nichts weiter dazu. Wenn sie ihnen jetzt eine Szene machen würde, wäre der ganze Abend verdorben. Also zwang sie sich zu einem Lächeln und sagte: »Geht ihr doch lieber mal los und holt euch was zu trinken. Schaut, wer alles da ist – ich kann schon alleine auf mich aufpassen.«

Nachdem die beiden Mädchen in Richtung Stall davongegangen waren – die eine schmollend, weil sie sich ungerecht behandelt fühlte, die andere, weil sie neugierig auf diesen William Bentley gewesen war, der ein Herrenhaus, ein Pferd *und* auch noch eine eigene Tierarztpraxis besaß –, wandte sich Elizabeth an ihre Schwester.

»Sag mal, wie findest du das denn? Er hat sich doch einfach nur vorgestellt! Und ich dachte immer, wir hätten unsere Töchter zu britischer Höflichkeit erzogen …«

Catherine lachte. »Ach, Beth, mach dir nichts draus, sie ist *fünfzehn*! Das ist ganz normal. Denk mal, wie du in dem Alter warst – ja, schau nicht so, du hast das vielleicht vergessen, aber ich weiß noch, wie du dich immer davongestohlen hast, wenn Mama und Papa Gäste hatten. Du warst nicht gerade das Vorbild britischer Höflichkeit, was das Verhalten fremden Erwachsenen gegenüber anging. Und was William betrifft – natürlich ist er ein Märchenprinz, wie er im Buche steht, und er weiß das auch, aber er würde dir nie zu nahe treten, schon gar nicht in dieser Situation. Du kannst ja später noch mal mit ihm reden. Ich bin mir aber sicher, dass er den kleinen Vorfall schon vergessen hat. So, nun lass uns mal losgehen und die Gastgeber suchen. Paul, Schatz, kommst du mit?«

Doch Paul-Schatz war in ein Gespräch mit einem Nachbarn der O'Connors vertieft, den er noch aus seiner Schulzeit hier kannte, und so zogen die beiden Frauen alleine los.

Maggie stand am Küchentisch und war damit beschäftigt, winzige Kanapees auf einer ovalen Wedgewood-Porzellanplatte zu drapieren, als William hereinkam. Er stellte sich hinter sie und umfasste ihre schlanke Taille mit beiden Händen.

»Überraschung!«

Mit einem spitzen Schrei fuhr Maggie herum. »William Bentley! Wie kannst du mich nur so erschrecken? Du kannst von Glück sagen, dass ich nicht gerade am Gemüseschneiden bin, sonst hätte einer von uns jetzt vielleicht ein Messer im Bauch. Was machst du überhaupt schon hier? Du wolltest doch erst später am Abend kommen.«

Maggie O'Connor war eine attraktive Frau von Mitte vierzig, schlank und sportlich, und man sah sofort, dass sie Murrons Mutter war. Die gleichen dunklen Locken, die gleichen strahlend blauen Augen, das gleiche unbeschwerte, natürliche Lachen. Sie stammte aus Schottland, wo sie Simon vor nunmehr fünfundzwanzig Jahren bei einem Besuch der Highland-Festivals zum ersten Mal gesehen hatte. William und Paul, die damals ebenfalls mit von der Partie gewesen waren, waren Zeugen gewesen, als die beiden sich auf den ersten Blick ineinander verliebt hatten. Wenige Monate später hatte Maggie, noch keine zwanzig, dem vor Glück und Überraschung schier fassungslosen Simon vollkommen überraschend und allen Konventionen zum Trotz einen Antrag gemacht. Alleine das war schon bezeichnend für ihren Charakter, denn der arme Simon hätte vielleicht nie den Mut gehabt, sie zu fragen. Als dann aber einige Monate später Murron geboren wurde, hatte die schnelle Heirat im Nachhinein niemanden mehr gewundert. Auch wenn Catherine bis heute steif und fest behauptete, das könne überhaupt nicht sein, dass

Simon – ausgerechnet der stille, sanftmütige und immer so korrekte Simon! – *vor* der Ehe mit einem Mädchen geschlafen haben sollte. Die einzige mögliche Erklärung, die sie dafür finden konnte, war die, dass Maggie diejenige gewesen war, von der alles ausgegangen war. In diesem Punkt mochte ihr nicht einmal Paul widersprechen, der sonst kein schlechtes Wort auf seine Schwägerin kommen ließ.

William wiederum kannte die O'Connors seit seiner Kindheit; er hatte mit Simon zusammen die Grundschule im Dorf besucht. Die drei Jungen waren, trotz aller Unterschiede, stets gute Kameraden gewesen. Auch später noch, während seiner Zeit in Rugby, hatte William oft auf der Farm geholfen, vor allem zur Erntezeit – es hatte ihm schon immer Spaß gemacht, im Freien zu arbeiten, außerdem verstand er sich gut mit Simon und dessen Vater, der immer Zeit für ein Schwätzchen gehabt hatte. Im Gegensatz dazu hatte Leopold Bentley seine knapp bemessene Freizeit am liebsten mit seinen Pferden und Hunden verbracht, und nicht, wie William es sich oft gewünscht hätte, mit seinem Sohn. Auf Mayfield Manor hatte es außerdem schon immer Personal für alles gegeben, im Haus wie auch im Garten, sodass es nie wirklich etwas zu tun gab. Zwei Männer hatten sich ausschließlich um die weitläufigen Stallungen gekümmert, in denen damals noch die kostbaren Reit- und Zuchtpferde seines Vaters gestanden hatten. Heute standen die Ställe leer, und für Hector alleine lohnte es sich nicht, die Gebäude in Ordnung zu halten; außerdem würde sich auf Mayfield Manor niemand um den Hengst kümmern können, während William in Warwick war. Murron machte ihre Sache sehr gut, in dieser Beziehung vertraute William ihr voll und ganz. Sie verstand viel von Pferden und hatte ein ganz besonderes Gespür für nervöse Temperamentsbündel wie Hector, der alles andere als leicht zu reiten war. Was er vorhin auf dem Hof zu Elizabeth und ihren Töchtern gesagt hatte, war daher durchaus ernst gemeint gewesen – niemals würde er einem Anfänger seinen Hengst überlassen, schon gar nicht Elizabeths bezaubernden Töchtern.

William lachte und drückte Maggie einen zarten Kuss auf die Wange. »Ich habe letzte Nacht durchgearbeitet – es gab Komplikationen bei der Geburt eines Kalbes, und ich war über sechs Stunden am Stück im Einsatz. Da bin ich heute früh um fünf ins Bett gegangen, um halb elf wieder aufgestanden und gleich losgefahren, als ich festgestellt hatte, dass mein Kühlschrank leer war …«

Er sah sich in der Küche um. »Was gibt's denn Leckeres außer Kanapees? Ach, und die Welpen wollte ich mir auch ansehen, die kenne ich ja noch gar nicht. Sind sie in der Kammer, wie immer?«

Maggie nickte. »Lady ist im Moment ziemlich zickig, pass auf. Sie knurrt sogar Sasha weg, und er ist immerhin der Großvater. Kannst du mir mal den Topf mit dem Basilikum vom Fensterbrett reichen, bitte?«

»Gerne.«

William nahm den Topf, stellte ihn auf den Tisch und ging durch die Küche hinaus in die Diele, wo sich die Stiefelkammer befand, in der Lady mit ihren Welpen lag.

»Das ist Petersilie, du Schafskopf!«, rief Maggie ihm nach und lachte. »Ist wohl doch besser, wenn ich mir meine Sachen selbst hole …«

Gerade als William sich nach Maggie umdrehen wollte, um etwas zu erwidern, stieß er in der Diele mit jemandem zusammen. Es war Vicky, die sich ebenfalls die Welpen ansehen wollte. Als sie William erkannte, biss sie sich nervös auf die Lippen und sah aus, als wolle sie am liebsten auf dem Absatz kehrtmachen und hinauslaufen. Aber die Neugier auf die Welpen schien einfach zu groß, und so lächelte sie ihn schließlich zaghaft an.

»Hi, ich bin Victoria Webster – Vicky.«

William lächelte und nahm ihre ausgestreckte Hand in die seine. »Hallo Vicky. Na, wollen wir uns zusammen die Welpen ansehen?«

Vicky nickte stumm. Als William die angelehnte Kammertür öffnete, purzelte ihnen schon eines der sieben kleinen, schwarz-weißen Fellknäuel vor die Füße, das aber gleich darauf von Lady, der aufmerksamen Mutter, zurückgezogen wurde. Vicky und William lachten beide.

»Da passt aber jemand gut auf. Hallo Lady, wir tun deinen Kleinen nichts, wir wollen sie nur mal ansehen …«

Vorsichtig griff William sich eines der wolligen Hundekinder, streichelte der immer noch etwas misstrauisch dreinblickenden Lady kurz über den Kopf und legte Vicky den Welpen in den Schoß. Lady knurrte zwar kurz, leckte dann aber Williams Hand und legte sich wieder hin, damit die anderen Welpen weiter trinken konnten.

Vicky streichelte glücklich über das weiche Fell des kleinen Collierüden. »Oh, wie süß die sind …«, flüsterte sie, »und so weich … Wie alt sind die jetzt?«

»Drei Wochen. Sie können gerade hören. Und ungeschickt herumpurzeln.«

Vicky hob das Hündchen an ihr Gesicht und schloss mit einem stillen Seufzer die Augen. Sie war selig.

Als Elizabeth spät an diesem Abend in ihr Gästebett kroch und sich die dünne Decke bis an die Nasenspitze hochzog, war sie müde und ziemlich durcheinander. Auf ein Wiedersehen mit William war sie nicht vorbereitet gewesen. Sie wusste natürlich, dass er sein Pferd hier hatte und ein regelmäßiger Gast bei den O'Connors war, aber irgendwie war es ihr trotzdem nicht in den Sinn gekommen, dass er heute Abend auch dabei sein könnte. Und dann hatte er sie so angesehen – so, als wäre sie … etwas Besonderes.

War sie damals etwas Besonderes für ihn gewesen?

Sie waren ein paarmal zusammen im Theater gewesen und zum Tanzen, und sie hatten sich geküsst – manchmal sogar ziemlich leidenschaftlich und stürmisch, wenn sie sich recht entsann, aber da mochte ihr die Fantasie nach all den Jahren auch einen Streich spielen. Wie sollte sie auch heute noch so genau wissen, wie es sich vor über zwanzig Jahren angefühlt hatte, von William Bentley geküsst zu werden?

Als sie ihr Abitur machte, studierte er bereits in Oxford, und obwohl sie einander versprochen hatten, in Kontakt zu bleiben, war es bei ein paar wenigen Briefen geblieben. Dann war William in die USA gegangen, um dort ein Praktikum zu absolvieren und zu reisen – Catherine hatte ihr davon erzählt, weil sie über Maggie und Simon hin und wieder etwas über William erfuhr –, und sie hatten sich endgültig aus den Augen verloren. Vielleicht, hatte sie damals gedacht, war es auch besser so. Sie hätten sowieso nicht zueinander gepasst – der reiche Adlige und das einfache Mädchen aus der Kleinstadt. Außerdem hatte Elizabeth in der Zwischenzeit Patrick kennengelernt und war eifrig dabei, ihre Zukunft zu planen – eine Zukunft, in der es keinen Platz mehr für die romantischen Träumereien eines Schulmädchens gab. Einige Jahre später hatte sie ihn noch einmal hier auf der Farm wieder getroffen, doch da war sie bereits verheiratet gewesen, und er hatte ebenfalls eine neue Frau kennengelernt. Das musste diese Amerikanerin gewesen sein, die ihm das Herz gebrochen hatte. Elizabeth konnte sich nicht mehr an sie erinnern, außer, dass sie blond war und unglaublich viel gelacht hatte. Armer William. Armer, reicher William.

Warum war er wohl bis heute nicht verheiratet?

Sie hatte sich natürlich nicht getraut, ihn zu fragen, obwohl sie ein langes und gutes, ja, sogar vertrauliches Gespräch miteinander geführt hatten an diesem Abend. Es war, als hätten sie beide die Jahre, in denen sie einander nicht gesehen hatten, aufholen wollen. Er hatte ihr von seiner Familie erzählt, von Mayfield Manor, und von seinem Beruf, in dem er vollkommen aufzugehen schien. Über sein Liebesleben aber hatte er kein Wort verloren, nicht ein einziges. Vielleicht hatte er befürchtet, sie in Verlegenheit zu bringen, weil sie noch in Trauer war.

Sie stutzte und setzte sich im Bett auf.

Oder war es eigenes Interesse gewesen – war das, was sie für ein harmloses Gespräch unter alten Freunden und einen Tanz zum Abschied gehalten hatte, mehr gewesen als das? Hatte William versucht, mit ihr zu flirten? Er hatte sie recht oft angesehen an diesem Abend, und sein Arm hatte fest um ihre Taille gelegen beim Tanzen – ein wenig fester als nötig vielleicht.

Du machst dir etwas vor, Elizabeth. Er hat dich seit Ewigkeiten nicht gesehen, Simon und Maggie haben ihm sicherlich von Patricks Tod erzählt, und er wollte einfach nur Mitgefühl und Anteilnahme zeigen. Er ist ausgesprochen höflich und wohlerzogen, ein Gentleman eben. Ein geradezu unverschämt gut aussehender, charmanter, englischer Gentleman mit ergrauten Schläfen und allem, was dazugehört. Und ich? Was bin ich? Eine Witwe mit Anfang vierzig, die in den letzten acht Monaten das Lachen fast verlernt hat, und die bestimmt nicht einmal mehr wüsste, wie man flirtet, selbst wenn sie es gewollt hätte.

Sie zog die Nase kraus, während sie darüber nachdachte. *Hätte ich es denn gewollt?*

Elizabeth seufzte und fuhr sich mit beiden Händen durch das Haar. Hatte Mary vielleicht instinktiv gespürt, dass William mehr war – oder mehr werden könnte – als ein alter Freund aus vergangenen Tagen? War sie deswegen so schroff gewesen?

Sie selbst hatte bis gestern Abend nicht geglaubt, dass jemals wieder irgendein Mann auch nur das leiseste Interesse in ihr wecken würde. Doch es hatte ihr gefallen, an diesem Abend die ungeteilte Aufmerksamkeit eines so attraktiven Mannes wie William Bentley zu erhalten. Zum ersten Mal seit Langem war sie wieder fröhlich gewesen, hatte gelacht, getanzt – ja, vielleicht sogar geflirtet. Sie wollte sich nicht länger den Kopf darüber zerbrechen, ob das nun richtig oder falsch gewesen war. Es hatte ihr gutgetan. Einfach gut. Punkt.

Dann wickelte sie sich in ihre Decke ein und schloss die Augen. Sie war zu müde, um jetzt noch darüber nachzudenken. Viel zu müde.

Ich sollte mir überhaupt nicht immer so viele Gedanken über alles machen, die Dinge einfach mal auf mich zukommen lassen. Mir mehr Mühe geben, eine moderne Frau zu sein, die mit beiden Beinen im Leben steht, wie es so schön heißt.

Mit diesem Vorsatz schlief sie schließlich ein – und träumte prompt von William, von edlen Pferden, die den Hof der Farm hinuntergaloppierten, und von pompösen Bällen auf Mayfield Manor, bei denen sie in Karobluse, Cordrock und schmutzigen Stiefeln auftauchte und ein zappelndes Hundebaby auf dem Arm trug.

Als sie am nächsten Morgen von Pferdegewieher und Hufgetrappel aufwachte, dachte sie zuerst, sie wäre tatsächlich auf Mayfield Manor, aber dann sah sie, dass sie am Fußende ihres Bettes im Gästezimmer der O'Connors zusammengerollt lag, und die Decke auf den Fußboden gerutscht war. Kein Wunder, dass ihre Füße sich wie zwei Eisklumpen anfühlten.

Kopfschüttelnd stand sie auf und ging zum Fenster hinüber. Auf dem Hof führte Murron gerade Ginger am Halfter herum, Mary saß stolz auf dem Rücken der edlen Fuchsstute. Vicky hockte derweil auf dem Weidezaun, kaute zufrieden auf einem Grashalm herum und sah den dreien zu.

Elizabeth schmunzelte. Was für eine herrliche Idylle!

Dann hüpfte sie auf ihren steif gefrorenen Zehenspitzen ins Badezimmer. Eine heiße Dusche würde ihr jetzt guttun und nebenbei all diese wirren Gedanken in ihrem Kopf in Ordnung bringen. Hoffte sie jedenfalls.

11

Es war ein kalter Tag Ende Oktober, in der Nacht hatte es zum ersten Mal gefroren; ein eisiger Wind fegte die Blätter in solchen Mengen von den Bäumen, als wollte er sie an einem einzigen Tag alle auf einmal erwischen. Elizabeth zog den Kragen ihres Wollmantels hoch und stapfte mit gesenktem Blick über den Friedhof der St Nicholas Church am Stadtrand von Leicester. Außer ihr war weit und breit kein Mensch zu sehen, und dafür war sie sehr dankbar. Sie wollte allein sein. Allein mit Patrick.

Es war ihr erster Besuch auf dem Friedhof, seit sie nach England zurückgekommen war. Irgendetwas hatte sie bis jetzt davon abgehalten, zu kommen. Vielleicht war es die Tatsache, dass sie Friedhöfe schon immer gehasst hatte, vielleicht auch die Furcht davor, beim Anblick seines Grabes erneut von ihrer Trauer überwältigt zu werden. Sie wusste es nicht. Aber heute Morgen, als ihre Töchter aus dem Haus gegangen waren, hatte sie zum ersten Mal den Wunsch verspürt, auf den Friedhof zu gehen. Also hatte sie sich eine Busverbindung herausgesucht, war mit dem Auto bis nach Nuneaton gefahren, wo sie am Nachmittag die Kinder einsammeln würde, und von dort aus in den Bus nach Leicester gestiegen.

Natürlich hätte sie mit dem Auto fahren können. Sie kannte diese Gegend sehr gut, schließlich hatten sie jahrelang hier gewohnt, und mit dem Bus, der an nahezu jeder Milchkanne hielt, dauerte die Fahrt doppelt so lange. Aber sie wollte nicht am Steuer sitzen und sich auf den Verkehr konzentrieren müssen, während sie ihren Gedanken nachhing. Sie wusste auch nicht, in welchem Gefühlszustand sie den Friedhof später verlassen würde, und ob sie sich das Fahren dann noch zutraute.

Patricks Grab lag ganz am Ende des Friedhofs; Elizabeth erkannte es von Weitem an dem weißen Grabstein unter der mächtigen, alten Eiche. Die ersten zarten Efeuranken suchten ihren Weg am Stein empor; sehr bald schon würde das ganze Grab vom Immergrün überwuchert sein – genau so hatte Elizabeth es sich gewünscht. Immergrün wie ihre Liebe, immergrün wie die Erinnerung.

Als sie am Grab angekommen war, kniete sie nieder und starrte eine ganze Weile auf die Inschrift.

Patrick B. Webster
1958 – 2004
geliebter Ehemann und Vater

»Oh Patrick«, murmelte sie und senkte den Blick. Tränen hingen in ihren Wimpern, während sie versuchte, sich Patricks Gesicht in Erinnerung zurückzurufen, seine Augen, seinen Mund ...

Es fiel ihr schwer, und sie hob ärgerlich eine Hand, um sich die Tränen aus den Augen zu wischen. Es konnte doch nicht sein, dass sie schon jetzt anfing, ihn zu vergessen. Sie wollte ihn nicht vergessen! Sie wollte sich erinnern, jetzt und für immer. Niemals wollte sie sein Gesicht vergessen, solange sie lebte. Warum fiel es ihr dann so schwer?

Traurig sah sie auf ihre im Schoß gefalteten Hände hinab. Es schien ihr plötzlich sehr lange her zu sein, dass sie Patrick zuletzt gesehen hatte. Die Trauer, ja, die brannte noch fast genauso stark in ihrem Herzen wie in den ersten Tagen nach seinem Tod, aber die Erinnerung an das, was vorher war, schien schneller zu verblassen, als sie es für möglich gehalten hatte. Sie wusste nicht mehr, ob seine Nase nun ganz gerade gewesen war oder nicht, oder ob sich beim Lachen kleine Fältchen um seinen Mund und seine Augen gebildet hatten. Hatte er beide Augenbrauen hochgezogen, wenn er seine Verwunderung ausgedrückt hatte, oder nur eine? Und hatte Vicky die Angewohnheit, sich nachdenklich die Nase zu reiben, von ihm? Wie lange hatte es gedauert, bis sein Bart nachgewachsen war? Einen Tag, zwei? Wie hieß seine Rasiercreme? Und welches Deo hatte er benutzt?

Das sind doch Nebensächlichkeiten, sagte eine Stimme in ihrem Inneren. Darauf kommt es doch nicht an. Es ändert nichts an deinen Gefühlen für ihn!

Aber ich *will* mich erinnern! Ich *will* all diese Nebensächlichkeiten, diese Kleinigkeiten nicht vergessen. Sie gehören zu Patrick, und sie gehören zu mir! Wir waren siebzehn Jahre lang verheiratet, ich habe siebzehn Jahre lang Sachen wie Zahnpasta, Rasiercreme und Deo für ihn eingekauft, erst hier und dann in Deutschland, so etwas vergisst man doch nicht. Und wenn ich das schon vergesse, was vergesse ich dann als nächstes? Seine Augenfarbe? Oder seinen Geburtstag?!

Sein Lieblingsessen? Roastbeef mit Yorkshirepudding und Rosenkohl, und zum Nachtisch Spotted Dick[2] mit viel Custard. Da, ich weiß es noch. Lieblingskekse? *Mc Vitie's* Currant Shortbread. Und Tee? *Taylors of Harrogate Yorkshire*, am liebsten lose und frisch aufgebrüht in der silbernen Teekanne, die sie von seinen Eltern zur Hochzeit bekommen hatten. Lieblingsfarbe? Hatte er nicht gehabt, typisch Mann.

Elizabeth lächelte. Ja, jetzt kam sie zurück, die Erinnerung. Seine Lieblingstasse? Die schwarze mit dem Manchester-United-Schriftzug, die ihm seine beiden Neffen nach einem Fußballspiel geschenkt hatten, das sie gemeinsam mit Paul und Simon live gesehen hatten. Das war 1994 gewesen, in dem Jahr, in dem John und Melanie geheiratet hatten.

Aber wenn sie alle diese Dinge noch wusste, warum konnte sie sich dann nicht mehr genau an sein Gesicht erinnern? Oder an seine Hände? Dieselben Hände, die sie so oft gehalten hatten, die sie unter Tausenden anderen herausgefühlt hätte, als Patrick noch am Leben gewesen war. Wie konnte sie vergessen, wie sie ausgesehen, wie sie sich angefühlt hatten?

In Elizabeths Augen brannten jetzt heiße Tränen, und sie spürte, dass ein Zusammenbruch unvermeidlich war. »Ich will dich nicht vergessen,

---

2 Spotted Dick – ein Kochpudding mit Rosinen und Korinthen, der im Wasserbad zubereitet wird, und noch warm mit Vanillesoße gereicht wird.

Patrick«, brachte sie mit heiserer Stimme hervor. »Ich will dich nicht vergessen …«

Und dann fühlte sie, wie ihr Körper von heftigem, unkontrollierbarem Schluchzen geschüttelt wurde, und ein seltsamer, fast unmenschlicher Laut drang aus ihrer Brust, wie ein Hilfeschrei aus dem Tiefsten ihrer verwundeten Seele.

»Patrick! Pat-rick!!!«

Dann brach sie weinend vor dem Grab zusammen.

Sie wusste nicht, wie lange sie so dort gelegen hatte, bäuchlings im kalten, feuchten Gras, als sie irgendwann merkte, dass es zu regnen begonnen hatte. Ihr Mantel war schon ganz durchnässt, die Kälte kroch an ihr hoch, und sie fröstelte.

Vorsichtig richtete sie sich auf und sah sich um: kein Mensch weit und breit.

Ich muss ja fast eingeschlafen sein, es wird schon dunkel. Oder liegt das am Regen?

Sie tastete nach ihrer Armbanduhr. Gleich drei Uhr, Zeit, nach Hause zu fahren. Ihr Blick fiel erneut auf den Grabstein – und genau in diesem Moment schob sich die Sonne durch die dichte Wolkendecke, sodass sich die leuchtenden, klaren Farben eines Regenbogens auf dem weißen Stein brachen. Elizabeth wischte sich ein paarmal mit dem Handrücken über die Augen und blinzelte durch die Regenwand hindurch in die Sonne. Plötzlich kamen ihr die Worte aus der Bibel wieder in den Sinn, die sie an dem Sonntagmorgen bei Paul in der Küche gelesen hatte, nachdem sie am Abend zuvor beinahe in den auf der Autobahn parkenden Caravan hineingefahren war.

»Fürchte dich nicht, denn ich bin bei dir. Sieh dich nicht ängstlich nach Hilfe um, denn ich bin dein Gott: Meine Entscheidung für dich steht fest, ich helfe dir.«

Elizabeth hatte sich in den oberen, um diese Tageszeit ganz leeren Teil des Busses verkrochen und sich in die erste Reihe gesetzt. Von hier hatte sie auf der Hinfahrt eine fantastische Aussicht über die Landschaft gehabt, aber jetzt sah sie nichts als Regen und das endlose Grau des Himmels über den Dächern der Ortschaften, durch die der Bus fuhr. Sie lehnte sich an die kalte Glasscheibe des Fensters und sah in den Regen hinaus.

Die Blätter wurden unbarmherzig von den Bäumen gefegt und über die Straße gewirbelt; bald schon würden alle Laubbäume kahl und trostlos aussehen. Und dann würde es Winter werden. Und Weihnachten. Ein langer, kalter, dunkler Winter, ein Weihnachten ohne Patrick, und dann noch Silvester – und Patricks Geburtstag an Neujahr. Sie hatten sich für dieses Jahr Karten für einen der großen Silvesterbälle in Hamburg besorgen wollen, um einmal die ganze Nacht durchzutanzen. Sie und Patrick ganz für sich, eng aneinandergeschmiegt und eins mit dem Takt der Musik …

Sie schüttelte unwillig den Kopf. Was war schon ein Silvesterball – oder irgendein anderer Ball, solange Patrick nicht da war, um mit ihr zu tanzen? Was war überhaupt ein Leben ohne Patrick? Hatte er ihr nicht versprochen, für immer bei ihr zu bleiben, sie immer zu lieben?

Für immer.

Elizabeth rieb sich die müde geweinten Augen. *Für immer.* Was für ein großes Wort.

In den darauf folgenden Wochen passierte glücklicherweise so viel, dass Elizabeth eine Zeit lang kaum zum Grübeln kam. Mary verliebte sich in einen Jungen aus ihrer Klasse, feierte ihren sechzehnten Geburtstag – an dem sie endlich ihr lang ersehntes, eigenes Handy bekam – und war noch vor dem ersten Advent wieder solo. Vicky fuhr mit ihrer Klasse nach London und kehrte begeistert zurück, sie sprühte jetzt nur so vor Energie und redete nur noch vom Singen, von Musicals und vom Theater. Sie sang inzwischen auch im Jugend-Gospelchor der Manor Court Baptist

Church in Nuneaton, zu der Sarah und ihre Familie gehörten. Sie verabredete sich fast jeden Tag mit Sarah oder Rachel und war viel unterwegs, vor allem an den Wochenenden, sodass es mitunter richtig still in dem kleinen Haus war. Aber Elizabeth war froh, dass auch Vicky endlich ihre tiefste Trauer überwunden zu haben schien. Es wurde Zeit – für die Kinder und auch für sie –, dass sie Patrick endlich losließen und ihr Leben weiterlebten. Stehen zu bleiben, half ihnen nichts, und es brachte auch Patrick nicht zurück. Nach ihrem Zusammenbruch auf dem Friedhof hatte sie sich geschworen, dass sie aufhören würde, in der Vergangenheit zu leben, dass sie der Trauer nicht mehr erlauben würde, sie derart zu beherrschen.

Mit einer Entschlossenheit, die sie selbst überraschte, hatte sie sich auf eine Stelle bei der Lloyd's Bank in Nuneaton beworben, war zum Vorstellungsgespräch gegangen und hatte nur wenige Tage später den Job in der Tasche. Daraufhin reichte sie bei der Bank in Coventry ihre Kündigung ein und freute sich nun darauf, ab Februar nur noch einen kurzen Arbeitsweg zu haben. Das war eine Sorge weniger, die sie sich machen musste, sagte sie sich, denn ihr alter Escort würde nicht mehr lange halten. Wenn sie in Nuneaton arbeitete, konnte sie zur Not auch mit dem Bus fahren, wenigstens für eine Weile. Danach würde sie einen Kleinwagen kaufen. Sie brauchten kein so großes Auto mehr, schließlich waren sie nur zu dritt.

Mit Beginn der Adventszeit wurde es ein wenig ruhiger, und Elizabeth fing an, sich Gedanken über das bevorstehende Weihnachtsfest zu machen. Ihre Eltern hatten sie und die Kinder nach Angelsey eingeladen, aber sie konnte sich nicht recht entschließen zu fahren. Angelsey, ein wahrhaft paradiesisches Fleckchen Erde, wenn die helle Sommersonne darauf schien, war bei schlechtem Wetter eine doch recht trostlose, einsame Insel, wie viele andere Inseln auch. Man musste sich schon gut verstehen, um es dann einige Tage am Stück miteinander im Haus aushalten zu können – und das war bei ihr und ihrem Vater ganz bestimmt nicht der Fall.

Matthew Thompson war ein launischer, oft aufbrausender alter Patriarch, der immer und um jeden Preis recht behalten wollte. Seine Frau

Emily Grace war, wie ihr Name schon sagte, eher sanft und still; sie hatte über die Jahre gelernt, mit dem Temperament ihres Mannes umzugehen und steckte auf geradezu bewundernswerte Weise immer wieder zurück. Gerade in den ersten Jahren ihrer Ehe, als sowohl sie als auch ihre Eltern noch hier in Warwickshire gelebt hatten, hatte Matthew seine jüngere Tochter oft und zum Teil so tief verletzt, dass Deutschland nicht zuletzt auch zu einer Flucht für Elizabeth geworden war.

Nein, nach Angelsey würden sie bestimmt nicht fahren. Lieber lud sie ihre Eltern ein, zu ihrem Geburtstag hierher zu kommen – Catherine hatte sich großzügigerweise bereit erklärt, sie auch bei sich zu beherbergen, was die Vater-Tochter-Situation deutlich entschärfen würde. Manchmal fragte sich Elizabeth, was sie ohne Cathy und Paul überhaupt tun würde.

»Warum feierst du Weihnachten nicht einfach mit uns?«, fragte Paul, als sie wenige Wochen später im Wohnzimmer von *Bluebell Lodge* auf die Ankunft der Thompsons warteten. »Vicky singt doch sowieso in der Kirche, oder? Und Sarah würde sich bestimmt freuen, wenn ihr danach mit zu uns kommt. Josh und Peter sind auch da … – oh je, schon so spät?«

Es hatte an der Tür geläutet.

Paul sah auf die Uhr. »Natürlich. Pünktlich wie immer. – Und, liebste Schwägerin? Bereit, dem Feind zu begegnen? Oder soll ich ihnen sagen, du hättest dich hingelegt? Dann hast du noch ein bisschen Zeit …«

Elizabeth schüttelte lachend den Kopf. Ihre Knie zitterten, als sie aufstand, wie immer, wenn ihr Vater in der Nähe war, aber sie ging trotzdem energischen Schrittes in Richtung Tür. »Danke, Paul, das Angebot klingt verlockend, aber ich glaube, ich gehe lieber selbst. Dann habe ich es hinter mir und habe außerdem noch einen guten Eindruck gemacht – richtig?«

Paul hob die Daumen und verschwand dann in der Küche, um den Teekessel aufzusetzen. Wenn seine Schwiegermutter kam, musste absolut alles seine Ordnung haben, und dazu gehörte auch der traditionelle

Fünf-Uhr-Tee. Pünktlich natürlich. Er kannte keine größeren Pünktlichkeitsfanatiker als seine Schwiegereltern.

Als Elizabeth am späten Abend mit ihren Töchtern nach Hause kam, schaltete sie als Erstes den Wasserkocher ein und ließ sich dann mit ihrer Geburtstagspost auf dem Sofa nieder. Sie war noch gar nicht dazu gekommen, sie zu lesen.

Ein langer Brief von Anne war dabei, in dem sie viel von ihren Kindern erzählte – vor allem natürlich von der kleinen Finja, die im August geboren war, und von all den Sorgen und Nöten, die so ein neugeborenes Baby eben mit sich brachte. Schlaflose Nächte zum Beispiel. Elizabeth lächelte. Mary hatte sie oft an die Grenze ihrer Kraft gebracht, und als Vicky geboren war, hatte sie befürchtet, dass alles noch einmal von vorne anfangen würde. Glücklicherweise war Vicky von Anfang an viel ruhiger als ihre temperamentvolle Schwester gewesen, und daran hatte sich bis heute nichts geändert. Dafür kam sie allerdings nicht immer gleich zu ihren Eltern, wenn es ein Problem gab. Oft hatte Elizabeth das Gefühl, dass ihre Jüngste versuchte, um jeden Preis alleine damit zurechtzukommen. Wie mit der Trauer um ihren Vater zum Beispiel. Gerade heute war sie wieder extrem verschlossen gewesen, und Emily hatte Elizabeth darauf angesprochen, ob sie nicht doch, zumindest für Vicky, eine Trauerverarbeitungstherapie in Betracht ziehen wollte. *Trauerverarbeitungstherapie!*

Elizabeth seufzte. Typisch Mama. Wann würde sie jemals lernen, sich aus diesen Dingen herauszuhalten? Wahrscheinlich nie. Ein echtes Familiendrama hatte es zum Beispiel gleich nach Marys Geburt gegeben, weil sie »Ann« als Zweitnamen gewählt hatten und nicht etwa Emily oder Grace, wie es sich natürlich nach Ansicht von Vater Thompson gehört hätte.

Patricks Mutter hingegen hieß Dorothy *Ann* – aber einer Witwe, die sich mit sechzig noch selbstständig machte, um ein Café zu eröffnen, konnte man Matthews Meinung nach sowieso nicht über den Weg trauen. Geschweige denn, dass man seine Kinder nach ihr benannte.

»Die hat doch nicht mehr alle Tassen im Schrank«, hatte er gemurmelt, als Granny Webster nach Patricks Beerdigung die ganzen Behälter mit Kuchen aus dem Kofferraum ihres alten, grünen Minis hervorgeholt hatte. Dass eine Frau ihres Alters überhaupt noch selbst Auto fuhr, konnte Matthew überhaupt nicht verstehen. Schon gar nicht solche Strecken. Von Dorset bis nach Warwickshire waren es über hundertfünfzig Meilen. Und das im Winter!

»Die wird sich noch mal umbringen! Oder jemand anderen, der ihr unglücklicherweise auf der Straße begegnet. Leuten über siebzig sollte man überhaupt die Fahrerlaubnis entziehen.«

Vor allem *Frauen* über siebzig, hätte er wahrscheinlich am liebsten noch hinzugefügt. Emily Thompson fuhr bis heute kein Auto. Sie besaß zwar einen Führerschein, das war aber auch alles. Fahren, sagte sie immer, sei nun einmal Männersache.

Und wer hatte am Steuer des Wagens gesessen, der Patricks Auto frontal getroffen hatte, sodass beide Fahrer sofort tot gewesen waren? – Ein junger Mann, noch keine dreißig. So viel zum Thema *Frauen am Steuer*, dachte Elizabeth bitter.

Sie nahm noch einmal die Geburtstagskarte von Paul und Catherine zur Hand. Vorn war eine riesengroße Sonnenblume abgebildet und drinnen stand:

Liebe Elizabeth, herzlichen Glückwunsch und Gottes Segen zu deinem Geburtstag.

Wir wünschen dir einen strahlenden Tag und eine strahlende Zukunft. Sei dir immer bewusst, dass du strahlen kannst, auch wenn keine anderen Lichter mehr leuchten, ja, sogar dann, wenn sich dein Strahlen einmal nicht in den Augen deiner Mitmenschen spiegelt. Du kannst strahlen, weil deine Lichtquelle Jesus Christus ist, und sein Licht ist stärker, klarer und wärmer, als alles Irdische verdunkeln kann.

Alles Liebe,

Catherine und Paul mit Joshua, Peter und Sarah

Lächelnd stellte sie die Karte zu den anderen zurück auf den Kaminsims, löschte das Licht und schlich die Treppe hinauf, einen Becher Tee in der Hand.

Ach, Cathy! Wenn ich das doch nur glauben könnte, was du da schreibst … wenn ich es nur glauben könnte.

Am Sonntag saßen sie alle um den ovalen Mahagonitisch zum traditionellen Sundaylunch beisammen. Catherine hatte mit Elizabeths Hilfe ein aufwändiges Vier-Gänge-Menü vorbereitet, mit Truthahn und allem Drum und Dran, sodass sie ausnahmsweise einmal nicht zur Kirche gegangen war. Joshua und Peter waren gestern Abend noch angereist, um ihre Großeltern zu sehen – nicht, weil ihnen besonders viel an ihnen lag, sondern weil sie wussten, dass ihre Eltern es von ihnen erwarteten. Für ein gutes Sonntagsessen war den beiden außerdem kein Weg zu weit, das wiederum wusste Catherine. Sie würden gleich nach dem Mittagessen wieder aufbrechen, einer nach Sheffield, der andere nach Cambridge.

Elizabeth versuchte, sich die Erleichterung über die bevorstehende Abreise ihrer Eltern nicht allzu sehr anmerken zu lassen. Der Samstag in Coventry war furchtbar anstrengend gewesen, mit überfüllten Geschäften und der ständigen Suche nach ihrem Vater, der die lästige Angewohnheit hatte, vor irgendwelchen Schaufenstern stehen zu bleiben, ohne Bescheid zu sagen. Wie ein Kind.

»Und, was macht ihr nun an Weihnachten? Feierst du hier im frommen Kreis oder verkriechst du dich zu Hause mit deinen beiden Töchtern? Ihr hättet ja wirklich gerne zu uns kommen können, weißt du.«

Matthew leerte sein Sherryglas und fing an, die Kürbiscremesuppe zu löffeln, ohne dabei auch nur im Mindesten Rücksicht auf den Rest der Familie zu nehmen, der gerade im Begriff war zu beten. Seine Frau stieß ihn unter dem Tisch an.

»Was??!«, rief er ungeduldig und aß kopfschüttelnd weiter, nachdem er Emily einen zornigen Blick zugeworfen hatte. Sie senkte den Kopf und begann, ohne ein weiteres Wort, ebenfalls ihre Suppe zu essen.

Elizabeth drehte das Weinglas in ihrer Hand und überlegte einen

Moment. »Nein«, sagte sie schließlich mit fester Stimme. »Wir kommen nicht zu euch, und wir bleiben auch nicht hier. Wir fahren nach Bournemouth und verbringen die Feiertage mit John, Melly und Granny.«

Die wissen zwar noch nichts davon, aber sie freuen sich bestimmt, wenn wir kommen, dachte Elizabeth. Und Mama und Papa werden sich schön ärgern, weil sie wieder einmal nicht das bekommen, was sie von mir erwarten.

Beinahe jedes Mal, wenn Elizabeth und Patrick auf Besuchstour in England gewesen waren, hatten sie auch einen Abstecher an die Südküste gemacht und bei John und Melanie im *Whitesands* übernachtet. Das war dann für sie immer ein bisschen wie Urlaub gewesen. Sie waren gern da, und die Mädchen auch. Und jetzt, wo das Baby da war, freute sich Melanie vielleicht auch über ein bisschen Hilfe im Haushalt, denn über die Feiertage hatte John mehr als genug im Hotel zu tun und würde kaum Zeit für Frau und Kind haben.

Wie erwartet waren die Mädchen begeistert.

»Oh prima!«, rief Mary. »Wann fahren wir los?«

Elizabeth legte bewusst langsam ihren Löffel beiseite – sie konnte nicht anders, als diesen Augenblick zu genießen – und wandte sich freundlich lächelnd an Mary. »Ich muss am dreiundzwanzigsten noch arbeiten, aber wir können Heiligabend den ersten Zug nach London nehmen und von da aus nach Bournemouth weiterfahren, dann sind wir zum späten Lunch da. Am Silvesterabend gibt es natürlich eine große Feier im *Whitesands*; ich dachte mir, dass das für euch auch ganz spannend sein wird – die Silvesterbälle im *Whitesands* sind immer schon lange im Voraus ausgebucht.«

Matthew sah von seinem Teller auf, die Stirn in Falten. »Was ist denn das nun wieder für eine verrückte Idee? Erst sagst du, die Fahrt zu uns nach Angelsey wäre dir im Winter zu weit und zu gefährlich, und dann fährst du die ganze Strecke nach Süden runter! Und überhaupt, wird das Hotel nicht ausgebucht sein?«

Elizabeth sah ihrem Vater fest in die Augen, während sie sprach. »Ja, aber John und Melanie haben immer ein Zimmer für die Familie frei. Ich habe ihnen lange versprochen zu kommen, und ich denke, jetzt ist genau der richtige Zeitpunkt. Es ist mir übrigens vollkommen egal, was ihr beide davon haltet. Wir werden eine gute Zeit haben.«

Eine viel bessere, als wir sie jemals bei euch haben könnten, wo ich ständig beobachtet werde und vom Morgen bis zum Abend eurer gnadenlosen Kritik ausgeliefert bin, diesem ständigen Herumgehacke, das ich so leid bin – so leid, dass es mir für den Rest meines Lebens reicht!

»Und was die Fahrt angeht«, fügte sie ruhig hinzu, obwohl ihre Knie unter dem Tisch heftig zitterten, wie jedes Mal, wenn sie es wagte, sich gegen ihren Vater aufzulehnen. »Ihr habt ja gehört, dass wir den Zug nehmen, also könnt ihr ganz beruhigt sein.«

Ihre Mutter schluckte hörbar, sagte jedoch nichts. Scheinbar sehr gefasst, beinahe würdevoll, nahm sie einen weiteren Löffel Suppe und vermied es dabei, ihrer Tochter in die Augen zu sehen.

Paul warf einen kritischen Blick zu seinem Schwiegervater hinüber und beschloss, der scheinbar unvermeidlichen Explosion rasch zuvorzukommen. Er stand auf. »Also … ich gehe mal in den Keller runter und sehe nach, ob noch eine Flasche von diesem Bordeaux da ist. Kommst du mit, Matt?«

Matthew brummelte noch irgendetwas Unverständliches vor sich hin, erhob sich aber dann, um seinem Schwiegersohn zu folgen.

Alle schienen aufzuatmen. Catherine hob den Deckel von der Wedgewood-Terrine, die in der Mitte des Tisches stand, und blickte strahlend in die Runde. »Möchte noch jemand Suppe?«

Am Weihnachtsmorgen stand Elizabeth schon früh in ihrer Küche und sah in den Garten hinaus, einen Becher Tee in beiden Händen haltend, die Wangen nass von Tränen. Es hatte in der Nacht geschneit, und jetzt war alles von einer zarten, weißen Decke aus feinstem Pulverschnee überzogen. Wie Puderzucker. Obwohl der Himmel noch dunkel war, leuchtete der Schnee so hell, dass man denken konnte, jemand hätte Scheinwerfer unter der Erde und zwischen den Büschen versteckt. Elizabeth sah zum Kastanienbaum hinüber. Ein Eichhörnchen, das sich hoch oben in den Zweigen seinen Kobel gebaut hatte, kam den Stamm hinuntergehuscht, um nach seinen Vorräten zu suchen. Es würde längst nicht alle Nüsse und Eicheln unter dem Schnee wiederfinden, und irgendwann würden dort, wo deren Samen in der Erde geblieben waren, neue Bäume wachsen. So erweiterten die possierlichen kleinen Tierchen ganz unwissentlich, nur aus ihrem Instinkt heraus, ihren Lebensraum.

Im Radio spielten sie Bing Crosby. *I'm dreaming of a white Christmas – just like the ones I used to know ...*

Elizabeth versuchte, die Tränen wegzuwischen, doch es kamen immer neue hinzu, bahnten sich ihren Weg durch ihre dichten, dunklen Wimpern und tropften lautlos zu Boden.

Just like the ones I used to know.

In Elizabeths Erinnerung war Weihnachten immer die schönste Zeit des Jahres gewesen, selbst ganz früher, als sie noch bei ihren Eltern gelebt hatte. Sie und ihr Vater hatten am Nachmittag des Heiligen Abends zusammen den Baum geschmückt, die bunte Lichterkette herumgewickelt, Figuren und Ornamente in die Zweige gehängt. Ohne ein Wort miteinander zu sprechen, hatten sie nebeneinanderher gearbeitet, um anschließend das gemeinsame Werk in einer Art stillschweigender Zufriedenheit zu betrachten. Dann hatten sie einander lächelnd zugenickt, und ihr Vater hatte Catherine und Mutter hereingerufen, die nun ihrerseits den Baum bewunderten. Wie hatte Elizabeth diese Weihnachtsnachmittage geliebt! Die einzige Zeit im Jahr fast, zu der es keinen Streit und keine Tränen gegeben hatte. Emily hatte viel Wert auf Frieden an Weihnachten gelegt; für sie war es das größte Geschenk gewesen, wenn alle ihre Lieben mit glücklichen Gesichtern um den großen, runden Esstisch herumsaßen und den Truthahn priesen, den sie mit viel Liebe zubereitet hatte. Und wenn man diesen Frieden nur durch Schweigen erhalten konnte, nun, dann wurde eben geschwiegen.

Trotzdem hatte Elizabeth viele glückliche Erinnerungen an Weihnachten zu Hause. Und noch viel glücklichere Erinnerungen an Weihnachten mit Patrick und den Kindern.

Dies war das erste Weihnachten ohne ihn, das erste von vielen. Nie wieder würde er frühmorgens mit einem Becher Tee und einem kleinen, aber kostbaren Geschenk zu ihr ans Bett kommen. Nie wieder würde sie sein jungenhaftes Strahlen sehen, wenn sie es ausgepackt hatte. Nie wieder würden sie einander anlächeln, wenn sie das erste glückliche Jauchzen aus dem Kinderzimmer hörten, wenn der mit Geschenken gefüllte Kissenbezug am Fußende des Bettes entdeckt worden war. Nie wieder.

Elizabeth horchte. Noch war oben nichts zu hören. Aber es war auch noch sehr früh, nicht einmal sechs Uhr. Und vielleicht lagen Vicky und Mary auch wach in den Betten und weinten bei der Erinnerung an vergangene Weihnachten mit ihrem Vater, der nie wieder bei ihnen sein würde. Heute nicht, morgen nicht, nie wieder.

Und ausgerechnet jetzt sang Doris Day: *I'll be home for Christmas, you can count on me.*

Ich werde Weihnachten zu Hause sein, du kannst dich auf mich verlassen.

Patrick würde nicht zu Hause sein. Dieses Weihnachten nicht und alle anderen auch nicht. Nie mehr.

Teil II

12

Aber auch der längste und dunkelste Winter hat einmal ein Ende, und ehe Elizabeth es sich versah, war es Frühling geworden. Eines Morgens im April ging sie, in der einen Hand eine Tasse Kaffee balancierend, in der anderen die Zeitung, die gerade gekommen war, in den Garten hinaus, um die Morgensonne und die Stille des ersten Ferientages für sich allein zu genießen.

Es war eine stürmische Nacht gewesen, in der sie wenigstens dreimal aufgestanden war, um nachzusehen, ob die Fenster noch alle fest in ihren Rahmen saßen und keine Dachziegel durch den Garten flogen. Jetzt, um kurz nach neun, hatte sich der Wind gelegt, und der Himmel war von einem so strahlenden Waschblau, dass er aussah, als sei er liebevoll mit Aquarellfarben gemalt worden. Es war zwar noch empfindlich frisch draußen, und Elizabeth hatte sich einen warmen Pullover um die Schultern gelegt, aber immerhin schien die Sonne, und es versprach, ein herrlicher Frühlingstag zu werden.

Tief atmete Elizabeth die klare Morgenluft ein und stellte ihre Kaffeetasse auf dem kleinen Holztisch ab. Sie sah sich um. Irgendetwas schien anders als sonst, aber sie wusste nicht recht, was. Ein Geräusch vielleicht? Ein Schatten? Nein, da war nichts.

Komisch, dachte sie. Dann zog sie sich einen Stuhl heran, ließ sich kopfschüttelnd darauf nieder, und schlug die Zeitung auf. *Immer diese Fantasievorstellungen. Wer weiß, vielleicht werde ich irgendwann doch noch verrückt. Wenn ich es nicht schon bin.*

Minuten später war sie so in die Zeitung vertieft, dass sie das Telefonklingeln zuerst gar nicht hörte und dann erschrocken hochfuhr, um ins Haus zu eilen, bevor die Mädchen aufwachten. Die waren am Abend zuvor mit Sarah auf einer Party in der Kirchengemeinde gewesen und erst spät nach Hause gekommen.

»Hey, hier ist Maggie, guten Morgen! Habe ich dich geweckt?«

Elizabeth ließ sich in ihren Gartenstuhl zurückfallen und fuhr sich mit der Hand durch das vom Duschen noch etwas feuchte Haar. »Nein, hast du nicht. Ich sitze gerade mit meinem Morgenkaffee auf der Terrasse und lese ganz gemütlich meine Zeitung – den Reiseteil, genauer gesagt. Da ist heute ein Bericht über die *Queen Elizabeth 2* drin. Hab eine Leidenschaft für große Schiffe, weißt du, schon immer gehabt, und gerade dieses Schiff ist … na ja, ein Traum eben. Aber das Schöne am Träumen ist ja, dass es nichts kostet, nicht wahr? Erzähl, was gibt's Neues auf Manor Farm?«

Maggie lachte. »Ach, Elizabeth, du bist unverbesserlich romantisch! Wo hast du das bloß her? – Hier gibt's nicht viel Neues, Murron ist mit ihrem neuen Freund verreist, und Simon ist auch gerade losgefahren. Er geht mal wieder mit Andrew auf Wandertour durch den Pembrokeshire National Park – das tun sie jedes Jahr, die beiden. Ich bin also im Moment Strohwitwe … Oh, Elizabeth, entschuldige bitte, ich wollte nicht taktlos sein.«

»Ist schon okay«, versicherte Elizabeth rasch. »Möchtest du, dass wir dich für ein paar Tage besuchen kommen? Ich habe nächste Woche Urlaub, weißt du, und bis jetzt haben wir noch nichts vor … Die Mädchen würden sich bestimmt freuen. Reiten können sie doch sicher auch, wenn Murron nicht da ist, oder? Natürlich nicht auf Hector.« Schmunzelnd erinnerte sie sich an die Szene beim Hoffest im letzten Herbst. Was für ein Pferd!

»Klar. Ich freue mich immer, wenn ihr kommt. Wegen mir könnt ihr gleich heute Nachmittag herkommen, oder morgen, ganz, wie ihr wollt. Ich muss ja nur ein paar Betten beziehen. Wir machen uns dann ein paar richtig schöne Frauentage hier … Ach, William wird auch hier sein; er muss sich schließlich um Hector kümmern, aber der schreckt uns nicht ab, oder? Er wohnt ja nebenan.«

»Nein«, entgegnete Elizabeth lachend, »der stört mich wirklich nicht. Also, ich frag nachher mal meine beiden Mädels – du weißt schon, in dem Alter möchten sie gerne gefragt werden, was sie mit ihren Ferien anfangen wollen. Und dann rufe ich dich wieder an, ja? Hast du eigentlich noch junge Hunde, oder bist du sie alle losgeworden?«

»Die sind alle weg, aber im Sommer gibt es wahrscheinlich neue, wenn alles klappt. Im Augenblick haben wir nur Lady, Frances und Sasha hier – das übliche Chaos-Trio.« Maggie lachte. »Also, bis nachher dann. Grüß die Mädchen!«

Nachdem Elizabeth aufgelegt hatte, lehnte sie sich in ihrem Stuhl zurück und schloss die Augen. Der Wind fuhr ihr durch das Haar, die Zeitung flatterte auf dem Tisch – sie hatte ihre Kaffeetasse daraufgestellt, damit sie nicht wegfliegen konnte –, und von oben hörte sie die Mädchen lachen und scherzen. Die freuten sich auf die redlich verdienten Ferien!

Besonders Mary hatte in den letzten beiden Wochen viel zu tun gehabt und gleich mehrere Projekte gleichzeitig fertigstellen müssen. Aber sie beklagte sich nicht mehr über die Schule, wie sie es in den ersten Monaten getan hatte.

Im Gegenteil, sie schien sich richtig wohl zu fühlen. Von Heimweh nach Deutschland war schon lange keine Rede mehr, nur ihre beste Freundin Malin fehlte ihr. Aber Sarah und Judy schienen ein recht guter Ersatz zu sein, jedenfalls verbrachte sie ihre gesamte freie Zeit mit der einen oder der anderen. In den Ferien würde Judy allerdings nicht da sein, und Sarah war auf einer Gemeindefreizeit. »Sarah ist ständig auf einer dieser Freizeiten«, hatte Mary sich erst vorige Woche beklagt, als sie versucht hatte, ihre Cousine zu überreden, in den Ferien mit ihr zu Simon und Maggie zu fahren.

Nun, jetzt konnte sie immerhin auf die Farm, da würde sie sich sicher freuen.

»Hey, da seid ihr ja!«

Maggie kam aus der Haustür, gefolgt von den Hunden, die aufgeregt um sie herumsprangen, weil sie drei Näpfe mit Fleisch in der Hand hielt. Sie stellte die Näpfe auf den Boden, und die Hunde begannen sofort, gierig zu fressen.

Elizabeth stellte die beiden Reisetaschen ab, die sie mit sich trug, und begrüßte Maggie. »Wir wollten eigentlich früher kommen, aber heute Morgen hat ständig das Telefon geklingelt, und dann haben wir beschlossen, doch noch schnell etwas zu essen, nachdem es ohnehin schon so spät war. Zum Schluss habe ich mich auch noch in Atherstone verfahren!« Sie zog eine Grimasse.

»Na, das ist wirklich ein Kunststück«, wunderte sich Maggie. »Hast du die falsche Ausfahrt erwischt? Ach, egal, jetzt seid ihr ja da. Ich wollte gerade die Pferde hereinholen, es sieht nach Regen aus. Wollt ihr mitkommen, Mädels? – Elizabeth, du kannst schon mal in die Küche gehen und den Kuchen anschneiden, den habe ich gerade erst aus dem Ofen geholt.«

»Das lasse ich mir nicht zweimal sagen«, antwortete Elizabeth und verschwand im Haus. Der Geruch von Kaminholz und frisch Gebackenem schlug ihr in der Diele entgegen. »Ich stelle unsere Taschen erstmal in der Diele ab, okay?«, rief sie über die Schulter zurück.

Maggie wandte sich an die beiden Mädchen. »Na, und ihr freut euch auf richtige Reiterferien, was? Wir haben ein neues Pony im Stall, eine ältere Stute, die keiner mehr haben wollte. Also haben wir sie bei uns aufgenommen. Sie heißt Fanny. Das ist doch bestimmt was für dich, Vicky. Kommt, wir sehen sie uns mal an, ja?«

Am Abend, nachdem Vicky und Mary sich auf ihr Zimmer zurückgezogen hatten, saßen Maggie und Elizabeth bei einer Flasche französischem Rotwein und einer Platte mit Crackern und Käse auf der überdachten Terrasse. Es hatte noch nicht geregnet, aber die Luft war seltsam drückend, beinahe schwül, und im Westen sah der Himmel geradezu bedrohlich aus.

»Sieht so aus, als bekämen wir noch heute Nacht das erste Gewitter dieses Jahres. Es war schon ziemlich heiß heute, gar nicht wie April ...«

Maggie sah mit einem zugekniffenen Auge Richtung Westen. Lang erstreckte sich der tadellos geschnittene grüne Rasen, auf dem ein paar Apfel- und Kirschbäume standen. Zu drei Seiten wurde der Garten von einer bestimmt zweieinhalb Meter hohen Ligusterhecke umsäumt, die gerade ihren Frühjahrsschnitt erhalten hatte und jetzt schon wieder austrieb. Unter einem Apfelbaum stand eine verwitterte alte Holzbank,

Maggies liebster Schattenplatz an heißen Sommertagen. Hinter der Hecke erstreckten sich Wiesen und Felder bis hin zu dem kleinen Wäldchen, das Manor Farm von dem Herrenhaus trennte.

»Gehört das Land eigentlich euch, oder habt ihr das alles gepachtet? Es gehört doch zum Herrenhaus, oder?«

Maggie griff nach einem Vollkorncracker und belegte ihn mit einer Scheibe goldglänzendem Gloucesterkäse. »Oh, das ist ziemlich kompliziert, fürchte ich.« Sie fuhr sich mit der Hand durch die üppigen, dunklen Locken und biss von ihrem Cracker ab, bevor sie antwortete. »Pauls und Simons Großeltern haben das Land damals gepachtet, vor ich weiß nicht wie vielen Jahren, aber das ursprüngliche Bauernhaus war in einem derart schlechten Zustand, dass sie es irgendwann haben abreißen und neu bauen lassen. Dieses Haus hier ist also nur etwas über achtzig Jahre alt. Als Liam und Harriet den Hof übernommen haben, haben sie noch einmal angebaut und zugleich angefangen, auf Bed-and-Breakfast-Basis zu vermieten, was wir ja heute noch die Sommermonate über tun.«

Sie deutete mit dem Kinn auf die Weinflasche. »Wir bekommen übrigens morgen Nachmittag die ersten Gäste dieser Saison, ein Ehepaar aus Frankreich, das seine Tochter hier besucht; sie ist Fremdsprachenassistentin an der Queen-Elizabeth-School. Sie wohnt bei Andrew und Hazel unten im Dorf. Wo war ich stehen geblieben? – Ach ja, die Farm. Also, die Bentleys haben das Stück Land hier vor einigen Jahren an meine Schwiegereltern verkauft, als der alte Bentley seinen Jagdunfall hatte und von einem Tag auf den anderen an den Rollstuhl gefesselt war. William hat seine Praxis in Warwick – er würde vielleicht später mal hierher ziehen, wenn seine Eltern mal nicht mehr sind, aber im Moment kommen sie noch ganz gut klar. Sie haben einen Teil des Hauses behindertengerecht umbauen lassen, damit sich der alte Bentley besser darin fortbewegen kann. Einen Fahrstuhl gibt es auch – muss ja auch sein bei den Treppen. Du kannst dir nicht vorstellen, wie viele Treppen es in diesem Haus gibt! Und wenn wirklich mal was ist, ist hier immer jemand da, der helfen kann. Wir haben ein sehr gutes Verhältnis zu unseren Nachbarn – Gott sei Dank.«

Elizabeth nickte. Ihre Nachbarn im Chestnut Close waren ebenfalls nett, aber kaum zu Hause, weil beide Eheleute berufstätig waren und gerade im Sommer an den Wochenenden oft bei Carols Eltern waren, die ein Haus in Cornwall hatten, direkt an der Küste. Das war für die Kinder natürlich ein Traum – wer konnte das nicht verstehen?

»Und was ist mit euch – habt ihr euch inzwischen gut eingelebt?«, unterbrach Maggie ihre Gedanken. »Ich fand es sehr mutig von dir, dass du wieder zurückgekommen bist. Immerhin bist du … wie viele Jahre dort drüben gewesen? Zehn? Elf?«

»Fast elf. Ich weiß nicht, ob es mutig war oder vielleicht genau das Gegenteil … Ich wollte meine Familie in der Nähe haben, weißt du? Die Kinder hatten anfangs nicht gerade allzu viel Verständnis für meine Entscheidung, besonders Mary nicht.« Sie seufzte. »Am Anfang war es ganz schön schwierig mit ihr; ich weiß nicht, was wir ohne Cathy, Paul und vor allem ohne Sarah gemacht hätten. Die beiden gehen ja in eine Klasse. Mary ist extrem ehrgeizig und will unbedingt aufs College gehen und anschließend studieren – wäre auch eine Verschwendung, wenn sie es nicht täte. Vicky ist zwar mindestens ebenso intelligent, sie träumt nur zu viel … aber allmählich kommt auch sie aus ihrem Schneckenhaus heraus. Sie hat zumindest eine gute Freundin gefunden, mit der sie viel zusammen ist, und sie singt inzwischen in zwei Chören, im Schulchor und im Gospelchor. Im Juni wird sie bei einer Schulaufführung mitwirken und eine der Hauptrollen singen. Und dann haben sie das erste Schuljahr schon bald hinter sich …«

Sie nahm einen von ihren Lieblingscrackern – mit Salz und schwarzem Pfeffer –, beugte sich zögernd über die Käseplatte und griff schließlich nach einem Stück Red Leicester. Sie wusste, dass sie nichts von sich selbst erzählt hatte, und hoffte, dass Maggie nicht nachhaken würde. »Ich glaube schon, dass es eine gute Entscheidung war, hierher zu kommen. Wir fühlen uns wohl in unserem Häuschen, mein Job ist okay – seit Februar arbeite ich ja in Nuneaton, das ist natürlich viel angenehmer, als dreimal in der Woche nach Coventry zu fahren. Alles in allem denke ich, dass ich mich nicht beklagen kann.«

Wenn nur diese erdrückende Einsamkeit nicht wäre … Aber damit werde ich leben müssen. Und vielleicht gewöhne ich mich irgendwann daran, allein zu sein.

Maggie nickte und schenkte ihnen Wein nach. »Ich hoffe, ihr habt ein paar schöne Tage hier. Du siehst aus, als könntest du dringend ein bisschen Erholung brauchen. Morgen kommt William – er bleibt über Ostern bei seinen Eltern, glaube ich. Vielleicht können wir an einem der Tage alle zusammen etwas unternehmen, was meinst du?«

Elizabeth verschluckte sich fast an ihrem Wein und stellte das Glas schnell wieder auf den Tisch zurück. »Entschuldigung, das war wohl im falschen Hals ... Ja, natürlich würde ich gerne etwas mit dir unternehmen, während wir hier sind. Aber – macht es William denn nichts aus, mit vier Frauen gleichzeitig unterwegs zu sein?«

Maggie lachte. »Da kennst du ihn aber schlecht! Nein, es macht ihm überhaupt nichts aus. Er ist da vollkommen unkompliziert. Vielleicht können wir nach Kenilworth Castle fahren, die alten Burgruinen besichtigen. William liebt alte Schlösser und Burgen und fotografiert sie auch alle – filmeweise. Für ein gutes Motiv ist ihm kein Weg zu weit und kein Eintritt zu teuer. Letztes Jahr war er sogar auf Schlössertour in Deutschland – Schloss Neuschwanstein, Burg Hohenzollern, und wie sie alle heißen. An dem ist echt ein alter Ritter verloren gegangen!«

Elizabeth nickte schmunzelnd, aß ihren Cracker auf und lehnte sich mit einem behaglichen Seufzer in ihrem Stuhl zurück. Es war schön, hier zu sein, weit weg vom Alltagsstress, und sie würde jeden Tag genießen – mit oder ohne William L. Bentley.

Wofür stand eigentlich das »L«?

Elizabeth erwachte am nächsten Morgen von lautem Vogelgezwitscher direkt unter ihrem Fenster. Rasch stand sie auf, um zum Fenster hinüberzugehen – und zog enttäuscht den Kopf zurück, als sie die dichten, dunklen Wolken sah, die der Wind über den Himmel trieb. Schade, dachte sie, das sieht ja nicht nach einem schönen Tag aus. Aber vielleicht wird es später noch besser. Immerhin war es trocken. Die Nacht über hatte es kräftig gewittert und geregnet, aber jetzt schien sich das Wetter wieder ein wenig beruhigt zu haben. Im Osten färbte sich der Himmel ganz zart rosa, als traue er sich nicht recht, und Elizabeth überlegte, ob sie es wagen sollte, hinauszugehen. Ein Morgenspaziergang würde ihr bestimmt guttun. Sie hatten gestern noch lange draußen gesessen und dabei die Flasche Wein fast ausgetrunken, und erst, als das Gewitter in vollem Gange war, waren sie zu Bett gegangen. *Eigentlich sollte ich viel müder sein,* dachte Elizabeth, doch sie fühlte sich putzmunter.

Kurz entschlossen nahm sie einen leichten Pullover, ein Paar Sportsocken und ihre Jeans aus der Reisetasche, die offen im Zimmer stand, und schlich wenige Minuten später die Treppe hinunter. Die Turnschuhe in der Hand und ihre rote Windjacke über der Armbeuge, ging sie durch die Diele an den Hunden vorbei, die einmal kurz aufsahen und müde mit dem Schwanz wedelten, ihr aber ansonsten keine weitere Beachtung schenkten. Sie wussten, dass Elizabeth keine Fremde war, und sahen offenbar keinen Grund, Laut zu geben, als sie den Schlüssel in der Haustür herumdrehte und nach draußen schlüpfte.

Der Regen hatte doch nicht ganz aufgehört, aber er war kaum zu spüren, und die Luft war von gestern noch relativ warm, sodass Elizabeth trotzdem munter drauflosging, die Auffahrt hinunter und dann ein Stück die Straße entlang, bevor sie in einen öffentlichen Wanderweg einbog, der auf das Wäldchen zuführte.

Sie wollte diesen Tag ganz allein beginnen, noch einmal in Ruhe über all das nachdenken, worüber sie gestern Abend noch mit Maggie gesprochen hatte. Es erschien ihr seltsam, dass sie ausgerechnet mit Maggie, mit der sie im Grunde nicht einmal verwandt war, über Dinge reden konnte, die sie zum Teil nicht einmal Catherine erzählte. Vielleicht lag es aber auch gerade daran, dass sie sich sonst nicht so nahestanden. Oder daran, dass Maggie nicht gläubig war und Elizabeth bei ihr nicht so sehr das Gefühl hatte, eine Beichte abzulegen, wie es bei Catherine manchmal der Fall war. Sie war dankbar dafür, dass ihre Schwester und ihr Schwager für sie beteten – sie wusste, dass sie das seit Jahren taten, insbesondere natürlich seit Patricks Tod, aber sie selbst konnte noch immer nicht viel damit anfangen und hielt sich bewusst zurück, wenn es um Kirche und derlei Dinge ging, die ihrer Schwester so wichtig waren. Auch wenn Vicky jetzt im Gospelchor der Gemeinde mitsang, beschränkte Elizabeth die Gottesdienstbesuche doch auf jene Sonntage, an denen der Chor auftrat, und das war bis jetzt genau zweimal der Fall gewesen.

Sie erreichte bald das Wäldchen und war froh, unter den Bäumen Schutz zu finden, denn der Regen war zu ihrem Verdruss wieder stärker geworden und begann, ihre dünne Jacke zu durchdringen. *So viel zum Thema wasserabweisend,* dachte Elizabeth und ließ sich auf einem umgestürzten Baum nieder. Hier unter dem zartgrünen Dach der Laubbäume und den hohen, im Wind hin und her schaukelnden Tannen war der Boden fast trocken. Elizabeth rupfte ein paar Grashalme aus und begann, sie zu zerbröseln, während sie ihren Gedanken nachhing. Morgen wäre ihr Hochzeitstag gewesen – der achtzehnte …

Die Flitterwochen – streng genommen waren es nur ein paar Tage gewesen, mehr hatten sie sich nicht leisten können – hatten sie im Lake District verbracht, mit nicht viel mehr als etwas Wäsche und einem Paar Jeans zum Wechseln im Gepäck. Sie wollten einfach nur die Zeit zusammen genießen, viel draußen sein und wandern. An einem dieser Tage hatten sie sich morgens beim Frühstück vorgenommen, um den Lake Buttermere herumzuwandern – eine hübsche, kleine Wanderung auf ziemlich ebener Strecke, die man gut in anderthalb Stunden bewältigen konnte. Als sie jedoch ungefähr die Hälfte der Strecke hinter sich gebracht hatten, hatte es zu regnen begonnen. Zunächst war es nur ein leichter, sanfter Sprühregen gewesen, doch schon nach wenigen Minuten wurde der Regen immer stärker, und ein eisiger Wind war dazu gekommen, der ihnen unbarmherzig ins Gesicht blies. Mit gesenkten Köpfen waren sie Hand in Hand weitergegangen, aber der Weg war ihnen endlos vorgekommen, und Elizabeth hatte schon bald zu frieren begonnen, denn sie hatte – genau wie heute – nur einen dünnen Pullover angezogen gehabt. Der Wind hatte ihr das lange Haar immer wieder schmerzhaft ins Gesicht gepeitscht, und sie hatte es bereut, nicht einmal ein Haarband mitgenommen zu haben, geschweige denn eine Jacke. Außerdem war die Jeans, die sie damals getragen hatte, die einzige noch saubere in ihrem bescheidenen Gepäck gewesen. Doch irgendwann waren sie wieder in ihrer Pension angekommen, und nach einem heißen Bad und einer wohltuenden Massage war sie in ihr einziges Kleid geschlüpft, das sie mitgebracht hatte – das rot geblümte, das sie getragen hatte, als sie einander zum ersten Mal begegnet waren. »Es war Liebe auf den ersten Blick«, hatte er ihr oft versichert. »Du in diesem zauberhaften roten Kleid …«

Elizabeth seufzte und warf die Fetzen des Grashalmes zu Boden, als wären es die Überreste eines lange ausgeträumten Traumes. Wie glücklich sie doch gewesen waren! So glücklich und unbeschwert. Und so vollkommen ahnungslos …

Wie auf ein Stichwort ließ ein leises Donnergrollen sie jetzt aufschrecken. Es war dunkler geworden, obwohl sie bestimmt eine ganze Weile hier gesessen hatte und es allmählich doch eher heller werden müsste. Ein Blick auf ihre Armbanduhr zeigte ihr, dass es sieben Uhr war, aber es war stockfinster, und Elizabeth wusste, dass jeden Augenblick ein furchtbares Unwetter losbrechen würde.

Hastig zog sie den Reißverschluss ihrer Jacke nach oben und rannte los, den Kopf gesenkt, immer im Schutz der Bäume entlang, bis sie schließlich wieder auf der Straße entlanglief, die zur Farm führte.

Sie konnte das Haus schon in der Ferne ausmachen, aber der Weg kam ihr jetzt viel weiter vor als noch vor einer Stunde. Am bleiernen Himmel zuckten die Blitze, und der Donner krachte so laut, dass Elizabeth sich zwingen musste, ruhig zu bleiben. *Einfach weiterlaufen. Immer weiterlaufen. Es ist nur ein Gewitter.*

Ein dumpfer Donnerschlag ließ Elizabeth heftig zusammenzucken. *Wenn es doch nur nicht so laut wäre! Und wenn das Haus nur nicht so weit weg wäre … So weit bin ich doch vorhin gar nicht gegangen …*

Plötzlich schoss ihr der Gedanke durch den Kopf, dass sie sich verlaufen haben könnte. Sie blieb stehen und blickte nervös um sich. War sie vorhin wirklich von links in den Wald hineingekommen und nicht von rechts? Was, wenn dies nicht Mayfield Lane war, sondern die Straße, die ins Dorfzentrum führte? Dann müsste sie entweder zurückgehen und noch einmal durch den Wald oder …

Ein gewaltiges Krachen ganz in ihrer Nähe erschreckte sie so sehr, dass sie stolperte und fiel. Dabei knickte ihr rechter Fuß um, und sie fühlte, wie ein stechender Schmerz durch ihren Knöchel fuhr. Auch das noch!

Verzweifelt versuchte sie, sich aufzurichten, um weiterzulaufen, aber der Schmerz war so stark, dass sie laut aufschrie. Da ließ sie sich auf den Boden zurücksinken und begann zu weinen.

»Hallo, Miss, kann ich Ihnen helfen?«

Elizabeth hob den Blick und schob sich das nasse Haar aus dem Gesicht, um den Mann anzusehen, der sich aus dem Fenster eines Range Rovers beugte.

William.

Noch ehe sie etwas erwidern konnte, war er aus dem Wagen gesprungen und half ihr beim Aufstehen. »Elizabeth! Was machst du denn hier so früh am Morgen mitten auf der Straße? Du bist ja verletzt – bist du gestürzt? Komm, stütz dich auf mich, ich helfe dir. Ganz vorsichtig, gleich hast du's geschafft. Achtung, ich hebe dich hinein, der Wagen ist ziemlich hoch.«

Mit Leichtigkeit nahm er sie auf seine Arme und hob sie ins Auto. Dankbar ließ Elizabeth sich in den weichen Ledersitz sinken und atmete den angenehm würzigen Geruch von Leder und Pferden ein, der das Wageninnere erfüllte.

»Danke«, stieß sie endlich hervor und drehte sich verlegen lächelnd zu William um, der sich neben ihr auf dem Fahrersitz niederließ und dabei schnell die Tür hinter sich zuzog. Ein paar Regentropfen aus seinem dichten, braunen Haar schüttelnd, wandte er ihr sein Gesicht zu, das ebenfalls nass vom Regen war. Elizabeth widerstand der Versuchung, ihm einen Tropfen von der Nase zu wischen, buchstäblich im letzten Moment.

Rasch senkte Elizabeth den Blick, als sie bemerkte, wie er sie jetzt ansah. Er sollte nur ja nicht denken, dass sie mit ihm flirtete! Schließlich war sie keine siebzehn mehr. Auch wenn sie sich in diesem Moment beinahe so fühlte.

Pass auf, Mädchen, schien eine innere Stimme ihr zuzuflüstern, *du bist gerade auf dem Weg, denselben Fehler wie damals zu machen, als du dich Hals über Kopf in ihn verliebt hast. Er ist nichts für dich! Vergiss es einfach. Lass dich von ihm nach Hause bringen, bedank dich brav und geh deinen Weg. Und lass ihn den seinen gehen.*

Aber warum sieht er mich dann so an? Was will er denn von mir? Warum startet er nicht einfach den Motor und fährt los?

William wusste, dass er sie anstarrte, doch er brachte es einfach nicht fertig, den Blick von ihr zu wenden. Sie war wunderschön! Wie konnte sie nur so atemberaubend schön aussehen in diesem bemitleidenswerten Zustand, durchnässt bis auf die Haut und mit ihrem verletzten Fuß, den sie gerade in eine möglichst bequeme Position zu bringen versuchte.

»Du Arme, das tut bestimmt weh. Ich fahre dich am besten gleich nach Hause. Wo wohnst du denn? Oder bist du bei Maggie auf Besuch?«

Elizabeth nickte. »Ja, wir sind gestern angekommen. Wir wollten ein paar Tage Urlaub hier machen – wie es aussieht, bin ich gerade dabei, ihn mir gründlich zu vermasseln. Na ja, selbst schuld, würde ich sagen. Was renne ich auch bei so einem Wetter allein in der Gegend herum? Noch dazu so früh am Morgen … Nur gut, dass ich dich getroffen habe. Und um deine Frage zu beantworten, ja, ich wäre dir sehr dankbar, wenn du mich zur Farm hinauffahren könntest.«

Sie spürte, dass er sie immer noch ansah, tat jedoch, als bemerke sie es nicht, und begann stattdessen, in ihrer Jackentasche nach ihrem Handy zu suchen. Doch das hatte sie natürlich in ihrem Zimmer liegen gelassen. *Wie immer,* dachte sie mit einem resignierten Seufzer, *wenn man das Ding dann wirklich einmal braucht, hat man es prompt nicht dabei.* Wie wäre sie wohl sonst bis zur Manor Farm gekommen, wenn William sie nicht gefunden hätte? Sie schauderte bei dem bloßen Gedanken daran, dass sie noch länger in dieser nassen Kälte hätte ausharren und auf Hilfe warten müssen, wenn William nicht vorbeigekommen wäre. Mit einem Blick aus dem Fenster wurde ihr bewusst, wie einsam diese Landstraße eigentlich war. Seit sie in Williams Auto saß, war noch kein einziges anderes Fahrzeug vorbeigekommen, nicht einmal ein Traktor. Da hätte sie vermutlich lange auf Hilfe warten können.

William, der ihr Schaudern als Kältezittern deutete, griff nach hinten und zog eine grobe Wolldecke von der Rückbank. »Hier«, sagte er und wickelte Elizabeth fürsorglich darin ein. »Damit du mal aufhörst zu zittern, du Arme. Am besten, du nimmst gleich ein heißes Bad, wenn du auf der Farm angekommen bist, sonst hast du wirklich nichts mehr von deinem Urlaub. Wie lange bleibt ihr?«

»Bis Freitag oder Samstag. Ich habe mir gar nicht so viele Gedanken darüber gemacht, ehrlich gesagt.« Sie gähnte, wickelte die Decke noch fester um ihre Schultern und schloss müde die Augen.

William betrachtete sie zärtlich, während er mechanisch den Zündschlüssel umdrehte und den Motor startete. Als er Elizabeth Thompson – seltsam, dachte er bei sich, dass ich mich heute noch an ihren Mädchennamen erinnern kann – zum ersten Mal begegnet war, hatte er gerade sein Abitur in der Tasche gehabt, und sie war eben erst mit ihrer Familie nach Rugby gezogen. Sie hatten sich auf Anhieb gut verstanden. Weil sie außerdem noch sehr hübsch war, war er ein paarmal mit ihr ausgegangen, ins Kino, ins Theater und zum Tanzen. Sie war ebenso tanzbegeistert gewesen wie er, und vielleicht hätte mehr aus dieser Beziehung werden können, wäre er nicht im Herbst desselben Jahres nach Oxford gegangen. So aber war sie in Rugby geblieben, und er hatte sich in Oxford sogleich in das fröhliche Studentenleben gestürzt. Obwohl sie einander fest versprochen hatten, sich zu schreiben, den Kontakt zu halten, war dieser doch recht bald abgebrochen.

Weshalb eigentlich, dachte er und riskierte erneut einen Seitenblick auf Elizabeths hübsches, wenngleich etwas blasses Gesicht. Er schüttelte verständnislos den Kopf. Wie hatte er eine so tolle Frau jemals gehen lassen können?

Einige Jahre später hatte er sie noch einmal auf einer Party getroffen, aber da war sie bereits mit Patrick verlobt gewesen, und er war mit Shirley zusammen. Ein dunkles Kapitel in seinem Leben. Diese Seiten wollte er am liebsten herausreißen.

Shirley McAlistair, eine Architekturstudentin aus den Staaten, drei Jahre älter als er, mit Männern nicht unerfahren und einfach unwiderstehlich sexy – klein, zierlich, hellblond wie Marylin Monroe und immer so gekleidet und frisiert, dass sie, wohin sie auch ging, garantiert höchstmögliche Aufmerksamkeit erregte. Auch ihm war sie sofort aufgefallen, als er sie auf einer Erstsemesterparty in der Menge gesehen hatte – und im selben Moment war er hoffnungslos verliebt gewesen. Verliebt und verloren. Denn eine Beziehung einzugehen, die im Grunde von vornherein zum Scheitern verurteilt gewesen war, war einer der größten Fehler gewesen, die er in seinem Leben je gemacht hatte, aber zu diesem Zeitpunkt hatte er es einfach nicht besser gewusst. Oder nicht besser wissen wollen.

Aber Shirley hatte genau gewusst, was sie wollte, und von dem Tag an waren sie ein Paar gewesen – zugegebenermaßen ein sehr ungleiches. Sie hatte neben dem Studium als Kellnerin und als Model gearbeitet. Erst nachdem er herausgefunden hatte, dass sie bei einigen der Sitzungen nur spärlich bekleidet und manchmal sogar ganz nackt posierte, hatte William angefangen, die Warnungen seiner Freunde ernst zu nehmen. Er hatte sie zur Rede gestellt, doch sie hatte nur gelacht.

»Heirate mich doch, Mister Bentley – dann kannst du mir vielleicht vorschreiben, vor wem ich mich ausziehe und vor wem nicht. *Vielleicht*!«

Und er war dumm genug gewesen, sie beim Wort zu nehmen. Seine Eltern waren – gelinde ausgedrückt – entsetzt gewesen, seine Freunde ebenfalls, aber das hatte ihn nur noch mehr angespornt. Er war verrückt nach dieser Frau gewesen – und sollte es bitter bereuen. Wenige Wochen vor der Hochzeit, als alles bereits gebucht, die Einladungen verschickt und der Chauffeur bestellt gewesen war, war William eines Abends früher als geplant von einem Kolloquium zurückgekommen, weil er Kopfschmerzen gehabt hatte. Er hatte den Schlüssel gerade in der Wohnungstür herumgedreht, als ihm auch schon Shirleys helles Lachen entgegengeschlagen war, das eindeutig aus dem Schlafzimmer kam. In der Annahme, sie sei am Telefon, hatte er zunächst seinen Mantel aufgehängt und sich ein Glas Limonade eingeschenkt. Dann hatte er plötzlich eine Männerstimme gehört – ebenfalls aus dem Schlafzimmer. Das Blut war ihm aus dem Gesicht gewichen, und nachdem er sein Glas vorsichtshalber auf dem Esstisch abgestellt hatte, war er mit zitternden Knien zur Schlafzimmertür geschlichen, die nur leicht angelehnt war. Das Szenario, das sich ihm hinter dieser Tür bot, war so eindeutig, dass ihm die Worte im Hals stecken geblieben waren.

Nicht so Robin, seinem damals besten Freund, der zugleich sein Trauzeuge hätte sein sollen. Robin hatte begonnen, hastig seine Kleidung zusammenzusuchen, während er gleichzeitig versucht hatte, sich zu rechtfertigen: »Sie – sie wollte mir nur ihr Brautkleid zeigen, ehrlich, ich weiß auch nicht, wie –«

»Du brauchst mir nichts zu erklären«, hatte William kühl erwidert. Innerlich aber hatte er gekocht – vor Wut, vor Schmerz und Enttäuschung. Sie hatten also doch recht gehabt. Seine Eltern, seine Freunde, alle, die ihn versucht hatten zu warnen. »Sie ist ein Flittchen«, hatte Jerry gemeint, nachdem er Shirley zum ersten Mal begegnet war. »Ehrlich, William, ich verstehe nicht, warum du das nicht siehst. Klar ist sie hübsch, sehr sexy sogar, aber das weiß sie auch genau. Sie weiß wie keine andere, wie sie auf Männer wirkt, nicht nur auf dich – aber anscheinend hat sie dich ja schon ganz fest im Griff ...«

Ja, Shirley hatte ihn im Griff gehabt, Shirley hatte alles im Griff gehabt. Und um ein Haar hätte er die größte Dummheit seines Lebens gemacht: sie zu heiraten.

»Weißt du, Robin, eigentlich müsste ich dir fast dankbar sein«, hatte er sich selbst sagen hören. Robin hatte beim Anziehen innegehalten und ihn verständnislos angestarrt.

»Ja, wirklich. Denn wenn ich bis heute noch nicht wusste, woran ich mit dieser Frau« – damit hatte er verächtlich auf Shirley gedeutet, die sich inzwischen – ausgerechnet! – eines seiner T-Shirts übergezogen hatte, »bin, dann weiß ich es wenigstens jetzt. Und besser spät als nie, würde ich sagen. Miss McAlistair, ich gebe dir bis morgen Abend Zeit, deine Sachen zu packen und von hier zu verschwinden. Vierundzwanzig Stunden. Keine Minute länger. Die Schlüssel kannst du mir in den Briefkasten werfen.«

Im Flur hatte er sich noch einmal umgedreht. »Ach ja, und bevor ich es vergesse, den Ring lässt du natürlich da. Er passt sowieso nicht zu dir. Viel zu teuer.«

Aber so ruhig und gefasst, wie seine Stimme sich angehört hatte, war William bei Weitem nicht gewesen, als er kurz danach auf die regennasse Straße hinausgetreten war. Gesenkten Kopfes war er, die Hände tief in den Taschen seiner Jeans vergraben, durch den dichten Regen zum Park hinübergegangen, wo er eine ganze Weile ziellos umherlief, bevor er zum

Haus zurückgekehrt, in sein Auto gestiegen und nach Atherstone hinaufgefahren war. Noch heute sah er sich im Haus seiner Eltern in der Bibliothek sitzen, ein bis an den Rand volles Glas besten Malt Whiskey in der Hand, aus dem er nicht einen einzigen Schluck getrunken hatte, und in die Finsternis der Nacht hinausstarren.

An das, was danach geschehen war, erinnerte William sich nur bruchstückhaft. Im Eiltempo war alles abgesagt worden, aber seine Eltern hatten trotzdem eine beträchtliche Menge Geld verloren, denn Shirleys Eltern waren, wie sich herausstellte, weder besonders wohlhabend noch besonders interessiert gewesen. Alles, was sie zu dieser peinlichen Geschichte zu sagen hatten, war »We're sorry – es tut uns leid.« Wahrscheinlich kannten sie ihre Tochter. Nun, William hatte sie auch kennengelernt – und er hatte von diesem Tage an mehr als genug von ihr gehabt. Von ihr und von anderen Frauen ebenfalls.

Sein Blick wanderte jetzt wieder zu Elizabeth an seiner Seite. Er widerstand der Versuchung, sie zu berühren und fragte stattdessen: »Was tust du eigentlich um diese Zeit hier draußen, wenn ich fragen darf – noch dazu bei so einem grausigen Wetter? Gehst du gern im Regen spazieren?«

Elizabeth versuchte, nicht mit den Zähnen zu klappern, als sie antwortete. Ihre Jeans war vollkommen durchnässt und die Schuhe hatten sich als nicht wasserdicht erwiesen, ebenso wenig wie die Jacke. Jedenfalls waren auch ihre Füße patschnass, und sie fror entsetzlich.

»Ich bin früh wach gewesen, und weil es so aussah, als ob es aufgehört hatte zu regnen – na, wenigstens beinahe aufgehört hatte –, bin ich losgegangen … Ich wollte einfach nur ein Stück spazieren gehen, alleine sein, nachdenken … und dann habe ich mich wohl verlaufen.«

Ich habe mich verlaufen. Oh wow. Dafür habe ich jetzt wohl den ersten Preis für dümmliche Teenagersprüche verdient. Nur kleine Mädchen verlaufen sich im Wald, oder?

William grinste. »Na, du machst ja Sachen. Aber jetzt hast du bestimmt erstmal genug vom Spazierengehen im Regen, oder? Was macht dein Fuß? Soll ich dich lieber zum Arzt fahren?«

Elizabeth tastete nach ihrem Knöchel. Er tat schrecklich weh und fühlte sich auch schon etwas dick an. Aber sie schüttelte tapfer den Kopf. »Nein, danke, es geht schon. Ich werde ihn gleich brav hochlegen, sobald ich heiß geduscht habe. Und dann ruhe ich mich den ganzen Tag aus!«, fügte sie lachend hinzu und sah ihn dabei an. »Schließlich haben wir Ferien. Da muss man schon mal fünf gerade sein lassen, findest du nicht?«

William nickte und konnte dabei den Blick nicht von ihr wenden. *Sie ist hinreißend. Einfach bezaubernd.* Er hatte Mühe, sich aufs Fahren zu konzentrieren und war froh, als er kurz darauf die Einfahrt zum Hof erreichte. Nachdem er bis zum Farmhaus vorgefahren war, sprang er aus dem Wagen, um Elizabeth beim Aussteigen zu helfen.

13

Rasch schob Mary die Gardine zurück und trat vom Fenster zurück. Sie ließ sich bäuchlings auf das Bett fallen, legte ihr Gesicht auf die ineinander verschränkten Hände und murmelte: »Na, toll ... Wir sind gerade einen Tag hier, es ist noch nicht mal Frühstückszeit, und Mama ist schon mit Prince Charming von Mayfield Manor unterwegs! Hab ich mir doch gleich gedacht, dass der hier auftaucht ...«

Vicky räkelte sich genussvoll und streckte schließlich gähnend ihren rotblonden Schopf unter der Decke hervor. »Was ist los ...? Was murmelst du da?«

Mary drehte sich mit einem Ruck zu ihrer Schwester um. »Was los ist? Es ist nicht mal acht Uhr morgens und Prince Charming macht unserer Mutter bereits den Hof! Das ist los! Ist das nicht unglaublich? Ich meine, er hätte nun wenigstens bis nachher warten können, wenn der Rest von uns wach ist, oder? Aber ich hätte es mir ja denken können!«

»Ich verstehe kein Wort«, unterbrach Vicky sie und setzte sich im Bett auf. Ihre Haare waren vollkommen zerzaust, und sie rieb sich müde die Augen. »Kannst du noch einmal von vorne anfangen, bitte? Worum geht es überhaupt – und wer um alles in der Welt ist *Prince Charming*?«

Mary schnaufte verächtlich, sprang auf und begann im Zimmer auf und ab zu gehen. Vor dem Fenster blieb sie abrupt stehen, wirbelte herum und sah ihre Schwester durchdringend an. In ihren dunklen Augen funkelte es gefährlich.

»Na, Sir William Bentley natürlich, wer sonst?! Der, der letztes Jahr auf dem Lampionfest mit Mama geflirtet hat, und der passenderweise jetzt hier ist, *gaaanz* zufällig natürlich, um …«

Ihre Schwester rieb sich erneut die Augen und sah sie verständnislos an. »Wieso geflirtet? Soviel ich weiß, haben sie sich einfach nur nett unterhalten an dem Abend, und ein paar Mal zusammen getanzt, was auf einem Tanzfest ja an sich nichts Ungewöhnliches ist. Mama hat gesagt, sie kennt ihn noch von früher, aus der Schule oder so. Na und?«

»Aber was machen sie dann jetzt zusammen im Auto – morgens um acht?! Wo kommt Mama überhaupt her? Es regnet in Strömen! Und sie humpelt …«

Vicky zog die Nase kraus. »Auto? Humpeln? Wieso?«

»Na, endlich! Ich versuch's dir ja die ganze Zeit zu erklären. Also, es war so: Ich habe ein Auto die Auffahrt hinauffahren hören, deswegen bin ich zum Fenster gegangen – und wer steigt aus? – Mama. Gestützt auf Prince … Bentley. Sie selbst ist klatschnass und humpelt. Da ist doch was komisch, oder? Und da sagst du, ich soll mich nicht aufregen!«

»Hab ich gar nicht gesagt …«, murmelte Vicky und schwang die Beine aus dem Bett. Sie verließ kopfschüttelnd das Zimmer und kehrte wenig später mit nassen Haaren und etwas wacheren Augen zurück.

Mary saß inzwischen im Schneidersitz auf ihrem Bett und starrte trübsinnig zum Fenster hinüber. »Irgendwie habe ich mir die Ferien ja anders vorgestellt …«

Vicky verdrehte die Augen und schlug spielerisch mit ihrem feuchten Handtuch nach ihr. »Hey, nun reg dich mal wieder ab! Geh lieber duschen, solange noch warmes Wasser da ist, und dann lass uns nach unten gehen, ich habe Hunger. Und dann kannst du ja Mama selbst fragen, was passiert ist. Also, kommst du mit?«

»Jaaa … Gleich. Wartest du auf mich? Ich zieh mich nur schnell an, duschen kann ich später. Wer weiß, vielleicht ist Mamas edler Ritter ja auch anwesend, da kann ich schließlich nicht im Schlafanzug aufkreuzen.«

Ihre Mutter sah von der Zeitung auf, als die beiden Mädchen in die behaglich warme, alte Bauernküche kamen, in der es wunderbar nach frisch gebackenem Brot roch. Im Kachelofen knisterte es leise, sonst war alles still. Elizabeth war allein, Maggie war nirgends zu sehen, und auch William Bentley war – zu Marys grenzenloser Erleichterung – abwesend.

»Hallo, ihr beiden Grazien. Na, habt ihr gut geschlafen bei dem Gewitter?«

»Mhm …«, murmelte Mary und zeigte auf den Fuß ihrer Mutter, der in ein feuchtes Handtuch gewickelt war und auf einem Stuhl ruhte. »Was hast du denn da gemacht?«

Vicky hingegen drückte ihrer Mutter einen Kuss auf die Stirn und ging zu dem alten Gasherd hinüber, um den Kessel aufzusetzen. Sie sagte nichts – das würde Mary schon alleine klären. Wenn es denn überhaupt etwas zu klären gab.

Wahrscheinlich ist Mama spazieren gegangen und gestürzt und Mister Bentley hat sie gefunden und nach Hause gebracht – so, wie es jeder halbwegs anständige Mann tun würde.

Aber Mary teilte ihre romantischen Vorstellungen nicht immer, das wusste sie.

»Ach, etwas ganz Dummes«, hörte sie ihre Mutter sagen. »Ich bin früh aufgewacht und wollte ein Stück spazieren gehen. Und dann hat mich auf dem Rückweg das Gewitter überrascht, ich bin beim Laufen gestürzt und mit dem Fuß umgeknickt. Das war's.«

»Autsch!«, bemerkte Mary und warf einen mitleidsvollen Blick auf den Fuß ihrer Mutter.

»Ja, es hat ziemlich wehgetan«, bestätigte Elizabeth. »Und vor allem konnte ich nicht wieder aufstehen! Glücklicherweise kam William Bentley vorbei und hat mich nach Hause gebracht. Er wollte gerade zu seinem Pferd und war quasi auf dem Weg zur Farm, als er mich fand. Ich muss ziemlich dumm ausgesehen haben, patschnass im Graben sitzend!« Sie lachte. »Wie auch immer – Ende gut, alles gut. Der Fuß ist nur verstaucht, nicht gebrochen, glaube ich. Das heilt von alleine. Vicky, machst du mir auch noch einen Tee, bitte? Und steck mal ein paar Scheiben Weißbrot in den Toaster, ich habe nämlich auch noch nicht gefrühstückt. Maggie ist kurz in den Stall gegangen, sie kommt sicher gleich zurück. Dann überlegen wir mal, was wir heute so machen, ja? Es wird ja nicht den ganzen Tag lang regnen.« Das hoffte sie zumindest, als sie Marys finsteren Gesichtsausdruck bemerkte. Sie war sich auch darüber im Klaren, dass dieses finstere Gesicht mit William zusammenhing – nur gut, dass sie ihn nicht heute früh gesehen hatte, wie er sie ins Haus gebracht hatte.

Ein schrilles Klingeln hallte durch das leere Haus. Elizabeth fuhr vom Sofa hoch und rieb sich mit dem Handrücken über die Stirn.

Es war fast Mittag, Maggie war mit den Mädchen nach Tamworth gefahren, um ein wenig zu bummeln, das Schloss zu besichtigen und nebenbei die erhitzten Gemüter etwas zu beruhigen. Mary hatte sich ihre schlechte Laune beim Frühstück deutlich anmerken lassen, was Elizabeth einerseits verunsicherte, aber auch ein wenig verärgerte. Es war doch nichts weiter als ein glücklicher Zufall gewesen, dass William an diesem Morgen zur Farm heraufgekommen war, als sie gestürzt war. Hätte er sie denn am Straßenrand sitzen lassen sollen? Eigenartigerweise hätte sie eine solche Reaktion eher von ihrer Jüngsten erwartet, aber die schien sich wiederum überhaupt nicht an William zu stören. Warum auch?

Meine Güte, seine Eltern wohnen nebenan, er geht hier wahrscheinlich seit Jahren ein und aus, warum sollte er das jetzt nicht tun, nur weil wir gerade da sind?

Nachdem es ein zweites Mal geklingelt hatte, erhob Elizabeth sich vorsichtig und humpelte mühsam zur Haustür, wobei sie sich mit den Händen an der Wand entlang abstützte.

»Hallo, Elizabeth«, begrüßte William sie lächelnd und nahm seinen Hut ab. »Bist du allein? Ich wollte eigentlich kurz etwas mit Maggie besprechen, aber wenn sie nicht da ist, komme ich gerne später wieder. Wie geht es deinem Fuß?«

Elizabeth folgte seinem Blick zu ihrem verletzten Fuß hinunter und erwiderte: »Es geht so einigermaßen, danke. Tut ziemlich weh, aber ich glaube nicht, dass etwas gebrochen ist. Wahrscheinlich nur verstaucht. Maggie ist nicht da, sie ist mit den Mädchen nach Tamworth gefahren. Du kannst aber trotzdem gern hereinkommen, ich wollte mir sowieso gerade einen Kaffee machen – oder trinkst du lieber Tee?«

William schob den Ärmel seiner Cordjacke hoch und sah auf seine Armbanduhr. »Hmm … um diese Uhrzeit? Da trinke ich immer – Kaffee!«

Beide lachten, und Elizabeth fühlte, wie sie sich langsam entspannte. Im ersten Moment war sie überrascht gewesen, ihn in der Tür stehen zu sehen, überrascht und auch ein wenig nervös. Aber er war schließlich der Nachbar und ein guter Freund des Hauses, warum also sollte sie ihn nicht hereinlassen?

»Und?«, erkundigte sich William, während er seine Jacke über einen Stuhl hängte und den Kessel aufsetzte, als sei es das Selbstverständlichste auf der Welt. »Was haben die anderen zu deinem morgendlichen Ausflug gesagt? Hatten sie dich schon vermisst?«

Elizabeth ließ sich etwas umständlich auf der Bank am Ofen nieder und zog ein Gesicht. »Das nicht gerade, aber ich glaube, Mary passt es nicht besonders gut, dass du … dass du mich gefunden und nach Hause gebracht hat. Sie ist im Moment in einer ziemlich schwierigen Phase, weißt du? Eifersüchtig auf alles, was sich in meine Nähe traut. Zumindest auf alles, was *männlich* ist und sich in meine Nähe traut. Total lächerlich, ich weiß, aber …«

William drehte sich zu ihr um und sah sie offen an. »Ich habe schon beim Lampionfest im Herbst gemerkt, dass sie sehr wachsam ist. Aber, Elizabeth, du darfst auch nicht vergessen, dass ihr Vater erst vor … etwa einem Jahr?« Sie nickte, und er fuhr fort: »Dass er erst vor etwa einem Jahr gestorben ist, und solche Dinge brauchen Zeit, um zu heilen. Sehr viel Zeit. Andererseits fehlt ihnen ein Vater, und deswegen betrachten sie natürlich erstmal jeden, der ihrer Mutter zu nahekommt, mit Argwohn. Ich kann das gut verstehen. Lass ihr einfach Zeit und – ärgere dich nicht. Lach lieber, so wie eben, das war richtig schön. Richtig *Elizabeth* …«

Als sei er sich der Wirkung seiner Worte absolut nicht bewusst, nahm er den Kessel vom Herd und goss zwei Becher Kaffee auf. »Milch? Zucker?«

»Nur Milch, bitte …«, murmelte Elizabeth, unfähig, ihm in die Augen zu sehen. Wieso schaffte er es jedes Mal, sie in Verlegenheit zu bringen? Sie fühlte sich schon wieder wie siebzehn! *Richtig Elizabeth*, in der Tat. Wie sollte er wissen, wie sie war? Und doch …

Sie nahm den Becher entgegen und trank vorsichtig einen Schluck daraus. Der Kaffee war heiß und stark. Genau richtig. William setzte sich ihr gegenüber, und eine Weile saßen sie nur schweigend da und tranken ihren Kaffee. Es war ein angenehmes, vertrautes Schweigen, und Elizabeth wünschte plötzlich, er möge noch länger bei ihr in der Küche sitzen bleiben und mit ihr Kaffee trinken.

»Oben auf dem Regal steht eine Keksdose, die kannst du uns auch gerne herunterholen, wenn du magst. Vielleicht ist ja etwas Leckeres drin. Der Kaffee ist übrigens sehr gut, danke.«

William stand sofort auf, um nach der uralten, zerbeulten *Walker's-Shortbread*-Blechdose zu angeln, und hob den Deckel an. Nach einem neugierigen Blick in das Innere der Dose griff er erfreut hinein.

»Mmh, Grandma O'Connors Rock Cakes[3] … Lecker, lecker! Möchtest du auch einen?«

»Gerne.«

Elizabeth wollte schon in die Dose greifen, doch William schüttelte den Kopf und hielt mit triumphierendem Blick den kleinen Kuchen hoch. »Das war leider der letzte, Ma'm. Teilen Sie mit einem fremden Gentleman?«

---

3 Rock Cakes – eine Art Mischung aus Brötchen und Keks, mit Haferflocken und Rosinen.

Sie schüttelte lachend den Kopf und hielt ihre offene Hand hin. »Wenn ich muss!«

Während sie den Kuchen aßen, sah William auf die Uhr. »Möchtest du vielleicht lieber etwas Richtiges essen? Ich kann uns ein paar Eier braten. Oder dich zum Essen in ein Pub einladen.«

Das würdest du sofort tun, ohne Zweifel.

Sie legte den Kopf schief – eine sehr aparte Pose, wie er fand – und erwiderte: »Sehr verlockend, aber … danke, nein. Du wolltest dir doch sicherlich nur dein Pferd holen, und nachdem es jetzt endlich aufgehört hat zu regnen … Ich will dich nicht aufhalten, weißt du?«

William nahm noch einen Schluck Kaffee und lachte. Ein tiefes, warmes, überaus männliches Lachen, bei dem Elizabeth unwillkürlich Schauer den Rücken hinunterliefen. Sehr angenehme Schauer. Sie konnte nicht leugnen, dass er eine gewisse Wirkung auf sie hatte. Immer noch – oder schon wieder?

Er schüttelte den Kopf. »Nein, ich fühle mich nicht aufgehalten, keineswegs. Es ist nett, hier mit dir zu sitzen und zu plaudern – ganz in Ruhe. Arbeitest du jetzt bei der Bank in Coventry? Du wolltest im Oktober anfangen, sagtest du damals.«

»Ja, aber seit Februar arbeite ich bei der Lloyd's Bank in Nuneaton. Wir wohnen in Bedworth, das liegt ja nur ein paar Meilen weiter südlich. Meine Schwester und mein Schwager haben über ihre Kirchengemeinde ein kleines Haus für uns dort organisiert. Die Baptistengemeinde in Nuneaton – die kennst du auch, oder?«

»Ich gehe manchmal mit Jerry in den Gottesdienst, wenn ich in der Gegend bin. Jerry und Hannah Scott, du hast sie vielleicht schon einmal dort getroffen – sie wohnen in Hinckley, auch in der Nähe von Nuneaton. Eigentlich bin ich nicht so ein Kirchgänger, aber Leute wie Jerry können da ziemlich hartnäckig sein. Die Gottesdienste finde ich auch ganz okay, und die Gemeinschaft ist wirklich klasse. Alle halten zusammen, wie eine große Familie. Bist du schon dort gewesen?«

Elizabeth nickte. »Zweimal, als Vicky mit dem Chor gesungen hat. Es war nett, nette Leute … aber ich glaube, für mich ist das nichts.«

William nickte schweigend, als wisse er, was sie meinte.

Sie sah ihn unverwandt an. War er ihr vielleicht ähnlicher, als sie geglaubt hatte? Er konnte sich gut in die Situation ihrer Töchter hineinversetzen, so viel stand fest. Auch ihr gab er stets das Gefühl, dass er sie ernst nahm und verstand. Wertschätzung war vielleicht das Wort, das am besten passte. Er flirtete nicht einfach nur mit ihr, er schätzte sie und nahm sie ernst. Sie und die Mädchen. Als ihr bewusst wurde, dass sie ihn immer noch ansah, wurde sie rot und wandte schnell den Blick von ihm ab. Draußen schien die Sonne, die letzten dunklen Wolken hatten sich verzogen, nur von den Bäumen im Hof und von den Dachrinnen an Haus und Schuppen tropfte es noch stetig.

Plitsch-platsch. Plitsch-platsch.

»Es hat aufgehört zu regnen«, bemerkte William und Elizabeth glaubte, auch in seiner Stimme eine Spur von Verlegenheit zu hören. Natürlich hatte es aufgehört zu regnen – als ob sie das nicht selbst sehen konnte. Am liebsten hätte sie laut gelacht. Stattdessen wandte sie ihm ihr Gesicht wieder zu und sagte: »Du musst sicher los, oder? Wenn du mich ein bisschen stützt, würde ich gerne auch mit hinauskommen. Ich werde so furchtbar müde hier drin. Ist das okay für dich?«

William sprang sofort auf. »Natürlich, gerne. Komm, nimm meine Hand – oder soll ich dich tragen?«

Elizabeth verzog vor Schmerzen das Gesicht, während sie sich langsam am Tisch hochzog. Aber sie grinste William tapfer an und entgegnete schlagfertig: »Oh nein, danke, Mister Bentley, das Ritter- und Burgfräulein-Intermezzo hatten wir heute Morgen schon. Nur Ihren Arm, bitte.«

William zog die Stalltür hinter sich zu und wischte sich die Hände an den Jeans ab. Leise pfeifend trat er auf den Hof hinaus. Maggies Volvo kam gerade vor dem Haus zum Stehen, Elizabeth öffnete das Küchenfenster und beugte sich hinaus, um die drei zu begrüßen. Sie war bald wieder ins Haus zurückgekehrt, weil ihr beim Sitzen auf der Bank an der Südseite des Hauses kalt geworden war.

»Wenn man sich nicht bewegt, wird einem schnell kalt. Am besten, ich lege mich stattdessen ein Stündchen hin. Maggie und die Mädchen kommen bestimmt bald zurück, und dann möchte ich fit sein«, hatte sie erklärt. Nachdem William sie bis zur Tür begleitet hatte, war sie ins Wohnzimmer gehumpelt und auf Maggies bequemes Ledersofa gesunken, wo sie prompt eingeschlafen war.

»Ihr wart aber lange weg! Habt ihr euch gut amüsiert?«

Maggie winkte ab und lachte. »Das Schloss ist nicht besonders groß, aber durchaus spannend – vor allem der Geisterturm, nicht wahr, Mary? Und anschließend waren wir noch bummeln und haben bei Baker & Robbins einen Cappuccino getrunken. Du weißt doch, das ist das Café, an dem ich nie vorbeigehen kann, weil sie dort so leckere Cookies backen. Schau mal, wir haben dir sogar einen mitgebracht.« Sie hielt Elizabeth eine braune Papiertüte unter die Nase, aus der es verführerisch nach Zimt und Schokolade duftete.

Während Elizabeth von ihrem Keks abbiss, war Maggie bereits in die Küche gegangen, wo sie den Kühlschrank aufriss und hoffnungsvoll hineinspähte. »Puh, ich sterbe vor Hunger! Aber Lust zum Kochen habe ich keine. Wollen wir nicht ins Pub gehen? Im *Anchor* unten am Kanal haben sie eine ganz anständige Speisekarte, und in der Regel bieten sie auch immer mindestens ein vegetarisches Gericht an.«

Vicky versuchte seit einigen Wochen, auf Fleisch und Wurst zu verzichten, nachdem sie im Unterricht das Thema Massentierhaltung durchgenommen hatten. Sie hatte Maggie gestern davon erzählt, als diese ihr beim Abendessen Hühnchenflügel angeboten hatte.

»Klingt gut. William ist noch da, glaube ich – vielleicht hat er Lust, mitzukommen?«

Das Pub war für einen Montagabend erstaunlich voll, und sie hatten Mühe, einen Tisch für fünf Personen zu bekommen.

»Zum Draußensitzen ist es wohl leider zu kühl, sonst könnte man jetzt einen der Tische am Wasser nehmen«, meinte Maggie bedauernd und deutete auf die Rasenfläche hinaus, die sich bis zum Ufer des Kanals erstreckte. Grob gezimmerte Holztische und Bänke standen dort, die weißen Sonnenschirme waren noch nicht aufgespannt, aber von der Schaukel am Ende des Biergartens drang helles Kinderlachen herüber – zwei größere Mädchen, mindestens zehn oder elf Jahre alt, versuchten, zusammen auf dem schmalen Brett zu sitzen, und hatten offensichtlich jede Menge Spaß dabei. Ein idyllischer Anblick, wie Elizabeth fand, die nichts dagegen gehabt hätte, sich einen warmen Pullover mehr anzuziehen und draußen zu sitzen. Sie seufzte und griff nach der Speisekarte, die William ihr reichte.

»Ich hole die Getränke. Weißwein für dich, Maggie?«

Wie gut er sie kennt, dachte Elizabeth mit einem Anflug von Neid. *Ob sie wohl oft zusammen hierher kommen, wenn er bei seinen Eltern zu Besuch ist?*

Maggie nickte, vertiefte das Gesicht kurz in die Speisekarte, um diese gleich darauf wieder zuzuklappen. »Und ich weiß auch schon, dass ich die grünen Bandnudeln mit Shrimps nehme, die sind nämlich sehr gut.«

»Oh, ich esse furchtbar gerne Shrimps, da schließe ich mich doch gleich an«, sagte Elizabeth. »Und auch ein Glas Weißwein, bitte.«

Nachdem die beiden Mädchen sich endlich entschieden und ebenfalls etwas bestellt hatten, sammelte William die Speisekarten wieder ein und ging zur Theke hinüber. Als er kurz darauf mit den Getränken zurückkam, stellte er die Weingläser für die Frauen und zwei Gläser Cola auf den Tisch und setzte sich zu den Mädchen auf die Bank. Er selbst trank ein Bier.

»Und, wie hat euch Tamworth gefallen? Habt ihr euch das Schloss angesehen?«

Vicky nickte. »Es war toll, viel größer, als ich gedacht hatte. Am schönsten fand ich die Große Halle mit dieser wunderschönen Holzdecke. Und den Geisterturm!«

»Ja, das war echt schaurig«, stimmte ihre Schwester zu. »Man sagt ja, dass es in dem ganzen Schloss spukt – stimmt natürlich nicht, aber über Nacht eingesperrt sein möchte ich nicht in diesem Ding. Vor allem nicht mit den Wachsfiguren, die sehen schon bei Tageslicht ziemlich echt aus ...«

Gedankenverloren begann sie, aus den Pappuntersetzern auf ihrem Tisch ein Haus zu bauen. »Wie die solche Schlösser bloß gebaut haben – Lastwagen, Bagger und Kräne gab's damals ja noch nicht. Ist doch eine irre Vorstellung, oder? Dass die das alles von Hand gemacht haben, jeden einzelnen Stein, vom Verlies bis zur obersten Turmzinne. Wie alt ist das Schloss, Vicky, weißt du das noch?«

»Das Originalschloss stammt aus dem elften Jahrhundert, glaube ich, aber dann haben sie wohl noch ziemlich viel an- und umgebaut. Die Große Halle ist sogar erst Mitte des fünfzehnten Jahrhunderts so gebaut und vertäfelt worden, wie wir sie heute gesehen haben. Steht jedenfalls auf der Postkarte, die ich gekauft habe.«

Als Maggie sah, wie William jetzt lächelte, verdrehte sie die Augen. *Wie schön, er hat ein neues Opfer gefunden! Ein paar gleich, wie es scheint.*

»Wenn ihr euch für Schlösser interessiert, dann solltet ihr euch unbedingt Warwick Castle ansehen, das ist einen Tagesausflug wert. Allein die Gärten sind ein Traum, jedenfalls für ältere Herrschaften wie uns, die gern spazieren gehen und die Schrecken der Folterkammern nicht mehr so gut abkönnen, oder sich davon erholen müssen …« Er warf einen Seitenblick auf Maggie, die jedoch tat, als habe sie nichts gehört, und unbeirrt an ihrem Wein nippte.

»Man kann auf den Schlossmauern einmal um das ganze Schloss herumgehen, Turm rauf, Turm runter, vier Stück. Für Leute, die ein Problem mit engen Wendeltreppen haben, ist das allerdings nichts! Und überall im Schloss stehen Madame Tussaud's Wachsfiguren, wodurch alles sehr viel echter und lebendiger aussieht. Ich lade euch gerne mal ein, wenn ihr kommen mögt. Jederzeit.«

Mary hörte auf zu bauen und starrte ihn an. *Ich lade euch gern mal ein – na klar. Vor allem Mama. Und während Vicky und ich uns die Folterkammer ansehen oder damit beschäftigt sind, von Turm zu Turm zu hüpfen, kannst du mit ihr im Garten lustwandeln.* So nannte man das doch, oder? Lustwandeln.

Verstohlen sah sie zu ihrer Mutter hinüber, die an ihrem Wein nippte und ganz in Gedanken versunken schien. *Na, sie merkt jedenfalls nichts. Die Ahnungslosigkeit in Person.*

»Oh ja, das würde ich gerne sehen, du auch, Mary? Rachel hat mir neulich davon erzählt. Sie waren in den Winterferien dort, und es hat ihr total gut gefallen, obwohl sie sonst nicht so auf Schlösser und Burgen steht. Ich finde so etwas ja super romantisch!«

Klar, dachte Mary, *du fährst ja auch voll auf diese Gentleman-Schiene ab. Aber ich falle da nicht drauf rein, ich nicht!*

Sie zuckte betont gleichgültig mit den Schultern und griff nach ihrem Colaglas. »Ja, vielleicht, mal sehen.«

An diesem Abend konnte Elizabeth lange nicht einschlafen – immer wieder kreisten ihre Gedanken um die Ereignisse dieses Tages, und ganz besonders um William mit seinen immer strahlenden, grünen Augen und seinem warmen Lachen, das so guttat …

Es ist einfach ein schönes Gefühl, dachte sie, als sie die Decke zurückschlug und aufstand, um sich ein Glas Wasser zu holen, *wenn dir jemand so viel Aufmerksamkeit schenkt und sich auf so nette, unaufdringliche Art und Weise um dich bemüht.*

Nachdem sie mit ihrem Wasserglas ins Schlafzimmer zurückgekehrt war, stellte sie sich ans offene Fenster, stützte sich mit den Armen auf die Fensterbank, und sah in die Nacht hinaus. Die Dächer des Pferdestalls und der großen Scheune hoben sich schwarz vom Himmel ab, und sie hörte das leise Flattern eines vorbeifliegenden Vogels. Von hier aus konnte man das Herrenhaus nicht sehen, nur die weiten, sanft gewellten Weideflächen erstreckten sich im Mondlicht fast bis zu dem Wäldchen hin, in dem sie sich heute Morgen verlaufen hatte. Ein Lächeln stahl sich auf ihr Gesicht, als sie an ihr Missgeschick dachte und daran, wie der Tag dann weiter verlaufen war – wenn sie nicht gestürzt wäre, wäre bestimmt alles ganz anders gekommen …

Trotz ihres schmerzendes Fußes war sie sehr, sehr froh darüber und bereute nicht eine einzige Minute dieses wundervollen Tages. Es war, als hätte jemand eine dicke, schwere Decke hochgehoben, die auf ihrem

Herzen gelegen hatte, und langsam, ganz allmählich, flutete das Licht in die Dunkelheit ihrer Trauer und Einsamkeit hinein.

Eine drei viertel Meile weiter westlich ließ William sich gerade in einen der bequemen alten Ledersessel in der Bibliothek des Herrenhauses sinken. Nachdem er Sammy, den alten Perserkater, sanft beiseitegeschoben hatte, streckte er seine langen Beine auf dem Fußhocker aus und sah sich in dem mahagonivertäfelten Raum um.

»Tut mir leid, Sammy, alter Junge, ich weiß, dass das hier dein angestammter Platz ist. Ich fahre auch bald wieder, nur noch bis Donnerstag«, versicherte er dem Kater und tätschelte ihm dabei den Kopf.

Das Feuer im Alabasterkamin war noch nicht ganz verlöscht; wahrscheinlich hatte sein Vater bis vor Kurzem noch hier gesessen und gelesen, dort drüben an seinem Lieblingsplatz am Fenster, wo jetzt noch ein aufgeschlagenes Buch auf dem kleinen, runden Tisch aus dunklem Nussbaumholz lag. William lächelte. Die Liebe zu den Büchern, die sich dicht an dicht in den alten Regalen aus Walnussholz drängten, welche vom auf Hochglanz polierten Holzfußboden bis ganz hinauf zu den vier Meter hohen weißen Stuckdecken reichten, hatte er von seinem Vater geerbt, ebenso wie die Liebe zu den Tieren, besonders zu Pferden und Hunden. Leopold Bentley war bis zu seinem tragischen Unfall vor dreieinhalb Jahren ein leidenschaftlicher Reiter gewesen. In den Sommermonaten hatte man ihn oft schon vor Sonnenaufgang auf seinem schwarzen Vollbluthengst Black Velvet über die Hügel der Umgebung reiten sehen, stets begleitet von seinen beiden treuen Settern, Shane und Danny. Black Velvet hatte sich bei dem Sturz beide Vorderbeine gebrochen und hatte sofort eingeschläfert werden müssen. Den guten, alten Shane hatte William letztes Jahr kurz vor Weihnachten wegen eines bösartigen Tumors einschläfern müssen. Über den Verlust dieser beiden wertvollen Tiere war sein Vater nie wirklich hinweggekommen. Auch Danny, der mit Shane zusammen groß geworden war, war seither nicht mehr derselbe.

Er lag oft stundenlang auf Shanes altem Platz vor dem Kamin hier in der Bibliothek und stand nur auf, um seinem Herrn zu folgen.

Williams Gedanken schweiften ab, und er dachte an Elizabeth drüben auf der Farm. Sie hatte fantastisch ausgesehen im Pub heute Abend mit ihren locker hochgesteckten dunklen Haaren, der blau geblümten Bluse, die sie offen über einem eng anliegenden, weißen T-Shirt getragen hatte. Es war ihm wahrhaftig schwergefallen, sie nicht die ganze Zeit anzustarren! Und dieses Lachen – er schüttelte in Gedanken daran den Kopf. Einfach himmlisch. Nicht einmal das Lachen einer Julia Roberts könnte ihn mehr bezaubern als das von Elizabeth Webster, so viel stand für ihn fest. Bei der Vorstellung, sie noch einmal so im Arm halten zu können wie heute Morgen, als er sie in sein Auto gehoben hatte, empfand er plötzlich eine so große, alles ergreifende Sehnsucht, dass sich sein Magen beinahe schmerzhaft zusammenzog.

Er fuhr sich mit beiden Händen durch das Haar und schüttelte den Kopf, als wollte er jegliche Gedanken dieser Art gar nicht erst zulassen. Immerhin war sie Witwe, und das erst seit etwas über einem Jahr, da sollte er es tunlichst vermeiden, ihr zu nahe zu treten. Obwohl er wenigstens ein- oder zweimal an diesem Abend das Gefühl gehabt hatte, sie würde mit ihm flirten, wenn sie ihn so über den Tisch hinweg angestrahlt hatte, das Weinglas in der Hand, und ihr helles Lachen den ganzen Raum zu erfüllen schien.

Aber wenn sie es tat – wenn sie wirklich mit ihm flirtete, was bedeutete das dann?

Er erhob sich, streckte sich und ging zum Fenster hinüber. Von hier aus konnte man in den Innenhof hinuntersehen, ein Hof, der für ihn viele glückliche Kindheitserinnerungen barg. Hier hatte er stundenlang auf den Steinplatten gesessen oder bäuchlings gelegen und mit den von seinem Großvater liebevoll handgeschnitzten Holzfiguren gespielt, hauptsächlich mit Pferden und mit freundlich aussehenden Soldaten. Hier hatte er auch Fahrradfahren gelernt – erst mit sieben, darum konnte er sich noch so gut erinnern. Acht oder neun Jahre später hatte er hier seine erste Freundin geküsst, eine Klassenkameradin, an deren Namen er sich nicht einmal erinnerte. Es war wohl auch nicht besonders wichtig gewesen.

William schüttelte den Kopf. Mit Beziehungen hatte er wirklich nie Glück gehabt, und dabei hatte er sich schon früh eine eigene Familie gewünscht – am liebsten mit vier Kindern. Er selbst war als Kind allzu viel allein gewesen und hatte seine Klassenkameraden beneidet, die Geschwister hatten. Aber seine Mutter war bei seiner Geburt bereits dreißig, sein Vater sogar fast vierzig Jahre alt gewesen, was für damalige Verhältnisse schon sehr alt gewesen war. Ob William deshalb das einzige Kind geblieben war, wusste er nicht, aber er vermutete, dass es etwas damit zu tun hatte.

Er öffnete die schweren, doppelflügeligen Holzfenster und lehnte sich ein Stück hinaus. Die Luft war herrlich, angenehm kühl und frisch, und der Mond leuchtete in den Hof hinab. Wie gerne würde er jetzt mit Elizabeth dort unten spazieren gehen, Arm in Arm, und die verlorenen Jahre aufholen. Aber er wusste, dass es noch Zeit brauchen würde, denn selbst wenn *sie* ihn gern hatte, so hatte sie immerhin noch zwei ausgesprochen wachsame Töchter, die es ihm bestimmt nicht leicht machen würden, sich überhaupt mit ihr zu verabreden.

Immerhin, dachte William mit einem Schmunzeln, *haben die beiden heute Abend mal mit mir gesprochen.* Sogar Mary war im Gespräch über Pferde ein wenig aufgetaut, und dann hatte sie zu seinem großen Erstaunen sofort *Ja* gesagt, als er sie gefragt hatte, ob er ihr und Vicky morgen eine Reitstunde geben sollte. Maggie, die ihr die Stunde sehr gut selbst hätte geben können, hatte sich beeilt zu erklären, dass sie sich morgen wieder etwas mehr um den Hof kümmern müsste – was nicht so ganz der Wahrheit entsprach, weil ihr Schwiegervater immer aushalf, wenn Simon und Maggie ihn brauchten. Deshalb konnten sie sich auch den für Landwirte ungewöhnlichen Luxus leisten, ohne Sorgen um die Farm in den Urlaub zu fahren.

William mochte die beiden Mädchen, besonders Mary Ann mit ihrem wilden, ungezügelten Temperament und dem wachen Blick aus ihren goldbraunen Augen, die denen ihrer Mutter so ähnlich waren. Sie hatte auch die gleichen langen, sanft gewellten, dunkelbraunen Haare und diese netten, kleinen Grübchen, wenn sie lachte. Heute Abend hatte sie wenigstens ein paar Mal gelacht.

Vicky sah wahrscheinlich ihrem Vater ähnlich, sie war ein viel hellerer Typ, fast rötlich blond, und ihre Augen waren blau – sehr blau! Bestimmt würde sie die Jungen an ihrer Schule damit früher oder später in den Wahnsinn treiben und es selbst nicht einmal merken, dachte er und lächelte. Ihm gefiel ihr verträumtes Wesen, die stille, sanfte Art, die sie wiederum von ihrer Mutter hatte.

Er schloss die beiden Fenster sorgsam und löschte die Kerze an der Wand, die er beim Hereinkommen angezündet hatte. Dann verließ er die Bibliothek und zog leise die Tür hinter sich zu. Nein, die beiden Mädchen waren schon in Ordnung. Wie auch immer sich seine Beziehung zu Elizabeth entwickeln würde, an ihren Töchtern würde es wohl hoffentlich nicht scheitern.

14

Der Dienstagmorgen begann regnerisch-trüb, und William rief auf Manor Farm an, um die Reitstunde auf den Nachmittag zu verschieben. Er wollte das schlechte Wetter nutzen, um nach Birmingham zu fahren und nach einem Geburtstagsgeschenk für seine Mutter zu suchen. Was schwer genug sein würde. Was schenkte man einer Frau, die alles hatte? Alles, bis auf Enkelkinder. Aber auf die wartete sie inzwischen schon so lange, dass sie wahrscheinlich jegliche Hoffnung aufgegeben hatte, jedenfalls sprach sie nie mehr davon. Charlotte Bentley wusste, dass ihr Sohn seinen Beruf ernst nahm, und da er praktisch jedes freie Wochenende auf Mayfield Manor verbrachte – nun, wie sollte er da auch jemanden kennenlernen?

Enttäuscht ließ Mary sich auf die Küchenbank fallen und nahm sich eins von den kleinen Rosinenbrötchen, die Maggie soeben aus dem Ofen geholt hatte. Sie schnitt das Brötchen auf und bestrich es dick mit Butter und Erdbeermarmelade.

»Ich hab mich so auf die Reitstunde gefreut«, beschwerte sie sich, nachdem sie den ersten Bissen hinuntergeschluckt hatte. »Was sollen wir denn den ganzen Vormittag über machen bei dem Mistwetter? Es kann ja sein, dass dieser ekelhafte Nieselregen den ganzen Tag anhält – und dann? Können wir dann gar nicht reiten?«

Maggie schmunzelte. Sie hängte ihre Küchenschürze an einen Haken hinter der Tür und setzte sich zu den Mädchen auf die Bank.

»Doch, natürlich könnt ihr reiten. Zur Not bleibt ihr eben im Hof, da ist es etwas geschützter als draußen auf der Weide. Wenn ihr Lust habt, könnt ihr nachher mit mir in den Stall rauskommen und ausmisten helfen – nicht so toll wie reiten, ich weiß, aber zur Pferdehaltung gehört es eben dazu. Außerdem haben wir junge Kätzchen auf dem Heuboden. Na, was meint ihr?«

Mary schob sich das letzte Stück von ihrem Brötchen in den Mund und seufzte theatralisch. »Na gut … Kommst du mit, Vicky?«

Vicky sah vom Boden hoch, auf dem sie neben Lady hockte, die auf dem Rücken lag und gerade eine große Portion Streicheleinheiten genoss.

»Ich komme später nach. Ich habe nur noch ein Kapitel zu lesen, dann habe ich das Buch durch und kann es Rachel nach den Ferien gleich zurückgeben. Geht ihr schon mal vor.«

Elizabeth saß bei Grandma O'Connor am Küchentisch und half der alten Dame beim Rhabarberschneiden. Draußen hatte es aufgehört zu regnen, und William war vor einer halben Stunde gekommen, um sein Versprechen einzulösen. Sie konnte durch das Fenster zusehen, wie er Vicky auf den Rücken der kleinen, braunweiß gefleckten Islandstute half. Mary saß bereits auf Ginger und sah sehr stolz dabei aus.

»Na, sitzen die beiden Grazien schon fest im Sattel?«

Harriet stellte sich neben Elizabeth, ein Geschirrtuch in der Hand, und sah in den Hof hinaus. »Ein netter Mann, Mister Bentley. Sehr nett, immer hilfsbereit – gar nicht eingebildet oder herablassend, obwohl seinen Eltern praktisch das halbe Dorf gehört. Wird er alles mal erben irgendwann, er ist ja der einzige Sohn von Leopold und Charlotte Bentley. Weiß nicht, was er dann mit der Praxis macht, die er in Warwick hat. Hat Maggie erzählt, dass er Tierarzt ist? Und ein sehr guter noch dazu. Vielleicht verlegt er seine Praxis dann hierher nach Mayfield Manor. Hoffentlich. Wäre schade, ihn als Nachbarn zu verlieren … Noch eine Tasse Tee, Liebes?«

Elizabeth lächelte. Leopold – dafür stand also das »L«. *Sehr nett.*

Ohne eine Antwort abzuwarten, stellte Harriet ihrem Gast eine Tasse dampfenden Tee hin. Grandma O'Connor war für ihr ununterbrochenes Reden beinahe ebenso berühmt wie für ihren starken Tee, von dem man eigentlich nur eine Tasse trinken konnte, und die mit möglichst viel Zucker und Milch darin. Sie selbst trank ihn – ganz untypisch für eine Engländerin – schwarz, ohne alles. Aber Harriet O'Connor war sowieso eine ganz und gar untypische Frau.

Elizabeth mochte sie gern, konnte aber auch Maggie verstehen, die oft ganz schön genervt von ihrer ewig plappernden Schwiegermutter war. Da hatte Cathy es schon um einiges besser; immerhin musste sie nicht mit ihren Schwiegereltern zusammenleben, auch wenn sie sich sonst sehr gut mit ihnen verstand. Aber mit wem verstand sich Catherine schon nicht?

Maggie versuchte sich abzugrenzen, so gut es eben ging, wusste aber gleichzeitig, was sie an ihren Schwiegereltern hatte. Für ihr Alter – sie waren beide weit über siebzig – waren Liam und Harriet noch ziemlich rüstig und konnten sehr gut für sich selbst sorgen und, wenn es nötig war, auch noch für die Farm.

Jetzt ritten William, Mary und Vicky den Hof hinunter. William rief Vicky irgendetwas zu, sie lachte, und dann waren sie um die Biegung verschwunden.

Elizabeth fühlte, wie ihre Augen sich mit Tränen füllten. William war wirklich ein Schatz. Er gab sich solche Mühe mit ihren beiden Töchtern, die er doch kaum kannte – ebenso wenig wie sie –, dass sie sich einfach fragen musste, warum er das tat. Warum gerade sie? Sah er in ihr irgendetwas Besonderes? Er kümmerte sich doch bestimmt nicht aus purer

Langeweile um sie, oder aus Höflichkeit. Nein, so höflich war nicht einmal William Bentley. Er hatte es ganz bestimmt nicht nötig, seine Freizeit für eine Witwe und ihre beiden Töchter zu opfern – so, wie er aussah, und mit dem Erbe, das hinter ihm stand. Sie schüttelte unwillig den Kopf und nahm die nächste Rhabarberstange in die Hand, die sie nun langsam zu schneiden begann.

Klack, klack, klack, machte das Messer auf dem gläsernen Schneidebrett.

Oder war es doch mehr? War er in sie verliebt? Ganz bestimmt fand er sie nicht unattraktiv, so, wie er sie gestern Abend im Pub angesehen hatte. Das hatte sogar Elizabeth gespürt – auch wenn sie versucht hatte, es sich nicht anmerken zu lassen. Und dann seine Einladung nach Warwick Castle. Selbst wenn er ein großer Burgenliebhaber und Geschichtsinteressierter war, musste er sie doch nicht ausgerechnet nach Warwick einladen – wo er das Schloss praktisch vor der Nase hatte. Nein, das Schloss selbst konnte kein Anreiz für ihn sein, dann hätte er sie gleich nach Schottland einladen können, wo es noch viel mehr von diesen alten Gemäuern gab, oder nach Wales. Obwohl – an dieser Stelle hielt sie beim Schneiden inne – das würde sie ihm auch noch zutrauen. Einmal Highlands und zurück.

Klack, klack, klack.

Sie schob die zarten, rosafarbenen Rhabarberstückchen in ein Sieb und griff nach ihrem Becher.

Brrrrr, dachte sie nach dem ersten Schluck und schüttelte sich innerlich. Aber sie ließ sich nichts anmerken, sondern lächelte Harriet an und fragte: »Kann ich dir sonst noch irgendetwas helfen, Harriet? Soll ich den Teig für den Pie machen?«

»Nein, danke, Liebes, du hast mir genug geholfen. Leg du mal deinen schlimmen Fuß hoch und ruh dich aus, dafür bist du ja hergekommen. Ich persönlich denke ja, dass du zum Arzt gehen solltest damit. Ich kannte mal eine Frau, die hat sich auch den Fuß verknackst, genau wie du, und wollte nicht zum Arzt gehen, und dann ist er immer dicker geworden, bis …«

Aber Elizabeth hörte nicht mehr zu. Sie war in ihren Gedanken schon wieder ganz woanders, nickte nur hin und wieder und warf an den passenden Stellen ein paar *Ahas* und *Sosos* ein, während Harriet unermüdlich weiterredete. Nachdem sie höflich abgewartet hatte, bis die alte Dame mit ihrer Geschichte zu Ende war und anfing, die Zutaten für den Kuchenteig zusammenzusuchen, verabschiedete Elizabeth sich und ging hinaus, um es sich mit einem Buch auf der Bank in Maggies Obstgarten gemütlich zu machen. Sie strich das grün-gelb-orange gestreifte Polster glatt, das inzwischen in der Sonne getrocknet war, und setzte sich. Die Schmerzen in ihrem Fuß hatten nachgelassen, aber lange stehen konnte sie noch nicht, und das Laufen war eine einzige Katastrophe. Es glich eher einem unbeholfenen Humpeln. Elizabeth dachte an ihre Bank unter dem Apfelbaum in ihrem Haus in Reinfeld, auf der sie so gern gesessen hatte. Ob sie noch dort stand? Und ob die junge Frau, die mit ihrer Familie dort eingezogen war, auch so gerne dort saß und vor sich hin träumte, vielleicht mit einem Baby im Arm? Patrick hatte ihr die Bank gleich nach dem Einzug gekauft, damit sie immer dort sitzen und den Kindern beim Spielen zusehen konnte … Das war lange her. Wie groß die beiden geworden waren! Richtige junge Damen, auf die man allmählich aufpassen musste. Patrick wäre bestimmt stolz auf seine beiden Mädchen, wenn er sie so sehen könnte, hoch zu Ross …

Sie seufzte und schloss die Augen, ein müdes, aber zufriedenes Lächeln auf ihrem Gesicht – wenige Augenblicke später war sie fest eingeschlafen.

»Hey, Elizabeth, entschuldige, dass ich dich störe, aber es fängt gerade wieder an zu regnen – magst du nicht lieber ins Haus kommen?«

Ganz verwirrt und noch sehr verschlafen öffnete Elizabeth die Augen und richtete sich mühsam auf. Sie rieb sich den schmerzenden Rücken und sah Maggie etwas verlegen an. »Muss eingeschlafen sein – du liebe Güte, es ist ja schon nach sechs! Dann habe ich bestimmt zwei Stunden hier gelegen, kein Wunder, dass mir alles wehtut. Solche Bänke sind wohl doch nicht für Nachmittagsschläfchen gemacht. Ich bin aber auch ständig müde! Das muss an der Landluft liegen. Sind die Mädchen schon zurück?«

Maggie winkte ab. »Längst! William ist auch schon nach Hause gefahren, er lässt dich aber grüßen und sagt, wenn ihr morgen Lust habt, Kenilworth Castle zu besichtigen, würde er euch um zehn hier abholen. Du kannst ihn ja nachher anrufen. Jetzt komm erstmal mit, bevor es zu schütten anfängt – oder liebst du es so sehr, bis auf die Haut durchnässt zu werden?«

Elizabeth schnitt eine Grimasse und folgte Maggie ins Haus, wo ihre beiden Töchter bereits bei Kakao und Rosinenbrötchen mit Marmelade in der Küche saßen und in den Zeitschriften blätterten, die sie am Tag davor in Tamworth gekauft hatten.

Als ihre Mutter hereingehumpelt kam, sahen sie beide auf und grinsten. »Na, Mama, jetzt tut dir alles weh, oder? Wie lange hast du denn auf dieser Bank gelegen? Ich habe zwischendurch mal versucht, dich zu wecken, aber du warst einfach nicht wach zu bekommen«, erklärte Mary. »Du musst ja was ganz Wunderbares geträumt haben.«

Elizabeth murmelte irgendetwas Unverständliches vor sich hin und nahm den Becher Kaffee entgegen, den Maggie ihr hinhielt. Dann ließ sie sich neben Vicky auf der Bank nieder und nahm sich eines der Rosinenbrötchen. Sie schnitt es auseinander und bestrich es dick mit der goldgelben Butter. Dann biss sie herzhaft hinein.

»William will uns morgen Kenilworth Castle zeigen«, bemerkte Vicky und steckte dem alten Sasha heimlich ein Stück von ihrem Brötchen zu. »Er sagt, es sei die größte erhaltene Burgruine in ganz England. Maggie hat uns im Internet Bilder von der Burg gezeigt – sieht echt romantisch aus. Fahren wir, Mama? Ja?«

Elizabeth verschluckte sich beinahe an ihrem Brötchen und griff schnell nach ihrem Kaffee, um den Bissen, der ihr noch im Hals steckte, hinunterzuspülen. *Na, super, da hat er ja schon mindestens eine von uns auf seiner Seite. Aber warum macht er das alles? Er wird doch sicherlich noch etwas anderes hier zu tun haben, als für eine Witwe mit zwei Töchtern den Fremdenführer zu spielen!*

Heimlich warf Elizabeth einen Seitenblick auf ihre Älteste, die scheinbar ganz vertieft in ihre Zeitschrift war.

Nicht einmal eine Reaktion auf Williams Namen – seltsam. Sehr seltsam.

»Ich weiß nicht … ich rufe ihn nachher mal an, okay? So, und jetzt räumt ihr bitte den Tisch ab, ich werde nämlich jetzt hier das Gemüse schneiden. Wenn ihr nicht helfen wollt, könnt ihr ja oben weiterlesen. Gibst du mir ein Messer und ein Brett, Maggie?«

Die Uhr in der Diele schlug zum neunten Mal ihr sanftes Ding-Ding, Ding-Ding, als Maggie ihr Weinglas auf dem Mosaiktisch abstellte und sich nach einem Blick auf ihre Armbanduhr in ihrem Sessel zurücklehnte.

»Also, wenn du William heute Abend noch anrufen willst, solltest du es bald tun, oder? Ich meine, er ist zwar keiner, der besonders früh ins Bett geht, aber …«

»Ich weiß«, seufzte Elizabeth und rückte vor bis an die Kante des Sofas, auf dem sie saß, legte beide Hände in den Schoß und sah angestrengt auf ihre Füße hinunter. »Aber ich bin einfach nicht sicher, warum … Warum tut er das, Maggie? Du kennst ihn doch schon so lange. Warum ist er so nett zu uns, nimmt sich so viel Zeit für die Kinder und das alles? Ich meine …«

»Mach dir mal nicht so viele Gedanken, Elizabeth. Er mag euch einfach, das ist alles. Und er liebt Schlösser und Burgen, also tu ihm den Gefallen und fahr mit. Hier ist das Telefon. Soll ich dir die Nummer eintippen oder vorsagen?«

Er mag euch einfach. Hm. Na, auch gut, dann wird es wenigstens nicht so kompliziert.

Elizabeth griff nach dem Telefon. »Ich kann auch wählen. Wie ist die Nummer?«

Der Mittwochmorgen zeigte sich kühl und bedeckt, aber immerhin war es trocken, und das sollte es auch, zumindest laut Wetterbericht, bleiben. William hatte sie pünktlich um zehn abgeholt, und nun saßen die Mädchen auf der Rückbank seines Range Rovers, während Elizabeth versuchte, sich ein wenig zu entspannen, sich auf den Tag zu freuen – doch mit dem Blick auf das mürrische Gesicht ihrer Ältesten im Rückspiegel und in Gedanken an die hässliche Szene, die sich heute früh zwischen ihnen auf der Farm abgespielt hatte, fiel ihr das alles andere als leicht.

»Ich habe aber keine Lust, mit deinem Lord William auf Schlössertour zu gehen! Was soll ich da zwischen den alten Steinen herumklettern, während er die ganze Zeit über versucht, dich in irgendeine Mauernische abzuschleppen? Sag mal, merkst du das denn nicht? Wie der dich anschmachtet, meine ich? Das ist doch –«

»Schluss damit!«, hatte sie gefaucht und schon fast die Hand zum Schlag erhoben – nur im letzten Moment hatte sie sich zusammennehmen können und ihre Hand, die vor Wut und Erregung zitterte, langsam sinken lassen. Stattdessen hatte sie nur mit dem Kopf geschüttelt.

»Geh sofort in dein Zimmer und zieh dir etwas an«, befahl sie dann in einem Ton, der deutlich machte, dass sie keinen Widerspruch mehr dulden würde. Weil Mary noch immer im Türrahmen stand und ein aufmüpfiges Gesicht machte, fügte sie hinzu: »Etwas, in dem du bequem klettern kannst. In fünfzehn Minuten fahren wir los. Und ich erwarte, dass du dich tadellos benimmst – ist das klar?«

Mit zitternden Knien war sie die Treppe hinuntergehumpelt, nachdem Mary ohne ein weiteres Wort in ihrem Zimmer verschwunden war und die Tür hinter sich ins Schloss hatte fallen lassen. Diese Mädchen! Konnte man ihnen denn nichts recht machen? Gestern schienen die beiden noch ganz glücklich und zufrieden gewesen zu sein, als William ihnen Reitunterricht gegeben hatte. Aber heute mussten sie sich schon wieder querstellen. Die Große zumindest. Vicky gab sich zwar auch etwas zurückhaltender als gestern, als sie noch voller Begeisterung von den Burgruinen gesprochen und ihr die Broschüre gezeigt hatte, die im Aufenthaltsraum für die Feriengäste auslag, aber das mochte auch an dem Verhalten ihrer großen Schwester liegen. *Kein Wunder*, dachte Elizabeth, während sie das verschlossene, wie immer etwas verträumte Gesicht ihrer Jüngsten studierte, *dass sie jetzt nicht mehr weiß, wie sie sich verhalten soll. In der Regel folgte sie stets dem Beispiel ihrer Schwester. Aber würde Mary es wirklich schaffen, Vicky gegen William aufzubringen?*

Im Radio lief *My heart will go on. Das auch noch,* dachte Elizabeth und war zum ersten Mal mehr verärgert als traurig, das Lied zu hören, das sie in den vergangenen vierzehn Monaten immer an Patrick erinnert und sie zum Weinen gebracht hatte. Wollte ihr jemand sagen, dass Mary recht hatte? Dass es falsch war, mit William zusammen zu sein? – Aber sie machten doch nur einen Ausflug am helllichten Tag, was sollte daran verkehrt sein?

Love was when I loved you, one true time I hold to, in my life we'll always go on …

Aber sie konnte ihre Liebe für Patrick nicht ewig festhalten, sie musste weiterleben. Und sie konnte auch nicht ohne Liebe leben …

William, der entweder nicht merkte, dass sie den Tränen nahe war, oder zumindest so tat, als ob er es nicht bemerkte, begann leise die Melodie mitzusummen und trommelte dazu sacht mit den Fingern im Rhythmus auf das Leder bezogene Lenkrad. Dann wandte er sich an die Mädchen, die schweigend auf der Rückbank saßen – die eine in mürrischem, die andere in träumerischem Schweigen.

»Na, ihr beiden? Ihr seid ja so still da hinten. Ich hoffe, ihr freut euch auf den Tag.«

»Oh ja, das tun wir. Nicht wahr, Mary?«

Mary schoss ihrer Schwester einen wütenden Blick zu, der ganz gewiss auch William nicht entgangen war, setzte dann aber ihr zuckersüßestes Lächeln auf und sagte: »Na klar, wir sind nur noch etwas müde, weil wir gestern Abend noch einen Film gesehen haben. Und mir tun alle Knochen weh vom Reiten!«

Geschickt überspielt, dachte Elizabeth und zog die Augenbrauen hoch. *Sehr geschickt.*

Kurze Zeit später kamen sie von Norden nach Kenilworth hinein, wo, hoch über dem Dorf auf einem Hügel gelegen, die imposanten rotbraunen Sandsteinmauern der Burganlage vor ihnen auftauchten. Elizabeth erinnerte sich daran, als Schülerin einmal hier gewesen zu sein – das musste wohl mindestens fünfundzwanzig Jahre her sein. Nicht, dass sich Ruinen großartig veränderten.

Aber da hatte sie sich getäuscht. Als sie ausstiegen und den breiten Schotterweg zum Eingang der Burg hinaufgingen, überquerten sie eine Holzbrücke, an die sie sich nicht erinnerte, und kamen zu einem mächtigen, schwarz lackierten Eisentor, hinter dem sich Mortimer's Tower befand, einer der noch erhaltenen Türme, in dem jetzt die Eintrittskarten verkauft wurden.

Selbst Mary blieb staunend stehen und konnte den Blick kaum von den alten Mauern abwenden. »Wow, das ist ja total riesig hier! Mama, können wir schon mal losgehen? Ihr wollt doch bestimmt lieber für euch sein, oder?«

Es klang nicht boshaft und war vielleicht nicht einmal so gemeint, aber Elizabeth wollte trotzdem gerade eine scharfe Antwort geben, da kam William ihr zuvor. »Eure Mutter wird sich sicherlich öfters ausruhen müssen wegen ihres Fußes, also müsst ihr alleine herumklettern. Von mir aus können wir uns in einer Stunde zum Tee treffen, was meinst du, Elizabeth?«

Elizabeth schmunzelte, innerlich erleichtert, weil er ihr die Antwort abgenommen hatte. »Na, lauft schon! Wir finden euch dann.«

Ungeachtet ihres zaghaften Protestes hatte William ein Familienticket gekauft (»für die drei Pfund, die wir jetzt sparen, kannst du uns ja hinterher zu Tee und Kuchen einladen«), während sie noch in ihrer Handtasche nach dem Portemonnaie gesucht hatte. Dabei das Gleichgewicht zu halten, war ihr schwer genug gefallen. Dann stellte sie fest, dass sie eine Toilette brauchte, und nachdem William ihr die Richtung gezeigt hatte, humpelte sie davon, vorbei an den Überresten der St Mary's Kapelle und am alten Stallgebäude, in dem sich das Café und der Souvenirladen befanden.

»Ich warte oben am Burgfried auf dich, gleich oberhalb der Gärten, da kannst du mich nicht verfehlen«, erklärte William und fügte mit einem beinahe frechen Grinsen hinzu: »Nicht, dass du dich wieder verläufst.«

Nachdem er Elizabeth eine Weile nachgesehen hatte, wandte William sich noch einmal an die freundliche, alte Dame beim Ticketverkauf und fragte nach einem Burgführer. Er kannte Kenilworth zwar, wie er auf der Autofahrt scherzhaft bemerkt hatte, wie seine Westentasche und wusste auch einiges über die Geschichte der Anlage, aber es war immer gut, noch einmal nachschlagen zu können. Außerdem würden sich die Mädchen bestimmt über die Broschüre freuen. Vielleicht würden sie sie an ihre Freundinnen in Deutschland schicken. Besonders Mary schien sich für die Geschichte und Architektur historischer Gebäude zu interessieren, das hatte er am Montagabend im *Anchor* gemerkt. Natürlich hatte sie sich nichts anmerken lassen wollen, als er sie vorhin darauf angesprochen hatte. Sie war offensichtlich schlechter Laune, und William hatte beschlossen, sie einfach in Ruhe zu lassen.

»Ihre Frau hat doch schon einen gekauft«, bemerkte die Dame vom *English Heritage Centre* und sah ihn verwundert an.

Ihre Frau.

William zog die Augenbrauen hoch und fragte sich, wie Elizabeth es wohl geschafft hatte, einen Führer zu kaufen, ohne dass er es bemerkt hatte. Schließlich hatten sie die ganze Zeit über dicht beieinandergestanden, oder?

»Ach so – na dann … danke.«

Ihre Frau. Nachdenklich machte er sich auf den Weg zum vereinbarten Treffpunkt, im Geist immer wieder diese beiden Worte vor sich hin murmelnd. *Ihre Frau.*

Elizabeth stand suchend um sich blickend oben an der Burgmauer und winkte fröhlich, als sie William entdeckte. Sie trug verwaschene, hellblaue Schlagjeans, einen schwarzen Pullover mit Stehkragen und darüber eine kurz geschnittene, beigefarbene Cordjacke. Ihr langes, dunkles Haar wehte lose über die Schultern, und er bemerkte, dass sie goldene Creolen trug, was ihr ein überaus feminines Aussehen verlieh. Sie war ohne Zweifel eine sehr attraktive Frau.

»Entschuldige, dass du warten musstest«, sagte er und bot ihr lächelnd seinen Arm. Sie strahlte ihn an, hakte sich bei ihm ein, und dann gingen sie zusammen den Weg hinunter, der zu den Tudorgärten führte, die man in den Siebzigerjahren nach Originalplänen aus dem siebzehnten Jahrhundert liebevoll bis ins Detail rekonstruiert hatte.

»Die meisten Besucher sehen sich vor allem die Ruine selbst an und machen dann von oben oder durch eine der Schießscharten ein Foto von dem Garten – ein reizvolles Motiv, wie ich finde, aber den Garten überhaupt nicht aus der Nähe zu betrachten, halte ich schlichtweg für Verschwendung«, erklärte er und zog Elizabeth zu sich auf eine Bank.

Sie nickte langsam und versuchte dabei, den überwältigenden Anblick, der sich ihr bot, in sich aufzunehmen. Es war erst April, aber schon in wenigen Wochen würde es hier überall üppig blühen und duften. Im Zentrum des Gartens, dort, wo einstmals ein Marmorbrunnen vor sich hin geplätschert hatte, befand sich heute eine kreisförmige Rasenfläche, auf der mehrere niedrige, halbmondförmig gesetzte Buchsbaumhecken ein vollkommen geometrisches Muster bildeten. Um diesen Kreis und die benachbarten rechteckigen Rasenflächen, auf denen ebenfalls Buchsbaum in einem ähnlichen Muster gepflanzt war, verliefen die am sorgfältigsten geharkten Sandwege, die Elizabeth je gesehen hatte. Wenn man genauer hinsah, erkannte man, dass die Buchsbaumhecken doppelreihig gepflanzt und in ihrem Inneren mit Kräutern gefüllt waren, die später im Sommer ihren würzigen Duft verbreiten würden.

Elizabeth wandte sich um. Hinter ihr verlief eine hohe Buchenhecke, die jetzt zwar noch größtenteils braun und zugegebenermaßen recht trostlos aussah, in wenigen Wochen jedoch in sattem Grün glänzen würde. Durch die kahlen Stellen der Hecke schimmerte die rotbraune Ziegelsteinmauer, die die Anlage nach außen hin abgrenzte. Und an einer Stelle befand sich ein Loch in der Hecke, das geradezu zum Hindurchkriechen verlockte. Neugierig geworden, trat Elizabeth einen Schritt näher und versuchte hindurchzuspähen.

»Was meinst du, was dahinter ist?«, flüsterte William, als er sich neben ihr niederkniete und die dürren, trockenen Zweige auseinanderschob.

Elizabeth warf noch einen Blick durch das Loch und stützte sich dann auf Williams Schulter, um sich aufzurichten. »Na, was schon, die Befestigungswälle natürlich!«, meinte sie trocken und wedelte dabei mit ihrem Burgführer. »Steht alles hier drin!«

William grinste und schüttelte langsam den Kopf.

»Na, dann kriech doch durch und sieh nach«, entgegnete sie ruhig. »Du kannst mir ja hinterher Bericht erstatten. Ich jedenfalls muss meinen Fuß hochlegen.« Mit diesen Worten ließ sie sich auf einer Bank nieder und verschränkte die Arme vor der Brust. William war ein echtes Kind!

»Hier sind noch alte Mauerreste«, rief William, der schon halb in der Hecke verschwunden war. »Das muss die innere Schlossmauer gewesen sein; sie ist wohl einem der Angriffe auf die Burg zum Opfer gefallen. Ich habe zwar gewusst, dass die Hecke auf dieser Linie verläuft, aber die Mauerreste sind mir noch nie aufgefallen. Hm ... sehr interessant. Elizabeth?«

»Nein!«

»Was, nein? Ich wollte dich doch nur was fragen!«

»Ich dachte, du wolltest mich schon wieder dazu überreden, mit dir durch dieses Loch in der Hecke zu kriechen. Das kannst du nämlich vergessen!«

William drehte sich um und grinste. »Ich wollte dich eigentlich fragen, ob du heute Abend mit mir essen gehst. Allein. Aber wenn du natürlich lieber durch die Hecke ...«

Elizabeths Herz machte einen Sprung. Er wollte sich mit ihr verabreden. Allein! So viel zum Thema: *Er mag euch einfach, das ist alles*. Das war wohl doch nicht alles – nicht, dass es ihr etwas ausmachte.

»Hey, das ist schön hier!«, rief William von der anderen Seite der Hecke. Elizabeth hörte, wie er sich den Sand von der Hose klopfte. »Willst du nicht doch kommen? – Oh! Ich sehe gerade, dass es noch einen anderen Zugang gibt. Schade, und ich dachte, ich hätte einen Geheimgang entdeckt.«

Elizabeth lachte schallend, als William einen Moment später vor ihr stand und sie verlegen ansah, wie ein Junge, der eine Matheaufgabe nicht verstand, die eigentlich ganz einfach war. »Ach, William, den haben bestimmt schon viele, viele andere Kinder vor dir entdeckt, meinst du nicht?«

William tat beleidigt. »Was heißt hier *andere Kinder*? Zählst du mich etwa dazu?«

Sie grinste. »Na ja …«

William ließ sich neben sie auf die Bank fallen und legte ihr wie selbstverständlich einen Arm um die Schulter. »Und?«, fragte er. »Wie ist es mit heute Abend?«

Elizabeth sah zu ihm auf. Ihre Kehle fühlte sich trocken und rau an, und spätestens in diesem Moment merkte sie, dass sie sich hoffnungslos in ihn verliebt hatte. Zum zweiten Mal. Ohne eine Sekunde länger nachzudenken, nickte sie. »Ja, das würde mir gefallen. Sehr sogar.«

Er streckte seine Hand aus und berührte mit einer leichten, aber dafür umso zärtlicheren Geste ihre Wange. »Das freut mich. Ich hole dich um acht ab, ja?«

Sie nickte. »Gut. Ich werde fertig sein.«

Dann zog er sie sanft auf die Füße. »Komm, Elizabeth, ich möchte dir etwas wirklich Schönes zeigen. Du musst ein paar Stufen hinuntergehen, aber ich helfe dir, ja?«

Zögernd ergriff Elizabeth seine Hand und folgte ihm, vorsichtig einen Fuß vor den anderen setzend, die groben, unregelmäßigen Steinplatten hinunter, die am halb verfallenen Swan Tower, einem früheren Wasserturm, vorbei in den äußeren Garten führten. Auf der unteren Stufe blieben sie stehen, und sie sah sich staunend um.

Vor ihnen erstreckte sich eine weite Rasenfläche, auf der majestätische alte Eichen standen, die leise im Wind rauschten. Zu ihrer Rechten befand sich die hohe Burgmauer, hinter der ein öffentlicher Fußweg einmal um die ganze Anlage herumführte. Irgendwo da draußen bellte ein Hund, aber sonst war alles still.

»Ist das nicht wunderschön?«, wisperte William und drückte ihre Hand.

Elizabeth fühlte, wie er sie dabei ansah, und wandte den Kopf, um etwas zu erwidern – doch in diesem Moment durchbrach ein Gesang die Stille, der so ergreifend war, dass es ihnen beiden gleichsam den

Atem verschlug. Es war eine helle klare Mädchenstimme, und Elizabeth brauchte sich nicht umzudrehen, um zu wissen, zu wem sie gehörte.

Were you there when they crucified my Lord?
Were you there when they crucified my Lord?
Oh, sometimes it causes me to tremble – tremble, tremble …
Were you there when they crucified my Lord?

Ein Osterlied, ohne jeden Zweifel aus dem Repertoire des Gospelchores, mit dem Vicky am kommenden Sonntag in der Kirche singen würde. Elizabeth hörte auf die einfachen Worte, die ihre Tochter mit einer solchen Hingabe sang, dass es ihr die Tränen in die Augen trieb.

Warst du da, als sie meinen Herrn kreuzigten?

Eigentlich eher ein Karfreitagslied, dachte sie und spürte, wie sie unwillkürlich zu zittern begann, während Vicky den zweiten Vers sang.

Were you there when they nailed him to the tree?
Were you there when they nailed him to the tree?
Oh, sometimes it causes me to tremble – tremble, tremble …
Were you there when they nailed him to the tree?

Die harte, grausame Wahrheit des Textes wurde von der getragenen Melodie sanft unterstrichen, sodass man sich ihr kaum entziehen konnte, es sei denn, man hatte ein Herz aus Stein.

Warst du da, als sie ihn an das Holz nagelten?

Elizabeth schluckte hart, und sie spürte, wie William ihre Hand drückte.

Were you there when they laid him in the tomb?
Were you there when they laid him in the tomb?
Oh, sometimes it causes me to tremble – tremble, tremble …
Were you there when they laid him in the tomb?

Die letzte Strophe ließ erahnen, dass Vicky mit den Tränen kämpfte und ihr bald die Stimme versagen würde, und die allerletzte Zeile war nur mehr ein tränenersticktes Wispern. Dann war alles still.

Elizabeth und William standen wie in stillschweigender Ehrfurcht nebeneinander und sahen zur Burgruine hinauf, als hätten die uralten Mauern eine Antwort auf ihre unausgesprochenen Fragen.

Warst du da, als sie ihn ins Grab legten?

15

William fand als Erster seine Sprache wieder. »War das Vicky?«

Elizabeth nickte, unfähig ein Wort herauszubringen. Stattdessen rupfte sie einen Grashalm ab und begann langsam, ihn zu zerpflücken. Ihre Stimme klang, als wäre sie in Gedanken weit, weit fort, und auch ihre Augen schienen Halt in der Ferne des Horizontes zu suchen. »Sie hat nach dem Tod ihres Vaters eine ganze Zeit nicht mehr gesungen, monatelang nicht. Dabei war Musik ihr Leben gewesen, immer schon. Sie hat mit sechs Jahren angefangen, Klavier zu spielen, und mit acht hat sie zum ersten Mal in einem Kinderchor mitgesungen. Das Klavierspielen hat sie leider aufgegeben, als sie auf die neue Schule kam, aber sie hat nie aufgehört zu singen, bis –« Ihre Stimme brach. »… bis ihr Vater starb.«

»Ich dachte schon, ich würde sie nie wieder singen hören …«, fügte sie nach einer Weile hinzu. »Ich dachte, sie würde ihre Stimme einfach nicht wiederfinden, weißt du? Dass sie für immer verloren sei.«

So wie ihr Vater.

»Das wäre aber schade gewesen«, bemerkte William leise. »Sehr schade sogar.«

Als käme sie plötzlich wieder zu sich, stieß Elizabeth einen tiefen Seufzer aus und ließ den Grashalm fallen. »Ich weiß. Glücklicherweise hat sie hier eine sehr engagierte, junge Lehrerin bekommen, die auch Musik unterrichtet. Die hat sie schließlich doch wieder zum Singen motivieren können. Jetzt singt Vicky im Schulchor bei einem Disney-Musical-Projekt mit, unter anderem spielt sie die kleine Meerjungfrau. Die Aufführung ist im Juli, kurz vor den Ferien. Und im Gospelchor der Baptistengemeinde singt sie ebenfalls mit, Karfreitag könntest du sie hören – aber du musst ja arbeiten, oder?«

»Ja, leider. Die Praxis ist zwar geschlossen, aber ich muss in der Gegend bleiben, damit ich im Notfall schnell zur Stelle sein kann. Sonst versuche ich eigentlich immer, Ostern und Weihnachten freizubekommen, damit ich hierher kommen kann. Nach Mayfield, meine ich. Manchmal überredet Jerry mich auch, mit ihm zur Kirche zu kommen. Der moderne Gottesdienst ist eigentlich nicht schlecht, aber ich weiß nicht ... diese Sache mit Gott und Jesus ist schon ziemlich ... schwierig. Glaubst du an Gott?«

Gute Frage. Sehr gute Frage. Elizabeth richtete den Blick auf ihre Füße, während sie darüber nachdachte, was sie antworten sollte. Schließlich entschloss sie sich zur Offenheit. »Offen gestanden, ich weiß es nicht. Das Lied eben hat mich schon irgendwo berührt, aber ... Nun ja, wie du schon sagtest, es ist schwierig. Die, die daran glauben, sagen zwar, es sei ganz einfach – Jesus ist für dich gestorben und auferstanden, und jetzt ist er im Himmel bei Gott und wartet dort auf dich, aber eben nur, wenn du dich zu ihm bekehrst. Bekennst. Wie auch immer.«

»Mhm«, erwiderte William. »Ich weiß, was du meinst. Jerry und Hannah haben es mir schon oft genug erklärt. Ich habe sogar eine Art Glaubensgrundkurs in der Gemeinde mitgemacht – war sehr interessant, und einige meiner Fragen konnten dort auch beantwortet werden, aber eben nicht alle. Ich frage mich zum Beispiel immer noch, warum es so viel Leid und Elend auf der Welt gibt, wenn Gott doch ein so liebender Gott ist. Und was ist mit den anderen Religionen – nicht, dass ich auch nur eine von ihnen halbwegs ernst nehme –, aber haben die denn alle unrecht? Die Christen sagen, es gibt nur einen Weg zu Gott: Jesus. Und so steht es wirklich in der Bibel, ich habe es selbst nachgelesen, Johannes irgendwas ... Aber wenn nur Jesus die Antwort ist, was ist dann mit den Zehn Geboten und all dem, was die Bibel sonst noch im Alten Testament sagt? Wenn ich wie ein ehrlicher, rechtschaffener Mann lebe und so viel Gutes wie möglich tue und nicht stehle und nicht morde und nicht lüge, reicht das dann nicht aus? Würde Gott mich dann wirklich abweisen?«

Was William da gerade gesagt hatte, erinnerte Elizabeth nur allzu sehr an ihre langen Gespräche mit Catherine, die sie in den Tagen und Wochen nach Patricks Tod geführt hatten, und sie schluckte hart, während sie sich bemühte, die Tränen zurückzuhalten.

Glaubst du, dass Patrick im Himmel ist?

Catherine hatte keine Antwort auf diese Frage gehabt – jedenfalls keine, die sie hätte trösten können, und noch heute quälte sie der Gedanke daran, dass ihr geliebter Ehemann vielleicht nicht bei Gott sein könnte, sondern … woanders. Oder hatte er sich im letzten Moment noch entschieden? Vielleicht hatte Gott auch Erbarmen mit ihm gehabt und ihn trotzdem bei sich aufgenommen? Er war doch ein gnädiger Gott, oder? Oder nicht?

Ihre Unterlippe zitterte, und im selben Moment spürte sie Williams Hand, die sich sanft unter ihr Kinn schob und ihr Gesicht emporhob. Schon verschleierten Tränen ihren Blick, und wie durch einen Nebel hörte sie, wie William murmelte: »Es tut mir leid. Ich habe einen Moment nicht dran gedacht. Bitte verzeih mir, es tut mir so leid …«

Doch die Tränen ließen sich beim besten Willen nicht mehr länger zurückhalten, und bevor Elizabeth darüber nachdenken konnte, was sie tat, lag sie schon weinend an Williams Brust. Er schloss seine Arme fest um sie, wiegte sie sanft hin und her, bis sie sich langsam beruhigte und ihn etwas beschämt um ein Taschentuch bat.

Er grub in seiner Hosentasche und zog ein blau kariertes Stofftaschentuch heraus. »Voilà, ein frisches Taschentuch. Du darfst es auch für deine Nase benutzen, es kostet nichts extra«, fügte er lächelnd hinzu, als er ihre Verlegenheit bemerkte.

»Dann halt dir mal lieber die Ohren zu, das wird jetzt bestimmt nicht sehr damenhaft klingen«, murmelte sie und wandte ihm den Rücken zu.

»Schon okay«, meinte er, »ich kann das ab. Wozu sind Freunde da?«

Wozu sind Freunde da?

Elizabeth hielt inne, schnäuzte sich dann noch einmal und schüttelte energisch den Kopf. Klar, wir sind Freunde, was sonst? Habe ich denn etwas anderes erwartet? Dann fiel ihr die Verabredung wieder ein und plötzlich fühlte sie sich einer Ohnmacht nahe. Wie peinlich, dass sie sich so hatte gehen lassen! Was musste er jetzt nur von ihr denken? Dass sie noch nicht bereit war, eine Beziehung mit ihm anzufangen – und dabei wünschte sie sich nichts mehr, als dass er sie noch einmal in die Arme nehmen, sie ganz fest halten würde …

»Hey, Mama – hey, William! Wir haben alles gesehen, glaube ich, und die Stunde ist auch längst um. Was ist jetzt mit dem versprochenen Cream Tea?«

Als sie am frühen Abend zurückkehrten, fing es gerade wieder an zu regnen. »So ein Mist!«, schimpfte Mary, verabschiedete sich hastig von William und lief ins Haus. Sie hatte ihr neues T-Shirt, das sie sich in Tamworth gekauft hatte, am Morgen gewaschen und auf den Balkon gehängt. Vicky folgte ihr, den Burgführer und die Papiertüte mit den Postkarten in der Hand. »Tschüss, William, und vielen Dank!«

»Da laufen sie – na, immerhin haben sie sich noch verabschiedet. Ich hoffe, es hat dir nicht leid getan, dass du uns alle mitgenommen hast.«

»Oh nein, ganz im Gegenteil, es war mir ein Vergnügen. Aber heute Abend hätte ich dich gern für mich allein … Bleibt es bei acht Uhr?«

»Ja. Ich habe den Mädchen noch nichts davon gesagt, aber eigentlich sind sie ja groß genug. Holst du mich ab?«

»Natürlich. Oder denkst du, ich lasse dich mit deinem schlimmen Fuß bis nach Mayfield rüberwandern? Noch dazu im Regen. Also, acht Uhr ist abgemacht. Ich hoffe, du hast Hunger. Da, wo wir hinfahren, gibt es fantastisches Essen. Und Nachtisch – mmmh!«

»Na, dann habt ihr ja einen schönen Tag gehabt, das freut mich. Wenn es morgen trocken ist, können wir zusammen ausreiten, ich habe am Nachmittag Zeit. Und du, Elizabeth, kannst dich dann erst einmal ausschlafen. Ich schließe die Haustür übrigens nicht ab, aber du kannst dir sicherheitshalber trotzdem einen Schlüssel mitnehmen, wenn du heute Abend weggehst. So, Mädels, Vorsicht, hier kommt der versprochene Sheperd's Pie.«

Maggie setzte die heiße Auflaufform auf einen Untersetzer in der Mitte des Esstisches. Im selben Moment klingelte draußen in der Diele das Telefon. »Das ist ja mal wieder typisch! Fangt ruhig an, ich komme gleich dazu«, rief Maggie und war schon im Flur verschwunden.

Kurz darauf kam sie kopfschüttelnd in die Küche zurück, den Hörer noch immer zwischen Kinn und Schulter geklemmt, und murmelte zwischendurch »Mhm« und »Aha«. Sie bedeutete Mary, ihr ein Glas Wasser einzuschenken, während sie sich auf einen Stuhl fallen ließ.

»Ja, okay, dann fahre ich morgen früh gleich los, sobald ich hier alles in die Wege geleitet habe. Der Volvo müsste zwar dringend zur Inspektion, aber das muss jetzt eben warten. Wie? Ja, weiß ich, danke. Grüß mir meinen Liebsten und sag ihm, er soll sich keine Sorgen machen. Bin gegen Mittag da. Tschüss!«

Sie legte das Telefon auf den Tisch und rieb sich nachdenklich die Stirn.

»Oh je … Simon hat einen Unfall gehabt und liegt mit einem Oberschenkelhalsbruch im Krankenhaus in Fishguard. Morgen früh operieren sie. Dass das ausgerechnet jetzt passieren muss! Es tut mir furchtbar leid, aber ich fürchte, ich muss euch morgen wohl verlassen. Ich habe Andrew gesagt, dass ich ganz früh losfahre, damit ich da bin, wenn Simon aus der Narkose aufwacht. Hoffentlich fühlt ihr euch jetzt nicht abgeschoben – ihr wisst doch, dass ihr hierbleiben könnt, oder? Murron kommt am Samstag wieder, sie würde sich bestimmt freuen, wenn ihr noch da seid.«

Sie nahm sich von dem Auflauf und breitete eine Serviette auf ihrem Schoß aus. »Na, ihr könnt es euch ja noch überlegen. Jetzt lasst uns erstmal essen, bevor der Auflauf kalt wird. Gibt nichts Scheußlicheres als kalten Kartoffelbrei. Bist du sicher, dass du nichts willst, Elizabeth? Ach ja, ihr geht ja heute noch ins *Cock Inn*. Also, guten Appetit, Mädels.«

Elizabeth runzelte die Stirn. »Das ist aber ein weiter Weg bis nach

Pembrokeshire. Kannst du nicht jemanden fragen, ob er dich begleitet? Würde Andrews Frau vielleicht mitkommen?«

»Hazel fährt überhaupt kein Auto, nur zum Einkaufen oder zur Schule, um die Kinder mal abzuholen. Die wäre mir wirklich keine Hilfe – eher im Gegenteil. Nein, lass mal, ich bin schon ganz andere Strecken gefahren, bis nach Schottland rauf und so, auch im Winter. Das macht mir nichts aus. Ihr drei solltet euch eine schöne Zeit machen über die Feiertage – und du musst vor allem deinen Fuß schonen! Nicht, dass du noch auf die Idee kommst, selbst mitzufahren«, grinste Maggie.

Elizabeth winkte ab. »Nein, keine Sorge, das habe ich bestimmt nicht vor. Mach dir um deine Gäste keine Sorgen, das bekommen wir schon hin. Zur Not kann ich ja Catherine anrufen, die kommt bestimmt gerne und holt uns hier ab.« Sie grinste. »Dann kann sie mir gleich eine ihrer schönen Strafpredigten halten – warum ich nicht gleich zum Arzt gegangen bin und so weiter. Tja …«

Sie sah unschlüssig von der laut tickenden Wanduhr zu ihren Töchtern und schließlich zu Maggie. »Dann bleibt mir wohl nichts anderes übrig, als dir eine gute Reise zu wünschen. Ist es denn okay, wenn ich heute Abend noch ausgehe? Ich komme auch nicht allzu spät wieder. Zur Not schreibst du mir einfach eine Liste. Das mit dem Frühstück für die Gäste bekomme ich schon irgendwie hin, die Mädchen helfen mir bestimmt. Und natürlich stehe ich morgen früh mit dir auf. Das wäre ja noch schöner, wenn ich dich ohne eine Tasse Tee vom Hof fahren lasse, wo du uns so viel Gutes getan hast in den letzten Tagen.«

Jetzt war es Maggie, die abwinkte. »Ach, das habe ich doch gern gemacht. Ihr Mädchen kümmert euch dann gut um eure Mutter – und meckert nicht so viel an William rum, ja? Der ist schon in Ordnung. Was das Frühstück angeht, Elizabeth, die Faverts mögen sowieso kein englisches Frühstück, nur Toast und Ei und viel Kaffee. Ich habe extra ein Paket Filterkaffee gekauft, die Maschine steht in der Ecke bei der Mikrowelle. Sie ist ein bisschen langsam, aber irgendwann kommt tatsächlich Kaffee raus. Den Franzosen schmeckt er jedenfalls. Und wenn nicht, sind sie zu höflich, um sich zu beklagen. Also dann – wer mag Nachtisch?«

Mary, die den Kommentar über William mit einem Stirnrunzeln zur Kenntnis genommen hatte, war in diesem Augenblick wieder ganz sie selbst. Nachtisch war für sie das Größte – vor allem Maggies Rhabarberkompott!

Als Maggie am nächsten Morgen vom Hof fuhr, regnete es noch immer, aber im Osten wurde der Himmel allmählich heller. Elizabeth, die mit Maggie aufgestanden war und ihr bei einer Tasse Tee Gesellschaft geleistet hatte, machte sich mit der alten Kaffeemaschine vertraut.

»Guten Morgen«, hörte sie in diesem Moment ihre Älteste hinter sich sagen, die vergeblich versuchte, ein herzhaftes Gähnen zu unterdrücken. »Seit wann bist du denn schon auf?«

Elizabeth drehte sich um. »Guten Morgen, meine Große. Möchtest du einen Kakao oder einen Tee? Maggie ist gerade losgefahren, und ich muss gleich mal das Frühstück für die Gäste vorbereiten, das habe ich Maggie doch versprochen. Kannst du mir helfen? Wenn du schon mal den Tisch deckst, kann ich mich um den Kaffee kümmern.«

»Okay … Warte, ich ziehe mir nur schnell was an. Falls ich Monsieur … – wie heißt er noch? – Favert auf der Treppe begegne. Vielleicht ist Vicky auch schon wach. Bin gleich wieder da!« Und über die Schulter rief sie noch zurück: »Tee wäre nett! Danke!«

Elizabeth häufte Kaffeepulver in den Papierfilter und summte dabei leise vor sich hin. Ihre Gedanken waren noch beim gestrigen Abend. William hatte sie in ein urgemütliches, altes Pub mit dem Namen *Cock Inn* eingeladen, das praktisch in der Mitte von Nirgendwo – aber irgendwo in Leicestershire – lag. Man konnte es nur über enge, sich durch Dörfer und Felder windende Landstraßen erreichen, die im Sommer bestimmt furchtbar staubig waren, und mehr als einmal hatte Elizabeth befürchtet, es würde eine Kollision mit einem entgegenkommenden Fahrzeug geben. Aber das Ziel war es wert gewesen. Selten hatte Elizabeth so gut gegessen – das marinierte Lammsteak war köstlich gewesen und sie wünschte, sie hätte es aufessen können. Dabei hatte sie auch noch die Gesellschaft eines so charmanten Gentlemans genossen, wie William es war. Endlich einmal frei von der Sorge, dass jeden Moment eine ihrer wachsamen Töchter über ihn herfallen könnte, hatte er seine Absichten an diesem Abend sehr deutlich gemacht, jedoch ohne sie dabei zu bedrängen.

»Ich habe dich nie wirklich vergessen, Elizabeth, und wenn ich heute daran denke, wie viel Zeit ich verschwendet habe ... Aber du warst dann verheiratet – glücklich, wie ich hörte – und ich musste endgültig aufhören, mir Hoffnung zu machen. Es war ja auch dumm von mir zu glauben, dass du mich überhaupt wiedersehen wolltest, nachdem ich dich so schmählich im Stich gelassen hatte. Mit der Zeit ist dann die Erinnerung verblasst, aber in dem Moment, in dem ich dich letzten Herbst wiedersah, war auch das Gefühl wieder da.« Er nahm ihre Hand, streichelte sie sanft. »Das Gefühl, dass du die allerschönste Frau bist, die ich je in meinem Leben gesehen habe. Die allerschönste, Elizabeth. Und die beste.«

Elizabeth wusste vor Verlegenheit nicht, was sie darauf erwidern sollte – wenn man auf eine so unerwartete Liebeserklärung überhaupt etwas erwidern konnte. Aber ihr Herz klopfte, als er sie ansah, als meinte er jedes Wort, das er gesagt hatte, tatsächlich ernst. *Die Allerschönste ... und die Beste.* Irgendwann, nach einer Zeit, die ihr wie eine Ewigkeit vorkam, zog er seine Hand zurück und fragte: »Möchtest du einen Nachtisch? Ich hätte große Lust, mir ein Stück Käsekuchen mit dir zu teilen.«

Das brachte sie auf den Boden der Realität zurück und sie fühlte, wie sie sich sogleich wieder entspannte. »Gerne, wenn es einen Kaffee dazu gibt.«

Sie hatten noch lange zusammengesessen, und als er sie schließlich wieder auf der Farm abgesetzt hatte, waren alle Lichter im Haus bereits verloschen. Er küsste sie zärtlich und sanft auf die Stirn, als er sich von ihr verabschiedete.

»Es war schön mit dir, Elizabeth. Mit dir und mit deinen Töchtern – grüß sie bitte ganz lieb von mir. Ich hoffe, wir sehen uns bald wieder. Der morgige Tag gehört meiner Mutter, sie wird fünfundsiebzig, und ich bin für Sekt und Unterhaltung maßgeblich mitverantwortlich, da komme ich leider nicht raus. Aber du kannst mich anrufen, wenn du wieder zu

Hause bist, und dann verabreden wir uns in Warwick, ja? Hier ist meine Karte. Die untere von den beiden Nummern ist privat.«

Sie nickte und sah auf die Karte in ihren Händen. *William L. Bentley, praktischer Tierarzt, Ivy Cottage, 34 Castle Lane, Warwick.* Ivy Cottage – hübscher Name. Ob sein Haus von Efeu überwuchert war?

»Danke für den wunderschönen Abend, William. Und danke auch für den Tag heute in Kenilworth. Ich freue mich schon auf Warwick Castle, und die Mädchen auch.« Zumindest hoffte sie das. Aber wenn sich die Beziehung zwischen ihr und William weiter entwickeln würde, mussten sie sich sowieso daran gewöhnen – und sie hoffte, dass sie mehr tun würden als das. Sie hoffte inständig, dass sie William gern haben würden, denn sie hatte ihn in den letzten drei Tagen viel lieber gewonnen, als sie es sich jemals hätte vorstellen können. Ihr Herz klopfte noch lange, nachdem er sie ein zweites Mal geküsst hatte – dieses Mal auf den Mund, wenn auch nur ganz leicht. In dieser Nacht konnte sie lange nicht einschlafen.

Umso erleichterter war sie über Marys offensichtliche gute Laune heute Morgen – zumindest schien sie ihr es nicht zu verübeln, dass sie gestern noch mit William ausgegangen war. Denn wenn Mary etwas nicht passte, ließ sie es sich in der Regel deutlich anmerken, so wie gestern. Vielleicht fiel es ihr aber auch nur deshalb leicht, freundlich zu sein, weil sie wusste, dass William vor Ostern nicht wieder auftauchen würde, da er morgen nach Hause zurückfuhr. Energisch schüttelte Elizabeth den Kopf, klappte den Deckel der Kaffeemaschine herunter und schaltete sie ein. Nein, das passte nicht zu Mary. Wenn man etwas ganz sicher von ihr sagen konnte, dann das, dass sie aufrichtig war. *Wenigstens das,* dachte Elizabeth, wischte das verstreute Pulver von der Arbeitsplatte und humpelte zur Eckbank hinüber, wo sie einen kurzen Blick in die Morgenzeitung warf. Das Wetter sollte über Ostern wieder schön werden, immerhin. Vielleicht blieben sie tatsächlich bis Montag – Maggie würde sich freuen, wenn sie wüsste, dass ihre Gäste gut versorgt waren, denn sie durften Murron nicht vor Samstag zurückerwarten, und Elizabeth wusste, dass Haushaltspflichten nicht zu deren Stärke gehörten. Genau genommen war sie in dieser Beziehung ein erstaunlich hoffnungsloser Fall.

Schon bald nach dem Frühstück riss die Wolkendecke auf, und es versprach doch noch ein freundlicher Tag zu werden. Eine leichte Frühlingsbrise wehte im Laufe des Vormittags die letzten dunklen Wolken beiseite. Elizabeth war ins Dorf hinuntergefahren und hatte sich dem einzigen in Atherstone praktizierenden Arzt vorgestellt, einem brummigen, alten Mann namens Jones, der zwar kaum ein Wort sprach, sein Handwerk aber offenbar gut verstand. Jedenfalls war sie eine Stunde später mit einem festen Verband und einem resignierten Ausdruck auf dem Gesicht zurückgekehrt. »Ich soll mich schonen. Schonen, schonen und nochmals schonen – und das mindestens zwei Wochen lang! Wie stellt der Kerl sich das vor? Irgendwann muss ich doch auch wieder arbeiten, oder?«

»Irgendwann schon, aber so, wie du jetzt hier herumhumpelst, bestimmt nicht«, hatte Mary gemeint und ihre Mutter sanft, aber bestimmt auf die Ofenbank in der Küche gedrückt. »Da bleibst du jetzt erstmal sitzen, bis ich dir einen Tee gemacht habe. Dann kannst du dich auf die Couch legen, oder in die Hängematte, wie du willst, und dich den ganzen Tag ausruhen. Vicky und ich werden kochen.«

»Zu Befehl, Herr General«, hatte Elizabeth mit einem schwachen Lächeln auf dem Gesicht erwidert und sich dankbar auf der Bank niedergelassen. Mary gab sich wirklich Mühe, das musste man ihr lassen. *Aber sie hat auch einiges wieder gutzumachen von gestern,* dachte Elizabeth.

Wenig später standen die beiden Schwestern am Koppelgatter und sahen den Pferden zu, wie sie friedlich beisammen standen und genüsslich das zarte, hellgrüne Frühlingsgras fraßen.

»Ist er nicht einfach super toll?«, seufzte Mary und legte ihr Kinn auf die ineinander verschränkten Arme.

»Wer, Hector oder William?«

»Hector natürlich, du Schafskopf!« Mary schnaufte. »William!«

»Sachte, sachte, Schwesterchen!«, lachte Vicky und stieß ihre Schwester liebevoll in die Seite, um sie zu besänftigen. »Immerhin ist er der Besitzer dieses edlen Hengstes und somit deine einzige Chance – falls du ihn irgendwann mal reiten möchtest, meine ich.«

»Na, ob ich mich das traue, weiß ich nicht. Im Moment bin ich ganz froh, wenn ich mich auf Gingers Rücken halten kann. Und was William angeht – ich meine, selbst du musst doch jetzt zugeben, dass seine Absichten eindeutig sind, oder?«

Mary warf ihrer Schwester einen herausfordernden Seitenblick zu, und Vicky wusste, dass sie in der Klemme steckte: Wenn sie für William Partei ergriff, würde sie Mary auf die Palme bringen. Aber wenn sie nur ihrer Schwester zuliebe behaupten würde, ihn nicht zu mögen, wäre das glatt gelogen. Sie mochte ihn sogar sehr gern, und sie wusste, dass ihre Mutter ihn auch gern mochte. Gestern hatte sie sogar das Gefühl gehabt, ihre Mutter sei verliebt, so, wie sie William im Auto angesehen hatte.

Sie zögerte. »Hm … weiß nicht. Vielleicht, ja. Aber selbst wenn er etwas von ihr will, dann ist das doch seine Sache, oder? Und Mama kann immer noch Nein sagen. Schließlich ist sie eine erwachsene Frau.« Das klang gut – *eine erwachsene Frau*. Und außerdem machte das auch ihre Ansicht deutlich, dass sie ihre Schwester noch nicht für eine solche hielt. Noch lange nicht. Im Moment verhielt sie sich sogar ziemlich kindisch, fand Vicky, dafür, dass sie sonst immer so erwachsen tat.

»Na ja«, räumte Mary großzügig ein. »So schlimm, wie ich anfangs dachte, ist er eigentlich auch nicht. Er ist wirklich lieb zu Mama. Zu uns allen eigentlich. Aber er muss sie ja nicht gleich heiraten.«

Sie stieß sich vom Zaun ab. »So, ich hole mir jetzt ein Buch und setze mich in den Garten. Kommst du mit?«

Vicky schüttelte den Kopf. »Nein, ich bleibe noch ein bisschen hier. Ich finde es so schön, hier zu stehen und den dreien zuzusehen. So friedlich.«

Mary sah sie lange an. Irgendetwas stimmte nicht mit ihrer Schwester. Seit sie aus Kenilworth zurück waren, hatte sie immer wieder diesen verträumten »Weit-weit-weg-Ausdruck« in ihren Augen, wie Catherine es immer nannte. Ihre Mutter schaute auch manchmal so, vor allem, wenn sie an ihren Vater dachte. Ob Vicky an Papa dachte? Oder ob sie etwa doch verliebt war?

»Alles okay, kleine Schwester?«

Vicky zuckte regelrecht zusammen. »Was?«

»Ich fragte, ob du okay bist. Du siehst so geistesabwesend aus. Traurig auch, irgendwie.«

»Nein, ich – ich bin okay. Wirklich. Ich komme auch gleich nach, hol du schon mal die Auflagen aus dem Unterstand.«

Mary, die das Gefühl nicht loswurde, dass ihre Schwester etwas vor ihr verbarg, nickte und machte sich auf den Weg in Richtung Haus.

Vicky lehnte sich an das Gitter und schloss die Augen. *Ach, Mary, wenn du wüsstest ... Aber du würdest nicht verstehen. Es ist wegen Karfreitag und Ostern und wegen des Liedes, das ich gestern in Kenilworth gesungen habe – dieses Lied, das mich so tief im Herzen berührt hat, dass ich gar nicht weiß, was ich daraus machen soll ... Was, wenn das alles wahr ist?*

Was, wenn das mit Jesus wahr ist?

Elizabeth wollte gerade die Mädchen zum Abendessen hereinrufen – Mary hatte einen Gemüseauflauf in den Ofen geschoben, bevor sie zu den Pferden gegangen war und hätte ihn verbrennen lassen, wenn Elizabeth ihn nicht herausgeholt hätte –, als ein roter Polo auf den Hof gefahren kam. Ein Riesengebell brach aus, als Murron aus dem Auto stieg, und eine Zeit lang sah man nur das Schwarz-Weiß der drei Border Collies, die sich um ihre Herrin drängten und alle gleichzeitig gestreichelt werden wollten. Dann schob die junge Frau die Hunde energisch beiseite und kam auf Elizabeth zu, die lachend in der Tür des Farmhauses stand.

»Das nennt man aber eine stürmische Begrüßung! Willkommen zu Hause, Murron – schön, dass du da bist. Wir hatten dich erst übermorgen erwartet, ist etwas passiert?«

Murron schnaufte und warf die schwarzen Locken in den Nacken, stellte ihre Reisetasche im Flur ab und stemmte beide Arme in die Hüften. Es war offensichtlich, dass sie verärgert war.

»Passiert? Nein, Gott sei Dank nicht, aber ich bin ihm nur knapp entkommen. Wieso wollen Männer eigentlich immer nur das Eine – und das möglichst sofort? Kannst du mir das sagen? Ich dachte wirklich,

Geoffrey sei anders als die anderen. Vielleicht hat mich der altmodische Name getäuscht, aber ich kann dir sagen, dass ich die Nase gestrichen voll habe – von dem Kerl und von allen anderen auch!«, platzte sie heraus, griff nach Elizabeths Arm und hakte sich bei ihr unter, während sie den Weg zur Küche einschlug.

»Ich brauche erstmal einen Becher starken Kaffee. Ist Mama nicht da?«

Elizabeth erklärte ihr mit ein paar Sätzen, was passiert war – recht viel wusste sie ja auch nicht –, und stellte sich vorsichtig auf die Zehenspitzen, um an die Becher heranzukommen, die an einer Stange über der Sitzbank hingen. Dann nahm sie die Schachtel Streichhölzer aus einer der Schubladen, zündete den Herd an und setzte den Kessel auf.

Murron redete inzwischen weiter, ohne Punkt und Komma. Geoffrey habe immer wieder versucht, sie ins Bett zu bekommen, dabei hatte sie gedacht, der Urlaub wäre dafür da, sich erst einmal kennenzulernen. Gestern Abend sei ihr dann der Kragen geplatzt, als er schon wieder seine Hände nicht von ihren Blusenknöpfen hatte nehmen können, und da habe sie ihm eine kräftige Ohrfeige gegeben.

»Ganz undamenhaft, ich weiß«, gab sie etwas zerknirscht zu. »Aber er war einfach zu aufdringlich! Heute Morgen hat er dann kein Wort mehr mit mir gesprochen, worauf ich ihm erklärte, dass er sehen könne, wie er nach Hause komme, ich würde jetzt alleine zurückfahren – was ich dann ja auch getan habe.«

Sie ließ sich neben Elizabeth auf einen Stuhl fallen. »Und Mama ist also in Wales. Na ja, dann können wir zwei uns ja einen gemütlichen Abend machen. Wo sind denn die Mädchen?«

»Im Stall, wo sonst? Aber das Essen ist gleich fertig, wenn du mir einen Gefallen tun willst, kannst du sie holen gehen. Sie werden sich bestimmt freuen, dass du da bist. Und den Kaffee trinken wir dann vielleicht lieber hinterher, oder?«

Murron stand auf. »Klar. Bin gleich zurück. Was hast du eigentlich mit deinem Fuß gemacht? Das sieht ja nicht gut aus.«

»Erzähle ich dir auch später. Oder hast du heute Abend etwas vor?«

»Ganz sicher nicht. Von Männern habe ich die Nase voll, glaube ich. Im Moment möchte ich nicht einmal William sehen. Nein, wir machen uns einen schönen, gemütlichen Frauenabend, ja? Mama und Papa haben bestimmt noch einen guten Wein im Keller.«

Damit war sie aus der Tür und ließ eine etwas irritiert dreinschauende Elizabeth zurück. Nicht einmal William wollte sie sehen, so so. Und was, bitteschön, hatte das zu bedeuten?

»Na, hast du alles gepackt?«

Murron war gerade dabei, ein paar Windlichter anzuzünden. Elizabeth trat auf die Terrasse hinaus, wickelte sich ihre Strickjacke um die Hüften und stibitzte eine Weintraube aus der Schale, die Murron auf den Tisch gestellt hatte. Sie liebte dieses Haus – und diesen Garten! Am liebsten wäre sie länger geblieben, aber Vicky wollte unbedingt nach Hause. Sie wollte im Karfreitagsgottesdienst mit dem Chor singen und hatte ihre Mutter gebeten, doch gleich morgen früh abzureisen, damit sie es noch rechtzeitig zum Gottesdienst in die Kirche schaffte. Elizabeth hatte ihr diese Bitte nicht abschlagen wollen, ganz besonders deshalb nicht, weil sie in Kenilworth gemerkt hatte, dass die Lieder ihrer Tochter weit mehr bedeuten mussten, als sie geahnt hatte.

Warst du da, als sie meinen Herrn kreuzigten?

Bei dem Gedanken daran erschauderte sie noch immer.

»Ja, wir hatten ja nicht viel dabei. Mary ist natürlich enttäuscht, sie wäre gern noch geblieben, das kannst du dir ja denken. Aber sie wird drüber wegkommen, spätestens, wenn sie wieder ihren eigenen Computer hat – der streng genommen meiner ist, aber er steht aus Platzgründen bei ihr im Zimmer – und sich auf die E-Mails stürzen kann, die während ihrer Abwesenheit aus Deutschland eingetroffen sind. Am Montag sind wir bei Paul und Cathy eingeladen, und dann geht ja auch am Mittwoch die Schule wieder los.«

Murron nickte, während sie zwei Gläser großzügig mit Wein einschenkte. »Du könntest doch auch mit Vicky zur Kirche fahren und nachmittags wiederkommen. Warum bleibt ihr nicht bis Sonntag? Wir könnten die Ostereier im Park von Mayfield Manor verstecken, das wird bestimmt ein Spaß. Oder suchen sie keine Eier mehr?«

»Eigentlich nicht. Das mit dem Park hört sich interessant an – aber der ist doch bestimmt so groß, dass man leicht noch Eier aus den letzten fünf Jahren dort findet, oder? Und überhaupt, dürft ihr den so einfach betreten?«

Murron machte eine wegwerfende Geste und griff nach ihrem Weinglas. »Ach, das stört keinen Menschen. Der Park liegt den größten Teil des Jahres einsam und verlassen da, abgesehen von den paar Tagen im Sommer, an denen sie ihn für die breite Masse öffnen. Da wird er dann quasi überlaufen! Aber sonst … Seit der alte Bentley nicht mehr reitet, sieht man nur hin und wieder William mit Hector das Gelände durchstreifen, und der ist ja jetzt auch nicht mehr da, soweit ich weiß. Er war doch zwischendurch hier, oder?«

Elizabeth blieb die Weintraube, die sie sich gerade in den Mund gesteckt hatte, fast im Hals stecken, und sie musste ein paar Mal husten, bevor sie antworten konnte. Murron sprang auf und klopfte ihr den Rücken.

»Geht's?«

»Ja, ja, danke.« Elizabeth goss sich etwas Wasser in ein extra Glas und trank daraus. »Ja, er war hier. Ist gleich am Montag gekommen, um nach Hector zu sehen. Dienstag war er auch hier – stell dir vor, er hat den Mädchen sogar eine Reitstunde gegeben. Nicht auf Hector natürlich«, versicherte sie hastig. »Und ich hoffe, es macht dir nichts aus, dass Mary auf deiner Ginger geritten ist. William sagte, das sei okay.«

Murron schlug die langen Beine übereinander und nippte an ihrem Wein. *Eine bildschöne junge Frau,* dachte Elizabeth. Bestimmt zieht sie überall die Blicke der Männer auf sich – kein Wunder, dass sie sie sich kaum vom Leibe halten kann. Aber sie wirkte dabei vollkommen natürlich, fast naiv, als sei sie sich ihrer sexy Ausstrahlung überhaupt nicht bewusst. »Natürlich ist das okay. William kann ich da voll und ganz vertrauen – genauso, wie er mir vertraut. Sonst dürfte ich mich auch nicht um Hector kümmern. Ich lasse die Mädchen ja auch auf Ginger reiten, wenn sie hier sind.«

Genauso, wie er mir vertraut. Das ist aber viel Vertrautheit. Oder bin ich jetzt albern?

Elizabeth trank von ihrem Wein und fuhr fort zu erzählen: »Jedenfalls hat er sich ganz lieb um sie gekümmert am Dienstag. Ich hatte ja meinen verletzten Fuß.« Sie erzählte Murron von ihrem Sturz am Montag – wobei sie die Sache mit William vorsichtshalber ausließ. Irgendetwas sagte ihr, dass sie bei Murron ein wenig auf der Hut sein musste, was William anging. Sie konnte sich nicht erklären, warum, aber sie konnte sich des Gefühls nicht erwehren, dass da etwas war. Gab es am Ende eine romantische Verbindung zwischen Murron und William, von der niemand etwas ahnte – oder hatte es früher einmal eine gegeben? Sie schüttelte den Kopf. Nein, das war absurd. Schließlich war er zwanzig Jahre älter als sie, er könnte ja glatt als ihr Vater durchgehen. Es passte auch nicht zu Murron, sich in einen so viel älteren Mann zu verlieben – oder etwa doch?

»Gestern waren wir dann in Kenilworth Castle, William, ich und die Mädchen. Das war sehr schön. William ist wirklich nett.« *Nett – wie platt das klingt. Ein nichtssagendes Wort eigentlich, oder? Nett. Dabei ist er viel mehr als das …*

Jetzt lachte Murron lauthals. »Oh je, dann seid ihr also auch nicht davon verschont geblieben – ihr Armen! Hoffentlich hat er es nicht übertrieben. Und du mit deinem schlimmen Fuß – das hätte er dir ja nun wirklich nicht auch noch zumuten müssen. Hat er euch denn wenigstens zum Tee eingeladen?«

Elizabeth bemühte sich zu lächeln, doch sie spürte, dass es ihr schwerfiel. Wie viele Frauen hatte William denn schon auf seine Schlössertouren mitgenommen? Und war er auch schon mit Murron in Kenilworth gewesen?

»Ja, hat er. Zum Cream Tea sogar.« *Und zum Abendessen – aber nur mich.*

Murron zog die Augenbrauen hoch. »Aha. Na, immerhin. Jetzt kannst du dich ja noch ein paar Tage ausruhen. Mein Vorschlag vorhin war ernst gemeint: Ihr könnt gerne nach der Kirche wieder herkommen. Oder lässt du mir wenigstens Mary bis Sonntagabend hier? Ich freue mich über ein bisschen Gesellschaft, und die Hilfe kann ich auch brauchen. Dann könntest du dich zu Hause schön ausruhen und deinen Fuß schonen.« Sie sah stirnrunzelnd auf Elizabeths bandagierten Fuß. »Hat der Nerven, dich in dieser Verfassung auf eine Burg zu schleifen …!«

»Ach … das war eigentlich gar nicht so schlimm. Ich musste ja nicht viel gehen. Und die Burg ist fantastisch – eine sehr beeindruckende Anlage! Mary hat einen ganzen Film voll geknipst – Gott sei Dank hat es nicht geregnet –, und dann hat Vicky sich in eines der Fenster oben über der Großen Halle gestellt und gesungen, das war …«

Sie suchte nach dem passenden Wort, fand jedoch keines. Worte konnten nicht beschreiben, wie es sich angefühlt hatte, ihre Tochter in Kenilworth singen zu hören – *dieses* Lied singen zu hören. »Nun, es war natürlich eine tolle Akustik. Und Vicky kann wirklich sehr gut singen. Sie hat viel Talent. Was dein Angebot angeht – nun, das ist natürlich lieb gemeint, aber …«

Murron legte ihr eine Hand auf den Arm. »Du kannst es dir ja noch einmal überlegen. Am besten, du fragst morgen die Mädchen, was sie wollen. Ich kann Mary am Sonntagnachmittag auch zu euch nach Hause fahren – und Vicky natürlich, falls sie auch hierbleiben will.«

Elizabeth nickte und nahm ihr Weinglas in die Hand. »Ja, das wäre vermutlich das Beste. Also, erzähl mir mal von diesem Geoffrey – das scheint mir ja ein schlimmer Bursche zu sein! Harmloser Name, in der Tat.«

»Oh ja, aber nur der Name! Also, ich sag's dir, der …«

Elizabeth lehnte sich mit ihrem Wein in dem gemütlichen Hochlehner zurück und hörte Murron zu, wie sie von ihrem abenteuerlichen Urlaub mit ihrem Verehrer berichtete. Sie war froh, dass sie endlich das Thema William hinter sich gelassen hatten, und beschloss, seinen Namen bis zu ihrer Abreise vorsichtshalber nicht mehr zu erwähnen, aus Angst, sie könne sich verraten. Wahrscheinlich war das alles albern, aber …

Schließlich hörte sie, wie Murron gähnte und ihr leeres Weinglas auf den Tisch stellte. »Ich glaube, ich gehe lieber ins Bett. Hab viel zu wenig geschlafen in den letzten Tagen.« Dann sah sie Elizabeth an. »Aber du hast ja deinen Wein noch kaum angerührt! Träumst du?«

Elizabeth schrak auf. »Entschuldigung, ich …« Mit einem Blick auf ihr halb volles Glas meinte sie: »Ich bin auch ziemlich müde. Ich würde meinen Wein mit nach oben nehmen, wenn das okay ist. Dann mache ich es mir mit Wein und Buch im Bett gemütlich. Falls ich doch einschlafe.«

»Das ist eine sehr gute Idee, Elizabeth. Das mache ich auch.«

Murron füllte ihr Glas auf und erhob sich, wobei sie sich ausgiebig streckte. Elizabeth entging nicht, wie ihr weißes Top dabei hochrutschte und einen makellosen Bauchnabel freigab. »Es ist ja auch schon fast Mitternacht … Wann stehen denn die Franzosen auf?«

»Heute war es halb neun. Die sind im Urlaub, die haben viel Zeit. Und sie wollen ihre Eier gekocht, nicht gebraten, dazu Vollkorntoast, Honig und Kaffee. Also, gute Nacht!«

Elizabeth beugte sich über das Windlicht, um es auszublasen, nahm ihren Wein und ging ins Haus. Sie war wirklich müde. Vielleicht war auch die Müdigkeit daran schuld – und der dumme Fuß –, dass sie sich so wilde Sachen ausdachte. Murron und William, das war doch lächerlich, oder?

16

Das große und schon dadurch imposant wirkende Kirchengebäude aus dunkelgrauem Stein befand sich an der Manor Court Road im Zentrum von Nuneaton und beherbergte bereits seit über hundert Jahren eine Baptistengemeinde, die sich dort regelmäßig sonntags zum Gottesdienst traf. Die Gemeinde war über die Jahre beständig gewachsen, sodass seit einiger Zeit sogar zwei Gottesdienste angeboten wurden: einer am Vormittag – mit Lobpreisband und speziellem Programm für Kinder und Jugendliche – und einer am frühen Abend für diejenigen Gemeindeglieder, die eine traditionelle Gottesdienstform bevorzugten. Der neue Prediger, ein enthusiastischer junger Mann aus Yorkshire namens Joe Sutton, zog immer mehr junge Leute in seine Kirche, so auch die Familie von Rebecca Bailey, Sarahs bester Freundin.

»Vorher war keiner von uns gläubig«, hatte sie Vicky vor einiger Zeit auf dem Weg zum Schulbus erklärt, »wirklich keiner. Vor allem Daddy war der hundertprozentige Atheist, der ständig überall seinen Senf dazugeben musste, wenn jemand sich zu seinem Glauben bekannt hatte. Und dann plötzlich – wir waren zum Gottesdienst eingeladen, weil ein Mädchen aus unserer Straße getauft wurde –, ging ihm ein Licht auf. Buchstäblich. Es war einer von Josephs ersten Predigten in dieser Gemeinde, und es ging um – na? Genau, um Licht. Um das eine Licht, dem Licht der Welt, dem wir nachfolgen sollen. Aber er hat es natürlich nicht so plump gesagt wie ich jetzt gerade – wie du siehst, wäre ich keine gute Predigerin!«

Rebecca hatte gelacht und dann schnell das Thema gewechselt, als wollte sie Vicky lieber nicht länger auf die Nerven gehen. In Wirklichkeit hatte sie die Freundin damit nur neugierig gemacht. Wenn Thomas Bailey, der nüchterne, stets realistische und alles hinterfragende Immobilienmakler, durch eine einzige Predigt zum Glauben gekommen war – und in den Wochen danach seine gesamte Familie mitgezogen hatte! –, dann musste an den Predigten von Joe Sutton schon etwas dran sein, dachte Vicky. Etwas Besonderes.

Sie hörte dem schlaksigen, jungen Mann mit der dunklen Hornbrille auch gerne zu. Seit einigen Wochen besuchte sie regelmäßig den Vormittagsgottesdienst, blieb aber – anstatt kurz vor der Predigt mit Sarah und den anderen in die Jugendgruppe zu gehen – die ganze Zeit über auf ihrem Platz sitzen und schien, zumindest ihrem Gesichtsausdruck nach zu urteilen, in Gedanken meilenweit weg zu sein. In Wahrheit hörte sie dem Prediger jedoch aufmerksam zu. Er hatte wirklich eine Art zu predigen, die es ihr unmöglich machte, gleichzeitig an etwas anderes zu denken, wie sie es im Unterricht oft tat. Wie ein hungriger junger Vogel mit weit offenem Schnabel bittend zu seinen Eltern aufsieht, die ihm Nahrung bringen, saß sie da und nahm begierig alles in sich auf, was Joe sagte.

Obwohl sie wirklich gerne sang, saß sie auch während des Lobpreisteils meist nur still da und hörte zu; es war, als würde sie erst alles in sich aufnehmen und dann, auf dem Nachhauseweg mit dem Bus oder Fahrrad, das Gehörte verarbeiten. Sie sprach mit niemandem darüber, selbst mit Sarah nicht, mit der sie inzwischen beinahe jedes Wochenende verbrachte, manchmal mit und manchmal ohne Mary, die ihrerseits nicht viel von Kirche »und diesem ganzen Schnickschnack« hielt und das auch offen bekundete. Sie ging nur mit in die Kirche, wenn ihre Schwester mit dem Chor sang – und auch das nur, weil es ihrer Mutter wichtig war, Vicky zu unterstützen, wie sie es nannte.

Jetzt, als Mary ihre Schwester singen hörte und den geradezu verzückten Ausdruck in ihrem Gesicht bemerkte, tat es ihr beinahe leid, dass sie gekommen war. *Meine Güte, so ein Trara um Ostern,* dachte sie. *Ist das nicht ein bisschen übertrieben?* Sie rutschte unruhig auf der harten Bank hin und her und bemühte sich, nicht laut aufzustöhnen. Wenn das Grandpa Thompson hören würde – und sehen! Der würde fluchtartig die Kirche verlassen. Mit einem Seitenblick auf ihre Mutter stellte sie fest, dass diese offenbar ganz gerührt von der Darbietung des Chores war, jedenfalls wischte sie sich gerade eine Träne aus dem Augenwinkel. Schnell wandte sie den Blick wieder nach vorn. Das Lied, das Vicky am Mittwoch in Kenilworth gesungen hatte, war zu Ende, aber keiner applaudierte – das sei in der Gemeinde nicht erwünscht, hatte Sarah ihnen erklärt. Sie würden für Gott singen, nicht für die Leute. Na dann. Jetzt trat der Prediger ans Rednerpult, dieser süße Typ mit der Hornbrille. Den fand Mary insgeheim sogar ganz sympathisch, auch wenn sie das Vicky oder Sarah gegenüber natürlich niemals zugegeben hätte. Vor allem Sarah gegenüber nicht. Die würde sie dann nur einladen, mit in die Jugendgruppe zu kommen. Und dazu hatte sie nun wirklich keine Lust. Sie versuchte, es sich in der Bank so bequem wie möglich zu machen, und nahm sich fest vor, ihm dieses Mal zuzuhören, damit sie sich nicht hinterher wieder blamierte, wenn jemand sie fragte, wie ihr die Predigt gefallen hatte. Natürlich würde sie ihr *nicht* gefallen, schon gar nicht heute, wo sie hier sitzen und sich etwas über die Kreuzigung von Jesus anhören musste, anstatt auf Ginger durch die Landschaft zu reiten. Der einzige Trost bestand für sie darin, dass ihre Mutter sie nach dem Gottesdienst zur Farm zurückfahren würde, wo sie bis Sonntagabend bei Murron bleiben konnte. Sie würden jeden Tag ausreiten und von Kuchen und Tiefkühlpizza leben – ein Wochenende ganz nach Marys Geschmack. Sie verschränkte die Arme vor der Brust und schloss mit einem zufriedenen Lächeln die Augen.

Vicky saß in einem der gemütlichen, blau gestreiften Sessel im Eingangsbereich der Kirche und zitterte am ganzen Körper, obwohl es draußen warm war und das Sonnenlicht durch die offen stehende Tür hereinfiel. Neben ihr auf dem Tisch stand ein noch unberührter Styroporbecher mit süßem Tee, den Sarah ihr gebracht hatte. Aber Vicky war viel zu aufgewühlt, als dass sie sich zutrauen würde zu trinken, ohne dabei die Hälfte zu verschütten.

Bei *Were you there when they crucified my Lord?* hatte sie in der zweiten Strophe plötzlich keinen Laut mehr hervorbringen können, ihre Kehle war wie zugeschnürt gewesen, und sie hatte ständig gegen die Tränen ankämpfen müssen. Um keinen Preis hatte sie den Gesang der anderen durch unkontrolliertes, lautes Schluchzen stören wollen. Becky, die neben ihr stand und den zutiefst gequälten Ausdruck in ihrem Gesicht bemerkt hatte, hatte sie gleich nach dem Gottesdienst beiseitegezogen und Sarah bedeutet, David zu holen. David war der Co-Leiter der Jugendgruppe, der ihr jetzt gegenübersaß und sie ermutigend anlächelte.

Doch Vicky hatte nicht die leiseste Ahnung, was sie sagen sollte. Nervös spielte sie mit dem zerknüllten Papiertaschentuch in ihrer Hand herum, drehte es zu einer immer festeren Kugel, bis Sarah es ihr schließlich sanft aus der Hand nahm und in den Abfalleimer warf.

»Es ist so seltsam …«, begann sie dann stockend. »Ich weiß nicht, was das ist, was da mit mir los ist – bestimmt denkt ihr jetzt, an … das ist doch alles ganz klar, aber …« Sie brach ab, sah wie Hilfe suchend von einem zum anderen. »Aber mir ist irgendwie gar nichts klar – gar nichts.«

Sie sah auf und begegnete den aufmunternden Blicken der drei anderen Teenager. »Ihr wisst schon, was ich meine, oder? Das mit Jesus … also, das mit der Kreuzigung und so. Ist das alles wirklich passiert? Ich meine, ich weiß natürlich, dass ihr drei das glaubt, aber für mich ist das nicht ganz so einfach. Ich bin nicht damit aufgewachsen, so wie ihr.«

David zog unwillkürlich die Augenbrauen hoch. Er war der Einzige in seiner Familie, der an Gott glaubte, und auch das erst seit etwas über zwei Jahren. Seine Eltern waren geschieden, und er betete jeden Tag für seinen Vater, seine Mutter und seine beiden jüngeren Schwestern, dass auch sie zum Glauben kommen mochten. Allein sein Glaube an Jesus Christus hatte ihn durch die schwere Zeit der Trennung seiner Eltern getragen. Aber das konnte Vicky natürlich nicht wissen.

»Ich hatte als Kind nie irgendwas von Jesus gehört, außer an Weihnachten vielleicht, und auch das kam mir immer eher wie ein Märchen vor. So ähnlich wie die Geschichte mit Father Christmas.« Vicky lächelte ein wenig verlegen und sah zu Boden, während sie weiter sprach. »Ich habe angefangen, darüber nachzudenken, seit wir mit dem Chor die Osterlieder proben. Besonders *Were you there?* hat mich irgendwie total berührt, von Anfang an – es jagt mir einfach eine Gänsehaut den Rücken hinunter. Und vorgestern, als wir zusammen mit meiner Familie …« Sie zögerte, als glaubte sie den anderen erklären zu müssen, dass William ja gar kein Teil ihrer Familie war, doch dann dachte sie, dass das nicht wirklich wichtig war. Außerdem wusste nur Sarah von William. »Als wir am Mittwoch in Kenilworth Castle waren, sind Mary und ich dort ein bisschen auf den alten Mauern herumgeklettert – das ist natürlich verboten, ich weiß, aber wir waren ganz vorsichtig, und uns hat keiner gesehen … glaube ich jedenfalls. Als wir da oben waren, über der Großen Halle – beziehungsweise dem, was davon übrig ist –, habe ich mich in eines der Fenster gestellt und angefangen zu singen. *Burden down* und *Kum ba yah, my Lord* und noch ein paar andere Gospels. Zuerst dachte ich nur: Wow, tolle Akustik! Aber dann kam mir *Were you there?* in den Sinn, und als ich das sang, wurde mir plötzlich ganz komisch ums Herz, so traurig, es tat richtig weh! Und ich hatte das Gefühl, immer lauter singen zu müssen, weil es so wehtat – als ob ich den Schmerz damit rauslassen wollte. Dabei wurde er nur noch größer – am Ende tat es so weh, dass ich nicht mehr weitersingen konnte. Und heute – also vorhin, da … da ging es mir genauso …«

Bei dem Gedanken füllten sich ihre Augen erneut mit Tränen, und sie spürte die Hand ihrer Cousine auf ihrem Arm. Sie schüttelte den Kopf, ohne aufzusehen. »Nein«, sagte sie und versuchte ein Lächeln, doch zur gleichen Zeit flossen auch schon die Tränen. »Es ist okay. Es ist okay, mir geht es gut. Ich bin nur ein bisschen – ein bisschen durcheinander, das ist alles. Gibst du mir bitte ein Taschentuch, Sarah?«

David, der die ganze Zeit über aufmerksam zugehört und dabei den Blick nicht von Vicky gewandt hatte, räusperte sich vorsichtig. »Hört sich für mich so an, als hättest du am Anfang des Liedes nicht geglaubt, was du da singst, und am Ende ja – weißt du, wie ich das meine?«

Vicky nickte langsam. Und dann weinte sie richtig – sie weinte, als müsse all das, was sich in den letzten Tagen und Wochen in ihr aufgestaut hatte, nun seinen Weg nach draußen finden, in einem einzigen großen Strom, der nicht aufhören wollte zu fließen. Auch, als Sarah und Becky sich links und rechts von ihr gekniet hatten und sie im Arm hielten, konnte Vicky den Tränenfluss nicht stoppen, weinte immer mehr, bis sie schließlich vollkommen erschöpft in ihrem Sessel zusammensackte.

David, der losgegangen war, um frischen Tee zu holen, kehrte in diesem Moment mit einem Tablett zurück und stellte es auf dem Tisch ab. »So«, sagte er mit energischer Stimme und sah Vicky dabei augenzwinkernd an, »jetzt wird erst mal etwas gegessen und ein guter, heißer Tee getrunken. Du brauchst dringend einen Zuckerschub, wie mir scheint. Sue sagt, sie schließt in etwa einer halben Stunde ab. Glaubst du, du schaffst es, bis dahin wieder auf die Füße zu kommen?«

Seine ruhige, freundliche und zugleich wohltuend energische Art war genau das, was Vicky jetzt brauchte. Sie nickte, griff nach einem Schokoladenkeks und begann, daran zu knabbern. »Danke, David. Danke, euch allen«, meinte sie dann, während Sarah ihr den Tee reichte. In ihren Augen standen noch Tränen, aber sie lächelte glücklich. »Ihr seid wirklich lieb. Und wenn ich mich ein bisschen berappelt habe, mache ich das Ding mit Jesus fest. Helft ihr mir?«

Die drei nickten.

»Du kannst heute Abend mit Papa beten, oder mit Mama«, meinte Sarah, deren Herz vor Freude jubelte. Sie hatte es geschafft! Vicky hatte ihren Weg zu Gott gefunden! Wenn Vickys Mutter und ihre starrsinnige Schwester ihn nun auch noch finden würden … Sie schalt sich selbst für diesen Gedanken. *Alles zu seiner Zeit, Sarah O'Connor. Alles zu seiner Zeit …*

Nachdem Elizabeth ihre Älteste auf der Farm abgesetzt hatte, fuhr sie einen anderen Weg zurück nach Bedworth, vorbei an Mayfield Manor, das auf einer mit Wald bewachsenen Anhöhe über dem Dorf thronte. Seine dunkelgrauen erhabenen Mauern wirkten selbst bei Sonnenlicht düster und gaben dem ganzen Gebäude einen geheimnisvollen, fast ein wenig unheimlichen Anschein. Ob es dort drinnen dunkle Geheimgänge und verschlossene Türen gab? Elizabeth fragte sich, ob sie das Haus wohl einmal von innen zu Gesicht bekommen würde. Das hing mit Sicherheit davon ab, wie sich ihre Beziehung zu William weiterentwickeln würde – wenn man denn von einer Beziehung sprechen konnte.

Ich habe dich nie wirklich vergessen, Elizabeth, und wenn ich heute daran denke, wie viel Zeit ich verschwendet habe…

Nun, ein Mann, der einfach mit jeder Frau flirtete, ohne sich etwas dabei zu denken, würde so etwas bestimmt nicht sagen, oder? Aber wenn sie damals wirklich einen so tiefen Eindruck auf ihn gemacht hatte, warum hatte er sich dann zurückgezogen? Warum hatte er sie gehen lassen? War er auf der Suche nach etwas Besserem gewesen – nach einer Frau, die ihm und seiner Familie ebenbürtig war? Elizabeth hatte keine Ahnung, wie die Bentleys zu ihrem Reichtum gekommen waren. Das Herrenhaus war schon seit Jahrzehnten, wenn nicht Jahrhunderten, in ihrem Besitz, so viel wusste sie. Aber was Williams Vater beruflich gemacht hatte, oder wie sie es schafften, das riesige Anwesen zu unterhalten – und vor allem: mit welchen Mitteln –, wusste sie nicht. Würde William das Haus allein überhaupt halten können mit dem, was er einmal erbte? Oder brauchte er eine Frau aus wohlhabenden Verhältnissen? Dann war sie mit Sicherheit nicht die Richtige. Im Gegenteil, eine Witwe mit zwei halbwüchsigen Töchtern war bestimmt das Schlimmste, was ihm passieren konnte. Selbst wenn es ihn nicht störte, was würden seine Eltern dazu sagen? In Filmen drohten solche Familien dann immer damit, ihre Söhne zu enterben. Würden die Bentleys das auch tun, wenn er sie heiratete?

Aber Elizabeth, du träumst ja schon wieder. Er hat dir ein paar Komplimente gemacht und dich zum Abschied geküsst, wer spricht denn da gleich von Heirat? Vielleicht braucht er ja auch nur eine Geliebte, wer weiß. Für Regentage. Elizabeth setzte sich aufrecht hin und umklammerte das Lenkrad noch fester. *Dafür, mein lieber Mister Bentley, bin ich mir aber zu schade. Viel zu schade.*

Bis sie zu Hause angekommen war, hatte sie sich so in diese Gedanken hineingesteigert, dass sie sich erst einmal mit einer Tasse Tee in ihren Lieblingssessel – der streng genommen der einzige Sessel in dem winzigen Wohnzimmer war – zurückzog und den Fernseher einschaltete. Aber eine kitschige Rosamunde-Pilcher-Verfilmung war nicht gerade das, was sie vom Thema ablenkte, sodass sie von Herzen erleichtert war, als das Telefon klingelte und sie mit Anne reden konnte. Die erzählte ihr so viel von ihren Kindern – besonders natürlich von ihrer kleinen Tochter Finja –, dass Elizabeth bald ihre Grübeleien vergaß und stattdessen gemeinsam mit der Freundin Pläne für ein Wiedersehen im Sommer schmiedete. *Endlich einmal ein kleiner Lichtblick,* dachte sie, als sie anderthalb Stunden später den Hörer auflegte und aufstand, um ihren kalt gewordenen Tee in die Spüle zu kippen. *Sonst drehe ich mich bald nur noch um mich selbst – und um William.* Sie goss sich ein großzügiges Glas Limonade ein und setzte sich auf die Terrasse hinaus. Als sie vor einem Dreivierteljahr hier eingezogen waren, hatte sie sich einfach nur gewünscht, hier wieder heimisch zu werden. Bereits jetzt konnte sie sich beim besten Willen nicht mehr vorstellen, woanders zu leben. Der Kastanienbaum stand in voller Blüte, die Vögel saßen auf dem Schuppendach und gaben ein Frühlingskonzert, und Elizabeth, tief zufrieden und dankbar, aber zugleich unendlich müde von den Strapazen des Vormittags und den Aufregungen der letzten Woche, fielen die Augen zu, noch ehe sie einen Schluck trinken konnte. Sie hörte nicht, dass drinnen das Telefon schon wieder klingelte, und wachte erst auf, als ein kalter Wind aufkam und sie zu frieren begann.

17

William saß an seinem Schreibtisch im Behandlungszimmer und starrte auf den Terminkalender, der vor ihm auf der blank polierten Mahagonioberfläche lag. Die Frist war um, ganz klar. Sie hatte nicht angerufen, und jetzt würde er sie anrufen. So hatte er es mit sich ausgemacht – wenn sie innerhalb von zwei Wochen nicht anrief, würde er es tun. Ganz einfach, oder?

Das Problem war, dass er nicht einmal ihre Telefonnummer hatte. Seufzend zog er ein Telefonbuch aus einer der Schreibtischschubladen und begann darin zu blättern. »Bedworth«, murmelte er, und dann: »Hier: Webster, Alan. Und Peter. Hm … aber keine Elizabeth. Schade!«

Er lehnte sich in seinem Ledersessel zurück und fing an, auf dem Bleistift herumzukauen, den er in der Hand hielt. *Und was, wenn sie gar nichts von mir wissen will? Was, wenn sie Männer nicht leiden kann, die ihre Telefonnummer ausspionieren und sie anrufen nach dem Motto: Hey, ich bin der unwiderstehliche Typ, der dir letzte Woche seine Nummer gegeben hat und sich jetzt fragt, warum du noch nicht angerufen hast?* Das konnte er wohl schlecht sagen – abgesehen davon, dass das natürlich nicht sein Stil war.

Er steckte den Bleistift hinter sein Ohr und wollte eben nach dem Telefon greifen, um Maggie anzurufen, als es klingelte. William, in der ihm selbst unerklärlichen Hoffnung, *sie* könnte es sein, nahm blitzschnell den Hörer ab. Zu seiner Enttäuschung war es aber nur Tracy, seine Sprechstundenhilfe. Natürlich, Elizabeth würde ja auch nicht in der Praxis anrufen – wozu auch? Sie hatte schließlich seine Privatnummer.

»Mister Bentley, ich habe hier Mister Briggs in der Leitung, es geht um Jarvis. Er ist in eine Beißerei verwickelt worden. Mister Briggs sagt, er blutet ziemlich stark, und fragt, ob Sie vorbeikommen könnten?«

»Ist im Moment jemand im Wartezimmer? Nicht? Gut, dann sagen Sie ihm, ich bin in zehn Minuten da. Würden Sie bitte die Praxis abschließen, wenn ich weg bin? – Ja, Sie können Feierabend machen. Es ist ja schon fast fünf. Gut, danke, Tracy.«

Harvey Briggs wohnte allein mit seinem altdeutschen Schäferhund Jarvis in einem Bungalow in Emscote, einem Stadtteil nördlich des Grand Union Kanals. Seine Frau Mavis war im vorigen Jahr gestorben, und seitdem ging Harvey nur noch wenig aus dem Haus. Man sah ihn allerdings jeden Morgen und jeden Nachmittag mit Jarvis am Kanal entlanggehen, ein Bild schweigsamer Eintracht: Jarvis mit seinem orangefarbenen Gummispielzeug im Maul, das er ständig bei sich trug und nur zum Fressen oder Saufen ausspuckte – Mavis hatte immer behauptet, er schlafe sogar mit dem Ding im Maul –, und Harvey mit dem *Independent*, mit dem er sich dann auf einer der Bänke in der Sonne niederließ, meistens auf derselben. Morgens las er den Nachrichtenteil, und nachmittags löste er das Kreuzworträtsel. Jarvis, der genau zu wissen schien, wann sein Herrchen mit seiner Zeitungslektüre fertig war, nahm danach seinen Schnuller wieder auf, mit dem er in der Zwischenzeit ganz selbstvergessen gespielt hatte, und ging wieder neben Harvey her bis nach Hause. Er brauchte keine Leine und kein Halsband, denn er wich niemals von Harveys Seite. Normalerweise jedenfalls nicht – heute Vormittag allerdings, als eine aufdringliche junge Spitzdame versucht hatte, ihm sein Spielzeug wegzunehmen, war er dieser mit wütendem Gebell hinterhergejagt. Leider hatte die Spitzdame noch einen Kameraden, einen stattlichen, weißen Hovawartrüden. Der war auf den ahnungslosen Jarvis losgegangen und hatte ihn in den Hals gebissen.

Es war Freitagnachmittag, viertel vor fünf, und die Straßen waren alle verstopft, vor allem die A429, die südöstlich um Warwick herumlief und Rugby im Nordosten und Stratford im Südwesten miteinander verband. William schimpfte leise vor sich hin, als er versuchte, sich in den Kreisverkehr einzufädeln, aber es war hoffnungslos. Weil das Wetter schön war, war natürlich auch das Schloss heute gut besucht gewesen, in dessen unmittelbarer Nähe sich Williams Cottage mit Praxis befand. Sämtliche Besucher schienen sich gleichzeitig auf den Nachhauseweg gemacht zu haben.

Nachdem sich die Straße geteilt hatte und etliche Fahrzeuge den Weg in Richtung Coventry eingeschlagen hatten, wurde es ein wenig besser. Endlich kam William in der Montague Road an, wo Harvey Briggs lebte.

»Es tut mir leid, Harvey, dass es so lange gedauert hat«, begrüßte er den alten Mann, der ihm sogleich den Mantel abnahm und ihn in die Küche begleitete, wo Jarvis bewegungslos in seinem Korb lag.

»Oh je, Jarvis, alter Junge, du siehst aber nicht gut aus. – Ich werde ihn mitnehmen müssen, Harvey.«

William kniete neben dem prächtigen, schwarzgoldenen Schäferhund nieder, der schwach mit dem Schwanz wedelte und dem Tierarzt die Hand leckte, als dieser sich über ihn beugte, um die Wunde zu untersuchen.

»Das hatte ich befürchtet, William. Soll ich dir was bringen? Abgekochtes Wasser, saubere Handtücher, irgendwas? Einen Whisky vielleicht?«

»Nein, danke, du hast ja schon gut Erste Hilfe geleistet. Der Verband sieht prima aus. Ich desinfiziere die Wunde jetzt nur und verbinde sie dann noch einmal neu. Dann gebe ich ihm ein Beruhigungsmittel und trage ihn zum Wagen. Willst du mitkommen? Du kannst ihn wahrscheinlich nachher wieder mit nach Hause nehmen. Es sei denn, du möchtest ihn mir zur Beobachtung dalassen. Ich würde ihn dann an meinem Bett schlafen lassen.«

Harvey trat unruhig von einem Fuß auf den anderen. »Ich weiß nicht … Ich fahre erstmal mit, und dann sehen wir einfach, wie es ihm geht. Musst du die Wunde nähen?«

William nickte, während er Jarvis eine Spritze gab. »Ja, bestimmt. Natürlich unter Narkose. Hast du übrigens die Adresse von dem anderen Hundehalter? Dem von dem Hovawart, meine ich?«

»Nein, habe ich nicht. Wieso?«

William seufzte. Er hatte es nicht anders erwartet. »Wegen der Haftpflichtversicherung. Wenn du die Adresse hättest, hätten wir dem Herrn – oder der Dame – die Rechnung schicken können. Na, mal sehen, was ich machen kann. Jetzt fahren wir erstmal los. Fertig, Harvey?«

Der alte Mann nickte, fuhr sich mit der Hand durch das dichte, schlohweiße Haar und schüttelte nachdenklich den Kopf. »Tja, so ist das immer mit diesen Versicherungen. Wir haben natürlich eine für Jarvis abgeschlossen, als er noch klein war, aber in der ganzen Aufregung vorhin habe ich einfach nicht dran gedacht. Die junge Dame, der die beiden anderen Hunde gehörten, hat sich bei mir entschuldigt, hat ihren Hund ausgeschimpft und ist weitergegangen. Hm …«

»Na, macht nichts, wir bekommen das schon geregelt.«

William klopfte Harvey freundschaftlich auf den Rücken, während er nach draußen ging, um die Heckklappe seines Autos zu öffnen und ein frisches Laken im Kofferraum auszubreiten, auf das er gleich den Hund betten würde. Er wusste, dass er mit seinem Beruf wesentlich mehr Geld verdienen könnte, wenn er immer das verlangen würde, was ihm zustand, aber er hatte ein Herz für Menschen wie Harvey, die von einer relativ kleinen Rente leben mussten und dessen Lebensinhalt im Alter ihr Tier geworden war.

Als William die Praxistür hinter sich zuzog, war es bereits dunkel. Der Hund hatte die Narkose gut überstanden und Harvey, der die ganze Zeit über geduldig gewartet hatte, war überglücklich, dass er seinen vierbeinigen Gefährten wieder mit nach Hause nehmen konnte. Er versprach William, dass er ihn als Dankeschön zum Essen in sein Lieblingspub einladen würde, und fuhr in seinem klapprigen Vauxhall davon, Jarvis wie immer auf der Rückbank. *Der gute, alte Jarvis,* dachte William, als er dem Auto hinterher sah. Was wäre Harvey nur ohne ihn?

Dann ging er durch die Diele auf die Küche zu, um sich etwas zu essen zu machen. Er hatte nicht einmal ein richtiges Mittagessen gehabt, da würde Debbies Hackfleischauflauf genau das Richtige sein. Debbie war seine Haushaltshilfe, die dreimal in der Woche kam, um sauber zu machen, und meistens brachte sie auch etwas zu essen mit, einen selbst gebackenen Kuchen oder – vor allem freitags – einen Auflauf, den William sich in den Ofen schieben konnte, wenn er mit seiner Arbeit fertig war, so wie heute. Debbie war ein echtes Juwel, und er hatte sich schon oft gefragt, wie er jemals ohne sie zurechtgekommen war. Die Idee, ihm eine Haushälterin nach *Ivy Cottage* zu schicken, stammte von Maggie, die sich jedes Mal über das Chaos in seinem Haus aufgeregt hatte, wenn sie – was selten genug vorkam, aber das läge natürlich nur an dem unerträglichen Chaos, wie sie stets behauptet hatte – zu Besuch gewesen war. Zu seinem vierzigsten Geburtstag hatten sie und ein paar andere Freunde, darunter Jerry und Hannah, ihm dann »drei Monate Debbie« geschenkt, zur Probe sozusagen.

»Was du eigentlich brauchst«, hatte sie mit einem geradezu spitzbübischen Lächeln gemeint, als sie miteinander angestoßen hatten, »ist natürlich eine Frau. Aber mit den Ansprüchen, die du hast, findest du wohl keine mehr. Hübsch muss sie sein, kochen muss sie können – und Kuchen backen vor allem! –, tanzen sollte sie auch können, und auf Schlösser und Burgen muss sie mindestens halb so verrückt sein wie du, sonst hält sie es keine sechs Monate mit dir aus. Da dachten wir, eine Haushaltsperle wäre sozusagen die praktische Alternative.«

Das war so typisch Maggie. Natürlich hatten alle gelacht, er auch, aber ein wenig geärgert hatte er sich auch über sie. Was wusste sie schon von seinen Gefühlen? Sie kannten sich zwar seit vielen Jahren, aber wie es in seinem Herzen aussah, wusste nicht einmal Maggie, schon gar nicht, was das Thema Frauen anging. Vielleicht lag es aber auch daran, dass er sie damals zuerst kennengelernt und an jenem Abend auf einem Musikfestival in der Nähe von Edinburgh leidenschaftlich mit ihr geflirtet hatte, bevor sie am nächsten Tag Simon kennengelernt und sich auf Anhieb in ihn verliebt hatte. Sie waren alle zusammen in Schottland gewesen, er, Simon und Paul. Auch wenn er ziemlich betrunken gewesen war, als er Maggie auf dem Fest getroffen hatte, die Sache mit Simon hatte ihm schon wehgetan. Er war es ja auch nie gewohnt gewesen, zu verlieren. Aber weder er noch Maggie hatten je wieder davon gesprochen, und so war mit den Jahren das sprichwörtliche Gras über die Sache gewachsen. Simon war nach wie vor sein bester Freund, und es wäre ihm nie in den Sinn gekommen, diese Freundschaft wegen einer Frau aufs Spiel zu setzen, zumal die Ehe der beiden so glücklich war, wie man sie sich nur vorstellen konnte. Schon allein davor hatte William eine tiefe Achtung.

Sein Anrufbeantworter blinkte und er sprang mit einem einzigen Satz zu der Kommode, auf der das Telefon stand. Drei Nachrichten waren auf dem Band. Davon musste doch wenigstens eine …

Aber es war nur seine Mutter, die ihn daran erinnern wollte, dass er schon seit Ostern nicht da gewesen war; Jerry, der sich mal wieder auf ein Bier mit ihm treffen wollte; und zum Schluss Simon.

»Hi, Will, ich bin's, Simon. Maggie hat morgen Geburtstag, dass du ja dran denkst, und wir hatten vor, ins Pub zu gehen, wahrscheinlich ins *Dog and Partridge*. Vielleicht hast du Lust mitzukommen? Elizabeth kommt übrigens auch, soll ich dir sagen. Also, bis morgen!«

Der Gedanke daran, Elizabeth so unverhofft wiederzusehen, ließ sein Herz sofort schneller schlagen, und plötzlich war sein Hungergefühl wie weggeblasen. Er nahm stattdessen eine Flasche südafrikanischen Rotwein aus dem Regal in der Küche, entkorkte sie und goss sich ein Glas ein. Dann legte er eine CD ein – Mahlers Neunte –, suchte in einer der Schubladen nach Streichhölzern und ging ins Wohnzimmer hinüber, um ein paar Kerzen anzuzünden. Die Wanduhr schlug gerade zum zehnten Mal, damit war es zu spät, um noch in Atherstone anzurufen, aber wahrscheinlich rechneten die beiden sowieso damit, dass er kam. Er kam immer zu Maggies Geburtstag – zu Simons natürlich genauso. Alte Freunde eben. Aber, dachte er mit einem Grinsen, bevor er sich in das weiche Ledersofa fallen ließ, welch Ironie des Schicksals, dass er ausgerechnet durch Maggie seine Jugendliebe wiedergefunden hatte.

Er nahm einen Schluck von seinem Wein, drehte das schwere Kristallglas in seiner Hand und lauschte den Klängen der Musik, die den niedrigen Raum erfüllte. Das Kerzenlicht flackerte und warf lange Schatten an die weiß getünchten Steinwände. *Ivy Cottage* stammte aus dem siebzehnten Jahrhundert und war zwar über die Jahre von seinen verschiedenen Besitzern immer wieder renoviert und modernisiert worden, doch die dicken, schwarzen Deckenbalken und die Holzfußböden waren erhalten geblieben, ebenso wie der offene Kamin und die ausgetretene Steintreppe, die in den Vorratskeller hinabführte, mit einem richtigen Gewölbe, wie man sie sonst nur von Klöstern oder Schlössern her kannte. In dem Anbau, der erst gegen Ende des zwanzigsten Jahrhunderts entstanden war, befanden sich seine Praxisräume, während er den alten, »historischen« Teil des Hauses bewohnte.

Manche seiner Freunde scherzten, er wohne wie in einem Museum, aber William liebte *Ivy Cottage* und konnte sich auch nicht vorstellen, jemals woanders zu leben. Dieses kleine Haus passte zu ihm – und wenn man Maggie glauben durfte, würde er ja ohnehin keine Frau mehr finden. *Es sei denn …*

Er nahm noch einen Schluck Wein und schloss die Augen. *Es sei denn, ich habe sie bereits gefunden. Oder zumindest wiedergefunden. Wie auch immer.*

»Lass mich dir doch helfen!«

William stand in der Diele des Farmhauses und sah kopfschüttelnd Simon zu, der versuchte, in sein Sakko zu schlüpfen, ohne das Gleichgewicht zu verlieren, wenn er mit einer Hand seine Krücke losließ.

»Wenn du nicht so ein Sturkopf wärst, hätten wir schon längst unterwegs sein können«, lachte William.

Simon warf ihm einen vielsagenden Blick zu. In diesem Augenblick kam seine Frau die Treppe herunter, sportlich-elegant gekleidet in schwarzen Palazzohosen, einer kurzärmeligen, weißen Bluse und mit einer leuchtend roten Strickjacke über dem Arm. Ihre Füße steckten in hochhackigen, schwarzen Sandaletten, aus denen vorne ihre makellosen, rot lackierten Zehennägel hervorlugten. Eine dezente Wolke ihres neuen Parfums, das er ihr heute Morgen geschenkt hatte, umgab sie, und ihre Handtasche aus schwarzem Lackleder schwenkte sie übermütig hin und her, bis sie mit einem kleinen Sprung die letzte Stufe nahm und ihm ihr strahlendstes Lächeln schenkte, als sie schließlich vor ihm stand und zu ihm aufsah – jenes selbstbewusste Lächeln, dass Simon noch heute in Verlegenheit brachte, weil er es auch nach über fünfundzwanzig Jahren Ehe immer noch nicht fassen konnte, dass dieses atemberaubend schöne Energiebündel von Frau tatsächlich *seine Frau* war – seine Maggie. Simon war nun wirklich kein Mann der großen Gefühle, aber Maggie war sein Ein und Alles, sein ganzes Glück, und – ganz besonders, wenn sie so aussah wie heute – sein ganzer Stolz.

Er räusperte sich und reichte Maggie den linken Arm, während er sich mit dem rechten immer noch auf William stützte.

»Gehen Sie mit mir aus, schöne Frau?«

Maggie lachte ihr heiteres, unbeschwertes Lachen und hakte sich bei ihm ein. »Aber gern! Und mit Ihnen auch, Mister Bentley. Meine Güte, habe ich es gut, an meinem Geburtstag von zwei so charmanten jungen Männern zum Essen ausgeführt zu werden.«

William lächelte. »Du siehst sehr hübsch aus, Maggie. Rot steht dir einfach.«

Maggie erwiderte sein Lächeln. Dann warf sie einen Blick auf ihre Armbanduhr und erschrak. »Oh je, schon nach sieben! Wo stecken die anderen denn bloß? Ich habe den Tisch für acht Uhr reserviert, und das war schon schwierig genug ... da, jetzt höre ich ein Auto. William, siehst du mal nach, ob das Paul ist?«

William öffnete die Haustür und trat einen Schritt hinaus. »Ja. Also, lasst uns losfahren, dann schaffen wir es noch bis um acht! Nicht, dass unser Tisch weg ist, das wäre nun wirklich ärgerlich.«

Er zog seinen Autoschlüssel aus der Jackentasche, nickte Paul und den beiden Frauen im Vorbeigehen kurz zu – am liebsten hätte er Elizabeth auf der Stelle umarmt und geküsst, aber das wäre ihr bestimmt peinlich gewesen – und setzte hinter das Steuer seines Range Rovers. »Fährt noch jemand bei mir mit oder wollt ihr alle Galaxy fahren?«

»Ich fahre auf jeden Fall bei Paul mit, ich bin nämlich noch nie Galaxy gefahren«, erklärte Maggie. Sie wandte sich an ihren Mann. »Was ist mit dir, Schatz, kommst du auch bei Paul mit? Dann kann Elizabeth ja bei William mitfahren, der kennt wenigstens den Weg.«

Elizabeth hielt die Luft an. Wenn das kein Verkuppelungsversuch war – und ein ziemlich dreister obendrein! Doch Simon vereitelte den Plan seiner Frau, indem er erklärte, er wolle lieber bei William mitfahren, dessen Rückbank sei weicher und somit für sein Bein bequemer als die seines Bruders.

Paul warf in gespielter Verzweiflung die Hände in die Luft. »Meine Güte, Leute, macht es doch nicht so kompliziert! Wir finden zur Not auch alle sechs Platz in meinem Auto. Oder willst du nachher direkt nach Warwick zurückfahren, William?«

»Keine Spur, ich übernachte bei meinen Eltern. Die haben sich schon beschwert, dass ich seit Ostern nicht mehr da gewesen bin. Von mir aus können wir alle bei dir mitfahren, ich fürchte nur, dass das für Simon tatsächlich ein bisschen unbequem wird.« Er lehnte sich über den Beifahrersitz und öffnete die Tür für Simon. »Also komm, alter Junge, lass uns vorausfahren, bis die Frauen ihre Kleider sortiert haben, sind wir schon da. Ciao!«

»Und William?«, rief Maggie ihm noch nach. »Fahr nicht wieder so schnell, Paul kennt den Weg nämlich nicht so gut!«

William winkte ab und startete den Wagen. »Ich fahre nie schnell, das weißt du doch!«

18

»Das *Dog & Partridge* ist eines der ältesten und schönsten Countrypubs in England. Eine Schande, dass du noch nie da gewesen bist!«, meinte Maggie unterwegs zu Elizabeth. »Tutbury ist eigentlich nur ein winziges Dorf, etwa zehn Meilen nordwestlich von Burton-upon-Trent«, fuhr sie fort zu erklären. »Das Fachwerkhaus stammt original aus dem fünfzehnten Jahrhundert und wurde ganz liebevoll restauriert. Es wird dir gefallen! Obwohl mit dem Pub auch eine ziemlich traurige Geschichte verbunden ist: Im 13. Jahrhundert war es üblich, von Zeit zu Zeit auf dem Gelände um das Schloss und die Abtei von Tutbury einen zuvor wild gemachten Stier laufen zu lassen, der dann von fahrenden Sängern erbarmungslos gejagt wurde. Wurde das Tier vor Sonnenuntergang innerhalb der Grenzen Derbyshires gefangen, gehörte es ihnen, andernfalls blieb es im Besitz der Abtei. Später wurde das erschöpfte, wehrlose Tier vor der Wirtschaft angebunden und von Hunden halb zu Tode gequält. Erst 1778 wurde dieses grausame Spektakel endgültig abgeschafft und verboten«, erzählte Maggie mit flammender Leidenschaft in der Stimme. In ihren Augen sprühten Funken des Zorns. Für sie, die Tiere über alles liebte, war allein die Vorstellung von einem so grausamen, sinnlosen Spektakel eine Qual.

Der Parkplatz hinter dem Biergarten war schon voll, als sie gegen viertel nach acht ankamen, und Paul winkte William in die letzte freie Parklücke, die sich in unmittelbarer Nähe des Hintereingangs zum Restaurant befand, damit Simon mit seinen Krücken nicht so weit laufen musste.

»Hey, hier ist ja richtig was los!« Paul öffnete die Beifahrertür und half seiner Frau hinaus, die einen riesigen Präsentkorb im Arm hatte. »Nur gut, dass ihr einen Tisch reserviert habt. Warte, Liebes, ich nehme dir das gleich mal ab. Wo steckt denn Maggie eigentlich? Ich habe nicht einmal bemerkt, wie sie aus dem Auto gestiegen ist.«

Catherine, sommerlich gekleidet in einer ärmellosen Polobluse und einem langen, schwarzen Rock mit Streublumenmuster, übergab ihm den Präsentkorb. »Hier, bitte. Maggie sagte, sie hätte schon zur Toilette gemusst, als wir noch gar nicht aus Atherstone raus waren, also nehmen wir das hier am besten erstmal mit hinein. Elizabeth ist auch schon vorgegangen.«

»Frauen gehen doch sowieso immer zusammen auf Toilette, wusstest du das nicht?«

Simon zwinkerte seinem Bruder zu, sortierte seine Krücken und humpelte zum Eingang hinüber, wo William bereits interessiert die schwarze Tafel studierte, auf der die *Today's Specials* notiert waren. »Mmmmh, an der Scholle komme ich bestimmt nicht vorbei. Ich liebe Fisch! Was meinst du, Simon, wollen wir für alle eine Runde Champagner bestellen, so als Überraschung?«

Simon grinste. »Habe ich schon telefonisch veranlasst. Schau mal, die junge Dame da bringt gerade das Tablett zu unserem Tisch, wir brauchen ihr also nur zu folgen.«

William legte sein Besteck sorgfältig auf den leeren Teller und griff nach seinem Bierglas, um festzustellen, dass es ebenfalls leer war. »Auch gut, ich muss sowieso noch fahren. Das Essen war super, danke, liebe Maggie!«

Maggie, die noch gegen die mächtige Portion auf ihrem Teller ankämpfte, nickte. Sie hatte der Versuchung eines Steak-und-Nieren-Auflaufs nicht widerstehen können, hatte aber bis jetzt noch nicht einmal die Hälfte geschafft. »Hoffentlich hast du noch Platz für Nachtisch gelassen. Die Puddings hier sind einfach zu köstlich, als dass man ohne nach Hause gehen könnte.« Sie ließ seufzend ihr Besteck sinken. »Aber wenn ich das hier jetzt noch aufesse, schaffe ich ganz bestimmt keinen mehr … Simon, kannst du noch?«

Ihr Mann, der gerade seinen Teller beiseiteschob und zur Serviette griff, um sich den Mund abzuwischen, wehrte energisch ab. »Keine Chance, mein Schatz. Das Lammkotelett war auch nicht gerade ohne. Bin froh, dass ich das geschafft habe. Wie wäre es denn jetzt mit einem Verdauungsschlückchen – Port? Whiskey?«

»Ich gerne! Meine Frau hat gerade gesagt, dass sie zurückfährt – damit du dich nicht alleine betrinken musst«, neckte Paul freundlich und bekam darauf einen liebevollen Stups von seiner Frau.

»Für mich nicht, danke«, sagte William. »Außerdem sind ja noch nicht alle fertig.« Er sah zu Elizabeth hinüber, die am anderen Ende des Tisches saß und noch mit ihrem Salat beschäftigt war. Dabei unterhielt sie sich lebhaft mit ihrer Schwester. Gerade klang ihr helles Lachen zu ihm herüber, und er fühlte, wie sich etwas in seinem Inneren zusammenzog. Dieses Lachen!

»Aber ich glaube, wenn ich noch einen Pudding essen soll, gehe ich lieber vorher noch ein Stück spazieren. Kommt jemand mit?«

Jetzt sah Elizabeth auf und lächelte zu ihm hinüber. »Ja, wenn du auf mich wartest, komme ich gerne mit.«

Sein Gesicht hellte sich merklich auf. »Natürlich warte ich! Dann bestelle ich mir noch einen Kaffee. Möchte noch jemand Kaffee? Maggie, du?«

Es war schon fast dunkel, als die beiden eine Viertelstunde später auf die Straße traten, und recht kühl. Elizabeth fröstelte ein wenig in ihrem kurzen Top und der Bluse. »Ich glaube, ich hätte lieber meine Jacke mitnehmen sollen. Die liegt bei Cathy und Paul im Auto ... Wenn du hier auf mich wartest, hole ich mir schnell den Schlüssel von Paul.«

William legte ihr einen Arm um die Schulter. »Warte einen Augenblick, bitte. Schau mal nach oben – da, siehst du den Abendstern? Ist er nicht wunderschön?«

Sie legte den Kopf in den Nacken und sah angestrengt in den Himmel hinauf, wo in der Tat sehr viele Sterne leuchteten – aber sie war noch nie gut darin gewesen, all die funkelnden Punkte voneinander zu unterscheiden, worüber sich Patrick gerne lustig gemacht hatte.

Der Abendstern – auch wenn er streng genommen ja gar kein Stern ist, sondern ein Planet – ist der größte und hellste von allen, das erkennt man doch mit bloßem Auge ...

Na ja, wenn man gute Augen und einen Blick für diese Dinge hatte, vielleicht. Und wenn man nicht abgelenkt war, so wie sie eben. Denn sie fühlte und sah im Augenblick nichts anderes als William, spürte den sanften Druck seines Armes um ihre Schulter, atmete den Geruch seines Aftershaves und sah das Strahlen in seinen grünen Augen, aus denen er sie zärtlich ansah.

»Hey, ist dir wirklich so kalt?« William legte seinen Arm noch ein wenig fester um sie. »Du kannst auch gerne meine Lederjacke haben, wenn du willst. Du wirst zwar drin versinken, aber sie steht dir bestimmt gut. Sie liegt im Auto. Soll ich sie dir holen?«

Bevor Elizabeth etwas dagegen einwenden konnte, hatte er, noch immer den Arm um ihre Schulter gelegt, schon den Weg zum Parkplatz eingeschlagen.

»Sag mal, Elizabeth, wo wir gerade auf dem Weg zum Auto sind ... Du würdest mir nicht zufällig deine Telefonnummer verraten, oder? Ich hatte mir ja gedacht, dass du mich nicht anrufst – obwohl ich zugeben muss, dass ich es trotzdem gehofft hatte –, aber jetzt könnte ich mir doch sicherheitshalber mal deine aufschreiben, wenn wir am Auto sind. Das heißt, wenn es dir recht ist.« Er sah sie von der Seite an und grinste. »Ich rufe dann nämlich auch an, weißt du?«

Sie lachte. »Oh, damit habe ich kein Problem, glaube ich! Wenn ich dich nicht sprechen will, schicke ich einfach eine meiner Töchter ans Telefon.«

»Das schreckt mich nicht ab.«

William öffnete die Beifahrertür, reichte Elizabeth die Jacke heraus und suchte im Handschuhfach nach einem Blatt Papier und einem Kugelschreiber.

»Okay, Mister Bentley …«, murmelte Elizabeth, während sie ihre Nummer auf den Zettel kritzelte, den er ihr gegeben hatte. »Hier hast du meine Nummer. Ich warte dann auf deinen Anruf!«

William nahm den Zettel an sich, sah ihn sich kurz an und faltete ihn dann zweimal, bevor er ihn sorgfältig in seine Hemdtasche steckte. »Okay … Muss ich bis Montag warten, oder kann ich gleich morgen anrufen?«

»Du kannst, aber es wird keiner da sein. Wir übernachten heute alle bei Cathy und Paul, und morgen Nachmittag gehen wir Frauen zusammen ins Kino. Vor morgen Abend ist also keiner zu Hause«, erklärte Elizabeth und schlüpfte in die tatsächlich reichlich große, aber wunderbar weiche, warme Lederjacke.

Während sie den Weg ins Dorf einschlugen, legte William wie selbstverständlich wieder seinen Arm um ihre Schultern. Sie schmiegte sich an ihn, glücklich, in seiner Nähe zu sein. Bei William konnte sie sich entspannen, konnte sich sicher und geborgen fühlen wie bei keinem anderen Menschen, den sie je gekannt hatte – außer Patrick natürlich. Aber Patrick war nicht mehr da, um sie in den Arm zu nehmen und sie zu halten …

Seltsam eigentlich, dachte sie bei sich, *wo wir uns doch erst vor wenigen Wochen wieder getroffen haben.* Dennoch war er ihr schon so vertraut, als hätten sie sich nie aus den Augen verloren. Und in seiner Nähe schien ihre Welt, die eben noch in Trümmern gelegen hatte, wieder in Ordnung, schien alles so viel heller, so viel leichter zu sein. Wenn sie nur wüsste, wie er wirklich über sie dachte – meinte er es ernst mit ihr? Oder war er zu jeder Frau so nett, die er einigermaßen hübsch fand? Erhoffte er sich am Ende ein leichtes Spiel mit ihr?

Ein Seitenblick auf sein ernstes, halb im Schatten liegendes Gesicht, strafte ihre Gedanken Lügen: Nein, er war kein Mann, der die Schwachheit anderer Menschen ausnutzte, schon gar nicht die Verletzlichkeit einer Frau.

William fühlte ihren Blick und wandte den Kopf, lächelte sie an. *Es fühlt sich so gut an, sie im Arm zu halten, so natürlich – als wäre genau dies der Platz, an den sie gehört. Hierher, zu mir.*

Er schloss für eine Sekunde die Augen und sah im Geiste Elizabeth in seiner kleinen Küche in *Ivy Cottage* stehen, den verbeulten, alten Teekessel in der Hand, der nicht mehr pfiff, und hörte fast, wie sie ihn fragte, warum das Wasser dann nicht ständig überkoche. Ihre fein geschwungenen Brauen waren dabei hochgezogen, und ihr sinnlicher, roter Mund lächelte herausfordernd. Sie war sehr sparsam mit diesem Lächeln – wenn sie aber lächelte, dann strahlte sie richtig,…

Seine Augen blieben automatisch an ihren Lippen hängen, und er fühlte, wie eine Woge von körperlichem Verlangen ihn zu überwältigen drohte. Er wusste, dass sie die Frau war, auf die er schon immer gewartet hatte, und dass kein Moment besser sein könnte als dieser, um sie zu küssen. Sein ganzer Körper sehnte sich danach, sie zu halten, sie zu küssen, ihr all die Dinge zu sagen, die er ihr seit Wochen schon hatte sagen wollen – wenn nicht seit Jahren.

Doch etwas in ihrem Blick ließ ihn zögern. Was, wenn sie noch nicht bereit war, wenn sie noch trauerte? Würde sie vielleicht weinen, wenn er jetzt versuchte, sie zu küssen, oder gar zornig werden?

In diesem Moment blieb Elizabeth stehen und sah zu ihm auf, studierte nachdenklich sein Gesicht. Noch nie hatte sie ihn so attraktiv gefunden wie an diesem Abend. Das offene, hellblaue Baumwollhemd stand ihm unbeschreiblich gut, und der Duft seines Aftershaves hatte eine geradezu betörende Wirkung auf sie. Oder war es der Wein? Hatte sie zu viel Wein getrunken und fühlte sich deshalb so seltsam leicht und beschwingt? Sie schüttelte den Kopf. Nein. Sie war nicht beschwipst, schließlich hatte sie auch nur ein Glas Wein getrunken. Der wahre Grund für dieses kribbelnde Gefühl in ihrer Magengegend war William, der sie gerade ansah, als wollte er –

Sie hielt inne, sah ihn mit gerunzelter Stirn an. Sein Kopf war leicht zur Seite geneigt, seine Augen halb geschlossen, so als wolle er … als wolle er was? Wollte er sie küssen?

Wenn sie sich zurückzieht, tue ich einfach so, als hätte ich gerade etwas sagen wollen, und wenn nicht – nun, dann küsse ich sie. Ganz einfach.

Es war ein unglaublicher Kuss. Ein tiefer, warmer, sinnlicher Kuss, der ihnen buchstäblich den Atem nahm. Ein Kuss, wie er ihn sich in seinen leidenschaftlichsten Träumen nicht ausgemalt hatte – und er hatte viele leidenschaftliche Träume von Elizabeth gehabt, seit er sie im Herbst zum ersten Mal wiedergesehen hatte.

Als sie sich endlich voneinander lösten, senkte sie wie schuldbewusst den Blick und flüsterte: »Ich hatte ganz vergessen, wie sich das anfühlt …«

William lachte leise und hob sanft ihr Kinn empor. »Dafür hast du das ziemlich gut gemacht. Und zu deiner Beruhigung: Ich habe auch lange keine Frau mehr geküsst. Schon sehr lange nicht mehr. Aber es fühlt sich richtig an, oder? Ich meine – zwischen uns?«

Sie lächelte. »Ja, irgendwie schon. Es ist nur – nun, es ist noch so …«

»Ungewohnt?«

»Ja, ungewohnt. Neu. Aber trotzdem gut …«

Er zog sie erneut in seine Arme und küsste sie. Lange. Leidenschaftlich. Und ganz und gar unzweideutig.

Als sie ins Pub zurückkehrten, hatte man während ihrer Abwesenheit schon die wildesten Spekulationen angestellt. Catherine hatte ihren Mann und ihren Schwager – beide inzwischen leicht angeheitert – gerade noch davon abhalten können, Wetten darüber abzuschließen, ob aus den beiden ein Paar würde oder nicht, und wenn ja, wann.

»Also, seine Absichten sind ja wohl offensichtlich!«, hatte Simon gefeixt. »So wie heute habe ich den alten William noch nie erlebt, dem hat doch das Verliebtsein aus allen Knopflöchern geschaut. Ich habe spaßeshalber versucht, mich beim Essen mit ihm über Pferde zu unterhalten – völlig sinnlos! Und er liebt doch Pferde, besonders seinen Hector. Ich glaube, ich hätte ihm sagen können, dass sein Hengst vom Blitz getroffen worden sei, und er hätte nicht reagiert.«

»Ja, das stimmt«, hatte Maggie ihm beigepflichtet. »Er hatte wirklich nur noch Augen und Ohren für Elizabeth … Was ja auch gut so ist, schließlich ist das der Grund, weshalb ich mich heute auf diese kleine Party eingelassen habe.«

Catherine und Paul hatten sie daraufhin erstaunt angesehen.

»Na ja«, wand sie sich und wurde ein wenig rot. »Ich wollte eigentlich gar nicht feiern – schließlich ist fünfundvierzig kein besonderer Geburtstag, und ich hätte auch nichts gegen einen gemütlichen Abend vorm Kamin oder auf der Terrasse gehabt. Aber als William mich letzte Woche anrief und versuchte, mir Elizabeths Telefonnummer zu entlocken, dachte ich, das wäre eine gute Gelegenheit, die beiden zusammenzubringen. Dann können sie das mit den Telefonnummern selbst regeln, habe ich gedacht.«

»Dachtest du, so so. Na, dann: Auf William und Elizabeth! Und auf die Liebe«, grinste Paul und griff nach seinem Whiskeyglas.

Catherine hatte noch ein Stück von ihrem Schokoladenkuchen auf die Gabel gespießt und hielt es nachdenklich in die Höhe. »Aber wenn sie nun tatsächlich zusammenfinden … Was werden die Mädchen dazu sagen? Die sind meines Wissens nach doch nicht besonders gut auf William zu sprechen – oder überhaupt auf irgendeinen potenziellen Anwärter auf das Herz ihrer Mutter.«

»Ach, mach dir da mal nicht so viele Gedanken!«, beruhigte Maggie sie. »Als die drei in den Osterferien da waren, hat er den Mädchen Reitunterricht gegeben und ihnen allen zusammen Kenilworth Castle gezeigt, das ist doch schon mal was. Mary liebt Pferde, da hat er mit Hector einen Riesenbonus, und Vicky war sowieso von Anfang an recht angetan von unserem Landtierarzt, glaube ich. Sie hat es sich ihrer großen Schwester gegenüber nur nicht anmerken lassen wollen. Das wird schon, glaub mir.«

Catherine nickte langsam und schob das Stück Kuchen in ihren Mund. Sie wusste, wie viel Maggie und Simon von William hielten; sie selbst fand ihn ja auch sehr sympathisch – dafür, dass er anscheinend unglaublich reich war und seine Eltern ein Haus besaßen, in das *Bluebell Lodge* wahrscheinlich wenigstens fünfmal hineinpassen würde, konnte er ja nichts. Und dann noch dieses riesige Grundstück! Hektarweise Grün, so weit das Auge reichte.

Wer William Bentley heiratete, machte definitiv einen guten Fang – aber, und das machte sie stutzig, wieso hatte er dann nie geheiratet? Er konnte doch nicht all die Jahre auf ihre Schwester gewartet haben, oder doch? Das klang zwar romantisch, war aber zugegebenermaßen vollkommen unrealistisch. Es war schlicht Quatsch. Nein, es musste einen anderen Grund geben.

Nachdenklich rührte Catherine in ihrem Kaffee herum. Irgendeinen Grund …

Sie hob den Blick, ließ ihn ziellos durch den Raum schweifen – und begegnete dem vor Freude strahlenden Blick ihrer Schwester, die gerade an Williams Hand in die Gaststätte hereinkam. Sie trug eine Lederjacke, die ihr mehrere Nummern zu groß war, und sah nur ein winziges bisschen aus wie die Katze, die heimlich von der Sahne genascht hatte. So viel zum Thema verliebt, dachte Catherine.

»Hallo, wir sind wieder da!«

»Mmmh, das sieht aber lecker aus …« Elizabeth zog die Jacke aus, hängte sie über einen Stuhl und schaute sehnsüchtig auf den Kuchen auf Catherines Teller. »Chocolate Fudge Cake?«

Catherine nickte lachend und schob ihr den Teller hin. »Iss ruhig auf, ich mag sowieso nicht mehr. Außerdem werde ich allmählich zu dick. Ich hatte im Frühling so schön abgenommen, fast zehn Pfund, und dann …«

»Dann habe ich mich beschwert und dich mit Pralinen wieder in Form gebracht«, setzte Paul hinzu und drückte seiner Frau einen laut schmatzenden Kuss auf die Wange.

Elizabeth lachte, als ihre Schwester sich in gespielter Verlegenheit die nasse Wange rieb. Die beiden waren wirklich ein Traumpaar! Dann sah sie auf, als William an den Tisch kam und ihr einen Teller hinstellte. »Bitte sehr, Chocolate Fudge Cake, die Spezialität des Hauses. Oh, du hast ja schon … Na, macht nichts, ich bekomme ihn auch alleine weg. Bevor Paul ihn sich womöglich schnappt, esse ich ihn lieber selbst!«

Es war spät, als Elizabeth mit Paul und Catherine *Bluebell Lodge* betrat. Im Haus war alles still; wahrscheinlich schliefen die Mädchen längst. Mary und Vicky hatten gleich gefragt, ob sie bei Sarah übernachten dürften, als ihre Mutter ihnen von Maggies Geburtstagsfeier erzählt hatte. Elizabeth war nicht zum ersten Mal erleichtert darüber gewesen, dass die drei sich so gut verstanden. Sarah war wenigstens ein vernünftiges Mädchen. Genau genommen suchten sich ihre Töchter eigentlich immer vernünftige Freundinnen aus. Aber bei ihrer Schwester im Haus wusste sie sie eben am besten aufgehoben, selbst wenn Catherine und Paul nicht da waren.

Elizabeth schlug sogleich den Gang zum Gästezimmer im Erdgeschoss ein, während ihre Schwester den Kessel aufsetzte. »Paul braucht noch einen Kaffee«, erklärte sie bestimmt. »Sonst schnarcht er wie ein ganzes Sägewerk nach all dem Whiskey!«

»Gar nicht wahr«, protestierte ihr Mann und ließ sich auf das Sofa fallen. »Außerdem hatte ich nur zwei Whiskey …«

»Ja, und zwei Pint Bier.«

Kopfschüttelnd überließ Elizabeth die beiden sich selbst. Sie konnte es kaum erwarten, ins Bett zu kommen und zu schlafen. Wenn sie denn jemals würde einschlafen können!

»Wir treffen uns am nächsten Wochenende in Warwick und sehen uns das Schloss an«, hatte William gesagt, als sie auf dem Weg zurück zum Pub über die Mädchen gesprochen hatten. Elizabeth hatte ihre Bedenken geäußert, vor allem, was Mary anging. Bei ihr würde William keinen leichten Stand haben.

»Und anschließend grillen wir bei mir im Garten Würstchen und …«

»Vicky ist Vegetarierin«, hatte sie zu bedenken gegeben.

»Gut, dann eben vegetarische Würstchen. Und ich mache eine große Schüssel Salat. Zum Nachtisch könntest du vielleicht – einen Kuchen backen …?«

Auf seinen flehenden Blick hin hatte sie gelacht. William war ein großer Kuchenliebhaber, genau wie Mary. Vielleicht würde sie ihr Schokoladenkuchen mit Rum besänftigen? Den backte sie schon, seit die Kinder klein waren – zum Entsetzen ihrer Schwester hatte sie immer Rum hineingetan. »Der Alkohol verfliegt doch beim Backen«, hatte sie der skeptischen Cathy erklärt. »Außerdem schmeckt er so besser, das sagen alle.«

Also würden sie am nächsten Samstag mit einem großen Picknickkorb nach Warwick fahren und dann … würde hoffentlich alles gut gehen. Oder?

Mit einem Seufzer schlug Elizabeth die Decke zurück. Beinahe hätte sie sich auf ihr Handy gelegt, das aus irgendeinem ihr unerklärlichen Grund auf dem Laken lag. Es blinkte hektisch, um anzuzeigen, dass eine Nachricht eingegangen war.

Gute Nacht, meine liebste und wundervollste Elizabeth. William.

Na, so viel zum Thema Männer und Geduld, dachte Elizabeth. Aber sie las die kurze Zeile wieder und wieder, bis ihre Augenlider zu flattern begannen. *Meine liebste und wundervollste Elizabeth.*

19

Hey, Malin,

hier ist ganz schön was los, kann ich dir sagen!

Glaubst du, du kannst deine Mutter überreden, dich in den Sommerferien hierher zu lassen? Würde lieber selbst kommen, kann aber Judy nicht alleine lassen … die ist nämlich schwanger. Schwanger! Ist das nicht furchtbar? Und dann noch von so einem Dummkopf, der nur Fußball und Frauen im Kopf hat – na ja, und was seiner Meinung nach dann noch dazugehört. Ich hatte sie ja gewarnt, aber offenbar hat er es doch geschafft, sie rumzukriegen. Mann, wie kann man nur so blöd sein???

Aber das hilft Judy jetzt natürlich auch nicht weiter. Sie ist in der siebten Woche. Ist das dann schon ein richtiger Mensch? Ich habe da nicht so viel Ahnung. Judy sitzt natürlich tief drin, sie weiß echt nicht, was sie machen soll – wahrscheinlich wird sie es abtreiben, aber eine leichte Entscheidung ist das bestimmt nicht für sie. Ich möchte jedenfalls nicht in ihrer Haut stecken!

Und hier bei uns ist auch einiges los: Stell dir vor, Mama ist verliebt!!! In diesen

Tierarzt aus Warwick, von dem ich dir erzählt habe, dessen Eltern dieses unglaublich fette Herrenhaus in Atherstone haben, Mayfield Manor. Hab's bisher nur von Weitem gesehen, aber die Leute müssen wohl krass reich sein. Vicky findet das total romantisch, war ja klar. Aber die ist sowieso nicht mehr zu gebrauchen, seitdem sie ständig in der Kirche herumhängt. Bestimmt hat sie auch 1000 Gründe gegen die Abtreibung – aber zum Glück ist Judy meine Freundin und nicht ihre. Mal ehrlich, würdest du mit 17 ein Kind haben wollen? Und dazu noch ohne Vater? Ich nicht!

Es wäre echt cool, wenn du kommen könntest, vielleicht gleich am Anfang der Ferien. Dann habe ich auch diese grässlichen GCSEs hinter mir – und dann gibt's zwei ganze Monate keine Schule mehr!!! Juchhu!!!

Ich muss jetzt los, wir fahren nach Warwick, Mamas edlen Ritter besuchen und sein Schloss besichtigen. Nein, im Ernst, Warwick Castle gehört ihm nicht (nicht auch noch!), aber es ist wohl ein ziemlich cooles Museum mit Wachsfiguren und Folterkammer und allem Drum und Dran. Hinterher grillen wir bei William. Mama hat ihren berühmten Schokokuchen gebacken, ich wünschte, du könntest ihn übers Netz riechen! Köstlich. Ich muss aufpassen, dass ich hier nicht zu dick werde. Meine Sommerkleider vom letzten Jahr passen mir jedenfalls nicht mehr.

Also, mach's gut und schreib bald!

Mary Ann

Nachdem sie die E-Mail abgeschickt hatte, fuhr Mary den Computer herunter und nahm sich ihre Hausaufgaben vor. Sie war gestern Abend nicht mehr dazu gekommen, weil sie gleich im Anschluss an die Schule zu Judy gefahren war, die ihr am frühen Morgen eine SMS geschickt hatte, in welcher sie erklärte, warum sie nicht zur Schule kommen konnte. Sie habe gerade einen Schwangerschaftstest gemacht, und der sei positiv ausgefallen. Positiv! Mary stand jetzt noch unter Schock, wenn sie nur daran dachte – die arme Judy! Und ausgerechnet heute mussten sie nach Warwick fahren und sich dieses dumme Schloss ansehen. Mit Picknick. Als ob das nicht warten könnte … Aber sie wollte ihrer Mutter nicht den Spaß verderben, außerdem hatte sie Judy versprochen, heute Abend noch vorbeizukommen und auch bei ihr zu übernachten. Sie musste sich nur noch eine plausible Erklärung für ihre Mutter einfallen lassen – eine Mathearbeit zum Beispiel –, damit sie Judys Geheimnis nicht verraten musste. Denn das Letzte, was sie brauchte, war Vickys Gerede von Gott und Schöpfung und dem ganzen Kram. Das half der armen Judy jetzt auch nicht weiter. Außerdem glaubte die nicht an Gott, also musste sie sich auch nicht vor ihm rechtfertigen. Es reichte wohl, dass sie sich vor ihren Eltern würde rechtfertigen müssen. Darum beneidete Mary sie ganz bestimmt auch nicht, denn die Bennets waren sehr streng mit ihrer einzigen Tochter, in die sie viele Hoffnungen setzten. Schließlich war sie ein intelligentes Mädchen, das davon träumte, Medizin zu studieren – würde sie diesen Traum jetzt begraben müssen?

Leider rief in dem Moment, in dem sie ihren Stift ausgepackt hatte, ihre Mutter. Seufzend schob Mary ihren Stuhl zurück, warf noch einen Blick in den Spiegel und griff nach ihrer Umhängetasche und dem rubinroten Seidenschal, den sie in einem Secondhandladen in Nuneaton gekauft hatte, zusammen mit Judy. Judy hatte sich am selben Tag ein enges, weißes T-Shirt bei *Next* gekauft und kichernd bemerkt, dass sie nicht einmal Wäsche darunter würde tragen können, jedenfalls keine farbige. Nun, dieses T-Shirt würde ihr nicht mehr lange passen, so viel stand fest. Es sei denn, sie tat etwas dagegen. Aber tief in ihrem Herzen wehrte sich auch Mary gegen eine Abtreibung – das war doch Mord, oder?

»Kommst du bitte, Mary Ann?«, hörte sie ihre Mutter erneut rufen.

Energisch wandte sie sich vom Spiegel ab, warf den Seidenschal auf ihr Bett und eilte die Treppe hinunter.

Als sie den viktorianischen Rosengarten verlassen hatten – Elizabeth hätte noch Stunden darin verweilen können –, gingen sie über eine Zugbrücke zu einem der vier mächtigen Türme der Anlage, Guy's Tower, durch welchen sie in den Schlosshof gelangten.

»Wir werden im Juli noch einmal herkommen, wenn die Rosen in voller Blüte stehen«, versprach William und drückte sanft ihre Hand. »Dann kannst du auch die Warwick Castle Rose bewundern, die hier zum ersten Mal gezüchtet wurde. Sie wird dir gefallen – auch wenn ich ganz bestimmt kein Rosenkenner bin, finde ich doch, dass diese Rose auffallend schön ist, buschig, leuchtend pink und von einem ganz besonderem Duft, der fast ebenso betörend ist wie der deines Parfums …«

Sie schauderte, als seine Lippen ihre Haut berührten. Es war ein warmer, fast schon heißer Frühsommertag, und sie trug eine kurzärmelige Bluse zu ihren Jeans. Neidvoll blickte sie ihren Töchtern nach, die so klug gewesen waren, sich in letzter Minute noch umzuziehen und nun in Shorts und Sandalen herumliefen.

»Das ist lieb«, murmelte sie und versuchte, sich auf eine Infotafel zu konzentrieren, die am Rand eines großen, vollkommen symmetrischen und natürlich makellos grünen Rasenovals im Boden steckte. »Über neunhundert Jahre ist diese Anlage alt, wow …«

Währenddessen waren Vicky und Mary zum Eingang des Schlosses vorausgelaufen.

»Okay, wenn wir uns das Schloss alleine vornehmen?«, rief Mary über die Schulter zurück. »Wir können uns ja in einer Stunde irgendwo draußen treffen und zusammen essen. Oder wie lange braucht man für das Ding hier?«

Sie deutete auf das mächtige Schloss.

»Nun, ich würde sagen, drei bis vier Stunden sollten reichen«, erwiderte William und rieb sich dabei in gespielter Nachdenklichkeit das Kinn. »Vielleicht schafft ihr's sogar in zwei Stunden, wenn ihr die Folterkammer auslasst. Soll ja nichts für zart besaitete Gemüter sein …«

Überrascht sah Elizabeth, wie Mary ihm daraufhin einen spielerischen Schlag in die Seite versetzte. »Wir sind nicht so zart besaitet, wie du denkst«, meinte sie, doch sie lachte dabei. »Höchstens Vicky, die ist ja unser holdes Burgfräulein, aber ich kann ihr ja die Augen zuhalten, wenn wir an irgendwas besonders Grausigem vorbeikommen …«

Die Zunge ihrer Schwester, die sich ihr entgegenstreckte, geflissentlich ignorierend, nahm sie Vicky bei der Hand und zog sie einfach mit sich. »Bis später! Wir treffen uns um eins am …« Sie spähte über die Schulter ihrer Mutter, die einen Plan von dem Schloss in der Hand hielt. »Am Watergate Tower, ja? Viel Spaß!«

Und schon waren die beiden um eine Ecke verschwunden. Elizabeth wandte sich an William. »Tja, wie es aussieht, müssen wir beide das Schloss dann wohl allein erkunden …«

William legte Elizabeth einen Arm um die Schulter. »Das müssen wir wohl, ja. Schlimm?«

Sie schmiegte sich an ihn und sah zu ihm auf. »Nein. Nicht schlimm …«

Während sie den Weg zum Schloss entlangschlenderten, fragte er: »Sollen wir denn jetzt noch einmal in den Rosengarten zurückgehen und uns das alte Eishaus aus der Nähe ansehen? Den Steingarten haben wir uns vorhin eigentlich auch noch nicht so richtig angesehen.«

Elizabeth schüttelte den Kopf. »Nein, danke, das können wir ein andermal machen, wenn die Rosen blühen. Lass uns jetzt lieber die Staatsräume besichtigen. Ich liebe diese antiken, wurmzerfressenen Möbel, Gemälde von längst verstorbenen Adligen, auf Hochglanz polierte Ritterrüstungen und dergleichen. Herrlich! Und so romantisch. Bin ein echter Museumsfreak, wusstest du das nicht?«

»Nein, wusste ich nicht«, gab William zu und schmunzelte. »Aber das ist auch gut so, denn Schlösser und Burgen sind meine Leidenschaft, und wenn du es überhaupt mit mir aushalten möchtest, musst du das schon ein bisschen mögen, fürchte ich.«

»Kein Problem«, lachte sie, und er fragte sich wohl zum hundertsten Mal, warum ihr Lachen ein so tiefes Glücksgefühl in ihm hervorrief. Wahrscheinlich, weil er sie im letzten Herbst, als er sie auf dem Herbstfest bei Maggie und Simon zum ersten Mal nach fast zwanzig Jahren wiedergetroffen hatte, nicht ein einziges Mal hatte lachen hören.

Damals war sie noch ganz gefangen gewesen in ihrer Trauer – doch jetzt war sie wie befreit, war wieder ganz sie selbst, eine unbeschwerte und fröhliche Frau, die lachen konnte wie keine andere, und die dabei so atemberaubend schön aussah, dass er sie immer nur ansehen wollte.

Seine Elizabeth.

»Uff … schau dir das mal an! Allein der Wandteppich muss ja ein Vermögen wert sein.«

Sie standen im üppig ausgestatteten Schlafzimmer von Queen Anne, und Elizabeth fasste unwillkürlich nach Williams Arm. »Und dieses Bett – also, wenn ich so ein tolles Himmelbett hätte, ich würde den ganzen Tag darin verbringen …«

Sie begegnete seinem Blick und wurde rot. »Nein, natürlich nicht wirklich – es gibt ja hier noch so viele andere interessante Räume, die Bibliothek zum Beispiel«, erklärte sie hastig. Was sollte er nur von ihr denken? Dass sie ihn verführen wollte?

»Gibt es auf Mayfield Manor auch eine Bibliothek?«

Falls William ihre Verlegenheit bemerkt hatte, ging er – mal wieder ganz der Gentleman – nicht darauf ein. Er räusperte sich nur und antwortete: »Ja, und sie würde dir bestimmt gefallen. Die Bücherregale reichen vom Boden bis zur Decke und sind allesamt voll bis auf den letzten Spalt. Mein persönliches Lieblingszimmer – und das meines Vaters.«

»Hm.« Elizabeth legte den Kopf schief. »Wie viele Zimmer gibt es eigentlich in dem Haus deiner Eltern? Kann man sich da verlaufen?«

Er warf den Kopf in den Nacken und lachte. »Oh ja, bestimmt kann man das! Versteh mich nicht falsch, ich sage das nicht, um anzugeben. Es ist eigentlich geradezu lächerlich groß für zwei Personen. Nun ja, früher lebten natürlich viel mehr Leute auf so einem Gut. Warte mal, es gibt drei – nein, vier Schlafzimmer im Westflügel, zwei im Hauptgebäude und dann noch mindestens drei oder vier im Ostflügel, aber der ist seit Jahrzehnten unbewohnt. Zu fast jedem Schlafzimmer gehören ein Bad und ein Ankleidezimmer, dann gibt es natürlich mehrere Salons, von denen allerdings nur einer wirklich genutzt wird. Alles andere wäre auch glatte Heizölverschwendung! Dann haben wir da noch den kleinen und den großen Speisesaal … einen Ballsaal gibt es natürlich auch – ebenfalls bedauerlicherweise unbenutzt – und den sogenannten grünen Salon, den meine Mutter sehr liebt, sowie die Bibliothek und natürlich eine riesengroße Küche. Das war früher mein Lieblingsraum, als ich noch klein war. Wir hatten damals eine Köchin – Misses Cuthbert, ich sehe sie förmlich vor mir stehen –, die war so dick und dabei so ungeheuer flink und fleißig, dass sie ohne Mühe die aufwendigsten Banketts alleine gekocht und auch noch serviert hätte. Meine Güte, das war eine Frau! Sogar mein Vater hatte richtiggehend Angst vor ihr, weil sie so resolut war. Die Küche gehörte ihr, daran ließ sie keinen Zweifel. Aber sie war die Güte in Person, und ich habe sie heiß und innig geliebt. Sie ist inzwischen lange tot, bestimmt schon mehr als zehn Jahre.«

Sie schlenderten Hand in Hand weiter in den blauen Salon, wo Elizabeth besonders die mit blassblauer Seide bezogenen Stühle und den strahlend weißen Alabasterkamin bewunderte. »Nur das Bild von Henry VIII. müsste ich nicht unbedingt haben«, bemerkte sie kichernd.

»Ich auch nicht«, stimmte William zu und zog sie an eines der tiefen Fenster. »Sieh mal, da unten stolziert ein Pfau über den Hof, als gehöre das hier alles ihm. Der hat anscheinend überhaupt keine Angst. Jetzt plustert er sich vor einer Gruppe von Japanern auf! Uuund … – klick!«

Beide lachten, und dann machten sie sich auf den Weg zum nächsten Zimmer, wo der Herzog von York und der Herzog von Marlborough in ein Kartenspiel versunken waren. Die Wachsfiguren sahen so lebensecht aus, dass Elizabeth beinahe glaubte, sie miteinander reden zu hören.

»Das ist wirklich das Besondere an Warwick Castle«, meinte William. »Die Räume wirken durch die Wachsfiguren ganz anders, viel lebendiger und interessanter. Für mich ist das hier Geschichtsunterricht zum Anfassen. Schau mal, hier …« Er ging in das Zimmer nebenan. »Hier spielt Signor Paolo Tosti auf dem Pianoforte und Miss Clara Butt singt dazu. Reizend, nicht wahr? Man kann sie fast ihre Arien schmettern hören … ob sie wohl auch so schön gesungen hat, wie sie aussieht?«

»Bestimmt. Die beiden Ladys auf dem Sofa sehen allerdings etwas gelangweilt aus.«

»Das täuscht«, behauptete William. »In Wahrheit hören sie den beiden andächtig zu und versuchen gleichzeitig, sich darüber einig zu werden, ob Miss Clara den singenden Signore heiratet oder vielleicht doch lieber den jungen Herzog, der aber nur am Spiel und an der Jagd interessiert ist …«

Elizabeth lachte und knuffte William in die Seite. »Du hast ja eine blühende Fantasie! Komm, lass uns mal nach draußen gehen, ich habe Durst. Hast du etwas zu trinken dabei?«

William nahm seinen Rucksack ab und warf einen Blick hinein. »Fehlanzeige, die Dosen habe ich den Mädchen gegeben. Dachte, dann müsste ich sie nicht schleppen. Dann lade ich dich auf eine Limonade ein, ja?«

»Gerne.«

Sie hakte sich bei ihm ein, und während sie die breite Treppe in die Halle hinuntergingen, stellte sie sich vor, wie sie beide Arm in Arm die langen Gänge von Mayfield Manor entlanggingen: sie in einem langen, dunkelroten Abendkleid, er ganz edel im Frack … eine schöne, romantische Vorstellung, bei der sie unwillkürlich seufzen musste.

»Was ist los, Elizabeth? So durstig?«

Sie schüttelte den Kopf. »Nein. Ich bin einfach nur glücklich, das ist alles. Einfach nur glücklich …«

Nachdem sie im Café etwas getrunken und der Versuchung, einen von den sehr appetitlich aussehenden, hausgebackenen Kuchen zu kaufen, erfolgreich widerstanden hatten (»Wozu sonst habe ich heute früh um acht schon Kuchen gebacken?«, hatte Elizabeth gemeint und William energisch vom Kuchenbuffet weggezogen), schlenderten sie nun gemütlich auf den vereinbarten Treffpunkt am Watergate Tower zu.

»Am besten hat mir die Gräfin von Warwick gefallen – dieses Kleid ist doch ein einziger Traum!«

William lachte gutmütig. »Du bist wirklich hoffnungslos romantisch, Elizabeth! Aber gerade das gefällt mir so an dir – unter anderem. Wenn du willst, kaufe ich dir irgendwann mal so ein Kleid – ein ähnliches jedenfalls. Und vielleicht ein nicht ganz so langes, damit du nicht erst vier Schleppenträger brauchst, um die Treppe zu unserem Haus hochzukommen.«

Vier Schleppenträger. Die Treppe zu unserem Haus.

Elizabeth blieb stehen und sah ihn einen Moment lang zweifelnd an. Das hatte er doch nicht ernst gemeint, oder? Doch dann begegnete sie seinem liebevollen, zärtlichen Blick und senkte schnell den Kopf, damit er ihre Verlegenheit nicht bemerkte. Wenn er wüsste, was für Träume er in ihr weckte, wenn er so etwas sagte! Träume, die sonst nur kleine Mädchen träumten … und sie war schließlich kein kleines Mädchen mehr!

Doch William blieb stehen, zog sie in seine Arme und sagte leise: »Ich meine das schon ernst, Elizabeth. Ich will dir schöne Kleider kaufen, und ich will noch oft mit dir tanzen und Feste feiern, auf Mayfield Manor und anderswo … weil du mich glücklich machst, Elizabeth. So glücklich!«

»Oh, William …«

Eine lange Zeit standen sie da, eng umschlungen, und waren bald so versunken ineinander, dass die Welt um sie herum nicht mehr zu existieren schien. Elizabeth lauschte dem Schlag seines Herzens, hatte die Augen geschlossen und dachte an nichts anderes mehr als an ihn. Wie glücklich er sie machte, wie gut aufgehoben sie sich fühlte, wenn er sie so hielt …

»An bestimmten Tagen im Jahr veranstalten sie hier in den Kellergewölben des Schlosses ein mittelalterliches Festbankett, im Sommer sogar mit Feuerwerk und allem Drum und Dran«, sagte William schließlich, als sie Hand in Hand ihren Weg fortsetzten. »Ein richtiges Schlossfest sozusagen. Soll ich uns Karten dafür besorgen? Das könnten wir dann ja mit der Rosenblüte verbinden, für die wir ohnehin noch einmal wiederkommen wollten.«

Sie nickte. »Ja, gern, ich habe schon im Internet davon gelesen. *The Kingmaker Feast*. Muss ich dafür schon ein mittelalterliches Ballkleid haben?«

»Nein, musst du nicht«, erwiderte er lachend und strich ihr zärtlich eine Haarsträhne aus dem Gesicht. »Zieh einfach das an, was du willst, und worin du dich wohlfühlst.«

»Okay … also in Sandalen, abgerissenen Jeans und einem hautengen Top, ja?«

Er grinste breit, beugte sich über sie und drückte ihr einen hauchzarten Kuss hinters Ohr. »Wäre bestimmt sexy«, murmelte er und ließ seine Lippen ihren Hals hinunterfahren. »Sehr sexy …«

Elizabeth schob ihn sanft, aber bestimmt – wenn auch etwas widerstrebend – von sich. »William Bentley, reiß dich zusammen! Du weißt nicht, wohin das führen könnte …«

»Oh, in einen der Türme vielleicht?«, scherzte er, sein Mund noch immer nah an ihrem Ohr. »Oder …«

Doch weiter kam er nicht, denn da kamen ihnen – zu Elizabeths heimlicher Erleichterung – die Mädchen entgegen, fröhlich ihre Kameras schwenkend. »Wir sind schon ganz ausgehungert!«, riefen sie. »Ihr habt den ganzen Proviant bei euch!«

»Ja, dafür habt ihr die Getränke, und wir mussten schon im Café teures Geld für ein winziges Glas Limonade bezahlen«, rief Elizabeth, ihre Stimme noch leicht zitterig von der Aufregung, die Williams sinnliche Berührung – und seine direkten Worte – in ihr verursacht hatten. Er wusste genau, dass er sie an der richtigen Stelle getroffen hatte, und das ärgerte sie fast. Er sollte nur nicht denken, dass sie leicht zu haben war!

Also löste sie sich energisch aus seiner Umarmung, drehte sich zu ihren Töchtern um und schlug vor: »Lasst uns einen schönen Picknickplatz irgendwo im Schatten suchen, es ist doch ganz schön heiß geworden. Wir brauchen bestimmt noch den ganzen Nachmittag, um uns den Park anzusehen, da müssen wir uns schon gut stärken …«

»Und die vier Türme!«, rief Vicky, deren kornblumenblaue Augen vor Begeisterung glänzten. Sie hätte noch viel länger im Schloss verweilen können – besonders in den Staatsräumen mit den Wachsfiguren –, aber Mary hatte sie ungeduldig von einem Raum in den nächsten gezerrt. Lange Zeit hingegen hatte sie unten im Verlies verbracht, was Vicky wiederum nicht im Mindesten interessierte. Deswegen hatte sie sich mit einer Dose Limonade auf die Stufen vor dem Eingang zum Keller gesetzt und auf Mary gewartet.

Sie breiteten ihre Picknickdecke unter einer Weide am Ufer des Avons aus, der in früheren Zeiten als natürliches Hindernis für potenzielle Angreifer gedient hatte, und verbrachten dort eine sehr vergnügliche Stunde.

William fühlte, wie die Mädchen ihm gegenüber zunehmend offener wurden – besonders Mary schien heute einen guten Tag zu haben und taute langsam in seiner Gegenwart auf. Sie war sehr an der Geschichte und Architektur des Schlosses interessiert, und er konnte ihr viel darüber erzählen. Vicky hingegen hatte die romantische Ader ihrer Mutter geerbt; sie hatte etliche Postkarten von der Wachsfigurenausstellung *The Royal Weekend Party* gekauft, die sie jetzt gemeinsam mit ihrer Mutter betrachtete.

Vicky sah Elizabeth auf den ersten Blick nicht besonders ähnlich – Elizabeth mit ihren üppigen, kastanienbraunen Locken, die ihr bis weit über die Schultern herabfielen, den goldbraunen Augen und der schmalen, geraden Nase, und Vicky mit ihrem schulterlangen, glatten, blonden Haar, den blauen Augen und den unzähligen, kleinen Sommersprossen auf der Stupsnase. Aber man konnte deutlich spüren, dass sie das waren, was man seelenverwandt nannte. William beobachtete lächelnd, wie sie eines der Bilder bewunderten und jedes winzige Detail betrachteten.

Mary dagegen, die ihrer Mutter im Äußeren ähnelte, war so ganz anders in ihrem Wesen, viel temperamentvoller und bei Weitem nicht so romantisch – wenngleich bestimmt nicht weniger sensibel, wie William vermutete. Bei all der äußeren Schroffheit verbarg sich hinter Marys harter Schale ein sehr weicher, verletzlicher Kern, das hatte er von Anfang an gespürt. Nein, sie war nicht die coole Sechzehnjährige, die stets alles im Griff haben wollte, wie es auf den ersten Blick schien. Man musste sich nur etwas mehr Mühe geben, um an die »echte« Mary heranzukommen, doch William hoffte, dass sie es mit der Zeit zulassen, dass sie ihn akzeptieren würde, denn ohne die Zustimmung der Mädchen konnte er sich keine Zukunft mit Elizabeth vorstellen.

Und das, dachte er mit einem sehnsuchtsvollen Blick in Elizabeths Richtung, *ist es, was ich mir am meisten wünsche: eine Zukunft mit Elizabeth, mit der Frau, die ich liebe – die ich im Herzen wahrscheinlich schon immer geliebt habe.*

Judy saß mit gekreuzten Beinen auf ihrem Doppelbett, eines der rosafarbenen, geblümten Rüschenkissen an sich gedrückt, und starrte zum Fenster hinüber. Tränen liefen ihr beide Wangen hinunter, doch sie schien es kaum zu merken.

Mary war von Warwick aus direkt hierher gekommen. Es war alles andere als leicht gewesen, ihre Mutter und Vicky von *Ivy Cottage* loszueisen, wo sie nach der Schlossbesichtigung Würstchen und Marshmallows über dem Feuer gegrillt hatten, aber schließlich war es William gewesen, der gespürt hatte, dass sie unruhig war und zu ihrer Freundin wollte.

»Ein Versprechen ist ein Versprechen«, hatte er gesagt und ihr dabei eine Hand auf die Schulter gelegt. Seltsamerweise war sie nicht einmal zurückgewichen. »Nicht wahr, Mary? Und gute Freunde halten das, was sie versprochen haben.«

Ja, gute Freunde halten das, was sie versprochen haben. Sie sind füreinander da, in guten und vor allem natürlich in schlechten Zeiten. Mary sah ratlos zu Judy hinüber. Sie war auch in der festen Absicht gekommen, ihre Freundin zu trösten, ihr zu helfen, doch jetzt fehlten ihr auf einmal die richtigen Worte. Judy sah furchtbar aus, mager und zerbrechlich, als könne ein einziger Windhauch sie davontragen. Und müde – so müde. Ob sie überhaupt noch schlafen konnte? – Die schwarzen Ringe unter ihren sonst so strahlenden Augen zeugten eher vom Gegenteil.

»Weißt du, Mary, mir kommt das alles immer noch vor wie ein schrecklicher Albtraum, aus dem ich jeden Moment erwachen könnte … aber ich wache nicht auf. Das hier ist die Realität, das ist mein Leben – und ich habe es ruiniert. Vollkommen ruiniert!«

Mary schüttelte den Kopf. »Aber nein, Judy …«

»Doch, das habe ich! Wie konnte ich nur so dumm sein? Ich wusste doch, dass er mit mir ins Bett wollte, die ganze Zeit schon, und ich dachte … ach, ich weiß nicht, was ich dachte. Es war jedenfalls dumm – so dumm!«

Sie barg ihr Gesicht in den Händen und weinte.

Mary fühlte sich plötzlich ganz unwohl in ihrer Haut. Was sollte sie nur tun?

Zögernd streckte sie eine Hand nach der Freundin aus. »Hey … nun gib doch nicht gleich auf – du bist doch sonst so ein Optimist! Du schaffst das schon … Wir finden einen Weg, ja? Ich helfe dir auch – egal, wie du dich entscheidest.«

Sie hatten schon über Abtreibung gesprochen, waren sich aber beide nicht sicher, ob Judy diese überhaupt ohne die Zustimmung ihrer Eltern würde vornehmen lassen können. Und Judys Eltern waren der nächste Punkt.

»Aber wie soll ich es meinen Eltern sagen? Ich kann es doch nicht ewig vor ihnen geheim halten! Papa flippt aus, der – der schmeißt mich raus!«

Mary setzte sich zu ihrer Freundin auf die Bettkante. *Wenn ich nur wüsste, wie ich ihr helfen könnte! Wenn ich sie doch nur besser verstehen könnte … aber ich habe doch keine Ahnung, was man da machen kann – na ja, Baby oder nicht Baby halt, aber wie …? Wie?*

»Willst du es Adam sagen?«, fragte sie vorsichtig.

Judy warf das Kissen auf den Boden und schniefte. »Dem? Ganz bestimmt nicht! Ich kann mir doch an fünf Fingern ausrechnen, was dann passiert – er wird behaupten, ich hätte ihn verführt, ich hätte ihn in dem Glauben gelassen, ich würde die Pille nehmen, und überhaupt sei das alles meine Schuld, er hätte ja schließlich Kondome in der Tasche gehabt …«

»Hatte er?? Ja, warum habt ihr die denn dann nicht benutzt, um alles in der Welt?«

»Ich … ich dachte nicht, dass es so weit kommt«, murmelte Judy. »Ich dachte, wir schmusen nur, und er hört dann vorher auf … Aber dann ging alles so schnell, und es war – es war noch nicht einmal schön.«

»Oh je …«, seufzte Mary und nickte langsam. »Du Arme. Tja, das war dann wohl nicht so das, was wir uns immer vorgestellt hatten, oder?«

Judy schüttelte den Kopf. »Nein, ganz bestimmt nicht. Von Romantik keine Spur … Es war wirklich furchtbar, Mary. Es hat wehgetan. Er hat nur seinen Spaß haben wollen, das war alles. Und ich fühlte mich hinterher schäbig und benutzt – und jetzt bekomme ich ein Kind von einem Typen, den ich nicht einmal liebe … Ach, Mary, was soll ich denn nur machen? Was??«

Mary nahm ihre Freundin in die Arme und hielt sie, während sie weinte. Mehr konnte sie im Moment nicht für sie tun, das wusste sie, auch wenn sie verzweifelt wünschte, dass es anders wäre. Auf diese Dinge im Leben wurde man eben nicht vorbereitet, sie passierten einfach, genau wie der Unfall ihres Vaters einfach passiert war – ein einziger Moment, und plötzlich war es vorbei, das Leben.

Aber war es für Judy wirklich vorbei?

20

Schon wenige Tage später schienen William seine weisen Worte über Freundschaft und Versprechen wieder einzuholen. Am Donnerstagabend stand er vor dem Spiegel im Flur und band mit geübten Fingern seine Krawatte. Er wollte ein Treffen des Veterinärverbandes von Warwickshire besuchen, das um acht Uhr begann, und er war – wie so oft – spät dran. Zuerst würden sie einen Vortrag zum Thema *Hüftgelenksdysplasie bei Hunden im Zusammenhang mit Industriefutter* hören, um sich anschließend beim Essen darüber – und natürlich über so allerlei anderes aus der Praxis – mit den Kollegen und Kolleginnen auszutauschen.

Eigentlich fand William diese Abende immer sehr interessant, und er freute sich, nach fast einer Woche Pizza und anderen Fertiggerichten aus der Tiefkühlabteilung von Marks & Spencer, auch mal wieder auf ein anständiges Essen. Trotzdem hätte er ein romantisches Candle-Light-Dinner mit Elizabeth natürlich vorgezogen. Die Karten für das *Kingmaker Feast* hatte er bereits besorgt, sie lagen auf seiner Kommode oben im Schlafzimmer, zusammen mit einer Schachtel Pralinen, die er Elizabeth bei der nächsten Gelegenheit mitbringen würde. Im Augenblick sah es allerdings nicht so aus, als würden sie sich in dieser Woche überhaupt sehen, oder in der nächsten. Elizabeth hatte am Sonntag nach ihrem Besuch in Warwick einen Anruf von ihrer Schwägerin in Bournemouth erhalten – offenbar hatte die Schwiegermutter einen Schlaganfall erlitten und lag nun im Krankenhaus, ihre gesundheitliche Verfassung sei eher schlecht. Elizabeth wollte am Wochenende alleine hinfahren, um sie zu besuchen. Er fand es schön, dass sie auch nach dem Tod ihres Mannes noch einen guten Kontakt zu dessen Familie hatte, und so, wie er es verstanden hatte, sahen sie und die Kinder wohl mehr von ihren Verwandten an der Südküste als von Elizabeths eigenen Eltern, die, wie sie erklärt hatte, auf Angelsey lebten und nur selten nach Warwickshire kamen. Anscheinend war das Verhältnis zwischen ihnen auch kein besonders gutes – näher hatte Elizabeth sich dazu nicht geäußert, und er hatte nicht nachgefragt.

Das Telefon klingelte in dem Moment, in dem er gerade zur Tür hinauswollte, und William zögerte einen Augenblick, bevor er sich entschloss abzunehmen. Es war Jerry.

»Tut mir leid, ich bin gerade auf dem Weg zum Veterinärtreffen, kann ich dich vielleicht später zurückrufen, Jerry?«

Jerry sprach sehr leise, sodass William kaum verstehen konnte, was er sagte. »Mir geht's gerade nicht besonders gut, Will, ich würde mich echt freuen, wenn wir uns morgen treffen könnten. Oder vielleicht heute Abend noch … Geht das?«

»Ja, natürlich. Morgen ist kein Problem. Heute sieht es schlecht aus, ich muss auch wirklich los. Magst du mir kurz sagen, was los ist? So in drei, vier Sätzen, wenn's geht?«

»Es geht auch in einem: Hannah hat mich verlassen.«

»Bitte??!«

»Du hast richtig gehört: Sie hat mich verlassen. Das heißt, sie ist im Begriff, es zu tun: Sie hat ein paar Sachen gepackt und ist zu einer Freundin gezogen. Am Wochenende will sie noch mehr Sachen holen und nach Kent fahren, zu ihren Eltern. Auf unbestimmte Zeit, wie sie sagt. Aber wir wissen doch alle, was das heißt, oder?«

William fuhr sich mit der Hand durchs Haar. Er wusste beim besten Willen nicht, was er dazu sagen sollte. Hannah und Jerry waren in seinen Augen immer das perfekte Paar gewesen – abgesehen von der Tatsache, dass die Ehe kinderlos geblieben war, worunter beide sehr litten, wie er wusste. Aber sonst hatten sie nahezu alles, was man sich wünschen konnte – auf beiden Seiten eine große Familie, viele gute Freunde, eine Gemeinde, in der sie sich engagierten. Jeder hatte einen Beruf, in dem er völlig aufging, und sie bewohnten ein Haus, um das sie so mancher beneiden würde … Woran um alles in der Welt mochte es ihnen gefehlt haben?

»Oder?«, wiederholte Jerry seine Frage mit Nachdruck, als erwarte er eine Antwort – aber die Antwort, die er wahrscheinlich hören wollte, konnte William ihm nicht geben. Ja, er wusste, was das hieß, er hatte das oft genug in seinem Freundes- und Bekanntenkreis erlebt. Erst kürzlich hatte sein Nachbar seine Frau verlassen, und das nach zweiundzwanzig Jahren Ehe. Und weswegen? Weil er mit seiner vorzeitigen Pensionierung nicht klarkam und Bestätigung in den Armen einer Frau gesucht hatte, die ohne Weiteres seine Tochter sein konnte.

Er seufzte, fuhr sich noch einmal mit der Hand durch das ohnehin schon zerzauste Haar. »Pass auf, Jerry, ich kann jetzt wirklich nicht länger sprechen. Ich komme auf dem Weg vom Vet-Treffen noch einmal bei dir vorbei, okay? Ja?«

»Aber sie hat ihren Job gekündigt!«, jammerte Jerry, als habe er William gar nicht gehört. »Wenn sie nur für eine Weile wegwollte, hätte sie das doch nicht zu tun brauchen, oder? Und sie hat ihn bereits vor zwei Monaten gekündigt – vor *zwei Monaten*! Und ich hatte die ganze Zeit über keine Ahnung …«

Er fing an zu weinen, und William stöhnte innerlich. Wie sollte er nur von hier wegkommen? »Jerry, ich komme nachher noch vorbei, ja? Wenn ich mir den Vortrag in Coventry angehört und die wichtigsten Hände geschüttelt habe, entschuldige ich mich bei meinen Kollegen, hole unterwegs eine Pizza und komme zu dir. Wie klingt das?«

Jerry putzte sich geräuschvoll die Nase. »Gut … sehr gut, Will. Du bist ein echter Freund!«

»Schon in Ordnung, Jerry! Also, pass auf dich auf, ja? Ich bin spätestens um halb zehn bei dir. Mach keinen Blödsinn!«

Er hoffte inständig, dass Jerry seine Worte beherzigen würde, als er kurz darauf die Haustür hinter sich zuzog und in sein Auto stieg. Wenn Jerry schon weinte – er hatte den baumlangen, starken Kerl von einem Mann noch nie weinen sehen –, dann war wirklich etwas im Argen. Hannah war sein Ein und Alles, und William hatte keine Ahnung, wie sein Freund den Verlust verkraften würde.

Zur selben Zeit kniete Elizabeth in ihrem Schlafzimmer auf dem Fußboden und stopfte einige Kleidungsstücke in eine Reisetasche. Sie würde morgen etwas früher Schluss machen und den Zug um halb zwei ab Coventry nehmen. Die Mädchen würden das Wochenende bei Catherine und Paul verbringen – Mary hatte zwar zunächst darauf bestanden mitzukommen, aber Elizabeth hatte keinen Grund gesehen, sie vom Unterricht befreien zu lassen, zumal ihre GCSEs kurz bevorstanden. Sie wusste natürlich, wie sehr die Mädchen ihre Granny liebten, aber solange diese noch im Krankenhaus lag und laut Melanie nicht einmal ansprechbar war, wollte sie ihren Töchtern diesen Besuch lieber ersparen.

»Mama?«

Mary kam ins Zimmer, ein Schulbuch in der einen, ein Heft in der anderen Hand. »Ich verstehe diese Matheaufgabe einfach nicht. Kannst du mir helfen?«

Ihre Mutter sah kurz auf ihre Uhr und seufzte. »Ich dachte, du seiest längst im Bett! Na, zeig mal her, was hast du denn da?«

Nachdem Mary wieder in ihr Zimmer gegangen war, griff Elizabeth zum Telefon. Doch als nach dem dritten Klingeln der Anrufbeantworter ansprang, fiel ihr ein, dass William heute auf einer Veterinärskonferenz in Coventry war. Zu müde, um auf das Band zu sprechen, legte sie auf und machte sich wieder ans Packen. Ihre Gedanken eilten nach Bournemouth zu Granny. Sie war damals, vor fast zwanzig Jahren, die Erste gewesen, die sie in der Familie willkommen geheißen hatte, und Elizabeth hatte sich vom ersten Augenblick an bei Patricks Eltern wohlgefühlt. Während Annabel Webster schon immer sehr viel geredet hatte – der Gedanke, dass sie jetzt, nach dem Schlaganfall, praktisch überhaupt nicht mehr reden konnte, war für sie unvorstellbar –, war Patricks Vater, Benjamin, ein schweigsamer und zurückgezogener Mann gewesen, der den größten Teil seiner Zeit hinter seinem Schreibtisch im Büro des *Whitesands* verbracht hatte. In seiner knapp bemessenen Freizeit war er ein passionierter Golfspieler und Gärtner gewesen. An dem Tag, an dem er starb, hatte er gerade die weiten Rasenflächen hinter dem Hotel gemäht und war dabei gewesen, den Rasenmäher zu reinigen, als ein Herzanfall seinem Leben mit nur sechsundsechzig ein jähes Ende gesetzt hatte. Sie und Patrick waren damals damit beschäftigt gewesen, ihr neu erworbenes Haus in Reinfeld zu renovieren, als sie die Nachricht von Benjamins Tod ereilte. Sie hatten Baustelle Baustelle sein lassen und waren mit ihren Töchtern nach Bournemouth geflogen, um Benjamin Webster die letzte Ehre zu erweisen. *Hoffentlich,* dachte Elizabeth, als sie die letzten Wäschestücke in die Reisetasche warf und den Reißverschluss zuzog, *steht das jetzt nicht bald schon wieder an.* Melanie hatte gesagt, Granny sei nicht ansprechbar, und die Ärzte würden sich mit ihren Äußerungen hinsichtlich der Genesungschancen sehr bedeckt halten – was vieles heißen konnte.

Als sie kurz darauf nach unten ging, um es sich mit einer Wolldecke auf dem Sofa vor dem Fernseher gemütlich zu machen, fiel ihr Blick auf einen Flyer, den Vicky – absichtlich oder unabsichtlich – auf dem Couchtisch hatte liegen lassen.

»Alpha-Einladung 2005«, las sie. »Wenn Sie sich fragen, worin eigentlich der Sinn Ihres Lebens besteht, und einige der folgenden Fragen und Aussagen Ihnen bekannt vorkommen, dann sind Sie im Alphakurs genau richtig.

- *Wer war Jesus Christus und hat er wirklich existiert?*
- *Ich glaube nicht an Gott, weil …*
- *Wie kann Jesus mein Leben verändern?*
- *Ich glaube an Gott, aber …*

In den Alpha-Gruppen können Sie in einem ganz entspannten und informellen Rahmen mehr über den christlichen Glauben erfahren. Die Gruppen sind für alle diejenigen geeignet, die entweder noch keine Entscheidung gefällt haben, oder für junge Christen, die einfach mehr wissen wollen. Kommen Sie zu unserem Info-Abend am …«

Seufzend legte sie die Karte auf den Couchtisch zurück und ging in die Küche, um sich einen Tee zu machen. Ja, sie hatte etliche Fragen an Gott und sie hätte gerne Antworten darauf – aber sie wusste, dass die Antworten, die sie in solch einem Kurs bekommen würde, möglicherweise ihr ganzes Leben infrage stellen würden, die Vergangenheit, die Gegenwart und ganz bestimmt auch die Zukunft. Und es gab Fragen in ihrem Leben, mit denen sie sich eigentlich lieber nicht auseinandersetzen wollte. Oder noch nicht.

William hatte den Kurs vor einigen Jahren auch mitgemacht und schien mehr oder weniger unberührt davon. Jedenfalls machte er nicht den Eindruck, als hätte er außerhalb der Kirche mit Gott oder Jesus besonders viel zu tun. Er besuchte zwar hin und wieder den Gottesdienst in der Baptistengemeinde, aber Elizabeth hatte nicht das Gefühl, als ob der Glaube sein Leben beeinflusste. Und auch Vicky schien mehr oder weniger dieselbe zu sein. Sicher, sie verbrachte viel Zeit in der Kirche, und ihre Freundschaft mit Sarah und Becky war ihr in den letzten Wochen zunehmend wichtiger geworden, während sie mit Rachel nicht halb so oft zusammenkam. Aber sie war immer noch dieselbe Vicky, sensibel, fürsorglich, still und verträumt. Die Frage war nur: Wovon träumte sie?

Energisch griff Elizabeth nach dem Kessel und goss den Tee auf. Vicky war dreizehn, fast vierzehn, sie würde noch manche Phase durchlaufen, bevor sie erwachsen wurde. Und wenn sie jetzt gerade eine Kirchenphase hatte, nun – es gab Schlimmeres. Sie jedenfalls wollte sich jetzt nicht den Kopf darüber zerbrechen, wie Jesus Christus ihr Leben verändern konnte. Sie fand, dass ihr Leben im Augenblick gerade aufregend genug war. Sie rührte Milch und Zucker in ihren Tee, ging ins Wohnzimmer zurück und schaltete den Fernseher ein. Auf Kanal 4 lief ein alter *Columbo* – genau das Richtige, dachte Elizabeth, kuschelte sich in die Sofaecke und stellte ihre Teetasse neben sich auf den Fußboden. Genau das Richtige zum Entspannen.

Jerry wirkte alles andere als entspannt, als er William im Schlafanzug begrüßte. Unter seinen Augen lagen dunkle Ringe, sein Haar war ungekämmt und stand zu allen Seiten ab, und rasiert hatte er sich offensichtlich auch seit Tagen schon nicht mehr. Das allerdings war keine Besonderheit; Jerry hatte es mit dem Rasieren nie so genau genommen, aber an diesem Abend unterstrich der Dreitagebart sein desolates Aussehen nur noch mehr.

»Komm herein, alter Junge, und mach's dir bequem. Kann ich dir was zu trinken anbieten – Whiskey, Bier, Wein?«

»Später vielleicht, danke«, antwortete William und stellte die beiden Pizzakartons auf dem Küchentisch ab. »Aber zum Essen trinke ich lieber Mineralwasser. Wo sind denn eure Teller? Oder wollen wir wie die Pfadfinder aus dem Pappkarton essen?«

Jerry winkte ab, während er ins Wohnzimmer weiterging, wo er sich auf das Sofa fallen ließ wie ein zentnerschwerer Zementsack. William zog lediglich eine Augenbraue hoch, nahm die Pizzaschachteln und folgte ihm.

»Gut ...« Er fuhr sich mit den Händen durch das Haar und sah seinen Freund fragend an. »Was nun? Erstmal essen?«

Komm schon, rede mit mir, Jerry, sag was – irgendwas.

Aber Jerry saß nur unbeweglich da und starrte ins Leere. Er schien meilenweit weg zu sein, irgendwo, wo William ihn nicht erreichen konnte, und das machte ihm Angst. Das war nicht der Jerry, den er kannte. Das war ein ganz anderer, ein fremder, ein kranker Mann. Ein vor Kummer kranker, gebrochener Mann.

In die drückende Stille hinein fragte er schließlich: »Wann hat sie es dir gesagt?«

»Gestern Abend«, antwortete Jerry mit erschreckend tonloser Stimme. »Nachdem wir unseren Besuch verabschiedet hatten. Wir haben mittwochs immer Hauskreis, weißt du.«

William nickte. »Ja ... klar.«

Er klappte den Deckel einer der Schachteln hoch und schob seinem Freund die Schachtel hin. Wortlos griff Jerry nach einem Pizzastück und begann mechanisch zu essen. Dann nahm er ein zweites Stück, aß es ebenfalls schweigend auf und spülte es mit einem kräftigen Schluck Whiskey hinunter.

»Sie hat einen anderen. Ich weiß es eigentlich schon lange, aber ich wollte es nie wahrhaben. Er wohnt in Kent, ist ein alter Jugendfreund, der zwischendurch auch schon mal verheiratet war, jetzt aber geschieden ist. Offensichtlich geht das schon seit Längerem, wie lange genau, weiß ich nicht. Aber ich habe den Verdacht, dass es schon Jahre sind. Jedes Mal, wenn sie zu ihren Eltern gefahren ist, hat sie sich mit ihm getroffen. Und weißt du, was das Ironische ist? Ich kenne ihn sogar – und ich fand ihn immer sehr sympathisch. Als seine Ehe vor ein paar Jahren in die Brüche ging, haben wir sogar zusammen eine Tour durch die Countrypubs gemacht – Hannah und ich waren gerade auf Besuch bei ihren Eltern –, und er hat mich auf dem Heimweg vollgeheult, wie sehr er mich doch um meine gute, treue, christliche Ehefrau beneidet. Gut und treu, in der Tat! Wenn das nicht Ironie des Schicksals ist, dann weiß ich es nicht.«

William schwieg.

»Und da dachte ich immer, unser Leben wäre annähernd perfekt, weißt du, und von Gott höchstpersönlich genau so geplant. Aber plant er auch diese katastrophalen Wendungen mit ein? Du selbst hast doch erst vor wenigen Monaten zugegeben, dass du uns beneidest, und wir haben gelacht und gesagt: Pass auf, auf dich wartet auch noch jemand ganz Besonderes. Was ja stimmt«, fügte Jerry mit einem schwachen Lächeln hinzu. »Und weißt du was, wir haben letzten Sonntag, nachdem wir telefoniert hatten, noch von dir gesprochen, haben sogar für euch zwei gebetet. Stell dir das mal vor! Ist das nicht verrückt? Ich meine, sie hat doch gewusst, was auf uns zukommen würde, wenn sie die Bombe platzen lässt, und hat den Nerv, für dich und Elizabeth zu beten? Dafür, dass ihr miteinander glücklich werdet? Wie krank ist denn das, frage ich dich?«

»Ich weiß es nicht«, gab William zu und rieb sich die Augen. Er war so müde, so hundemüde – und er hatte sich schon auf ein freies Wochenende in Atherstone gefreut, mit langen Ausritten und Tee und Kuchen auf der Farm. Stattdessen saß er hier mit einem todtraurigen Jerry, der überhaupt nicht verstehen konnte, warum sein bis dahin so glückliches, geordnetes Leben von einem Tag zum anderen so völlig aus den Fugen geraten war. Wie sollte er Jerry helfen? Was sollte er ihm sagen, um ihn aufzumuntern oder ihn zumindest zu trösten?

Er sah auf und begegnete Jerrys fragendem Blick mit einem Kopfschütteln. »Ich weiß es nicht, Jerry. Ich kann es dir wirklich nicht sagen, warum sie so etwas tut. Aber sosehr du dir auch den Kopf zermarterst, du wirst keine Antworten auf deine Fragen finden. Gott weiß, was sie sich dabei gedacht hat …«

»Ja, genau – Gott weiß! Das kann er mir gerne mal erklären! Wie eine Ehe, die wir vor ihm und der Gemeinde geschlossen haben, auf so grausame Art und Weise zerbrechen kann, als sei das alles plötzlich nichts mehr wert, das Versprechen, meine ich. In guten wie in schlechten Tagen, bis dass der Tod uns scheidet. Oder der Anwalt. Sie wird sich mit Sicherheit scheiden lassen, Will, sie hat es schon angedeutet. Weil ich ihr nicht geben kann, was sie braucht. Was meint sie damit? Ein Kind? Ja, liegt es denn allein an mir, dass wir keine Kinder bekommen können? Nein! An ihr liegt es, Will, an *ihr*! Mit mir ist alles in Ordnung, sagt der Arzt. Und glaub mir, ich hätte selbst gern Kinder gehabt. Wenn ich's mir allerdings recht überlege, dann bin ich jetzt, in Anbetracht der Umstände fast froh, keine zu haben. Oder glaubst du, das alles wäre nicht so weit gekommen, wenn wir Kinder gehabt hätten?«

»Keine Ahnung«, gab William zu, öffnete den zweiten Karton und nahm ein großes Stück Hawaiipizza heraus. »Aber das ist jetzt wahrscheinlich auch müßig, oder? Ich meine, wenn es an ihr liegt, dass ihr keine Kinder bekommen könnt, dann wird sie mit ihm auch keine mehr haben. Ich weiß, dass das ein schwacher Trost ist – na, wahrscheinlich ist es überhaupt keiner. Entschuldige, war dumm von mir.«

Er biss in seine Pizza und kaute bedächtig. »Weißt du, Jerry, was mir an dieser Sache am meisten im Magen liegt, ist ihre Unehrlichkeit. Ich habe Hannah immer für den ehrlichsten und aufrichtigsten Menschen gehalten, den ich kenne – außer Maggie, die immer unverblümt die Wahrheit sagt, egal, wie unbequem sie ist. Aber dass sie dich so hintergeht – ehrlich, das kann ich nicht begreifen.«

Jerry seufzte, nahm sich ebenfalls noch ein Stück Pizza und sah William mit gerunzelter Stirn an. »Will, ich glaube, es gibt Dinge, die werden wir nie verstehen. Frauen zum Beispiel. Und was Hannah angeht, nun, sie war vielleicht schon immer eine Nummer zu groß für mich. Überleg mal, aus was für einem Elternhaus sie stammt – ihr Vater hat ja schon immer gesagt, sie hätte weit unter ihrem Stand geheiratet. Der ist doch stinkreich – ach, entschuldige … ich …!«

William lächelte. »Macht nichts. Ist schon okay.«

»Na, er ist jedenfalls steinreich mit seiner Reederei und benimmt sich auch so. Dem war ich doch nie gut genug für seine einzige Tochter, Rugby School hin, Rugby School her. Meine Eltern haben hart dafür gearbeitet, dass ich dort zur Schule gehen konnte. Für Mr Smartarse Lennox hätte ich schon mindestens Unternehmer sein müssen und nicht so ein verschrobener Computerprogrammierer, der es nie weiter als bis nach Leicester geschafft hat, und das noch nicht einmal mit einer eigenen Firma.«

Oh nein, jetzt kommt auch noch diese leidige Ich-bin-ein-beruflicher-Versager-Arie, dachte William und fragte sich, wie er Jerry dazu überreden könnte, ins Bett zu gehen. Wenn er ihn jetzt reden ließ, würden sie morgen früh um fünf noch hier sitzen und kalte Pizza essen. Aber er musste bereits um acht Uhr die Praxis aufmachen. Wie sein Wochenende aussehen würde, konnte er sich ohnehin schon denken: Jerry, Jerry und noch einmal Jerry. *That's what friends are for.*

»Jerry, komm, lass es gut sein für heute. Wir sind beide hundemüde, und entweder mache ich mir jetzt einen Espresso und mache mich auf den Weg, oder du gibst mir eine Wolldecke, und ich mache es mir auf deinem Sofa hier gemütlich. So oder so muss ich in weniger als neun Stunden in Warwick sein und bis abends um fünf arbeiten, also bitte hab Erbarmen mit einem alten Mann und lass uns schlafen gehen. Wir reden morgen weiter, ja? Okay?«

Jerry stellte sein leeres Whiskeyglas auf dem gläsernen Couchtisch ab und erhob sich. »Klar. Tut mir leid, dass ich dich so vollgequatscht habe. Komm, ich mache dir einen Espresso, und dann machst du dich am besten auf den Weg. Sonst musst du morgen um sechs aufstehen und dich durch Coventry hindurchquälen, das muss auch nicht sein. Ist es okay, wenn ich morgen nach der Arbeit bei dir vorbeikomme?«

»Ja«, antwortete William, schon halb im Flur. »Du kannst auch bei mir übernachten. Mach dir wegen des Espressos keine Umstände, ich komme auch so nach Hause. Der Rover fährt die Strecke fast von allein.«

Nachdem er sich von Jerry verabschiedet hatte, fuhr William auf direktem Wege nach Hause. Er war so müde, dass er nicht einmal mehr die Nachrichten auf seinem Anrufbeantworter abhörte, was er sonst immer tat – er war einer von denen, die sogar beim Essen aufstanden, um ans Telefon zu gehen, sehr zum Verdruss seiner Eltern und Freunde –, aber als er am nächsten Morgen auf dem Weg zur Kaffeemaschine Elizabeths liebe Worte hörte, fühlte er sich sogleich viel besser.

»Hallo, William, ich weiß, dass du nicht da bist, aber ich dachte, ich hinterlasse dir einfach einen lieben Gutenachtgruß – du kannst ihn dir ja auch morgen früh noch anhören. Ich melde mich, sobald ich aus Bournemouth zurück bin, spätestens am Montag. Genieße dein freies Wochenende und grüße die O'Connors von mir. Ich hab dich lieb!«

Freies Wochenende, von wegen. Aber woher konnte sie auch wissen, was ihm mit Jerry bevorstand? Wie es aussah, würden sie sich am Montag wohl gegenseitig aufbauen müssen. Während er das Kaffeepulver abmaß und zwei Scheiben Toast aus der Packung nahm, nahm er sich fest vor, sie noch am Montagabend zu besuchen. Eine Flasche Wein, die Pralinen und die Tickets für das *Kingmaker Feast* …

Ich hab dich lieb.

Hatte sie das wirklich gesagt?

Er hörte sich die Nachricht noch einmal an. Und noch einmal.

Ich hab dich lieb.

Nein, er hatte sich nicht verhört. Es schmerzte ihn fast körperlich, sie jetzt nicht in seine Arme nehmen zu können, um ihr zu sagen, dass er sie auch lieb hatte, dass alles gut werden würde, dass er in Gedanken bei ihr war, wenn sie heute Nachmittag nach Bournemouth fuhr. Er würde mit ihr fahren, ihre Hand halten, die ganze Zeit. Ob sie das spüren würde?

21

Melanie Webster kam die Treppe herunter, eine drei viertel leere Milchflasche in der Hand, und nahm mit einem dankbaren Lächeln das Glas Wein entgegen, das Elizabeth ihr reichte. John war noch im Hotel nebenan; er kam selten vor elf zurück, oft genug war es sogar nach Mitternacht.

»Ich hoffe, ich habe den Richtigen erwischt. Dieser hier lag wenigstens im Kühlschrank, wie du gesagt hast. Sieh mal, ich habe auch noch ein paar Pralinen für dich mitgebracht – die sind ganz neu auf dem Markt, mit weißer Schokolade und gerösteten Mandeln. Du magst doch weiße Schokolade so gern.«

»Mmmh, sieht lecker aus. Hier, tu sie in die Schale, die werden wir gleich mal kosten. Zu Weißwein ist weiße Schokolade der perfekte Begleiter, so ähnlich wie Erdbeeren zu Sekt. Stand jedenfalls kürzlich erst im Sainsbury's Magazine.«

Elizabeth schüttete den Inhalt der Pralinentüte in die Glasschale, die Melanie ihr hingestellt hatte, und grinste. »Ach, wie schön, dass ich nicht die Einzige bin, die das kauft. Patrick hat sich immer darüber lustig gemacht – da sei doch hauptsächlich Werbung für Sainsbury's-Produkte drin, hat er gesagt, wenn ich ihn gebeten hatte, mir eines mitzubringen. Dabei stehen da so oft leckere Rezepte drin …«

»Und gute Tipps, zum Beispiel, wie man festere Nägel bekommt – mit Kampferöl aus der Apotheke. Hab ich schon ausprobiert.« Melanie ließ sich in einen Sessel fallen und griff in die Konfektschale. »Ach, tut das gut«, seufzte sie, während sie eine Praline auswickelte und sie sich genussvoll in den Mund schob. »Der Kleine kostet mich echt Nerven, vor allem abends. Ohne diese Flasche geht gar nichts. Wie waren deine beiden? Erinnerst du dich noch?«

Elizabeth stellte ihr Weinglas auf den Beistelltisch neben der Couch und ließ sich ebenfalls in die weichen Polster sinken. »Die ersten Monate mit Mary waren furchtbar anstrengend – ich glaube, im ersten Jahr bin ich nur auf dem Zahnfleisch gekrochen. Vicky war von Anfang an pflegeleicht, sie hat mit acht oder neun Wochen durchgeschlafen und ist auch später immer problemlos ins Bett gegangen, während Mary mit dreieinhalb oder vier – so genau weiß ich es nicht mehr – noch einmal so eine Phase hatte, in der sie nachts ständig aufwachte und weinte. Irgendwann haben wir dann nur noch unsere Bettdecke hochgehalten, wenn wir ihre kleinen Füße, trapp, trapp, trapp, auf dem Flur draußen hörten. Dann ist sie zu uns ins Bett gekrochen und hat dort friedlich weitergeschlafen, manchmal sogar bis morgens um neun.«

Sie winkte ab. »Man überlebt es. Und du schaffst das auch, glaub mir. Ehe du dich versiehst, sind sie groß. Mary wird im November siebzehn. Gott, schon siebzehn!«

Melanie nippte an ihrem Wein. Sie war eine hübsche Frau von vierunddreißig, sah aber jünger aus, weil sie relativ klein und sehr schlank war, beinahe dünn. Und genauso flachsblond wie ihr Bruder. Ihr schulterlanges, seidig glattes Haar trug sie meist offen oder schob es, so wie heute, mit einem Haarreif zurück, und ihre blauen Augen wirkten in dem kleinen, ovalen Gesicht wie die einer Porzellanpuppe.

»Ja, ja, das sagst du jetzt so. Du hast natürlich gut reden! Oh!«, rief sie im selben Moment erschrocken aus und beugte sich zu ihrer Schwägerin hinüber, um ihr eine Hand auf den Arm zu legen. »Entschuldige bitte, das war wirklich taktlos von mir – natürlich hast du es nicht gut – im Gegenteil, du hast es ja viel schwerer als ich, weil du … weil deine Töchter keinen Vater mehr haben. Es tut mir leid. Wie geht es dir denn eigentlich jetzt damit – denkst du, es war eine gute Entscheidung, zurückzukommen?«

»Oh ja, unbedingt!«, antwortete Elizabeth, ohne zu zögern. »Es war auf jeden Fall die richtige Entscheidung. Die Kinder fühlen sich inzwischen ganz wie zu Hause hier und ich – nun …« Sie hielt inne, betrachtete nachdenklich die Praline, die sie zwischen zwei Fingern hielt. Sollte sie Melanie etwas von William erzählen? Andererseits waren sie erst seit wenigen Wochen zusammen, und sie konnte noch nicht wissen, wie es weiterging. Wozu also Melanie beunruhigen? Und es würde sie beunruhigen, von einem neuen Mann in ihrem Leben zu erfahren, daran hatte Elizabeth keinen Zweifel. Patrick und Melanie hatten sich trotz des großen Altersunterschiedes – Melanie war fast neun Jahre jünger als er – immer sehr nahegestanden und über alles miteinander gesprochen, sodass Elizabeth manchmal sogar ein wenig eifersüchtig gewesen war.

»Und mir geht es auch gut. Viel besser als im Winter jedenfalls. Es ist aber auch ein herrlicher Frühling dieses Jahr, findest du nicht?« Das war leichter Small Talk für ihre Schwägerin. Damit konnte sie wohl nichts falsch machen. Dann lenkte sie das Thema geschickt auf ihre Töchter, erzählte von Marys bevorstehender Abschlussprüfung und Vickys Begeisterung für die Kirche. Von sich selbst konnte sie ihrer Schwägerin bei anderer Gelegenheit immer noch erzählen. Alles zu seiner Zeit, wie Granny Webster immer zu sagen pflegte. Alles zu seiner Zeit …

Als sie später im Bett lag, fühlte Elizabeth sich körperlich zwar müde und erschöpft, aber in ihrem Kopf schien es ununterbrochen zu arbeiten. Sie vermisste William und wünschte, er wäre da, um sie in seine

Arme zu nehmen, sie festzuhalten. Sie fühlte sich so unglücklich, so seltsam fremd hier. Sie wusste, dass sie Melanie und John so bald wie möglich von William erzählen musste, damit sie endlich Klarheit hatte. Klarheit darüber, ob sie dann in ihren Augen noch zur Familie der Websters gehörte oder nicht. Wenn Granny starb, würde Melanie dann den Kontakt noch halten? Sie wollte gerne glauben, dass Melanie sie und die Mädchen aufrichtig gern hatte, aber sie war realistisch genug, um zu wissen, dass sie in ihr immer in erster Linie Patricks Frau gesehen hatte – mehr nicht. Jetzt aber, wo Patrick nicht mehr da war, und auch Granny vielleicht bald gehen würde ...

Sie drehte sich zur Seite, sodass ihr Blick auf das Foto ihrer beiden Töchter fiel, das in dem Rahmen ihres klappbaren Reiseweckers steckte, der auf dem Nachttisch stand. Das Bild war auf Mallorca entstanden, an dem letzten Abend, an dem sie die lange Strandwanderung gemacht und Muscheln gesucht hatten. Mary hatte einen Arm um ihre Schwester gelegt und hielt eine perlmutt schimmernde Muschel in der Hand, Vicky trug einen Strohhut mit breiter Krempe und buntgeblümtem Band und lachte fröhlich in die Kamera – obwohl sie zu der Zeit eigentlich alles andere als fröhlich gewesen war. Aber seitdem war über ein Jahr vergangen, und vieles hatte sich verändert, besonders, seit sie hier waren ...

Vor allem Vicky hatte sich in den letzten Wochen verändert – genauer gesagt, seit Ostern. Diese Sache mit Jesus war für sie so wichtig geworden, dass sie kaum von etwas anderem sprach, und Elizabeth wusste, dass sie für sie und für Mary betete, damit auch sie den Weg zu Gott fanden. Wenn möglich, bevor es zu spät war.

War es für Patrick zu spät gewesen? Und würde es für Granny zu spät sein?

Plötzlich fühlte Elizabeth, wie das Gefühl der Einsamkeit und Verzweiflung sie wieder einmal zu überwältigen drohte, und in diesem Moment wünschte sie, sie könnte selbst mit Gott reden, so, wie Vicky es tat. Er war der Einzige, der ihr weiterhelfen konnte, der ihr sagen konnte, wie es weitergehen sollte – mit ihr, mit William und mit den Mädchen.

Wenn er denn wollte. Aber ob er ihr jetzt noch zuhören würde nach all den Jahren? War sie es ihm überhaupt noch wert?

Sie schüttelte resigniert den Kopf. Wahrscheinlich nicht.

Dennoch kniete sie sich kurz entschlossen vor ihrem Bett nieder, faltete die Hände ineinander und schloss ihre Augen ganz fest. Sie musste es einfach versuchen! Beten hilft, sagte ihre Schwester immer. Paul hatte sogar einen Kaffeebecher, auf dem das stand: Beten hilft. Und irgendwie glaubte Elizabeth in diesem Moment zum ersten Mal, dass etwas Wahres hinter dieser Aussage stecken könnte. Wenigstens *wollte* sie es jetzt glauben.

»Gott, wenn du da bist, hör mir bitte zu. Ich weiß, ich habe mich nie um dich gekümmert, und vielleicht geschieht es mir ganz recht, wenn du jetzt nichts mehr von mir wissen willst. Aber ich weiß nicht, wen ich sonst fragen soll ...« Ihre Stimme drohte ihr zu versagen, ihre Unterlippe bebte, und sie musste ein paar Mal schlucken, ehe sie weitersprechen konnte.

»Nur du allein weißt, wo mein Patrick ist. Ist er bei dir? Bitte sag mir, dass er bei dir ist. Bitte, bitte, hab Erbarmen mit ihm. Und auch mit Granny, falls ... falls sie bald gehen muss. Amen.«

Sie richtete sich auf, öffnete mühsam die Augen, als hätte sie lange Zeit geschlafen, und wusste einen Moment lang nicht einmal, wo sie war. Dann war dieser Moment vorbei, und sie ließ sich mit einem Seufzer auf der Bettkante nieder.

»Ach ja«, fügte sie nach kurzem Nachdenken hinzu. »Und falls William doch nicht der Richtige für mich ist – ich meine, falls er *wirklich nicht* der Richtige ist, auch jetzt nicht, dann lass es mich rechtzeitig erkennen ...«

Bevor mein Herz ein zweites Mal bricht – und das der Kinder auch.

Es war Samstagabend, halb sieben. Mary stand vor dem großen Spiegel in Sarahs Zimmer und band ihre langen, dicken Haare mit einem schwarzen Band im Nacken zusammen. Dann verteilte sie eine Karottengesichtscreme, die – zumindest laut Hersteller – garantiert nicht an Tieren getestet worden war, gleichmäßig im Gesicht und spähte in ihre Reisetasche, die sie gestern nach der Schule in aller Eile gepackt hatte. Schließlich zog sie eine Jeans heraus, dazu ein schlichtes, weißes T-Shirt und ihre geliebte Wildlederweste, die sie noch mit ihrem Vater zusammen in Kiel gekauft hatte in dem Winter, bevor er starb. Erst wollte sie das Band wieder aus dem Haar lösen, entschied sich dann aber dafür, es drin zu lassen. Es sah gut aus, etwas zu streng vielleicht, aber irgendwie – erwachsen. Und es verlieh ihrem Gesicht etwas Entschlossenes, Selbstsicheres. Genau das, was sie in Wirklichkeit ganz und gar nicht war.

»Nun denn … auf in den Kampf«, murmelte sie und schob die Reisetasche wieder unter Sarahs Bett.

Sie war mit Judy verabredet – heute war der Tag, an dem sie ihren Eltern von dem Baby erzählen wollte. Judy hatte Mary gebeten, bei dem Gespräch dabei zu sein. Sie wusste zwar nicht, wie sie Judy helfen konnte, aber natürlich hatte sie nicht Nein gesagt, als die sie gestern in der Mittagspause gefragt hatte.

»Moralische Unterstützung«, hatte Judy es genannt und dabei gelacht. Aber es war ein leises, unsicheres und nicht im Mindesten fröhliches Lachen gewesen. Judy war eine, die sonst immer viel lachte – zu viel, wie einige ihrer Lehrer fanden, vor allem, wenn sie mitten im Unterricht herausplatzte. Mary hatte selten jemanden gekannt, der so viel und so schön lachte wie Judy. Ihre Freundinnen in Deutschland schienen ihr dagegen die reinsten Trauerpflanzen zu sein. Aber das Lachen war Judy in den letzten zwei Wochen vergangen. Jetzt, da die morgendliche Übelkeit immer häufiger auftrat, und Judy, die sonst nie ohne ihre Schüssel *Weetabix* das Haus verließ, morgens keinen Bissen mehr herunterbekommen konnte und nur noch lustlos an ihrem Earl Grey Tee nippte, wurde es zunehmend schwieriger, die Wahrheit vor ihnen zu verbergen. »Außerdem will ich sie nicht ständig anlügen«, hatte sie gestern zu Mary gesagt. »Ich kann das einfach nicht ertragen, weißt du? Das haben sie nicht verdient.«

Das verstand Mary, die sich im Hause Bennett immer sehr wohlfühlte. Misses Bennett war seit Judys Geburt zu Hause geblieben. Ihr Mann verdiente als Rechtsanwalt so viel Geld, dass sie sich ein riesiges Haus, zwei Autos und mindestens zweimal Urlaub im Jahr leisten konnten.

Genau genommen fuhr Judy mit ihrer Mutter, einer gebürtigen Koreanerin, einmal im Jahr alleine in den Urlaub, weil ihr Vater viel arbeiten musste. Misses Bennett, die Mary irgendwie immer an eine Geisha erinnerte – obwohl sie gar keine Japanerin war –, hatte stets etwas Exotisches gekocht, von dem sie Mary zu essen anbot, wenn sie zu Besuch war. Zu Vickys Entsetzen aß Mary sogar Sushi.

»Iiiih, roher Fisch, wie kann man das nur essen?«, hatte sie gekreischt, als Mary ihr einmal davon erzählt hatte. »Das ist ja ekelhaft!«

Nun, heute würde es bestimmt kein Sushi geben, und wenn, dann würde sie keinen Bissen davon herunterbekommen. Ihre Nerven waren bis zum Zerreißen gespannt, und als Sarah den Kopf zur Tür hereinsteckte, erschrak sie so heftig, dass sie sich die Hand in der offen stehenden Kleiderschranktür einklemmte und vor Schmerz aufweinte.

»Hab ich dich erschreckt? Ich war doch gar nicht so leise – Papa hat mir sogar noch hinterhergerufen, dass ich nicht immer so die Treppe hinaufpoltern soll.«

Besorgt sah Sarah in das blasse Gesicht ihrer Cousine und wollte ihr eben beruhigend über das Haar streichen, doch Mary duckte sich und wich aus.

»Nichts. Ich muss los, bin schon spät dran. Wartet nicht mit dem Abendessen auf mich, okay? Sag deiner Mutter, ich mache mir später was warm, wenn ich wiederkomme …«

Ehe Sarah etwas darauf erwidern konnte, war Mary mit ein paar langen Sätzen die Treppe hinuntergesprungen und durch die Haustür verschwunden.

»Na, da hat aber jemand ein großes Geheimnis«, murmelte sie, ging zum Fenster hinüber und sah gerade noch, wie Mary die Gartenpforte hinter sich schloss und um die Ecke verschwand.

Spät am Abend – es war fast Mitternacht – schlich Mary auf Zehenspitzen in das Zimmer ihrer Cousine, in dem Vicky schon auf einer der beiden Gästematratzen lag und schlief. Sarah regte sich im Schlaf, wachte aber glücklicherweise nicht auf. Mary war müde und hatte keine Lust mehr zu reden, schon gar nicht mit Sarah, die entsetzt sein würde, wenn sie von dem Ausgang des Gesprächs erfuhr. Also zog sie sich leise aus und schlüpfte unter die Decke.

Judys Vater war ganz ruhig geblieben, als er von der Schwangerschaft seiner Tochter erfahren hatte – geradezu bewundernswert ruhig, wie Mary fand. Mit allem hätte sie gerechnet, aber nicht damit. Natürlich hatte er Fragen gestellt – Fragen, die wahrscheinlich jeder Vater stellen würde: Wer der Junge sei, mit dem sie geschlafen hatte, ob er von dem Kind wisse, und ob sie es behalten wolle. Das war die Frage, die Judy am meisten gefürchtet hatte – Mary auch –, denn sie wusste noch immer nicht, was sie tun sollte. Sie war allerdings inzwischen in der zehnten Woche, sodass die Entscheidung allmählich drängte.

»Wie kann ich das wissen?«, hatte sie gejammert und war rastlos im Zimmer auf und ab gegangen. »Das kann ich doch nicht so einfach entscheiden! Kind oder nicht Kind, Leben oder Tod … Wer bin ich, dass ich das allein entscheiden kann? Ich weiß ja nicht einmal, was da auf mich zukommt, wenn ich es abtreibe … Werde ich dann später noch Kinder bekommen können? Oder mache ich damit etwas kaputt, tue ich etwas, das ich vielleicht den Rest meines Lebens bereue …?

Aber wenn ich das Baby behalte, wie soll ich dann meine Ausbildung schaffen? Sagt ihr es mir, bitte! Was soll ich tun?«

Am Ende hatten ihre Eltern – und Mary hatte sich geschämt, dass sie die Bennetts da offenbar falsch eingeschätzt hatte – Judy versichert, dass sie zu ihr stehen würden, egal, wie sie sich entschied. Das Einzige, was sie von ihr verlangt hatten, war, dass sie es nicht mehr allzu lange hinausschob – tatsächlich hatten sie ihr eine Frist von zwei Wochen gesetzt –, und dass sie es Adam sagen musste, was Mary auch nur vernünftig fand. Schließlich war er maßgeblich daran beteiligt gewesen und somit auch mitverantwortlich. Sie hatte Judy zum Abschied angeboten, dass sie auch bei dem Gespräch mit Adam dabei sein würde, wenn es ihr helfen würde. Doch Judy hatte müde lächelnd abgelehnt. »Das schaffe ich dann auch noch alleine. Das mit meinen Eltern war mir viel wichtiger, und ich bin froh, dass ich das endlich hinter mir habe – danke, dass du da warst, Mary. Du bist eine super Freundin. Gute Nacht!«

Eine super Freundin. Na, darauf sollte sie doch gut schlafen können, oder?

Aber die ungewisse Zukunft des ungeborenen Babys beschäftigte sie doch noch bis in die frühen Morgenstunden hinein. Als sie noch vor der Dämmerung aufwachte und ihre Schwester neben sich sah, wie sie im Schlaf das Bronzekreuz umklammert hielt, das sie von David Graham geschenkt bekommen hatte, hätte sie sie am liebsten gepackt und heftig durchgeschüttelt. Dumme, kleine Vicky! So naiv, so ahnungslos … Was wusste sie schon von der dramatischen Entscheidung, die ihre beste Freundin in den nächsten Tagen treffen musste? Leben oder Tod … Ja, Vicky wäre natürlich für das Baby. Und 100 Prozent gegen eine Abtreibung. Aber war es wirklich so einfach?

Auf Sarahs Nachttisch lag eine aufgeschlagene Bibel. Einen Moment lang war Mary versucht, danach zu greifen, ließ es dann aber doch und zog sich stattdessen die Decke noch fester über die Schultern. Fünf Uhr war wahrhaftig keine Zeit, um aufzustehen – schon gar nicht an einem Sonntagmorgen.

Bestimmt hatten die beiden bis tief in die Nacht gebetet. Und wer weiß, vielleicht hatten sie sogar eine Ahnung, worum es ging. Schließlich war Mary in den letzten beiden Wochen auffallend oft mit Judy zusammen gewesen, in den Pausen und auch nachmittags. Und Judy hatte in der Schule gefehlt. Wegen eines hartnäckigen Magen-Darm-Infekts, wie es hieß. Da konnten zwei so intelligente Mädchen wie Sarah und Vicky doch bestimmt zwei und zwei zusammenzählen.

Nun, beten konnte natürlich nicht schaden, dachte Mary. Ob es hingegen etwas nützte, wagte sie zu bezweifeln, während sie mit einem Gähnen die Augen schloss und versuchte, in den Schlaf zurückzufinden, aus dem sie viel zu früh erwacht war.

»Und du denkst nicht, dass du mal darüber reden solltest?«

Sarah saß ihrer Cousine gegenüber auf einer Decke im Garten und sah sie auf ihre offene, liebe und gleichzeitig ein wenig herausfordernde Art an. Es war Sonntagnachmittag, die Sonne schien warm vom frühsommerlichen Himmel, und von der Terrasse her roch es noch nach brennender Holzkohle und Grillfleisch. Sie hatten nach der Kirche – Mary war natürlich nicht mitgekommen, wie erwartet – gegrillt, und nicht nur Sarah war aufgefallen, dass Mary ungewöhnlich schweigsam und appetitlos in ihrem Essen herumgestochert hatte. Mary aß sonst immer mit gutem Appetit, und gegrillte Spieße waren für sie das Größte, aber heute hatte sie nicht einmal einen halben Fleischspieß hinunterbekommen. Daraufhin hatte Sarah beschlossen, sie nach dem Essen beiseitezunehmen, um sie zu fragen, was mit ihr los sei. So konnte es schließlich nicht weitergehen.

»Ich meine, du trägst das alles ganz allein mit dir rum – was immer es ist. Das kann doch nicht gut sein. Seit deine Mutter mit William zusammen ist –«

»Aber mit William hat es doch gar nichts zu tun!«

Aha, dachte Sarah, *da kommen wir der Sache ja schon näher.* »So, hat es nicht? Na, dann bin ich ja beruhigt. Ich glaube nämlich, dass William Bentley so ziemlich das Beste ist, was eurer Mutter passieren konnte. Und euch. Aber wenn es das nicht ist, was ist es dann? Du bist doch nicht schwanger, oder?«

Zugegeben, das war ein Schuss ins Blaue, aber Marys prompte Reaktion zeigte deutlich, dass sie einen Treffer gelandet hatte.

»Sag mal, spinnst du? Seh ich vielleicht so blöd aus?« Im selben Augenblick taten ihr ihre unbedachten Worte leid – schließlich hatte sie Judy auch nicht gesagt, dass sie sie für blöd hielt. Auch wenn das, was sie getan hatte, natürlich nicht gerade schlau gewesen war. Aber das wusste Judy selbst am allerbesten, da brauchte sie es ihr nicht noch unter die Nase zu reiben.

»Nein, aber zumindest habe ich einen wunden Punkt getroffen. Stimmt's?«

Mary sah sie mit großen Augen an. Ihre sonst immer so brav und harmlos, ja, geradezu naiv wirkende Cousine erstaunte sie immer wieder – wie konnte sie so lässig dasitzen und diese messerscharfen Fragen auf sie losfeuern? Und sie hatte einen Punkt getroffen, ja. Sie wusste es auch ganz genau, wie es schien. Vielleicht schöpfte sie ohnehin schon Verdacht, dass es etwas mit Judy zu tun hatte, schließlich gingen sie in dieselbe Klasse, und Judy hatte in letzter Zeit häufig gefehlt. Aber was sollte sie tun? Sollte sie Judys Geheimnis verraten? Wenn sie das Kind abtreiben ließ, brauchte doch eigentlich niemand davon zu erfahren. Aber vielleicht würde sie das Kind auch, allen Umständen zum Trotz, behalten wollen – in diesem Fall würde es an der Schule sowieso bald die Runde machen, dass Judy Bennett schwanger war.

»Komm schon, Mary, mit mir kannst du doch reden. Wir sind doch Freundinnen, oder? Und ich verspreche dir, dass ich niemandem ein Sterbenswort verrate, egal, um was es geht. Hand aufs Herz!«

Wenn Sarah einen so aus ihren großen, grauen Augen ansah, konnte man schlecht Nein sagen. Und Mary wollte sich ihr ja gerne anvertrauen – sie wusste nur nicht, ob sie es sollte. Ob es Judy gegenüber fair war. Sie hatte versprochen, niemandem etwas zu verraten.

Andererseits …

»Okay, ich sag's dir. Aber du musst versprechen, mit keinem Menschen darüber zu sprechen – mit niemandem, hörst du? Auch mit Vicky nicht. Oder vielleicht mit Vicky, okay, aber sonst mit absolut niemandem. Kann ich mich darauf verlassen? Ich bekomme einen Riesenärger, wenn du nicht dichthältst.«

Sarah nickte und rückte ein Stück näher, wie um zu beweisen, dass sie und nur sie davon hören wollte. Sie hielt den Atem an, wartete, bis Mary sprechen würde.

Und Mary erzählte ihr alles – von Judys strengen, konservativen Eltern mit ihren hohen Erwartungen an ihre einzige Tochter, von Adam, von dem Schwangerschaftstest und von dem Gespräch gestern Abend. Als hätte jemand den Korken aus einer Flasche gezogen, die voll war mit gegorenem Wein, sprudelte alles aus ihr heraus. Am Ende brach sie in Tränen aus – Tränen der Scham, weil sie Judy verraten hatte, und Tränen der Erleichterung, weil sie die Last ihres drückenden Geheimnisses nicht mehr alleine tragen musste.

22

Der Wecker klingelte am Montagmorgen unbarmherzig früh und schrill, und Elizabeth, die am Abend zuvor erst spät nach Hause gekommen war, versuchte, ihm den Rücken zuzudrehen und sich das Kissen über die Ohren zu ziehen, damit sie das Klingeln nicht mehr hörte. Doch es half alles nichts, der Wecker klingelte einfach weiter, und schließlich gab Elizabeth es auf und streckte eine Hand aus, um ihn mit einem gezielten Schlag zum Schweigen zu bringen. Statt dem Drang nachzugeben, sich wieder umzudrehen, um noch ein wenig auszuruhen, setzte sie sich im Bett auf und versuchte den Tag, der vor ihr lag, gedanklich zu organisieren. Melanie behauptete immer, das half, wenn man am liebsten weiterschlafen würde, weil man genau weiß, dass der Tag anstrengend wird.

Und dieser Tag versprach in der Tat sehr anstrengend zu werden. Sie musste um neun in der Bank sein, hatte aber außer Milch nichts im Haus, was bedeutete, dass sie sich vorher noch um ein Frühstück kümmern musste. Sie brauchte morgens nicht viel, aber wenn sie ganz ohne etwas zu essen aus dem Haus ging, bereitete ihr früher oder später ihr Kreislauf Probleme. Also musste sie schnell noch etwas vom Bäcker holen, bevor sie zur Arbeit ging, den Kaffee konnte sie dann im Büro trinken. Dann arbeitete sie heute lange, bis um drei, und anschließend gab es noch ein wichtiges Meeting, bei dem sie dabei sein musste. Bis sie nach Hause kam, würden die Mädchen längst da sein, und sie hatte nicht einmal etwas für das Abendessen eingekauft, geschweige denn, dass sie wusste, was sie kochen sollte. Das Wochenende über hatte sie es sich im *Whitesands* gut gehen lassen, wo sie sich um nichts hatte kümmern müssen, und gestern war sie noch mit Melanie im *Annabel's* zum Tee gewesen. *For old times' sake* – um der alten Zeiten willen, wie man so schön sagte. Denn das *Annabel's* würde bald für immer seine Türen schließen oder aber von einem anderen Betreiber übernommen werden. Granny Webster würde jedenfalls nie mehr in ihrer weißen Schürze durch das Café eilen, mit hochgestecktem Haar, geröteten Wangen und ständig rutschender Brille – so, wie sie sie kannten und liebten. Eine massive Durchblutungsstörung im linken Bein machte den Ärzten, die ihren

Zustand ohnehin als kritisch bezeichneten, zusätzlichen Kummer; mit Melanies Einverständnis würde das Bein am Mittwoch bis zum Knie amputiert werden. Elizabeth schauderte es bei dem bloßen Gedanken, und nicht zum ersten Mal seit Melanies Anruf am Freitag war sie heilfroh, nicht verantwortlich zu sein für das, was mit Granny geschah. Trotzdem empfand sie Mitleid für die Familie, der sie sich auch jetzt noch, anderthalb Jahre nach Patricks Tod, verbunden fühlte. Als sie der stumm und hilflos in ihrem streng nach Sagrotan und Wäschestärke riechenden Krankenhausbett liegenden Granny gestern Nachmittag Lebewohl gesagt hatte, hatte sie tief in ihrem Inneren gespürt, dass es ein Abschied für immer war. Ein endgültiges Lebewohl an ihr altes Leben – aber lag darin nicht vielleicht auch eine Chance? Die Chance auf ein neues Leben, ein neues Glück mit William?

Seufzend schwang sie ihre langen Beine aus dem Bett, streckte sich und ging ins Badezimmer, um zu duschen. Unten goss sie sich ein halbes Glas Milch ein, zog sich eilig an und putzte sich ausgiebig die Zähne, um den pelzigen Belag loszuwerden, den die Milch auf ihren Zähnen hinterlassen hatte. Kurz darauf verließ sie das Haus, müde, aber zuversichtlich in dem Wissen, dass sie spätestens am Abend mit William telefonieren würde, der ein Wiedersehen bestimmt ebenso sehnsüchtig erwartete wie sie. Vielleicht würde er sich sogar noch heute Abend auf den Weg zu ihr machen – und wenn es nur für eine Stunde wäre, oder zwei …

Als William am Abend nicht anrief und sie bei ihm zu Hause auch niemanden erreichte, war sie zutiefst enttäuscht. Andererseits hatte sie auch noch keine Gelegenheit gehabt, mit Mary und Vicky zu sprechen, seit sie wieder hier war, und beschloss, nicht alleine auf der Terrasse zu sitzen und Trübsal zu blasen, sondern stattdessen mit ihren Töchtern auszugehen. Das hatten sie lange nicht mehr getan. Auf diese Weise würde sie wenigstens nicht die ganze Zeit neben dem Telefon sitzen und warten.

Doch Mary hatte keine Lust. »Ich bin müde – wir waren nie vor elf im Bett bei Sarah, und morgen schreiben wir einen Test in Mathe, da muss ich fit sein. Außerdem spielt am Freitag Bob mit seiner Band im *Lion's Head* in Hinckley, können wir nicht lieber da hingehen?«

Verwundert über die unerwartete Absage, schlug Elizabeth vor, eine Pizza zu bestellen, und während die Geschwister über der Speisekarte des Pizzaservice brüteten, nahm sie sich ein Glas Eistee mit nach draußen auf die Terrasse. Sie wählte sowieso immer die Pizza mit Scampi und Knoblauch.

Draußen war es noch angenehm warm, obwohl es schon nach sechs war. Kein noch so schwaches Lüftchen wehte, sogar die Vögel hatten aufgehört zu singen. Diese absolute Stille war beinahe unheimlich. Elizabeth runzelte die Stirn und stellte ihr randvolles Glas auf dem Terrassentisch ab. Seltsam. Sonst hatte Mary immer Lust, abends noch auszugehen – was war in letzter Zeit nur mit ihr los? Machten ihr die Prüfungen doch mehr zu schaffen, als sie angenommen hatte? Oder steckte am Ende gar ein neuer Freund dahinter, von dem sie noch nichts wusste? Sie war doch sonst nicht so verschlossen und in sich gekehrt. Das war eher für Vicky typisch – wobei diese, seit sie regelmäßig in die Kirche und zum Jugendkreis ging, viel aufgeschlossener und fröhlicher geworden war. Ihr neu gefundener Glaube schien ihr wirklich gutzutun. *Vielleicht sollte ich es doch mal ausprobieren,* dachte Elizabeth, *und zur Kirche gehen. Catherine würde sich bestimmt freuen.*

»Mama?«, rief Mary vom Wohnzimmer aus. »William ist da. Soll ich ihn fragen, ob er auch eine Pizza will?«

»Warum hast du mir nicht gesagt, dass du kommst? Dann hätte ich uns doch gerne ein Abendessen gemacht – wie ich dich kenne, lebst du oft genug von Pizza und Sandwiches. Ihr Junggesellen seid da doch alle gleich, oder?«

William streckte seine Beine unter dem Tisch aus und verschränkte die Arme im Nacken. Er sah vollkommen entspannt aus, wie er da saß, mit sich und der Welt zufrieden.

»Ich wollte dich überraschen, deswegen. Und ich weiß natürlich, dass du uns etwas gekocht hättest, wenn du gewusst hättest, dass ich komme, aber ich wollte nicht, dass du dir so viel Arbeit machst. Schließlich hast du ein anstrengendes Wochenende hinter dir und warst dann auch noch den ganzen Tag in der Bank. Ich hatte schon ein BLT[4] gegessen, bevor ich herkam, also war es mir sowieso egal, ob es bei dir etwas gibt oder nicht. Und Pizza mag ich immer.« Er rieb sich grinsend den Bauch. »Du hättest sie doch sowieso nicht alleine geschafft, wie ich dich kenne.«

Elizabeth schüttelte lachend den Kopf. Es war so einfach, sich mit William zu unterhalten. Er brachte sie zum Lachen – immer wieder. So viel wie in den letzten vier Wochen hatte sie seit Patricks Tod ganz bestimmt nicht mehr gelacht, das sagte auch Catherine. Mit ihm zusammen zu sein, fühlte sich so gut an, so richtig. Bei ihm fühlte sie sich geborgen, geliebt und gut aufgehoben – gleichzeitig fühlte sie sich aber auch als Frau bewundert und begehrt, ein Gedanke, der sie vor wenigen Monaten noch erschreckt hätte. Aber wenn sie William jetzt so ansah, konnte sie sich gut vorstellen, wie es sich anfühlte, von ihm geküsst und liebkost zu werden, und sie wusste, dass er sie ebenso sehr begehrte wie sie ihn. Jedes Mal, wenn er sie nur ansah, klopfte ihr Herz schneller, und wenn er sie küsste, spürte sie ein Verlangen in sich, das sie fast überwältigte.

Als spürte er, was sie dachte, streckte William eine Hand nach ihr aus. »Hallo, schöne Frau, wo sind Sie mit Ihren Gedanken?«

»Ach«, murmelte Elizabeth verlegen. »Nirgendwo und überall.«

Er zog die Augenbrauen hoch. »Nirgendwo und überall? Das muss aber ein interessanter Ort sein, so, wie du gerade ausgesehen hast. Bin ich auch an diesem Ort?«

Sie schlug spielerisch mit ihrer Serviette nach ihm. »Das hättest du wohl gern!«

Lachend hielt er sie am Ellbogen fest und zog sie zu sich in die Arme. »Ja, das hätte ich gern«, murmelte er dann in die Fülle ihres dichten,

---

[4] BLT = Bacon Lettuce and Tomato Sandwich – Brot mit Speck, Salat und Tomate.

langen Haares hinein und begann, sie zärtlich zu liebkosen. »Das hätte ich gerne, Elizabeth. Am liebsten hier und jetzt ...«

»Aber – aber die Kinder ...«, protestierte sie schwach. Ihre Knie waren plötzlich weich wie Buttercreme, und sie musste sich schon deshalb an William festhalten. Aber der intensiv männliche Geruch seines Körpers und die Kraft seiner Muskeln, die sie durch sein Polohemd spürte, als er sie so hielt, machte es ihr unmöglich, Nein zu sagen. Konnte man einen William Bentley überhaupt mit einem Nein abspeisen?

Doch William hatte nicht vor, sie auf der Stelle zu verführen. Er lockerte seine Umarmung, schob sie sanft auf Armeslänge von sich und lächelte. »Na, da ist aber jemand gerade ganz schön schwach geworden. Liebste Lizzy!«

Beschämt senkte sie den Kopf. In ihrem Magen flatterte es noch immer verdächtig und sie wagte es kaum, William anzusehen. Hatte er sie denn für so schamlos gehalten?

»Aber du hast doch gesagt, dass ...«, begann sie mit schwacher Stimme.

»Liebste Lizzy«, wiederholte er und strich ihr dabei sanft mit dem Finger über das Kinn. »Du sollst wissen, dass ich dich niemals zu etwas drängen würde, was du nicht wirklich willst. Wir kennen uns ja noch gar nicht so lange. Ich glaube, wir sind uns beide darüber einig, dass es jetzt noch zu früh dafür ist, oder? Und außerdem ist dieses nette, kleine Haus ...« Er sah die Hauswand hinauf zu Elizabeths Schlafzimmerfenster. »Genau das – zu klein. Oder glaubst du, ich möchte deine Töchter gleich nebenan haben, wenn wir uns lieben? Mit Sicherheit nicht!«

Elizabeth presste die Lippen aufeinander. Sie war zutiefst beschämt.

Doch William zog sie wieder in seine Arme und küsste sie. »Du bist so sexy, meine Liebe, wenn du versuchst, unschuldig auszusehen. So sexy! Aber lass dir Zeit. Wir haben noch ein ganzes Leben vor uns. Und außerdem ...«

Sie sah erwartungsvoll zu ihm auf.

»Außerdem würde ich gerne vorher ... nun, einige Dinge regeln. Lass dich überraschen.«

Verwirrt runzelte sie die Stirn. War das ein angedeuteter Heiratsantrag – wollte er mit seinen Eltern sprechen? Aber sie hatte sie ja noch nicht einmal kennengelernt. Und bestimmt war sie sowieso nicht gut genug für ihn …

Wieder schien es, als hätte er ihre Gedanken erraten. »Elizabeth, was hältst du davon, wenn ich euch demnächst meinen Eltern vorstelle? Keine Sorge, meine Eltern sind ganz normale Leute. Meine Mutter läuft am liebsten in Jeans herum und mein Vater nimmt selten seine Pfeife aus dem Mund – deswegen spricht er auch so wenig, und das Wenige, was er sagt, ist kaum verständlich, wegen der Pfeife. Sie werden dich mögen – dich und die Mädchen, da bin ich ganz sicher. Also, was hältst du vom nächsten Sonntag?«

»Ich … ich weiß nicht, was ich sagen soll.« Sie sah zu ihrem leeren Glas hinüber, das auf dem Tisch stand. »Ich glaube, ein Schluck Wein wäre jetzt gut. Schenkst du uns noch etwas ein?«

Er lachte. »Dir gerne, aber ich nicht mehr, sonst kann ich nicht mehr fahren – und dann muss ich am Ende doch noch hier übernachten. Weiß nicht, was deine wachsamen Töchter davon halten würden. Aber was den Besuch bei meinen Eltern angeht, nehme ich das als ein Ja.«

Derweil saßen Mary und Vicky oben in Marys Zimmer und diskutierten darüber, was Judy tun sollte – zumindest versuchten sie sich vorzustellen, was Judy tun sollte. Die Entscheidung konnte ihr sowieso niemand abnehmen, und Mary war auch der Meinung, dass man sie so wenig wie möglich beeinflussen sollte. Natürlich sah Vicky das anders, und Mary fragte sich nicht zum ersten Mal in diesen Tagen, warum sie ihre kleine Schwester überhaupt eingeweiht hatte.

Vicky warf ihre leere Chipstüte in den Papierkorb und setzte sich im Schneidersitz auf den Fußboden. »Jedenfalls sollte sie es sich gut überlegen. Hier, guck mal …« Sie schlug das Faltblatt zum Thema Abtreibung auf, das Sarah ihr gegeben hatte. »Das Herz eines Embryos arbeitet ab der dritten Woche, in der achten Woche sind alle Organe entwickelt und es kann Arme und Beine bewegen. In der zehnten Woche fängt der

Embryo zu greifen an, lutscht am Daumen und schlägt sogar schon den einen oder anderen Purzelbaum im Mutterleib. Niedlich, nicht? Und in der …«

»Hör auf!«, rief Mary und sprang auf, um ihrer Schwester den Flyer zu entreißen. »Was soll das alles? Wenn das irgendjemand lesen sollte, dann Judy – aber die will davon nichts wissen. Sie igelt sich ein, spricht mit niemandem mehr, nicht mal mit mir. Was nützt es, wenn du mir das alles vorliest? Spar dir doch deine Predigten für deinen Kirchenclub!«

In dem Informationsblatt hieß es außerdem, eine Abtreibung sei ein traumatisches Erlebnis für die Frau, die nach dem Eingriff oft »irrationale Ängste und Depressionen bis hin zur Suizidgefährdung« entwickelte, aber das behielt Vicky jetzt klugerweise für sich.

Sie schob den Flyer demonstrativ unter Marys Bett und stand auf. »Okay, wenn du meinst. Ich wollte ja nur helfen. Gute Nacht!«

Im Hinausgehen drehte sie sich noch einmal um. »Hier«, sagte sie und warf ihrer verblüfften Schwester eine kleine, rosa Plastikfigur zu. »Falls es dich interessiert, wie es in der zehnten Woche aussieht. Das von Judy ist inzwischen noch süßer.«

Mary wandte entschlossen den Blick ab. Sie wollte es gar nicht sehen. Stattdessen stand sie ebenfalls auf und sagte: »Ich werde Judy nicht sagen, was sie tun soll, Vicky. Und ich werde ihr nicht dieses … dieses Ding zeigen. Das kann ich einfach nicht. Es ist nicht fair!«

Fair, dachte Vicky auf dem Weg zu ihrem Zimmer, *was ist schon fair? Ist es fair, dass so ein Baby überhaupt nicht gefragt wird, ob es leben will oder nicht? Ist es fair, dass man über das Leben eines ungeborenen Kindes entscheidet, als wäre es ein Kleidungsstück, das man gekauft hat und nun doch nicht anziehen will, weil es einem nicht passt? Gebe ich es zurück oder werfe ich es in den Altkleidersack? So einfach kann man es sich doch nicht machen – oder doch?*

Elizabeth blieb vor der angelehnten Zimmertür ihrer Großen stehen und warf einen zögernden Blick hinein. Mary lag bäuchlings auf ihrem Bett und weinte. Es war fast Mitternacht, und sie hatte geglaubt, die Mädchen würden längst schlafen, aber offenbar hatten die es ausgenutzt, dass sie draußen mit William zusammen war, und sich einen ihrer langen Geschwisterabende gemacht, der Chipstüte und der leeren Limonadenflasche in Marys Papierkorb nach zu urteilen. Aber warum weinte Mary? Hatten die beiden sich gestritten? Sie konnte sich vorstellen, dass sie wegen Vickys Glauben häufiger aneinandergerieten – Mary machte sehr deutlich, was sie von der ganzen Sache hielt, und ließ keine Gelegenheit aus, ihre Schwester damit aufzuziehen, wenigstens, solange Sarah nicht dabei war. Vor ihrer Cousine hatte sie offenbar mehr Respekt. Aber Vicky würde doch nie ihre weinende Schwester allein lassen, dafür war sie viel zu weichherzig. In Vickys Zimmer aber hatte sie eben nachgesehen, und die schlief tief und fest.

»Mary?«

Keine Antwort.

Leise betrat Elizabeth das Zimmer. »Mary?«

Ein Rascheln, gefolgt von einem unterdrückten Schniefen. Mary drehte den Kopf, doch ihr Gesicht war im Dunkeln nicht zu erkennen. Elizabeth kam näher, kniete sich vor dem Bett auf den Teppich und nahm Marys Hand.

»Was ist denn los, Liebes? Hattest du Streit mit Vicky?«

Ein Kopfschütteln war die Antwort.

»Magst du mir nicht sagen, was los ist? Sind es die Prüfungen? Hast du Angst vor Mathe?«

Wieder ein Kopfschütteln.

Lange Zeit kniete Elizabeth an dem Bett ihrer Tochter, die anscheinend fest entschlossen war, ihr nichts zu sagen. Eingerollt wie eine Katze lag sie da, ein zerknülltes Papiertaschentuch in der Faust, und starrte ausdruckslos in die Dunkelheit des Raumes. Auf ihren Wangen waren deutlich die Spuren der Tränen zu erkennen, die sie geweint hatte, ihre Nase war gerötet und ihre Augen müde. Mitleidig strich Elizabeth ihr über das blasse Gesicht, bevor sie sich langsam aufrichtete und ihre vom langen Knien steif gewordenen Beine streckte.

»Okay …«, seufzte sie schließlich resigniert. »Wenn du mir nichts sagen willst … Aber du weißt, wo du mich findest, wenn du mich brauchst, ja? Du kannst mich jederzeit wecken.«

Mary nickte kaum merklich und versuchte ein schwaches Lächeln. Sie zog ihre Jeans aus, schlüpfte so, wie sie war, unter die Bettdecke und griff nach ihrem Plüschhasen, den sie zur Geburt von Cathy und Paul bekommen hatte. Das gute Stück war ihr über die Jahre ein treuer Begleiter gewesen und zeigte deutliche Gebrauchsspuren, doch Mary liebte ihn nach wie vor heiß und innig. Wie Elizabeth ihre Tochter kannte, würde die ihren »Bunny« noch mit in ihre erste Studentenbude schleppen, wenn sie zur Universität ging.

»Also, meine Große …« Elizabeth strich ihr ein letztes Mal zärtlich über das Haar. »Dann versuch jetzt mal zu schlafen. Gute Nacht.«

Vielleicht sollte ich mich wieder einmal mit Cathy zum Tee treffen, dachte sie, während sie leise in ihr Zimmer hinüberschlich. Möglicherweise hat Mary ihr ja ihr Herz ausgeschüttet. Mary liebte ihre Tante und vertraute ihr oft Dinge an, die sie nicht einmal ihrer Mutter sagte. Elizabeth hatte damit grundsätzlich kein Problem, aber sie machte sich Sorgen, dass Mary ihr womöglich entglitt, während sie mit sich selbst beschäftigt war. Hatte sie in letzter Zeit nicht allzu viel an sich gedacht? Wann hatte sie das letzte Mal ein Gespräch unter vier – oder auch sechs – Augen mit ihren Töchtern gehabt, mit einer oder mit beiden? Heute Abend hatte sie genau das vorgehabt, aber Mary hatte ja nicht gewollt. Dann war William aufgetaucht, und schon wieder hatte sie alles andere vergessen. Nein, dachte sie entschlossen, während sie die Bettdecke zurückschlug und nach ihrem Nachthemd griff. Sie würde am nächsten Wochenende nicht nach Mayfield Manor fahren. Sie würde William anrufen und ihn bitten, den Besuch bei seinen Eltern zu verschieben. Stattdessen würde sie ihren Töchtern einen Mutter-Tochter-Tag schenken, vielleicht mit ihnen nach London fahren oder nach Cambridge zum Punten. Irgendetwas, wozu die beiden Lust hatten. Mit diesem Entschluss schlüpfte sie unter die Bettdecke und war wenig später eingeschlafen.

23

Judy saß mit angewinkelten Beinen auf der niedrigen Mauer am Sportplatz und wartete auf Mary, mit der sie sich hier verabredet hatte. Sie war gestern zusammen mit ihrer Mutter in einer Privatklinik in London gewesen. Gleich am ersten Ferientag würde dort die Abtreibung vorgenommen werden. In den Ferien würde sie sich dann hoffentlich so weit erholen, dass sie einigermaßen gut durch die Prüfungen kommen würde. Und wenn das erst einmal geschafft war ...

Dann würde sie im Herbst aufs College gehen und sich auf die Universität vorbereiten, wo sie Jura studieren würde, genau wie ihr Vater. So hatte sie es sich immer gewünscht, seit sie elf war. Oder zumindest dachte sie, dass sie es sich gewünscht hatte – vielleicht war es auch mit der Zeit ihr Wunsch geworden, weil ihr Vater es so von ihr erwartete. Ebenso, wie er jetzt erwartete, dass sie »diese Sache« tapfer durchstand und dann mit ihrem Leben weitermachte, als sei nie etwas geschehen. Als hätte es nie einen Embryo gegeben ...

Sie schluckte. Aber es gab ihn, es gab diesen Embryo, und er lebte in ihr! Er lebte und wuchs jeden Tag, ja, sie bildete sich manchmal sogar ein, dass sie ihn spüren konnte. Nur noch wenige Wochen, dann würde sie es spüren können, wie es sich bewegte – ihr Kind. Ihr Kind, das nie geboren werden sollte ...

Aber sie war doch selbst fast noch ein Kind! Sie wurde im Herbst siebzehn. Siebzehn! Da sollte man doch eigentlich andere Dinge zu tun haben, als Geburtsvorbereitungskurse und Kinderkleidermärkte zu besuchen, Vorsorgeuntersuchungen wahrzunehmen und sich mit Vitaminen und Mineralstoffen vollzustopfen, oder nicht? Ja, im Herbst sollte sie zusammen mit Mary das *King Edward VI College of Further Education* hier in Nuneaton besuchen, unweit von Etone. Und auf Partys gehen, neue Leute kennenlernen. Männer natürlich nur mit höchster Vorsicht, aber darauf würde Mary wahrscheinlich schon aufpassen. Sie würde nicht zulassen, dass ihr so etwas wie mit Adam nochmals passierte.

»Hey, Judy, da bist du ja. Sorry, dass du warten musstest ... Hey, hast du geweint?« Mary ließ ihre Schultasche zu Boden fallen und kletterte neben Judy auf die Mauer, legte ihr besorgt eine Hand auf den Arm. »Was ist denn los?«

Doch Judy biss sich nur auf die Lippen und schüttelte schweigend den Kopf. Ihr kinnlanges, glattes, tiefschwarzes Haar glänzte in der Nachmittagssonne, die blau und gelb gestreifte Schulkrawatte hing lose um ihren Hals, und die hellblaue Hemdbluse hatte sie bis über die Ellbogen aufgekrempelt. Von weitem betrachtet, sah sie aus wie jede andere Schülerin der Etone School kurz nach Schulschluss. Nur, dass sich die meisten dann nicht mehr auf dem Schulgelände aufhielten.

»Magst du reden? Wir können zu *Pizza Hut* gehen oder einfach nur durch die Stadt bummeln. Meine Mutter arbeitet heute länger, die wird mich also nicht so schnell vermissen. Also, was meinst du? Sollen wir gehen?«

Judy zuckte gleichmütig mit den Achseln. Sie rutschte von der Mauer herunter und nahm ihren pinkfarbenen Rucksack, an dessen Reißverschlussenden eine kuriose Sammlung von Anhängern baumelte. »Von mir aus«, seufzte sie, und ihre Stimme klang so gleichgültig und distanziert, dass es Mary einen Stich versetzte. Warum hatte sie sich mit ihr treffen wollen, wenn ihr doch alles egal war? Brauchte Judy sie nun oder brauchte sie sie nicht? Sie war so launisch und unberechenbar geworden in den letzten Tagen, dass Mary oft nicht mehr wusste, woran sie mit ihr war. Manchmal heulte Judy sie stundenlang am Telefon voll, dann wieder gab sie vor, beschäftigt zu sein, und wich ihr aus. Wie sollte sie ihr helfen, wenn sie sie nicht richtig an sie heranließ?

Schweigend begannen sie den langen Weg entlang der von der Sonne und der Hitze staubigen Leicester Road in Richtung Innenstadt. Endlich, als Mary es nicht mehr auszuhalten glaubte, blieb Judy an der Eisenbahnbrücke stehen und sagte völlig unvermittelt: »Übrigens, ich habe für den ersten Montag in den Ferien einen Termin in der Parkklinik in Wimbledon. Ich lasse das Baby wegmachen. So, jetzt weißt du's.«

Mary blieb der Mund offen stehen. Entgeistert starrte sie die Freundin an, weil ihr in diesem Moment klar wurde, dass sie nie und nimmer geglaubt hatte, dass Judy das wirklich tun würde. Sie hatte – natürlich gegen alle Vernunft und ohne, dass ihre fromme Schwester etwas davon ahnte – die ganze Zeit über gehofft, Judy würde das Baby behalten.

»Das – das ist nicht dein Ernst, oder? Ich meine ... ich meine, du willst doch nicht wirklich ...«

»Nein, nicht wirklich, aber ich tu's trotzdem.«

Judy hielt dem Blick der Freundin trotzig stand. »Es ist das Beste, sagen meine Eltern. Und wahrscheinlich haben sie recht. Ich kann im Herbst aufs College gehen, kann studieren, und mein Leben so gestalten, wie ich will. Es ist die beste Entscheidung«, wiederholte sie mit Nachdruck, und Mary wagte es nicht, ihr zu widersprechen. Im Moment jedenfalls fehlten ihr die Worte.

Schweigend setzten sie ihren Weg fort.

»Und bevor du fragst, er weiß es nicht. Ich hab's ihm doch nicht gesagt, hatte einfach nicht den Mut dazu ...«

»Aber Judy«, rief Mary, »du musst es ihm doch sagen! Er ist immerhin der Vater, er ist mitverantwortlich!«

»Ja!«, schnaubte Judy und trat wütend nach einer Blechdose, die irgendjemand achtlos auf den Bürgersteig geworfen hatte. »Er ist mitverantwortlich, in der Tat. Was glaubst du denn, was er sagen würde?« Sie imitierte Adams affektierten Tonfall. »*Geh und lass es wegmachen, Babe. Deine Eltern haben doch genug Kohle, wo ist das Problem?* – Als ob es nur um Geld ginge!«

Mary schüttelte verzweifelt den Kopf. Was war das nur für ein Tag? Heute Morgen der Mathetest, den sie bestimmt verhauen hatte, und jetzt das. War das nicht ein bisschen zu viel für einen einzigen Dienstag?

»Weißt du was, Mary?«

»Was?«

»Ich glaube, mir wird gerade schlecht. Sorry ...«

Nachdem Judy sich übergeben hatte – sie hatte einfach über den Rand der Brücke hinunter erbrochen –, strich sie sich das Haar aus dem Gesicht und versuchte zu lächeln. »Jetzt geht es mir schon ein wenig besser. Komm, lass uns eine Cola kaufen und uns an den Brunnen setzen, ja?«

Mary nickte nur. »Okay. Und dann erzählst du mir vielleicht mal in

Ruhe, was passiert ist, ja? Dir wird ja nicht eben in der Chemiestunde eingefallen sein, dass Abtreibung die Lösung ist.«

»Nein«, lächelte Judy und hakte sich bei ihrer Freundin unter. »Das gerade nicht …«

Als Mary abends nach Hause kam, stand ihre Mutter im Türrahmen zwischen Küche und Wohnzimmer und telefonierte. Sie lächelte Mary zu, war dann aber sofort wieder in ihr Gespräch vertieft – wahrscheinlich William, dachte Mary, nahm sich ein Zitronenbonbon aus der Schale, die immer auf dem Couchtisch stand, und ging nach oben. Mitten auf der Treppe aber blieb sie wie angewurzelt stehen, als sie ihre kleine Schwester oben auf dem Flur kauern sah – tränenüberströmt. Rasch ließ sie sich neben ihr auf dem Fußboden nieder und nahm sie in die Arme. Anscheinend war heute ihr großer Tröstertag. Hatte sie nicht gerade gedacht, es sei genug für einen Dienstag?

»Was ist denn los?«, flüsterte sie.

Vicky schmiegte sich eng an sie, als suche sie verzweifelt Halt und Schutz. Sie schüttelte den Kopf, versuchte ihren Kummer in Worte zu fassen, doch es wollte ihr nicht gelingen. Endlich aber brachte sie den Namen ihrer Großmutter heraus – und Mary wusste augenblicklich, was geschehen war. »Oh, Vicky!«, rief sie und schloss ihre Arme fester um den bebenden, zarten Körper ihrer Schwester. »Oh, Vicky!«

»Die Beerdigung findet am kommenden Freitag statt, also an dem Tag, an dem du sowieso die Mädchen bringen wolltest. Morgens um zehn. Könnt ihr das schaffen?«

Elizabeth runzelte die Stirn. Sie hatte die Mädchen eigentlich am Samstag bringen wollen, damit sie ihren Chef nicht schon wieder um einen freien Tag bitten musste. Aber wenn die Beerdigung schon morgens um zehn war, würde sie nicht umhinkönnen, ihn noch einmal zu fragen. Und Beerdigungen fanden nun einmal immer freitags statt, das schien überall gleich zu sein. Normalerweise war Norman Kershaw ein verständnisvoller Chef; als sie Ostern ihren Fuß verstaucht hatte, hatte er darauf bestanden, dass sie noch ein paar Tage länger zu Hause blieb, und vorige Woche hatte er ihr auch den Freitag freigegeben, damit sie nach Dorset fahren konnte. Trotzdem war es ihr unangenehm.

»Ich weiß es nicht, ehrlich gesagt. Mein Chef hat mich ja gerade letzten Freitag freigestellt, als Granny den Schlaganfall hatte, und davor war ich wegen meines Fußes nicht in der Bank – ich kann da nicht ständig fehlen, weißt du … Aber ich werde es versuchen. Doch, ich werde kommen. Ich meine, *wir* werden kommen. Ihr könnt fest mit uns rechnen, ich bekomme das schon irgendwie hin.«

Sie hörte John vor Erleichterung aufatmen. Sicherlich hatte Melanie ihn schon halb verrückt gemacht und geweint, sie könne es Elizabeth nicht sagen, er müsse es tun … So war es immer bei den beiden. Ohne John war Melanie wie ein unselbstständiges Kind. Früher hatte Patrick alles für sie getan, jetzt tat es ihr Mann. Und Patrick hatte gehofft, der Hotelbetrieb würde ihr guttun und ihr Selbstbewusstsein stärken. Weit gefehlt. Melanie ging auf in ihrer Rolle als Mutter, ansonsten aber war sie immer noch dasselbe hilflose, naive, kleine Mädchen, das es meisterhaft verstand, die Männer um ihren kleinen Finger zu wickeln. John managte das Hotel praktisch allein. Das und noch einiges mehr.

»Gut. Wir fahren dann nach der Beisetzung hierher, ins *Whitesands*. Melly sagt, das hätte Granny bestimmt auch so gewollt. Also, Elizabeth, sag den Mädchen einen ganz lieben Gruß, und sie sind herzlich willkommen. Wir freuen uns auf euch.«

»Ich mich auch«, murmelte Elizabeth, die sich ganz und gar nicht freute. Sie wusste, dass sie sich auf der Beerdigung wahrscheinlich höchst überflüssig vorkommen würde.

Wer ist denn die Frau da?, hörte sie schon im Geiste die Leute flüstern. – *Ach, das ist Patricks Witwe mit ihren Kindern. Erinnerst du dich nicht? Ihr Mann ist doch erst letztes Jahr so tragisch verunglückt.*

So würde es doch sein, oder? Schaudernd ging Elizabeth in die Küche, um sich einen Kaffee zu kochen. Sie würde in aller Ruhe einen Kaffee trinken und die Neuigkeit verarbeiten, und erst dann würde sie es den Kindern sagen.

»Mama?«

Erschrocken ließ Elizabeth den Messlöffel fallen, als sie Vickys Stimme hinter sich hörte. Sie wandte sich um, zwang sich zu einem Lächeln und sagte: »Hallo, Vicky. Ich habe dich gar nicht gehört. Wann bist du denn nach Hause gekommen? Vicky??«

Mit einem lauten Schluchzer warf Vicky sich in die Arme ihrer Mutter, die sich fest um sie schlossen und sie sanft hin und her zu wiegen begannen. »Oh, Vicky, es tut mir so leid, ich habe nicht gewusst, dass du schon zu Hause bist … dass du es so erfahren musstest. Bitte verzeih mir meine Unachtsamkeit. Es tut mir so leid, Vicky … und Mary, du weißt es auch schon, ja? Komm her, meine Große. Kommt beide her …«

Eine Zeit lang standen die drei da, hielten einander fest umschlungen, als müssten sie einmal mehr zusammen dem Rest der Welt trotzen und dem Leben, das sie schon wieder so bitter enttäuscht hatte. *Was,* fragte sich Elizabeth später, als ihre Töchter ins Bett gegangen waren und sie sich mit einem Glas Wein nach draußen setzte, *ist nun geblieben von der großen Hoffnung, die ich letztes Jahr noch hatte, als wir hierher zurückkamen? Granny ist tot, die Websters werden schon bald nicht mehr viel von uns wissen wollen, und meine Eltern kümmert es sowieso nicht, wie es mir geht. Die am allerwenigsten.*

Nachdenklich schwenkte sie den Wein in ihrem Glas hin und her, ohne daraus zu trinken. Sie würde ihre Eltern wahrscheinlich nicht einmal anrufen, um ihnen von dem Tod ihrer Schwiegermutter zu berichten. Es interessierte sie nicht, das wusste sie genau. Sie hatten schon zu Lebzeiten keinen Kontakt zu Patricks Familie gepflegt und würden ohnehin nicht zur Beerdigung kommen. Ein Wunder, dass sie überhaupt zu Patricks Beerdigung gekommen waren.

Erst Williams Anruf ein wenig später konnte sie aus ihren trübsinnigen Gedanken reißen, und als sie schlafen ging, freute sie sich doch ein bisschen auf die Aussicht auf eine kinderlose Woche, in der sie William jeden Tag sehen würde – das hatte er ihr wenigstens versprochen – und endlich einmal Zeit für sich selbst finden würde. Diesen Samstag würde sie mit ihren Töchtern einkaufen gehen, das hatten sie sich gewünscht, und dann kam auch schon die letzte Schulwoche. *Himmel,* dachte sie, und trat an das offene Fenster, *wie die Zeit vergeht. Wie schnell doch die Zeit vergeht ...*

»Aber wenn du uns mitgenommen hättest, hätten wir uns wenigstens noch von ihr verabschieden können!« In Marys Augen standen Tränen. Sie war eigentlich auf dem Weg zur Schule, und ihre Schwester wartete schon ungeduldig in der Haustür, aber wenn Mary etwas loswerden musste, dann musste es immer sofort sein, egal, wie unpassend der Moment auch sein mochte. Und es konnte kaum einen unpassenderen Moment geben, das wusste sie selbst. Ihre Mutter musste ebenfalls los, sie war beim Frühstück schon hektisch und nervös gewesen, weil sie heute eine wichtige Sitzung in der Bank hatten – hatten sie nicht gestern erst eine gehabt? – und ihr der Kaffee misslungen war. Wenn ihre Mutter morgens keinen Kaffee hatte, war sie ungenießbar.

»Mary, bitte! Ich habe es dir doch gestern schon erklärt. Wir fahren nächsten Donnerstag hin und du wirst alle Zeit der Welt haben, dich von ihr zu verabschieden. Du kannst ins *Annabel's* fahren und einen Cream Tea trinken, du kannst in ihr Haus gehen und dir Erinnerungsstücke aussuchen, du kannst dir alles mitnehmen, was du möchtest, Melanie wird bestimmt nichts dagegen haben. Na ja, es muss ja vielleicht nicht gerade das Ölbild vom *Whitesands* sein, das in ihrem Esszimmer hängt. Und nun mach, es wird höchste Zeit, dass wir loskommen, sonst verpasst ihr die Versammlung.«

Elizabeth schwang sich ihre Handtasche über die Schulter und nahm ihre Schlüssel vom Haken. »Wenn ich euch an der Schule absetzen soll, dann seht zu, dass ihr ins Auto kommt.«

»Ja, ja ...«, maulte Mary, nahm aber ebenfalls ihren Rucksack und schob sich an Vicky vorbei aus der Tür. Dann drehte sie sich noch einmal um. »Kann ich nicht heute zu Hause bleiben, Mama? Irgendwie habe ich schreckliche Kopfschmerzen.«

Ihre Mutter hielt inne und sah sie einen Moment lang kritisch an. Dann legte sie ihr eine Hand auf die Schulter. »Ich weiß, dass es dir nicht besonders gut geht, Mary. Ich habe auch viel zu wenig geschlafen und zu viel geweint. Aber das bringt uns Granny auch nicht zurück, weißt du? In der Schule bist du wenigstens nicht allein. Du würdest doch den ganzen Tag hier sitzen und weinen – und wer würde dir einen Tee kochen und dir frische Taschentücher bringen? Niemand. Komm, meine Große, sei tapfer. Wir haben schon so viel geschafft, wir schaffen auch das, meinst du nicht?«

Mary lehnte sich an ihre Mutter, die nach Parfum und Haarfestiger roch. Es würde ihre Großmutter nicht zurückbringen, wenn sie allein zu Hause saß und weinte, das wusste sie auch, doch der brennende, dumpfe Schmerz in ihrem Inneren wollte einfach nicht weggehen.

»Komm, Mary – wir schaffen das. Ja?«

Vicky sah ihre Schwester mit großen, traurigen Augen flehend an. Sie hatte immer noch ein schlechtes Gewissen wegen der Sache mit dem Plastikembryo, aber Mary schien es ihr nicht übel zu nehmen – der Schmerz über den Verlust der Großmutter hatte alles andere praktisch ausgelöscht. Vicky war sich ziemlich sicher, dass Granny an Gott geglaubt hatte, auch wenn sie nie darüber gesprochen hatte. Aber sie war regelmäßig zur Kirche gegangen, wenigstens in den letzten Jahren, seit sie in Christchurch gelebt hatte. Alte Leute redeten meistens nicht über ihren Glauben, sie taten einfach, was sie für richtig hielten, ohne es anderen Leuten aufzwingen zu wollen. Deswegen konnte Vicky sich mit dem Gedanken trösten, dass ihre Großmutter jetzt wenigstens gut aufgehoben war. Aber das konnte sie Mary natürlich nicht erklären, es würde ihr nicht helfen, ja, es würde sie vielleicht sogar zornig machen. Nach der Sache am Montagabend war Vicky vorsichtig geworden.

»Ich bin okay«, murmelte Mary und stieg in das Auto. Während der ganzen Fahrt hielt sie ihren Rucksack mit beiden Armen auf dem Schoß fest, als wäre er ein kleines Kind, das ihres Schutzes bedurfte. Vicky sah ein paar Mal zu ihr hinüber, sagte aber nichts. Die Schule würde sie beide ablenken – von Beerdigungen und Abtreibungen gleichermaßen.

Welche Ironie, dachte Vicky später, als sie hinter Mary, die es plötzlich eilig hatte, herging. *Granny wird beerdigt und das winzig kleine Baby – nun, das auch. Mit dem Unterschied, dass die eine richtig verabschiedet und betrauert und in einen schönen Sarg gelegt wurde, Judys Baby hingegen …*

24

»William, ich glaub das alles nicht!«

Jerry schlug mit dem Handrücken auf den Brief, der vor ihm auf dem Couchtisch lag. Es war ein Schreiben von Hannahs Anwalt, in dem er unter anderem beschuldigt wurde, seine Frau emotional missbraucht zu haben. Die Tatsache, dass Hannah keine Kinder bekommen könne, sei eindeutig auf diesen emotionalen Druck zurückzuführen, der sowohl von ihm, als auch von seiner Familie, ja, sogar von einigen Leuten aus der Kirchengemeinde sukzessive aufgebaut worden sei. Hannah habe auch darunter gelitten, dass sie von vielen Leuten wegen ihres beruflichen Erfolges und des Engagements für ihre Firma kritisiert worden sei. Mehrmals sei sie sogar direkt gefragt worden, ob sie denn nicht wisse, dass ihr Platz zu Hause sei, wo sie für ihren Mann zu sorgen habe, wenn sie ihm schon keine Kinder schenken könne – oder wolle. Sie habe sich deshalb auch in der Gemeinde zunehmend unwohl gefühlt und in den letzten Monaten stark unter Selbstzweifeln und Depressionen gelitten, weshalb sie am Ende sogar zu Medikamenten gegriffen habe. Der Auszug aus dem gemeinsamen Haus und die Flucht zu ihren Eltern nach Kent sei für sie der einzige Ausweg gewesen. Sie habe dafür sogar ihre Karriere geopfert.

»Das ist doch nicht ihr Ernst, oder? Ich meine, das stimmt doch alles gar nicht. Emotionaler Missbrauch, was ist denn das nur für ein Quatsch? Das hat ihr bestimmt der Anwalt gesagt – hört sich ja auch gut an, nicht wahr? *Emotional missbrauchte Frau opfert vielversprechenden Job und flüchtet zu Eltern aufs Land.* Da kann man sich den Mann doch richtig gut vorstellen, der seiner Frau so etwas antut. Ich meine, was kommt dann als Nächstes? Dass ich sie geschlagen habe? Vergewaltigt? Ach, Will!« Er fegte den Brief vom Tisch und sah mit ausdruckslosen Augen dabei zu, wie er langsam zu Boden flatterte und auf einer Ausgabe der *Vogue* liegen blieb. Einer alten natürlich – die neuesten hatte Hannah mitgenommen.

William entging nicht die Ironie dieses Bildes. Hannah war die eleganteste Frau gewesen, die er je gekannt hatte – außer seiner Mutter natürlich, aber gegen Hannah hatte sie vermutlich selbst in ihren besten Jahren, als die Gäste noch auf Mayfield Manor ein und aus gingen, wie eine Landpomeranze ausgesehen. Heute trug Williams Mutter am liebsten bequeme Freizeitkleidung und schüttete ihre Cornflakes direkt aus dem Plastikbehälter in die Schüssel – und zwar am liebsten in die mit der herausgebrochenen Ecke, von der sie sich nicht trennen konnte, weil sie schon immer ihre Cornflakes daraus gegessen hatte. Hannah Scott hätte so eine Schüssel längst weggeworfen. Alle zwei Jahre hatte sie einen Dekorateur bestellt, um das Haus von oben bis unten neu zu tapezieren. Wenn Jerry sie gelassen hätte, hätte sie für den Garten auch noch einen Landschaftsdesigner – das klang schicker als Gärtner und kostete auch gleich mehr – bestellt. So aber hatte sie sich mit Jerrys Gartenkunst zufriedengeben müssen. Wie sie sich mit manchem hatte zufriedengeben müssen, wie es schien. Denn dem Anwaltsbrief nach zu urteilen, konnte sie keine besonders glückliche Frau gewesen sein – im Gegenteil.

Jerry stieß mit dem Fuß gegen die *Vogue* und schob sie – samt Brief – unter den Sessel, auf dem William saß. »Schau dir das an, Will – schau dir den ganzen Kram doch an hier. Weißt du, wie teuer das alles war? Aber es musste ja immer alles vom Feinsten sein. Gut, okay, ich habe da auch meinen Anteil dran. Schließlich dachte ich, sie soll es ruhig schön haben hier, wenn sie schon keine Kinder bekommen kann und immerzu arbeiten muss. Sie hat ja auch gut verdient – mehr als ich. Aber für was? Wozu?? Jetzt sitze ich alleine hier auf unserem Designersofa! Alleine. Buchstäblich … sitzen gelassen.«

Jerry gab ein bitteres, ironisches Lachen von sich, das dann völlig unvermittelt in ein haltloses Weinen überging.

William, vergeblich nach den richtigen Worten suchend, klopfte seinem Freund kurz auf die Schulter und bückte sich, um den Brief unter dem Sessel hervorzuziehen.

»Darf ich lesen?«, fragte er leise.

Nachdem Jerry genickt hatte, reichte er ihm ein Taschentuch aus der silbernen Box, die hinter ihm auf der Fensterbank stand, und begann zu lesen.

Einige Minuten später faltete er den Brief sorgfältig zusammen, legte ihn auf den Tisch und rieb sich müde und ratlos die Augen. Er war gleich aus der Praxis hierher gekommen, obwohl er ursprünglich vorgehabt hatte, noch kurz bei Elizabeth vorbeizusehen, die gestern Abend aus Bournemouth zurückgekommen war. Ein Abend mit ihr – noch dazu bei dem herrlichen Sommerwetter auf ihrer hübschen, kleinen Terrasse – wäre unvergleichlich viel schöner gewesen. Aber er hatte nicht das Herz gehabt, Jerry seine Bitte abzuschlagen. Dafür waren Freunde schließlich da.

»Na, das ist ja eine schöne Bescherung … Soll ich uns mal einen Kaffee machen? Kann ich denn mit eurer extravaganten Hightech-Maschine umgehen, oder brauche ich dafür eine Gebrauchsanleitung?«

Falls er gehofft hatte, Jerry mit dieser Bemerkung wenigstens ein Schmunzeln zu entlocken, musste er feststellen, dass dies vergeblich gewesen war. Im Gegenteil, Jerry war so tief in seine Gedanken versunken, dass er nicht einmal aufblickte, als William den Raum verließ und wenige Minuten später mit zwei Tassen aromatisch duftendem Espresso und einer Keksdose unter dem Arm zurückkehrte.

»Ich habe noch mal nachgedacht, Will«, sagte Jerry und griff geistesabwesend in die Keksdose. »Ich glaube, ich nehme mir doch lieber einen Anwalt. Eigentlich hatte ich ja gehofft, dass wir das vermeiden können und uns wenigstens einen gemeinsamen Anwalt suchen, aber –«

William begegnete dem Blick seines Freundes und rührte dabei langsam, fast bedächtig, zwei gehäufte Teelöffel Zucker in seinen Espresso.

»Dem ist sie ja nun offensichtlich zuvorgekommen«, sagte William schließlich und fügte nach einer Weile zögernd hinzu: »Kennst du denn jemanden? Ich könnte sonst meine Eltern fragen, die haben einen sehr guten Anwalt, der seine Kanzlei in Nuneaton hat. Selfridge & Hamilton in Queen's Road. Oder Bennett & Baker, die sollen auch gut sein. Speziell bei Scheidungen, fällt mir gerade ein.«

Jerry biss in den Keks, den er bis jetzt nur in der Hand hin und her gedreht hatte, und nickte. »Gute Idee, danke«, meinte er dann. »Ich könnte Montag gleich nach der Arbeit mal anrufen oder vorbeischauen. Auch wenn ich mir das im Moment überhaupt noch nicht vorstellen kann – stell dir vor, es kommt tatsächlich so weit ... Scheidung! Ich! Und Hannah – meine Hannah ... oh Mann, Will, sag, dass das nicht wahr ist, sag, dass ich das alles nur träume ...«

Aber Jerry wusste, dass es kein Traum war, und dass dies hier nur die berühmte Spitze des Eisbergs war, auf den sie gestoßen waren, der ihr Leben auseinanderreißen und es für immer verändern würde. Was war ein Leben ohne Hannah? – Eine große, große Leere, weit wie das Meer. Und so tief, dass man darin ertrinken konnte. Mühelos.

I don't mind this empty room, and I like it when I'm alone.
Es macht mir nichts aus, in diesem leeren Raum zu sein, und ich bin gern alleine.
I'm trying not to think about you, I'm not waiting by the telephone.
Ich versuche, nicht über dich nachzudenken, ich warte nicht am Telefon.
I'm watching a late-night movie, where the lovers say goodbye,
Ich sehe mir einen Spätfilm an, in dem sich das Liebespaar Lebwohl sagt,
and it's really getting to me, and tears are in my eyes.
und es geht mir wirklich nahe, und Tränen stehen in meinen Augen.
But I'm not crying, I'm not crying, I'm not crying over you.
Aber ich weine nicht, ich weine nicht um dich.
I'm over you.
Ich bin darüber hinweg.

Jerry saß auf dem Sofa, hatte die Stereoanlage voll aufgedreht, und hörte mit geschlossenen Augen der sanften Stimme von Chris de Burgh zu, die von einem verlassenen Liebhaber sang, der vorgab, dass in seinem Leben alles in Ordnung war, und sich in Wirklichkeit einsam, traurig und vollkommen leer fühlte. Nichts war in Ordnung, gar nichts. Wie bei ihm auch nicht.

William war vor einer Viertelstunde nach Hause gefahren, und er hatte die plötzliche Stille nicht ertragen können. Die CD gehörte Hannah; er selbst hörte eigentlich lieber Rock, Jazz oder auch Klassik, aber jetzt schien er einen regelrechten Hunger nach allem zu haben, was ihr gehörte, was an sie erinnerte. Er wollte sich erinnern, sich vor allem an die guten Zeiten erinnern, nicht an die schlechten, wie sie sie in den vergangenen achtzehn Monaten seit dem sechzigsten Geburtstag ihres Vaters erlebt hatten. An jenem Abend hatten sie den ersten richtig großen Streit miteinander gehabt – warum, das wusste er nicht einmal mehr – und hatten die Nacht in getrennten Zimmern verbracht. Aber am nächsten Morgen waren sie wieder zusammengekommen, hatten einen ausgedehnten Spaziergang unternommen, und er hatte geglaubt, dass alles wieder in Ordnung kommen würde.

Aber so war es nicht gewesen. Sie hatten sich danach immer öfter gestritten – meistens wegen ihrer Arbeitszeiten beziehungsweise wegen der fehlenden Ehezeiten, die besonders er sich so sehr gewünscht hatte – und hatten sich dabei langsam, aber sicher auseinandergelebt. Das sah er jetzt, wo sie nicht mehr hier war, ganz deutlich, und er fragte sich verzweifelt, warum er es vorher nicht gesehen hatte. Hätte er seine Ehe noch retten können? Konnte er sie jetzt noch retten?

Normalerweise hätte er jetzt gebetet – er und Hannah hatten in Krisensituationen immer zusammen gebetet, oft ganze Nächte lang –, doch er fühlte eine solch unbeschreibliche Leere in seinem Inneren, dass er nicht einmal mehr Gottes Gegenwart spüren konnte. War Gott denn überhaupt noch da? Oder hatte er ihn auch verlassen, so wie Hannah es getan hatte?

Jerry bedeckte seine Augen mit beiden Händen und bemühte sich vergeblich, nicht zu weinen, konnte aber die Tränen nicht länger zurückhalten, als das Lied mit dem letzten Refrain endete.

But I'm not crying, I'm not crying, I'm not crying over you – I'm over you.

Elizabeth setzte sich mit einem Becher Tee auf die Terrasse hinaus und faltete die Zeitung auseinander. Nachdem sie die Nachrichten überflogen hatte, blätterte sie etwas lustlos weiter, bis ihre Augen an einem Bild hängen blieben, das sie dazu veranlasste, sich ruckartig in ihrem Stuhl aufzusetzen. Es war das Bild eines Hauses in Warwick, das zum Verkauf stand.

»Landhaus in herrlicher Umgebung mit unverbaubarem Blick auf Wiesen und Felder«, las sie in der dazugehörigen Anzeige, »Nähe Warwick, repräsentatives, modernes Einfamilienhaus mit verglaster Veranda, Diele, Garderobe, Arbeitszimmer, Gästezimmer, Gäste-WC mit Dusche, Wohnküche, Wohnzimmer mit offenem Kamin, Esszimmer, Hauswirtschaftsraum, EG komplett gefliest, im ersten OG vier weitere Schlafzimmer, luxuriöses Familienbad und ensuite zum Elternschlafzimmer …« Ihr Herz machte einen Sprung: ensuite zum Elternschlafzimmer, was für ein Luxus! Die Mädchen hätten ein eigenes Badezimmer – ein Luxusbadezimmer! – ganz für sich, und sie und William …

Moment, Misses Webster, *du träumst schon wieder! Seit du aus Bournemouth zurück bist, hat William noch nicht einmal angerufen, und jetzt ist es Dienstagnachmittag. Wie kannst du da von einer gemeinsamen Zukunft träumen? Außerdem wird er* Ivy Cottage *nicht verkaufen wollen, jedenfalls nicht, solange seine Eltern leben.* Dann würde er nach Mayfield Manor ziehen, um dort eine Tierklinik zu eröffnen, wie er ihr erzählt hatte. Das war natürlich noch Zukunftsmusik, aber eines Tages würde er seinen Traum bestimmt verwirklichen wollen, und ob sie dann …

Das Telefonklingeln riss sie aus ihren Gedanken. Doch zu ihrer Enttäuschung war es nicht William, sondern Catherine, die kurz hinüberkommen wollte, um etwas Wichtiges mit ihr zu besprechen. »Etwas Schönes«, deutete sie an, und Elizabeth konnte das glückliche Lächeln ihrer Schwester fast durchs Telefon sehen. »Stell schon mal den Kessel auf, ich bringe uns Kuchen mit!«

»Und wann ist die Hochzeit? Noch in diesem Jahr, nehme ich an.«

»Ja, am zweiten September. Himmel, Beth, das sind nur noch drei Monate! Ich weiß gar nicht, wie ich das alles schaffen soll!«

Elizabeth lachte. »Cathy, drei Monate sind doch noch eine ganz schöne Zeit. Du bist nicht einmal die Mutter der Braut, was soll die denn sagen? Apropos Braut, wie heißt denn die Glückliche?«

»Elaine. Sie ist ein Jahr älter als Joshua, studiert Lehramt in Sheffield. Im September beginnt sie mit ihrer praktischen Ausbildung, wahrscheinlich an einer Schule in Nottingham, wo ihre Eltern wohnen. Deswegen wollen sie vorher auch heiraten. Sie wollen ein Haus kaufen von einem Ehepaar aus Elaines Heimatgemeinde, das in den Missionsdienst nach Westafrika geht. Deswegen muss das alles ein bisschen schnell gehen, weißt du?«

Elizabeth verstand zwar nichts, nickte aber und nahm sich noch ein Stück von dem Kuchen, den Catherine mitgebracht hatte.

»Jedenfalls dachte ich, wir könnten ihnen vielleicht zur Hochzeit ein paar Tage im *Whitesands* schenken, weil sie doch eigentlich kein Geld für richtige Flitterwochen haben, wie findest du die Idee? Meinst du, du kannst da was organisieren?«

Elizabeth hatte Mühe, das Stück Kuchen, das sie gerade in den Mund geschoben hatte, zu kauen und hinunterzuschlucken. Ins *Whitesands*, ausgerechnet! Wo sie doch fest davon überzeugt war, dass der Kontakt abbrechen würde, wenn nicht jetzt, dann wenigstens im Laufe der nächsten Jahre. Im Moment waren ja Mary und Vicky noch dort, und es schien ihnen auch gut zu gefallen. Jedenfalls hatte Mary gestern Abend noch angerufen, als sie gerade angekommen war, und gefragt, ob sie abends alleine zum Pier hinuntergehen dürften. Dort wurden um diese Jahreszeit die bunten Lichterketten eingeschaltet – eine reine Touristensache eigentlich, aber die Mädchen fanden es trotzdem toll, zumal in den Pavillons am Strand und im Park fast jeden Abend verschiedene Bands spielten. Solange die Mädchen versprachen, zusammenzubleiben, hatte Elizabeth nichts dagegen. Es war ja außerdem lange hell im Mai.

»Ich weiß es nicht … Ich kann sie ja nächstes Wochenende fragen, wenn ich hinfahre, um die Mädchen abzuholen. Die Hochzeitssuite wird bestimmt schon ausgebucht sein, aber die ist auch wirklich unverschämt teuer, ich glaube, die liegt bei neunzig Pfund pro Nacht, und das ohne Frühstück.«

»Na, für drei, vier Nächte würde es schon gehen, die Eltern der Braut zahlen ja auch etwas dazu. Aber sie geben ihnen auch Geld für das Haus. Wir natürlich auch. Besser in Immobilien investieren, als … Hey, was ist denn? Wieso siehst du so traurig aus? Habe ich etwas Falsches gesagt?«

Elizabeth schüttelte den Kopf, doch über ihre Wangen rannen Tränen. Zu dumm, dass sie ausgerechnet jetzt an Patrick denken musste. Sie hatten auch im *Whitesands* gefeiert und die Hochzeitsnacht in der Suite verbracht. Die war inzwischen längst renoviert worden, bestimmt würde sie die Zimmer nicht wiedererkennen, aber es tat trotzdem weh. Und die Tatsache, dass William nicht anrief und sie ihn seit über zwei Wochen nicht gesehen hatte, machte es nicht besser.

Catherine legte ihr tröstend einen Arm um die Schulter. »Es wird alles gut, Beth. Du hast doch jetzt William – natürlich ist er auch zur Hochzeit eingeladen. Du wirst tanzen, Beth, und du wirst strahlend schön aussehen, das weiß ich schon jetzt. Wie wäre es, wenn wir beide mal wieder zusammen einkaufen gehen? Das haben wir so lange nicht gemacht, und ich brauche auch ein neues Kleid für die Hochzeit. Passt es dir am Donnerstag nach der Arbeit? Du kannst dein Auto bei uns stehen lassen, und wir fahren nach Leicester. Oder meinst du, die Mädchen haben Lust auf einen Samstag in London?«

Dankbar nahm Elizabeth das Taschentuch entgegen, das ihre Schwester ihr reichte. Sie nickte. »Ja, Donnerstag passt gut, da arbeite ich nur bis um eins.«

Ein Einkaufsbummel würde ihr bestimmt guttun und sie auch endlich einmal von dem, was sie so den Tag über beschäftigte, ablenken. Die schlaflosen Nächte waren ein ganz anderes Thema.

Was William und das Tanzen anging, war sie sich nicht so sicher. Aber vielleicht war sie auch einfach nur müde und mitgenommen von dem Stress der letzten Tage. Schließlich war heute erst Montag, sie hatten noch fast eine ganze Woche Zeit, sich zu sehen. Vielleicht würde sie ihn nachher noch anrufen. Schließlich konnte sie nicht immer darauf warten, dass er den ersten Schritt tat.

»Ob ich dich vermisst habe? Na, du stellst Fragen – natürlich habe ich dich vermisst! Ich wäre gestern Abend auch noch vorbeigekommen, aber dann rief Jerry an und …«

Elizabeth schloss die Augen. Natürlich, Jerry. Daran hatte sie gar nicht mehr gedacht. Dabei hatte ihr William letzte Woche vor ihrer Abreise doch erzählt, dass Hannah Scott ihren Mann verlassen und wohl auch die Scheidung schon eingereicht hatte. Merkwürdig, wie schnell das bei einigen Leuten ging. Gestern noch das Traumpaar, heute geschiedene Leute. Was sie am meisten verwunderte, war, dass so etwas offenbar auch in christlichen Kreisen vorkam.

»Und ich verspreche dir, dass ich morgen Abend zu dir komme. Oder hast du vielleicht Lust, nach Warwick zu kommen? Wir könnten zu meinem Lieblingsitaliener gehen, der macht eine erstklassige Lasagne.«

»Das hört sich gut an, dann komme ich hier wenigstens mal raus. Wann passt es dir denn? Machst du um fünf Feierabend?«

»Leider nein, dienstags und donnerstags hat die Praxis bis um sieben geöffnet. Deshalb wäre es auch besser, wenn du hierher kommst. Ich könnte vor halb neun gar nicht bei dir sein, und ob ich dann noch nach Hause fahre …«

Sie errötete und war froh, dass er das durch das Telefon nicht sehen konnte. Warum machte er auch immer solche Andeutungen? Wollte er sie tatsächlich verführen, bevor er sie überhaupt seinen Eltern vorgestellt hatte?

Und würde sie sich verführen lassen?

»Bist du noch da, Lizzy? Hallo?«

Hastig nahm Elizabeth den Hörer wieder ans Ohr, den sie eben hatte sinken lassen – vor lauter Träumerei. »Ja, ich bin noch da. Natürlich. Also komme ich gegen sieben Uhr zu dir und wir gehen dann essen, wenn du fertig bist, ja?«

»So machen wir es. Und wenn du uns einen Pimm's mixt, während ich die Praxis aufräume, umso besser. Das Wetter soll schön bleiben, wir können zu Fuß in die Stadt gehen.«

Na, das könnte dir so passen, dass ich mir schon vor dem Essen einen Schwips antrinke, dachte Elizabeth, als sie aufgelegt hatte und in die Küche ging, um sich ein Schinkensandwich zu machen. *Dann hast du ja die perfekte Entschuldigung dafür, mich gar nicht erst nach Hause fahren zu lassen. Ob das eine gute Idee wäre, weiß ich im Moment noch nicht. Alles zu seiner Zeit …*

25

»Ich finde ja, wir sollten ihn ruhig einpacken und mit in die Stadt nehmen. Hier drinnen ist es so langweilig!«, fand Mary, die sich in der Rolle des Babysitters für ihren kleinen Cousin – im Gegensatz zu ihrer Schwester – nicht sonderlich wohlfühlte. Paddy schlief schon seit Stunden in seinem Kinderwagen, nachdem Melanie ihn morgens mit zum Joggen genommen hatte. Jetzt war sie zum Zahnarzt gefahren und hatte ihre Nichten gebeten, auf ihn aufzupassen. *Er wird bestimmt Hunger haben, wenn er aufwacht,* dachte Vicky mit einem Blick auf die Uhr, *er schläft ja schon seit fast drei Stunden.* Melanie hatte die fertige Milchflasche bereits in den Babykostwärmer gestellt, den sie dann nur noch einzuschalten brauchten.

»Ich glaube, wir warten lieber, bis er aufwacht und seine Flasche getrunken hat. Sonst müssen wir die mitnehmen und unterwegs warm machen. Wo willst du eigentlich schon wieder hin? Wir waren doch erst gestern den ganzen Nachmittag in der Stadt.«

»Ich weiß, aber bei *Next* haben sie so eine schicke Strickjacke, die war reduziert. In so einem schönen, dunklen Violett. Du kannst mir ja bei der Entscheidung helfen – immerhin würde es mich doch fast mein ganzes Taschengeld kosten, wenn ich die Jacke kaufe.«

Vicky, die ganz verträumt auf ihren schlafenden, kleinen Cousin geguckt hatte, seufzte. »Ach, du immer mit deinen Klamotten. Also gut, wenn du unbedingt meinst, komme ich mit. Aber erst, wenn wir den kleinen Fratz hier gefüttert und gewickelt haben, der wird nämlich gerade wach.«

Ihre Schwester beobachtete sie dabei, wie sie Paddy vorsichtig aus dem Kinderwagen hob und ins Wohnzimmer trug. Er war ein süßer, kleiner Kerl, das musste sie zugeben, auch wenn sie sich ziemlich zurückhielt, was das Herzen und Herumtragen anging. Gestern hatte er sie jedoch zum Lachen gebracht, als er seine erste feste Nahrung zu sich genommen hatte – einen mit Karamell gefüllten Schokoladenkaubonbon, den er der verdutzten Vicky einfach aus der Hand genommen hatte. Doch zugleich erinnerte Paddy sie einfach zu schmerzhaft an das Baby ihrer Freundin, das, wenn am Montag alles nach Plan verlaufen war, inzwischen wohl nicht mehr am Leben war. *Komisch,* dachte sie, *dass Judy sich noch gar nicht gemeldet hat.* Sie wollte doch anrufen oder wenigstens eine SMS senden, sobald sie es hinter sich hatte, das hatte sie am Donnerstag zum Abschied versprochen.

Es war ein tränenreicher Abschied gewesen – Mary hatte sich sehr zusammennehmen müssen, um ihrer Freundin nicht über den Bauch zu streichen und *Bye, bye, Baby* zu flüstern. Aber das hätte Judy auch nicht geholfen, oder? Es hätte alles nur noch schlimmer gemacht.

Also hatte sie die Freundin umarmt, ihr ein paar Mal ermutigend auf den Rücken geklopft und »Na, dann viel Glück!« gemurmelt, ohne ihr dabei ins Gesicht zu sehen. Sie wollte nicht, dass Judy das Kind abtrieb – aber sagen konnte sie es ihr auch nicht, jetzt, wo sie sich nun einmal dazu durchgerungen hatte. Schließlich hatte sie ihr fest versprochen, zu ihr zu stehen, egal, wie sie sich entschied. Und Mary hatte nicht vor, ihr Wort zu brechen.

»Hier, hältst du mal?«

Vicky riss sie aus ihren Gedanken, indem sie ihr Paddys Jäckchen hinhielt. Mary nahm das Kleidungsstück und hielt es unwillkürlich an ihr Gesicht. Mmmh, wie gut das roch – richtig nach Baby. Sie presste die Jacke fester an sich, als wolle sie nicht, dass Vicky die Tränen in ihren Augen sah. Natürlich hatte sie am Ende doch nicht widerstehen können, das Informationsblatt zum Thema Abtreibung zu lesen, und dann hatte sie auch noch den Fehler gemacht, in ihrem Babyfotoalbum zu blättern.

Ihre Mutter war fünfundzwanzig gewesen, als sie sie bekommen hatte, aber sie hatte auch jünger ausgesehen. Siebzehn war natürlich zu jung – viel zu jung …

»Ich glaube, dein Handy piept, kann das sein?«

Mary schrak aus ihren Gedanken auf, warf die Jacke aufs Sofa und stürzte zu ihrem Handy. Eine Nachricht von Judy war eingegangen – endlich. Sie ließ sich samt Handy auf das Sofa fallen und tippte mit zitternden Fingern ein paar Tasten.

Dann starrte sie ungläubig auf das Display.

»Wie, sie hat es nicht getan? Sie hat es einfach *nicht getan*?«

Vicky war fassungslos. Ihre Knie zitterten, Schweiß rann ihr über den Rücken, und sie musste sich rasch setzen, damit sie nicht umfiel. Gott hatte ihre Gebete wirklich erhört: Judy würde das Baby behalten!

Mary hielt ihr das Handy unter die Nase. »Hier, lies selbst. Ich kann es auch nicht glauben.«

Sorry, aber ich konnte es einfach nicht – melde mich, sobald sich hier die Wogen ein wenig geglättet haben. Judy.

»Das ist alles?«

»Ja. Aber es sagt auch alles, oder? Judy hat die Nerven verloren, ist wieder nach Hause gefahren – oder gar nicht erst in die Klinik gefahren – und ihr Vater tobt. Er hat zwar gesagt, er überlässt ihr die Entscheidung, aber im Grunde hat er ihr schon deutlich gemacht, dass es in seinen Augen nur eine Lösung gibt. Arme Judy! Und ich bin nicht mal da, um ihr beizustehen. Am liebsten würde ich nach Hause fahren.«

Vicky nickte nur. Sie hielt ihren Neffen im Arm und sah ihm dabei zu, wie er gierig seine Milch trank. Bald würde Melanie ihm auch zum Mittag etwas Nahrhafteres geben müssen – abends bekam er schon Brei, und im Buggy knabberte er manchmal einen Kinderkeks. Wie schnell so ein Baby groß wurde!

Mary hatte angefangen, im Wohnzimmer auf und ab zu gehen. »Oh, Mann, und wir sitzen hier noch bis Samstag! Heute ist erst Mittwoch …

Können wir Mama nicht fragen, ob wir mit dem Zug nach Hause fahren können?«

Vicky ließ die Flasche sinken, hob sie jedoch schnellstens wieder an Paddys Mund, als dieser lautstark protestierte. »Das ist doch hoffentlich nicht dein Ernst, oder? Nur, weil du Judys Händchen halten musst. Das kannst du am Sonntag immer noch tun, falls ihre Eltern sich bis dahin nicht beruhigt haben. Aber die werden sich schon von allein wieder beruhigen. In der Zwischenzeit kannst du dich freuen und dankbar sein …« Sie stellte das leere Fläschchen auf den Fußboden und drückte Mary den schreienden Paddy in den Arm. »Und üben, wie man ein Baby dazu bringt, sein Bäuerchen zu machen!«

Unsicher nahm Mary das weinende Baby an sich und versuchte, sein sich heftig schüttelndes Köpfchen an ihre Schulter zu drücken, so, wie sie es bei Melanie gesehen hatte. Dann begann sie erneut, auf und ab zu gehen. Seltsamerweise schwand ihre innere Anspannung mit jedem Schritt, den sie ging, und wich einer tiefen Zufriedenheit, als Paddy zu weinen aufhörte und endlich einen satten Rülpser von sich gab – gefolgt von einem riesigen Schwall Milch, die über ihre Schulter auf die Fliesen tropfte.

»Igitt!«

Vicky brach in lautes Lachen aus, sprang aber, als Mary ihr einen zornigen Blick zuwarf, auf, um schnellstens einen Lappen und ein sauberes T-Shirt für ihre Schwester zu holen. Auf dem Weg in die Küche jubelte sie und hüpfte vor Freude. Gott sei Dank, Judys Baby durfte leben! Sie konnte es kaum erwarten, ihrer Cousine eine E-Mail zu schreiben und die Entwarnung zu geben. Wie würde Sarah sich freuen! Halleluja!

»Und, wie war es Dienstagabend mit William? Hat er sich anständig benommen?«

Elizabeth zog sich ihre Jeansjacke über und schüttelte lachend die langen Haare, die sich unter dem Kragen verfangen hatten.

Wie viel sie lacht, seit sie William kennt, dachte Catherine bei sich. *So viel habe ich sie seit Jahren fast nicht mehr lachen sehen. Sie muss sehr glücklich sein – also war es die richtige Entscheidung gewesen, nach Warwickshire zurückzukehren. Gott sei Dank.* Im Winter hatte sie noch befürchtet, ihre Schwester würde nie das Licht am Ende des Tunnels sehen, das Schwarz nie ablegen – weniger das äußere, sondern das innere Schwarz. Das Schwarz der Trauer, das alles Helle schluckt und das Leben der Menschen, die trauern, verdunkelt, bis sie den Weg nicht mehr finden. Aber Elizabeth hatte ihren Weg wiedergefunden.

»Das kommt wohl darauf an, was du unter anständig verstehst«, entgegnete sie grinsend, und Catherine wusste, dass sie nicht mehr aus ihr herausbekommen würde. Elizabeth war schon immer eine sehr private Person gewesen. Sie hatte auch früher nie viel von ihrem Eheleben erzählt, sprach nie über Geld und selten über ihre Gefühle. Nach Patricks Tod, ja, da hatte sie Catherine ihr Herz ausgeschüttet, hatte sich bei ihr ausgeweint – was ja nur verständlich war –, aber seit sie in England war und sozusagen auf eigenen Füßen stand, hielt sie ihre gewohnte Distanz. Das war ihr gutes Recht. Trotzdem war Catherine neugierig und überlegte auf dem ganzen Weg vom Einkaufszentrum zum Auto, wie sie doch noch mehr über den heldenhaften William Bentley in Erfahrung bringen konnte, der es geschafft hatte, das gebrochene Herz ihrer Schwester zu erobern. Heilen, das wusste sie, konnte nur Gott. Aber Elizabeth musste es erst zulassen, heil zu werden, und das hatte sie in dem Moment getan, in dem sie sich in William verliebt hatte.

»Du weißt doch, dass ich schrecklich neugierig bin«, gestand sie schließlich, nachdem sie eine Weile schweigend nebeneinander hergegangen waren. »Aber du kannst mir wenigstens sagen, wie das Restaurant war und wie sein Haus aussieht. Hat er eigentlich selbst ein Haustier? – Außer Hector, meine ich, aber den kann man ja kaum als Haustier bezeichnen, jedenfalls nicht im engeren Sinne.«

»Nein, dafür hat er gar keine Zeit. Er könnte wohl eine Katze halten, für die könnte ja seine Haushälterin sorgen, aber er mag Katzen gar nicht so gern. Hunde schon, aber keine Katzen. Und das Haus ist ein richtiges kleines Museum – uralt, urgemütlich und 100 Prozent William. Von den knarrenden Holzdielen bis zu den dicken, schwarzen Deckenbalken und dem wild wuchernden Efeu, der an der Hauswand emporklettert. Er sagt, er würde nirgendwo anders leben wollen. Was seine Zukunftspläne bezüglich einer Tierklinik auf Mayfield Manor schwierig gestaltet, fürchte ich. Er will einen Teil des Herrenhauses nämlich in eine Tierklinik umbauen, weißt du? Die Pläne dafür hat er schon seit einiger Zeit fertig, ich durfte sie gestern sogar einsehen. Sieht nach einem gewaltigen Projekt aus, das kann ich dir sagen. Na ja, aber was soll man sonst mit einem so riesigen Haus anfangen, noch dazu, wenn man keine Familie hat?«

Catherine runzelte die Stirn. Sah ihre Schwester sich denn nicht als einen Teil von William Bentleys Zukunft? Oder sprach sie von der ferneren Zukunft, in der Mary und Vicky erwachsen sein und auf eigenen Füßen stehen würden? Ihres Wissens nach ging der alte Bentley auf die achtzig zu. Mindestens.

»Jedenfalls ist er Tierarzt mit Leib und Seele. Er hat sein Handy ständig bei sich, und wenn irgendwo ein Notfall ist, ist er sofort zur Stelle. Dienstag musste er auch noch mal los, weil die Katze einer alten Dame etwas im Hals hatte …«

Sein Handy hatte geklingelt, als sie gerade beim Nachtisch waren – sie hatten sich zu zweit ein Tiramisu bestellt, wovon er aber das meiste gegessen hatte – und William hatte sich sofort bei ihr entschuldigt, die Rechnung bezahlt und war losgefahren. »Es dauert höchstens eine halbe Stunde, die alte Misses Braithwaite wohnt hier gleich um die Ecke«, hatte er erklärt und der verdutzten Elizabeth einen Kuss auf die Stirn gedrückt. »Bis gleich!«

Zu ihrem Erstaunen war ihr neben dem üblichen Grappa noch ein Espresso serviert worden – »den hat der Signore für Sie bestellt«. Tief in wildromantische Gedanken versunken, das leere Glas und die leere Espressotasse vor sich auf dem weißen Tischtuch stehend, hatte William sie eine knappe halbe Stunde später vorgefunden.

»Darf ich Sie nach Hause begleiten, schöne junge Frau?«

Elizabeth wurde es jetzt noch warm ums Herz bei dem Gedanken an sein verschmitztes Lächeln, das ihm etwas Jungenhaftes, fast Spitzbübisches verlieh. Natürlich konnte man nicht Nein sagen, wenn man so angelächelt wurde. Sie jedenfalls konnte es nicht.

»Das klingt ja nach einem sehr romantischen Date«, bemerkte Catherine trocken.

Elizabeth, unsanft aus ihren Gedanken herausgerissen, starrte sie verwundert an. »Was?«

»Na, wenn er dich in dem Restaurant hat sitzen lassen wegen der alten Katze. Ich denke, er mag keine Katzen?«

»Aber das ist doch sein Job«, erklärte Elizabeth und warf ihre Einkaufstaschen in den Kofferraum des Autos. Sie hatte wieder einmal zu viel gekauft – und zu viel Geld ausgegeben. Aber sie hatte der Versuchung nicht widerstehen können, sich für den Besuch auf Mayfield Manor ein neues Kleid zu kaufen. Ein rotes mit Spaghettiträgern und tiefem Rückenausschnitt.

»Klar. Aber wenn er nicht einmal Bereitschaft hatte …«

Catherine stellte ihre Taschen ebenfalls in den Kofferraum und ließ vorsichtig die Heckklappe hinunter. Dann sah sie ihre Schwester prüfend an.

»Ich hoffe, du wirst glücklich mit ihm, Beth. Du siehst glücklich aus, und ich hoffe, du bleibst es auch. Versteh mich nicht falsch, ich mache mir einfach nur so meine Gedanken. Ich kann nicht anders, das weißt du doch.«

Elizabeth lächelte und legte ihrer Schwester eine Hand auf die Schulter. »Ja, ich weiß, Cathy. Und glaube mir, ich bin glücklich – überglücklich sogar. Mach dir keine Sorgen.« Dann sah sie auf ihre Armbanduhr und sagte: »Erst viertel vor sechs. Wollen wir noch etwas essen gehen? Ich lade dich ein.«

»Gerne, ich sterbe vor Hunger. Da vorne ist eine Pizzeria, ist das okay? Die haben wenigstens eine gute Salatauswahl. Ich muss ein wenig auf meine Linie achten, damit ich zur Hochzeit noch in das enge Kleid reinpasse, das du mir aufgeschwatzt hast. Größe 40 ist auch ein wenig gewagt bei dem, was ich im Moment wiege … aber es ist schick, und Paul wird es bestimmt gefallen.«

Und William wird dich in diesem engen, roten Teil mit Blicken ausziehen, das wirst du hoffentlich wissen, fügte Catherine in Gedanken hinzu, sagte aber nichts. Wenn ihre Schwester ihr nichts erzählen wollte, dann würde sie es auch nicht tun. Schließlich konnte sie immer noch darauf vertrauen, dass William ein echter Gentleman war, der wusste, was sich gehörte – das hoffte sie zumindest. Natürlich war Elizabeth alt genug, um zu wissen, was sie tat, aber Catherine wurde das nagende Gefühl der Sorge einfach nicht los. Die ganze Sache schien ihr plötzlich sehr schnell zu gehen. Vor einem halben Jahr war Elizabeth noch in tiefer Trauer um Patrick gewesen, jetzt galten ihre Gedanken auf einmal nur noch William Bentley. Aber hatte er sie nicht schon einmal enttäuscht?

»Ich weiß, dass wir uns heute Abend sehen wollten, aber Jerry geht es nicht gut. Er braucht jemanden zum Reden. Das verstehst du doch, oder? Bitte, Elizabeth, glaube mir, ich würde viel lieber mit dir zusammen sein, aber …«

Elizabeth presste die Lippen aufeinander und nickte. Hilfsbereit und zuverlässig, hatte sie das nicht gestern noch gesagt? Das war es doch, was sie selbst so an ihm schätzte. Dass er immer für andere da war, dass er immer bereit war zu helfen.

Aber was ist mit mir? Brauche ich ihn denn nicht? Am Sonntag muss ich früh los, um die Mädchen abzuholen, da könnte er doch seinen Krisenberatungsbesuch bei Jerry um einen Tag verschieben, oder?

»Hallo, Lizzy, bist du noch dran?«

Elizabeth schloss die Augen, versuchte sich sein aufmunterndes Lächeln vorzustellen, doch es wollte ihr nicht recht gelingen.

»Lizzy, ich weiß, dass du enttäuscht bist, aber ich …« Er zögerte. »Aber ich kann mich nun einmal nicht zweiteilen, beim besten Willen nicht. Pass auf, wenn ich bei Jerry gewesen bin, komme ich noch vorbei, ja? Ich bringe eine Flasche Wein mit, und wir machen es uns bei dir gemütlich. Eine lange Nacht, nur wir zwei. Und morgen schlafen wir dann bis zum Mittag. Wie klingt das?«

Sehr verlockend, und du weißt auch genau, wo das endet. Unter Aufbringung all ihrer Willenskraft räusperte sie sich und antwortete: »Ich glaube, wir wissen beide, dass das keine gute Idee ist. Komm lieber morgen zum Frühstück.«

»Okay. Hast du einen besonderen Wunsch? Croissants, Bagels, Muffins?«

»Nein, ich mache uns Pfannkuchen. Oder Rühreier mit Speck, Würstchen und gegrillten Tomaten – was dir lieber ist.«

Er atmete tief durch, bevor er antwortete, und seine Stimme klang merkwürdig rau und heiser. »*Du* bist mir lieber. *Du* bist mir am allerliebsten, Lizzy, glaube mir. Es tut mir leid, dich so enttäuschen zu müssen. Aber morgen früh um neun bin ich da – versprochen. Ich liebe dich!«

Ich liebe dich.

Die Worte hallten in Elizabeths Gedanken nach, noch lange, nachdem sie das Telefonat beendet hatte.

Ich liebe dich.

Wie konnte er jetzt schon wissen, dass er sie liebte? Er kannte sie doch kaum. Meinte er es wirklich ernst? Liebe war etwas Besonderes, etwas Kostbares, etwas, das man nicht in einem Moment empfand und im nächsten nicht mehr. Plötzlich musste sie an Patrick denken, und Tränen traten ihr in die Augen. Liebe – Liebe stirbt auch nie.

Energisch wischte sie die Tränen beiseite und stand auf, um in die Küche zu gehen und sich ein Glas Wein einzuschenken. Sie wollte nicht weinen. Nicht heute Abend. Stattdessen sah sie auf dem Weg zurück ins Wohnzimmer an ihrem Kleid herunter, dem Kleid, das sie extra für William angezogen hatte. Wie peinlich! Sie eilte nach oben, um sich umzuziehen, und kam wenige Minuten später im Nachthemd wieder herunter, den neuesten Roman von Erica James unter dem Arm. Melanie liebte Erica James und besaß alle ihre Bücher; sie hatte ihr dieses, *Love and Devotion*, letztes Wochenende geliehen. Wenn sie schnell las, würde sie es bis morgen Abend ausgelesen haben. Wenn William keine Zeit für sie hatte, nun, dann musste sie sich eben mit einem Buch begnügen. Es gab Schlimmeres.

Sie schaltete die kleine Lampe auf der Fensterbank ein und kuschelte sich mit ihrem Buch in eine Sofaecke. Es gab wirklich Schlimmeres.

Doch nachdem sie die ersten beiden Kapitel gelesen hatte, wurde sie eines Besseren belehrt: Sie musste das Buch zur Seite legen und weinte haltlos in das Sofakissen, das schon bald von ihren Tränen durchnässt war. Die beiden Kinder in dem Roman waren über Nacht zu Vollwaisen geworden, als ihre Eltern bei einem Autounfall ums Leben gekommen waren.

Waisen. Autounfall.

Patrick.

Das war zu viel für sie, sie konnte es nicht ertragen. Hemmungslos schluchzend, stolperte sie nach oben in ihr Zimmer, wo sie sich auf ihr Bett warf und weinte, bis sie vor Erschöpfung einschlief.

William klingelte ein zweites Mal, diesmal länger und energischer. Sie musste doch noch wach sein, im Wohnzimmer brannte Licht, und aus der Küche drang auch Licht nach draußen. Er fuhr sich mit der Hand durch das Haar und sah auf seine Uhr. Halb elf. Eigentlich ging Elizabeth nie so früh zu Bett. Vielleicht war sie über einem Buch eingeschlafen? Oder vor dem Fernseher? Er stellte sich auf die Zehenspitzen, um durch das Wohnzimmerfenster ins Haus hineinzusehen. Der Fernseher war dunkel, und soweit er sehen konnte, war Elizabeth auch nicht da, jedenfalls saß sie nicht auf dem Sofa oder auf ihrem Sessel. Merkwürdig.

Er klingelte ein letztes Mal, bevor er um das Haus in den Garten ging, um von dort aus zu ihrem Schlafzimmerfenster hinaufzusehen. Doch hinten war alles dunkel, und als er über einen leeren Blumenkübel stolperte, der daraufhin scheppernd über die Terrasse rollte, sprang er erschrocken zurück. Dann sah er zu ihrem Fenster hinauf, wartete, dass sich etwas hinter den Vorhängen bewegte. Das Fenster stand offen; von diesem Lärm musste sie doch wach geworden sein!

Doch so sehr er sich auch anstrengte, er konnte nichts erkennen, was darauf schließen ließ, dass überhaupt jemand oben war. Wenn sie aber da war, hatte sie einen beneidenswert festen Schlaf. Kopfschüttelnd machte William sich auf den Weg zurück zu seinem Auto. Vielleicht war die Idee, jetzt noch vorbeizukommen, auch wirklich verrückt gewesen. Aber sein schlechtes Gewissen – und seine brennende Sehnsucht – hatten ihm keine Ruhe gelassen. So war er ungeachtet der späten Stunde kurz entschlossen nach Bedworth gefahren, nachdem er sich von Jerry verabschiedet hatte. Er hätte mühelos noch Stunden bei Jerry bleiben können, ja, er hätte die ganze Nacht dort verbringen können. Aber irgendwann, das fühlte er, erreichten selbst seine Geduld und die Bereitschaft zuzuhören, ihre Grenzen. Er konnte einiges von dem, was Jerry ihm in den letzten Tagen erzählt hatte, schon nicht mehr hören, das Gejammer über seine Schuld und sein Versagen eingeschlossen. Immerhin hatte *sie* ihn verlassen und nicht umgekehrt, also hatte wohl eher sie einen Grund, sich schuldig zu fühlen. Jerry hatte seine Frau nicht betrogen, er hatte sie nicht angelogen. Und ganz bestimmt hatte er sie nicht vernachlässigt. Ihr war der Beruf wichtiger gewesen als alles andere, nicht ihm. Und das Geld.

Als ob Geld jemals Liebe ersetzen könnte, dachte er bitter, während er sein Auto aufschloss. Oder Glück. Das späte Glück, das er mit Elizabeth gefunden hatte, war ihm jedenfalls mehr wert als alles andere, vielleicht gerade deshalb, weil es so spät und unerwartet gekommen war. Er würde alles tun, um zu verhindern, dass er dieses Glück noch einmal verlor.

26

»Ich finde es ungerecht, dass es ausgerechnet heute regnet – an unserem letzten Tag!« Mary strich fingerdick Nussnougatcreme auf ihren Toast und sah missmutig in das nasse, trübe Grau hinaus. »Was sollen wir bei so einem Wetter anfangen? Da könnten wir genauso gut zu Hause sein.« Sie dachte seit Mittwoch pausenlos an Judy, die sich seither auch nicht wieder gemeldet hatte, und machte sich ernsthafte Sorgen um die Freundin. Wenn sie in Nuneaton wäre, könnte sie wenigstens bei ihr sein, sie ein wenig aufmuntern, sie ablenken.

»Warum geht ihr heute Nachmittag nicht ins Kino?«, schlug Melanie vor, ohne von dem Topf aufzusehen, in dem sie herumrührte. Paddy lag in seiner blauweiß karierten Wippe und sah seiner Mutter scheinbar aufmerksam dabei zu, als wisse er genau, dass das sein Essen war.

Vicky goss sich Tee nach. »Wollen wir, Mary? Oder willst du lieber was anderes machen? Wir könnten auch schwimmen gehen.«

Mary zuckte gleichgültig mit den Schultern. »Ist mir eigentlich egal. Warum gehen wir nicht jetzt schwimmen und heute Abend ins Kino?«

»Gute Idee. Dürfen wir das Schwimmbad benutzen, Melly?«

»Natürlich, immer. Ihr könnt eure nassen Badesachen nachher einfach in die Waschmaschine werfen, ich wollte sowieso waschen. Und was wünscht ihr euch zum Essen? Ich fahre gleich noch einkaufen. Paddy nehme ich mit, da braucht ihr euch keine Sorgen zu machen.«

Vicky stupste ihren kleinen Neffen an die Nase, bis er lachte. Was für ein süßer kleiner Kerl! Und Melly war auch lieb, sie hatte sich wirklich Mühe gegeben, es ihnen hier schön zu machen. Sie schämte sich ein wenig für ihre Schwester, die immer so viel herummeckerte. Sie schien alles Gute für selbstverständlich zu nehmen, wie zum Beispiel das Wetter, das bis gestern wirklich traumhaft gewesen war, oder die Tatsache, dass sie jederzeit den Hotelpool benutzen konnten. Natürlich war sie besorgt um Judy, aber sie konnte doch ohnehin nichts für sie tun, nicht einmal, wenn sie zu Hause wäre. Oder wollte sie sich Mister Bennett schnappen und ihm eine Vorfreude auf sein Enkelkind einreden, die er nicht empfand? Diese Freude konnte nur aus ihm selbst heraus kommen, das musste Mary doch wissen. Vicky war zuversichtlich, dass diese Freude kommen würde, spätestens, wenn er sein Enkelkind zum ersten Mal im Arm hielt. Denn, so dachte sie mit einem zärtlichen Blick auf ihren Neffen, der in froher Erwartung den Mund aufmachte, als seine Mutter sich mit einer kleinen, blauen Schüssel und einem Plastiklöffel in der Hand näherte, wer konnte schon dem Charme eines so süßen, kleinen Babys widerstehen?

Mary offenbar schon, denn die aß mit einer solchen Gleichgültigkeit ihren Toast, dass Vicky fast wütend wurde. Hatten sie denn keine tolle

Zeit hier gehabt? Ferien im Luxushotel, mit Familienanschluss? Was wollte man, bitteschön, mehr?

»Du kannst Paddy auch gerne hierlassen, Melly«, hörte sie da zu ihrem großen Erstaunen ihre Schwester sagen. »Er mag doch nicht so gerne im Supermarkt hin und her geschoben werden, sagst du. Wir würden dir auch den Einkauf abnehmen, aber ohne Auto geht das wohl schlecht. Komm, gib mir mal den Löffel und den Brei und gieß du dir lieber noch einen Tee ein. Ich bin sowieso gerade fertig.«

Vicky sah ihre Schwester immer noch erstaunt an, als diese anfing, Milchbrei in Paddys hungrigen kleinen Mund hineinzulöffeln. Es war ihr also doch nicht alles egal. Beschämt griff sie nach der Teekanne und goss ihrer Tante etwas ein. »Soll ich dir auch noch einen Toast machen, Melly? Du hast noch gar nichts gegessen.«

»Danke, Vicky, das ist lieb von dir, ich nehme gerne einen Toast. Danke für den Tee, Mary.« Sie rührte Milch und Zucker in den Tee und trank vorsichtig einen Schluck. »Mmmh, das tut gut. Wisst ihr was, ich finde es schön, dass ihr beide da seid! Und ich hoffe, ihr kommt uns noch oft besuchen, mit oder ohne eure Mutter. Ihr seid jederzeit willkommen. Das wisst ihr doch hoffentlich, oder?«

Elizabeth sah auf die Uhr und runzelte die Stirn. Es war gleich zehn, wo mochte William nur stecken? Der Tee war inzwischen längst kalt geworden, das Brot im Toaster wahrscheinlich angetrocknet, und ihr Magen knurrte so laut, dass sie sich den Bauch halten musste. Sie würde einen Toast essen und sich einen frischen Tee aufgießen. Einen einzelnen Becher. Wer weiß, ob sie die nächste Kanne sonst nicht auch in den Ausguss schütten musste.

Als es an der Haustür klingelte, hatte sie ihren Tee bereits ausgetrunken und sich noch einen zweiten Toast gemacht. Den hielt sie in der einen Hand, während sie mit der anderen Hand die Tür öffnete.

»Oh, Toast an der Tür, wie nett«, begrüßte William sie mit seinem charmantesten Lächeln und biss ungefragt von ihrem Toast ab.

Und wo, bitte, hast du gesteckt, wollte sie fragen, doch als er sie kurz darauf in seinen Armen hielt und sie leidenschaftlich küsste, war sie schon froh, dass ihr nicht der Marmeladentoast auf den Teppich fiel. An Protest war nicht mehr zu denken. Sie schmiegte sich eng an ihn, ließ es zu, dass er ihr T-Shirt hochschob und sie zärtlich liebkoste, bis sie glaubte, es nicht mehr aushalten zu können. »William«, murmelte sie, »bitte – nicht …«

»Was nicht?«, fragte er ebenso leise zurück und nahm ihr den Marmeladentoast aus der Hand. »Den Toast nicht essen oder dich nicht küssen?«

Mit einem Schlag war Elizabeth wieder bei sich. »Na toll, da dachte ich, gleich willst du mich auf mein Schlafzimmer abschleppen, während du es die ganze Zeit nur auf diesen labberigen Marmeladentoast abgesehen hast.« Sie grinste. »Habe ich recht?«

»Schuldig in beiden Fällen, fürchte ich. Erst den Toast, dann die Frau.«

Oh nein, dachte Elizabeth, als sie das schelmische Blitzen in seinen Augen sah, *nicht schon wieder. Lange kann ich wirklich nicht mehr Widerstand leisten*. Entschlossen wand sie sich aus seiner Umarmung und ging in die Küche. »Kaffee oder Tee, was hättest du gerne?«

Doch sie hatten sich kaum an den Frühstückstisch gesetzt – William hatte Wort gehalten und sowohl Eier als auch Würstchen von einer Farm geholt, die auf dem Weg zwischen Warwick und Coventry lag –, als Williams Diensthandy klingelte.

»Entschuldige bitte …«

Während Elizabeth mechanisch ihren Toast mit Butter bestrich, lauschte sie mit angehaltenem Atem Williams Worten am Telefon.

»Geht gar nicht? Na gut, da kann man nichts machen. Mhm … verstehe. Aber ich bin nicht einmal in der Nähe, ich bin in Bedworth – bei Nuneaton, ja … Kannst du nicht Harry anrufen? … Ach, der ist im Urlaub. Stimmt, hat er ja auf dem Veterinärtreffen erzählt, dass er nach Kreta fliegt. Wie dumm. Okay, ich komme, sobald ich kann. Hat schon jemand angerufen? … Nicht? Na gut. Also, gute Besserung … Nein, natürlich ist das kein Problem, das würdest du auch für mich tun, das weiß ich. Mach's gut, George … Ja, bis dann. Tschüss!«

Seine ernste Miene verriet, dass irgendetwas schiefgelaufen war. Etwas, das ihnen beiden den Tag verderben würde, das wusste Elizabeth mit einem bleiernen Gefühl im Magen, als er über den Tisch hinweg nach ihrer Hand griff.

»Das war mein Kollege, George Dobson. Er ist krank – Magen und Darm, ganz unangenehm. Er hat Bereitschaft dieses Wochenende, und wie es aussieht, muss ich wohl seinen Dienst übernehmen. Der andere Kollege ist im Urlaub. Es tut mir furchtbar leid, Elizabeth, aber ich muss los … Nicht gleich, du brauchst nicht aufzuspringen. Wir frühstücken in aller Ruhe zu Ende. Und wir holen diesen Tag nach, versprochen. Ja?«

Er lächelte sie hoffnungsvoll an, doch sie schüttelte nur den Kopf und entzog ihm ihre Hand. Erst Jerry, dann der Kollege. Mussten sie ihnen denn alle das Wochenende verderben? Das schöne, romantische Wochenende, auf das sie sich seit Tagen gefreut hatte? Das war nicht fair.

»Elizabeth, bitte – hallo, sieh mich mal an! Ich bin Tierarzt aus Leidenschaft, weißt du noch? Ich habe dich gewarnt. Mein Beruf liegt mir sehr am Herzen. Du liegst mir auch am Herzen – mehr, als du ahnst, wahrscheinlich … Aber ich kann meinen Kollegen nicht im Stich lassen, das würdest du auch nicht tun. Und du würdest auch nicht wollen, dass ich es tue, oder? Dass ich mich selbstsüchtig und unkollegial verhalte?«

Langsam schüttelte sie den Kopf. Sie verspürte einen dicken Kloß im Hals, konnte nicht sprechen. In ihren Augen brannten heiße Tränen, Tränen der Wut und der Enttäuschung. So viele Enttäuschungen an einem einzigen Wochenende, und alle hatten mit William zu tun. Wie lange würden sie warten müssen, bis sie wieder ein Wochenende für sich allein hatten, ohne die Mädchen?

Das Telefon klingelte, dieses Mal ihr eigenes. Sie erhob sich, um hinzugehen, doch William hielt sie sanft zurück, zog sie zu sich auf den Schoß. Er drückte ihren Kopf sanft an seine Schulter und flüsterte liebe Worte in ihr Ohr, die sie nur noch trauriger machten, und schon bald liefen ihr die Tränen das Gesicht hinab.

»Willst du mitkommen?«

»Wohin?«, fragte sie und suchte in ihrer Jeanstasche nach einem Taschentuch. »Nach Warwick?«

»Ja. Es ist ja immerhin möglich, dass heute überhaupt kein Notfall reinkommt, dann sitze ich völlig umsonst alleine in *Ivy Cottage* und warte. Und wünschte, du wärest bei mir.«

Sie stand auf, ging langsam zum Küchenschrank hinüber und zog ein Taschentuch aus einer Box neben der Spüle. Dann tupfte sie sich vorsichtig die Augen trocken, putzte sich die Nase und drehte sich wieder zu William um. »Ich weiß nicht, ob das eine gute Idee ist. Stell dir mal vor, du musst drei- oder viermal los – oder das Wartezimmer ist die ganze Zeit voll. Wie dumm komme ich mir dann vor, wenn ich bei dir im Wohnzimmer sitze und auf dich warte?«

»Es war nur eine spontane Idee. Entschuldige.«

Er erhob sich, trat auf sie zu und schloss sie in die Arme. »Dann bleib du hier und ruh dich aus. Du siehst müde aus. Ich rufe dich heute Nachmittag mal an, und wer weiß, vielleicht magst du ja dann später noch runterkommen. Ich würde mich wirklich freuen, Elizabeth. Ich werde sicherheitshalber auf dem Weg ein bisschen einkaufen, damit ich etwas dahabe, wenn du kommst. Okay?«

Mach dir keine Umstände, wollte sie entgegnen, nickte aber stattdessen und bemühte sich zu lächeln. Sie wusste, dass er nicht anrufen würde. Tierarzt aus Leidenschaft, allerdings.

Nachdem William sich von ihr verabschiedet hatte, riss sie die Terrassentür weit auf und stellte sich mit einem Becher Kaffee in den Türrahmen. Es regnete, aber es war nach wie vor warm. *Ein leichter Sommerregen,* dachte Elizabeth, *genau zur rechten Zeit.* Irgendwie hätte sie es nicht ertragen, wenn jetzt die Sonne geschienen hätte. Es entsprach nicht der Stimmung ihres Herzens. Außerdem brauchte der Garten den Regen so nötig.

Ihr Blick fiel auf den Blumenkübel, den sie gestern Nachmittag neu bepflanzen wollte, bevor William anrief und ihr absagte. Dann hatte sie ihn, halb gefüllt mit frischer Blumenerde, stehen lassen und war ins Haus gegangen. Jetzt aber stand der Kübel ganz woanders, und um ihn herum lag frische Erde. Elizabeth stellte ihren Kaffee auf der Arbeitsfläche ab und trat einen Schritt auf die Terrasse hinaus. Seltsam, dachte sie, wenn das eine Katze gewesen wäre, müssten doch Spuren da sein. An einer Seite des Blumenkübels war ein kleines Stück abgesplittert, als hätte jemand ihn umgeworfen. Sehr seltsam.

Achselzuckend ging Elizabeth ins Haus zurück. Wenn die Sonne es heute doch noch schaffen sollte, hinter den Wolken hervorzukommen, würde sie die Blumen vielleicht noch pflanzen. Sie glaubte nicht, dass William sie anrufen würde. Warum sollte er? Sie hatte ihn ja auch nicht gerade freundlich behandelt. Im Gegenteil, sie hatte sich benommen wie ein beleidigter Teenager. Beschämt nahm Elizabeth ihren Kaffeebecher, schüttete den restlichen Inhalt in die Spüle und machte sich lustlos daran, die Küche aufzuräumen. Dann beschloss sie, bei Anne in München anzurufen – sie hatte sich lange nicht mehr gemeldet und hatte schon ein ganz schlechtes Gewissen, weil sie sogar Annes Geburtstag vergessen hatte. Den vierzigsten noch dazu.

Leider sprang nur der Anrufbeantworter an, als sie Annes Nummer gewählt hatte. *Typisch,* dachte Elizabeth und wäre am liebsten schon wieder in Tränen ausgebrochen. Sie hatte sich so auf ein langes Gespräch mit ihrer Freundin gefreut, auf ein bisschen Aufmunterung und ein paar ermutigende Worte. *Aber,* sagte sie sich dann, *ich kann schließlich nicht erwarten, dass andere Leute am Samstagnachmittag zu Hause sind und nur darauf warten, dass ich anrufe, um sie mit meinen Problemen vollzujammern.* Schon gar nicht die mit Familie – die waren jetzt vielleicht gerade im Zoo oder im Freibad oder beim Einkaufen. Was Familien samstags eben so taten.

»Hier ist Elizabeth, die treulose Tomate, die deinen Geburtstag vergessen hat. Es tut mir so leid, Anne! Bitte sei mir nicht böse und ruf mich an, wenn du mal Zeit zum Plaudern hast, ja? Tschüss!«

Kurz darauf klingelte das Telefon, als Elizabeth gerade dabei war, ihr Bett zu machen. Es war Anne. »Hey, Elizabeth, ich habe auch schon die ganze Woche versucht, bei euch anzurufen, wo habt ihr denn nur gesteckt?«

»Die Mädchen sind in Bournemouth bei meiner Schwägerin, und ich habe gearbeitet. Abends war ich dann entweder mit William oder mit meiner Schwester zusammen – oder ich bin früh schlafen gegangen. Sorry! Und herzlichen Glückwunsch nachträglich – wie war dein Tag? Habt ihr schön gefeiert?«

Anne erzählte munter von ihrem Geburtstag, den sie im Tierpark Hellabrunn verbracht hatten – zur Freude der Kinder – und von der Digitalkamera, die ihr Mann ihr geschenkt hatte. »Damit kann ich auch viel schneller und einfacher Bilder nach England schicken. Du musst mir unbedingt deine E-Mail-Adresse verraten, die habe ich gar nicht. Oder ich hatte sie mal und habe sie verlegt ...« Anne lachte, und Elizabeth fühlte, wie sie sich entspannte. Das war genau das, was sie vermisst hatte: Annes fröhliches Geplapper. Wie sehr wünschte sie jetzt, die Freundin wäre hier und nicht tausend Meilen weit weg in München.

»Sag mal, Elizabeth, ich weiß ja, dass du jetzt deinen William hast und so, aber ... Würdest du dich trotzdem freuen, wenn ich dich im Sommer besuchen komme? Björn bekommt nämlich leider nur eine Woche Urlaub, und da will er das Wohnzimmer tapezieren – was auch dringend nötig ist! Meine Schwiegereltern haben sich schon bereit erklärt, tagsüber auf die beiden Jungs aufzupassen, also könnte ich mit Finja kommen. Wenn es dir recht ist natürlich. Ansonsten steht auch noch mein Angebot, dass ihr hierher kommen könnt. Nur, wie gesagt, Björn hat keinen Urlaub, und die Wohnung ist ein Chaos.«

»Oh, ihr könnt gerne kommen. Ich bekomme Ende August Urlaub, aber ich hatte noch nichts geplant. Die Mädchen freuen sich bestimmt auch, wenn du kommst. Es sei denn, sie bestehen darauf, nach Reinfeld zu fahren, um ihre Freundinnen dort zu besuchen, aber dann machen wir zwei uns halt ein paar schöne Tage mit deiner Kleinen.«

»Fein, ich hatte gehofft, dass du das sagen würdest. Dann kann ich mich ja um einen Flug kümmern. Lerne ich dann auch deinen adeligen Ritter kennen?«

Elizabeth fühlte, wie sie rot wurde, und fuhr sich mit der Hand durchs Haar. »Bestimmt. Aber er ist nicht adelig, nicht, dass ich wüsste jedenfalls. Das fehlte auch gerade noch. Er will uns demnächst seinen Eltern vorstellen. Mir ist jetzt schon ganz schlecht vor Aufregung. Was mache ich, wenn denen mein Blut nicht blau genug ist??«

»Ganz einfach, dann packt ihr ein paar Kisten und brennt nach Bayern durch!«

»Soll das ein Asylangebot sein? Wenn ja, dann kommen wir vielleicht darauf zurück. Aber bis dahin lass uns mal hoffen, dass der Blauanteil doch hoch genug ist. Jetzt erzähl mal, wie geht es deiner Kleinen?«

Anne erzählte unermüdlich, und als Elizabeth eine Stunde später das Telefon auflegte, musste sie sich erstmal ein Glas Wasser einschenken und sich setzen. Sie fühlte sich plötzlich unendlich müde und erschöpft. Und sehr, sehr einsam.

William legte die Zeitung beiseite, die er schon mehr als einmal gelesen hatte, und stand auf, um das Geschirr wegzuräumen. Er hatte sich ein Käsesandwich gemacht und eine Tüte Salz-und-Essig-Chips dazu gegessen, sein typischer Junggesellenlunch. Jetzt brauchte er nur noch einen starken Kaffee und dann … Dann würde er diesen langweiligen, regnerischen Samstag schon irgendwie überstehen!

Aber er wusste, dass er diesen Tag nicht einfach nur überstehen wollte – er hatte sich darauf gefreut, ihn mit Elizabeth zu verbringen, mit ihr spazieren zu gehen, essen zu gehen, Wein zu trinken und … ja, sie einfach besser und näher kennenzulernen. Mit ihr zu reden. Nicht über Jerry oder die Praxis, sondern über sie. Über ihre gemeinsame Zukunft.

Die Post wurde eben durch den Türschlitz geworfen, und er machte sich auf den Weg in den Flur, um sie vom Boden aufzuheben. Außer ein paar Rechnungen und einer Urlaubskarte von Tracy – ihre Vertretung war ein unfähiges, junges Ding, das den ganzen Tag über nur mit ihren Fingernägeln beschäftigt zu sein schien und die einfachsten Aufgaben kaum ohne seine Hilfe bewältigen konnte; er zählte bereits die Tage, bis Tracy wieder da war – war noch eine Einladung zur Hochzeit dabei. Überrascht stellte er fest, dass sie von Joshua O'Connor stammte. Wahrscheinlich hatte seine Muter ihn dazu gedrängt, weil er mit Elizabeth zusammen war. Ein netter Gedanke, aber …

Er legte die Karte auf den Küchentisch und rieb sich die Augen. War er denn noch mit ihr zusammen? Er hoffte es wenigstens. Aber er wusste auch, dass in der letzten Woche – abgesehen von dem Dienstagabend – einiges mächtig schiefgelaufen war, und dass sie keine Schuld daran hatte. Zweimal war ihm Jerry dazwischengekommen – der war nun dieses Wochenende bei seinem Vater in York. Und ausgerechnet heute hatte ihnen George mit seinem Magen dazwischengefunkt. William brauchte Zeit mit Elizabeth, viel mehr Zeit! Gerade jetzt, wo ihre Beziehung noch im Wachsen war.

Ungeduldig schlug er die Klappe der Geschirrspülmaschine zu. Wieso musste das Leben so kompliziert sein? Er war nicht gern allein, das hatte er immer gewusst. So war er mehr als froh, in Elizabeth die Frau gefunden zu haben, mit der er den Rest seines Lebens teilen wollte. Aber er wusste auch, dass sie beide an ihrer Beziehung würden arbeiten müssen, wenn es funktionieren sollte. Jerrys Situation verdeutlichte nur, wie wichtig das war. Aber so, wie sie heute Morgen auseinandergegangen waren, würde es nicht funktionieren. Er musste sich mehr um sie bemühen, und sie … nun, sie würde Geduld mit ihm haben müssen. Schließlich war er ein alter Junggeselle.

Entschlossen griff er nach dem Telefon und wählte ihre Nummer.

Fieberhaft wühlte Elizabeth in ihrer Kommode, um etwas Passendes zum Anziehen herauszusuchen. Sie wollte auf keinen Fall den falschen Eindruck erwecken, nur weil sie in *Ivy Cottage* übernachten würde. Nur übernachten, er hatte es extra noch einmal betont, als er gemerkt hatte, wie sie zögerte. Im Gästezimmer, so, wie es sich gehörte. Sie hielt ein mit Spitze besetztes schwarzes Seidentop hoch und lächelte verträumt ihr Spiegelbild an. *Wie es sich gehörte.* Ein echter, englischer Gentleman ließ eine unverheiratete Dame in Ruhe.

Patrick hatte ihr auch Zeit gelassen, ja, er hatte sogar bis nach der Hochzeit auf sie gewartet. Sie stammten beide nicht aus christlichen Familien, aber zu der Zeit hatte man das einfach nicht anders gemacht, jedenfalls nicht in ihren Kreisen. Sie konnte sich nicht vorstellen, dass es bei William anders sein sollte. Er war, wie er war – Tierarzt aus Leidenschaft, zuverlässiger Freund und Kollege und ein echter Gentleman. Würde sie ihn auch nur halb so lieb haben, wenn er anders wäre?

27

»Aber wenn sie ihn heiratet, können wir nach Atherstone ziehen – nach Mayfield Manor! Ist das nicht cool? Ich meine, mal ehrlich, es wohnt doch nicht jeder in einem Schloss, oder?«

Mary und Vicky waren auf dem Weg zur Bushaltestelle. Es war Montagmorgen, der erste Schultag, und es regnete. Seit Samstagvormittag regnete es ununterbrochen, und wenn man der Wetterkarte glauben durfte, im ganzen Land, einschließlich des sonst oft sonnigeren Südostens.

»Ja ja, träum weiter. Er hat doch seine Praxis in Warwick, die wird er nicht von heute auf morgen aufgeben, um mit uns auf sein Schloss zu ziehen. Falls es denn ein Schloss ist. Wann sind wir eingeladen? Nächsten Sonntag?«

»Übernächsten. Nächsten Sonntag hat Cathy Geburtstag, da sind wir zum Lunch eingeladen. Weißt du was, ich habe schon wieder Kopfschmerzen. Diese dummen Prüfungen …«

Vicky warf ihrer Schwester einen besorgten Seitenblick zu. Sie sah wirklich nicht gut aus – blass, müde und deutlich dünner als noch vor ein paar Wochen. Mitleidig legte sie einen Arm um Marys Schulter. »Du hast es ja bald geschafft. In drei Wochen ist alles vorbei! Und dann feiern wir. Vielleicht kommt ja auch Malin. Hat sie schon ein Flugticket?«

Mary blieb stehen und schlug sich mit der flachen Hand vor die Stirn. »Mensch, gut, dass du das sagst, die hätte ich glatt vergessen. Ja, sie kommt. Ich habe es Mama noch gar nicht gesagt – na, die wird sich freuen. Aber wenn wir bei den hohen Herrschaften eingeladen sind, ist sie noch nicht da. Das wäre bestimmt eine Katastrophe …«

Vicky zog die Stirn kraus. Ja, das wäre bestimmt eine Katastrophe. Sie mochte Malin nicht besonders, weil sie sie für ziemlich hochnäsig und eingebildet hielt. Dabei war sie nicht einmal besonders schlau und kämpfte sich schon seit Jahren mehr schlecht als recht durch die Schule – im Gegensatz zu Mary, die die GCSEs bestimmt mit Auszeichnung bestehen würde.

»Na, das sieht ja nach einem ereignisreichen Monat aus. Erst meine Musicalaufführung – du weißt schon, dass die am Freitag ist, oder? –, dann der Besuch auf Mayfield Manor, Abschlussprüfungen, Besuch von Malin und Anfang Juli dann meine Taufe. Bis wir Ferien haben, sind wir am Ende – und dann kommt auch noch Sina!«

»Stimmt, die kommt ja auch noch. Und Mama hat was von Anne und ihrem Baby erzählt, die kommen aber erst im August, glaube ich. Bin ich froh, dass wir nicht nach München fahren. Das wäre bestimmt langweilig geworden. Hier ist es viel lustiger, findest du nicht?«

Vicky nickte. Ja, das fand sie auch – und mehr als das, für sie war Warwickshire ein Zuhause geworden. Ein Zuhause, aus dem sie nie wieder wegwollte. Hier hatten sie ihre Freunde, ihre Familie, und ihre Mutter hatte William. Vielleicht würden sie tatsächlich bald heiraten – wozu sonst sollte so ein Besuch bei seinen Eltern dienen? Außerdem war er doch ein Gentleman. Bestimmt würde er Mama heiraten wollen, bevor er mit ihr zusammenzog.

Sie lächelte. Und mit ihnen.

Nach der Schule ging Mary gleich mit zu Judy, um mit ihr zu lernen – und um jede Kleinigkeit über die abgesagte Abtreibung und das Baby in ihrem Bauch zu erfahren. Vicky wäre auch gerne noch zu Rachel gegangen, aber die hatte einen Zahnarzttermin. So fuhr sie alleine mit dem Bus zurück. Sie war müde. Eigentlich hatte Sarah sie eingeladen, in die Gemeinde zu kommen und sich einen Film über Pfingsten anzusehen, aber sie war sich nicht sicher, ob sie hingehen würde. Irgendwann musste sie auch einmal den Schlaf nachholen, den sie in der letzten Woche versäumt hatte.

Ihre Mutter saß oben auf dem Treppenabsatz und telefonierte, als sie zur Haustür hereinkam. Dem verträumten Lächeln auf ihrem Gesicht nach zu urteilen mit William. Vicky zog ihre Schuhe aus, hängte ihre nasse Jacke auf und ging in die Küche, um sich ein Glas Orangensaft einzuschenken.

Elizabeth zögerte. Dann sagte sie: »Wegen mir sehr gerne. Mary ist nicht da, sie ist bei einer Klassenkameradin zum Lernen, und Vicky hat bestimmt nichts dagegen. Wenn du gegen halb acht kommen kannst, können wir noch zusammen essen. Mary siehst du dann später auch noch, die kommt gegen neun.«

»Gut. Ich versuche, pünktlich zu sein. Soll ich etwas mitbringen? Einen Wein?«

»Wein wäre nett, wenn du einen trockenen hast. Ich koche französisch – magst du Quiche?«

»Ich mag alles«, platzte er heraus, »außer Weinbergschnecken und Froschschenkel.«

»Keine Sorge, das gibt's bei uns nicht. Mich ekelt schon allein der Gedanke!«, lachte sie. »Also, bis heute Abend dann. Ich freue mich.«

»Ich mich auch, Elizabeth. Ich mich auch … bis später dann.«

Sie eilte die Treppe hinunter, um ihre Tochter zu begrüßen. »Hallo, Liebes – na, wie war der erste Schultag?«

Vicky stellte ihr leeres Glas in die Spüle. »Geht so. Ziemlich anstrengend. Eigentlich wollte ich heute Abend noch in die Kirche, es gibt dort einen Film zum Thema Pfingsten, aber ich weiß noch nicht, ob ich gehe, ich bin so müde. Was kochst du heute?«

Elizabeth schmunzelte. »Quiche à la Lorraine. Das magst du doch so gerne. William hat gerade angerufen, er würde gerne noch vorbeikommen, weil er etwas für dich hat. Keine Ahnung, was es ist! Ich habe ihn zum Abendessen eingeladen. Ist das okay für dich?«

»Ja, warum nicht? Wenn du ihn außerdem schon eingeladen hast … Dann kann ich aber eigentlich auch in die Kirche gehen, oder? Ihr wollt doch bestimmt für euch allein sein.«

»Wenn wir allein sein wollten, hätte er sicher nicht vorgeschlagen, hierher zu kommen. Es wäre schön, wenn du wenigstens zum Essen dabei sein könntest, aber William muss bis um sechs arbeiten, er schafft es kaum, vor halb acht hier zu sein. Wann fängt denn der Film an?«

»Um halb acht. Das mit dem Essen wird dann wohl nichts, ich muss den Bus um viertel nach sieben erwischen … Aber ich kann mir auch eine Pizza in den Ofen schieben, das macht nichts.«

»Kommt nicht in Frage!« Elizabeth öffnete den Küchenschrank und nahm Mehl und Salz heraus. »Wenn du mir hilfst, ist die Quiche um sechs fertig. Dann können William und ich sie nachher lauwarm essen oder sie noch einmal in den Ofen schieben. Aber eine gute Quiche schmeckt auch kalt. Zu welchem Thema, sagtest du, ist der Film?«

»Pfingsten. Weißt du irgendwas über Pfingsten, Mama?«

Oh nein, das nicht auch noch, dachte Elizabeth und schüttelte den Kopf. Sie war ja froh, dass sie die Sache mit Ostern halbwegs verstanden hatte. Vicky hatte im Moment viele Fragen zum Thema Gott, Glaube und Kirche, und sie konnte sie bei Weitem nicht alle beantworten. Pfingsten! Was war das nochmal? War Jesus da zu Gott in den Himmel zurückgekehrt? Nein, das war Himmelfahrt. Welches kam zuerst?

»Keine Ahnung«, gab sie wahrheitsgemäß zu. »Aber du wirst mir morgen sicher mehr darüber erzählen können, wenn ihr diesen Film gesehen habt. Oder heute Abend. Wann kommst du denn wieder? Soll ich dich abholen?«

»Das wäre lieb. Soll ich Gemüse schneiden?«

»Ja, gerne. Es sei denn, du hast noch Hausaufgaben zu erledigen?«

Vicky machte eine wegwerfende Handbewegung. »Nicht viel, nur Englisch und Mathe. Das mache ich nachher, wenn die Quiche im Ofen ist. Und was hat William für mich?«

Elizabeth lachte. »Keine Ahnung, da musst du ihn schon selbst fragen! Du siehst ihn ja noch. Nimm dein Handy mit, damit du mich anrufen kannst, wenn ihr fertig seid. Kommt Sarah auch?«

»Klar, und Becky. Sonst würde ich wahrscheinlich auch nicht hingehen. Igitt, Pilze – müssen die da drauf?«

Als William im Chestnut Close ankam, saß Elizabeth auf der Bank vor dem Haus und las ein Buch. Es hatte aufgehört zu regnen, und die Luft war herrlich frisch und klar. Die Sonne stand am Himmel und trocknete das nasse Gras, das im Abendlicht funkelte.

William stand eine Minute lang am Bürgersteig gegenüber des Hauses, wo er seinen Wagen geparkt hatte, und nahm das Bild in sich auf, das sich ihm bot. Wie friedlich sie dasaß – so verträumt, so versunken in ihr Buch, als könnte nichts und niemand sie stören. Am liebsten würde er sofort auf sie zueilen, sie in seine Arme schließen, ihr mit beiden Händen durch das lange, weiche, vom Duschen noch feucht glänzende Haar fahren, ihren Duft einatmen …

»Hey!«

William zuckte zusammen, als er ihre Stimme hörte. Elizabeth hatte von ihrem Buch aufgesehen und sah jetzt zu ihm herüber, wobei sie sich eine Hand als Schutz vor der blendenden Sonne über die Augen hielt.

»Wie lange stehst du denn schon da?«

Mit einem etwas verlegenen Grinsen überquerte er die Straße, beide Hände in den Hosentaschen, und setzte sich zu ihr auf die Bank.

»Eine Minute vielleicht, länger nicht. Entschuldige, aber du hast so schön ausgesehen, wie du dagesessen hast, so friedlich, ganz und gar versunken in dein Buch … Hallo erstmal.«

Er küsste sie auf die Wange. »Was liest du denn da?«

Sie hob das Taschenbuch hoch. »John Grisham. *The Testament*. Hat mir Vicky neulich aus der Bücherei mitgebracht. Kennst du es?«

William nahm das Buch und drehte es, um die Inhaltsangabe hinten zu lesen. »Nein, aber es klingt interessant. Ich lese gerne Grisham, habe einige seiner Bücher bei mir stehen. Obwohl ich zugeben muss, dass ich mindestens ein Drittel seines Rechtsvokabulars nicht verstehe«, lachte er.

Elizabeth nickte zustimmend. »Mir geht es genau so.« Sie warf einen Blick auf ihre Armbanduhr. »Schön, dass du es pünktlich geschafft hast. Vicky ist leider auch nicht da, sie ist in der Kirche. Ich hole sie um halb zehn ab. Komm rein, die Quiche ist schon fertig, Vicky hat vorhin schon ein Stück davon gegessen. Hast du Hunger?«

»Bärenhunger«, erklärte er und setzte ein tief betrübtes Gesicht auf.

»Ich habe nämlich seit Sonntagmorgen keinen Bissen mehr hinunterbekommen, weil ich immer an diese tolle Frau denken musste, die am Samstag bei mir übernachtet hat. Sie war so nah, und ich konnte doch nicht …«

Elizabeth lachte schallend. »Ach, du Armer!«, rief sie und schlug dabei spielerisch mit dem Buch nach ihm. »Was muss das für eine grausame Frau sein! Komm, bei mir bekommst du wenigstens etwas zu essen. Dabei kannst du mir ja dann dein Herz ausschütten.«

Elizabeth schnitt eine Salatgurke in hauchdünne Scheiben und schob diese in eine Schüssel mit einem Dressing aus Essig, Öl und Kräutern, das sie eben schnell zusammengerührt hatte, während William den Wein entkorkte. Jetzt trat er hinter sie und umschloss ihre Taille mit beiden Händen. »Mmmmh, das sieht aber lecker aus …«

Sie wirbelte herum. »Untersteh dich! Erst jammerst du, du seiest halb am Verhungern, und dann willst du schmusen. Also, wirklich, du bist ja schlimm heute!«

Natürlich fand sie es alles andere als schlimm, dass er ihre Nähe suchte – ganz besonders nach den Enttäuschungen in der letzten Woche und ihrem ersten (Beinahe-)Streit am Samstag. Im Gegenteil, er weckte Gefühle in ihr, die sie schon verloren geglaubt hatte, eine brennende Sehnsucht, ein Verlangen, das ihr in Augenblicken wie diesen fast Angst machte.

Sie waren noch immer in einen innigen, leidenschaftlichen Kuss versunken, als sie plötzlich den Schlüssel in der Haustür hörten. Vicky kam herein, blass und etwas unsicher auf den Beinen.

Sofort stürzte Elizabeth zu ihr und führte sie behutsam zum Sofa.

»Hey … Was ist denn los? Hast du Schmerzen? Warum hast du denn nicht angerufen?«

»Ich habe den Bus verpasst …«, murmelte Vicky und ließ sich auf das Sofa sinken. »Weil meine Uhr nachgeht. Ich wollte erst auf den 570er warten, aber dann habe ich plötzlich solche Bauchschmerzen bekommen – ich weiß auch nicht, richtige Krämpfe …«

Voller Mitgefühl strich Elizabeth ihrer Tochter das Haar aus der Stirn. »Ach, du Arme! Ich hoffe nicht, dass das von der Quiche kommt …«

Doch Vicky schüttelte den Kopf. »Nein, nein, das glaube ich nicht. Ich hatte heute Morgen in der Schule auch schon mal solche Krämpfe, die gingen dann aber von selbst wieder weg. Ich glaube, ich bekomme meine Tage. Wenn nicht heute, dann bestimmt morgen.«

Elizabeth nickte verständnisvoll, strich ihr noch einmal zärtlich über die Wange und versuchte, sie dabei aufmunternd anzulächeln. Vicky litt immer so, wenn sie ihre Tage bekam, im Gegensatz zu Mary, die noch nie ein Wort des Klagens hatte verlauten lassen, was dieses sensible Thema anging. Aber zumindest was das Körperliche anbetraf, war Mary sowieso wesentlich robuster als ihre kleine Schwester. Sie war als Kind nie öfter als einmal im Jahr erkältet gewesen, und von allen Kinderkrankheiten hatte sie nur die Windpocken bekommen, während Vicky praktisch nichts ausgelassen hatte: von Scharlach, Ringelröteln und Mumps bis hin zu einer gefährlichen Pneumokokkeninfektion, die sie sich im Kindergarten zugezogen hatte. Sie und Patrick hatten tagelang um ihre kleine Tochter gezittert, bis sie endlich über den Berg war und wieder aufstehen konnte. »Na, dann gehst du am besten bald ins Bett und ruhst dich aus. Ich mache dir einen Tee – und eine Wärmflasche, wenn du willst. Ja?«

»Danke, Mama. Im Moment möchte ich gerne so liegen bleiben, wenn es geht. Ich gehe dann mit meiner Wärmflasche und mit meinem Tee nach oben. Ist William schon da?«

»Ja, er ist in der Küche.«

Vicky versuchte sich aufzurichten, sank aber mit schmerzverzerrtem Gesicht zurück. »Tut mir leid, ich kann nicht … Ich wollte wenigstens Hallo sagen. Holst du ihn mal, bitte?«

William kam ins Wohnzimmer. »Hier bin ich, Vicky. Na, und dir geht es nicht gut?«

»Nicht besonders, nein. Tut mir leid, dass ich euch den Abend verderbe …«

William runzelte die Stirn. »Wieso den Abend verderben? So ein Quatsch! Du bist hier zu Hause, ich bin nur Gast. Und wenn es dir nicht gut geht, dann gehörst du nicht in die Kirche oder irgendwo anders hin, sondern in dein Bett. Oder auf die Couch – wie auch immer, ich bin dir keinesfalls böse. Sieh mal, ich hatte dir etwas mitgebracht – vielleicht magst du dir den sogar gleich anschauen, wenn du gerade auf der Couch liegst.«

Er nahm eine Schachtel vom Kaminsims. »Sie haben vor einiger Zeit den *Lassie*-Klassiker mit Liz Taylor auf DVD herausgebracht, als Sonderedition. Ich sammle alte Filme, und da habe ich diesen letzten Winter irgendwann gekauft. Ich bin noch gar nicht dazu gekommen, ihn mir anzusehen. Aber als ich ihn heute bei mir im Regal stehen sah, dachte ich, du würdest dich vielleicht viel mehr darüber freuen. Du liebst doch Collies so sehr, sagt deine Mutter.«

Vicky sah von William zu ihrer Mutter und wieder zu William. Sie war sprachlos vor Freude – und vor Staunen. »Aber … aber wir haben noch gar keinen DVD-Spieler«, brachte sie schließlich hervor, ihn immer noch ungläubig anstarrend.

Na, den bringt er dann nächstes Mal gleich auch noch mit, dachte Elizabeth, und verkniff sich ein Schmunzeln. In Wirklichkeit war sie zutiefst gerührt. Wie einfühlsam dieser Mann war! Und auf so nette, unaufdringliche Art. Sie war den Tränen nahe, als sie den Blick zwischen ihm und ihrer Tochter bemerkte, in dem so viel Zuneigung lag, dass sie sich fragte, wie sie jemals daran hätte zweifeln können, dass William und ihre Töchter miteinander auskommen würden. Sie würden nicht nur mit ihm auskommen – sie würden ihn lieben. Vicky jedenfalls schien ihn schon jetzt zu lieben.

»Ach so …« Er sah etwas enttäuscht aus, lächelte dann aber und sagte: »Na, macht ja nichts. Das bekommen wir auch noch hin. Soll ich euch zwei lieber alleine lassen? Ich möchte wirklich nicht stören.«

»Nein, nein, zum Essen musst du wenigstens noch hierbleiben. Die Quiche ist ganz lecker!«, versicherte Vicky rasch und versuchte erneut, sich aufzusetzen. Dieses Mal rutschte sie nicht gleich in die Polster zurück. »Ich gehe schon mal nach oben. Bringst du mir dann den Tee, Mama?«

Elizabeth sah ihrer Tochter verwundert nach und ging dann in die Küche, um den Tee zu kochen und die Wärmflasche vorzubereiten. Nur Vicky konnte in einer solchen Verfassung noch lieb sein. Mary, das wusste sie, wäre unerträglich gewesen – deswegen war es vielleicht auch umso besser, dass sie nicht so oft krank wurde.

William kam ihr hinterher. »Bist du sicher, dass das okay ist, wenn ich noch bleibe? Ich meine – wenn es Vicky nicht gut geht, dann braucht sie dich vielleicht, und ich …«

»Ach, was, in dem Alter nicht mehr. Sie liegt jetzt bestimmt auf ihrem Bett und hört Musik und blättert dabei in ihrem Buch über britische Hütehunde, das sie von Maggie geschenkt bekommen hat. Danke, dass du ihr jetzt auch noch einen Floh ins Ohr gesetzt hast!« Doch sie lächelte dabei.

»Ja, ich weiß …«, entgegnete er. »Aber das mit dem DVD-Spieler ist mir echt peinlich. Ich hätte es wissen sollen, schließlich war ich schon ein paar Mal hier. Aber was ich nicht weiß, ist –«, er sah sich suchend um. »wo deine Weingläser sind.«

»Die meisten sind in einem Karton bei Paul und Catherine auf dem Speicher«, grinste sie. »Ich habe nur zwei rausgenommen und sie zu den anderen Gläsern in den Küchenschrank gestellt. Du kannst uns gerne ein Glas einschenken, zum Essen darfst du doch eins trinken, oder?«

»Ein kleines.«

Sie lächelte. »Die Quiche müsste allmählich warm sein. Nimmst du sie aus dem Ofen? Du kannst sie einfach so auf den Tisch stellen, der ist alt, der kann das ab. Ich bringe Vicky inzwischen ihren Tee und ihre Wärmflasche.«

»Okay.« Er ging zum Küchenschrank und nahm die beiden Weingläser heraus. Dann drehte er sich zu ihr um und lächelte. »Ich freue mich auf das Essen mit dir. Du siehst übrigens hübsch aus heute Abend – habe ich dir noch gar nicht gesagt.«

»Doch, hast du, aber ich höre es trotzdem gern ein zweites Mal.« Sie grinste, drehte sich dann rasch um und ging, um ihrer Tochter den Tee zu bringen.

William sah ihr bewundernd nach. Was für eine Frau! Wenn seine Mutter sie nicht sofort in ihr Herz schließen würde – sie und ihre beiden hübschen Töchter –, dann konnte er ihr auch nicht helfen. Aber er war ganz zuversichtlich. Seine Mutter würde überglücklich sein: endlich eine

Frau, die es geschafft hatte, ihren anspruchsvollen Sohn zufriedenzustellen. Er wusste, dass sie sich schon immer eine Traumhochzeit auf Mayfield Manor gewünscht hatte, nur dass er bis jetzt nie die passende Frau dafür gefunden hatte. *Nun,* dachte er, *wenn es nach mir geht, soll sie ihre Traumhochzeit haben – vielleicht sogar schon bald.*

Nachdem William gegangen war, ließ Elizabeth sich aufs Sofa fallen, nahm sich noch eine von den Schokoladenpralinen, die er ihr mitgebracht hatte, und schob sie sich langsam in den Mund. Dann zog sie die Knie fest an die Brust und schloss mit einem zufriedenen Seufzer die Augen.

William war wirklich das Beste, was ihr seit Patricks Tod passiert war, und sie wusste, dass sie sich sehr glücklich schätzen konnte, von ihm geliebt zu werden. William musste sie wirklich lieben, sonst hätte er das bestimmt nicht für sie getan, was er heute Abend getan hatte. Nicht nur, dass er nach dem Essen den Tisch abgeräumt, das Geschirr gespült und die Küche aufgeräumt hatte, er hatte auch noch Kaffee gekocht und auf sie gewartet, während sie oben an Vickys Bett gesessen hatte. Als Vicky eingeschlafen war, war Elizabeth nach unten gekommen und hatte William auf dem Sofa sitzend gefunden, ganz versunken in die Zeitung, in die sie selbst an diesem Tag noch keinen Blick geworfen hatte. Sie hatte schon erwogen, die Zeitung ganz abzubestellen und sich nur noch samstags eine zu kaufen, wenn sie davon ausgehen konnte, dass sie auch die Zeit fand, sie zu lesen. Wo ging in diesen Tagen bloß ihre Zeit hin?

Sie nahm einen Katalog zur Hand, der heute mit der Post gekommen war, und fing an, darin herumzublättern. William machte ihr häufig Komplimente für ihr Aussehen, und sie merkte, wie gut ihr das tat. Es war ein schönes Gefühl, so umworben zu werden. *Umworben.* Sie lächelte. Was für ein passendes Wort für die Art und Weise, wie William mit ihr umging. Er war – wenn überhaupt möglich – noch zuvorkommender, noch höflicher, noch charmanter, als Patrick es gewesen war. Aber eigentlich war es sowieso nicht möglich, die beiden miteinander zu vergleichen, sie waren so unterschiedlich, wie zwei Menschen nur sein konnten – insbesondere zwei *Männer.* Wahrscheinlich musste das auch so sein, denn wäre William Patrick ähnlicher, würde er sie ständig an ihn erinnern, und das könnte sie nicht ertragen. Es fiel ihr an manchen Tagen – wie am letzten Freitag – schwer genug, sich von ihren Erinnerungen zu lösen und nach vorne zu blicken. Nach vorne in eine Zukunft, in der es zwar keinen Patrick, dafür aber William geben würde. Sie sah dieser Zukunft mit Hoffnung und Zuversicht entgegen, besonders jetzt, da ihre Töchter anfingen, ihn als den neuen Mann in ihrem Leben zu akzeptieren. Mary hatte gestern auf der Heimfahrt zwar ein wenig gestichelt und auch wieder von *Prince Charming* gesprochen, aber ihr Necken war liebevoll und von Humor geprägt gewesen, nicht von Eifersucht, Missgunst oder fast schon von Hass, so wie an Ostern. Für Vicky war William sowieso der Held – spätestens seit heute Abend.

Ihr Blick blieb an der DVD hängen, die noch immer auf dem Tisch lag, wo Vicky sie abgelegt hatte. Schmunzelnd nahm Elizabeth die DVD zur Hand. *Lassie come home.* Sie würde so bald wie möglich einen DVD-Spieler kaufen – bevor William es tat. Und wer weiß, vielleicht konnte sie Vickys innigsten Wunsch ja eines Tages doch noch erfüllen und ihr einen Hund kaufen. Auf Mayfield Manor war bestimmt Platz genug.

William zog die Haustür hinter sich zu, lehnte sich mit dem Rücken dagegen und schloss für einen Moment die Augen. Er war froh über den Verlauf des Abends – über den Verlauf der letzten beiden Tage. Das Unbehagen, das am Samstag zwischen ihm und Elizabeth entstanden war, war auf einmal wie weggeblasen, und er fing an, die Zukunft wesentlich positiver zu sehen. Nicht nur die nahe Zukunft – Vickys Schulaufführung am Freitag und den gemeinsamen Besuch auf Mayfield Manor am darauf folgenden Wochenende –, sondern vor allem auch die fernere. Wenn sie überhaupt noch so fern war. Es erschreckte ihn beinahe, mit welcher Intensität er Elizabeth begehrte, und wie sehnlich er sich wünschte, ihr ganz nahe zu sein, sie in seinen Armen zu halten – als seine Frau.

Vor seinem inneren Auge sah er Elizabeth im Abendkleid vor sich, wie sie gerade den großen Speisesaal im Haus seiner Eltern betrat, und wie alle, die um den langen, festlich gedeckten Tisch herum saßen, sofort verstummten, um sie voller Bewunderung anzusehen. In seiner Vorstellung trug sie ein langes, bordeauxrotes Kleid aus weich schimmerndem Samt, das ihre schmalen Schultern und einen Teil ihres Dekolletés entblößte, oben sehr eng geschnitten war und dann, unterhalb der Taille, in weiten, fließenden Bahnen bis auf den Boden fiel. Um ihren schlanken Hals trug sie eine goldene Kette mit einem funkelnden, dunkelroten Rubin und dazu passende Ohrringe – den Familienschmuck der Bentleys, den seine Mutter nur zu besonderen Anlässen trug, und von dem er wusste, dass er zum jahrhundertealten Familienerbe gehörte, das immer an die jeweilige Frau von Mayfield Manor weitergegeben wurde. Würde eines Tages Elizabeth diesen Schmuck tragen?

28

Die Versammlungshalle der Etone School war voll bis auf den letzten Platz. Neugierige Eltern, Geschwister, Großeltern und andere Verwandte sowie Freunde und Nachbarn, alle drängten sich zusammen mit Mitschülern und Lehrkräften in den Reihen, um einen möglichst guten Blick auf die Bühne zu haben, wo in wenigen Minuten die Vorführung des Schulmusicals unter der Leitung von Amy Cooper stattfinden würde.

»Allein das Bühnenbild ist ja einen Preis wert«, flüsterte Paul seiner Frau zu, die sich gerade neben William gesetzt hatte. »Wie lange sie wohl daran gearbeitet haben?«

»Seit den Winterferien, hat man mir gesagt. An der Meeresbodenszenerie für *Arielle* hat Mary mitgearbeitet, achte auf die Muscheln!«

Sarah zog ihre Jeansjacke aus und lehnte sich nach vorn, um Rebekka etwas zuzuflüstern. Eigentlich hätte Rebekka auch mitsingen sollen, hatte sich dann aber in der letzten Woche eine so starke Erkältung zugezogen, dass sie noch immer nicht richtig sprechen konnte, geschweige denn singen. Verständlicherweise war sie sehr enttäuscht.

William legte Elizabeth einen Arm um die Schulter und drückte sie kurz. »Na, schon ganz gespannt? Sie wird es bestimmt gut machen. Wenn sie heute nur halb so schön singt wie in Kenilworth Castle … Oh, ich glaube, es geht los!«

Elizabeth nickte und lehnte ihren Kopf an Williams Schulter, froh, dass er dabei sein konnte. Eigentlich hätte er heute bis um fünf arbeiten müssen, da aber wenig los gewesen war, hatte er die Praxis etwas früher schließen können.

In der ersten Szene gab es zwei Stücke aus *Beauty and the Beast* mit Rachel als Belle und Ian Thacker, einem gut aussehenden und sehr begabten Jungen aus Sarahs Klasse, als Widerling Gaston. Danach kam ein musikalisches Zwischenspiel, und endlich war Vicky als Arielle an der Reihe. Sie sang zwei Lieder – beim ersten schien sie noch ein wenig unsicher, beim zweiten hatte sie sich dann gefangen und sang so schön, dass es anschließend ein paar Sekunden lang ganz still im Saal blieb. Dann aber brach ein gewaltiger Applaus los.

Paul wäre am liebsten aufgesprungen, aber Catherine hielt ihn am Ärmel zurück. »Lass das! Das wäre Vicky furchtbar peinlich.«

William drückte Elizabeths Hand ganz fest, nachdem sie endlich genügend Beifall geklatscht hatten. Er war richtiggehend stolz auf Vicky – fast wie ein Vater auf seine Tochter. Und eine Tochter wie Vicky – nun, die konnte man sich nur wünschen, oder?

»Sie singt nach der Pause noch einmal ein Duett aus *Aladdin*, zusammen mit Ian, der vorhin den Gaston gesungen hat – das wäre eigentlich Rebekkas Rolle gewesen, aber weil sie krank geworden ist, ist Vicky eingesprungen«, erklärte Sarah flüsternd und drehte sich zu Mary um, die hinter ihr saß, zusammen mit Judy. »Das Bühnenbild war übrigens super! Lässt du dich in Kunst prüfen?«

Mary nickte grinsend. »Klar, damit muss ich doch Mathe ausgleichen. So, ich gehe schon mal los zur Toilette – wenn dieses Musikstück zu Ende ist, ist nämlich Pause, und dann rennen sie alle auf einmal!«

Sarah und Rebekka folgten ihr; nur Judy blieb auf ihrem Stuhl sitzen. Sie hatte eben Adam in den Reihen entdeckt, dessen jüngerer Bruder auch mitsang, doch sie hatte absolut keine Lust, ihm zu begegnen. Inzwischen sah sie schon ein kleines bisschen schwanger aus – sie hatte schon jetzt fast sieben Pfund zugenommen, obwohl sie erst in der fünfzehnten Woche war. Sie wollte sich keine dummen Sprüche von Adam und seinen Freunden anhören müssen. Nach dem GCSE würde sie von dieser Schule gehen, und bis sie nächstes oder übernächstes Jahr dann das College besuchte, würde er es hoffentlich bereits verlassen haben. Falls er überhaupt plante, seine A-Levels zu machen. Judy wusste, dass er am liebsten als Profifußballer Karriere machen und nach Südfrankreich gehen wollte, wo er Verwandte hatte. Sollte er doch. Für sie war Südfrankreich gerade eben weit genug.

»Mama hat sich für den Ferien-Alpha angemeldet, ist das nicht toll?«

Vicky saß nach der Aufführung mit ihrer ganzen Familie samt William zum Feiern in der Pizzeria in der Fußgängerzone von Nuneaton. Sie hatten gleich mehrere riesige Familienpizzen bestellt, von denen sich jetzt alle fleißig bedienten.

Sarah, die den Mund voller Salamipizza hatte, nickte und griff nach ihrem Colaglas. »Das ist in der Tat eine gute Neuigkeit«, flüsterte sie dann zurück. »Und was ist mit deiner Schwester, will sie nicht auch gleich mitmachen?«

»Ich glaub nicht, nein. Ich habe ihr letzte Woche erzählt, dass ich mich taufen lassen will – da hat sie schon eher entsetzt aus der Wäsche geguckt. Sie hat nichts gesagt, aber na ja … Ich freue mich trotzdem für Mama. Vielleicht zieht sie Mary dann ja später noch mit, wer weiß. Jedenfalls habe ich vor, am Sonntag nach dem Gottesdienst mit Joe zu sprechen, um einen Tauftermin zu vereinbaren. Wie alt warst du, als du getauft wurdest?«

»Auch vierzehn, genau wie du. Meine Brüder waren sogar beide schon sechzehn – und sie haben sich im Fluss taufen lassen, hier im Anker. Ganz biblisch!« Sie grinste. »Wenn du willst, zeige ich dir Sonntag mal das Video von Peters Taufe. Der macht so ein absolut cooles Gesicht, als er wieder hochkommt – wir mussten uns sehr zusammennehmen, um nicht zu lachen.«

Vicky nickte und griff nach einem Stück Gemüsepizza. »Es könnte sein, dass ich mich taufen lasse, wenn meine Freundin Sina da ist, im Juli. Die kommt eine Woche vor Ferienbeginn, weil sie neugierig auf unsere Schule ist.«

Sarah verdrehte die Augen. »Na, das nenn ich schräg. Sie hat doch dann eigentlich schon Sommerferien, oder? Und kommt hier freiwillig mit zur Schule – na dann ... Aber wenn sie so skeptisch ist in Sachen Glauben, wie du sagst, kann deine Taufe für sie natürlich zum echten Schlüsselerlebnis werden. Es ist zumindest eine Chance.«

Sie wandte sich an Mary, die eben von einem Nachbartisch zurückkam, an dem einige Mädchen aus ihrer Sport-AG saßen. »Kommt deine Freundin aus Deutschland nicht auch im Juli, Mary?«

»Malin? Die kommt Ende Juni, wenn ich mit meiner Prüfung fertig bin. Wenn bei uns die Ferien losgehen, ist sie schon lange wieder weg. Mamas Freundin Anne kommt übrigens auch noch irgendwann. Das gibt eine Invasion aus Deutschland diesen Sommer, kann ich dir sagen! Alle wollen wissen, wo wir gelandet sind.«

Plötzlich wurde Sarah ganz aufgeregt. »Da fällt mir gerade ein ... wisst ihr beiden schon, was ihr zu Joshs Hochzeit anzieht? Mama will nächsten Samstag mit uns allen nach Leicester zum Einkaufen fahren – Josh kommt dafür extra nach Hause! –, und abends gehen wir indisch essen. Wäre lustig, wenn ihr auch mitkommt.«

»Keine Ahnung, ich frag Mama nachher mal«, meinte Mary und nahm sich ein Stück Pizza. »Sie war zwar schon mit deiner Mutter shoppen, aber es schadet ja nicht, noch einmal loszugehen. Ich jedenfalls werde mir auch so ein langes, enges Kleid mit tiefem Rückenausschnitt kaufen – und neue Unterwäsche«, fügte sie leise hinzu.

Ihre Schwester machte große Augen. »Wozu das denn, um alles in der Welt?«

Mary schob sich einen Bissen in den Mund und zuckte gleichmütig mit den Schultern. »Weiß man's?«

Vicky und Sarah tauschten vielsagende Blicke aus.

Plötzlich fasste Vicky sich an die Stirn. »Oh nein! Wir können doch nicht mit zum Einkaufen – wir sind nächsten Samstag doch bei Williams Eltern eingeladen …«

»Das ist Sonntag, du Dusselbiene!«, lachte Mary. »Aber egal – wir brauchen auf jeden Fall neue Kleider. Wir können schließlich nicht in Lumpen dort auftauchen, oder?«

Catherine stellte zwei Becher Tee auf den kleinen, runden Tisch neben dem Sofa und setzte sich neben ihre Schwester. Es war Mittwochabend, die Mädchen waren beim Chor, und Elizabeth war zum Abendessen geblieben, während Mary zu Judy gegangen war, um mit ihr zusammen Erdkunde zu lernen. Nächste Woche hatte sie die ersten schriftlichen Prüfungen – darunter die am meisten gefürchtete von allen, Mathe.

»Ich finde es toll, dass du dich zum Alphakurs angemeldet hast. Dan und Ruth machen das wirklich sehr nett – lustig, lebensnah, authentisch. Du wirst eine Menge Spaß haben. Meine Nachbarin, Sally Graham, macht übrigens auch mit. Sie ist ungefähr in deinem Alter. Geschieden, alleinerziehend mit drei Kindern. Ihr Sohn David ist schon seit Längerem in der Gemeinde, er macht dort unter anderem auch Jugendarbeit. Er ist siebzehn, geht aufs College. Dann sind da noch Clare und Rose, seine beiden jüngeren Schwestern, sie sind zwölf und vierzehn.« Catherine lächelte. »Ich freue mich jedenfalls, dass damit zwei Menschen, die mir besonders am Herzen liegen, jetzt diesen Alphakurs machen.«

Elizabeth trank einen Schluck Tee und stellte ihren Becher zurück auf den Tisch, bevor sie antwortete. »Ich freue mich auch darauf, Cathy, und ich bin schon sehr gespannt auf das, was mich dort erwartet. Aber ich kann dir nicht garantieren, dass ich danach ein – wie sagt ihr? – ›wiedergeborener Christ‹ bin oder so. Ich habe noch sehr viele Fragen.«

Und eine davon ist: Wie geht es jetzt mit meinem Leben weiter? Soll ich mich auf die Beziehung mit William einlassen? Ist die Trauerzeit wirklich nach gut einem Jahr vorbei? Darf ich überhaupt schon wieder einen anderen Mann lieben? Und muss ich William heiraten, bevor ich mit ihm schlafe? Was ist, wenn er mich vielleicht gar nicht heiraten will? Oder es zumindest jetzt noch nicht will? Ich kann ihm wohl schlecht selbst einen Antrag machen.

Catherine schmunzelte. Wie so oft ahnte sie, was in ihrer Schwester vorging. »Du denkst an William, nicht wahr?«

Elizabeth nickte. »Ja. Er hat vor drei Jahren mal einen Alphakurs gemacht, sagt er, aber ich habe nicht das Gefühl, dass ihn das in irgendeiner Weise verändert hat. Jedenfalls bezeichnet er sich selbst nicht unbedingt als Christ. Er sagt, er glaubt an Gott, er glaubt auch an Jesus, aber er möchte sich auf nichts einlassen. Er will sein Leben selbst in der Hand haben. Ich habe ihm am letzten Freitag von meiner Anmeldung erzählt, und ich glaube, dass ihn das relativ kaltgelassen hat. Jedenfalls hat er nichts weiter dazu gesagt.«

Sie nahm sich einen Keks von dem Teller, den Catherine hingestellt hatte, und biss hinein. »Mmh, die sind lecker. Hast du die selbst gebacken?«

»Ja, mein Hausrezept. Haferkekse. Aber um auf William zurückzukommen – wenn er jetzt nicht besonders enthusiastisch reagiert hat, heißt das ja noch lange nicht, dass es ihn nicht interessiert, oder? Du weißt doch, wie manche Männer sind. Paul ist zum Beispiel total kopfgesteuert. Der musste erst eine Menge Bücher lesen, C. S. Lewis und ähnlich schwer Verdauliches, bevor er wirklich *Ja* zu Jesus sagen konnte. Und schau ihn dir jetzt an! Der totale Enthusiast. Freak, sagen manche, die es nicht besser wissen. Aber so ist er nun mal – wenn er sich für eine Sache entschieden hat, steht er auch voll dahinter.«

Nach einer Weile meinte sie: »Vielleicht hat William am letzten Freitag auch einfach nicht richtig zugehört. Du sagtest doch, er hätte bis kurz vor der Aufführung arbeiten müssen. Vielleicht war er in Gedanken noch bei einem seiner vierbeinigen Patienten, als du ihm von dem Alphakurs erzählt hast. Hm?«

Elizabeth schnippte einen kleinen Keksbrösel von ihrem Ärmel. »Ja, kann sein. Vielleicht. Aber irgendwie hatte ich das Gefühl, dass etwas nicht stimmt. Er hat auch das ganze Wochenende über nicht angerufen, was überhaupt nicht seine Art ist. Normalerweise telefonieren wir fast täglich miteinander … Am Sonntagabend habe ich ihn dann angerufen, nachdem er nicht in der Kirche aufgetaucht war. Er sagte, er sei das ganze Wochenende mit Jerry zusammen gewesen. Der räumt gerade sein Haus aus. Es steht zum Verkauf. Ich kann ja verstehen, dass William ihm helfen will, aber immerhin wohnt Jerry drüben in Hinckley. Das ist doch nicht weit von Bedworth – um nicht zu sagen, es liegt auf dem Weg nach Coventry, wenn er nicht direkt auf die Autobahn fährt. Warum ist er dann nicht gekommen? Weißt du, ich frage mich, ob ich ihn vielleicht irgendwie verärgert habe oder …«

»Hm. Hast du ihn gefragt?«

»Ja. Er sagt, nein. Er war auch ganz lieb am Telefon, wie immer eigentlich …«

Catherine legte ihr einen Arm um die Schulter. »Na, siehst du. Kein Grund zur Panik! Vielleicht hat er einfach mal eine Pause gebraucht. Er wusste ja auch, dass du am Sonntag bei mir bist, vielleicht hat er die Zeit genutzt, um nach Atherstone zu fahren und sich um sein Pferd zu kümmern. Schließlich kann er nicht immer von Murron verlangen, dass sie es tut.« Sie nahm einen Keks und biss hinein. »Am Wochenende steht der große Besuch an, oder? Dinnerparty auf Mayfield Manor … klingt sehr romantisch!«

Elizabeth zuckte mit den Schultern. »Ja, schon … Ach, darüber mache ich mir im Moment irgendwie noch gar keine Gedanken. Ich hoffe nur, dass … dass das alles gut geht mit uns beiden. Mit uns vieren.«

»Die Mädchen mögen ihn jetzt doch ganz gerne, oder?«

»Ja«, antwortete Elizabeth und nickte schmunzelnd. »Ja, das tun sie. Vor allem Vicky. Aber ich weiß auch nicht, wie es mit uns weitergehen soll, wenn wir dann wirklich zusammen leben. Wo würden wir zum Beispiel wohnen? In Warwick? Dann müssten die Kinder schon wieder die Schule wechseln, Vicky zumindest, denn Mary geht ja im Herbst aufs College. Ich habe sie gerade angemeldet. In Atherstone? Dasselbe in Grün. So schnell wird das mit der Tierklinik auf Mayfield Manor sowieso nichts. Ich denke, dass das noch mindestens zwei bis drei Jahre dauert. Aber noch sind wir nicht einmal verheiratet.«

Sie machte eine Pause und fuhr dann nachdenklich fort: »Wenn wir aber in Bedworth wohnen bleiben, muss er jeden Tag nach Warwick fahren. Auch nicht so toll, vor allem nicht, wenn er Bereitschaft hat und es mal schnell gehen muss.«

Catherine nickte. »Ja, das sehe ich ein, dass das nicht so einfach ist. Habt ihr denn schon einmal darüber gesprochen?«

»Ja, aber nur ganz kurz. Wir sind ja noch nicht so furchtbar lange zusammen. Aber es geht ja nicht nur um uns beide, sondern auch um die Mädchen. Da müssen wir uns schon rechtzeitig ein paar Gedanken machen, findest du nicht?«

»Unbedingt«, pflichtete Catherine ihr bei. »Je eher, desto besser. Aber nun warte doch erstmal den Sommer ab. Ihr werdet ja nicht gleich jetzt zusammenziehen wollen, oder? Es sei denn, ihr …«

»Nein«, beeilte Elizabeth sich zu versichern, jedoch nicht, ohne dabei rot zu werden. »Nein, das werden wir nicht. Und wir müssen auch nicht, falls du das meinst.«

Jetzt war es Catherine, die errötete. »Entschuldige bitte, das geht mich wirklich nichts an. Ich glaube, ich sollte mit fünfundvierzig endlich mal lernen, mich aus deinen persönlichen Angelegenheiten herauszuhalten. Ich hole uns mal einen Sherry, ja?«

»Das ist eine sehr gute Idee.« Elizabeth gähnte. »Und dann gehe ich ins Bett – bin furchtbar müde. Danke übrigens, dass ich bei euch übernachten kann.«

»Keine Ursache. Dafür darfst du uns morgen früh den Tee ans Bett bringen.«

Elizabeth hielt inne und starrte ihre Schwester an.

Catherine verzog das Gesicht zu einem breiten Grinsen. »Kleiner Scherz! Du hättest das jetzt wirklich gemacht, oder?«

Elizabeth erwiderte das Grinsen. »Sicher. Ich tue doch immer, was du mir sagst.«

Dann stand sie auf, um das Teegeschirr wegzubringen. Auf dem Weg zur Küche entdeckte sie die Gästeliste für Joshuas und Elaines Hochzeit, die zusammen mit ein paar übrig gebliebenen Einladungskarten auf der Anrichte lag. Ihr Name stand neben Williams Namen ziemlich weit oben. *Elizabeth und William.* Sie lächelte. *Klingt gut – wirklich gut.*

29

Liebe Sina,

Ich weiß, dass ich mich ewig lange nicht gemeldet habe. Tut mir leid, ehrlich! Bin im Moment etwas im Stress. Wir hatten am Freitag die Aufführung von unserem Musicalprojekt – war gut! Schade, dass du nicht dabei sein konntest. Wann kommst du denn? Hast du schon einen Flug gebucht?

Erzähl mal ein bisschen was aus Reinfeld. Was macht ihr gerade in der Schule – glaubst du, du bekommst ein gutes Zeugnis? Und gehst du zum Konfirmandenunterricht? – Bei den Baptisten, wo wir jetzt sind, gibt es so etwas nicht, da wird man erst als Erwachsener getauft oder als Jugendlicher. Glaubenstaufe nennen sie das. Ich lasse mich übrigens auch taufen! Ich habe erkannt, dass ich mit Jesus leben will – ganz bewusst und immer, immer! Bin total begeistert. (Hoffentlich hältst du mich jetzt nicht für eine total Radikale, ich bin immer noch ziemlich dieselbe alte Vicky ☺.) Vielleicht kannst du sogar bei der Taufe dabei sein. Würde mich echt freuen!

Meine Schwester hat im Moment Prüfungsstress, sie ist kaum noch ansprechbar. Bin ich froh, wenn das vorbei ist. Dafür darf sie sich dann mit Malin zwei schöne Wochen machen, während ich noch zur Schule gehen muss. Aber wenn du da bist, gehst du schon mit mir zur Schule, oder? Misses McLloyd freut sich bestimmt, wenn du zu ihr in den Deutschunterricht kommst, sie ist sehr nett. Wir bekommen erst Ende Juli Ferien, dafür müssen wir erst Mitte September wieder hin.

Und Mama ist wieder verliebt – stell dir vor, in einen Tierarzt! Ist das nicht klasse? Er heißt William, ist total nett und hat sogar ein eigenes Pferd, einen Vollbluthengst namens Hector. Der steht bei meiner Tante im Stall (die gar nicht wirklich meine Tante ist, sondern die von meiner Cousine, aber das ist ja fast dasselbe). Und seine Eltern haben jede Menge Geld, glaube ich. Jedenfalls erbt er mal ein Schloss oder so was in der Art, ein riesig großes Haus mit Park und allem, was dazugehört. Mayfield Manor heißt es – klingt das nicht romantisch? Morgen fahren wir hin, um seine Eltern kennenzulernen. Deswegen muss ich auch gleich los, wir fahren nämlich noch einkaufen – schließlich kann man nicht in Jeans und T-Shirt bei solchen Leuten auftauchen.

Grüße an alle, die ich kenne.

HDGDL Vicky

Vicky legte den Füller zur Seite und nahm den Briefbogen, um das Geschriebene noch einmal durchzulesen. Hoffentlich hielt Sina sie nicht für total abgedreht wegen der Sache mit der Taufe und Jesus. Aber damit musste sie klarkommen, wenn sie ihre Freundin sein wollte – sie würde ihre Entscheidung ganz bestimmt nicht zurücknehmen.

»Hey, Vicky, bist du fertig? Mama wartet schon draußen!«

Mary trat hinzu und spähte ihrer Schwester neugierig über die Schulter. »An wen schreibst du denn da, an Sina?«

»Ja!« Vicky bedeckte den Brief mit ihrer Hand und funkelte ihre Schwester wütend an. »Was dagegen?«

»Entschuldigung, ich wusste ja nicht, dass du Geheimnisse hast. Komm, beeil dich, Mama sagt, sie will heute Nachmittag noch zu Catherine. Weiß der Himmel, was sie da schon wieder will. Sie war doch Mittwoch erst dort! Na, egal, jedenfalls wartet sie. Hast du einen Umschlag? Prima. Ich habe noch eine Briefmarke im Portemonnaie, die kannst du haben. Dann kannst du den Brief in Leicester gleich einwerfen. Mann, ich habe gleich schon wieder Hunger!«

Mary warf sich ihre Jeansjacke über die Schulter und strich sich das lange, braune Haar aus der Stirn. Sie hatte ihr Haar wachsen lassen, seit sie hier waren, inzwischen reichte es fast bis zur Hüfte hinunter. Ihre Mutter war der Ansicht, sie solle es lieber kürzer tragen, doch davon wollte Mary nichts wissen.

»Also, ich gehe dann jetzt.«

»Komme sofort!«

Während ihre Schwester die steile Treppe hinuntersprang – wie immer zwei Stufen auf einmal –, faltete Vicky den Brief und steckte ihn in den bereitliegenden Umschlag. Manchmal konnte ihre Schwester wirklich anstrengend sein. Aber das lag vermutlich an den Prüfungen – und daran, dass sie sechzehn war und sich schrecklich erwachsen vorkam. Hoffentlich würde sie sich morgen bei den Bentleys auch wie eine Erwachsene benehmen. Sie seufzte.

In diesem Moment hupte ihre Mutter ungeduldig. Vicky seufzte abermals, nahm den Brief, zog ihre Jacke vom Haken an der Tür und hüpfte ebenfalls die Treppe hinunter, gerade rechtzeitig, bevor ihre Mutter ein zweites Mal hupen konnte.

Charlotte Bentley nahm das Tablett mit dem Tee und brachte es ihrem Mann in den Salon. Dort saß er schon seit dem Frühstück und las die Zeitung – an Samstagen saß er immer lange an seiner Zeitung; erst las er die Nachrichten, dann den Wirtschaftsteil und zum Schluss den Sportteil. Wenn er alles, was für ihn von Interesse war, gründlich gelesen hatte, nahm er sich das Kreuzworträtsel vor. So ging das in der Regel bis zum Lunch. Wenn das Wetter es zuließ, saß er in den Sommermonaten draußen auf der Terrasse, aber heute war es kalt und grau und kein bisschen sommerlich. Leopold Bentley war zeitlebens ein Mensch gewesen, der sich am liebsten im Freien aufhielt – sofern es seine Arbeit zugelassen hatte. Ein Tag, an dem er nicht hinauskonnte, war für ihn ein verlorener Tag. Deswegen war er heute auch reizbar und noch wortkarger als sonst.

»Soll ich dir den Tee einschenken, Liebling?«

Er sah kaum von seiner Zeitung auf. Heute stand etwas über Jagdsport in England drin, sein Lieblingsthema. Er grunzte daher nur seine Zustimmung, was Charlotte im Stillen ärgerte. Als wäre es ihre Schuld, dass das Wetter so schlecht war! Doch sie sagte nichts, sondern goss nur wortlos seinen Tee in eine Tasse, nahm ein Scheibchen Zitrone aus der silbernen Schale und ließ sie in die Tasse gleiten, bevor sie sie ihrem Mann hinstellte. Dann goss sie sich selbst Tee in ihren Lieblingsbecher von Schloss Neuschwanstein – ein Reisemitbringsel ihres Sohnes –, goss einen kräftigen Schuss Milch hinzu und rührte anderthalb Löffel weißen Zucker hinein. Sie nahm den Becher, setzte sich auf das Sofa unter dem Fenster und sah trübsinnig in das endlose Grau hinaus. *Hoffentlich wird es morgen schöner,* dachte sie, als sie vorsichtig ihren ersten Schluck Tee nahm. Die jungen Damen sollten schließlich einen guten ersten Eindruck von Mayfield Manor haben.

Charlotte war immer stolz auf ihr Zuhause gewesen, wenngleich sie sich in den ersten Jahren fast wie eine Gefangene darin gefühlt hatte, wenn ihr Mann auf Geschäftsreisen im ganzen Land unterwegs gewesen war oder von früh bis spät in seinem Büro in Birmingham gesessen und gearbeitet hatte. Denn ein zweihundert Jahre altes Herrenhaus zu bewirtschaften und für zukünftige Generationen zu erhalten, war keine leichte Aufgabe. Im Gegenteil, es hatte immer wieder Zeiten gegeben, in denen sie geglaubt hatten, sie müssten das Anwesen, das schon seit jeher im Besitz der Bentleys war, an den National Trust verkaufen, der über die Jahre mehrmals lukrative Angebote gemacht hatte. Die Organisation wartete nur darauf, eine weitere Touristenattraktion aus dem alten Herrenhaus zu machen. Doch ihr Mann wollte sich nicht geschlagen geben – er hätte seinen rechten Arm für Mayfield Manor gegeben, wenn nicht sein Leben. So hatte er das traditionsreiche Unternehmen seines Großvaters, die *Feine Porzellanmanufaktur C. L. Bentley,* mit eisernem Willen und harter Arbeit durch manch schwere Krise hindurchgeführt. In den späten achtziger Jahren beschloss Leopold Bentley, neue Wege zu gehen, und erweiterte sein Sortiment um Fliesen – nicht irgendwelche Fliesen, sondern edle Boden- und Wandfliesen, die schon bald reißenden Absatz fanden, vor allem bei dem wohlhabenden Teil der Bevölkerung, die sich solche exquisiten Bodenbeläge leisten konnten. Binnen weniger Monate florierte das Geschäft wie in alten Zeiten, und es ging stetig weiter bergauf. Schon bald konnte die Firma sich vor Aufträgen kaum noch retten, sogar die Königsfamilie bestellte Fliesen bei C. L. Bentley in Birmingham. In dieser Zeit sah Charlotte Bentley kaum etwas von ihrem Ehemann, William war ausgezogen, und das große Haus wirkte still und leer. An den Wochenenden dagegen pulsierte das Leben auf Mayfield Manor – Bälle, festliche Banketts, Jagdgesellschaften und Herrenabende bei Kartenspiel, Billard und Cognac. Manchmal hatte Charlotte das Gefühl, in einer längst vergangenen Zeit zu leben, aber sie liebte es, viele Gäste zu haben, und genoss diese Wochenenden, vielleicht gerade weil die Wochen so langsam und öde dahinglitten. Leopold war zwar ein großzügiger Gastgeber, der Wert auf das legte, was er »gute Gesellschaft« nannte, aber niemand war ihm so wichtig wie seine Frau. Immer, auch in Zeiten höchster geschäftlicher Anspannung, hatte er Zeit für seine Frau gefunden, die ihm alles bedeutete. In all den Jahren hatte er sie nicht einmal in Gedanken betrogen, auch wenn die Gelegenheit sich sicherlich oft genug geboten hatte. Er war treu und beständig; nichts war ihm wichtiger als das Wohl seiner Familie.

Als William seinem Vater erklärt hatte, dass er lieber praktischer Tierarzt werden wollte, als nach der Schule in das Familienunternehmen einzusteigen, hatte Leopold monatelang nicht mit ihm gesprochen. Er hatte dem Unternehmen gerade zu neuem Aufschwung verholfen, und sein Sohn war undankbar und respektlos genug, ihn im Stich zu lassen. Ihn und die Manufaktur seines Großvaters. Er hatte lange gebraucht, um diesen Rückschlag zu verwinden. Vielleicht hatte er William nie ganz verziehen, aber zumindest respektierte er seine Arbeit und damit auch seine Entscheidung inzwischen. Leopold wusste, dass ein Mann wie William im Büro zugrunde gegangen wäre. Als Tierarzt aber tat er genau das, was ihm am meisten Freude machte, und er war ein hervorragender Tierarzt, das wusste Leopold wohl. Schließlich ließ er selbst niemand anderen als William seine geliebten Hunde – und die geduldeten Katzen – versorgen.

Vielleicht war es ihm auch deswegen nicht schwergefallen, die Manufaktur zu verkaufen, als er gemerkt hatte, dass er nicht mehr so konnte, wie er wollte. Die Zeiten änderten sich eben, hatte er gesagt, als er eines Tages nach Hause kam und seiner Frau erklärte, dass er die Übereignungspapiere unterschrieben habe. Er hatte ja immer noch seine Hunde, sein Pferd und die Jagd. Für Charlotte begann mit diesem Tag die schönste Zeit ihres Lebens, es war beinahe wie ein zweiter Frühling für ihre Ehe. Bis sich einige Jahre später jener tragische Unfall ereignete, der dem unbeschwerten Leben ein jähes Ende setzte.

Aber, so dachte sie oft, es hätte auch viel schlimmer kommen können. Wenn ihr Mann bei dem Unfall ums Leben gekommen wäre, hätte sie das mit Sicherheit nicht verkraftet. Ohne ihren Mann konnte sie nicht leben, schon gar nicht auf Mayfield Manor. Hier hatte sie die glücklichsten Jahre ihres Lebens verbracht, hier wollte sie in Ruhe mit Leopold zusammen alt werden und sterben. Vorher aber wollte sie ihren Sohn noch glücklich sehen.

»Liebling?«

»Mhm …?«

Sie seufzte. »Kannst du bitte mal die Zeitung weglegen, wenn ich mit dir rede?«

Widerstrebend faltete Leopold die Zeitung zusammen und legte sie neben das Teetablett auf den Tisch. Er sah seine Frau erwartungsvoll an.

»Wenn das Wetter morgen nicht besser sein sollte, werden wir nicht grillen und schon gar nicht draußen sitzen können. Soll ich vorsichtshalber frischen Fisch besorgen? Hummer, denke ich, werden wir heute keinen mehr bekommen, aber vielleicht könnte Lorraine ja ihren berühmten Lachs machen, du weißt schon, den im grünen Spargelbett mit dieser köstlichen Zitronensauce. Und …«

»Charlotte!« Leopold starrte sie entgeistert an.

Verwirrt begegnete sie seinem vorwurfsvollen Blick. »Was ist denn?«

»Du hast Sorgen! Lachs im Spargelbett! Wenn es regnet, wird das Fleisch eben auf dem Grill in der Küche zubereitet, dafür haben wir so etwas. Die kommen doch nicht nur, um zu essen. Sie kommen vor allem, um uns kennenzulernen. Und ich glaube, ihnen ist es lieber, wenn es so unkompliziert wie möglich bleibt. Hummer, in der Tat!« Kopfschüttelnd wandte er sich wieder seiner Zeitung zu, als habe die Unterhaltung nie stattgefunden.

Charlotte gab ein Geräusch von sich, das wie »hmpf« klang, erhob sich und verließ ohne ein weiteres Wort den Raum. Männer! Was verstanden die schon von den Sorgen einer Hausfrau?

Elizabeth konnte an diesem Abend lange nicht einschlafen. Was, wenn sie die Prüfung morgen nicht bestand? Was, wenn Charlotte Bentley sie nicht für würdig befand, ihren Sohn zu heiraten? Nicht, dass William sie bereits gebeten hätte, ihn zu heiraten, aber Elizabeth wusste, dass dieser Besuch genau darauf hinauslief. Anderenfalls würde er sich diese Mühe bestimmt nicht machen. Er hatte mehr als einmal in den vergangenen Wochen Andeutungen gemacht, die darauf schließen ließen, dass ein Antrag kommen würde – die Frage war, wann. Die für Elizabeth noch viel dringendere Frage war aber: Hatten seine Eltern Einfluss auf den weiteren Verlauf der Dinge? War William ein unabhängiger Typ, der seinen eigenen Weg ging, egal, was andere von ihm dachten? Oder war er einer, dem die Familienehre wichtiger war als das private Glück? Durfte ein Bentley, noch dazu ein *Lord* Bentley – sie hatte es ja geahnt! –, eine so gewöhnliche Frau wie sie überhaupt heiraten? Und wurde sie dann automatisch die Lady von Mayfield Manor? Damit konnten die alten Bentleys doch bestimmt nicht einverstanden sein. Elizabeth wusste ja nicht einmal, ob sie selbst das wollte. Lady Bentley? Nein, danke. Das passte nicht zu ihr.

Aber vielleicht sah William das anders.

Seufzend schlug sie die Bettdecke zurück und stand auf. Sie schaltete das Licht ein – es war nach Mitternacht –, ging zu ihrem Kleiderschrank und nahm den Kleiderbügel vom Türknauf, auf dem ihr neues Kleid hing. Das rote, das sie für die Hochzeit gekauft hatte, war ihr doch zu gewagt erschienen. Schließlich würden sie nur grillen, da musste es nun wirklich kein Abendkleid sein. Das Kleid, das sie heute gekauft hatte, war aus hellem Leinen mit dunkelrot abgesetztem Einsatz vorne. Es stand ihr hervorragend, zumal ihr Gesicht, Hals und Dekolleté schon leicht gebräunt waren. Dazu würde sie die schlichten Perlenstecker tragen, die Patrick ihr zum fünfzehnten Hochzeitstag geschenkt hatte, und das passende Armband. Sie hatte auch neue Schuhe gekauft, die auf dem Boden vor dem Schrank standen, kaffeebraune Wildlederpumps mit offener Ferse. Sehr sommerlich – und sehr feminin. Sie wusste, dass William sie in solchen Schuhen lieben würde. Und in dem Kleid. Vorsichtig strich sie ein paar Mal über den weichen Stoff. Dann schloss sie ihre Augen und ließ ihren Gedanken freien Lauf.

William und sie gingen über eine Wiese, Hand in Hand. Sie trug dieses Kleid und die Schuhe. Ein warmer Sommerwind erfasste ihr offenes Haar und fuhr sanft hindurch. William sagte etwas, und sie lachte. Dann blieb er auf einmal stehen, deutete nach vorne und sagte: »Da ist Mayfield Manor – dein neues Zuhause.«

Seufzend wandte sie sich ab und ging langsam zum Bett zurück. Würde es so sein? Würde Mayfield Manor eines Tages ihr neues Zuhause sein? Oder war das alles nur ein Traum? Ein schöner Traum, aus dem sie jeden Augenblick wieder erwachen konnte?

Auch William fühlte sich zu dieser Zeit wie im Traum – allerdings nicht wie in einem guten, sondern wie in einem schlechten Traum. Einem Albtraum. Er kam gerade von Jerry, den er auf dem Rückweg von Atherstone besucht hatte. Eigentlich hatte er nur kurz vorbeischauen wollen, sehen, wie es ihm ging und wie er mit dem Packen vorwärtskam. Dann aber hatte er den Freund inmitten eines großen Chaos angetroffen – einem Chaos aus Kisten und Büchern und Fotoalben.

»Jerry, bist du sicher, dass du das nicht mehr haben willst? Ich meine – nun, es sind eine ganze Menge Bücher, an denen du einmal sehr gehangen hast. Bücher, die dir viel bedeutet haben.«

Dir und Hannah. Hannah und dir.

Jerry nahm noch ein paar Bücher aus dem Regal in seinem Arbeitszimmer und warf sie achtlos in eine Kiste, in der bereits verschiedene Bibeln, Konkordanzen, Atlanten und Karten zur Bibel sowie etliche Gesangbücher und Liederhefte lagen, alte und moderne. Als Nächstes folgten die unterschiedlichsten Werke christlicher Literatur – Andachtsbücher, Romane, Biografien berühmter Christen wie C. S. Lewis oder Billy Graham. Sogar eine sehr schöne, bestimmt wertvolle alte Kinderbibel war dabei. Aber Jerry war nicht zu bremsen, ja, er sah sich die Bücher nicht einmal an, die er aus den Regalen riss und in die Kiste warf.

»Das bringt doch alles nichts!«, rief er dabei. »Was soll ich damit? Alles schöne Worte, leeres Gerede, das einem nicht wirklich weiterhilft. Nein, damit bin ich durch. Du kannst dir gerne etwas davon mitnehmen, wenn du willst. Bitte. Ich habe Hannah gefragt, sie will die Bücher auch nicht haben. Sagt, sie hat ihre Bibel mitgenommen, und alles andere braucht sie nicht, es würde sie nur an mich erinnern. Ha! Da ist sie fast sentimental geworden gestern am Telefon. *Unsere* Bücher. *Unser* Hauskreis. *Unsere* Gemeinde. Und nun? Alles weg, aus und vorbei!«

William rutschte unruhig auf seinem Stuhl hin und her. Er biss sich auf die Lippen, fuhr sich mit der Hand durch das Haar und sagte leise: »Aber die Menschen in der Gemeinde sind doch noch da, eure Hauskreisleute und so. Das sind doch deine Freunde – oder nicht?«

»Weißt du, wie viele Leute mich angerufen haben, seit Hannah weg ist? Genau zwei. Einer davon bist du, der andere ist Paul. So viel zum Thema Freundschaft. Ja, ein paar haben mich nach dem Gottesdienst angesprochen, einige haben sogar mit mir gebetet. Aber das war's dann auch. Keiner, der mal vorbeigekommen ist. Keiner, der mich mal auf ein Pint eingeladen hat, um mich auf andere Gedanken zu bringen oder mir zuzuhören, so wie du. Nein, Will, Freundschaft ist etwas anderes. Und Glauben – Glauben ist für die, denen es gut geht, die nichts anderes zu tun haben, als Gott von morgens bis abends zu loben und zu preisen. Dafür habe ich keinen Grund mehr.«

William nickte, obwohl er nichts verstand – jedenfalls nicht alles. »Okay … okay. Gut, wenn das dein Gefühl ist, dann musst du das wohl so machen. Was hast du mit den Sachen vor? Willst du wirklich alles wegwerfen?«

»Ja. Nein. Ach, ich weiß es selbst nicht! Was würdest du denn tun?«

»Ich würde dir anbieten, die Sachen bei mir zu lagern«, meinte William. »Falls du es dir eines Tages anders überlegen solltest …«

Jerry machte eine abwehrende Handbewegung.

»Na ja«, sagte William und deutete auf die Kartons mit den Büchern. »Weißt du, manchmal denken wir, wir müssen etwas so oder so tun, und später, wenn wir nochmals in Ruhe darüber nachgedacht haben …«

»Ich habe darüber nachgedacht«, unterbrach Jerry seinen Freund. »Und ich will davon nichts mehr wissen. Ganz bestimmt nicht. Nie wieder.«

Nie wieder.

Diese Worte hallten in Williams Kopf nach. Immer noch konnte er nicht fassen, was er an diesem Abend erlebt hatte. Jerry hätte seine gesamten Bücher weggeworfen, wenn er ihn nicht daran gehindert hätte. Jetzt standen die schweren Kisten eng aneinandergepresst im Kofferraum des Range Rovers. Wohin er sie alle packen würde, wusste er noch nicht, aber er wusste, dass er sie ganz bestimmt nicht wegwerfen und auch nicht verschenken würde, wie Jerry es ihm geraten hatte. Das wäre, als würde er einen Teil von Jerrys Leben wegwerfen. An Tagen wie diesen war er mehr als beunruhigt darüber, was Jerry mit seinem Leben ohne Hannah anfangen würde. Und ohne Gott. Würde er sich am Ende doch noch etwas antun? Wenn es nichts mehr gab, was ihn hielt, was würde er dann tun?

Er würde einfach auf ihn aufpassen müssen, ihn oft anrufen, spontan vorbeikommen, so wie heute. Ihm ein guter Freund sein. Wie er das noch zwischen Beruf, Familie und Liebesleben bewerkstelligen sollte, war ihm zwar nicht klar, aber irgendwie würde auch das gehen. Dafür waren Freunde schließlich da. Irgendwann würde Jerry seine Krise überwunden haben, und die Dinge würden wieder laufen wie bisher.

Er gähnte, als er den Wagen in die Einfahrt lenkte, und beschloss, die Bücherkisten vorerst im Kofferraum zu lassen. Er konnte sie immer noch morgen früh ausräumen, bevor er losfuhr, um Elizabeth und die Mädchen abzuholen. Bei dem Gedanken an den morgigen Tag breitete sich sogleich ein Lächeln auf seinem eben noch ernsten, müden Gesicht aus. Wie er sich auf diesen Tag freute! Auf Elizabeths strahlendes Lächeln, auf Marys neugierige Fragen, auf Vickys große, verwunderte Augen, ihren träumerischen Blick, wenn sie das Herrenhaus zwischen den Baumwipfeln auftauchen sah.

Nachdem er die Haustür abgeschlossen hatte, ging William direkt nach oben. Er hatte kein Abendbrot gehabt, aber morgen würde es reichlich zu essen geben, und er war einfach zu müde, um sich noch etwas zu machen. Es war außerdem spät – halb eins vorbei. Nochmals gähnend stieß er die Tür zu seinem Schlafzimmer auf. Ein frischer Wind kam ihm entgegen, offensichtlich hatte er heute Morgen vergessen, das Fenster zu schließen.

Er sah sich im Halbdunkel des niedrigen Raumes um. *Für ein Ehepaar zu klein,* dachte er schmunzelnd, aber bis es so weit war … würden sie noch so manchen Anstandsbesuch auf Mayfield Manor hinter sich bringen müssen. Aber er hatte nicht die geringsten Zweifel daran, dass seine zukünftige Frau und ihre beiden eigensinnigen, aber reizenden Töchter diese mit Bravour meistern würden.

30

Am nächsten Morgen, pünktlich um halb elf, kam William im Chestnut Close vorgefahren. Mary schob rasch die Vorhänge zurück, durch die sie eben neugierig gespäht hatte. Sie stand neben Vicky in ihrem Zimmer, während ihre Mutter unten die Küche aufräumte.

»Hey, der trägt ja auch bloß Jeans. Wieso haben wir uns eigentlich so fein gemacht?«

Vicky sah an ihrem langen Jeansrock herunter, zupfte an ihrer frisch gebügelten Bluse herum und seufzte. Sie wäre gerne zur Kirche gegangen, doch ihre Mutter hatte gesagt, sie wären um elf Uhr auf Mayfield Manor angemeldet, also müsste der Gottesdienst heute ausnahmsweise einmal ohne sie stattfinden.

»Weiß ich nicht … Schaden tut's jedenfalls nicht. Dein Wickelrock ist super schick – ich wünschte, ich hätte den auch in meiner Größe bekommen. Hätte bestimmt nett ausgesehen, wir zwei im Partnerlook, aber das ist ja mal wieder typisch, dass ich bei Marks & Spencer leer ausgehe … Sei's drum, ich glaube, wir müssen mal nach unten gehen. Lässt du deine Haare offen?«

Mary warf einen Blick in den ovalen Standspiegel und betrachtete sich kritisch. »Ich binde sie noch schnell zusammen, sagst du Mama Bescheid, dass ich gleich komme?«

»Mach ich. Bis gleich!«

Vicky hüpfte mit ein paar Sätzen die Treppe hinunter. Als würde mit jeder Stufe ein Stein von ihrem Herzen fallen, fühlte sie sich, als sie unten angekommen war, leicht und beschwingt. Sie freute sich auf den Tag – kaum zu glauben, ein echtes Herrenhaus! Und noch dazu ein richtig großes, mit einem Park drum herum, in dem man einen ganzen Tag lang spazieren gehen konnte. Wie herrlich musste es sein, auf so einem Anwesen zu leben! Sie würde mindestens zwei Hunde haben und jede Menge Katzen, ein Pferd natürlich sowieso …

»Hey, guten Morgen, Vicky!«

William war gerade zur Tür hereingekommen. Er trug wirklich Jeans, dazu ein kurzärmeliges, blau-weiß kariertes Hemd und braune, etwas abgetragene Segelschuhe.

»Hallo, William. Ich bin fertig, Mary kommt auch gleich. Sie bändigt noch ihre Haare.«

Er lachte. »Na, dann … Schick siehst du aus. Ich hoffe, ihr habt auch noch ein Paar alte Jeans eingepackt, falls wir später noch zur Farm hinübergehen. Bei Maggie gibt es neue Welpen zu bestaunen, sie hat mich gerade angerufen. Sind am Montag geboren …«

Vickys Augen wurden auf einmal ganz groß. Dann drehte sie auf dem Absatz um und jagte noch einmal die Treppen hinauf. »Mary! Mary! Wir müssen noch alte Sachen einpacken, wir besuchen vielleicht noch Maggie und Simon und sehen uns die Welpen an!«

Der Range Rover verließ die Hauptstraße und bog in die Mayfield Lane ein, die an der Farm vorbei Richtung Südwesten führte. Von dort bog William nach etwa anderthalb Kilometern links ab. Sie befanden sich jetzt auf einer Schotterstraße, die sich durch den Wald hindurchschlängelte, in welchem Elizabeth sich an jenem denkwürdigen Tag im April verlaufen hatte.

»Na, kommt dir das bekannt vor?«

William wandte sich zu ihr halb zu und schmunzelte.

»Ja, aber nur sehr vage. Es war früh am Morgen, und es hat geschüttet wie aus Kübeln«, erwiderte Elizabeth, ebenfalls schmunzelnd. Wie lange das plötzlich her zu sein schien, dabei waren es kaum mehr als zwei Monate! Erstaunlich, wie anders sich Zeit anfühlte, wenn man glücklich war. Und sie war glücklich – überglücklich sogar. Sie sah an ihrem Kleid herunter und umschloss die weiche, braune Wildlederhandtasche auf ihrem Schoß. Im Kofferraum lag eine Schachtel aus Weidengeflecht mit einer Flasche teurem, afrikanischem Biowein, den sie gestern noch bei Marks & Spencers gekauft hatte, weil ihr nichts anderes eingefallen war. Dazu eine Schachtel Türkischer Honig, damit es nicht nach ganz so wenig aussah. Was brachte man so reichen Leuten wie den Bentleys mit, wenn man zum Grillen eingeladen war?

Nach etwa einem Kilometer entdeckte sie zu ihrer Rechten ein altes, halb verfallenes Cottage aus grauem Stein. Die Scheiben zwischen den Eisenkreuzen in den Fenstern waren zum größten Teil herausgebrochen, und die, die noch vorhanden waren, waren blind und mit dichten Spinnweben verhangen. Die schwere Eichenholztür hing schief in den Angeln und sah aus, als sei sie seit mindestens einem halben Jahrhundert nicht mehr geöffnet worden. Das Dach war ebenfalls halb verfallen, viele Schindeln waren gespalten oder fehlten komplett. Hoch oben auf dem Schornstein hatte sich ein Storchenpärchen häuslich eingerichtet. Gerade erhob sich die Mutter und flog davon, um sich auf die Suche nach etwas Essbarem für ihre hungrigen Küken zu begeben.

»Was ist das für ein Haus, an dem wir gerade vorbeigefahren sind?«, fragte Vicky und drückte ihre Nase an die Scheibe. »Hat da mal jemand drin gewohnt?«

»Ja«, bestätigte William und schaltete in den zweiten Gang hinunter, als der Weg hinter der Kurve merklich steiler wurde. »Das ist das Gate House, in dem früher einmal der Pförtner mit seiner Frau gelebt hat – und wahrscheinlich mit einem halben Dutzend Kindern. Es steht schon seit Generationen leer. Seit es auf Mayfield Manor kaum noch Personal gibt – meine Eltern beschäftigen im Winter lediglich drei, im Sommer fünf Mitarbeiter – hat man einfach keine Verwendung mehr dafür. Eigentlich müsste es abgerissen werden, aber dazu sind meine Eltern offensichtlich nie so recht gekommen. Ein Jammer, aber eben nicht zu ändern. Man kann nicht alles erhalten, dafür ist es einfach zu viel.«

Vicky und Mary starrten fasziniert aus dem Fenster, als der Wagen um die Kurve herum war und der Wald sich zu beiden Seiten lichtete. Links und rechts des Weges erstreckten sich nun weite Rasenflächen von einem so makellosen Grün, dass selbst Paul bei diesem Anblick vor Neid erblasst wäre, und der hatte schon den »grünen Daumen«, wie Sarah immer behauptete. Sorgfältig geharkte Kieswege schlängelten sich in schönster Symmetrie zwischen den Rasenflächen entlang, die von Rosenbeeten und prachtvollen Rhododendronbüschen gesäumt wurden. Zierliche Pavillons aus schwarzem Eisen luden zum Verweilen ein, und aus der Ferne hörte man das leise Plätschern eines Brunnens.

»Sag mal, William«, fragte Mary von hinten und beugte sich in ihrem Sitz vor. »Bist du eigentlich *sehr* reich?«

Elizabeth blieb vor Schreck und Scham fast das Herz stehen. *Wie konnte sie nur!*

Doch William lächelte gutmütig, legte den Kopf schief, als ob er einen Augenblick darüber nachdenken müsste, und antwortete heiter: »Es geht so. Es gibt da schon noch ein paar, die reicher sind als wir – die Queen zum Beispiel. Und Richard Branson, der ist auch ziemlich reich.«

»Macht der etwa auch Branston Pickle?«, fragte Vicky entsetzt. »Dann müsste er fast dafür zahlen, dass ahnungslose Leute in ihr Sandwich beißen und sich dann wundern, was denn da so eklig schmeckt …«

William lachte. »Nein, Vicky, der ist es nicht. Der Name klingt nur so ähnlich. Außerdem mag ich Branston Pickle – kann gar nicht genug davon bekommen!«

Dann fuhr er langsamer, ließ sein Fenster herunter und winkte einem alten Mann, der neben einem der Rosenbeete stand und ihnen etwas argwöhnisch entgegensah.

»Morgen, Theo! Na, was macht der Ischias? Du scheinst deinem armen Rücken ja keine Pause zu gönnen.«

Theodore Walters nahm seine karierte Tweedmütze ab und kratzte sich am Kopf. »Tja, Mister Bentley, Sir – muss ja weitergehen, nicht wahr? Jetzt, wo meine Minnie nicht mehr ist und die Kinder beide längst aus dem Haus … Was soll ich da herumsitzen? Oder, schlimmer noch, *liegen*. Der Arzt hat gesagt, viel Bewegung an der frischen Luft – natürlich nicht bücken und nichts Schweres heben … Wird schon wieder.«

»Ich habe für die Dame schon einen schönen, großen Strauß geschnitten. Steht im Salon, wie besprochen«, flüsterte er William noch leise zu, sodass Elizabeth und die Mädchen es nicht hören sollten. Dabei nickte er den drei Frauen im Wagen höflich zu, bevor er sich mit einem verschwörerischen Augenzwinkern von William verabschiedete.

»Das ist ja das reinste Märchenland hier«, staunte Elizabeth, die so tat, als hätte sie von dem Zwiegespräch zwischen William und dem Gärtner nichts mitbekommen. »Wer kümmert sich denn um all die Blumen und die Pflanzen – vom Rasen ganz zu schweigen?«

»Vor allem der gute, alte Theo. Er war irgendwie schon immer hier, schon, als ich klein war. Dann gibt es noch zwei andere Gärtner, die wir aber nur von März bis Oktober beschäftigen, wenn am meisten zu tun ist. In den Sommermonaten ist dieser Teil des Gartens jeden Sonntag gegen ein geringes Entgelt für alle zugänglich – zum Lustwandeln sozusagen. Dafür bekommen meine Eltern von der Grafschaft Warwickshire Zuschüsse für die Unterhaltung des Anwesens. Aber die Touristensaison hat noch nicht begonnen, keine Angst, heute haben wir den Park ganz für uns.«

Elizabeth nickte. »Aha. Und wir dürfen heute auch umsonst rein, weil noch keine Saison ist, oder?«

»Nein«, entgegnete William kopfschüttelnd, »das nicht. Außerhalb der Saison haben Fremde hier überhaupt keinen Zutritt, auch nicht sonntags und auch nicht gegen Geld.« Er grinste, als er Elizabeths verwirrten Gesichtsausdruck bemerkte. »Ihr dürft hier rein, weil ihr Freunde des Hauses seid. VIPs sozusagen.«

»Na«, meinte Elizabeth und unterdrückte ein nervöses Lachen, »da bin ich aber erleichtert. Ich habe nämlich dummerweise mein Portemonnaie vergessen.«

»Ach, wir akzeptieren zur Not auch Naturalien«, antwortete William leichthin. Dann deutete er nach vorne. »Voilà – Mayfield Manor.«

Sowohl Elizabeth als auch den Mädchen blieb vor Staunen der Mund offen stehen. Das Herrenhaus thronte vor ihnen auf einem Hügel, umgeben von riesigen Tannen und mächtigen alten Eichen, die sich sanft im leichten Sommerwind wiegten. Die breite Steintreppe und die imposanten grauen Marmorsäulen zu beiden Seiten des Eingangs hatten etwas Majestätisches, ja, fast Ehrfurcht gebietendes. Es war ein überwältigender Anblick.

Das Haus selbst war aus grauen Granitblöcken erbaut worden und mochte im Dunkeln fast ein wenig düster wirken, vor allem mit seinen zum Teil bizarr geformten Türmen und Zinnen. Jetzt aber schien die Junisonne hell vom Himmel und tauchte alles in ein warmes, freundliches Licht. An den Mauern wuchs wilder Wein und hellviolett leuchtender Blauregen empor, links und rechts der doppelflügligen Eingangstür aus massivem Eichenholz standen riesige Blumenkübel, üppig bepflanzt mit leuchtend roten und weißen Geranien. Auf den Stufen vor dem Haus tummelten sich einige Kätzchen in der Sonne.

»Wo die nur wieder herkommen«, murmelte William, während er den Wagen vor die Treppe fuhr und den Motor ausschaltete. »Ich dachte, sie hätten Biffey jetzt endlich mal kastriert …«

Vicky und Mary sprangen heraus, kaum dass der Wagen stand. Im selben Moment wurde die Tür des Herrenhauses geöffnet und eine große, sehr schlanke Dame mit grauem Haar und freundlich blitzenden grünblauen Augen erschien im Eingang. Sie trug keine Jeans, wohl aber ein einfaches hellblaues Twinset und flache Schuhe. Um den Hals hatte sie ein cremefarbenes Seidentuch geschlungen.

»Herzlich willkommen auf Mayfield Manor«, rief sie und kam viel schneller die Treppe hinunter, als Elizabeth es erwartet hatte. Immerhin war sie fünfundsiebzig – aber das merkte man der Lady von Mayfield Manor nicht im Geringsten an.

Sie streckte erst Elizabeth, dann Mary und zum Schluss Vicky ihre schmale, blasse Hand entgegen und lächelte dabei warmherzig. *Williams Lächeln,* dachte Elizabeth unwillkürlich, während William sie einander vorstellte. Sie spürte instinktiv, dass sie diese Frau gernhaben würde. Wirklich gespannt hingegen war sie auf Williams Vater. Ältere Herren, die im Rollstuhl saßen, konnten durchaus kauzig und launisch sein. Vor allem, wenn es sich um sehr reiche alte Herren handelte. Jedenfalls stellte sie sich reiche, alte Herren im Rollstuhl so ähnlich vor wie den griesgrämigen Lord Fauntleroy aus dem Roman von Frances Hodgson Burnett. Herrisch, grausam, selbstsüchtig und mit sich und der Welt im Unfrieden.

Diese Sorge stellte sich jedoch als unbegründet heraus. Leopold Bentley war zwar von Natur aus eher wortkarg und zurückhaltend, aber in Elizabeths Augen nicht weniger sympathisch als seine Frau. Sein Humor war trocken, fast spröde, und er hatte einen Hang zur Ironie, genau wie sein Sohn – jetzt wusste, sie, woher William das hatte. Im Moment stand William neben seinem Vater und unterhielt sich mit ihm über sein Pferd – ein Thema, das den alten Herrn brennend interessierte, war er doch selbst dabei gewesen und hatte William geraten, als dieser Hector vor sieben Jahren gekauft hatte. Murrons Name fiel auch, und Elizabeth fühlte, wie sie sich unwillkürlich verspannte. Murron, Murron, Murron. Warum war ihr Name so untrennbar mit dem Williams verbunden? Hatte das wirklich nur mit dem Pferd zu tun?

Im selben Augenblick streifte etwas Weiches ihre Beine, und sie sprang erschrocken zur Seite.

»Miauuu!«

»Biffey! Du dummes Vieh, musst du die Leute immer so erschrecken?«

William nahm ihren Arm und zog sie sanft zur Seite. »Entschuldige, Liebes, sie ist immer so aufdringlich. Kann es nicht leiden, nicht beachtet zu werden. Dabei sollte sie sich lieber um ihren Nachwuchs kümmern. Möchtest du ein Glas Champagner? Oder lieber einen Sherry?«

Charlotte reichte Elizabeth schon ein Glas Champagner und deutete auf eine Glasschale, die auf einem kleinen, runden Tisch bereitstand. »Nehmen Sie sich Erdbeeren dazu, das schmeckt köstlich. Sehr erfrischend.«

Elizabeth bedankte sich und steckte sich eine der winzigen, leuchtend roten Erdbeeren in den Mund, nachdem sie einen Schluck von ihrem Champagner getrunken hatte. Köstlich war noch untertrieben. Sie glaubte, niemals zuvor so süße Erdbeeren gekostet zu haben.

»Mmmh, die sind aber wirklich gut. Woher bekommen Sie so köstliche Erdbeeren?«

Charlotte lachte. »Ganz einfach – aus Maggie O' Connors Garten. Ich weiß nicht, weshalb ihre immer so prächtig gedeihen, aber ich habe seit Jahren nirgendwo anders mehr Erdbeeren gekauft. Als ich gestern unten auf der Farm war, um Eier zu holen, habe ich gleich einen Korb voll mitgebracht. Sie können auch ein paar in Ihr Glas werfen und sie hinterher mit einer Gabel herauspicken, wenn sie schön vollgesogen sind.«

Ihr Mann warf ihr einen vorwurfsvollen Blick zu, den sie jedoch geflissentlich ignorierte. »Oh, William, könntest du dich bitte langsam um den Grill kümmern? Tony hat heute seinen freien Sonntag, und ich dachte, das mit dem Grillen bekommen wir wohl auch alleine hin.« Sie schenkte ihrem Sohn ein strahlendes Lächeln. »Nicht wahr, da sind wir doch ganz unkompliziert, oder?«

»Na, da ist es ja gut, dass ich nicht im hellen Anzug gekommen bin.«

»Du würdest nie in einem hellen Anzug hierher kommen, schon gar nicht zum Grillen. Sei nicht albern.«

Seufzend ließ William Elizabeths Hand los und ging zum Grill hinüber. Er nahm den Rost ab, schüttete Holzkohle aus einem bereitstehenden Sack in die Grillschale und suchte nach den Grillanzündern. »Du siehst, Elizabeth, bei meinen Eltern geht es zu wie bei ganz normalen Leuten. Kein bisschen Adelsflair. Wenn du dich gut benimmst, bekommst du nachher vielleicht noch eine Führung. Damit du wenigstens sagen kannst, dass du auf einem Adelssitz zu Gast gewesen bist.«

Maggie nahm den Kessel vom Herd und goss zwei Becher entkoffeinierten Kaffee auf. Dann nahm sie die Keksdose vom Regal und trug alles an den Esstisch hinüber, wo Murron mit finsterem Gesichtsausdruck auf der Bank saß. Sie war gerade von einem Ausritt zurückgekehrt und hatte festgestellt, dass Ginger lahmte. Da sie keinen Stein oder etwas Ähnliches in einem ihrer Hufe hatte finden können, sah es so aus, als müsste sie einen Tierarzt rufen. Doch heute war Sonntag. Der einzige Tierarzt, den sie am Sonntag anrufen würde, war William – und der war nicht zu erreichen.

»Danke«, sagte sie, während sie einen der Becher entgegennahm und einen Schluck von dem milchigen Kaffee trank. »Das tut gut, Mama.«

Gedankenverloren, fast mechanisch rührte sie einen halben Löffel

Zucker in ihren Kaffee – sonst nahm sie nie Zucker in ihren Kaffee, aber heute hatte sie das Gefühl, jeden Extraschub Energie brauchen zu können. Außerdem trank William seinen Kaffee mit Zucker. Mit einem halben Löffel.

»Dass das aber auch ausgerechnet heute sein muss«, schimpfte sie und meinte damit natürlich Gingers Huf. »Und ich habe keine Ahnung, wo William steckt. Er ist gestern doch noch da gewesen! Hector ist den ganzen Tag lang nicht bewegt worden ... Wie's aussieht, muss ich das nachher noch machen, und ich habe noch eine Stunde für morgen vorzubereiten, der Schulleiter kommt, um meine Kunststunde zu sehen. Ach, Mist!«

Sie fing den Kaffee, der über den Becherrand schwappte, blitzschnell mit der Zunge auf und wischte die kleine Pfütze auf dem Tisch achtlos mit ihrem Ärmel weg. Dann griff sie in die Keksdose und biss ein großes Stück von einem Vanillecremekeks ab.

»William ist auch nicht zu Hause in Warwick«, erklärte Maggie kopfschüttelnd und wunderte sich insgeheim über die Zerstreutheit ihrer Tochter. »Er ist hier – er hat doch heute Elizabeth und die Mädchen nach Mayfield Manor gebracht, weißt du das denn nicht? Ich dachte, ihr hättet gestern miteinander gesprochen. Seine Mutter war auch noch hier am Nachmittag, um sich Eier und Erdbeeren zu holen.«

Murron starrte ihre Mutter verständnislos an.

»Na, Elizabeth und die Mädchen – er stellt sie seinen Eltern vor! Wurde doch auch mal Zeit, sie sind ja schon eine Weile zusammen. Zwei Monate mindestens. Oder hast du das etwa auch nicht mitbekommen?«

Murron schüttelte den Kopf. Kein Wunder, dass William sie gestern kaum beachtet hatte. Sie hatte versucht, mit ihm über Lady und die Welpen zu reden, doch er hatte ihr überhaupt nicht richtig zugehört. Wahrscheinlich, weil er verliebt und in Gedanken ganz woanders gewesen war.

Sie schluckte. Bei Elizabeth.

»Jedenfalls sind sie heute bei Charlotte und Leopold zum Grillen eingeladen. Wenn du ihn auf dem Handy anrufst, kommt er vielleicht nachher noch vorbei. Sonst musst du es morgen gleich nach der Schule versuchen. Ich kann auch Dr. Singh anrufen, der soll auch sehr tüchtig sein. – Murron, ist alles in Ordnung?«

Murron nickte stumm. Was sollte sie auch sagen? *Mama, ich will nicht, dass William und Elizabeth zusammen sind. Ich habe Angst, meinen besten Freund zu verlieren, wenn die beiden heiraten.*

Damit widersprach sie sich doch irgendwie selbst, oder? Als Elizabeth ihr Ostern von William erzählt hatte, hatte sie sich insgeheim sogar gewünscht, dass die beiden zueinanderfinden. Weil sie William gern hatte und ihm von Herzen wünschte, dass er endlich sein Glück finden möge. Aber jetzt, als es den Anschein machte, als hätte er es mit Elizabeth tatsächlich gefunden, fühlte sie sich betrogen und zurückgesetzt. Warum hatte er ihr gestern nichts davon erzählt? Vertraute er ihr nicht? Waren sie nicht schon immer Freunde gewesen? Und warum tat es so weh zu wissen, dass er jetzt glücklich war – sie hingegen nicht? Warum wünschte sie plötzlich, sie könnte zehn Jahre älter sein oder William zehn Jahre jünger? Hätte er sich dann in sie verliebt?

Sie ist eifersüchtig, stellte Maggie mit einer Mischung aus Belustigung und Besorgnis bei sich fest. *Sie ist tatsächlich eifersüchtig auf Elizabeth – weil sie ihren besten Freund mit niemandem teilen will! Manchmal ist sie doch noch ein rechter Kindskopf.*

»Willst du mir sagen, was los ist, oder muss ich dir alles aus der Nase ziehen? Du bist doch nicht etwa eifersüchtig, oder?«

»Nein!«

Murron stellte energisch ihren Becher auf den Tisch und funkelte ihre Mutter aus gefährlich blitzenden Augen an. »Du bist wohl nicht recht bei Trost – was soll ich denn mit einem Mann, der so alt ist, dass er glatt mein Vater sein könnte? William ist dreiundvierzig – das ist *uralt*!«

»Na, na!«

Die Frauen fuhren beim Klang der vertrauten, tiefen Männerstimme herum und sahen Simon im Türrahmen stehen. Inzwischen trug er eine Bandage und ging, mit der Unterstützung seines Vaters, längst wieder seiner gewohnten Arbeit auf der Farm nach. Er könnte ohne Arbeit auch nicht leben, das wusste Maggie, die ihn in den ersten beiden Wochen zu Hause gepflegt hatte. Es waren die anstrengendsten Wochen ihrer Ehe gewesen. Am Ende hatte sie ihn innerlich jubelnd auf den Hof hinausgelassen, damit er endlich wieder zufrieden war.

»Wer ist hier mit dreiundvierzig schon ein alter Mann? Was soll ich denn sagen? Ich werde im September fünfzig, vergiss das nicht, Töchterchen … Ach, Schatz, hast du vielleicht einen Tee für deinen armen, alten, nass geschwitzten Ehemann? Kaum hat es aufgehört zu regnen, muss es gleich wieder so schwül sein.«

Lachend erhob Maggie sich von ihrem Stuhl – insgeheim erleichtert über diese willkommene Unterbrechung – und eilte zu ihrem Mann, um ihn zu küssen.

»Tee kommt sofort, Schatz, geh du dich mal schnell umziehen, bevor du dich erkältest. Denn es gibt etwas, das noch schlimmer ist als alte Männer, und das sind alte und kranke Männer, die sich selbst bemitleiden …!«

Murron biss in einen Keks und nickte grimmig. Ja, die beiden hatten gut lachen, die hatten ja einander … Ihre Eltern waren in ihren Augen das perfekte Paar – auch wenn sie manchmal stritten, dass die Fetzen flogen. Murron wünschte sich nichts sehnlicher, als selbst einen Mann zu finden, der sie auch nur annähernd so auf Händen durchs Leben tragen würde, wie ihr Vater es mit ihrer Mutter tat. Aber die Spezies des englischen Gentlemans schien langsam auszusterben – und William, mit Sicherheit der Inbegriff von Gentleman, hatte endlich die Frau gefunden, die er liebte, die zukünftige Lady Bentley …

Aber das war nicht sie. Nicht Murron O'Connor von Manor Farm.

Als sie am Abend nach Hause fuhren – es war so spät geworden, dass sie den geplanten Besuch auf der Farm zu Vickys großem Bedauern verschoben hatten –, waren die Mädchen so müde vom vielen Treppensteigen und Besichtigen, dass sie die ganze Fahrt über kaum ein Wort sprachen.

»Und, wie hat es dir gefallen?«, fragte William, als er den Rover in den Sutherland Drive lenkte, von dem der Chestnut Close abzweigte. Mit einem Blick in den Rückspiegel sah er, dass Vicky eingeschlafen war. Ihr Kopf lehnte an der Fensterscheibe, gepolstert von ihrer Jacke, die sie dazwischengeklemmt hatte. Sie sah sehr jung aus – jung und verletzlich.

Elizabeth seufzte glücklich und räkelte sich in ihrem Sitz. »Gut. Sehr, sehr gut. Deine Eltern sind wirklich nett. Und das Essen war lecker – von wegen nur Grillen. Mit Lamm und Fisch und allem, was dazugehört. Ich fürchte, ich muss morgen einen Fastentag einlegen, so voll bin ich … Danke, William, das war ein richtig schöner Tag. Oh nein!« Sie fuhr auf. »Ich hab die Rosen vergessen!«

William lächelte. »Sei nicht traurig. Meine Mutter freut sich auch darüber, und beim nächsten Mal gibt es bestimmt neue. In der Zwischenzeit kann ich dich auch hier mit Rosen versorgen, oder mit anderen Blumen. Das ist zwar nicht ganz dasselbe, aber immerhin. Meine Eltern waren übrigens begeistert von euch, das konnte man merken – mein Vater nimmt sich nämlich in diesen Tagen nicht mehr viel Zeit für irgendwelche Gäste, dazu hat er einfach keine Lust mehr. Muss er ja auch nicht mit über achtzig. Aber ihr habt Eindruck auf ihn gemacht – den besten.«

»Wenn du meinst … dann haben wir den Test also bestanden, ja?«

Er schaltete den Motor aus und beugte sich herüber, um sie zu küssen. »Mit Auszeichnung!«

Elizabeth lag noch lange wach, nachdem William weggefahren war. Sie war sofort ins Bett gegangen, doch jetzt konnte sie nicht einschlafen. In ihrem Kopf drehten sich die Gedanken um die Ereignisse des Tages wie in einem Karussell.

Zum ersten Mal war ihr heute bewusst geworden, wie reich William eigentlich war. Wenn sie ihn heiraten sollte, dann … Bei dem Gedanken wurde ihr ganz schwindelig. Dann würde sie Misses William Bentley sein und eines Tages vielleicht die neue Lady von Mayfield Manor …

War das dann ein wahr gewordener Kindheitstraum oder eine echte Herausforderung für eine Frau wie sie, die es gelernt hatte, im Leben auf eigenen Füßen zu stehen – gerade in den letzten anderthalb Jahren, in denen sie wirklich ganz auf sich allein gestellt gewesen war? Würde sie diese Unabhängigkeit aufgeben können, um einen für heutige Verhältnisse absurd großen Haushalt zu führen?

Sie öffnete die Augen und sah zum Fenster hinüber. Sanft wehten die leichten Gardinen im Wind, die Zweige des Kastanienbaumes warfen ihre langen Schatten an die vom Mondlicht beschienenen Wände, und irgendwo in der Nachbarschaft miaute eine Katze. Elizabeth schmunzelte, als sie an die Katzen auf Mayfield Manor dachte. Das war wirklich ein Paradies für Katzen – für alle Tiere eigentlich. Und falls William seinen Traum von der Tierklinik realisieren würde, würde es auch immer genug Tiere auf dem Anwesen geben. Ganz bestimmt würde es niemals langweilig werden. Aber würde ihr dieses Leben zusagen? Ein Leben in einem für sie schier unfassbaren Luxus, inmitten von jahrhundertealten Möbeln, kostbaren Teppichen und Antiquitäten, feinem Porzellan. Charlotte hatte ihr einen Teil der Sammlung aus der Manufaktur ihres Mannes beziehungsweise ihres Schwiegervaters gezeigt; darunter waren Schätze gewesen, die Elizabeth sich niemals auch nur anzufassen getrauen würde – und Ölgemälde, wie man sie sonst nur in Museen bewundern konnte. Von all dem glänzenden Marmor und Kristall einmal abgesehen. Sie war doch nur eine einfache Frau, die nichts von diesen Dingen verstand, wie sollte sie sich jemals in so einem Palast zurechtfinden? Die Hausangestellten würden sie auslachen. William würde keine Zeit mehr für sie haben, wenn die Tierklinik erst einmal eröffnet war – oder wenigstens nicht allzu viel.

Und wie würden ihre Töchter reagieren, wenn sie wirklich eines Tages dorthin ziehen sollten? Es hatte ihnen offensichtlich gut gefallen, und nicht einmal Mary hatte einen gelangweilten Eindruck gemacht, obwohl sie wirklich lange geblieben waren, sehr viel länger als geplant. Charlotte hatte die beiden auf eine ausgedehnte Führung mitgenommen und ihnen alles gezeigt, von den Kellergewölben bis zur obersten Dachluke, während sie selbst mit William durch den Park spaziert war. Allein dafür war sie Charlotte von Herzen dankbar.

Sie hatte sich so viel Mühe gegeben, sie herzlich willkommen zu heißen, und ihnen nicht eine Sekunde lang das Gefühl vermittelt, sie wären es nicht wert, ihre Gäste zu sein. Im Gegenteil, als sie sich von Elizabeth verabschiedet hatte, hatte sie ihr zugeflüstert: »Sie tun William richtig gut, meine Liebe! Dieser Regenspaziergang war die beste Idee, die Sie an jenem Tag in der Woche vor Ostern haben konnten. Ich nenne so etwas Fügung – eine sehr glückliche Fügung!« Lauter hatte sie hinzugefügt: »Und kommt uns recht bald wieder besuchen! Das war ein schöner Tag!«

Dieser Regenspaziergang war die beste Idee … Also musste William seiner Mutter davon erzählt haben. So ein Halunke! Ob das nun Fügung war oder ein Plan Gottes, wer wusste das schon? Sie jedenfalls war froh, dass alles so gekommen war, und sehr gespannt darauf, wie es weiterging.

»Ich bin ein beständiger Mann, Elizabeth«, hatte er ihr am Nachmittag im Garten versichert und sie so lange und leidenschaftlich geküsst, dass ihr fast die Luft weggeblieben war. »Ein sehr beständiger …«

Und sie? War sie auch beständig? Konnte sie ihn für immer lieben? Sie hatte Patrick geliebt und geglaubt, es sei für immer. Aber für immer war eine lange Zeit – und die Zeit hatte es oft an sich, Dinge zu verändern.

Teil III

31

Die Dinge änderten sich rascher, als sie es hätte ahnen können. Nur knappe zwei Wochen nach dem Besuch auf Mayfield Manor saß Elizabeth mit verweinten Augen auf dem Sofa ihrer Schwester, umklammerte den Teebecher mit beiden Händen und starrte auf das Muster des Teppichbodens unter ihren Füßen.

Catherine leerte ihren Becher und stellte ihn auf den Tisch, auf dem alle möglichen Zeitschriften, Stoffmuster, Schreibblöcke und Kugelschreiber verstreut lagen – die Hochzeitsvorbereitungen liefen auf Hochtouren.

»Und wo ist er jetzt hingefahren?«, fragte sie leise. Sie empfand tiefes Mitgefühl für ihre Schwester, die anscheinend einfach kein Glück mit ihren Beziehungen hatte. Nachdem sie die Trauer um Patrick endlich überwunden und sich neu verliebt hatte, schien William es sich indes anders überlegt zu haben. Jedenfalls hatte Elizabeth ihr gerade von dem Telefonat berichtet, das sie gestern Abend mit ihm geführt hatte, und in dessen Verlauf er ihr mitgeteilt hatte, dass er mal »eine Auszeit« brauche, ein wenig »Abstand«. Er würde für ein paar Tage verreisen, damit er in Ruhe über alles nachdenken könne. Allein.

»Weiß ich nicht. Irgendwo nach Schottland, glaube ich. Weit weg jedenfalls«, murmelte Elizabeth tonlos. »Ich weiß nicht einmal, ob er sich dann meldet, wenn er wieder zurück ist. Das hat er zwar gesagt, aber … na ja. Angehört hat es sich anders.«

»Hm.«

Catherine presste die Lippen aufeinander und faltete ihre Hände im Schoß. »Und hat er dir irgendeinen Grund dafür genannt? Ich meine, nach zwei Monaten Beziehung braucht man ja normalerweise noch keine Auszeit – wenn man denn überhaupt eine braucht …«

Sie und Paul waren schon allein durch Pauls Beruf viel voneinander getrennt und würden es sich im Traum nicht einfallen lassen, alleine in den Urlaub zu fahren, wie viele junge Paare es heutzutage taten. Auch wenn sie und Paul manchmal unterschiedlicher Meinung waren – gestern erst hatten sie sich wegen der Hochzeit ihres Sohnes fast gestritten! –, gingen sie nach einem Streit niemals getrennter Wege. Sie wussten beide, dass das in der Regel zu nichts führte, außer dazu, dass man sich noch weiter voneinander entfernte.

Elizabeth schüttelte den Kopf. »Nicht direkt. Er hat gesagt, er würde mich lieben, er würde auch mit mir zusammen sein wollen, aber er wüsste einfach nicht, wie es mit uns weitergehen sollte, und darüber müsse er in Ruhe nachdenken. Allein.« Sie betonte dieses *Allein*, als hätte Catherine noch immer nicht verstanden, worum es ging. Oder vielleicht hatte sie es selbst noch nicht richtig verstanden und glaubte, sich den Ernst ihrer Lage noch einmal vor Augen führen zu müssen. Und die Lage *war* ernst, zumindest für sie.

»Er ist natürlich viele Jahre lang allein gewesen«, gab Catherine gerade zu bedenken. »Er ist es einfach nicht gewohnt, dass da noch jemand ist – noch dazu drei Jemands«, fügte sie lächelnd hinzu. »Eine Familie zu heiraten, stelle ich mir auch nicht gerade einfach vor. Vor allem dann nicht, wenn die Kinder schon halb erwachsen sind. Und ihr habt Glück, Mary und Vicky mögen ihn anscheinend inzwischen richtig gerne. Aber du hast selbst gesagt, dass ihr noch viel zu klären hättet – wo ihr einmal wohnen werdet, wo die Mädchen zur Schule beziehungsweise zum College gehen sollen, ob und wo du dann arbeitest, wie das mit seiner Klinik wird, die er bauen möchte … Da kommt schon einiges zusammen.«

Sie nickte nachdenklich und schwieg einen Moment lang. Dann aber hellte sich ihr Gesicht wieder auf. »Aber vielleicht kommt er auch in ein paar Tagen wieder und macht dir einen Heiratsantrag – wer weiß?«

Elizabeth versuchte zu lächeln, was ihr allerdings nicht besonders gut gelang. »Ach, Cathy, du bist immer so optimistisch! Ich glaube allerdings nicht, dass er zurückkommt und mir dann auch noch gleich einen Heiratsantrag macht. Dafür hat er sich einfach zu ernst angehört. Aber wenn er mich wirklich liebt …«

»Das tut er. Ganz bestimmt. So, und jetzt gehen wir beide eine Runde spazieren, damit mal wieder frische Luft in unsere Köpfe kommt. Und anschließend bestellen wir uns was Leckeres beim Inder und sehen uns einen Film an, ja? Einen richtigen Frauenfilm! Was hältst du zum Beispiel von *Kate und Leopold*? Da hast du doch so von geschwärmt … Paul hat mir kürzlich das Video mitgebracht, spottbillig, weil sie ja jetzt alles auf DVD umstellen. Ich hatte bislang noch keine Gelegenheit, ihn mir anzusehen.«

Elizabeth nickte. »Hört sich gut an.«

Doch auch wenn sie tapfer lächelte, fühlte sie sich innerlich hundeelend. Wie konnte William ihr das antun? Einfach wegfahren und noch dazu so mysteriöse Andeutungen machen:

Ich muss nachdenken, Elizabeth ... Ich brauche Zeit ... Hab Geduld mit mir ... Ich komme wieder ...

Was aber, wenn er nicht wiederkam? Wenn sie umsonst auf ihn wartete? Dann war alles nur ein Traum gewesen ... ein Traum, der nicht sein sollte.

Hatte ihr Vater sie nicht schon immer gewarnt? – *Elizabeth, du verträumst noch einmal dein ganzes Leben.*

Tat sie das?

William stieg aus dem Auto und reckte sich. Er war an diesem Morgen schon sehr früh aufgestanden und hatte jetzt, um halb zwölf, bereits einen Großteil der Strecke nach Newcastle hinter sich gelassen. Soeben hatte er die M6 bei Carlisle verlassen und befand sich nun auf der A69 in Richtung Osten. In einem kleinen Ort mit dem hübschen Namen Little Corby hatte er sich ein paar Sandwiches, etwas Obst und eine Flasche Wasser besorgt. Nun saß er in der warmen Mittagssonne auf der Ladefläche seines Wagens und verzehrte sein Picknick. Er biss in ein Schinkensandwich und sah sich um.

Kein Mensch außer ihm schien um diese Zeit im nordöstlichen Teil Cumbrias unterwegs zu sein; es war noch zu früh für Wochenendausflügler auf dem Weg in die Lakes. Wenn man dem Wetterbericht Glauben schenkte, würde es sowieso spätestens morgen überall in England zu regnen anfangen. William war das egal. Er wollte sich heute Abend in Newcastle mit einem Kollegen treffen, den er noch aus Studientagen kannte, und am Samstagmorgen wollte er dann weiterfahren, bis hinauf in die Highlands. Dort würde er ein paar Tage allein verbringen – wandern, fotografieren, auf Steinen an den einsamen Ufern eines Lochs sitzen und vor allem: viel nachdenken. Ganz in Ruhe über alles nachdenken.

Noch nie in seinem Leben hatte er für jemanden etwas so Tiefes empfunden wie für Elizabeth, und noch nie war er sich seiner Gefühle so sicher gewesen wie bei ihr. Sie war die Frau, mit der er den Rest seines Lebens verbringen wollte. Die Frau, die er glücklich machen wollte, die er beschützen und auf Händen tragen wollte, durch alle Höhen und Tiefen des Lebens hindurch. Und doch – und doch …

Das, was er in den letzten Wochen mit Jerry durchgemacht hatte, verunsicherte ihn zutiefst. Wie konnte eine Ehe, die von allen Seiten immer als »besonders gesegnet« bezeichnet worden war, in die Brüche gehen? Wie konnte ein Glaube, den er immer für so stark, so unerschütterlich gehalten hatte, plötzlich über Bord geworfen werden, wie ein Stück Ballast, dessen man sich entledigen wollte, damit das Schiff nicht ganz unterging?

Wie es schien, war es dennoch untergegangen.

War denn nicht der Glaube an Jesus immer Jerrys und Hannahs Anker im Leben gewesen? Ihr gemeinsamer Halt in allen Krisenzeiten, ganz besonders dann, wenn es wieder einmal mit einer Schwangerschaft nicht geklappt hatte? Und jetzt? Was war jetzt noch davon übrig? Ein Mann mit einem gebrochenen Herzen und einem bis in die Tiefen erschütterten Glauben. Wie sollte er selbst zuversichtlich sein, was seine eigene Beziehung anging, wenn um ihn herum alles zusammenzubrechen schien? Es war ja schon kompliziert genug mit ihnen beiden. Bis jetzt hatten sie sich noch nicht allzu viele Gedanken um die Zukunft gemacht, aber er fand, dass sie das nicht mehr lange aufschieben konnten, wenn sie zusammenbleiben wollten. Die Kinder – auch wenn sie halb erwachsen waren – hatten ein Recht auf klare Verhältnisse. Er selbst wollte auf keinen Fall einfach so zusammenleben, er wollte Elizabeth heiraten und damit auch die Verantwortung für Mary und Vicky übernehmen. Das hatte weniger mit seinem Glauben zu tun – der stand, wie so vieles im

Moment, auf sehr wackeligen Füßen – als vielmehr mit seinem sehr traditionellen Verständnis von Familie. Er wollte einerseits für seine Frau und seine Kinder – seien es nun leibliche oder adoptierte Kinder – sorgen, andererseits aber wollte er auch sein Erbe retten, denn alleine würde er nicht um alles in der Welt auf Mayfield Manor leben wollen. Er würde dort oben in dieser Einsamkeit zugrunde gehen, das wusste er.

Aber als Familie brauchten sie einen Ort, an dem sie alle zusammenleben konnten. Doch dieser Ort konnte im Moment weder Warwick noch Atherstone sein – etwas, das er sich selbst nur schwer eingestehen konnte.

Wenn er die Klinik tatsächlich bauen wollte, musste er langsam anfangen, seine Pläne in die Tat umzusetzen. Das aber bedeutete im Falle eines Umzugs einen Verdienstausfall oder zumindest einen Verlust, denn er würde nicht gleichzeitig den Bau in Atherstone überwachen, die Praxis in Warwick weiterführen und dabei in Bedworth wohnen können. Er seufzte. Warum war nur alles so kompliziert?

Aber was sollten sie tun? Einfach abwarten? Die Mädchen fragen? Das würde alles nur noch komplizierter machen. Vier Leute, vier Meinungen – mindestens. Und was, wenn sich das alles am Ende gar nicht lohnte? Wenn er und Elizabeth vielleicht doch nicht zusammenpassten, so wie Jerry und Hannah nicht zusammengepasst hatten? Konnten sie das wirklich absehen? Vielleicht war Elizabeth auch gar nicht bereit, ihm Patricks Platz in ihrem Herzen zu überlassen. Würde er damit zufrieden sein können, auf Dauer immer nur die Nummer zwei zu sein? – Ganz sicher nicht.

Seufzend packte er den Rest seines Sandwiches in die Plastikschale zurück und trank noch einen Schluck aus der Wasserflasche, bevor er alles in seinem Wanderrucksack verstaute. Vielleicht würde es ihm guttun, heute Abend mit Garreth auszugehen, ein paar Pints zu trinken und einfach mal über ganz andere Dinge zu reden. Garreth Brown war drei Jahre älter als er, aber bereits zum zweiten Mal geschieden, und seine beiden Töchter waren inzwischen erwachsen. Er würde bestimmt keine Lust haben, ausgerechnet über Frauen zu reden, und das war auch ganz in Ordnung so, fand William.

Vicky kam am Freitagabend ganz aufgeregt von der Jugendgruppe nach Hause. Sie hatte mit dem Pastor einen Tauftermin ausgemacht und konnte es kaum erwarten, ihrer Mutter davon zu erzählen. Doch dann fand sie sie inmitten alter Fotokisten sitzend auf dem Fußboden im Wohnzimmer.

»Hey, Mama, was machst du denn da? Siehst du dir alte Fotos an?«

Elizabeth sah auf. Ihre Augen waren rot gerändert und ihre Hände hielten ein einzelnes Foto umklammert. Vicky fiel auf, dass die Hände ihrer Mutter zitterten. Erschrocken ließ sie ihren Rucksack fallen und kniete sich neben sie. Sie hatte sich schon immer gewundert, woher ihre Mutter die Kraft nahm, das alles hier mit ihnen durchzustehen, und sich gefragt, ob sie wohl heimlich noch um ihren Vater weinte. Jetzt wusste sie es.

Vorsichtig nahm sie ihrer Mutter das Bild aus der Hand. Es zeigte ihren Vater mit der kleinen Mary im Arm – die Aufnahme musste noch im Krankenhaus entstanden sein, denn im Hintergrund sah man ein Krankenhausbett und den Rücken einer Schwester im weißen Kittel. Wie jung Papa damals ausgesehen hatte! Mary sah winzig aus, wie sie da in ein Handtuch gewickelt auf dem Arm ihres Vaters lag, die Augen fest geschlossen, eine kleine, rote Faust an die ebenfalls gerötete Wange gelegt. So klein, so zart, so friedlich schlummernd und so vollkommen ahnungslos …

Vicky legte das Foto beiseite und strich ihrer Mutter über den Rücken. »Soll ich dir einen Tee machen, Mama?«

Elizabeth nickte langsam. Sie versuchte zu lächeln, aber in ihren Augen lag so viel Schmerz, dass Vicky sich sowieso nicht täuschen lassen würde. So senkte sie nur den Kopf und verlor sich erneut in dem Foto und in den Erinnerungen, die es in ihr weckte.

»Okay … Hast du schon was gegessen? Ich mache mir ein Sandwich. Willst du auch eins?«

Wie erwartet, schüttelte ihre Mutter den Kopf. Vicky stand auf und ging in die Küche. Die Terrassentür stand offen. Draußen war es noch hell, und im Kastanienbaum saßen ein paar Vögel und zwitscherten, als dächten sie im Traum nicht daran, schon schlafen zu gehen. Nachdem sie den Kessel aufgesetzt hatte, trat Vicky auf die Terrasse hinaus. Auf den Stühlen lagen noch die Auflagen und auf dem Tisch stand ein Teller mit Keksen, daneben lag ein aufgeschlagenes Buch, dessen Blätter sanft im Wind flatterten.

Vicky warf einen kurzen Blick auf den Umschlag des Buches, seufzte und nahm es mit ins Haus. Das Buch war von Nicholas Sparks, *Message in a bottle*. *Natürlich,* dachte sie, *schon wieder so ein Heuler.* Wann würde ihre Mutter endlich anfangen, heitere Romane zu lesen, die sie ablenkten und auf andere, auf glücklichere Gedanken brachten? Oder, noch besser, die Bibel – dort würde sie wenigstens Trost finden. Echten Trost.

Dann griff sie entschlossen nach dem Kessel, goss den Tee auf und begann, sich ihr Sandwich zu machen. Auf einen zweiten Teller häufte sie Schokoladenvollkornkekse und Shortbread, vielleicht würde ihre Mutter wenigstens davon etwas essen wollen. Eigentlich sagte sie selten Nein zu einem Stück Shortbread.

William verabschiedete sich früh am Samstagmorgen von Garreth und fuhr weiter Richtung Norden. Sie hatten bis tief in die Nacht hinein draußen am Feuer gesessen und über alles Mögliche geredet – natürlich auch über Frauen und über Elizabeth. William fühlte sich wie gerädert, während er die Straße entlangfuhr. Dabei schweiften seine Gedanken immer wieder zu ihr, und er musste der Versuchung, sie anzurufen, mehr als einmal widerstehen.

Du bist weggefahren, um Abstand zu gewinnen, um endlich in Ruhe über alles nachzudenken, vergiss das nicht. Du hast diese »Auszeit« gewollt, nicht sie. Und wer weiß, wie sie sich jetzt fühlt. Vielleicht ist sie wütend auf dich. Wahrscheinlich zu Recht.

Gegen Mittag erreichte er Edinburgh, wo er sich mit einem getoasteten Sandwich und einem Becher Cappuccino in einem überfüllten Café niederließ und das bunte Treiben auf der Haupteinkaufsstraße beobachtete. Er liebte es, fremde Menschen im Vorbeigehen zu beobachten und sich dabei vorzustellen, wer sie wohl waren, wie sie lebten, ob sie glücklich waren … Ob sie sich hinter einer Fassade versteckten, oder ob sie wirklich sie selbst waren, wenn sie so durch die Straßen gingen.

Bin ich denn ich selbst?

Er rührte gedankenverloren in seinem Cappuccino herum. Im Moment schon. Im Moment war er William Leopold Bentley – voller Zweifel, voller Hoffnung, voller Liebe. So, wie er schon immer gewesen war. Der totale Romantiker. Ohne jeden Bezug zur Realität. Und wohin hatte ihn das geführt? – Nicht sehr weit, so viel stand fest. Er wusste immer noch nicht, was er wollte. Vor allem wusste er nicht, was Elizabeth wollte. Wollte sie ihre Unabhängigkeit gegen ein Leben als Lady Elizabeth Bentley eintauschen, die Herrin von Mayfield Manor, und an der Seite eines Mannes leben, der sich auf eben diesem Herrenhaus seinen Kindheitstraum verwirklichen wollte? Er würde sehr viel arbeiten, und sie würde viel alleine sein. Natürlich waren da noch ihre Töchter und die O'Connors nebenan, aber …

Sein Handy piepte; eine Nachricht war eingegangen. Aufgeregt drückte er die entsprechende Taste, um die Nachricht zu lesen. Aber sie war natürlich nicht von Elizabeth, sondern von Jerry – Hannah würde nächste Woche kommen, um den Haushalt aufzulösen, ob er sich als »neutraler Zeuge« bereit erklären würde, dabei zu sein?

William seufzte, trank seinen Cappuccino aus und tippte schnell eine Antwort. *Ja. Natürlich.* Dafür waren Freunde doch da, oder?

Elizabeth erwachte früh am nächsten Morgen und versuchte, sich an die Ereignisse des letzten Abends zu erinnern. Sie hatte sich alte Fotoalben angesehen, dann war Vicky nach Hause gekommen – Mary übernachtete, wie so oft in den letzten Wochen, bei Judy – und hatte ihr Tee gebracht, und dann …

Sie setzte sich auf, zog die Knie an die Brust und umschloss sie mit beiden Händen. Vicky hatte ihr Tee gebracht – und Shortbread. Es war der Anblick des Shortbreads gewesen, der sie erneut aus der Fassung gebracht hatte. Shortbread bedeutete Schottland, Schottland bedeutete William, und William war nicht da. Er war irgendwo da oben in den Highlands und meldete sich nicht und würde vielleicht nie wiederkommen …

So wie Patrick fortgefahren und nie wieder zurückgekommen war. Er hatte ihr versprochen, sie immer zu lieben, sie nie zu verlassen, und dann? Dann war er für immer gegangen. Nicht mit Absicht natürlich. Es war ein Unfall gewesen. William würde hoffentlich keinen Unfall haben – aber ob er zurückkommen würde?

Seufzend nahm sie das Foto von Patrick zur Hand, das auf dem Nachttisch stand. Ein Foto aus ihrem letzten gemeinsamen Urlaub in Dänemark. Zärtlich strich sie die Kontur seines Gesichtes nach, bis sie glaubte, seine von der Sonne noch warme Haut zu spüren, seine weichen Barthaare zu fühlen, die sie so geliebt hatte. Er hatte selbst mit Dreitagebart noch jungenhaft ausgesehen. Jungenhaft und sehr attraktiv.

Dann stellte sie das Bild zurück an seinen Platz, vorsichtig, aber bestimmt. *Was nützt es, jetzt schon wieder in der Vergangenheit zu wühlen? Es ist eine Zeit, die vorüber ist, die zu Ende ist, abgeschlossen. Für immer. Begreife es doch endlich, Elizabeth! Du lebst hier – und jetzt!*

Es war an der Zeit, dass sie das akzeptierte. Egal, wie viele Fotos sie sich ansah, egal, wie viele Erinnerungsstücke ihr in den letzten Tagen auch in die Hände gefallen sein mochten. Sie würden das Geschehene nicht ungeschehen machen können, die Toten nicht auferwecken. Patrick war tot, Granny war gestorben.

Aber **du** *lebst, Elizabeth. Du lebst, und du bist mein geliebtes Kind. Komm und folge mir, ich will dein Licht sein, das dich leitet. Ich will alle deine Tränen trocknen, ich will dich im Arm wiegen und dich trösten, und ich will dir den Weg weisen, den du gehen sollst. Mit mir.*

Elizabeth sah erschrocken um sich. Hatte sie gerade eine Stimme gehört? Oder bildete sie sich schon Sachen ein, weil sie so traurig, so erschöpft und so unendlich müde war? Weil sie viel zu wenig geschlafen hatte in letzter Zeit – sie musste mehr schlafen, musste besser auf sich aufpassen. Aber was, wenn die Stimme eben Wirklichkeit gewesen war?

Zitternd zog sie die Decke an ihre Brust, als versuche sie, ihr zerbrechliches Herz zu schützen.

»Gott«, flüsterte sie, »bist du da? Jesus??«

Sie bekam keine Antwort, und einen Moment lang glaubte sie, sie habe sich die Stimme nur eingebildet. Es konnte ja auch nicht sein! Gott würde doch nicht zu ihr sprechen – zu einer Heidin! Wenn er zu Catherine sprach oder zu Paul – oder vielleicht zu Vicky, die sowieso ein sensibles Ohr für solche Dinge hatte, aber zu ihr? Vollkommen unmöglich. Oder?

Sie schluckte, lauschte noch einmal angestrengt. Es war absolut still im Haus, so still, dass sie ihr eigenes Atmen hören konnte. Ganz bestimmt war außer ihr niemand in diesem Raum.

Aber Gott *war* da! Er war da, sie konnte es deutlich spüren, und er hatte zu ihr gesprochen, daran hatte sie keinen Zweifel.

In dem festen Glauben, dass da jemand war, der sie liebte, der sie trösten wollte, konnte sie endlich zur Ruhe kommen und getrost wieder einschlafen, in der Hand die Bibel, die sie von Catherine und Paul zu Weihnachten bekommen und in der sie bisher noch nie gelesen hatte. Später würde sie darin lesen. Später, wenn sie richtig wach war.

Als sie das nächste Mal erwachte, war es fast zehn. Sie sprang aus dem Bett, riss die Vorhänge zur Seite – grauer Himmel, na, wundervoll – und warf sich im Hinausgehen ihren Morgenmantel über. Zu ihrem Erstaunen hörte sie von unten das Klappern von Geschirr, und der köstliche Duft von frisch Gebackenem strömte ihr entgegen, als sie die Treppe hinunterging. In der Küche stand Vicky vor dem Ofen, aus dem sie gerade ein Blech Muffins zog.

Sie drehte sich zu ihrer Mutter um. »Hallo, Mama. Na, wie hast du geschlafen? Ich habe gedacht, ich gönne uns mal was Gutes und backe Muffins zum Frühstück. Grannys berühmte Heidelbeermuffins.«

Elizabeth trat zu ihrer Tochter und umarmte sie herzlich. »Danke,

Vicky, das ist total lieb von dir. Komm, ich mache ein Tablett fertig und dann frühstücken wir oben, ja? Du bist ja auch noch im Schlafanzug.«

Während Vicky die Muffins aus der Form löste und vorsichtig auf einen Teller setzte, fragte sie beiläufig: »Mama, was ist eigentlich mit William? Kommt er heute noch? Oder hat er dieses Wochenende Bereitschaft?«

Elizabeth fühlte, wie sich etwas schmerzhaft in ihrem Magen zusammenzog. Sie spielte mit den Teelöffeln in ihrer Hand und überlegte fieberhaft, was sie ihrer Tochter antworten könnte, ohne zu lügen.

»Nein, er ... er ist für ein paar Tage weggefahren. Er will einen Studienfreund oben in Newcastle besuchen, den er lange nicht gesehen hat.«

Und das ist die Wahrheit.

»Aha.«

Vicky griff nach dem Zuckertopf und dem Milchkännchen und stellte beides zu den Bechern auf das Tablett. »Ihr habt euch aber nicht gestritten, oder? Ich meine, es ist doch alles okay mit euch, oder nicht?«

Klar. Alles. Bis auf ein paar ungeklärte Kleinigkeiten.

Elizabeth lehnte sich an den Küchentisch, verschränkte die Arme vor der Brust und seufzte. »Ja, es ist schon alles okay. Glaube ich. Wir brauchten einfach mal ein wenig ... Abstand.«

»Abstand??«

Auf Vickys Gesicht lag ein eigentümlicher Ausdruck, den Elizabeth nicht so recht zu deuten wusste. Verwunderung, Ungläubigkeit, aber auch noch etwas anderes lag in ihrem Blick – war es Furcht? Wenn ja, wovor? Davor, William als Freund zu verlieren – und als potenziellen Stiefvater? Hatte sie ihn denn schon jetzt so fest in ihr Herz geschlossen?

Elizabeth seufzte abermals und legte ihrer Tochter beruhigend einen Arm um die Schultern. »Du hast William wirklich gern, oder?«

Vicky nickte stumm.

»Weißt du, Vicky, ich hätte ja selbst nie gedacht, dass das alles einmal passieren würde – mit William, meine ich. Ich freue mich, dass du ihn gern hast – ihr mögt ihn beide gern, stimmt's?«

Wieder nickte Vicky, und Elizabeth fuhr fort: »Aber weißt du, das Leben ist manchmal sehr kompliziert. Und es hält viele, viele Überraschungen für uns parat. Manche sind schön, manche nicht so schön. So ist das eben. Und nun komm, lass uns nach oben gehen und gemütlich frühstücken, mein Magen knurrt schon, deiner auch?«

Obwohl ihre Tochter keine Antwort gab und sich auch nicht von der Stelle rührte, sondern immer noch auf ihre Zehenspitzen starrte, nahm Elizabeth das Tablett mit den Teesachen und verließ die Küche. Sie hatte keine Lust, noch weiter über William zu reden. Sie ärgerte sich schon, dass sie überhaupt damit angefangen hatte. Auf keinen Fall wollte sie Vicky mit ihrem Kummer belasten, dafür war sie zu jung und viel zu sensibel. Schließlich hatte sie erst vor etwas über einem Jahr ihren Vater und vor wenigen Wochen auch noch ihre geliebte Großmutter verloren. Wenn sie nun auch noch William verlieren sollte …

Aber das lag schließlich nicht allein in ihrer Hand.

Auf dem Weg zurück nach Süden begann es am Dienstag endlich zu regnen. Die ganze Zeit über hatte die Sonne es immer wieder geschafft, sich einen Weg durch die bisweilen dichte Wolkendecke zu bahnen; selbst oben in den Highlands war es zwar streckenweise sehr neblig, aber trocken gewesen. Jetzt aber goss es in Strömen. Die Scheibenwischer des Range Rovers arbeiteten auf höchster Stufe. Trotzdem musste William langsam fahren, weil er durch den Dampf, den der Regen beim Aufkommen auf den warmen Asphalt verursachte, nur schlecht sehen konnte. Er befand sich auf der A9, auf der Höhe des Tay Forest Parks, und hoffte, noch vor Einbruch der Dunkelheit in Perth zu sein, wo er sich ein Quartier für die Nacht suchen wollte.

Im Radio lief gerade eines seiner Lieblingslieder, Roxy Musics *More than this*, und er ärgerte sich, dass er wegen des starken Regens so wenig davon hören konnte.

»Wenn das so weitergeht, komme ich heute nicht einmal bis nach Perth«, murmelte er und schaltete mit einem resignierten Seufzer das Radio aus. Rückfahrten hatten es so an sich, dass sie sich in die Länge zogen, vor allem, wenn man alleine unterwegs und das Wetter schlecht war – und die Verfassung, in der man sich befand, ebenfalls. Er bereute es, dass er gestern Nachmittag weiter nach Norden gefahren war, als er ursprünglich vorgehabt hatte. Dann hatte der sonst so herrliche Loch Shin im tiefsten Nebel dagelegen. Keine Aussicht, keine Fotos, nichts. Nur Nebel. Hin und wieder das Blöken eines Schafes, ansonsten totale Stille.

Eigentlich war es ja genau das gewesen, was er gesucht hatte: die Einsamkeit, die Stille ... damit er wirklich in Ruhe nachdenken konnte. Und er hatte nachgedacht – oh ja! Er hatte viel nachgedacht da oben. Sehr viel. Aber noch immer wusste er nicht, was er tun sollte, wenn er am Donnerstag zurückkam.

Wenn er denn am Donnerstag zurückkam und nicht hier irgendwo zwischen ... – er blinzelte ein paar Mal, um das Ortsschild entziffern zu können – Pitlochry und Perth in dieser Regenwand stecken blieb. *Pitlochry.* Was für ein Name für einen Ort!

»Blöder Regen. Hört das denn nie auf?«

Nach einem flüchtigen Blick auf die Uhr beschloss er, gleich hier in Pitlochry nach einer Unterkunft zu suchen. Es war schon fast sieben, und bei diesem Wetter würde er für die fünfundzwanzig Meilen nach Perth anderthalb Stunden brauchen. Mindestens. Er konnte sich nicht erinnern, wann er zuletzt einen solchen Regen erlebt hatte. Im April vielleicht, ja – an jenem Morgen, an dem er Elizabeth mit ihrem verletzten Fuß am Straßenrand gefunden hatte. Das war erst drei Monate her ... Drei Monate, in denen so viel passiert war wie in den letzten drei Jahren seines Lebens nicht mehr.

Durch Elizabeth war seine Welt einmal komplett auf den Kopf gestellt worden, und er hatte es in den letzten drei Tagen nicht geschafft, auch nur annähernd Ordnung in seine Gefühle zu bringen. Im Gegenteil, er hatte das Gefühl, dass alles durch das ganze Grübeln nur noch komplizierter geworden war.

Nachdem er eine Weile ziellos durch den kleinen Ort gefahren war und an mehreren Häusern das Schild *Zimmer leider belegt* gelesen hatte, parkte er seinen Wagen schließlich vor einem kleinen Haus aus hellgelbem Stein, das noch ein freies Zimmer anzubieten hatte. Er folgte der etwas mürrisch dreinschauenden alten Dame, der das Haus gehörte, die schmale Treppe nach oben – wahrscheinlich hatte er sie bei ihrer Vorabendserie gestört –, um sich das einfache, aber hell und freundlich eingerichtete Zimmer anzusehen. Dann ließ er sich den Schlüssel geben, stellte seine Tasche im Zimmer ab und verließ das Haus, um nach einem Pub zu suchen, in dem er etwas Warmes zu essen bekommen würde. Dazu ein Pint oder zwei und dann – schlafen. Schlafen, bis der Regen aufhört. Wenn er denn jemals aufhörte …

32

Elizabeth saß im Badezimmer auf dem Fußboden und weinte. Warum meldete William sich nicht? War er da oben in Schottland zu dem Schluss gekommen, dass er sie vielleicht doch nicht liebte – oder zumindest nicht genug, um eine dauerhafte Beziehung mit ihr einzugehen? Konnte er solche Zweifel an seinen oder – schlimmer noch – an ihren Gefühlen haben? Vielleicht dachte er auch, er könnte Patricks Platz in ihrem Herzen sowieso nie einnehmen, und wollte sich nicht damit zufriedengeben, die Nummer zwei zu sein. Schließlich war er bestimmt ein Mann, der es gewohnt war, alles zu bekommen, was er wollte. Sofort. Und ohne Wenn und Aber.

Aber er war nicht die Nummer zwei – er war der Mann, den sie liebte! Warum konnte er das nicht sehen? Wie sollte sie es ihm zeigen, wenn er nicht da war, wenn er vor ihr davonlief, sich versteckte? Erst in Schottland und dann hier. Wo war er? Sie brauchte ihn doch!

Die Woche war so anstrengend gewesen, so vollgepackt mit unangenehmen Terminen und Dingen, die sie gerne aufgeschoben hätte – wie das monatliche Telefonat mit ihren Eltern, eine langweilige Fortbildung in Coventry, die sie zu allem Überfluss auch noch aus eigener Tasche hatte bezahlen müssen, oder Marys Prüfungen, die jetzt Gott sei Dank endlich vorbei waren. Am Mittwochnachmittag war Vicky dann auch noch mit einer Bänderdehnung vom Sportunterricht gekommen, und sie hatten bis in den Abend hinein in der Ambulanz des George-Eliot-

Krankenhauses gesessen, was nicht gerade zur Aufhellung ihrer Stimmung beigetragen hatte.

Elizabeth griff nach einem frischen Taschentuch und tupfte sich die Augen. Vielleicht hatte William aber auch einfach nicht daran gedacht, sie anzurufen. Schließlich war er ein Mann. Sie grinste. Doch dann schüttelte sie den Kopf. Nein, das passte nicht zu William. Simon könnte so etwas vielleicht passieren, oder Paul (sehr unwahrscheinlich), aber ganz sicher nicht William. Elizabeth knüllte das Taschentuch zu einem festen Ball und warf es in den Kosmetikeimer. *Vielleicht hat er es gestern Abend versucht, während wir bei Catherine und Paul zum Grillen waren.* Sie hielt inne. Ja, natürlich, das musste es sein! Was sollte er nur von ihr denken? Sie ging ohne ihn zu einer von Pauls berühmten Grillpartys und fragte ihn nicht einmal, ob er mitkommen wollte. Natürlich hatte sie ihn nur deshalb nicht gefragt, weil er sich noch nicht gemeldet hatte, aber das war ja jetzt einerlei. Bestimmt würde er sich spätestens morgen melden, vielleicht würden sie sich sogar sehen und sich richtig aussprechen. Denn heute war es definitiv zu spät, um noch bei ihm anzurufen. Morgen würde sie ihn anrufen.

Etwas getröstet ließ sie sich ein Bad ein und versank für die nächste halbe Stunde in ein süßes, träumerisches, wohlig warmes Nichtstun, in dem sie nicht einmal mehr nachdachte. Später ging sie noch einmal in die Küche hinunter, um sich ein Glas Wasser einzuschenken, und machte sich leise summend auf den Weg in ihr Schlafzimmer. Erst als sie im Bett lag, fiel ihr ein, dass sie den Anrufbeantworter eingeschaltet hatte, bevor sie gestern losgefahren waren – für seine Nachricht, die nie gekommen war. Sie schluckte. Warum tat er ihr das an? Wie konnte er ihr das antun?

Wenn er sie hätte sehen wollen, hätte er sie längst angerufen oder wäre vorbeigekommen. Die Tatsache, dass er sich nicht meldete, konnte nur eines bedeuten. Sie wusste, dass sie das im Augenblick nicht verkraften würde. Zu tief schmerzte noch die Trauer um Patrick, zu frisch waren die Erinnerungen an die schlimme Zeit nach seinem Tod, die Einsamkeit, das Verlustgefühl, das an manchen Tagen so groß gewesen war, dass es sie zu überwältigen drohte. Wenn William sie tatsächlich verließe, würde ihr gerade erst geheiltes Herz erneut brechen – nur, dass es dieses Mal kein Mensch jemals wieder würde zusammensetzen können.

»Kommst du nun mit oder nicht? Mama, du siehst schlecht aus, der Gottesdienst würde dir wirklich guttun. Heute predigt Craig, der ist gerade mit seinem Bibelstudium fertig und wird dann Prediger – er ist super gut! Du solltest ihn dir unbedingt anhören. Los, komm, gib dir einen Ruck. Was immer es ist, es wird bestimmt nicht besser, indem du hier herumsitzt und Trübsal bläst.«

Elizabeth starrte ihre Jüngste ungläubig an. Wann war sie so schnell erwachsen geworden? Sie war doch vor Kurzem noch eine ganz typische 14-Jährige gewesen. Nicht Fisch, nicht Fleisch. Und in den letzten Wochen – nein, Tagen! – war sie plötzlich groß geworden. Erwachsen und vernünftig. Vernünftiger als ihre große Schwester, die am Freitag auf dem Grillfest geglaubt hatte, sie müsste schon Bier trinken, weil sie sechzehn war und ihre GCSEs in der Tasche hatte. Vicky hingegen wurde ihrer Cousine – und damit auch ihrer Tante – immer ähnlicher, und Elizabeth war sich nicht sicher, ob die Rollenverteilung in der Familie dann noch stimmte. Sollte nicht *sie* die Vernünftige sein, die Trost und Rat für ihre Töchter hatte? Schließlich war sie doch die Mutter. Seit ihrem Zusammenbruch letzte Woche war sie sich allerdings nicht mehr sicher, ob sie dieser Rolle im Augenblick gewachsen war. Vicky, die Sensible, hatte sie durchschaut. Vicky reichte ihr die Hand, und sie stand da, zögernd, weil sie nicht wusste, ob sie sie nehmen durfte. Sollte. Was auch immer.

Seufzend zog sie ihr T-Shirt glatt und strich sich eine Haarsträhne aus dem Gesicht. »Also gut, ich komme mit. Du hast ja recht. Warte einen Augenblick, ich stecke mir noch die Haare hoch und hole meine Handtasche. Vielleicht können wir hinterher Mary bei Judy aufsammeln und in ein Pub gehen, was meinst du? Wir hatten seit Ewigkeiten keinen richtigen Sundaylunch mehr. Ich habe sowieso nicht viel im Haus außer Pasta und Tomatensoße – und einen verwelkten Salatkopf.«

Sie lächelte, entschlossen, sich ihre schlechte Stimmung nicht mehr so deutlich anmerken zu lassen. Vielleicht hatte Vicky ja recht, vielleicht würde ihr die Predigt wirklich guttun. Sie war seit Wochen nicht mehr in der Kirche gewesen, und wenn sie diesen Alphakurs besuchen wollte, sollte sie sich vielleicht ruhig hin und wieder einmal dort blicken lassen. Außerdem wurde Vicky bald getauft – ein Gedanke, mit dem sie sich auch langsam vertraut machen musste. Was machte man nach so einer Taufe? Ging man mit der Familie essen? Musste sie ihre Eltern dazu einladen (abgesehen davon, dass sie nicht kommen würden; im Sommer verließen sie ihre Insel nur selten, und ganz bestimmt nicht wegen einer Taufe)? Oder trank man einfach nur ein Glas Sekt?

Sie würde Cathy fragen, deren Kinder waren ja alle im Jugendalter getauft worden. Allerdings konnte sie sich nicht daran erinnern, eingeladen worden zu sein. Aber sie hatten zu der Zeit auch noch in Deutschland gelebt.

»Okay, dann warte ich draußen.« Vicky öffnete die Haustür. »Igitt, schau mal, da hat die Katze von den Hansons gegenüber schon wieder in dein Beet gemacht. Das ist ja eklig!«

Vicky hatte recht, Craig McLean war ein guter Prediger – ein brillanter, um es genauer auszudrücken. Trotzdem gelang es Elizabeth nicht, sich über einen längeren Zeitraum zu konzentrieren, sodass sie immer wieder den Faden bei seiner Predigt verlor. Das ärgerte sie, zumal es in dem Predigttext um Liebe ging – was Liebe ist, was sie alles bewirken kann, und dass wir ohne Liebe eigentlich gar nicht funktionieren können. Ohne Liebe, sagte Craig, sei alles Schall und Rauch, unser ganzes irdisches Dasein ohne Sinn. Wem sagte er das! Gerade deshalb war sie doch so unglücklich! Weil sie ohne Liebe war …

»Die Liebe ist geduldig und freundlich. Sie ist nicht neidisch oder überheblich, stolz oder anstößig. Die Liebe ist nicht selbstsüchtig …«

War es selbstsüchtig von ihr zu glauben, William schulde ihr einen Anruf? War es selbstsüchtig, zu erwarten, dass er sich bei ihr meldete?

War es selbstsüchtig, dass sie ihn nicht nach Schottland hatte fahren lassen wollen, weil sie befürchtet hatte, dass er nicht zu ihr zurückkam?

»Sie lässt sich nicht reizen, und wenn man ihr Böses tut, trägt sie es nicht nach.«

Aber *sie* fühlte sich *verletzt* durch sein Handeln! Jede Frau würde sich verletzt fühlen, wenn ein Mann sie so behandelte. Ein Gentleman ließ eine Dame nicht einfach allein – und meldete sich dann noch nicht einmal zurück. Er musste doch wissen, wie sehr er sie damit verletzte, wie traurig sie das machte und wie verzweifelt. Oder?

Natürlich wusste sie, dass sie es ihm nicht nachtragen würde … Sie suchte in ihrer Handtasche nach einem Taschentuch, um sich die verdächtig juckende Nase zu schnäuzen. – Ach, wenn er doch nur zurückkäme!

»Die Liebe erträgt alles, verliert nie den Glauben, bewahrt stets die Hoffnung und bleibt bestehen, was auch geschieht.«

Wirklich alles? Konnte sie diese nagende Ungewissheit wirklich noch viel länger ertragen? Konnte sie weiterhin auf ein Happy End auf Mayfield Manor hoffen, oder war das alles nur Träumerei? Dulden, ja dulden musste sie es wohl, wenn sie ihn nicht verlieren wollte. Aber …

»Glaube, Hoffnung und Liebe, diese drei bleiben. Aber am größten ist die Liebe.«

Das war der Moment, in dem sie die Beherrschung verlor und hemmungslos zu weinen anfing. Zu ihrem Horror sprangen gleich mehrere Leute um sie herum auf und eilten zu ihr, um sie in den Arm zu nehmen und zu trösten. Wildfremde Menschen! Wo waren Catherine und Paul? Warum waren sie ausgerechnet heute nicht im Gottesdienst? Elizabeth fühlte, wie eine dicke, alte Dame sie an ihren üppigen, weichen Busen zog und ihr beruhigend über das Haar strich. Die Dame roch streng nach Eau de Cologne, und wenn Elizabeth nicht so elend zumute gewesen wäre, hätte sie sich mit Sicherheit losgerissen und wäre davongelaufen. So aber barg sie ihr Gesicht an der Schulter der fremden Frau und weinte.

»Und Sie sind sicher, dass Sie nicht darüber reden wollen?«

Sue Boylan, die Frau eines der Gemeindeältesten, drückte sanft ihre Schulter und sah ihr dabei freundlich lächelnd ins Gesicht. »Manchmal hilft es, mit einem völlig fremden Menschen darüber zu sprechen, wissen Sie? Und wir behalten alles für uns, Sie können ganz sicher sein. Niemand wird etwas von dem erfahren, was Sie uns im Vertrauen erzählen. Es sei denn, Sie bitten uns, für Sie zu beten, denn dann müssen wir den anderen Betern sagen, worum es geht. Wenigstens grob. Dürfen wir für Sie beten, Elizabeth?«

Oh nein, nicht auch das noch!, war das Erste, was Elizabeth durch den Kopf fuhr. Beten! Doch zu ihrem grenzenlosen Erstaunen hörte sie sich *Ja* sagen. »Ja, bitte.«

»Nun, dann müssten Sie mir aber wenigstens ganz kurz sagen, um was es geht. Sollen wir uns in ein anderes Zimmer setzen? Irgendwohin, wo wir allein sind?«

Elizabeth sah auf die Tasse Tee in ihren Händen. »Ja, bitte«, sagte sie leise, und wieder hatte sie das Gefühl, als spräche jemand anderes für sie. Jemand, der wusste, was gut für sie war. Jemand, der den Überblick über alles hatte. Sie erhob sich mit steifen, etwas wackeligen Beinen. Sue hatte sie nach dem Gottesdienst mit nach vorne zu den blauen Plüschsesseln genommen, in denen auch Vicky am Karfreitag gesessen hatte, als sie David und den anderen ihr Herz ausgeschüttete hatte. Davon konnte Elizabeth natürlich nichts wissen. Vicky war mit Sarah nach Hause gegangen und würde dort auf sie warten, hatte sie gesagt. Catherine und Paul waren heute nicht in der Kirche gewesen; sie hatten Hochzeitstag und wollten einen Ausflug machen. Sonst wäre Elizabeth ja auch lieber mit ihnen gegangen, hätte sich an der Schulter ihrer Schwester ausgeweint, wie sie es sonst immer tat, wenn es ihr nicht gut ging. Liebe Cathy! Heute würde sie ohne sie auskommen müssen.

Auf dem Weg durch die Kirche kamen ernsthafte Zweifel in Elizabeth auf. Sollte sie dieser ihr völlig fremden Frau wirklich das Herz ausschütten? Und was sollte sie ihr erzählen? Dass William ihr Freund war, der für ein paar Tage ohne sie weggefahren war und sich noch nicht wieder zurückgemeldet hatte? Klang das nicht ein wenig albern?

Sie beschloss, Sue nicht die ganze Geschichte zu erzählen, sondern sprach stattdessen nur von Patrick und wie sehr sie ihn geliebt hatte und wie sie deswegen manchmal an der Richtigkeit ihrer Beziehung zu William zweifelte – was sie ja auch tat, wenn sie ehrlich mit sich selbst war. Sie hatte immer das Gefühl, Patrick zu betrügen, wenn sie mit William zusammen war, ganz besonders dann, wenn er ihr körperlich nahe war. Es tat erstaunlich gut, mit einer vollkommen fremden und schon dadurch neutralen Person über Patrick und William zu sprechen. Und es passte zum Predigttext – Sue schien keinen Augenblick daran zu zweifeln, dass es allein um ihr Treuegefühl Patrick gegenüber ging. *Wenigstens das habe ich mal von der Seele,* dachte Elizabeth, als Sue hinausgegangen war, um eine frische Tasse Tee zu holen. *Wie sehr mich das belastet hat, ist mir auch erst jetzt klar geworden.*

Immer wenn William sie geküsst hatte – oder er ihr gar noch nähergekommen war, wie an jenem Abend in Warwick, als sie nicht mehr nach Hause gefahren war –, hatte sie sich wie eine Verräterin gefühlt, ja, wie eine Ehebrecherin. William wusste das, sie konnte mit ihm darüber reden – Gott sei Dank. Er respektierte ihre Gefühle für Patrick auch. Niemals würde er sie bedrängen, das wusste sie. Und doch …

Eines Tages würde sie sich entscheiden müssen. *Es sei denn,* dachte sie, als sie Sue auf dem Gang draußen mit jemandem lachen hörte, *es sei denn, die Sache erledigt sich von selbst. Wenn er nämlich nicht anruft …*

»Hallo, Elizabeth, ich bin's, William, der Treulose. Es tut mir so leid, dass ich mich noch gar nicht bei dir gemeldet habe, es ist unentschuldbar, ich weiß! Aber ich hatte gleich so furchtbar viel zu tun, als ich am Freitag nach Hause kam, da habe ich es schlicht und einfach vergessen. Ich habe das ganze Wochenende Bereitschaft und kann hier leider nicht weg. – Kannst du mich vielleicht auf dem Handy anrufen? Ich bin oft unterwegs, irgendwie haben die Tiere in und um Warwick beschlossen, alle an diesem Wochenende krank zu werden. Es ist wirklich zum Verzweifeln. Aber bitte, liebste Elizabeth, verzweifle nicht, wir sehen uns bald! Bitte ruf an, ja? Ich liebe dich.«

Nachdem sie sich Williams Nachricht zum zweiten Mal angehört hatte – das erste Mal beim Nachhausekommen vor einer halben Stunde und jetzt noch einmal ganz in Ruhe –, stieß Elizabeth einen Stoßseufzer der Erleichterung aus und ging zum Kühlschrank hinüber, um sich ein Glas Chardonnay einzuschenken. Heute würde sie ihn nicht mehr anrufen – ein klein wenig konnte er schon noch zappeln, fand sie. Außerdem war es schon nach neun, und sie war entsetzlich müde. Sie hatte zuerst Mary, dann Vicky und Sarah abgeholt, war mit allen dreien ins *Harvester* gefahren, wo sie ein vorzügliches Roastbeef genossen hatten – außer Vicky natürlich, die sich etwas Vegetarisches bestellt hatte –, und anschließend waren sie nach Coventry ins Kino gefahren, um sich eine leichte Komödie mit Will Smith anzusehen. Eine sehr leichte, wie sich herausstellte. Schön anspruchslos, genau das Richtige für einen Sonntagnachmittag, an dem man ohnehin nichts Besseres zu tun hatte.

Jetzt lag Vicky im Bett und las, und Mary saß vor ihrem Computer und schrieb eine E-Mail an Malin. Wenn William heute Abend ohnehin nicht mehr kommen konnte, dann wollte sie lieber gemütlich auf dem Sofa sitzen, ein Buch lesen und ihr Glas Wein dabei trinken. Es sich gut gehen lassen. Abschalten und entspannen. Jetzt, so dachte sie, als sie nach ihrem Buch griff, konnte es ja nur noch besser werden. Wahrscheinlich würden sie und William schon am nächsten Freitag hier zusammensitzen, nachdem sie von Marys Abschlussfeier gekommen waren, ein Glas Wein trinken, den Abend stilvoll ausklingen lassen.

Ein verträumtes Lächeln breitete sich über ihrem müden Gesicht aus. Ja, so würde es sein. Ganz bestimmt.

»Die Liebe hält vieles aus, Elizabeth – sehr vieles. Sie müssen nicht verzweifeln. Haben Sie nur Geduld mit sich und mit Ihren Mitmenschen, besonders mit William. Versuchen Sie, dem Herrn zu vertrauen. Er hat einen guten Plan mit Ihnen«, hatte Sue zum Abschied gesagt. Das Gespräch hatte Elizabeth gutgetan, und sie beschloss, sich noch vor dem Schlafengehen bei Gott persönlich zu bedanken, dass er sie dazu gebracht hatte, heute in die Kirche zu gehen.

»Und du bist sicher, dass du nicht danach noch hier vorbeikommen kannst? Nicht einmal für eine halbe Stunde?« Ein Zittern lag in Elizabeths Stimme und gleichzeitig ärgerte sie sich, dass sie so jämmerlich klang. Als würde sie ihn anbetteln! Was sie wahrscheinlich auch tat, aber sie konnte nicht anders. Ihre Sehnsucht nach William war so groß, und er war so lieb am Telefon, bestimmt wollte er sie nicht verlassen. Außerdem hätte er ihr dann keine Blumen zu schicken brauchen, oder?

»Es wird zu spät, Elizabeth, wirklich. Ich denke, wir haben eine Menge zu reden, und das wollen wir doch nicht so spät am Abend tun, wenn wir beide müde sind und am liebsten ins Bett gehen würden, oder? Am Ende gibt es noch irgendwelche dummen Missverständnisse.«

Wir haben eine Menge zu reden, in der Tat. Das klang nicht gerade besonders ermutigend – im Gegenteil, es klang ernst. Sehr ernst. Wollte er sie am Ende doch verlassen?

Am Ende gibt es noch irgendwelche dummen Missverständnisse … Welche Missverständnisse, hätte sie am liebsten ins Telefon geschrien, *meinst du, ich bin zu dumm, um zu verstehen, wenn du mir sagst, dass es vorbei ist? Denkst du, ich weiß nicht, was los ist? Wieso sonst drückst du dich vor einem Wiedersehen?*

Aber sie sagte nichts. Stattdessen umklammerte sie den Hörer fester und schloss die Augen. *Komm, William, sag's mir gleich, damit wir es hinter uns haben. Ich will dich dann auch gar nicht wiedersehen. Nie wieder.*

»Ich rufe dich morgen an, wenn ich freihabe. Jetzt kommt gerade Tracy herein, der nächste Patient wartet schon. Tut mir wirklich leid, Elizabeth, aber ich muss Schluss machen. Okay?«

»Okay … okay, ja. Bis morgen dann.«

»Halt, ich bin morgen Abend gar nicht da! Wir sind …«

Doch William hatte schon aufgelegt.

Wir sind doch morgen bei Carol und Bob eingeladen, die haben sich einen Pavillon im Garten gebaut und geben spontan ein kleines Nachbarschaftsfest …

Ach egal, dachte sie mit resigniertem Kopfschütteln, *es macht keinen Unterschied mehr. Außerdem kann ich das Telefon wahrscheinlich sogar mit hinübernehmen. Ein Handy habe ich außerdem auch noch. Wenn William mich wirk-*

lich erreichen will, kann er das – die Frage ist, ob er es will. Aber William war doch sonst keiner, der sein Wort nicht hielt, im Gegenteil, sie hatte nie einen zuverlässigeren Mann gekannt. Bestimmt würde er morgen anrufen. Ganz bestimmt. Sie musste es einfach glauben.

Mit einem Blick auf die Küchenuhr beschloss sie, einkaufen zu fahren und anschließend für sich und ihre Töchter ein besonders gutes Abendessen zu kochen, ein Chili vielleicht oder einen Irish Stew mit zwei Sorten Würstchen, echten und vegetarischen.

Entschlossen griff sie nach ihrem Einkaufskorb, warf ihre Handtasche mit hinein und nahm ihre Schlüssel vom Haken, bevor sie die Haustür hinter sich zuzog. Sie konnte und wollte sich nicht von einem bisschen Liebeskummer unterkriegen lassen – schließlich war sie keine siebzehn mehr.

33

Malin traf am Donnerstag ein, einen Tag vor Marys offizieller Schulentlassung. Sie freute sich, bei der Entlassungsfeier ihrer Freundin dabei sein zu können. »Ich habe mir extra ein neues Kleid dafür gekauft«, erklärte sie auf dem Weg vom Flughafen. »Ein schwarzes Samtkleid mit Paillettenoberteil. Hauteng und *extrem sexy*!«, flüsterte sie hinter vorgehaltener Hand.

Malin hatte sich kaum verändert. Sie trug ihr feines, weißblondes Haar immer noch lang, war immer noch sehr dünn – *ganz bestimmt hat sie seit dem letzten Sommer nicht zugenommen, obwohl sie mindestens ein paar Zentimeter gewachsen ist,* dachte Mary ein wenig neidisch und sah an ihrem T-Shirt hinunter, unter dem sich ihr Bauch deutlich abzeichnete, jedenfalls im Sitzen – und trug hautenge Jeans, die ihre fragile Figur zusätzlich betonten. Sie war auch ziemlich stark geschminkt, wie Mary schon am Flughafen festgestellt hatte, als sie ihre Freundin in die Arme geschlossen hatte. Malin hatte ihr auf jede Wange einen flüchtigen Kuss gehaucht – sehr elegant – und gesagt: »Hey, Süße, schön, dich wiederzusehen. Hast du zugenommen oder täuscht das? Aber sonst siehst du toll aus. Sehr schick, das T-Shirt. Türkis steht dir.« Das mit dem Gewicht war natürlich nicht sehr nett gewesen, aber Mary kannte ihre Freundin und wusste, dass sie es nicht böse meinte. Sie war eben immer sehr ehrlich und geradeheraus.

»Na, da bin ich ja mal gespannt«, murmelte Mary und bemühte sich, ihre Verlegenheit zu überspielen. »Meins ist auch ganz schick, nicht ganz so sexy vielleicht, aber dann hätte Mama sich auch geweigert, es zu bezahlen. Ich freu mich jedenfalls, dass du da bist und zur Feier mitkommst. Mensch, stell dir mal vor, im Herbst gehe ich schon aufs College …«

»Weißt du schon, was du danach machst? Wirst du studieren?«

Elizabeth presste die Lippen aufeinander. Für ein Studium würde ihr Geld vielleicht nicht ausreichen. Aber sie sagte nichts – irgendwie würde es schon gehen. Sie und Patrick waren sich immer einig darüber gewesen, dass ihre Kinder die bestmögliche Schulbildung erhalten sollten. Wenn sie dafür Vollzeit arbeiten musste, bis sie fünfundsechzig war, dann war das eben so. Bestimmt gab es auch hier irgendwelche Förderungen vom Staat.

»Eigentlich hatte ich das vor, ja. Das heißt, wenn meine Noten reichen. Ich möchte Tierärztin werden. Und du?«

Tierärztin! Elizabeth glitt vor Schreck beinahe das Lenkrad aus der Hand. Na, woher sie die Idee wohl hatte?

Malin runzelte die Stirn. Dann nahm sie einen Lippenstift und einen kleinen Spiegel aus ihrer Handtasche und begann, sich die ohnehin schon knallroten Lippen nachzuziehen, bevor sie antwortete. »Ich glaube, ich werde Schauspielerin. Oder Tänzerin. Vivi und ich machen jetzt Jazzdance an einer Ballettschule in Hamburg. Der Lehrer ist *richtig* cool – total sexy Figur, obwohl er schon mindestens fünfunddreißig sein muss. Gernot heißt er. Er hat schon mal am Broadway getanzt, stell dir das mal vor! Am Broadway!«

Sie betonte dies so sehr, dass Mary innerlich die Augen verdrehte. *Vivi.* Und *am Broadway*. Na, und wenn schon. Sie warf ihrer Freundin einen verstohlenen Seitenblick zu. Was war nur aus Malin geworden? Das war doch nicht dieselbe Malin, von der sie sich im letzten Sommer so schweren Herzens verabschiedet hatte! Natürlich war sie immer eine Spur moderner, ja, wahrscheinlich auch cooler gewesen als sie, und sie hatte schon immer viel Wert auf das gelegt, was sie und Vivien »Style« nannten.

Vivi. So haben wir sie doch nie genannt. Wie sich die Dinge doch veränderten.

Elizabeth warf einen vorsichtigen Blick nach hinten. »Na, ihr beiden? Was meint ihr, wollen wir auf dem Weg noch ein paar Pizzen besorgen? Oder sollen wir dich auf eine Tüte Fish and Chips einladen, Malin, damit du dich gleich richtig auf unser Land einstimmen kannst?«

Unser Land. Ja, England war ihr Zuhause – das war es wahrscheinlich immer gewesen, aber jetzt war es das für immer. Egal, wie sich die Dinge mit William entwickeln mochten, sie würde ihre geliebte Heimat nie wieder verlassen, so viel stand fest. Den Mädchen ging es inzwischen ebenso. Glaubte sie jedenfalls.

Malin räusperte sich. »Ääh … Pizza klingt prima, Frau Webster. Ich habe ja noch ein paar Tage Zeit, um mich – einzustimmen.«

»Also gut, Pizza für alle. Das passt mir sehr gut, ich habe sowieso noch nicht viel eingekauft heute. Dann fahre ich nämlich nachher noch nach Nuneaton, während ihr euch erstmal in aller Ruhe ausklönt, ja? Ihr habt euch bestimmt viel zu erzählen …«

Elizabeth war froh, als sie kurze Zeit später in den Chestnut Close einbogen. Die Stimmung zwischen den beiden einstmals besten Freundinnen war wirklich nicht gerade das, was man als euphorisch bezeichnen würde. *Hoffentlich reden sie bis heute Abend überhaupt noch miteinander,* dachte Elizabeth und parkte den Escort auf dem Hof.

»So, da wären wir – herzlich willkommen im Chestnut Close!«

Malin kletterte aus dem Wagen und reckte sich erstmal. Dann sah sie sich kritisch um. »Das ist ja total winzig!«, lautete ihr erster Kommentar, als sie das Haus sah. »Ganz so klein hatte ich es mir nun auch wieder nicht vorgestellt, nach dem, was du geschrieben hast.«

»Es ist groß genug für uns«, entgegnete Elizabeth kühl. »Wirklich groß genug – nicht wahr, Mary?«

Mary fasste ihre Freundin am Ärmel. »Du sagst es besser ein bisschen höflicher«, murmelte sie. »Hier in England wird Höflichkeit nämlich groß geschrieben, weißt du?«

Vicky lag auf ihrem Bett und hörte eine CD mit afrikanischen Gospels und Spirituals, die David ihr geliehen hatte. Sie hatte die Arme hinter ihrem Kopf verschränkt und die Augen geschlossen – der Tag war so anstrengend gewesen, dass sie weder Kraft noch Muße zum selbst Singen oder gar zum Beten hatte. Sie genoss es, sich einmal so richtig fallen zu lassen. Ihr Bein tat weh vom vielen Herumhumpeln, und sie hatte mehrere Kissen daruntergeschoben, um es zu entlasten.

Gerade als sie kurz vorm Einschlafen war, klopfte es an der Tür, und Mary kam herein. »Tut mir leid, dich so spät noch zu stören, Schwesterchen«, sagte sie mit einem entschuldigenden Lächeln und zog leise die Tür hinter sich zu. »Ich hatte gehofft, dass du noch wach bist ... Was hörst du denn da? Das klingt ja total schön ...«

Sie verhakte nervös die Finger ineinander. »Kann ich dich mal was fragen?«

»Sicher«, antwortete Vicky und reichte ihr die CD-Hülle. Dann nahm sie vorsichtig ihre Beine ein Stück zur Seite, damit Mary sich ans Fußende des Bettes setzen konnte. »Ich habe auch noch keine Zähne geputzt, also muss ich sowieso nachher noch mal aufstehen. Schieß los – was gibt's? Bist du aufgeregt wegen der Entlassungsfeier morgen?«

Mary schüttelte den Kopf. »Nein, das nicht ...Ist ja nichts mehr für uns zu tun, jetzt, wo wir die Prüfungen alle geschafft haben. Es ist niemand durchgefallen, weißt du das? Kein Einziger! – Hey, das hört sich wirklich gut an, die würde ich mir auch gerne mal ausleihen. Ist das deine?« Sie hielt die CD hoch.

»Nein, ich habe sie mir von David ausgeliehen, aber vor Sonntag braucht er sie auch nicht zurück, hat er gesagt. Er wird noch ein paar mehr davon haben«, grinste sie.

»Okay ... Also, was denkst du – war Malin schon immer so oder hat sie sich in den letzten zehn Monaten so verändert, dass man sie jetzt kaum wiedererkennt? Ich weiß jetzt schon nicht mehr, worüber ich noch mit ihr reden soll, und dies ist erst der erste Abend! Immer nur Mode, Musik, Jungs … vor allem Jungs. Die hat überhaupt nichts anderes mehr im Kopf! Was mache ich bloß mit der??«

Vicky schüttelte den Kopf. »Nichts. Was sollst du schon machen? Du hast morgen deine Abschlussfeier, das Programm füllt im Prinzip den ganzen Tag aus – die erste Hälfte des Tages werdet ihr bestimmt schon mal im Bad verbringen, und der Abend ist ja organisiert. Am Samstag machen wir alle zusammen einen Ausflug, zeigen ihr was von Warwickshire. Es wird ihr bestimmt gefallen. Zur Not geht ihr shoppen.«

»Ja, das wird bestimmt prima …«, murmelte Mary. Dann fuhr sie plötzlich hoch. »Vicky? Findest du mich hübsch?«

Vicky zog erstaunt die Augenbrauen hoch und musterte ihre Schwester lange. »Na klar finde ich dich hübsch. Was ist denn das für eine Frage? Du weißt doch, dass ich meinen rechten Arm dafür geben würde, so eine tolle Figur wie du zu haben. Oder so schöne, dichte, lange, kastanienbraune Haare …«

»Malin behauptet, sie seien rot. Stimmt das?«

Vicky legte den Kopf schief und kniff die Augen zusammen. »Nein. Definitiv nein.«

»Und ich soll aufpassen, dass ich nicht so dick werde, sagt sie, die Tops würden in diesem Sommer *noch* kürzer und enger werden. Findest du mich dick? Ich meine, ich weiß ja, dass ich eine Vorliebe für all diese Pies und Puddings hier habe, und auf meinen Schokoriegel kann ich auch nur schwer verzichten, aber –«

Vicky setzte sich mit einem Ruck im Bett auf und starrte ihre Schwester entgeistert an, der tatsächlich zwei dicke Tränen die Wangen hinabkullerten. Wegen dieser … dieser dummen, eingebildeten Ziege!

»Hey, das glaubst du doch nicht alles, oder? Die redet eine ganze Menge Quatsch daher. Du und dick – nie im Leben! Was meinst du, wie viele Mädchen aus deiner Klasse dich um deine tolle Figur beneiden? Ganz zu schweigen von mir. Und deine Haare sind kein bisschen rot. Meine, ja – meine sind ein bisschen rötlich. Aber das stört mich nicht, das habe ich nun mal von Papa geerbt, genauso wie diese ollen Sommersprossen, von denen du unfairerweise gar keine abbekommen hast. Also, wie du siehst, kein Grund sich zu beklagen. Wenn Malin so etwas noch einmal sagt, kannst du ihr ja mal einen Spiegel vor die Nase halten. Die hat nämlich nicht so tolle Haare wie du, außerdem ist sie entsetzlich dünn, die besteht ja nur aus Haut und Knochen. Das findest du doch nicht im Ernst schön, oder?«

Mary schniefte, wischte sich die Tränen aus dem Gesicht. »Nein, aber die meisten Männer stehen nun mal auf dünne Frauen, und Malin hat gesagt –«

»Jetzt hör aber auf«, unterbrach Vicky ihre Schwester. »Du musst nicht alles glauben, was Malin sagt. Die redet viel, wenn der Tag lang ist. Wenn du's genau wissen willst: Ich kenne einen Jungen, der dich zufällig super toll findet und sich einfach nicht traut, dich anzusprechen. Was sagst du nun?«

Mary starrte sie sprachlos an. Ein Junge, der sie toll fand? Und der das ausgerechnet ihrer kleinen Schwester anvertraute?? Das musste ja fast einer aus der Kirche sein. Wahrscheinlich James Ryan, der rothaarige Ire aus Sarahs Klasse, der immer seine Sandwiches auseinanderklappte und die Viertel dann einzeln aufaß. Sehr appetitlich, vor allem, wenn Branston Pickle darauf war!

»Hm … du – du würdest mir aber nicht verraten, wer das ist, oder?«

Sie sah Vicky hoffnungsvoll an, doch die schüttelte grinsend den Kopf.

»Nein, ich hab ihm versprochen, dir nichts zu sagen. Kein Sterbenswörtchen. Erst wenn ihr wirklich zusammen seid oder er sich in eine andere verliebt hat, werde ich von diesem Versprechen entbunden – aber ich glaube, er hofft auf die erste Variante. So, und nun im Ernst – was Malin glaubt oder denkt, ist mir vollkommen egal. Du hast eine super Prüfung gemacht, und das werden wir morgen feiern. Und Samstag ist Samstag, da können wir immer noch weitersehen. Was machst du morgen mit deinen Haaren, steckst du sie hoch?«

Elizabeth war schon fast zur Tür hinaus, als sie das Telefon klingeln hörte. *Auch das noch! Ausgerechnet jetzt, wo wir sowieso schon spät dran sind. Aber wenn es nun William ist?*

Natürlich hatte er gestern nicht mehr angerufen. Sie hatte es zwar auch nicht erwartet, aber natürlich wider alle Vernunft gehofft. Sie hatte beide Telefone mit bei den Nachbarn gehabt und zusätzlich den Anrufbeantworter laufen lassen, er konnte sie also gar nicht verfehlt haben. Also blieb nur eine Erklärung: Er hatte überhaupt nicht versucht, sie anzurufen. Das tat weh, sehr viel mehr weh, als sie es sich eingestehen mochte.

Was, fragte sie sich wohl zum hundertsten Mal, *habe ich nur falsch gemacht? Irgendetwas muss ich doch falsch gemacht haben! War ich nicht ladylike genug, als wir bei seinen Eltern zu Besuch waren? Habe ich ihn beschämt?*

Aber es war müßig, darüber nachzudenken, solange er nicht mit ihr redete, würde sie es nie erfahren. Ebenso müßig war es, das Telefonklingeln weiter zu ignorieren – irgendjemand sehr Hartnäckiges schien ziemlich fest davon überzeugt zu sein, dass sie zu Hause war.

»Hier, Mary, schließ bitte schon mal das Auto auf, ich komme gleich nach. Hab noch was vergessen.«

Sie warf ihrer verwundert dreinschauenden Tochter, die sie gerade eben im Bad noch zur Eile gemahnt hatte, den Autoschlüssel zu und lief zurück ins Haus. Als sie Williams Nummer auf dem Display sah, machte ihr Herz einen Sprung. Also hatte er sie doch nicht vergessen – und er hatte Marys Abschlussfeier nicht vergessen! Bestimmt würde er noch kommen. Oh, wie sie ihn liebte!

»Hallo, mein Liebes, ich bin's … Es tut mir schrecklich leid, dass ich mich gestern nicht gemeldet habe, ich weiß, ich hatte es versprochen, aber –«

»Macht ja nichts«, versicherte sie hastig und gestikulierte ein *Ich komme ja gleich* zu Mary hinüber, die nervös auf dem Hof auf und ab ging, ihr langes Kleid schleifte mit dem Saum auf der Erde. Das würde einen hübschen Schmutzstreifen abgeben, aber in dem Licht würde es wahrscheinlich sowieso keiner bemerken. Malin, in voller Kriegsbemalung, saß schon hinten im Auto und produzierte eine Kaugummiblase nach der anderen, um zu signalisieren, wie langweilig ihr war. Nur Vicky stand an das Auto gelehnt und lächelte.

»... aber ich hatte gestern einfach so viel um die Ohren, dass ich zu nichts gekommen bin, zu gar nichts. Nicht einmal zum Essen. Verzeihst du mir? Wir müssen reden, ich weiß, aber ...«

So viele Abers. Immer nur aber. Wieso vertröstet er mich andauernd? Was soll das alles? Will er mich nur hinhalten?

Er seufzte und sie konnte fast sehen, wie er sich mit der Hand durch das Haar fuhr. Das tat er immer, wenn er unsicher war. Oder verlegen.

»Elizabeth? Bist du noch da?«

»Ja, ich bin noch da. Aber ehrlich gesagt, ich bin auf dem Sprung – Mary hat heute ihre Abschlussfeier, wie du vielleicht weißt.« *Wissen solltest.*

William stöhnte. »Oh nein! Ich meine, ja, natürlich ... verzeih mir bitte, es ist – ich habe es nicht vergessen ... na ja, jedenfalls nicht mit Absicht. Es tut mir so leid. Kann ich dich später wieder anrufen, wenn ihr zurück seid?«

»Klar ... klar.« Ihre Stimme klang lahm, mutlos. Und enttäuscht. So bitter enttäuscht. Hätte er nicht etwas sagen können wie *›Ich setze mich sofort ins Auto und fahre los, vielleicht schaffe ich es noch bis zur Zeugnisübergabe‹?* Hätte er das nicht sagen können? Lag ihm denn so wenig an ihnen, dass er es nicht wenigstens hätte versuchen können – für sie?

Sie schüttelte resigniert den Kopf. Nein, hätte er nicht. Das wäre in dieser Situation auch gar nicht passend gewesen – wer weiß, ob er nicht sowieso vorhatte, die Beziehung zu beenden. Vielleicht war das überhaupt der Grund seines Anrufs gewesen.

Aber dann hätte er mich doch nicht ›mein Liebes‹ genannt, oder?

»Elizabeth, ich weiß, dass ich einen Fehler gemacht habe. Bitte, lass uns darüber reden, ja? Ich rufe dich gegen halb elf an, und dann reden wir, okay? Du musst jetzt los, ich will dich auch nicht aufhalten, aber ich rufe dich wieder an, ich verspreche es. Heute noch. Okay?«

»Ja, okay. Danke für deinen Anruf. Bis später.« Sie legte auf, ohne seine Antwort abzuwarten. Energisch wischte sie sich eine vorwitzige Träne aus dem Augenwinkel, straffte die Schultern und nahm ihre

Handtasche von dem Sessel, auf den sie diese eben geworfen hatte. Dann verließ sie hoch erhobenen Kopfes das Haus.

Die Abschlussfeier dauerte länger, als Elizabeth angenommen hatte. Als sie zu Hause ankamen, war es bereits elf Uhr. Aber der Anrufbeantworter zeigte keine neue Nachricht an, und so nahm sie sich ein Glas Weißwein mit nach oben und ließ sich ein Bad ein.

Eine halbe Stunde später hockte sie in ihren Bademantel gehüllt auf der Bettkante, drehte das leere Glas nachdenklich in einer Hand hin und her und fragte sich, ob es klug gewesen war, sich überhaupt Hoffnungen zu machen. Irgendwie hatte sie den ganzen Abend über fest daran geglaubt, dass jetzt alles wieder in Ordnung kommen würde – oder dass sie zumindest erfahren würde, was ihn nach Schottland getrieben hatte, weshalb er diese Distanz gesucht hatte, und dass sie dann beide zusammen eine Lösung finden würden, was auch immer das Problem sein mochte. Aber William rief nicht an. Sie sah auf die Uhr. Mitternacht. Seufzend erhob sie sich, stellte das Weinglas auf die Fensterbank und ging ins Bad. Vielleicht war ihm wieder irgendetwas dazwischengekommen. Irgendetwas, das wichtiger war als sie. Das konnte offenbar vieles sein!

Es war ein Uhr, als William den Schlüssel aus seiner Jackentasche zog; um die Haustür aufzuschließen. Er gähnte. Normalerweise ging er relativ früh ins Bett – jedenfalls selten nach elf – und las noch, manchmal ein oder zwei Stunden lang, je nachdem, wie spannend das Buch war. Im Moment las er *The Testament* – er hatte es sich auf Elizabeths Empfehlung hin gekauft. »Es ist wirklich spannend«, hatte sie gemeint, »und sehr interessant, vor allem die Glaubensgeschichte von diesem Nate. Glaube mir, hinterher siehst du einige Dinge ganz anders. Mir jedenfalls ging es so. Schließlich ist es das Buch gewesen, das mich letztendlich mit dazu gebracht hat, mich für den Alphakurs anzumelden.«

Auch ihn faszinierte die Geschichte, vor allem aber brachte sie ihn zum Nachdenken. Über seinen Glauben zum Beispiel, über den von Jerry, der verloren gegangen schien, und über den von Elizabeth, der gerade erst im Entstehen war. Im geistlichen Wachstum sozusagen. Ob sie gehofft hatte, dass er den Alphakurs auch noch einmal mitmachen würde? Ihr zuliebe? Aber er hatte erst vor zwei Jahren so einen Kurs mitgemacht, und er wusste heute nicht mehr und nicht weniger über Gott als damals. Er wusste immer noch nicht, warum Gott so viel Leid zuließ und warum er manchen Menschen begegnete und anderen offenbar nicht.

War *er* ihm jemals begegnet?

Er schloss die Tür hinter sich, hängte seine Jacke an einen Haken und ging direkt nach oben, wo er nach dem Telefon griff und die Wahlwiederholungstaste drückte. Natürlich würde sie schon längst schlafen, aber wenigstens würde sie am nächsten Morgen sehen, dass er versucht hatte, sie noch zu erreichen – das heißt, falls sie ihren Anrufbeantworter eingeschaltet hatte.

Eigentlich hatte er sie früher anrufen wollen. Eigentlich hatte er sogar noch nach Nuneaton fahren und Marys Abschlussfeier miterleben wollen, wenigstens die letzte halbe Stunde. Aber dann war es spät geworden; er hatte sich unnötigerweise mit Papierkram aufgehalten und noch ein paar E-Mails geschrieben, die sehr gut noch bis Montag hätten warten können. Als er dann endlich gehen wollte, hatte Jerry angerufen und ihn überredet, noch vorbeizukommen. Obwohl er sich fest vorgenommen hatte, Nein zu sagen, war er am Ende doch gefahren. Elizabeth würde vor elf nicht zu Hause sein, hatte er gedacht, und bis dahin würde er längst zurück sein.

Leider war es wieder einmal anders gekommen. Jerry hatte ihm stundenlang Geschichten über Hannah erzählt, die er glaubte, schon in und auswendig zu kennen, und bis er ihn nach Hause gebracht und sich nach einem doppelten Espresso, zu dem Jerry ihn genötigt hatte, endlich auf den Heimweg gemacht hatte, war es Mitternacht gewesen. So viel zum

Thema Elizabeth. Und so viel zum Thema Versprechen. Vollkommen erschöpft ließ er sich auf sein Bett fallen. Wenn er ihr doch nur erklären könnte, warum er sich so fühlte, wie er sich fühlte! Dass er voller Zweifel und Ängste war, weil Jerrys Ehe so geendet hatte. Und dass Jerry überdies auch noch seinen Glauben verloren zu haben schien. Wenn es ihnen nun auch so gehen würde? Könnten die Mädchen es ihm jemals verzeihen, wenn er ihrer Mutter wehtat?

Aber du tust ihnen ja jetzt schon weh. Du hast diese Abschlussfeier vergessen, und du hast dich davor auch schon von Elizabeth zurückgezogen. Du hast es nicht gewollt, aber trotzdem hast du es getan. Warum?

Er seufzte. Wenn er das wüsste! Aber er wusste es selbst nicht, und das machte die Sache nur noch schwieriger. Vielleicht war er auch einfach zu lange allein gewesen. Vielleicht war er gar nicht mehr bereit, sich auf ein Leben zu zweit – oder zu viert! – einzulassen, seine Freiheit aufzugeben. Aber was war schon Freiheit, gemessen an der Einsamkeit, die sie mit sich bringen würde? Er hatte nie vorgehabt, allein zu leben, und immer irgendwie gehofft, dass die richtige Frau doch noch auftauchen würde. Jetzt war sie endlich aufgetaucht, wartete auf ein Wort von ihm, einen Anruf, und was tat er? Nichts.

Sein Blick fiel auf das Gemälde von Mayfield Manor, das an der Wand gegenüber hing. Sein Zuhause. Ob er und Elizabeth eines Tages dort zusammen zu Hause sein würden? Er hoffte es zumindest noch immer. Und was auch geschehen mochte, er wusste, dass er niemals aufhören würde, sie zu lieben – und genau deshalb würde er sie jetzt auch nicht so ohne Weiteres aufgeben. Er würde um sie kämpfen. Bei seiner Ehre, das würde er.

34

Elizabeth ließ sich müde auf ihr Bett fallen, streifte die Sandalen von den Füßen und drehte sich auf den Rücken. Sie waren den ganzen Tag in Coventry gewesen, mit Stadtbesichtigung und Bummeln – Letzteres war für die konsumverwöhnte Malin natürlich am wichtigsten gewesen;

die Kathedrale hingegen hatte sie kaum eines Blickes gewürdigt. Morgen würden sie nach Stratford-upon-Avon fahren und der jungen Dame ein wenig Kultur nahebringen. Ob ihnen das gelingen würde, wagte Elizabeth zwar zu bezweifeln, aber Vicky hatte es sich gewünscht. Da sie heute schon nicht mit hatte dabei sein können – ihr Bein war noch immer bandagiert und durfte nicht allzu stark belastet werden –, sollte sie wenigstens morgen auf ihre Kosten kommen, fand Elizabeth. Dafür verzichtete sie sogar auf den Gottesdienst. Sie würden sich eine dieser sündhaft teuren Stadtrundfahrten mit dem offenen Doppeldeckerbus gönnen, damit Vicky ihr Bein schonen und auch sie sich in aller Ruhe zurücklehnen und über alles nachdenken konnte. Es gab so vieles, über das sie nachdenken musste. William hatte zwar gestern Abend offenbar doch noch versucht, sie anzurufen, aber er hatte keine Nachricht hinterlassen, und sie hatte keine Zeit gehabt, ihn zurückzurufen. Vielleicht sollte sie es besser gleich noch tun, bevor sie einschlief. Dann konnte sie den Tag morgen bestimmt viel ruhiger angehen. Es sei denn, er hatte schlechte Nachrichten – das wiederum würde ihr den Tag gründlich ruinieren, wenn sie ihn nicht sogar ganz absagen musste. Das konnte sie aber Mary und Vicky nicht antun.

Stöhnend drehte sie sich auf den Bauch zurück und vergrub ihr Gesicht im Kissen. Warum war ihr Leben plötzlich so kompliziert geworden?

Mary saß bei Vicky auf der Bettkante und spielte mit einer Haarsträhne. »Glaubst du, dass Mama und William sich gestritten haben? Ich meine, er hat sich ja schon seit Ewigkeiten nicht mehr hier blicken lassen, nicht mal für meine Abschlussfeier ist er aufgetaucht, und Mama spricht auch nie von ihm. Sind sie jetzt noch zusammen oder nicht?«

Vicky legte den Kopf schief. Sie dachte an das, was ihre Mutter ihr erzählt hatte, als William in Schottland gewesen war. Aber das war letzte Woche gewesen. Eigentlich müsste er doch inzwischen zurück sein, oder?

»Ich weiß es nicht. Doch, ich glaube schon, dass sie noch zusammen sind, sonst hätte Mama was gesagt. Aber er hat sich wirklich lange nicht mehr gemeldet, das stimmt.«

Wie lange eigentlich nicht? Zwei Wochen? Drei?

»Erwachsene sind schon manchmal seltsam, oder?«, fragte Mary, warf ihr langes Haar über die Schulter zurück und stand auf. »Na, ich gehe jetzt jedenfalls ins Bett. Malin sitzt zwar bestimmt noch am Computer, aber das ist ja nicht mein Problem, wenn sie morgen müde ist. Ich freue mich jedenfalls auf Stratford. Gute Nacht!«

»Oh, hallo – mit dir hätte ich ja gar nicht gerechnet. Guten Morgen!«

Elizabeth schlug die Beine zum Schneidersitz übereinander und zog sich die Decke über die Knie. »Guten Morgen. Habe ich dich geweckt? Du klingst noch so verschlafen.«

Sie hörte William am anderen Ende der Leitung mit Geschirr hantieren. »Nein, hast du nicht. Ich habe mir gerade einen Kaffee gekocht. Jetzt bin ich wach!« Er lachte. »Und, was macht ihr heute? Habt ihr nicht Lust, nach Warwick zu kommen?«

Er fragt nicht einmal nach der Abschlussfeier. Elizabeth seufzte still. *Habe ich das erwartet?*

»Nein, wir … das heißt, eigentlich schon, ja, aber wir fahren heute nach Stratford. Mary hat Besuch von einer Freundin aus Deutschland, die soll ja schließlich etwas zu sehen bekommen von Warwickshire. Nicht, dass Warwick Castle nicht sehenswert wäre!«, fügte sie rasch hinzu. »Aber da Vicky sich eine Bänderdehnung zugezogen hat und deswegen nicht gut zu Fuß ist, dachte ich, eine Shakespearetour mit dem Bus wäre genau das Richtige. Willst du vielleicht mitkommen? Wir könnten uns um elf, halb zwölf in Stratford treffen. Oder hast du Bereitschaft?«

»Nein, das nicht, aber ich habe mich schon bei Maggie angemeldet. Ich war gestern den ganzen Tag unterwegs und hatte mal wieder keine Zeit für den armen Hector. Wenn ich so weitermache, muss ich ernsthaft überlegen, ihn zu verkaufen. Ich kann schließlich nicht von Murron erwarten, dass sie ihn täglich reitet. Die hat ja auch noch ein bisschen was anderes zu tun.«

Richtig. Murron hat noch etwas anderes zu tun, Hector darf nicht vernachlässigt werden, aber ich, ich kann warten. Tag für Tag, Woche für Woche. Wie lange will er das Spielchen denn noch spielen? Warum sagt er nicht gleich, dass er keine Zeit für eine Frau hat?

»Deswegen wird es wohl mit Stratford leider nichts werden«, erklärte er – überflüssigerweise, wie Elizabeth fand. »Eigentlich wollte ich dich gestern auch anrufen, aber wie gesagt, mir ist etwas dazwischengekommen, und dann musste ich gestern Abend auch noch nach London, mein Nachbar von gegenüber hatte eine Theaterkarte übrig, weil seine Frau krank geworden war, und da hat er mich freundlicherweise eingeladen. Na ja, eigentlich ist Ibsen nicht so mein Fall, aber für geschenkt … Jedenfalls war ich erst nach Mitternacht zu Hause. Ich hoffe, du hast nicht versucht, mich zu erreichen, ich hatte nämlich mein Handy im Auto liegen lassen.«

»Nein, habe ich nicht, ehrlich gesagt. Aber wir waren gestern auch unterwegs, also …«

Er seufzte. »Ich weiß, wir sollten uns treffen, damit wir endlich mal in Ruhe reden können. Lass mich nachdenken … Nächstes Wochenende habe ich Bereitschaft, aber vielleicht könnt ihr trotzdem kommen? Oder, noch besser, vielleicht könntest du alleine herkommen? Dann haben wir mal ein paar Stunden für uns, das wäre vielleicht ganz gut. Du kannst auch gerne hier übernachten – ich meine, falls …«

»Ich glaube nicht, dass das im Moment eine gute Idee wäre, William«, unterbrach sie und fragte sich im selben Moment, warum sie so kühl und abweisend zu ihm war. Hatte er ihr nicht gerade indirekt gesagt, dass er sie liebte – und dass er sie noch wollte? Warum sonst sollte er sie einladen, die Nacht bei ihm in *Ivy Cottage* verbringen?

Sie hörte, wie er scharf die Luft einzog. Eine Weile sagte er gar nichts, und Elizabeth fing an, sich ausgesprochen unwohl zu fühlen. Oh, hätte sie das nur nicht gesagt! Jetzt dachte er bestimmt, sie wollte nichts mehr von ihm wissen. Dabei sehnte sie sich gerade jetzt so sehr nach ihm, dass es ihr fast körperlich wehtat. Spürte er das denn nicht?

»So geht das nicht, Elizabeth. Ich komme heute Abend noch vorbei, und dann reden wir, ja? Ich liebe dich, und ich will dich nicht verlieren. Verstehst du? Du bist mir wichtig. Deine Töchter sind mir wichtig. Es tut mir leid, dass ich nicht zu Marys Entlassungsfeier kommen konnte. Wie ist das Examen denn gelaufen? Ist sie zufrieden?«

Aha, jetzt also doch. Na, besser spät als nie. Doch sie schluckte ihren Ärger hinunter und sagte: »Ja, sehr gut. In Mathe nur ein C, aber sonst viele As und ein paar Bs. Ich bin sehr stolz auf sie.«

»Das kannst du auch sein, Elizabeth, du hast eine klasse Tochter. Zwei klasse Töchter sogar. Ich vermisse die beiden, weißt du? Ich vermisse euch alle.«

Elizabeth schloss die Augen. *Ich dich auch. Wenn du nur wüsstest, wie sehr!*

»Das – das sage ich ihnen. Bis heute Abend dann … Rufst du vorher an?«

»Versprochen. Ich rufe an, sobald ich Hector im Stall habe und den Autoschlüssel aus der Hosentasche gezogen habe, okay? Macht euch einen schönen Tag in Stratford, ja? Und zeigt dieser jungen Dame aus Deutschland mal, was Kultur ist. Ich wünsche euch viel Spaß dabei! Vergiss nicht, was ich dir eben gesagt habe. Über das Liebhaben, meine ich …«

Sie schluckte. »Ich vergesse es nicht. Bis später dann. Tschüss!«

Noch lange, nachdem sie aufgelegt hatte, stand sie am Fenster ihres Zimmers und sah in den Garten hinaus. Es war warm und sonnig, ein perfekter Tag für eine Sightseeingtour durch Stratford. Sie aber würde in Gedanken ganz woanders sein, weiter nördlich, auf einer Farm bei Atherstone …

Ich liebe dich, und ich will dich nicht verlieren …

Hoffentlich hatte er das ernst gemeint. Es hatte sich so angehört, aber –

»Mama? Mama, haben wir noch Kaffee?«

Sie drehte sich um und sah Mary in der Tür stehen, eine leere Porzellandose in der Hand. »Malin trinkt doch nur Kaffee am Morgen, und wir haben keinen mehr, nicht einmal Instant. Hast du noch irgendwo geheime Vorräte?«

Elizabeth seufzte, dann legte sie das Telefon beiseite und lächelte ihre Tochter an.

»Ich komme gleich nach unten. Wahrscheinlich habe ich noch ein Päckchen im Regal liegen, hinter den Vorratsdosen. Und wenn nicht, fahre ich schnell mit deinem Fahrrad los und hole welchen, ja? Am Kaffee soll es nun wirklich nicht scheitern …«

Mary strahlte. »Danke, Mama, du bist ein Schatz. Ich gehe dann mal duschen, okay?«

Die Leidenschaft, mit der er sie beim Hereinkommen küsste, nahm ihr glatt den Atem. Einen riesigen Strauß roter Rosen in der einen Hand, die andere Hand um ihre Taille, zog er sie fest an sich und setzte damit eine heftige Welle des Verlangens in ihr frei, die sie nur mit viel Mühe unter Kontrolle bringen konnte. Jede Faser ihres Körpers sehnte sich nach ihm, sehnte sich danach, berührt und liebkost zu werden. Wenn die Mädchen nicht oben gewesen wären, sie hätte nicht gewusst, ob sie ihm überhaupt hätte widerstehen können.

»Das ist ja wie Kino ohne Film!«, tönte es genau in diesem Moment vom obersten Treppenabsatz herunter, und beim Klang von Marys Stimme fuhren die beiden erschrocken auseinander.

Mary kam langsam die Treppe herab und sah William dabei fest in die Augen. »Hallo, William. Nett, dass du dich auch mal wieder hier blicken lässt. Wir haben dich schon vermisst – besonders am Freitag.«

Autsch, das tat weh, dachte Elizabeth. Doch William reagierte erstaunlich gelassen auf diesen unerwarteten Angriff. »Ja, ich habe euch auch vermisst. Sieh mal«, er hielt ihr die Rosen hin. »Die habe ich *dir* mitgebracht. Frisch geschnitten aus unserem Park. Herzlichen Glückwunsch zum bestandenen Examen. Ich höre, du hast es sehr gut gemacht.«

Überrascht nahm Mary das Bukett entgegen und schnupperte an den seidig schimmernden, tiefroten Blüten. »Danke … Das Examen war nicht *wirklich* gut, ich habe ein C in Mathe. Aber was soll's, für's College reicht's. Dafür habe ich ein A in Englisch und in Sport und in Deutsch und in Kunst. Alle anderen Fächer B. Mama, hast du überhaupt eine so große Vase?«

Elizabeth stöhnte innerlich. Da hatte sie sich schon gefreut, dass auch Mary William endlich zu akzeptieren schien, und nun ging das alles wieder von vorne los. Aber eigentlich war er ja selbst schuld. Warum hatte er sich auch von ihnen zurückgezogen? Hatte er denn im Ernst geglaubt, die Mädchen würden es nicht merken – oder es würde ihnen nichts ausmachen? Er musste sich doch noch deutlich an die Szene mit Vicky und dem Bauchweh erinnern – hatte ihre Reaktion auf sein Erscheinen nicht alles gesagt? Und Mary hatte sich bei dem Besuch auf Mayfield Manor wirklich wie eine junge Dame benommen, das hatte sie bestimmt nicht allein ihrer Mutter zuliebe getan. Nein, Mary hatte William in ihr Herz geschlossen, auch wenn sie es nicht so deutlich zeigte wie ihre jüngere Schwester. Sie war zutiefst enttäuscht und verletzt gewesen, als er am Freitag nicht gekommen war.

Sie grinste. Dafür hatte er ihr jetzt Blumen mitgebracht – oder zumindest gab er vor, sie für sie mitgebracht zu haben. *Wahrscheinlich hätten sie für mich sein sollen, aber was soll's – der Zweck heiligt die Mittel, oder wie sagt man so schön?*

»Ja, habe ich. Sieh mal in dem Schrank unter der Treppe nach. Und schütte einen Teelöffel Zucker mit ins Wasser, dann bleiben sie länger frisch. Kommst du rein, William?«

»Ich fürchte, ich kann nicht lange bleiben. Aber …« Er sah auf seine Armbanduhr und sagte: »Eine Stunde passt schon. Hast du etwas zu essen für mich?«

Beinahe wäre Elizabeth laut losgeplatzt. Etwas zu essen! Das konnte nur William einfallen, in einer solchen Situation ans Essen zu denken. Aber vielleicht war die Situation aus seiner Sicht auch gar nicht so ernst. Jedenfalls machte es nicht den Anschein, als sei er hierher gekommen, um die Beziehung zu beenden. Im Gegenteil, der Kuss vorhin deutete eher auf ein gutes Ende hin. Elizabeth schickte innerlich ein kurzes Dankgebet in den Himmel. *Alles wird gut. Er ist hier, er liebt mich, alles wird gut.*

»Komm mit in die Küche, wir sehen mal nach, was wir finden. Ich habe auch noch nichts gegessen. Und Mary? Es wäre wirklich sehr nett, wenn ihr drei Grazien oben bleiben könntet. Haltet eure Neugier im Zaum – okay?«

»Eben. Die Kinovorstellung ist beendet. Nicht wahr, Elizabeth, mehr zeigen wir heute nicht?«

Mary ignorierte Williams Bemerkung und arrangierte in aller Ruhe die Rosen in der Vase, bis sie endlich zufrieden war. Dann nahm sie die schwere, steinerne Vase mit beiden Händen vom Tisch. »Okay«, grinste sie und wandte sich zum Gehen. »Aber benehmt euch, ihr beiden. Gute Nacht!«

Damit verschwand sie nach oben, natürlich nicht, ohne sich noch einmal umzudrehen. »Bis morgen, Mama. Danke für den schönen Tag. Und danke noch mal für die Blumen, William!«

»Und?«, fragte William und kam von hinten an Elizabeth heran. Er umschloss ihre Taille mit beiden Händen. »Was machen wir zwei heute Abend, wenn wir uns benehmen müssen? Das Obergeschoss ist dann wohl tabu, oder?«

Sie fuhr herum und musste sich zwingen, ernst zu bleiben. Schließlich war sie immer noch böse auf ihn – das glaubte sie wenigstens. »William Bentley! Du bist schrecklich! Was denkst du dir eigentlich?«

»Ach …« Er grinste. »Nicht viel, ehrlich gesagt. Außer dass du eine ver… attraktive Frau bist – vor allem, wenn du versuchst, wütend auszusehen –, und dass mein Magen ganz fürchterlich knurrt. Ja, ich weiß …« Er hob beschwichtigend seine Hände. »Wir müssen auch reden. Aber erstmal bin ich froh, dich zu sehen – so froh! Ich möchte, dass dieser Abend schön endet. Okay?«

Sie nickte. »Okay. Also, dann …« Sie drehte sich wieder zum Kühlschrank um und spähte hinein. »Was hältst du von kaltem Hühnchen, Kräuterbaguette und einem Glas Chardonnay?«

In dieser Nacht konnte Elizabeth lange nicht einschlafen. Immer und immer wieder hallten Williams Worte in ihrem Kopf nach. *Du bist die Frau, die ich liebe. Du bist die Frau, auf die ich mein Leben lang gewartet habe – weißt du das denn nicht? Ich hatte nie die Absicht, dich so zu verletzen. Verzeih mir bitte!*

Natürlich sie hatte ihm verziehen – so leicht, so schnell. Ein Kuss, ein zärtlicher Blick aus seinen grünen Augen, und schon war sie nicht mehr fähig, ihm böse zu sein. Wie schaffte er das nur?

Sie hatten sich für das nächste Wochenende in Warwick verabredet. Elizabeth würde erst Malin zum Flughafen bringen, dann ihre Töchter bei Catherine absetzen und zum Lunch ins *Ivy Cottage* kommen. Mary und Vicky würden bei ihrer Cousine übernachten, sodass sie und William den ganzen Tag Zeit haben würden – und den ganzen Abend. Viel Zeit zum Reden, zum Versöhnen und zum wieder Liebhaben …

War es nicht das, was sie sich am meisten gewünscht hatte? Warum beschlich sie dann jedes Mal, wenn sie die Augen schloss, dieses Gefühl des Unbehagens, des Misstrauens? William würde sie doch nicht wieder sitzen lassen, oder?

Sie schaltete die Nachttischlampe an, nahm ihre Bibel zur Hand und schlug sie bei Jesaja, Kapitel 41 auf.

»Fürchte dich nicht, denn ich bin bei dir. Sieh dich nicht ängstlich nach Hilfe um, denn ich bin dein Gott: Meine Entscheidung für dich steht fest, ich helfe dir.«

Das war ihr Lieblingsvers, der Vers, der ihr immer wieder Mut machte, wenn sie nicht mehr weiterwusste. Seufzend tastete sie nach dem Lichtschalter, knipste die Lampe wieder aus und schloss die Augen, die Hand auf dem weichen Ledereinband der Bibel. Gott würde schon wissen, wie es mit ihnen beiden weiterging. Sie wusste nicht, weshalb, aber irgendwie vertraute sie ganz fest darauf. Alles würde gut werden. Sie würden dieses Wochenende miteinander verbringen, und am Ende würde alles gut werden.

Doch am Freitagabend rief William an und sagte das vereinbarte Treffen wieder ab. Jerry habe ihn schon in der Woche davor gebeten, ihm beim Umzug zu helfen, er habe diesen Termin ganz vergessen gehabt, und er könne Jerry jetzt einfach nicht im Stich lassen. Das Haus sei verkauft, die neuen Besitzer wollten schon am Sonntag anfangen zu renovieren, sodass sich der Termin einfach nicht verschieben ließe.

»Jetzt bist du bestimmt sauer und enttäuscht, aber glaube mir, ich würde mich auch viel lieber mit dir treffen, als bei diesem dummen Umzug mitzuhelfen. Aber Jerry hat mich nun einmal zuerst gefragt, und –«

»Klar, verstehe schon. Kein Problem. Erst Jerry, dann ich. Oder erst die Praxis, dann Jerry – Moment, jetzt habe ich ja deine Eltern und das Pferd noch vergessen. An welche Stelle würde mich das dann setzen? Fünf? Sechs?«

Sie wusste, dass sie ihm damit wehtat, dass sie ungerecht war, aber sie konnte einfach nicht mehr anders. Er hatte sie in den letzten Wochen so oft enttäuscht, dass ihr Vertrauen in ihn einen Knacks bekommen hatte. Einen ziemlich tiefen sogar. Wenn er sich doch nur einmal für sie anstrengen, für ihre Beziehung kämpfen würde! Aber nein. Nichts. Immer nur Jerry, Jerry, Jerry.

William seufzte. »Weißt du, Elizabeth, ich kann schon verstehen, dass du wütend bist, aber deshalb musst du nicht gleich unsachlich werden. Das passt nicht zu dir! Du weißt genau, dass das nicht stimmt, was du da gerade gesagt hast. Ich liebe dich, du bist mir das Wichtigste im Leben. Ich wünschte, du könntest mir das glauben. Ich hatte doch alles schon so schön geplant und vorbereitet für morgen … Und dann rief Jerry an und fragte, wann ich morgen früh da sein könnte – das war nicht gerade ein gutes Gefühl, glaube mir. Tja, und jetzt werden mir wahrscheinlich die ganzen Krabben schlecht, die ich gekauft habe, und der Käse auch.« Für einen Moment schwang Hoffnung in seiner Stimme mit. »Es sei denn, du kommst vielleicht am Sonntag? Wie wäre das?«

»Nein, danke«, erwiderte Elizabeth kühl. »Außerdem musst du Jerry am Sonntag doch bestimmt beim Einräumen helfen. Oder schläft er etwa im Zelt?«

William schloss die Augen. Es hatte keinen Sinn. Es hatte einfach keinen Sinn. Sie war verletzt – zutiefst verletzt – und er konnte nichts tun, um sie zu trösten. Im Moment jedenfalls nicht.

»Ich sehe schon, es hat keinen Sinn, so mit dir zu reden«, sagte er schließlich. »Schade. Ich hatte mich schon sehr auf dieses Wochenende gefreut. Wir haben uns doch in letzter Zeit so wenig gesehen …«

Sie gab ein bitteres Lachen von sich. »Na, an wem *das* wohl liegt?? Weißt du, William, ich denke gerade, dass es vielleicht besser so ist. Ich hätte sowieso nicht zu dir gepasst. Ich bin keine Lady, ich bin eine alleinerziehende Witwe, die froh ist, wenn sie für ihre zwei Töchter sorgen kann. Da helfen auch keine romantischen Träume, so ist das Leben nun einmal nicht. Nicht für mich …«

Ihre Stimme wurde brüchig, und er fühlte, dass sie den Tränen nahe war. Es brach ihm das Herz, aber er wusste einfach nicht mehr, was er sagen sollte. Sie glaubte ihm offensichtlich sowieso kein Wort mehr. Deshalb sagte er gar nichts, sondern wartete, ob sie vielleicht doch noch etwas sagen würde. Irgendetwas.

Doch im nächsten Moment hörte er nur noch das lang gezogene Tuten des Telefons: Elizabeth hatte aufgelegt.

35

Es war noch früh am Morgen, die Sonne war eben erst aufgegangen, und frischer Tau lag überall auf den Wiesen, glitzerte im blassen Sonnenlicht des Morgens. Schon bald würde es Tag werden. Ein herrlicher, warmer Julitag, an dem viele Familien ihre Picknicksachen packen und hinaus ins Grüne fahren würden. Warwickshire lag zu weit vom Wasser entfernt, als dass man für einen Tag an die See fahren würde, aber die Landschaft hier war durchaus auch reizvoll, sanft gewellt und von etlichen Flüssen und natürlich den Kanälen durchzogen, wie hier in Atherstone im nordwestlichen Teil der Grafschaft.

Als Kind hatte William oft unten am Kanal gesessen und den Leuten dabei zugesehen, wie sie ihre Boote durch die Schleuse hindurchmanövrierten. Er hatte sich von Misses Cuthbert einen Stapel Marmeladenbrote mitgeben lassen und hier draußen gegessen, während er die Natur und alles, was um ihn herum geschah, beobachtete.

William zog sanft am Zügel, und Hector blieb gehorsam stehen, schnaubte wohl ein paar Mal und tänzelte noch eine Weile, aber dann stand er ganz ruhig auf dem Kamm des Hügels, von wo aus man fast das gesamte Anwesen überblicken konnte.

Viele Menschen würden heute auch nach Mayfield Manor hinausfahren, denn es war Sonntag, und die Tore zu den Gärten des Herrenhauses würden sich um neun Uhr öffnen. Die Hauptbesuchszeiten waren zwar vor allem im Mai und im Juni, zur Hauptblütezeit, sowie im September und Oktober, wenn sich das Laub zu färben begann, aber wenn es heute nicht allzu heiß würde, war das Herrenhaus sicherlich für viele einen Tagesausflug wert. Die alten Eichen spendeten genügend Schatten, und auf der Lichtung im angrenzenden Wald gab es Feuerstellen, wo man seine mitgebrachten Würstchen grillen konnten. Dann war der ganze Wald erfüllt mit Kindergeschrei und Gelächter, während oben in den Gärten so manch frisch verliebte, junge Frau an der Seite ihres Liebsten entlangspazierte und davon träumte, wie es wohl wäre, hier zu leben, Herrin zu sein auf Mayfield Manor.

Der zukünftige Erbe dieses herrlichen Anwesens indes saß oben auf dem Hügel im Sattel seines prächtigen Hengstes und fragte sich, wozu er eigentlich so unermesslich viel Land und ein – zumindest in seinen Augen – unsinnig großes Haus, ja, ein Schloss, erben sollte, wenn er doch anscheinend vom Schicksal dazu verdammt war, für immer allein zu bleiben. Schon für seine Eltern war das alles hier viel zu groß. Wie sollte er alleine hier draußen leben können, ohne irgendwann vor Einsamkeit wahnsinnig zu werden?

Zwei Wochen waren vergangen seit seinem letzten Gespräch mit Elizabeth, und er hatte seither weder etwas von ihr gehört, noch war es ihm gelungen, sie zu erreichen. Er hatte es oft versucht, beinahe jeden Tag, doch vergeblich. Ein einziges Mal war nicht der Anrufbeantworter, sondern Mary am Telefon gewesen, aber die hatte ihn erwartungsgemäß ziemlich kalt abblitzen lassen. Wer weiß, was Elizabeth ihren Töchtern über ihn erzählt hatte. Nicht allzu viel Gutes, nahm er an.

Mit einem leisen Schnalzen forderte William sein Pferd auf, sich wieder in Bewegung zu setzen, und ritt langsam den Hügel hinab. Eigentlich liebte er es, so früh am Morgen hier entlangzureiten, besonders an Sommertagen wie diesen, oder im Winter, wenn die Felder und Wiesen mit Schnee bedeckt waren und der kleine Bach zugefroren war, der sich durch das Gelände hindurchschlängelte und irgendwo auf der anderen Seite der Umgehungsstraße in einen anderen Bach mündete. Aber heute empfand William keine Freude bei seinem Morgenritt. Er war mitten in der Nacht aufgewacht, weil er einen furchtbaren Traum gehabt hatte, in dem er im Nebel hier entlanggeritten war und nach Elizabeth gesucht hatte. Normalerweise erinnerte er sich beim Aufwachen nicht an seine Träume und er hatte Maggie gegenüber sogar einmal behauptet, überhaupt nie welche zu haben, aber dieses Mal war ihm alles bis ins kleinste Detail im Gedächtnis geblieben. Er hatte immer wieder verzweifelt nach Elizabeth gerufen, ohne jedoch eine Antwort zu erhalten. Alles war still geblieben, bedrückend still, nur der kalte, feuchte Nebel schien immer dicker zu werden und keinen Laut hindurchzulassen. Obwohl er wusste, dass Elizabeth irgendwo da draußen sein musste, konnte er sie nicht finden, sie blieb einfach spurlos verschwunden …

Er gab nicht viel auf Traumdeutung und dergleichen, aber in diesem Fall wusste er selbst ziemlich sicher, was dieser Traum zu bedeuten hatte. Elizabeth schien aus seinem Leben verschwunden, schien verloren zu sein. Bestimmt war sie auch verletzt, dennoch spürte er instinktiv, dass sie noch irgendwo da draußen war und vielleicht nur darauf wartete, dass er sie endlich fand. Um sie aufzuheben, sie ganz fest an sich zu drücken, sie nach Hause zu bringen …

Am besten noch auf Hector, dachte er mit einem grimmigen Kopfschütteln und schob diesen romantischen, aber vollkommen unrealistischen Gedanken zur Seite. Er wollte nicht so dumm sein, jetzt anzunehmen, dass sie wirklich noch auf ihn wartete, wo er sie so oft versetzt und enttäuscht hatte. Sicher, Jerry hatte ihn zuerst gefragt, er war sein bester Freund, und er war in einer Situation, in der er die Hilfe seiner Freunde wirklich nötig brauchte – von denen er im Moment nicht allzu viele zu haben schien. Aber selbst Jerry hatte am Umzugstag zu ihm gesagt, dass er ein ganz schlechtes Gewissen habe, weil er William in den Wochen davor so stark beansprucht habe, und dass er sich nun endlich einmal wieder um sein eigenes Privatleben kümmern solle. Ja, er hatte ihn am frühen Abend förmlich hinausgeworfen, nachdem die schwersten Möbelstücke und das Klavier verladen gewesen waren, und William gesagt, er solle duschen gehen und sich auf den Weg zu Elizabeth machen.

Aber William hatte nicht mehr den Mut dazu gehabt.

Jetzt erwachten die Vögel in den Bäumen und auch die anderen wilden Tiere langsam zum Leben. Auf der Wiese, die vor ihm lag, konnte er ein paar Hasen erkennen, die aus ihren Höhlen hervorkamen, vorsichtig schnupperten und dann loshoppelten, auf der Suche nach saftigem Klee und frischem Gras – oder ein paar leckeren, jungen Möhrchen aus dem Garten des Herrenhauses.

William lächelte. Was für ein friedlicher Anblick! Während er dieses Idyll in sich aufzunehmen suchte, beschloss er, ganz gemächlich zur Farm zurückzureiten, um sich in aller Ruhe um seinen Hengst zu kümmern, bevor er bei Maggie ans Küchenfenster klopfen und sie um eine Tasse Tee bitten würde. Maggie würde ihn bestimmt nicht zurückweisen. Sie hatte immer einen Tee und einen guten Rat für ihn.

»Und jetzt weißt du nicht, was du tun sollst? Oh, William!«

Kopfschüttelnd angelte Maggie nach zwei Bechern und nahm sie mit zum Herd. Es war noch kühl in der alten Bauernküche, der Kachelofen war aus, es lag weder Feuerholz noch Asche darin. In den letzten Tagen war es so heiß gewesen, dass es selbst frühmorgens nicht nötig gewesen war, ein Feuer anzuzünden. Im Haus war es vollkommen still; Simon war bereits seit fünf Uhr früh draußen auf dem Feld, und die drei Hunde lagen noch schlafend in der Diele, nur Frances' Welpen quiekten hin und wieder leise vor sich hin. Murron war nicht zu Hause, sie war mit einer Freundin zusammen übers Wochenende nach London gefahren. Darüber war William insgeheim erleichtert – er wusste nicht, warum, aber im Moment machte ihn der Gedanke an Murron eher nervös. Vielleicht lag es daran, dass sie so seltsam reagiert hatte, als er ihr kürzlich von Elizabeth erzählt hatte.

»Ach, dann hat es also beim zweiten Anlauf geklappt, ja? Ihr seid doch schon mal zusammen gewesen, hat Mama gesagt. Lange vor meiner Zeit.« Sie hatte gegrinst, doch etwas in ihren Augen hatte ihn nachdenklich gestimmt, besonders, als sie dann sagte: »Na, ich freue mich jedenfalls für dich – für euch beide, meine ich. Hoffentlich werdet ihr dieses Mal glücklich.« Doch es hatte alles andere als freudig geklungen, eher schnippisch. Beleidigt fast. Vielleicht war sie eifersüchtig, hatte Angst, ihn als Freund zu verlieren – was natürlich absurd war. Aber junge Frauen sahen das manchmal anders, das wusste er aus Erfahrung. Im Moment allerdings interessierte es ihn nicht im Mindesten, ob Murron eifersüchtig war oder nicht, ihn interessierte einzig und allein Elizabeth und die Frage, wie er sie zurückerobern konnte. Deshalb war er schließlich hergekommen.

Dankbar nahm er den Becher heißen Tee entgegen, rührte Milch und einen Löffel Zucker hinein und nahm einen Schluck. »Ich weiß, dass das vielleicht dumm klingt, aber ich traue mich irgendwie nicht mehr, auf sie zuzugehen. So oft, wie ich sie in den letzten Wochen versetzt und im Stich gelassen habe, kann ich es schon irgendwie verstehen, wenn sie nichts mehr mit mir zu tun haben will …«

Er hob die Hände in einer Geste der Verzweiflung und ließ sie wieder sinken, schloss sie um seinen Becher und schüttelte müde den Kopf. »Ach, Maggie, was soll ich denn nur machen?«

»Als Erstes könntest du aufhören, dich selbst zu bemitleiden und deinen Tee trinken, bevor er kalt wird«, meinte Maggie trocken. »Ich weiß nämlich, dass du lauwarmen Tee nicht ausstehen kannst. Na, und dann kannst du ja mal eine kleine Bestandsaufnahme machen.«

Er hob den Blick, sah sie irritiert an. »Bestandsaufnahme??«

»Ja. Du überlegst dir ganz genau, was du eigentlich willst, und dann schaust du dir deine Liste oder was auch immer an. Ich würde dir empfehlen, es aufzuschreiben, das hilft oft, sich über einige Dinge klar zu werden. Danach entscheidest du, was wirklich wichtig ist in deinem Leben und was nicht …«

»Das weiß ich schon, dafür brauche ich keine Liste – *sie* ist das Wichtigste in meinem Leben. Sie.«

»Na, prima, dann bist du doch schon viel weiter, als ich gedacht habe.«

Er starrte sie immer noch an.

Maggie grinste. »Jetzt guck doch nicht wie ein begossener Pudel! William …« Ihr Gesichtsausdruck wurde auf einmal ganz weich, als sie merkte, dass Tränen in seinen Augen standen, und sie legte ihre Hand auf die seine. »Du liebst Elizabeth doch, oder?«

Er nickte. Oh ja, er liebte sie. Aber wie sehr er sie wirklich liebte, das war ihm erst in den letzten Wochen klar geworden, seit jenem unglückseligen Telefonat, an dessen Ende sie ihre Beziehung für sinnlos erklärt und aufgelegt hatte.

Ich bin keine Lady … Da helfen auch keine romantischen Träume, so ist das Leben nun einmal nicht. Nicht für mich …

Doch, hatte er am liebsten schreien wollen, *doch, du bist sogar eine großartige Lady, du bist nämlich die wunderbarste, warmherzigste und liebevollste Frau, die mir je in meinem Leben begegnet ist, und du verdienst es, dass all deine romantischen Träume wahr werden. Du verdienst es wie keine andere, und ich will alles dafür tun, dass du glücklich bist, alles. Wenn du mir doch nur glauben könntest …*

Aber sie hatte ihn nicht gehört, hatte aufgelegt. Bis heute hatte er ihr nicht sagen können, was er für sie empfand. Wie schwer das auf seinem Herzen lastete, wurde ihm erst klar, als er fühlte, wie Maggie ihm sanft mit der Hand über das Gesicht strich. »Dann sag es ihr. Sag ihr, wie sehr du sie liebst«, flüsterte sie. »Vielleicht weiß sie es gar nicht.«

»Aber das habe ich doch schon so oft versucht«, rief er verzweifelt. Und das stimmte ja auch. Aber hatte sie ihn hören wollen? Nein. Hatte sie auf seine Anrufe reagiert, ihn zurückgerufen, ihm auch nur die geringste Chance gegeben, sich zu entschuldigen? Nein.

Dann seufzte er. »Sie glaubt mir einfach nicht mehr. Sie redet ja nicht einmal mehr mit mir. Wie soll ich sie davon überzeugen, dass es mir ernst ist, dass sie mir alles bedeutet, wenn sie mir nicht mal das glaubt?«

Jetzt war es Maggie, die seufzte. »Tja, William, in diesem Fall bleibt dann wohl nur noch eins – du wirst sie um ihre Hand bitten müssen.«

Klirr.

Der Löffel, den William gerade auf den Tisch hatte legen wollen, fiel ihm aus der Hand und landete auf den Steinfliesen.

William aber starrte Maggie ungläubig an. »Ist das dein Ernst? Ich soll – ich meine, ich soll sie bitten, mich zu heiraten? Jetzt?«

»Ja, genau das meine ich«, entgegnete Maggie vollkommen ruhig.

»Hm«, meinte William und bückte sich umständlich, um den Löffel wieder aufzuheben. Er trank langsam seinen Tee, stellte schließlich den Löffel in den leeren Becher und sah Maggie dann fest in die Augen. »Das war zwar nicht gerade das, was ich erwartet hatte, aber ...« Er ließ seinen Blick schweifen, versuchte, seine Gedanken in Worte zu fassen. »Nun, vielleicht hast du recht. Vielleicht sollte ich sie einfach fragen.«

Er zögerte. »Glaubst du – glaubst du, dass sie *Ja* sagen würde?«

Maggie sah ihn lange an. Dann nickte sie langsam. »Ja. Oh ja, William, das glaube ich.«

Elizabeth zog die Bürotür leise hinter sich zu und hob dann vorsichtig den Deckel der schmalen Pappschachtel empor, die soeben in der Bank für sie abgegeben worden war. Als sie in die Schachtel hineinspähte, stieß sie einen überraschten Schrei aus und fuhr sich schnell mit der Hand an den Mund. In der Schachtel lag eine einzelne, langstielige rote Rose. Nicht irgendeine beliebige Rose, das erkannte sie sofort, sondern eine aus den Gärten von Mayfield Manor.

»Für meine First Lady – ich liebe dich. W.L.B.«

Mit zitternden Händen legte Elizabeth die schlichte, weiße Karte beiseite, auf die William mit Tinte diese wenigen und doch so bedeutenden Worte geschrieben hatte. Sie nahm die Rose aus der Schachtel und hielt ihre Nase an die intensiv duftende, tiefrote Blüte. Wie wunderbar weich und zart sie sich anfühlte! Mit wie viel Liebe sie wohl ausgesucht, geschnitten und verpackt worden war ...

Die Tränen rannen Elizabeth über das Gesicht, während sie erneut Williams Karte in die Hand nahm. Seine elegante, geschwungene Handschrift verschwamm schon bald vor ihren Augen. Natürlich liebte er sie!

Wie hatte sie nur jemals daran zweifeln können? Sie schämte sich für das, was sie getan, was sie zu ihm gesagt hatte. Und er? Er schickte ihr eine Rose! Als ob sie das verdient hätte. Als ob sie *ihn* verdient hätte.

Lieber William! Danke für die wunderschöne Rose. Ich schäme mich sehr für das, was ich getan habe, und bitte dich um Verzeihung. Ich liebe dich auch. Elizabeth

Elizabeth überflog die Zeilen, die sie soeben geschrieben hatte, und zerriss dann mit einem ärgerlichen Kopfschütteln das Blatt Papier. Es war bereits ihr dritter Anlauf an diesem Abend, einen Brief an William zu schreiben, doch nie schien sie die richtigen Worte zu finden. Wie dumm und belanglos das alles klang! So etwas konnte sie unmöglich schreiben. Nicht an William. Und jetzt klingelte auch noch das Telefon.

»Hallo, Beth, hier ist Cathy. Du, ich wollte dich fragen, ob die Freundin von Vicky am Sonntag noch da ist, zur Taufe. Wir haben uns nämlich überlegt, dass wir ja bei uns grillen könnten, wenn das Wetter weiter so schön bleibt. Das findet … wie hieß sie gleich? Sina, nicht? Das findet Sina doch bestimmt auch gut. Wenn es doch nicht so sonnig draußen ist, essen wir eben im Wintergarten. Was hältst du davon?«

»Gut«, murmelte Elizabeth. »Wirklich gut.« Was sollte sie dazu schon sagen? Neben ihr auf dem Sekretär, den sie sich im Februar in einem Antiquitätengeschäft in Leamington gekauft hatte, stand die Rose in einer grünen Kristallvase, an die sie Williams Karte gelehnt hatte. Und vor ihr lag ein schneeweißes, leeres Blatt Papier.

»Hey, was ist denn los?« Catherines Stimme klang besorgt. »Geht es dir nicht gut? Ist irgendwas mit den Kindern? Hat sich Vicky mit Sina gestritten?«

Vicky und Sina hatten, ebenso wie Mary und Malin, ziemlich bald erkannt, dass ihre Freundschaft nicht mehr dieselbe war wie früher, dass sie sich beide verändert hatten und die eine die andere nicht mehr so ohne Weiteres verstehen konnte wie früher. Besonders Vickys neu gefundener Glaube schien für Sina ein echtes Problem darzustellen. Sina wuchs in einem atheistisch geprägten Elternhaus auf und ging nicht einmal zum Konfirmandenunterricht, so wie die meisten ihrer Klassenkameraden es taten, wenn auch nicht unbedingt um des Glaubens willen. Aber sie hatte sich in ihrem ganzen Leben noch nie mit der Frage nach Gott auseinandergesetzt, und hier saß nun ihre ehemals beste Freundin, mit der sie früher immer hatte Pferde stehlen können, und wollte ihr etwas von Jesus erzählen. Jesus! Sina wollte lieber über Jungs reden, über Mode und über Partys, das war ihr deutlich anzumerken, wenngleich sie nicht so arrogant und unfreundlich war wie Malin. Die hätte Elizabeth am liebsten ohne jeden Abschiedsgruß am Flughafen abgesetzt, weil sie es nicht einmal nötig gehabt hatte, sich bei ihr für die Gastfreundschaft zu bedanken. Ein solches Maß an Unhöflichkeit war ihr noch nicht untergekommen! Sina bedankte sich immerhin für jede Mahlzeit und für jeden Ausflug, den sie unternahmen.

»Nein, das ist es nicht. Sie verstehen sich immerhin besser als Malin und Mary – die haben seit Malins Abreise vor zwei Wochen kein Wort mehr miteinander gewechselt, weder per E-Mail noch am Telefon oder sonst wie. Ich fürchte, diese Freundschaft hat sich erledigt. Ist vielleicht auch besser so. Sina zeigt wenigstens Interesse an dem, was Vicky tut. Sie findet die Schule toll, hat sich gleich am ersten Tag in einen Mitschüler von Vicky verliebt, und im Moment sitzen sie gerade draußen im Garten und essen Eis. Ich … Ich versuche nur gerade, einen Brief zu schreiben, und bin deshalb vielleicht mit meinen Gedanken nicht so ganz bei der Sache. Tut mir leid. Das mit dem Grillen ist wirklich eine prima Idee. Danke, Cathy.«

Catherine wusste nichts von der tiefen Krise zwischen Elizabeth und William. Elizabeth hatte sich in den letzten beiden Wochen so elend gefühlt, dass sie nicht einmal mit ihrer Schwester darüber hatte sprechen wollen. Eigentlich wollte sie das jetzt immer noch nicht. Deshalb wechselte sie rasch das Thema und fragte nach der Hochzeit – wie erwartet, sprang Catherine prompt darauf an und redete schon bald von nichts anderem mehr als von Pferdekutschen, Kleidern, italienischen Büfetts und geheimen Hochzeitsreisen.

Elizabeth räumte derweil ihr Briefpapier weg und nahm Williams Karte, um sie unter ihr Kopfkissen zu legen. Auf dem Weg zum Bett schnupperte sie hoffnungsvoll daran, doch die Karte roch zu ihrer Enttäuschung einfach nach gar nichts. Dabei vermisste sie seinen Geruch so sehr! So, wie sie eigentlich alles an ihm vermisste. Sein Lachen, seinen Arm um ihre Schulter, seine warmen Lippen auf ihrem Mund – das vor allen Dingen. Oh, wie sie seine Küsse vermisste! Wenn sie nur daran dachte, wie er sie das letzte Mal geküsst hatte, als er hier war, wurde ihr jetzt noch ganz schwindelig. Sie war nie zuvor einem Mann begegnet, der solche Gefühle in ihr geweckt, dessen Berührung eine solche Leidenschaft in ihr geweckt hatte – vielleicht nicht einmal Patrick.

Nachdem sie das Telefonat beendet hatte – irgendwann war sogar ihrer Schwester aufgefallen, dass sie nicht richtig zuhörte, was ihr normalerweise peinlich gewesen wäre, worüber sie sich im Augenblick jedoch keine Gedanken machte –, ließ sie sich auf der Bettkante nieder und schaute lange auf das Foto von Patrick. Ja, sie hatte ihn geliebt, und sie hatte ihn auch begehrt. Noch heute erinnerte sie sich an ihre erste gemeinsame Nacht, als wäre es gestern gewesen. Sie war furchtbar nervös gewesen, er nicht weniger, und am Ende waren sie Arm in Arm eingeschlafen, ohne dass wirklich etwas passiert wäre. Sie schmunzelte. Wie jung sie gewesen waren! Wie jung und ahnungslos. Nie hätte sie sich träumen lassen, dass sie noch einmal in einer ähnlichen Situation sein würde, und das beinahe zwanzig Jahre später, wo man meinen sollte, dass man mit vierzig fest und sicher im Leben stand. Aber im Augenblick schien ihr nichts wirklich fest und sicher zu sein außer der Tatsache, dass sie William vermisste und ihn liebte, und dass sie nicht wusste, wie sie es ihm sagen sollte. Möglichst, bevor es zu spät war. Wie lange würde er auf sie warten?

Sein ganzes Leben, wenn es sein muss, sagte die Stimme der Romantik. *Er hat doch schon so lange auf dich gewartet.*

Bestimmt nicht mehr lange, du sture, kleine Ziege, sagte die Stimme der Vernunft. *Sieh zu, dass du endlich diesen Brief geschrieben bekommst, damit ihr wieder zusammenkommt. Über alles andere kannst du dir später Gedanken machen.*

Seufzend erhob sie sich, um zu ihrem Schreibtisch zurückzugehen. *Ein letzter Versuch.*

William saß auf der Terrasse und rauchte Pfeife. Das tat er selten, und eigentlich hatte er sich das Pfeiferauchen längst abgewöhnen wollen, aber heute Abend hatte er der Versuchung nicht widerstehen können. Es war ein langer, anstrengender Tag gewesen, an dem er kaum eine Pause gehabt hatte und von Farm zu Farm gefahren war – und das alles bei dreißig Grad im Schatten.

Sein Anrufbeantworter hatte wieder einmal keine Nachricht von Elizabeth angezeigt, und allmählich verließ ihn die Hoffnung, dass sie sich je bei ihm melden würde. Sie hätte die Rose am Dienstag erhalten haben müssen, doch heute war bereits Freitag.

War es dumm gewesen, ihr diese Rose zu schicken? Lachte sie vielleicht über ihn? Hätte er lieber gleich ein Bukett schicken sollen? Aber dann hätte er sich sehr in ihr getäuscht. Sie war bescheiden – bescheiden und unbestechlich. Sie würde ihre Zuneigung bestimmt nicht von der Größe eines Blumenstraußes abhängig machen. Er schüttelte den Kopf. Nein, so war sie nicht. So war seine Elizabeth nicht.

Beinahe hätte er das Klingeln an der Haustür überhört, so tief war er in seine Gedanken versunken. Er sprang auf und stieß dabei den kleinen Tisch um, auf dem ein Krug mit Wasser stand, der jetzt krachend und klirrend zu Boden fiel.

William verzog ärgerlich das Gesicht, stieg vorsichtig über die Scherben hinweg und eilte durch das Haus, um die Tür zu öffnen. Sein Herz schlug schneller, als es in diesem Moment zum zweiten Mal klingelte. Vielleicht …

Aber es war nur Misses Farley, die Nachbarin.

»Ich habe hier einen Brief für Sie. Muss versehentlich bei mir eingeworfen worden sein – die Hausnummer ist falsch. Hier, bitte.«

Sie reichte ihm den Umschlag, und William warf einen flüchtigen Blick darauf, nachdem er ihr den Brief förmlich aus der Hand gerissen hatte. Er trug tatsächlich Elizabeths Handschrift. Höflich, aber bestimmt verabschiedete er sich von Misses Farley, die zwar sehr freundlich, aber auch ausgesprochen neugierig war und sich bestimmt schon den Kopf darüber zerbrochen hatte, wer sich hinter der weichen, femininen Handschrift verbarg.

Nachdem er die Haustür hinter sich geschlossen hatte, bemerkte er, dass der Brief bereits am Mittwoch abgestempelt worden war. Sie musste also doch relativ zügig geantwortet haben – seltsam, dass der Brief zwei Tage von Nuneaton bis nach Warwick gebraucht haben sollte. Oder aber er hatte bereits seit gestern bei Misses Farley gelegen, was mindestens ebenso wahrscheinlich war.

William machte sich nicht die Mühe, einen Brieföffner zu holen – er sah im Geiste seine Mutter vorwurfsvoll den Kopf schütteln –, sondern riss mit zitternden Fingern den Umschlag auf.

Lieber William,

vielen Dank für die bezaubernde Rose. Bitte verzeih mir mein törichtes Verhalten. Ich liebe dich auch. Elizabeth

P.S.: Am Sonntag wird Vicky getauft. Ich glaube, sie würde sich sehr freuen, wenn du in die Kirche kommst.

P.P.S.: Ich mich auch.

36

Die Manor Court Baptist Church war voll bis auf den letzten Platz. Viele waren gekommen, um bei Vickys Glaubenstaufe, wie sie es hier nannten, dabei zu sein, sogar einige ihrer Klassenkameradinnen sowie Rachel und Caroline. Auch Misses Cooper war gekommen und hatte ihren Mann und ihre kleine Tochter mitgebracht, die vor Gottesdienstbeginn durch die Reihen flitzte und sich überall neugierig umsah. Wahrscheinlich war sie noch nie zuvor in einer Kirche gewesen, jedenfalls studierten ihre Eltern aufmerksam die vorne im Gesangbuch eingeklebte Gottesdienstordnung und kümmerten sich nicht um Lindsey. Schließlich nahm Sarah sie zu sich auf die Bank und holte eine bunt illustrierte Kinderbibel aus ihrem Rucksack, die die Kleine sich danach zufrieden ansah.

Vicky erlebte den Gottesdienst wie im Traum. Sie war so überwältigt von dem Gefühl, Gottes Kind zu sein und jetzt, durch die Taufe, ganz zu ihm zu gehören, dass sie auch nach der feierlichen Taufzeremonie vollkommen regungslos in ihrer Bank saß, den Blick gesenkt, und leise betete. Für ihre Schwester, für ihre Mutter und für William. Vor allem für William.

»Hey!« Mary stieß ihre Schwester vorsichtig an. »Dreh dich mal ganz unauffällig um. Du wirst nicht glauben, wer da hinten in der letzten Reihe sitzt …«

Vicky wandte langsam den Kopf – und sprang im nächsten Moment von ihrem Sitz auf. Durch ihr immer noch bandagiertes Bein fuhr ein stechender Schmerz, dem sie jedoch keine Beachtung schenkte.

»William!«

Dann rannte sie los. Ungeachtet des Chores, der soeben ihr Lieblingslied sang – *Burden down Lord* –, und trotz des rasenden Schmerzes in ihrem Bein, lief sie den Mittelgang hinunter und stolperte geradewegs in Williams Arme hinein.

»William! Du bist gekommen …«, flüsterte sie glücklich. »Du bist wirklich gekommen …«

William fing das leicht schwankende Mädchen mit dem schmerzverzerrten, zugleich aber vor Freude strahlenden Gesicht auf und nickte. Er hatte auf einmal einen dicken Kloß im Hals und konnte vor Rührung kaum ein Wort herausbringen.

»Ja, Vicky, ich bin gekommen«, flüsterte er schließlich. »Ich bin gekommen …«

Vicky strahlte ihn an und hakte sich dann bei ihm ein. »Kommst du mit zu uns? Wir rücken einfach ein bisschen zusammen. Da, jetzt hat Mama dich auch gesehen.«

Als ihre Blicke sich begegneten, schien es, als hätten alle Uhren aufgehört zu schlagen, als stünde die Welt um sie herum plötzlich still. Obwohl die Kirche voll war und viele Leute sich jetzt neugierig nach ihnen umsahen, schien es den beiden in diesem Moment, als wären nur sie ganz allein in diesem Raum. Sie sahen einander an, ohne dass einer von ihnen sich auch nur rührte. Endlich, nach einer Zeit, die William fast wie eine Ewigkeit vorkam, stahl sich ein Lächeln auf Elizabeths Gesicht. Ein zaghaftes, aber dennoch so bezauberndes Lächeln, dass es William ganz heiß durchs Herz schoss.

Dann stand er neben ihr. »Hallo, Elizabeth. Darf ich mich zu dir setzen?«

Sie konnte nur nicken, ihre Kehle war plötzlich wie ausgetrocknet, doch als William neben ihr Platz genommen und einen Arm um ihre Schulter gelegt hatte, wusste sie, dass nun endlich alles gut war. Sie fühlte, wie seine Hand zitterte, und strich zärtlich mit der ihren darüber. Dabei lächelte sie ihn glücklich an. Dann umschloss sie seine Hand und hielt sie fest. Ganz fest.

Gott, du erhörst doch Gebete. Du lässt sogar Träume wahr werden – nicht immer so, wie wir uns das gedacht haben, aber immer so, dass es gut für uns ist. Und du hast mich so glücklich gemacht! William ist hier, er ist wirklich hier …

Während die Gemeinde sich erhob und der Pastor den Segen sprach, sah Elizabeth zu William auf, und er begegnete ihrem Blick.

Gott, wenn ich jemals Zweifel an deiner Existenz gehabt habe, dann vergib mir bitte – ich weiß, dass du es warst, der mich und Elizabeth zusammengeführt hat, und dass du es warst, der mir den Mut gegeben hat, heute hierher zu kommen, in diese Kirche. Es war mit Sicherheit die beste Entscheidung meines Lebens. Dafür danke ich dir.

Nach dem Gottesdienst traten alle in die glühend heiße Mittagssonne hinaus, und Elizabeth war froh, dass sie nur ein leichtes Sommerkleid trug und nicht, wie sie ursprünglich vorgehabt hatte, ihr neues, dunkelgrünes Kostüm. Aber die meisten anderen Frauen in der Kirche waren ebenfalls leicht und leger gekleidet, sodass Elizabeth sich in ihrem roten Kleid nicht allzu fehl am Platze fühlte.

»Du siehst übrigens wundervoll aus«, raunte William ihr zu, als könnte er ihre Gedanken lesen, und strich ihr zärtlich über das Haar. »Wie eine Lady …«

Er hielt die ganze Zeit über ihre Hand und schien heute überhaupt nicht mehr von ihrer Seite weichen zu wollen, doch das störte Elizabeth nicht im Geringsten. Die Leute warfen ihnen freundliche, ja, beinahe wohlwollende Blicke zu – vor allem die älteren Damen der Gemeinde wie Misses Baxter –, als wollten sie sagen: *Ja, die zwei sind schon ein schönes Paar. Ein wirklich schönes Paar.*

Waren sie das?

Mary gesellte sich zu ihnen und sagte zu William gewandt: »Hallo, William. Gut, dass du da bist. Können wir bei dir mitfahren? In Mamas Auto ist nämlich die Klimaanlage ausgefallen. Ausgerechnet jetzt, bei der Hitze! Da bin ich ja zerflossen, bevor wir im Grasmere Crescent ankommen.«

Direkt wie immer, dachte William und lachte. »Na, das kann ich natürlich wirklich nicht verantworten. Mein Wagen steht drüben auf der anderen Straßenseite. Geh nur schon vor, ich komme gleich.«

Er sah Elizabeth fragend an und sie nickte. Dann stellte sie sich auf die Zehenspitzen und gab ihm einen Kuss – einen langen, innigen Kuss. »Ich liebe dich«, flüsterte sie, »und ich bin so froh, dass du da bist.«

»Ich liebe dich auch, Lizzy. Ich liebe dich auch …«

»Wer ist das denn?«

Sina stand neben Vicky und deutete diskret mit dem Kinn in Richtung William, der Elizabeth noch immer im Arm hielt und in ein zärtliches Zwiegespräch mit ihr vertieft zu sein schien. Sie kam sich etwas verloren vor zwischen all den Leuten von der Kirche, die sich anscheinend alle kannten, und sie wusste nicht, mit wem sie reden sollte, solange sie hier herumstanden. Vor allem wusste sie auch nicht, über *was* sie mit ihnen reden sollte. Anscheinend waren das hier alles echte Hardlinerchristen, für die Vickys Taufe eine fundamental wichtige Bedeutung hatte. Sie freute sich auf das Grillen bei Vickys Cousine, die sehr nett zu sein schien und auch mal über etwas anderes redete als über Kirche und Gott – im Gegensatz zu Vicky, die seit Tagen von kaum etwas anderem sprach. So hatte Sina sich ihren Besuch bei der Freundin eigentlich nicht vorgestellt.

Aber wer war dieser Mann, der plötzlich in der Kirche aufgetaucht war und den Vicky, Mary und Elizabeth gleichermaßen anzuhimmeln schienen? Der war ja mindestens vierzig. Oder ob das vielleicht der neue Freund von Vickys Mutter war, dieser adelige Tierarzt?

»Das ist William Bentley«, erklärte Vicky und fügte leise hinzu: »Er und Mama haben sich eine Zeit lang nicht gesehen, und wir dachten schon, sie hätten sich getrennt, aber jetzt scheint alles wieder in Ordnung zu sein. Er ist furchtbar nett – warte nur ab, du wirst ihn ja nachher noch kennenlernen.«

Sina nickte. Na, prima. Jetzt wurde sie also auch noch Zeugin einer romantischen Familienzusammenführung. *Wenn ich das zu Hause erzähle, glaubt mir das kein Mensch. Das ist ja wie in Hollywood!*

Ganz so wie in Hollywood wurde es dann doch nicht. Nach dem Essen gingen William und Elizabeth spazieren, um das nachzuholen, was sie in den letzten Wochen versäumt hatten, und endlich die Missverständnisse aus dem Weg zu räumen, die sich zwischen ihnen angesammelt hatten.

William versuchte Elizabeth zu erklären, warum er plötzlich das Bedürfnis gehabt hatte, allein zu sein und noch einmal in Ruhe die Konsequenzen ihrer Beziehung zu überdenken, bevor er das unternahm, was er jetzt mit einem geheimnisvollen Augenzwinkern »die nächsten Schritte« nannte.

Elizabeth, die zwar von Jerrys Eheproblemen und der Trennung wusste, aber keine Ahnung hatte, dass er daraufhin sein ganzes Leben und insbesondere seinen Glauben infrage gestellt hatte, verstand zum ersten Mal, warum William einerseits so viel Zeit mit seinem Freund verbracht hatte und andererseits geglaubt hatte, sich von ihr distanzieren zu müssen – aus Angst, ihre Beziehung könnte ebenso wenig halten wie die von Jerry und Hannah. Diesen Schmerz hatte er ihnen beiden ersparen wollen.

»Und als du mir dann noch von deiner Anmeldung für den Alphakurs erzählt hast, war bei mir irgendwie das Ende dessen erreicht, was ich noch verstehen konnte. Gerade hatte Jerry vor meinen Augen seine Bibel und haufenweise andere christliche Bücher buchstäblich in den Müll geworfen und gesagt, dass das alles Quatsch sei, dass das alles nichts helfe, da kommst du und erzählst mir mit leuchtenden Augen vom Alphakurs – in eben dieser Gemeinde, die Jerry nicht hat halten, die ihm und seiner Frau offensichtlich nicht hat helfen können. So dachte ich zumindest. Ich kenne die Leute natürlich nicht so gut und weiß nicht, was da an Gesprächen gelaufen ist oder auch nicht. Keine Ahnung. Aber das ist auch nicht wirklich wichtig. Wichtig ist, dass du nicht Hannah bist und ich nicht Jerry, und dass ich erkannt habe, dass Gott – und ich nehme stark an, dass es ihn wirklich gibt – für jeden von uns einen eigenen Plan hat, eine eigene Geschichte. Das glaube ich inzwischen wirklich.« Er nickte bekräftigend.

Elizabeth lächelte still. Sie fühlte sich unendlich erleichtert, aber sie hatte auch noch viele Fragen. Zum Beispiel die, warum er sich nach seiner Rückkehr aus Schottland nicht gleich bei ihr gemeldet hatte, und warum er nicht zu Marys Abschlussfeier gekommen war.

»Weil ich immer noch Zeit zum Nachdenken brauchte. Und weil mich – ich weiß, das ist eine wirklich schwache Ausrede – der Alltag schlichtweg überrollt hat. In dieser Woche kam wirklich alles zusammen, und ich hatte keine Zeit, auch nur anzurufen. Als ich endlich dazu kam, konnte ich dich auch nicht gleich erreichen – ich nehme an, dass ihr da gerade Malin vom Flughafen abgeholt habt. Und was Marys Abschlussfeier angeht …«

Er senkte beschämt den Blick. »Das war wirklich schlecht. Richtig schlecht. Dafür habe ich leider keine Entschuldigung, außer dass ich mich wie ein Idiot benommen habe. Glaubst du, sie kann mir das je verzeihen?«

»Hat sie schon längst. Du kannst sagen, was du willst, aber Mary ist nicht nachtragend. Und außerdem hast du ihr ja diese wundervollen Rosen mitgebracht …«

Sie lächelte kokett, und William wurde ein wenig rot. »Ich weiß, dass die wohl eigentlich für mich waren – Mary wusste es wahrscheinlich auch, aber sie hat ihre Rolle doch gut gespielt, oder?«

William nickte. »Allerdings. Und es war auch richtig, dass sie so deutlich gezeigt hat, dass sie verletzt war. Ich hatte das verdient. Ich hätte es verdient, geohrfeigt zu werden. Mindestens.«

»Mindestens, ja. Teeren und federn wäre Marys Ansicht nach wahrscheinlich eher angebracht gewesen. Apropos Teeren und federn – wann ist noch mal dieses *Kingmaker Feast*? Und steht die Einladung noch?«

»Natürlich, ich habe doch schon die Karten. Das Fest findet am letzten Juliwochenende statt, also gleich zu Ferienbeginn. Was hältst du davon, wenn wir die Mädchen bei deiner Schwester unterbringen und ein richtiges Romantikwochenende daraus machen?«

Sie legte den Kopf schief, sah ihn nachdenklich an. »Mmmh ... weiß nicht. Mit kaltem Wasser vom Brunnen und ungeheizten Schlafzimmern?«

»Klar. Wer braucht schon Warmwasser und Heizung, wenn er seine Liebste zum Wärmen dabei hat?« Er grinste und strich ihr zärtlich eine Haarsträhne aus dem Gesicht. »Außerdem ist ja Sommer. Es wird bestimmt warm sein.«

»Okay ... ich bin dabei. Die Mädchen können übrigens sehr gut allein zu Hause bleiben – sie sind schließlich keine Kleinkinder mehr. Wahrscheinlich veranstalten sie selbst eine Party, wenn ihre Mutter aus dem Haus ist.«

»Wahrscheinlich, ja.«

Er sah sie lange an. Wie hatte er nur so dumm sein können? Beinahe hätte er sie ein zweites Mal verloren – und dieses Mal wäre es für immer gewesen. Erst jetzt, wo er sie in seinen Armen hielt und küsste, wurde ihm überdeutlich klar, was für einen fatalen Fehler er beinahe begangen hätte. Er hielt sie ganz fest, während Tränen der Erleichterung in seinen Augen glitzerten.

»Lizzy«, murmelte er dabei wieder und wieder in ihr Haar hinein. »Oh liebste, liebste Lizzy – was wäre ich nur ohne dich?«

»Wir fahren nächstes Wochenende alle nach Mayfield Manor«, platzte Vicky heraus, als sie am Abend in Sarahs Zimmer gestürmt kam. Die

Erwachsenen saßen noch immer draußen auf der Terrasse und es sah nicht so aus, als würden sie so schnell nach Hause aufbrechen. Also hatten es sich die vier mit Cola, Chips und ein paar Süßigkeiten in Sarahs Zimmer gemütlich gemacht. Sina fühlte sich pudelwohl bei den O'Connors und bewunderte gerade Sarahs Büchersammlung auf dem hohen Regal neben der Tür, als ihre Freundin hereinstürzte.

»Autsch! Deswegen musst du mir nicht gleich die Tür an den Kopf schlagen!«

»Entschuldigung, ich konnte ja nicht wissen, dass du da stehst. Tut mir leid«, lächelte Vicky und drückte ihrer Freundin, die sich die schmerzende Stelle am Kopf rieb, ein Minzbonbon in die Hand. »Hier, probier mal. Das sind meine liebsten.«

Während Sina das Bonbon auswickelte, erzählte Vicky von der Einladung nach Mayfield Manor und von all den wundervollen Zimmern, die es dort gab, und von denen sie und Mary sich eines aussuchen dürften, wenn sie am nächsten Wochenende dorthin fahren würden.

»Zu denken, wir dürfen in einem richtigen, alten Herrenhaus übernachten – in einem Himmelbett womöglich! Wenn wir Glück haben, erwischen wir sogar eines von den Kaminzimmern …«

»Klar, bei den Temperaturen ist das natürlich unbedingt notwendig«, bemerkte Mary, die sich zwar auch freute, aber bei Weitem nicht so romantisch veranlagt war wie ihre Schwester. Außerdem war sie gerade dabei gewesen, aus Sarah etwas über diesen geheimnisvollen Verehrer aus der Kirchengemeinde herauszulocken, als Vicky hereingestürmt war.

Vicky griff in die Chipstüte, die am Boden lag, und nahm sich eine Handvoll heraus. »Nun, es sieht wenigstens ziemlich imposant aus, findest du nicht? Und man kann sich ja vorstellen, wie es *wäre*, wenn ein Feuer darin brennt. Außerdem kann es ja sein, dass wir noch öfter nach Mayfield Manor kommen und dort schlafen«, fügte sie mit einem Augenzwinkern hinzu.

»Wenn Mama und William verheiratet sind, meinst du?«

Vicky strahlte. »Ja, genau. Ich war ja gerade unten, und ich muss sagen, es sieht schon sehr danach aus, als ob sie … Ich meine, die beiden sitzen da und halten Händchen und werfen sich andauernd verliebte Blicke zu und so.«

»Oh je.« Mary stöhnte theatralisch und ließ den Kopf in ihre Hand sinken. »Dann müssen wir ja schon wieder umziehen. Mensch, ich werde goofy old Bedworth echt vermissen. Aber für ein Schloss …«

»Echt, eure Mutter will wieder heiraten? Diesen adeligen Tierarzt?« Sina blieb vor Staunen der Mund offen stehen. Das wurde ja immer romantischer – und für Romantik hatte Sina durchaus Verständnis, auch wenn sie vieles andere hier nicht verstand, wie zum Beispiel die ganze Aufregung um diese Taufe heute.

Vicky wandte sich an ihre Freundin, immer noch vor Glück und Freude strahlend. »Na, ich hoffe es doch zumindest. Dann sind wir nämlich endlich wieder eine richtige Familie …«

»Also, ich weiß nicht, ob er auch adelig ist oder einfach nur stinkreich, aber so oder so ist er eine gute Partie.« Mary grinste. Als sie dem vorwurfsvollen Blick ihrer Schwester begegnete, hob sie beschwichtigend die Hände. »'tschuldigung. Er ist sowieso eine gute Partie – nicht nur für Mama. Und natürlich nicht nur, weil er reich ist. Er ist ein Netter – da, ich geb's zu, ich habe meine Meinung über ihn geändert. Längst. Er ist ein wirklich Netter, und er hat Mama verdient.«

Dann goss sie sich in aller Seelenruhe ein Glas Cola ein. »Wird auch Zeit, dass die beiden sich nun endlich bekommen. Mama und ihr *Prince Charming* …«

Catherine verabschiedete sich mit einer Umarmung von William. »Ich freue mich so, dass du gekommen bist, William. Es wäre nicht dasselbe gewesen ohne dich – für Vicky nicht und für Elizabeth natürlich auch nicht. Und dass ihr beide den Alphakurs zusammen machen wollt, ist die beste Idee überhaupt. Ihr werdet sehen, das wird ganz toll. Vor allem, wenn ihr bei Dan und Ruth in der Gruppe landet, da gibt's immer jede Menge zu lachen. Wie auch immer – ich wünsche euch jetzt schon mal einen guten Start, ein tolles, romantisches Wochenende auf Mayfield

Manor … und Gottes Segen für alles, was ihr sonst noch so vor euch habt«, fügte sie augenzwinkernd hinzu.

»Danke, Catherine. Ich weiß das zu schätzen«, antwortete William und drückte sie kurz an sich. »Wir sehen uns – spätestens bei der Hochzeit, oder?«

Catherine starrte ihn verständnislos an. *Hochzeit?! War ihr da vielleicht irgendetwas entgangen heute Abend?*

»Ich darf doch kommen, oder? Zu Joshuas Hochzeit? Ich war als Elizabeths Begleiter vorgesehen … Zumindest hatte ich das mit der Einladung so verstanden.«

Er grinste, und sie wurde ganz rot vor Verlegenheit, weil sie geglaubt hatte, er spiele auf seine eigene Hochzeit mit Elizabeth an.

Dann aber lachte sie. »Du liebe Güte, das hatte ich ja völlig vergessen in der Aufregung heute! Und es sind nur noch etwas über vier Wochen! Da sehen wir uns aber sicher vorher noch. Natürlich darfst du kommen, was ist das für eine Frage? Glaubst du vielleicht, Elizabeth kommt freiwillig ohne dich?«

Er schüttelte den Kopf. »Nein«, antwortete er und sah zu Elizabeth hinüber, die sich gerade von ihrem Schwager verabschiedete. Sie lachte über irgendetwas – und wieder war da dieses seltsam kribbelnde Gefühl, das ihn immer dann überkam, wenn er sie lachen hörte. Dieses wunderbare, helle Lachen, das ihm in den letzten Wochen so gefehlt hatte. Sein Blick wurde ganz weich, und Catherine, die ihn immer noch ansah, glaubte Tränen in seinen Augen zu entdecken.

»Nein, das glaube ich nicht«, wiederholte er und begegnete Catherines Blick. »Sie gehört zu mir, weißt du?«

Catherine nickte. Ja, Elizabeth gehörte zu William, das konnte man deutlich sehen. Vielleicht hatte sie schon immer zu ihm gehört, irgendwie. Vielleicht war er auch deshalb so lange allein geblieben.

Sie schloss langsam die Haustür hinter William, Elizabeth und den drei Mädchen.

Wer wusste das schon?

Noch lange, nachdem die Mädchen hineingegangen waren, standen Elizabeth und William eng umschlungen draußen vor dem Haus im Chestnut Close. Es war schon nach Mitternacht, William war hundemüde und hätte im Stehen einschlafen können, konnte sich aber beim besten Willen noch nicht von Elizabeth losreißen.

»Ich liebe dich so sehr, Elizabeth – so sehr«, murmelte er und schob ihr dichtes Haar beiseite, um sie im Nacken zu küssen. »Und ich freue mich schon jetzt auf unser Wiedersehen. Ich hole euch drei am Samstag um halb fünf hier ab, okay?«

Elizabeth wand sich ein wenig unter seiner sinnlichen Berührung. »Ja, okay. Aber was ist mit dem Alphakurs? Der ist am Donnerstag. Kommst du mich da nicht abholen?«

»Das hatte ich fast vergessen. Also, am Donnerstag um viertel vor sechs. Wenn ich es nicht schaffe, die Praxis rechtzeitig –« Er brach ab, als er ihren vorwurfsvollen Blick bemerkte, und beeilte sich zu versichern: »Natürlich schaffe ich es. Also, Donnerstag, viertel vor sechs. Gute Nacht, mein Liebes. Träum was Schönes!«

Er drückte ihr einen letzten, zarten Kuss auf die Stirn und ging dann zu seinem Auto hinüber. Elizabeth sah ihm noch lange hinterher, die Arme vor der Brust verschränkt, und wandte sich schließlich mit einem müden, aber tief befriedigten Seufzer dem Haus zu.

Warum ließ Gott einen auf die besten Dinge im Leben eigentlich oft so lange warten?

37

»Sieht so aus, als wäre es mit dem schönen Wetter bald vorbei«, bemerkte Theodore, der seine Schubkarre absetzte, um die Gäste zu begrüßen. »Das wird wohl noch ein kräftiges Gewitter geben heute Abend. Guten Tag, Misses Webster – Miss Mary Ann, Miss Victoria. Herzlich willkommen auf Mayfield Manor. Sir, Sie wollten mich noch sprechen, ich bin hier gleich fertig mit meiner Arbeit und komme dann in den Salon, wenn die Damen so weit sind.«

Damit tippte er sich an den Hut, verneigte sich kurz und ging mit seiner Schubkarre weiter, den Hügel hinauf Richtung Kräutergarten.

»Hast du gehört, was er gesagt hat?«, wisperte Vicky ihrer Schwester aufgeregt zu.

Mary nickte kichernd. »Miss Mary *Ann*! Und Miss *Victoria* – stell dir mal vor, wir werden dann immer so angeredet, wenn wir hier ... ich meine, wenn Mama ...«

Vicky stieß sie warnend in die Seite. »Sei bloß still, Mary! Das wäre Mama furchtbar peinlich.«

Elizabeth aber war mit ihren Augen und Ohren ganz woanders. In diesem Moment bogen sie nämlich auf den weiten, kiesbestreuten Vorplatz ein, und William brachte den Wagen direkt vor den Eingangsstufen zum Stehen.

»Ich wünschte, ich könnte schon sagen: Willkommen zu Hause«, murmelte er, sodass nur Elizabeth es hören konnte. »Aber trotzdem, ein herzliches Willkommen.«

Dann drehte er sich nach hinten um. »Ich hoffe, ihr habt eine schöne Zeit hier, auch wenn es morgen regnen soll. Das Haus ist ja groß genug, sodass es euch nicht allzu schnell langweilig werden sollte.«

»Bestimmt nicht«, meinte Vicky. »Wir haben ja längst noch nicht alles hier gesehen – oh, da kommt deine Mutter, William. Was hat sie denn da auf dem Arm?«

Es war, wie sie gleich sehen sollte, ein Hundebaby. Ein junger Border Collie, genau gesagt.

»Wo hast du den denn her?«, fragte William, nachdem er ausgestiegen war, um seine Mutter zu begrüßen. Der kleine Collie versuchte sich mit strampelnden Bewegungen aus der Umarmung zu befreien, und kam sogleich auf Vicky und Mary zugelaufen, die sich zu ihm herunterbeugten, um sein seidig weiches, schwarz-weißes Fell zu streicheln.

»Das ist Romy«, erklärte Charlotte und gab erst Elizabeth, dann den beiden Mädchen die Hand. »Dein Vater hat beschlossen, dass es dem alten Danny guttun würde, wenn mal wieder ein Welpe ins Haus kommt. Und Maggie hatte dieses Jahr wirklich Pech mit dem Verkaufen, weil plötzlich alle Leute Rüden haben wollten. Es gab aber nur einen –

und sechs Hündinnen. Sonst ist es ja immer eher umgekehrt – nun ist Romy also bei uns gelandet, und wie es aussieht, tut es Danny wirklich gut. Ich bin nur nicht sicher, ob wir diesem kleinen Energiebündel auf Dauer gerecht werden können. Ich jedenfalls kann nicht mit ihr über die Felder und Wiesen marschieren, Leopold natürlich auch nicht, und von den Bediensteten hat eigentlich keiner Zeit für Hundespaziergänge, aber …« Sie sah schmunzelnd auf den kleinen Hund hinab, der sich auf den Rücken geworfen hatte, alle viere von sich streckte und sich von Elizabeths Töchtern ausgiebig kraulen ließ. »Vielleicht findet sich dafür ja noch eine Lösung.«

Sie wandte sich an Elizabeth. »Herzlich willkommen auf Mayfield Manor. Ich freue mich, dass Sie kommen konnten. Hoffentlich fühlen Sie sich wohl bei uns. Emma hat drei Zimmer im Westflügel für Sie fertig gemacht, dort hat übrigens auch William sein Zimmer. Sie sind also nicht ganz allein … Ich meine – falls Sie Hilfe brauchen sollten.« Dabei zwinkerte sie Elizabeth verschmitzt zu – *genau wie William,* dachte diese und sah zu ihm auf. Wie ähnlich er seiner Mutter war! Die Augen, der Mund – ja, selbst das Lachen war dasselbe. Ansteckend, fröhlich und von Herzen kommend.

»Danke, Misses Bentley. Ich bin sicher, dass wir uns sehr wohlfühlen werden – nicht wahr, ihr beiden?«

Mary und Vicky, die immer noch mit der kleinen Romy beschäftigt waren, nickten nur. Wegen ihnen konnte es das ganze Wochenende regnen, sie hatten mit diesem Hund ein tagefüllendes Programm.

»Bitte, sagt doch Charlotte zu mir – Misses Bentley klingt so förmlich. Kein Mensch nennt mich heutzutage noch Misses Bentley, außer den Hausangestellten, und die tun es, glaube ich, auch nur aus alter Gewohnheit.«

Sie lachte, und Elizabeth ergriff ihre ausgestreckte Hand. »Danke, Misses … Charlotte. Ich bin Elizabeth.«

»Meinst du, wir können Romy mit nach draußen nehmen? Wir könnten ein bisschen mit ihr im Park spazieren gehen. Damit tun wir Williams Mutter doch einen Gefallen, oder?«

Mary zuckte gleichmütig die Achseln. »Von mir aus. Die haben bestimmt nichts dagegen. So ein Welpe muss ja sowieso dauernd Pipi machen.«

»Eben.«

Vicky nahm Romy auf den Arm und ging schnurstracks auf den Salon zu, in dem sich die Erwachsenen bei Tee und Kuchen unterhielten. Ihnen war das schon nach einer Viertelstunde langweilig geworden. *Wie sollen wir nur den ganzen Abend überstehen,* fragte sich Mary insgeheim, als sie ihrer Schwester folgte. Einführung in die höheren Kreise der Gesellschaft, Teil I. Na, wenn das Malin sehen könnte. Die hatte sich kein einziges Mal gemeldet, seit sie wieder in Deutschland war. Das heißt, inzwischen weilte sie wahrscheinlich auf Fuerteventura mit ihrem Vater und dessen neuer Freundin, trank Cocktails, die sie eigentlich noch gar nicht trinken dürfte, und baggerte die Jungs an wie blöde. Sollte sie. Sie wusste, dass das nichts für sie wäre – und sie wusste auch, dass ihre Freundschaft zu Ende war. Seltsamerweise machte ihr das nur wenig aus. Es war schade, ja, aber dafür hatte sie in Judy eine viel bessere, liebenswertere Freundin gefunden. Sarah war sowieso das, was die Engländer *one in a million* nannten. Auch mit Vicky verstand sie sich so gut wie schon lange nicht mehr – abgesehen davon, dass diese Sache mit Jesus zwischen ihnen stand wie eine unüberwindbare Mauer. Aber Mary war bereit, ihrer kleinen Schwester das zuzugestehen – jeder musste schließlich seinen kleinen Spleen haben dürfen, oder? In ihren Augen war es nun einmal nichts weiter als ein Spleen. Sie würde sich natürlich hüten, das Vicky oder Sarah gegenüber so auszudrücken. Wenn sie ehrlich war, faszinierte sie das Ganze ja auch irgendwie. Dieser Jesus war schon eine interessante Person, auch wenn sie sich das mit dem Gott, Vater, Sohn und Heiliger Geist nicht recht vorstellen konnte. Aber sowohl Vicky als auch ihre Mutter waren viel fröhlicher, seit sie sich für den Glauben entschieden hatten, und die Leute in der Gemeinde waren längst nicht so übel, wie Mary anfangs befürchtet hatte. Sogar Misses

Baxter mochte sie inzwischen recht gern – nicht nur, weil sie so köstliche Puddings machte.

Sie wusste immer noch nicht, wer der Junge war, der sich angeblich in sie verliebt hatte, aber sie hoffte – hoffte! –, dass es vielleicht David sein könnte. Denn der war nun wirklich kein Spinner, und obendrein sah er supergut aus. Um den würde Malin sie bestimmt glühend beneiden …

»Kommst du nun, oder bist du da festgewachsen? Charlotte hat gesagt, die Leine hängt an der Treppe, wir sollen sie nur nicht frei laufen lassen, weil sie vielleicht nicht zurückkommt. Sie ist ja erst seit ein paar Tagen hier. Nimmst du eine Regenjacke mit?«

Mary schüttelte den Kopf. »Nein, ich glaube nicht, dass es regnet. Außerdem gehen wir ja nicht weit. Da ist die Leine, guck. Oh, wie süß, mit Herzchen!«

Sie nahm die rote Lederleine vom Treppengeländer und bückte sich, um sie an Romys Halsband zu befestigen. Der kleine Hund zappelte und drehte den Kopf hin und her; es war ihm deutlich anzumerken, dass er noch nicht an die Leine gewöhnt war. Lachend hielt Mary die Hündin fest, bis sie es geschafft hatten, den Karabinerhaken der Leine an dem silbernen Ring des Halsbandes zu befestigen.

»So, das hätten wir geschafft. Um wie viel Uhr gibt es Abendessen? Um sieben?«

Vicky verdrehte die Augen. »Um acht! Wir haben doch gerade erst Tee getrunken. Wir sind hier auf Mayfield Manor, da wird so ein Dinner ganz anders zelebriert. Ich habe schon gehört, dass es als Vorspeise Knoblauchgarnelen am Spieß gibt, danach italienische Gemüsesuppe, zum Hauptgang Truthahn, gefüllt mit Röstkastanien, und zum Nachtisch Erdbeersoufflé. Und Kaffee, Käse und Cracker natürlich. Wir werden nachher in unsere Betten plumpsen, als hätten wir Wackersteine im Bauch!«

Marys Augen glänzten. »Mmmh, Erdbeersoufflé, lecker. Das haben wir in der Schule mal gemacht. Aber hier schmeckt es bestimmt noch viel besser, mit Erdbeeren aus Maggies Garten. Also, wenn du mich fragst, das hier ist das reinste Luxuswochenende – und ich fange an, es zu genießen. Komm, Romy, auf in den Park!«

Noch während sie beim Essen saßen – Elizabeth hatte sich für diesen Anlass noch ein neues Kleid aus glänzender, grün schimmernder Seide gekauft, das, bevor es reduziert wurde, ein kleines Vermögen gekostet hatte –, brach das vorhergesagte Gewitter los. Zuerst wurde es immer dunkler, sodass das elektrische Licht angeschaltet werden musste, und dann, als Elizabeth gerade eine von den besagten Knoblauchgarnelen aufgespießt hatte und diese zum Mund führen wollte, erhellte der erste Blitz den Saal, gefolgt von einem dumpf dröhnenden Donnerschlag.

»Meine Güte, jetzt habe ich mich aber erschrocken!«, rief Charlotte und stellte mit zitternder Hand ihr Weinglas wieder ab, aus dem sie soeben hatte trinken wollen.

Elizabeth tupfte verlegen mit ihrer Serviette auf dem schneeweißen Tischtuch herum, auf das die Gabel samt Garnele gefallen war, und nickte zustimmend. *Ich werde es nie schaffen, mich beim Essen so zu benehmen, wie man es von einer Lady erwarten sollte. Und aus Charlottes Glas ist nicht einmal ein Tropfen verschüttet worden.* Wie lange brauchte man wohl, um all das zu lernen?

»Hat das Haus einen Blitzableiter?«, fragte Mary und runzelte die Stirn. Sie hatte ihren Spieß bereits aufgegessen und war jetzt mit ihrem grünen Salat beschäftigt.

Charlotte lachte. »Nein, hat es nicht. Aber keine Sorge, es passiert schon nichts. Hier hat in über einhundertundfünfzig Jahren noch nie der Blitz eingeschlagen, und wir haben schon ganz andere Unwetter überstanden. Nicht wahr, Leopold?«

Leopold Bentley grunzte seine Zustimmung und legte sein Besteck auf den Teller. Dann wandte er sich zu der Hausangestellten um, die augenblicklich den Teller entfernte und ihm Wein nachgoss. Leopold bedankte sich mit einem leichten Kopfnicken, bevor er sich seinem Wein widmete, einem ausgezeichneten 2000er Chablis, der, wie William Elizabeth erklärt hatte, direkt aus Frankreich geliefert wurde. Elizabeth, die die kleine Szene zwischen Leopold und Emma beobachtet hatte, schmunzelte. Hier hatte alles seine bestimmte Ordnung, und jeder wusste genau, was er zu tun hatte. Dabei waren alle so freundlich und herzlich zu ihnen. Besonders Charlotte kümmerte sich rührend um die Mädchen – *sicherlich wäre sie eine tolle Großmutter gewesen,* dachte Elizabeth mit Wehmut – *im Gegensatz zu Mama und Papa, die sich mit dieser Rolle nie recht hatten anfreunden können.* Aber, so sagte sie sich, was geschehen war, war geschehen, und das Vergangene ließ sich nicht mehr ändern. Was jetzt zählte, war die Zukunft – und die schien viel Gutes zu versprechen.

»Wollt ihr lieber zusammen in einem Zimmer schlafen?«, fragte Charlotte. »Wir haben zwei nebeneinanderliegende Zimmer für euch fertig gemacht, aber ihr könnt auch eines zusammen haben, wenn euch das lieber ist.«

Ein neuer, heftiger Donnerschlag ließ die Kristallgläser auf dem Tisch wackeln, und die Mädchen beeilten sich zu nicken. »Oh ja, bitte!«, rief Vicky, die ganz blass geworden war. »Das wäre mir viel lieber. Nicht wahr, Mary?«

»Von mir aus«, brummelte Mary und schob ihren Teller beiseite. Sie war, im Gegensatz zu ihrer Schwester, kein großer Salatfan. Sie war auch nicht halb so ängstlich wie Vicky, aber zum alleine Schlafen hatte sie auch keine Lust. Das war ihr zu langweilig – schließlich gab es bestimmt noch allerhand zu reden. Sie sah zu William hinüber, der ihrer Mutter gerade eine Garnele stibitzte. *Frech,* dachte sie und grinste. Frech, aber nett.

Ihre Mutter merkte nicht einmal, dass er ihr etwas geklaut hatte, sondern nahm ihr Weinglas zur Hand und sagte: »Na, dann macht es euch mal gemütlich. Vielleicht komme ich später auch noch dazu. Ich bringe auch meine eigene Bettdecke mit, okay?«

Aber das Gewitter verzog sich im Laufe des Abends, und als sie sich von Emma ihre Zimmer zeigen ließen, regnete es nur noch – das allerdings sehr heftig. Der Regen prasselte nur so an die hohen Fenster des Herrenhauses, und der Wind rüttelte an den Scheiben, als wollte er sie mit Gewalt aus ihren Rahmen reißen.

Elizabeths Zimmer lag gleich neben dem von William und war mit so viel Liebe und Sorgfalt vorbereitet worden, dass es sie fast zu Tränen rührte. Im Kamin prasselte ein behagliches Feuer, auf dem kleinen, runden Mahagonitisch unter dem Fenster stand eine Porzellanvase, gefüllt mit duftenden, roten Rosen, das Bett war aufgeschlagen und auf dem Kissen lag sogar eine Schokoladenpraline. Auf dem Nachttisch befand sich ein Krug mit frischem Wasser und ein Glas.

Alles perfekt, dachte Elizabeth, als sie ins Zimmer trat und sich umsah. *Fehlt nur noch der seidene Morgenmantel am Haken – und rosa Pantoffeln dazu. Aber das behalte ich besser für mich, William bekommt es sicher fertig und besorgt mir das alles noch. Stehenden Fußes.*

William trat neben sie ins Zimmer und legte ihr einen Arm um die Schultern. »Gefällt es dir?«

»Und wie! Das ist ganz toll, William. Danke. Vielen Dank, Emma«, sagte sie und drehte sich zu der Haushälterin um, die sich diskret im Hintergrund hielt und auf weitere Anweisungen zu warten schien.

Elizabeth zögerte. *Was soll ich denn jetzt machen? Soll ich ihr sagen, dass sie gehen kann?*

Glücklicherweise kam William ihr zuvor. »Danke, Emma, das wäre alles. Machen Sie sich einen schönen Feierabend – den haben Sie sich verdient. Haben Sie morgen frei?«

»Ja, Sir, und am Montag auch. Ich fahre zu meiner Schwester nach Chester.«

»Dann wünsche ich Ihnen eine schöne Zeit dort, Emma. Erholen Sie sich ein wenig, die Tage mit der kleinen Romy waren sicherlich auch etwas anstrengend.«

»Es hat mir Spaß gemacht, Sir. Sie ist so ein lieber kleiner Hund!« Dann knickste sie höflich. »Gute Nacht, Mister Bentley. Gute Nacht, Miss.«

Nachdem Emma gegangen war, wandte Elizabeth sich an William. »Und was machen wir beide jetzt?«, fragte sie leise und legte ihm beide Hände auf die Brust. »Kommst du vielleicht noch ein bisschen an meinen Kamin?«

Zu ihrer Überraschung fing William an zu lachen.

»Was ist daran so komisch?«, wollte sie wissen und zog ihre Hände zurück. »Ist doch eine ganz normale Frage, oder? Ich meine –«

Immer noch lachend, nahm William sie in seine Arme und schob gleichzeitig die Tür mit dem Fuß zu. »Natürlich, mein Schatz. Ich habe nur gelacht, weil du plötzlich so unerwartet … nun, so unerwartet sexy ausgesehen hast. Sexy und verführerisch. Dieser Augenaufschlag! Meine liebe Lizzy, den solltest du dir besser bald abgewöhnen, sonst komme ich in Zukunft gar nicht mehr zum Arbeiten, weil ich immerzu damit beschäftigt sein werde, dir jeden Wunsch von den Augen abzulesen. Von deinen wunderschönen, braunen Augen …«

Er zog sie noch näher an sich und küsste sie auf jedes ihrer Augenlider. Dann gab er ihr einen zarten Kuss auf die Nasenspitze und sagte: »Ich hole uns noch zwei Gläser und eine Flasche Wein. Wir wollen doch diesen Abend stilvoll ausklingen lassen, oder?«

Kopfschüttelnd sah sie ihm hinterher. *So ein Halunke,* dachte sie, *und da dachte ich schon, ich wäre vielleicht zu direkt, zu aufdringlich. Anscheinend sieht er das anders.*

Seufzend wandte sie sich zum Kamin um und sah unverwandt ins Feuer. Alles perfekt für eine romantische Nacht. Die Frage war nur, wollte sie das wirklich – und wollte sie es jetzt?

Doch William schien nichts von stürmischen, vorehelichen Nächten auf Mayfield Manor zu halten. Als sie schläfrig zu werden begann, stellte er die Gläser auf ein Tablett, verkorkte die Flasche und wandte sich zum Gehen. »Ich gehe jetzt besser nach nebenan. Gute Nacht, meine liebste, hinreißendste Elizabeth!«

Bevor sie etwas erwidern konnte, beugte er sich zu ihr, küsste sie auf die Stirn und ging mit dem Tablett zur Tür. Dort wandte er sich noch einmal um und lächelte geheimnisvoll. »Und mach dich auf ein paar nette Überraschungen gefasst. Hast du Gummistiefel eingepackt?«

Sie fuhr in ihrem Sessel hoch. Sofort war der Traum, den sie damals nach dem Lampionfest gehabt hatte, wieder gegenwärtig, in dem sie in Cordrock und schmutzigen Stiefeln den Ballsaal von Mayfield Manor betreten hatte – mit einem zappelnden Hundebaby auf dem Arm!

»Wie – wieso?«

»Nur so«, entgegnete er lächelnd und verschwand.

Was immer das heißen mag, dachte sie und stand auf, um sich umzuziehen. Wenigstens hatte sie ihren Cordrock nicht dabei, und Gummistiefel besaß sie überhaupt nicht.

Als sie am nächsten Morgen von einem leisen Klopfen aufwachte, war es noch halbdunkel im Zimmer. Elizabeth murmelte ein verschlafenes »Herein« und drehte dabei ihren Unterarm, sodass sie auf ihre Uhr sehen konnte. *Sechs Uhr! Na, der hat Nerven.*

Es kam jedoch niemand herein, und als sie zur Tür schlich, um nachzusehen, wer da war – eigentlich konnte es nur William sein –, lag dort nur ein weißes Kärtchen auf dem Holzdielenboden.

Guten Morgen, mein Liebling! Ich hoffe, du hast gut geschlafen und etwas Schönes geträumt. Es tut mir leid, dich so früh wecken zu müssen, aber ich möchte dich trotzdem bitten, dich so schnell wie möglich anzuziehen und in den Hof hinunterzukommen. Ich warte dort auf dich. W.

P.S.: Gummistiefel? Regenjacke?

Kopfschüttelnd nahm Elizabeth die Karte mit in das angrenzende Badezimmer. Dort aber war es eisig kalt, und so hielt sie nur ganz kurz den Kopf unter den Wasserhahn und beschloss, die Dusche Dusche sein zu lassen, bis sie herausgefunden hatte, wie sie hier an Heißwasser kam. *Das ist ja mittelalterlich,* dachte sie und griff nach einem der großen, flauschig weichen Handtücher, die auf dem Badewannenrand für sie bereitlagen. *Schön, aber mittelalterlich. Wenn wir hier tatsächlich einmal einziehen sollten, dann erst wenn umfangreiche Modernisierungsarbeiten stattgefunden haben.*

Wieder in ihrem Zimmer, trat sie ans Fenster, um zu sehen, ob es noch immer regnete, und hielt einen Moment staunend inne. Dort, wo die Sonne gerade aufging, leuchtete der Himmel in den zartesten Rosa- und Violetttönen, die die Wiesen und Felder in ein unbeschreibliches Licht tauchten. Was für ein Morgen! Was für ein Tag! Elizabeth seufzte glücklich. Schöner konnte das Leben nicht mehr werden, fand sie. Ein

Kaffee fehlte vielleicht noch, aber den würde sie hoffentlich unten bekommen.

Dann wandte sie entschlossen den Blick ab und begann, in ihrer Reisetasche nach etwas Passendem zum Anziehen zu suchen – wenn sie nur wüsste, was William mit ihr vorhatte!

Wenige Minuten später eilte sie in Jeans, Bluse und Sandalen die breite Treppe nach unten, einen leuchtend roten Fleecepulli über der Schulter.

William wartete bereits auf sie. Er trug ebenfalls Jeans, dazu ein kurzärmeliges Hemd, und stand lässig an seinen Range Rover gelehnt. Von dem Hundebaby war weit und breit nichts zu sehen, das hatten die Mädchen bestimmt mit auf ihr Zimmer genommen. *Immerhin,* dachte Elizabeth, *wenn es schon keinen Kaffee gibt.*

Den sollte es offensichtlich nicht geben, denn William öffnete sofort die Beifahrertür für sie. »Bitte einsteigen. Guten Morgen, mein Liebling. Hast du gut geschlafen?«

»Ja. Ein bisschen kurz vielleicht, aber sonst sehr gut, danke.«

Sie kletterte in das Wageninnere und zog sich fröstelnd den Fleecepulli um die Schultern.

»Ist dir kalt?«

William reichte ihr seine Lederjacke von hinten. Die fühlte sich zwar auch kalt an, weil sie vermutlich die ganze Nacht im Wagen gelegen hatte, aber Elizabeth zog sie sich trotzdem dankbar über. Das Gewitter hatte die Temperaturen ganz schön sinken lassen, mehr als zehn Grad hatten sie im Moment bestimmt nicht. Es war allerdings auch noch sehr früh.

Er beugte sich zu ihr hinüber, um sie zu küssen. »Du siehst klasse aus. Bereit für einen kleinen Ausflug?«

Sie nickte, worauf er zu ihrer Verwunderung einen Schal aus dem Ablagefach im Inneren der Wagentür nahm und ihr die Augen damit verband. »Kannst du etwas sehen? Nicht? Das ist gut. Dann kann's jetzt losgehen.«

Sie fuhren nicht weit, nur die Auffahrt hinunter bis zur Hauptstraße, auf der sie einige Hundert Meter in Richtung Atherstone fuhren. Das alles konnte Elizabeth natürlich nicht sehen, denn William hatte ganze Arbeit geleistet, als er ihr die Augen verbunden hatte. Aber ihr Zeitgefühl sagte ihr, dass sie nicht weit gekommen sein konnten, als William kurz darauf den Wagen am Straßenrand zum Halten brachte und den Motor ausschaltete.

Elizabeth blinzelte, doch sie konnte nichts sehen, absolut nichts.

»So, meine Liebe, jetzt musst du aussteigen – warte, ich helfe dir.«

Und ehe sie sich's versah, wurde sie mit einem Schwung auf den Arm genommen und aus dem Wagen gehoben. »Du bist wirklich leicht wie eine Feder!«, lachte William und setzte sie sanft zu Boden. »Ich nehme dir jetzt den Schal ab.«

Verwundert sah Elizabeth sich um. Sie standen an der Straße, die zum Dorf hinunterführte, weniger als eine Viertelmeile von der Farm entfernt. Und es war nirgendwo etwas Besonderes zu sehen – kein heimlich vorbereiteter Picknickplatz, nichts.

»Was –?«

William drückte sanft seinen Zeigefinger auf ihre Lippen. »Warte!«

Er zog sie an seine Seite und zeigte auf eine Stelle im nassen Gras. »Ungefähr da war's!«

»*Was* war da? Komm, William, ich bin müde, ich hatte noch keinen Kaffee, du musst mir helfen! Was machen wir hier morgens um halb sieben? Bestimmt fängt es gleich zu regnen an. Da, ich merke schon einen Tropfen!«

»Umso besser, das macht die Sache noch authentischer. Elizabeth, erinnerst du dich wirklich nicht mehr an diesen regnerischen Morgen im April, an dem ich dich hier im Straßengraben gefunden habe, mit deinem verletzten Fuß?«

»D-doch«, brachte Elizabeth mit stockender Stimme hervor. Sie zitterte plötzlich am ganzen Körper, und selbst ihre Stimme schien ihr nicht gehorchen zu wollen. *Er macht mir einen Antrag! Hier und jetzt! Wie romantisch …*

William lächelte. »Siehst du, und genau deshalb wollte ich dich an diesem Morgen auch hierher bringen. Genau hierher, an diesen Ort, und –« Er sah auf seine Armbanduhr. »Na, so ungefähr um diese Zeit.«

Dann trat er einen Schritt zurück, kniete vor ihr nieder, nahm ihre Rechte in die seine und fragte: »Elizabeth – willst du … Willst du mich heiraten? Willst du meine Frau werden?«

»Ja!«, rief sie, kaum dass er die Frage ausgesprochen hatte, ließ sich ebenfalls in die Knie sinken und fiel ihm, vor Freude fast weinend, um den Hals. »Ja, das will ich. Das will ich …«

»Na dann«, lächelte er und hob ihr Kinn, um sie zu küssen. »Dann ist ja endlich alles gut und ich muss nur noch die Hochzeitsreise buchen. Wenn wir in diesem Jahr noch heiraten wollen, wird es höchste Zeit. Ist dir das recht? In diesem Jahr, meine ich?«

»Alles«, murmelte sie glücklich und schmiegte sich an ihn. »Alles ist mir recht. Wenn du nur nie wieder weggehst …«

»Das habe ich nicht vor«, versicherte er ihr und küsste sie lange und zärtlich. »Also, wie wäre es im Oktober?«

»Oktober?« Sie sah ihn zweifelnd an. »Aber … aber das sind nur noch zweieinhalb Monate!«

»Das reicht doch. Wir müssen ja nicht in so ganz großem Stil feiern. Die Kapelle von Mayfield Manor ist immer frei, und wir können Joe Sutton fragen, ob er uns traut. Das macht er bestimmt gerne. Und …«

»Du scheinst dir ja alles schon sehr genau überlegt zu haben«, stellte Elizabeth grinsend fest. »Ich frage mich, wie lange du das wohl schon geplant hast – nicht etwa in Schottland, nehme ich an?«

William grinste ebenfalls. »Nein, nicht in Schottland. Da war ich viel zu sehr mit dem Auflauern und Fotografieren von Schafen beschäftigt.« Dann wurde er plötzlich ernst, nahm ihr Gesicht in beide Hände und sah ihr tief in die Augen. »Du hast keine Ahnung, wie sehr ich dich liebe, oder? Ich will immer bei dir sein, Elizabeth, ich will dich nie, nie wieder verlassen. Und ich will nicht länger auf dich warten. Ich habe mehr als die Hälfte meines Lebens auf dich gewartet.«

Also doch, dachte Elizabeth und schluckte. *Also hat er doch auf mich gewartet. So viel zum Thema Träume, die wahr werden. Und so viel zum Thema Männer, die nicht romantisch sein können.*

Sie sah zu ihm auf, Tränen standen in ihren Augen. »Oh, William!«

Als er sie daraufhin in die Arme nahm und küsste, begann es tatsächlich zu regnen – aber keiner von ihnen merkte es, bis sie beide fast bis auf die Haut durchnässt waren und Arm in Arm zum Auto zurückrannten, lachend.

Epilog

Am Bug des Schiffes stand ein Paar, das einander glücklich in den Armen hielt und dabei voller Freude und Erwartung auf das offene Meer hinaussah. Vor wenigen Stunden hatte die *Queen Elizabeth* den Hafen von Southampton verlassen, um ihre elftägige Reise zu den Kanarischen Inseln und nach Portugal anzutreten, und William und Elizabeth standen seitdem hier oben im Wind und genossen ihre Zweisamkeit. Das Wetter war nicht besonders schön, hin und wieder regnete es sogar ein wenig, aber das störte die beiden nicht im Geringsten. Sie waren viel zu glücklich, um sich an ein paar grauen Wolken zu stören. Spätestens auf den Kanaren würde bestimmt die Sonne scheinen. Sie würden am Strand liegen und es sich in der Sonne gut gehen lassen, Cocktails an der Bar trinken und das beste Essen genießen, dass die Spanier zu bieten hatten. Oh, wie würden sie diese Zeit genießen!

Elizabeth kuschelte sich enger an William. Vor anderthalb Jahren hatte sie ebenfalls am Bug eines Schiffes gestanden …

Aber wie viel war seither geschehen, wie sehr hatte sich ihr Leben seitdem verändert – Gott sei Dank! Und William sei Dank. Manchmal glaubte sie noch immer zu träumen. Dann sah sie auf den funkelnden Goldring an ihrer linken Hand und wusste, dass sie nicht träumte.

»Und?«, fragte William sie in diesem Moment und drückte sanft ihre Hand. »Glücklich?«

Sie nickte strahlend. Oh ja, sie war glücklich. Worte konnten nicht beschreiben, wie glücklich sie war, und so stellte sie sich auf die Zehenspitzen, um William zu küssen.

»Überirdisch war, glaube ich, das Wort, das ich als kleines Mädchen benutzt hätte«, erklärte sie lächelnd, als sie sich von ihm gelöst hatte und zu ihm aufsah.

»Überirdisch«, wiederholte er, und seine Stimme klang sanft und verträumt. »Ja, das passt zu dir. Das passt gut zu dir, meine liebste Lizzy. Meine liebste, romantische Lizzy …«

Er strich ihr mit einer zärtlichen Bewegung das Haar aus der Stirn. »Du bist das Liebste, was ich habe, Lizzy, mein allergrößtes Glück. Gott sei Dank, dass ich dich gefunden habe – dich wiedergefunden habe. Ohne dich war mein Leben so leer, so sinnlos … Bis ich dich letztes Jahr wieder traf, wusste ich gar nicht, was mir gefehlt hatte. Ich meine, ich wusste es schon, aber … Ich dachte, ich könnte auch so glücklich sein. Irgendwie. Wie sehr ich mich getäuscht habe!«

Sie legte ihre Arme um seinen Nacken und verschränkte die Finger ineinander. »Und ich habe geglaubt, ich würde nie wieder glücklich sein. Wie sehr *ich* mich getäuscht habe. Gott sei Dank!«

Ja, Gott sei Dank. Was auch immer geschehen würde, wo auch immer sie hingehen würden – die Frage nach dem zukünftigen Zuhause war noch nicht endgültig geklärt worden. Zurzeit pendelte William noch zwischen Warwick und Bedworth hin und her, was natürlich keine Dauerlösung sein konnte –, Jesus würde mit ihnen gehen. Er war der Dritte in ihrem Bund – der fünfte, genau genommen. Auch wenn Mary sich noch nicht endgültig für ihn hatte entscheiden können, seit sie mit David Graham ausging, dachte sie wenigstens darüber nach. David war das Beste, was ihr hatte passieren können, das wusste Elizabeth. Bei ihm wusste sie ihre Tochter gut aufgehoben, er würde ihr nicht wehtun und sie auch nicht in eine solche Situation bringen wie Judy. Dass sie im Januar ein Kind erwartete, hatte Elizabeth ziemlich schockiert – umso beruhigter war sie gewesen, als Mary ihr wenige Wochen vor der Hochzeit David offiziell als ihren Freund vorgestellt hatte.

»Vicky hat es natürlich die ganze Zeit gewusst, die kleine Ziege«, hatte Mary gesagt und ihrer Schwester einen Knuff in die Seite versetzt. »Aber er hat es dann immerhin noch von allein geschafft, mich zu fragen.«

So wie William sie endlich gefragt hatte …

»Heirate aber bitte nicht noch einmal so kurzfristig, sonst stelle ich dir die Stornogebühren für den Flug in Rechnung!«, hatte Anne gedroht, als sie von der Hochzeit erfuhr und daraufhin ihren geplanten Besuch im August um sechs Wochen verschob, dafür aber ihre gesamte Familie mitbrachte. Die Hochzeit hatte Anfang Oktober im kleinen Kreis stattgefunden, so, wie Elizabeth es sich gewünscht hatte. Ihre Eltern waren dabei gewesen – was sie angenehm überrascht hatte, zumal sie einen lange geplanten Urlaub dafür abgesagt hatten –, die O'Connors natürlich, und von Williams Seite aus waren nur seine Eltern, Jerry und Tracy, seine Sprechstundenhilfe, mit ihrem Mann gekommen.

Melanie hatte abgesagt, weil sie wieder schwanger war – ob das der wahre Grund war, wusste Elizabeth nicht, aber sie konnte es ohnehin nicht ändern.

Am Sonntag vor der Hochzeit hatten sie sich beide taufen lassen – zu Elizabeths Erstaunen hatte William darauf bestanden. »Wenn wir gemeinsam vor Gott treten und ihn um seinen Segen für unsere Ehe bitten, will ich mich vorher ganz zu ihm bekennen. Schließlich haben wir es ihm zu verdanken, dass wir am Ende doch noch zueinandergefunden haben. Da ist es doch das Mindeste, dass wir ihm unser Leben anvertrauen, findest du nicht?«

Ja, das fand sie auch. Das war ihr auch viel wichtiger als alles andere. Ohne Jesus hätten sie diese schwierige Zeit nicht durchgestanden, das wusste sie. Umso mehr hatte es sie gerührt, zu erfahren, dass es Jerrys Idee gewesen war, sie auf Hochzeitsreise mit der *Queen Elizabeth* zu schicken. Er hatte sich auch in Williams Auftrag um die Fahrkarten gekümmert – mithilfe des Internets und Williams gutem Namen, hatte er ihr auf der Hochzeitsfeier augenzwinkernd erklärt.

Williams guter Name … ihr Name. Elizabeth Joanne Bentley von Mayfield Manor. Aber der Name allein würde sie nicht glücklich machen, das wusste sie, auch das Herrenhaus nicht. Nein, es war vielmehr das Gefühl, endlich nach Hause gefunden zu haben, was zählte – zu Hause bei William, zu Hause bei Gott. Nach langer Suche war sie endlich dort angekommen, wohin sie gehörte, wohin sie schon immer gehört hatte.

Ende

Danke

Viele liebe Menschen haben mich in der Zeit, in der das Buch entstanden ist, begleitet und unterstützt.

Besonders bedanken möchte ich mich bei Wolfgang für seine grenzenlose Liebe und Geduld und bei unseren wundervollen Kindern, Lukas und Rahel.

Außerdem bedanke ich mich bei Heike und Meike für ihre Hilfe und Unterstützung in schweren Zeiten, bei Birgit, die immer daran geglaubt hat, und bei Karsten, ohne den es ganz schön schwierig geworden wäre! Danke auch an Dagmar, an Inka, an Caren und an Sylvia – ihr seid tolle Freundinnen!

Und schließlich Danke an unsere Gemeinde in Ellerau und unseren Hauskreis sowie an meine Eltern für ihre Hilfe und Einsatzbereitschaft.

Ein herzliches Dankeschön auch meiner Lektorin Ute Mayer für die gute Zusammenarbeit und den »Mut zum Abenteuer«.

And last but not least thank you to the best neighbours in the world, Mark and Sally, for all those delightful walks and chats and endless cups of tea. Thank you, Melanie, Colin and Fiona, for your generous hospitality during my stay in Atherstone, and for taking me back to Kenilworth Castle. Greetings to everyone at Manour Court Baptist Church, Nuneaton, and thank you too for the warm welcome you gave me.

In Erinnerung an den einzigartigen Jogy und seinen orangenen Schnuller, du fehlst uns allen!

Und zu guter Letzt: Danke, Ivy, du bist die Beste!

Anke Weidinger

Momente der Sehnsucht

CD, Nr. 097.118

Momente der Sehnsucht – Momente der Romantik, Idylle und Liebe. Auf dieser CD finden sich romantische Lieder für gemütliche, einsame oder gemeinsame Stunden. Mit KAT »Sehnsucht«, Johannes Falk »Gott trocknet deine Tränen«, Conny Reusch »Du und ich« und vielen anderen bekannten Künstlern.

Hold me close

CD, Nr. 097.094

Die Musikreihe für romantische Stunden, gemeinsame Abende oder lange Autofahrten. Rock- und Popballaden aus den USA sowie nationale Neueinspielungen schaffen die richtige Atmosphäre! Interessante Statements der Künstler erklären, was für sie »Liebe« bedeutet und wie es dazu kam, dass sie genau diese Lieder geschrieben haben.

Bitte fragen Sie in Ihrer Buchhandlung nach diesen Titeln!
Oder schreiben Sie an: SCM Hänssler, D-71087 Holzgerlingen;
E-Mail: info@scm-haenssler.de

Tabea Halbmeyer

Der Advokat und das Mädchen

Pb., 13,5 x 20,5 cm, 304 S.,
Nr. 394.986, ISBN 978-3-7751-4986-0

Tainbridge, Ende des 18. Jahrhunderts. Der Vater der 11-jährigen Mary-Ann wird unschuldig nach Australien verbannt. Nach Jahren findet Mary-Ann Arbeit auf einem Gut und lernt einen Advokaten kennen. Werden sie beweisen können, dass ihrem Vater Unrecht geschehen ist?

Tracie Peterson

Wohin mein Herz mich führt

Pb., 13,5 x 20,5 cm, 280 S.,
Nr. 395.099, ISBN 978-3-7751-5099-6

Hals über Kopf verlässt Amy Halbert ihr Zuhause. Als sie nach Jahren wieder vor der Tür steht, stürzt sie ihre Schwester Kathy damit in einen Strudel voll bitterer Erinnerungen. Doch der Wunsch ihres sterbenden Vaters könnte die Schwestern auf den Weg der Versöhnung bringen …

Bitte fragen Sie in Ihrer Buchhandlung nach diesen Büchern!
Oder schreiben Sie an: SCM Hänssler, D-71087 Holzgerlingen;
E-Mail: info@scm-haenssler.de